대륙의 딸

대륙의 딸 (상)

장융

황의방, 이상근, 오성환 옮김

까치

WILD SWANS: Three Daughters of China

by Jung Chang

역자
황의방(黃義坊)
서울대학교 영어영문학과 졸업. 전「동아일보」기자. 역서로『드레퓌스 사건』,
『패권인가 생존인가』외 다수.
이상근(李常根)
서울대학교 외교학과 졸업. 현재 전문 번역가로 활동 중임. 역서로『부자』,
『인도로 간 붓다』외 다수.
오성환(吳誠煥)
서울대학교 국어국문학과 졸업. 현재「세계일보」외신전문위원. 역서로『신
의 봉인』,『천상의 새 : 두루미』외 다수.

편집, 교정_권은희(權恩喜)

대륙의 딸·상

저자 / 장융
역자 / 황의방, 이상근, 오성환
발행처 / 까치글방
발행인 / 박후영
주소 / 서울시 용산구 서빙고로 67, 파크타워 103동 1003호
전화 / 02·735·8998, 736·7768
팩시밀리 / 02·723·4591
홈페이지 / www.kachibooks.co.kr
전자우편 / kachibooks@gmail.com
등록번호 / 1-528
등록일 / 1977. 8. 5
초판 1쇄 발행일 / 2006. 4. 5
    13쇄 발행일 / 2024. 11. 11

값 / 뒤표지에 쓰여 있음

ISBN 89-7291-403-7 04840
      89-7291-402-9 (세트)

이 책의 출간을 보지 못하고 돌아가신
외할머니와 아버지께 이 책을 바친다.

저자 주

내 이름은 "융"이라고 발음된다.

내 가족의 이름과 공적 인물들의 이름은 실명이며, 흔히 알려진 방식으로 표기되어 있다. 다른 이름들은 가명이다.

두 개의 어려운 발음기호 X와 Q는 각각 "슈"와 "츠"로 발음된다. 그 기능을 정확하게 나타내기 위해서 나는 몇몇 중국 기관들의 이름을 그 공식 명칭과 다르게 바꾸었다. "선전부" 대신 "공무부"라는 이름을 쓰고, "문화혁명 조직" 대신 "문화혁명 당국"이라는 이름을 쓰고 있다.

감사의 말

『대륙의 딸』은 존 핼리데이의 도움에 힘입어 태어났다. 특히 그이는 나의 품위 있고 세련된 영어를 위해서 진력했다. 그이와 하루도 거르지 않고 토론하는 과정에서 나는 이야기 전개와 생각의 흐름을 더욱 명료하게 할 수 있었고, 영어를 더욱 정확하게 구사할 수 있었다. 역사가인 그이의 식견과 세심한 검토와 건전한 판단이야말로 내가 안심하고 의지할 수 있는 가장 큰 힘이었다.

토비 에디는 망외(望外)의 최상의 에이전트였다. 그는 내가 펜을 들도록 등을 떠민 첫 번째 사람이었다. 그러나 그의 태도는 정중했다. 뉴욕의 사이먼 앤드 슈스터의 앨리스 메이휴, 찰스 헤이워드, 잭 매키오운, 빅토리아 메이어, 그리고 런던의 하퍼콜린스의 사이먼 킹, 캐럴 오브린, 헬 엘리스가 베푼 배려는 내 느낌에는 특별한 것이었다. 사이먼 앤드 슈스터에서 이 책의 편집을 맡은 앨리스 메이휴의 통찰력 깊은 코멘트와 강력한 추진력에 나는 특히 감사한다. 그리고 초고 편집을 훌륭하게 마무리한 하퍼콜린스의 로버트 레이시에게 깊이 감사한다. 대서양 왕복의 전화 통화를 할 때마다 애리 후겐붐은 친절했고, 효율적으로 배려했다. 또한 이 책을 위해서 일한 여러 분들에게 사의를 표한다.

내 친구들의 열성적인 관심은 내게 끝까지 용기의 원천이 되었다. 그들 모두에게 가장 깊이 감사한다. 피터 휘티커, 이 푸엔, 에마 테언트, 게이번 매코맥, 허버트 빅스, R. G. 티드먼, 휴 베이커, 얀 지

아키, 수 리콴, Y. H. 자오, 마이클 푸, 존 초우, 클레어 페플로, 앙드레 도이취, 피터 심프킨, 론 사카, 베네사 그린은 내게 특별한 도움을 베풀었다. 클라이브 린들리의 값진 조언들은 시종일관 특별한 몫을 했다.

나는 조국에 있는 형제자매, 친척들, 친구들의 따뜻한 배려에 힘입어 그들의 이야기를 쓸 수 있었다. 그들의 이야기가 없었다면, 『대륙의 딸』은 존재하지 못했을 것이다. 어떤 표현으로도 그들에게 나의 고마움의 크기를 전할 수 없다는 것이 안타깝다.

이 책의 많은 내용은 나의 어머니의 이야기이다. 어머니의 모습이 공평무사하게 나타났으면 하는 것이 나의 바람이다.

1991년 5월 런던에서
장융

2003년 판 서문

『대륙의 딸』은 1991년에 처음 출판되었다. 이 사건이 내 삶을 바꾸어놓았다. 내가 마침내 작가가 되었던 것이다.

나는 늘 작가가 되기를 꿈꾸어왔다. 하지만 내가 중국에서 성장하던 시절에는 글을 써서 발표한다는 것이 불가능한 일처럼 보였다. 그 시절 중국은 마오쩌둥의 폭정하에 있었고, 대부분의 작가들은 끝없는 정치적 박해를 받았다. 많은 작가들이 공공연하게 비난을 받았고, 일부 작가들은 강제노동 수용소로 끌려갔으며, 어떤 작가들은 박해를 견디지 못하고 자살하기도 했다. 문화혁명이라고 잘못 명명된 마오쩌둥의 대숙청이 진행되던 1966년부터 1967년까지, 사람들의 집에 있던 대부분의 책들이 불태워졌다. 공산당 관리였다가 숙청 대상자가 된 나의 아버지도 당신의 애장 도서들을 태울 수밖에 없었다. 그리고 이것이 아버지를 미치게 한 중요한 원인 가운데 하나가 되었다. 혼자서 글을 쓰는 것조차도 매우 위험했다. 1968년 3월 25일 열여섯 번째 생일에 처음으로 시를 쓴 나는 그 시를 갈기갈기 찢어서 화장실 변기 물에 흘려보내야만 했다. 아버지를 박해하는 자들이 우리 아파트를 뒤지러 왔기 때문이었다.

하지만 나에게는 쓰고 싶은 충동이 있었으므로, 상상의 펜으로 계속해서 무엇인가를 썼다. 그 후 몇 년 동안 나는 농부 겸 전기공으로 일했다. 논에 거름을 펴면서, 또 전봇대 꼭대기에 올라가 전기배선을 살피면서, 나는 머릿속으로 긴 글귀를 다듬거나 짧은 시들을 암기했다.

나는 1978년 9월 영국으로 왔다. 마오쩌둥은 그보다 2년 전에 이미 사망했고, 중국은 이제 마오쩌둥이 강요했던 숨 막히는 격리 상태에서 벗어나기 시작했다. 중화인민공화국 정권이 수립된 후 처음으로 정치적 이유가 아닌 학구적 이유로 해외에서 공부하도록 돕는 장학금이 지급되었다. 나는 이 해외유학 시험을 치른 후 중국을 떠날 수 있었다. 아마 1949년 이후 사방이 육지로 둘러싸인 쓰촨 성 출신으로 서양에서 공부하기 위해서 떠난 사람은 내가 처음이었을 것이다. 쓰촨 성은 당시 인구가 약 9,000만 명이나 되는 큰 성이었다. 이 믿기 어려운 행운 덕분에 나는 마침내 쓸 수 있는 자유, 내가 원하는 것을 쓸 수 있는 자유를 얻게 되었다.

그러나 그 순간 나는 쓰고 싶은 열정을 잃어버리고 말았다. 사실 내가 가장 하기 싫은 일이 글쓰기였다. 내게는 글을 쓴다는 것이 나의 내부로 들어가서 생각하기도 싫은 시절의 삶을 다시 사는 것을 뜻하기 때문이었다. 나는 중국을 잊어버리려고 애쓰고 있었다. 마치 다른 행성처럼 느껴지는 땅에 안착한 나는 즉시 큰 충격을 받았고, 이 신세계에 푹 빠져서 1분 1초를 보내는 것 외에 다른 욕망을 가질 수 없었다.

나는 런던의 모든 것이 즐겁고 신기했다. 내가 어머니에게 보낸 첫 번째 편지에는 중국 대사관의 재산으로 나의 숙소였던 마이다 베일 42번지로 가는 길에서 본 창가의 화분과 현관 정원에 대한 열띤 설명으로 가득 차 있었다. 당시는 대다수의 중국 가정에서 집을 장식하는 꽃을 보기가 어렵던 시절이었다. 1964년 마오쩌둥은 화초를 기르는 것을 "봉건적"이고 "부르주아적"이라고 비난하면서 "대다수의 정원사들을 제거하라"는 명령을 내린 바 있었다. 어린아이였던 나는 다른 아이들과 함께 우리 학교 잔디밭의 풀을 뽑는 작업에 동원되었고, 건물들에서 화분이 사라지는 것을 보았다. 나는 몹시 슬펐지만 그런 감정을 숨기려고 애썼을 뿐 아니라, 마오쩌둥의 지시에 반하는 감정을 가지는 자신을 자책했다. 이것은 중국의 다른 아이들처럼 행동해야 한다고 세뇌되어온 결과 자연적으로 일어나는 심리적 행동이었다. 내가 중국을 떠날 때쯤에는 꽃을 좋아해도 비난받지 않게 되었지만, 중국은 여전히 집 안에서 기르는 식물이나 꽃집이 없는 황량한 곳이었다. 대부분의 공원들은 심하게 훼손된 황야로 남아 있었다.

영국에 와서 처음으로 외출이 허용된 날, 나는 넓은 하이드파크를 오랫동안 산책하면서 말로 표현할 수 없는 즐거움을 만끽했다. 하이드파크의 우람한 밤나무 아래 있는 풀잎 하나하나, 꽃잎 하나하나가 나를 미치도록 기쁘게 했다. 어느 날 나는 심한 질책이나 또는 그 이상의 처벌을 받을 위험을 무릅쓰고 그룹의 정치감독관에게 소위 "정치학습"이라는 이름 아래 우리가 토요일마다 받는 세뇌작업을 유명한 큐가든의 잔디밭에서 하자고 제의했다.

중국에 있을 때 신물이 나도록 받은 세뇌교육이 영국에 온 유학생들에게도 1주일에 한 번씩 강제로 실시되고 있었다. 중국 본토에서 온 우리들은 아직도 감옥의 죄수들처럼 엄격한 통제를 받고 있었으며, 허락 없이는 아무 데도 갈 수 없었다. 지시를 어기면 불명예스럽게 중국으로 쫓겨갈 수도 있었고, 그렇게 되면 일생을 망치게 될 것이 뻔했다. 나를 감질나게 하는 자유로운 런던에서 질식할 것만 같은 답답함을 느끼고 있던 나는 규칙을 깨거나 광의로 해석하려고 머리를 짜내게 되었다. 나는 가끔 성공을 거두기도 했는데, 예를 들면 내가 큐가든에 가게 된 것도 그 같은 성공 사례 가운데 하나였다. 정치감독관도 사실 대사관의 질책을 들을까봐 걱정하기는 했지만 그 자신도 그곳에서 시간을 보내기를 갈망하고 있었던 것이다. 이렇게 해서 자루 모양의 푸른 "마오쩌둥복(服)"을 입은 한 떼의 젊은 남녀가 머뭇거리면서도 행복해하며 화려한 색깔을 뽐내는 장미정원 바로 옆에 자리를 잡고 앉게 되었다.

그리고 그 일로 인해서 아무런 말썽도 생기지 않았다. 내가 운이 좋았던 것이, 그때가 바로 중국에서 극적인 변화가 일어나고 있던 시기였기 때문이다. 1978년 말은 중국이 마오주의의 핵심을 버린 전환점이었다. 이듬해에 나는 제한의 한계를 밀어붙이는 모험을 계속했지만, 아무런 제재도 받지 않았다. 내가 특별히 점찍어둔 곳은 우리 대학교 맞은편에 있는 선술집이었다. 사실 우리는 그곳에 가서는 안 된다는 엄명을 받았다. 중국어로 번역하면 주막이 된다는 선술집은 당시 벌거벗은 여인들이 몸을 뒤틀며 춤추는 불결한 장소로 알려져 있었다. 나는 강한 호기심을 느꼈다. 어느 날 몰래 숙소에서 빠져나온 나는 선술집으로 달려갔다. 나는 문을 열고 몰래 안으로 들어갔다. 그러나 별로 특별한 것은 눈에 띄지 않았다. 몇 명의 노인들이 앉아서 맥주를 마시고 있을 뿐이었다. 나는 다소 실망했다.

나는 아마 중국 본토 출신 유학생 가운데서 혼자서 외출한 첫 번째 학생이었을 것이다. 내가 다니고 있던 대학교 —— 현재의 템스밸리 대학교 —— 의 한 직원이 함께 그리니치에 가지 않겠냐며 나를 초청했다. 우리의 규칙에 따라 나는 "친구 한 사람"을 데려가도 괜찮겠냐고 물었다. 그는 내 말을 오해하고 이렇게 말했다. "당신은 나와 함께 있어도 안전해요." 나는 당황했지만, 사정을 설명할 수 없었다. 우리는 외출할 때 샤프롱을 대동해야 한다는 규정을 누구에게도 말해서는 안 된다는 지시를 받았기 때문이다. 우리는 사실을 알리는 대신 재주껏 핑계를 꾸며대어야 했다. 하지만 나는 거짓말을 하고 싶지 않았다. 그리고 또 감시자 없이 외출하기를 간절히 바랐다. 그래서 나는 학생들을 담당하고 있던 대사관 무관에게 나를 보내달라고 요청했다. 그러지 않으면 그 영국인은 우리 중국인들이 자기를 신용하지 않는다고, 심지어 자기의 동기까지 의심한다고 생각할 것이고, 그러면 그것은 영국과 중국 간의 우의, 그리고 우리 사회주의 모국의 명성에 해가 될 것이라고 하면서 나를 보내줄 것을 간청했다. 이렇게 장광설을 늘어놓자, 그 무관은 내 부탁을 들어주면서 분별 있게 행동하라고 주의를 주었다. 내 예감은 그 역시 중국의 체제를 그리 좋아하지 않는다는 것이었다. 사실 그는 어느 날 저녁, 우리가 건물 안에 단둘이 있을 때 내게 은밀한 자기 이야기를 털어놓음으로써 그런 성향을 암시한 바 있었다. 그는 20년 전에 한 처녀를 사랑했었다고 한다. 그들이 막 결혼하려고 할 때, 정치운동에서 그 처녀가 "우익분자"로 비난을 받았다. 결혼을 강행한다면 창창한 그의 앞길이 거기서 끝날 판이었다. 여자 쪽에서는 그들의 약혼을 파기하자고 졸랐다. 깊이 고민한 끝에 그도 파혼에 동의했다. 그 결과 그는 외교관으로서 성공을 거두게 되었다. 그러나 그는 결코 그녀를 잊지 못했고 자신을 용서할 수도 없었다. 그는 나에게 이런 이야기를 하면서 눈물을 흘렸다.

나를 거의 모르는 대사관 직원이 자신의 속마음을 털어놓는 것이 이상해보이지 않았다. 그 시절 사람들은 살아오면서 겪은 비극에 너무나 짓눌려 있었기 때문에 누구든 마음이 통한다고 느껴지면 느닷없이 자기의 속마음을 털어놓고는 했다. 중국의 자유화는 사람들의 기억에 있는 수문(水門)의 자물쇠까지도 헐겁게 해놓았던 것이다. 사실 그 무관이 나에게 내 생활구역을 혼자서 벗어날 수 있도록 전례 없이 허락하는 모험을 한 것도 이 자유화 덕분이었다.

나는 그리니치에 갔던 일을 지금까지도 생생하게 기억하고 있다. 사실 누구나 그곳에서 하는 일을 했을 뿐이었다. 드라이브를 하고, 산책을 하고, 본초자오선 양쪽에 한 발씩 딛고 사진을 찍었다. 하지만 나는 긴장으로 현기증을 느낄 지경이었다. 줄곧 나는 중국인처럼 생긴 사람들이 없나 찾아보았고, 또 중국인 같은 사람이 있을 경우에는 그들의 복장을 보고 그들이 본토에서 왔는지 아닌지를 내 나름대로 재빨리 판정했다. 본토에서 온 사람이라고 판정하면 (당시에는 서양에 중국 본토 출신 중국인이 매우 드물었는데도 그런 판정은 이상하게 자주 내려졌다) 나는 그들을 피하기 위해서 고개를 돌렸다. 그러면서도 내 동반자에게는 가능한 한 자연스럽게 행동하려고 안간힘을 썼다. 나는 누군가가 나를 발견해서 대사관에 보고할까봐 두려움에 떨었다. 그렇게 된다면 나는 끝장날 것이고 나에게 호의를 베푼 그 무관까지도 위험에 빠질 것이었다. 넓고 깨끗한 잔디밭에서 치즈 샌드위치를 펼쳐놓고 이국적인 피크닉이 진행되는 동안에도 나는 가슴이 조마조마했다. 내 위치가 고정되어 있는데다가 가까이에 숨을 곳마저 없었기 때문이다.

그러나 이런 두려움이 다른 모험을 막지는 못했다. 내가 스릴을 즐겨서가 아니라 그럴 수밖에 없었기 때문이다. 규칙이 점점 더 느슨해지면서 나는 점점 더 자주 혼자 외출했고 곧 나오는 출신 배경이 다른 사람들과 사귀게 되었다. 사람들과 사귈 때 나는 중국 출신이라고 하지 않고 한국 출신이라고 말했다. 내 활동이 반비밀적인 성격을 지니고 있는 것은 제쳐두더라도, 나는 사람들의 관심의 초점이 내 출신국에 맞춰지는 것을 원치 않았다. 당시 중국은 은둔자처럼 격리되어 있었기 때문에 마치 외계인처럼 매혹의 대상이었다. 나는 런던의 정상적인 사람처럼 특별히 사람들의 이목을 끌지 않으면서 다른 사람들과 섞이고 싶었다. 나는 그렇게 할 수 있었다. 내가 처음으로 받은 강한 인상은 영국이 놀라울 정도로 계급이 없는 사회라는 점이었다. 나는 공산주의 엘리트 계층으로 태어났고, 마오쩌둥의 중국이 얼마나 계급이 많고 또 계층화되어 있는가를 보았다. 모든 사람이 좁은 부류로 분류되었다. 모든 서식에 "생년월일"과 "성별" 바로 옆에 "가족 배경"이라는 난이 꼭 들어가 있었다. 이것이 그 사람의 출세, 인간관계, 생활을 결정지었다. 엘리트 계층 출신들은 대개 건방졌고, "좋지 않은" 집안에서 태어난 사람들은 힘든 삶을 영위할 수밖에 없었다. 이 끔찍한 현실의 결과로 우리는 누가 어느 집안 출신이냐에 무척 관심이 많았고, 흔히 처음 만나서 대화를 나누는 자리에서도 그 질문을 하고는 했다. 하지만 런던에서는 사람을 만나도 이런 압력을 전혀 느낄 수 없었다. 모두가 아주 평등한 것처럼 보였고, 다른 사람의 배경에 대해서는 전혀 신경을 쓰는 것 같지 않았다.

몇 해가 지나면서 나의 생각은 다소 변했지만, 지금도 나는 그때 내가 아주 잘못 본 것은 아니라고 생각한다. 전통적인 계층 구분이 있음에도 불구하고, 영국인들은 위엄이 있고 하층민들도 마오쩌둥 치하의 중국인들처럼 학대당하거나 짓밟히지 않는다. 사회의 공정성, 그리고 국가가 이 공정성을 중시하는 정도는 오늘날의 중국이 아직 범접하지 못할 경지에 있다.

따라서 내가 영국과 사랑에 빠진 것은 이성과 정서 모두에 의해서였다. 영국에서 보낸 처음 1년은 가장 자극적인 시간의 소용돌이였다. 나는 관광지도에 등재된 모든 박물관과 미술관을 찾아갔고, 학생들에게는 거의 공짜나 다름없는 관람료를 받는 쇼라는 쇼는 모두 보았다. 나는 교통비를 절약하기 위해서 런던 시내를 가로질러 몇 시간이고 걷는 것이 좋았다. 모든 빌딩, 모든 거리가 내게는 흥미의 대상이었기 때문이다. 나는 싸구려 나이트클럽도 기웃거렸고, 포르노 숍의 매장도 훔쳐보았다. 나의 첫 디스코 경험은 짜릿했다. 평범한 영화까지도 내게는 알라딘의 동굴처럼 느껴졌다. 낡은 붉은색 의자 쿠션과 군데군데 있는 이상한 도금에 비치는 희미한 불빛이 신비와 보물의 존재를 암시하는 것 같았다. 나는 뒤에 이상한 질문임을 알게 된 질문들을 던졌고, 그래서 서로 다른 문화의 사람들에 대해서 배웠다. 깨어야 할 마지막 금기는 외국인 남자친구를 사귀는 것이었다. 나는 재난이 닥칠지도 모른다고 가슴을 졸이면서 은밀하게 이 금기를 깨야만 했다. 내가 중국에서 들었고 또 굳게 믿었던 경고성의 이야기가 있었다. 외국인 연인을 사귀려고 한 사람은 누구나 독살되어 결국은 마대 자루에 담겨 중국으로 실려올 것이라는 이야기였다. 나는 중국 대사관이 있는 포틀랜드 플레이스에서 그리 멀지 않은 어떤 곳에 있을 때면 으레 다리가 후들거렸고, 차에 타고 있을 때에는 내 머리가 차창 밑으로 사라지도록 좌석에 몸을 움츠리고는 했다. 내가 난생처음으로 화장을 한 것도 그 무렵이었다. 나는 대사관 직원들이 알아볼 수 없을 만큼 화장이 내 모습을 바꾸어놓을 것이라고 생각했다(사실 이 무렵 대사관에서는 내가 상상하고 있던 그런 종류의 감시 활동을 하고 있지 않았다). 진홍색 또는 자줏빛 립스틱과 황금빛이 도는 초록색 아이섀도를 잔뜩 바른 내 얼굴은 나 자신도 알아보지 못할 정도였다.

언어학 박사과정을 이수하는 동안에도 역시 화장으로 장난치는 것이 재미있었다. 나는 요크 대학교의 장학금을 받았다. 요크라는 도시는 내가 직접 보기 전부터 이미 나를 엄청난 힘으로 유혹하던 곳이었다. 요크는 전설적인 대성당, 도시의 성벽(중국의 만리장성과 가장 유사하다는 이야기를 들은 적이 있었다), 장미전쟁 등 나를 매혹시키는 것들을 가진 도시였다. 당시 외국의 장학금은 중국 정부를 통해서 받도록 되어 있었고, 개인이 장학금을 직접 수령할 수는 없었다. 하지만 나는 대사관의 동정적인 그 무관과 중국의 해빙 분위기 덕분에 장학금을 직접 받는 첫 번째 중국인이 되었다. 그 결과 1982년 학위를 마쳤을 때 나는 공산 중국 출신으로 영국의 대학교에서 박사학위를 받은 최초의 인물이 되었다.

나는 언어학 이론(부끄러운 이야기이지만 그 후 거의 다 잊어버렸다)보다 더 많은 것을 배웠다. 나는 지도교수였던 르 페이지 교수와 내 연구논문 계획을 의논하러 갔던 날을 지금도 기억하고 있다. 르 페이지 교수는 그 섬세한 행동 하나만으로도 이미 내게 깊이 배어 있던 걱정과 공포심을 없애는 데 도움을 준 훌륭한 분이었다. 그분의 약간 아이러니컬한 태도와 은근히 풍기는 권위가 영국이 그랬던 것처럼 내게, 내가 올바로 찾아왔으며 이제 걱정할 것이 없다는 확신을 심어주었다. 완전히 긴장이 풀린 나는 공부하기로 되어 있는 언어학 이론들에 대한 개인적 견해를 주워섬겼다. 내 말에 귀를 기울이던 그분이 마지막에 이렇게 물었다. "당신의 논문을 내게 보여줄 수 있겠습니까?" 어리둥절해진 내가 외쳤다. "하지만 전 아직 시작도 하지 않는걸요!" 그분이 말했다. "결론은 벌써 다 나 있잖아요?"

이 한마디 말이 전체주의적 "교육"에 의해서 내 두뇌 속에 매어져 있던 목을 조르는 매듭을 풀어버렸다. 우리 중국 사람들은 사실에 근거해서 결론을 이끌어내지 않고 마르크스주의 이론이나 마오쩌둥 사상, 또는 당의 노선에서 시작해서 그런 것들에 맞지 않는 사실을 부정하거나 심지어 비난하도록 훈련되어 있었다. 나는 아름다운 호숫가에 있는 건물의 내 방으로 걸어서 돌아가면서 이 새로운 접근법에 대해서 생각해보았다. 내 방 창문 밑에서 떼지어 사는 물새들이 매일 아침 노랫소리로 나를 깨웠다. 그 새들이 지금 하늘을 가로질러 날고 있었다. 올바른 사고방식을 발견한 나의 감흥과 어울리는 영상이었다. 열린 마음을 유지한다는 것, 그것은 아주 간단한 일이었다. 그러나 내가 그것을 발견하기까지는 그토록 긴 시간이 걸렸다.

요크에서 지내던 어느 날 밤, 내 과거의 삶에 관한 책을 써보면 어떨까 하는 생각이 떠올랐다. 나는 그 즈음 중국에서 체류하다가 막 돌아온 한 교수의 강연회에 초대를 받았다. 그는 자기가 방문했던 어느 학교의 슬라이드를 보여주었다. 그 학교 학생들은 추운 겨울날 난방시설도 되어 있지 않고 창문 유리는 대부분 깨진 교실에서 수업을 하고 있었다. "아이들이 춥지 않을까요?" 그 친절한 교수가 물었더니 학교 당국자는 이렇게 대답했다는 것이었다. "아니오, 춥지 않습니다."

슬라이드 상영이 끝난 후, 다과회가 열렸다. 다과회가 진행되는 동안, 나에게 할 말을 찾으려고 애쓰는 듯 보이는 한 여자가 이렇게 말을 걸었다. "당신은 이곳이 무척 덥게 느껴지겠네요." 무심코 한 그 여자의 말이 나에게 심한 상처를 주었다. 나는 즉시 그 방을 나와서 영국에 온 이후 처음으로 울었다. 모욕을 당했다는 느낌이라기보다는 고국에 사는 사람들에 대한 강한 연민에서 오는 고통이었다. 우리는 우리의 정부로부터 온전한 인간 대접을 받지 못하고 있었고, 따라서 일부 국외자들도 우리를 자기네들과 똑같은 인간으로 생각하지 않았다. 나는 전해오는 옛 이야기를 생각했다. 중국인들의 생명은 값싸며 한 영국인이 자기의 중국인 하인이 치통을 참지 못하는 것을 보고 놀라워했다는 이야기였다. 나는 마오쩌둥 치하의 중국을 방문했던 서양인들이 말한, 중국인들은 비판받는 것, 비난받는 것, 강제노동 수용소에서 "개조당하는 것" 등 서구인들에게는 비참하게만 보이는 이 모든 일들을 즐기는 것처럼 보이는 특별한 민족이라는, 중국인들을 찬양하는 투의 수많은 코멘트에 대해서도 다시 한 번 화가 치밀었다.

이런 생각들이 내 머릿속을 맴도는 가운데, 나는 내가 중국에서 살던 일, 내 가족과 내가 아는 모든 사람들을 생각했다. 바로 그 순간, 나는 세계를 향해 우리의 이야기, 중국인들이 정말로 어떻게 느끼는가를 이야기하고 싶은 충동을 느꼈다. 쓰고 싶은 나의 충동이 되돌아온 것이었다.

하지만 내가 『대륙의 딸』을 쓴 것은 그로부터 몇 년이 지난 뒤였다. 잠재의식에서 나는 쓴다는 데 대해서 저항했다. 나는 나의 기억을 깊이 파고들어갈 수가 없었다. 문화혁명이 극성을 부리던 1966년에서 1967년까지 우리 가족은 심한 고통을 당했다. 아버지와 외할머니는 고통스런 죽음을 당하셨다. 몇 년 동안 치료도 받지 못하고 누워 계시던 외할머니, 아버지의 투옥, 깨진 유리조각 위에 무릎을 꿇었던 어머니, 나는 이런 고통스러운 기억들을 되살리고 싶지 않았다. 내가 쓴 몇 줄의 글은 표면적이고 생명이 없는 것이었다. 나는 그 글이 마음에 들지 않았다.

그러던 중 1988년에 어머니가 나와 함께 지내려고 런던에 오셨다. 어머니의 첫 번째 해외여행이었다. 나는 어머니가 영국 생활을 즐기시기를 바랐고, 그래서 어머니를 모시고 외출하는 데 많은 시간을 할애했다. 얼마 후 나는 어머니가 별로 즐거워하시지 않는다는 것을 알아차렸다. 무엇인가 마음에 걸리는 것이 있는 듯했다. 어머니는 안절부절못했다. 어느 날 어머니는 쇼핑 하러 나가지 않겠다고 하시면서 황금색 수선화 꽃다발이 놓여 있는 검은색 식탁 옆에 자리를 잡으셨다. 재스민 찻잔을 두 손으로 받쳐들고 어머니는 나에게 당신이 가장 하고 싶은 일은 나와 이야기를 나누는 것이라고 말씀하셨다.

어머니는 몇 달 동안 매일 이야기하셨다. 어머니는 평생 처음으로 나에게 자신과 외할머니에 대해서 말씀하셨다. 나는 외할머니가 군벌 장군의 첩이었다는 것과 어머니가 열다섯 살 나이에 공산주의 지하조직에 가담하셨다는 사실도 알게 되었다. 두 분은 모두 전쟁과 외침, 혁명, 그리고 전체주의 독재에 시달려온 중국에서 파란만장한 삶을 사신 것이었다. 이 소용돌이치는 사회에서 두 분은 불꽃같은 사랑에 휘말려들었다. 나는 어머니가 당한 고통, 넘겨야 했던 죽을 고비, 아버지에 대한 사랑, 그리고 아버지와의 정서적 갈등 등에 대해서도 알게 되었다. 나는 또 외할머니의 전족에 대해서도 자세히 들었다. 외할머니가 두 살 때, 당시의 미의 기준을 충족시키기 위해서 발을 커다란 바위 밑에 넣어 으스러뜨렸다는 것이었다.

관광이 우리 대화의 배경이 되었다. 우리가 스코틀랜드 스카이 섬과 스위스의 루가노 호수를 여행했을 때, 어머니는 비행기와 차 안에서, 배를 타면서, 또 걸으면서 이야기를 계속하셨다. 어머니의 이야기는 한밤중까지 이어졌다. 내가 일하러 나갔을 때면 어머니는 집에 머물면서 녹음기에 대고 이야기를 하셨다. 어머니는 영국을 떠나기 전에 무려 60시간의 녹음을 하셨다. 중국이라는 사회적 정치적 감옥에서 벗어난 이곳에서 어머니는 평생 할 수 없었던 일을 하셨던 것이다. 그것은 마음과 가슴을 여는 일이었다.

어머니의 이야기에 귀를 기울이면서 나는 내게 이해받고 싶어 하는 어머니의 소망에 압도되었다. 내가 글을 쓰는 것을 어머니가 정말로 좋아하시리라는 생각이 떠오르기도 했다. 어머니는 글쓰기가 내가 진정으로 마음에 두고 있는 일이라는 사실을 아시는 것 같았고, 그래서 내 꿈을 펼치라고 용기를 북돋아주셨다. 어머니는 자신이 결코 해본 적이 없는 어떤 요구를 해서가 아니라 나에게 이야기를 마련해줌으로써, 또 과거와 맞서는 방법을 나에게 보여줌으로써 용기를 주셨다. 고통과 아픔의 삶을 사셨음에도 불구하고 어머니의 이야기는 듣기 힘든 이야기, 우울한 이야기가 아니었다. 어머니의 이야기 밑바닥에는 언제나 우리를 고양시키는 강인함이 흐르고 있었다.

20세기 중국의 소용돌이를 헤치며 살아온 나의 외할머니와 어머니, 그리고 나 자신의 이야기인 『대륙의 딸』을 쓰도록 나에게 마지막으로 영감을 준 사람은 어머니였다. 2년 동안 나는 내 몫의 눈물을 흘렸고, 수많은 밤을 잠 못 이루며 뒤척였다. 그 무렵 내 삶을 가득 채우고 깊은 평온으로 나를 감싸주는 사랑을 발견하지 못했다면, 나는 그 고뇌를 참아내지 못했을 것이다. 외유내강(外柔內剛)한 갑주 없는 나의 기사 존 핼리데이는 내가 제2의 조국인 영국에서 찾아낸 가장 값진 보물이었다. 그만 옆에 있으면 모든 것, 『대륙의 딸』을 쓰는 것을 비롯하여 모든 일이 순조로웠다.

나는 이 책을 쓰면서 존에게 크게 의지했다. 영어는 내가 스물한 살의 나이에 외부세계와 완전히 격리된 환경에서 본격적으로 배우기 시작한 언어였다. 내가 영국에 오기 전에 말을 해본 외국인들은 남중국 잔장 항에 들른 선원들뿐이었다. 전에 프랑스 식민지였던 곳으로 나와 친구들은 2주일간 영어 실습을 위해서 파견되었다. 내가 영국에 도착했을 때, 나는 비록 책은 꽤 읽을 수 있었지만 ―― 『1984년』은 내가 맨 먼저 게걸스레 읽은 책들 가운데 하나였다. 나는 오웰의 묘사가 어쩌면 이렇게 마오쩌둥 치하의 중국의 상황과 정확하게 일치하는지 감탄하지 않을 수 없었다 ―― 나는 영어의 관용적 용법을 이해할 수 없었다. 중국에서 내가 배운 교과서들은 외국인들과 접해본 적이 없는 사람들이 쓴 책으로 대개 중국의 원문을 직역한 것이었다. 예를 들면 "인사"라는 과를 보면, 우리가 중국에서 쓰는 "어디 가세요?" "식사하셨어요?" 같은 표현을 직역한 말이 인사로 제시되었다. 나는 영국에 와서 처음에는 이런 말로 사람들에게 인사를 했었다.

내가 영어로 책을 쓰려면 존의 도움이 필요했다. 나의 바람 대로 좋은 책을 쓰려면 존의 도움은 절대적이었다. 작가이며 역사가인 존은 『대륙의 딸』이 제대로 줄거리를 잡는 데 없어서는 안 될 존재였다. 나는 그의 판단과 정확한 눈 —— 영양(羚羊)의 눈 같은 그의 아름다운 눈에 전적으로 의지했다. 나는 글을 쓰는 법에 대해서도 그에게서 많은 것을 배웠다.

그러니까 나는 『대륙의 딸』을 쓰는 데 내 생애의 가장 중요한 두 사람 —— 어머니와 남편 —— 의 도움을 받는 축복을 누린 것이다. 책이 출판되기 전에 어머니는 나에게 편지를 보냈다. 책이 잘 팔리지 않고 사람들의 주목을 끌지 못할지도 모르지만, 그렇게 되더라도 상심하지 말라는 내용이었다. 내가 어머니를 만족할 줄 아는 여인으로 만들었던 것이다. 책을 쓴다는 사실이 우리 두 사람을 더 가깝게 만들어주었다. 당신으로서는 그것만으로도 족하다고 어머니는 말씀하셨다. 어머니의 이런 생각은 옳았다. 나는 어머니에 대한 새로운 존경심과 사랑하는 마음을 가지게 되었다. 하지만 나는 어머니를 더 잘 이해하게 되었다는 바로 그 이유 때문에, 어머니가 세상의 인정에 대해서 짐짓 무관심한 체하는 것이 실은 나에게 닥칠지도 모르는 타격으로부터 나를 보호하려는 그분의 의식적인 노력이라는 것을 알아차릴 수 있었다. 나는 큰 감동을 받았다.

어머니가 오직 이해만을 해주고 어떤 압력도 주지 않는다는 그 사실 덕분에, 나는 『대륙의 딸』이 세상으로부터 어떤 대접을 받을 것인가에 대한 걱정을 떨쳐버릴 수 있었다. 나는 독자들이 그 책을 좋아하기를 바랐지만, 그 꿈에 지나치게 의지하지는 않았다. 존이 나를 최대한 격려해주었다. 그는 "참 대단한 책이야" 하고 말했다. 나는 그의 말을 믿었다. 책을 쓰면서 글의 내용과 관련된 모든 결정을 내릴 때도 그랬고, 살아가면서 닥치는 모든 다른 문제에서도 그러는 것처럼.

『대륙의 딸』은 성공을 거두었다. 지난 12년 동안 수많은 사람들이 나에게 직접 또는 편지를 통해서 책에 대한 찬사를 전했고, 이런 찬사는 내 삶에 끊임없이 흐르는 즐거움의 원천이었다. 지금도 중국 청두에 생존해 계시는 어머니에게 외교관에서 배낭여행객, 사업가에서 관광객에 이르는 국적이 다른 수많은 사람들이 찾아오고 있다. 어머니는 영국은 말할 것도 없고 네덜란드, 태국, 헝가리, 브라질 등 여러 나라로부터 초청을 받으셨다. 일본에서는 여자들이 높은 빌딩과 벚꽃 아래에서 어머니를 가로막고 다정한 말을 건넸다. 한번은 어느 식당에서 예쁜 기모노 손수건이 은쟁반에 담겨 우리에게 전달된 적도 있었다. 그 손수건에 어머니의 사인을 받기 위해서였다. 공항에서 사람들이 어머니의 짐을 들어주며 어머니에게 찬사를 보낸 경우도 몇 번 있었다. 어머니는 당신의 딸에게서뿐만이 아니라 전 세계 수백만 독자들로부터도 이해를 얻은 것이었다.

이 거의 완벽한 해피엔딩에 한 가지 아쉬운 점이 있다면, 그것은 이 책이 아직도 중국 본토에서는 출판이 허가되지 않고 있다는 점이다. 중국 정권은 이 책이 공산당의 권력에 위협이 된다고 생각하고 있는 것 같다. 『대륙의 딸』은 개인의 이야기이다. 그러나 그 이야기에는 20세기 중국의 역사가 반영되어 있고, 이 역사에서 중국 공산당은 좋은 모습을 보이지 못하고 있다. 그 통치를 합리화하기 위해서 당은 공식 버전의 역사를 만들었는데, 『대륙의 딸』은 그 공식 노선을 따르지 않고 있는 것이다. 특히 『대륙의 딸』은 베이징 당국이 선전하는 것처럼 마오쩌둥을 근본적으로 선량하고 위대한 지도자로 보지 않고 중국 인민들을 잘못 통치한 범죄를 저지른 인물로 묘사하고 있다. 오늘날에도 마오쩌둥의 초상화가 여전히 수도의 한복판인 톈안먼 광장에 걸려 있고, 광대한 시멘트 광장 건너에는 그의 시신이 숭배의 대상으로 누워 있다. 현재의 중국 지도부는 여전히 마오쩌둥의 신화를 떠받들고 있다. 현 지도부는 자기네들이 그의 후계자임을 자처하면서 그로부터 정통성을 물려받았다고 주장하고 있다.

『대륙의 딸』의 출판이 중국에서 금지되고 있는 것은 바로 이런 이유 때문이다. 언론매체가 이 책이나 나에 대해서 언급하는 것도 금지되고 있다. 지난 몇 년 동안 많은 중국의 언론인들이 나와 인터뷰하거나 『대륙의 딸』에 대한 기사를 썼지만, 2건을 제외한 모든 기사들이 묵살되고 말았다. 편집자들이 감히 그 금지명령을 깨뜨리지 못하기 때문이다. 이 금지명령을 어기기가 더욱 어려운 것은 강한 어구로 구성된 일급비밀인 이 금지명령에 외교부가 공동서명을 했기 때문이다. 이것은 책에 대한 금지명령 치고는 유일한 사례는 아닐지 몰라도 유별난 것임에는 틀림없다. 그래서 사람들은 겁을 내고 있다. 『대륙의 딸』과 관련되었다가는 큰 곤욕을 치를 것이라고 생각하는 것이다. 그러나 그 반작용 또한 존재한다. 국가 검열기관에서 일하는 사람들 등 적지 않은 사람들이 이 책을 구해서 읽어보게 된 것이다.

오늘날 중국의 생활은 대부분의 사람들이 가진 생전의 기억보다 엄청나게 좋아졌다. 이 사실은 나를 늘 기쁘게 한다. 상당한 개인적 자유가 허용되고 있지만, 중국은 가장 자유로운 나라는 결코 아니다. 언론과 출판은 공산당 집권 이전 시기보다 훨씬 더 심한 통제를 받고 있다. 1994년에 『대륙의 딸』에 대한 출판 금지조치가 시행되기 전에, 중국의 한 출판사가 이 책을 검열관들에게 제출했었다. 검열관들은 몇몇 부분, 특히 내가 마오쩌둥에 대해서 회상하는 부분들을 삭제하기로 했다. 그런 부분은 많지 않았기 때문에 나는 해당 페이지에 "이런저런 부분이 삭제되었다"고 밝힌다는 조건으로 삭제에 동의했다. 출판사도 이에 동의했다. 이것은 공산 정권 이전에 시행되던 검열제도에서도 통용되던 장치였다. 그러나 이런 장치가 오늘날의 중국 정부에게는 통하지 않는다. 삭제된 버전이 마침내 세상에 나왔지만 그것은 해적판으로서였다. 해적판을 내는 사람들까지도 감히 원본을 펴낼 생각은 하지 못했던 것이다.

나는 원문이 삭제되지 않은 또다른 해적판이 있다는 이야기를 들었다. 이것은 아마 홍콩이나 타이완에서 나온 중국어판의 사진 복사판일 것이다. 홍콩의 출판은 1997년 중국으로의 반환에 영향을 받지 않고 있다. 여러 권의 책이 중국으로 반입되었다(세관 관리들이 여행자의 짐을 뒤지는 경우는 드물다). 나도 몇 권을 가지고 들어갔지만, 아무 문제도 없었다. 그러나 우편으로 부친 책들은 도착되지 않았다. 내가 찬사를 아끼지 않는 중국의 위대한 영화감독 한 분이 이 책을 영화로 만들려고 했지만, 성공하지 못했다. 허용되지 않는다는 말을 들었던 것이다. 만약 그가 해외에서 이 책을 영화로 만든다면, 그가 만든 다른 영화들과 그와 같이 일하는 사람들이 불이익을 당할 것이라는 이야기도 들었다. 이처럼 철저한 중국 정권의 억압의 결과로, 중국 안에 사는 사람들은 비교적 소수만이 『대륙의 딸』이라는 책이 있다는 이야기를 들었을 뿐이다.

하지만 이 책은 중국 안에서도 그런대로 꽤 알려져 있는 편이다. 중국과 외부세계와의 통신이 크게 늘어났기 때문이다. 이 책이 약삭빠른 사기꾼의 이용 대상이 되기까지 한다. 그 사람은 내 고향 도시인 청두의 보잘것없는 사기꾼인 듯하다. 2000년 5월 6일자 지방신문에 보도된 바에 따르면, 영어를 유창하게 구사하고 프랑스 어, 독일어, 일본어도 조금 하는 그는 주요 호텔과 관광지를 돌아다니며 외국인 관광객들과 잡담을 나누면서 자기가 나와 절친한 친구 사이라고 주장했다고 한다. 그런 다음 그는 관광객들을 어느 식당으로 데려갔고, 관광객들에게는 터무니없이 비싼 계산서가 나왔으며, 뒤에 그는 그 식당에서 얼마간의 자기 몫을 받았다는 것이다.

감동적인 호의를 접한 적도 있다. 언젠가 존과 내가 베이징의 어느 식당에서 저녁을 먹었는데, 존이 식사 대금을 내려고 하자 식당 점원은 어떤 젊은이가 이미 계산을 했다고 말했다. 그 젊은이는 "당신 아내의 책"을 읽고 자기 자신의 나라에 대해서 알게 되었다고 말했다는 것이었다.

『대륙의 딸』이 비록 금지되어 있기는 하지만, 그것을 몰래 읽거나 그 책에 대해서 은밀하게 이야기했다고 해서 처벌을 받지는 않는다. 나는 중국에서 아주 자유롭게 여행할 수 있으며, 감시를 받는 듯한 낌새를 발견할 수 없다. 책은 위협으로 간주되고 있지만, 나 자신이 위협으로 간주되고 있지 않은 것은 분명하다. 나는 회합을 가지지도 않고 연설도 하지 않으며, 또 비밀스런 일을 하지도 않기 때문이다. 언론매체가 나를 다루는 것이 금지되어 있기 때문에, 나는 공적인 목소리를 가지지 못한 단순한 개인에 불과하다. 현 정권은 압제의 대상을 극도로 제한하고 있다. 정권이 자신들에게 위협이 된다고 생각하는 것들에만 압제를 가하고 있다. 인민들에게 영향을 끼칠 수 있는 것, 조직적 반대로 이어질 잠재력을 가진 것들만이 압제의 대상이 되고 있다. 이런 접근 방식은 수백만 명의 무고한 인민들이 아무 이유 없이 희생되던 마오쩌둥의 통치에 비하면 크게 개선된 것이다. 하지만 그것은 또한 당이 권력 독점을 유지하려는 결의를 늦추지 않고 있고, 13억의 중국인들이 앞으로도 계속해서 비밀리에 선택된 소수의 사람들의 손에 좌지우지되어야 할 것임을 의미한다. 세계 역시 주요 핵강국들 가운데 한 나라의 지도자들이 사악한 사람들이 아니기를 순전히 행운에 의지해서 희망해야 하는 것이다.

『대륙의 딸』을 씀으로써 중국에 대한 나의 감정은 심화되었다. 과거에 대한 정화의식을 치름으로써 나는 이제 "과거를 모두 잊어버리기"를 원치 않게 되었다. 이제 나는 중국을 너무 오래 떠나 있으면 좀이 쑤신다. 너무 낡았으면서도 젊음의 정력이 넘치는 그곳, 너무나 많은 비극을 겪었으면서도 여전히 때 묻지 않고 낙천적인 채로 남아 있는 그곳이 내 살 밑에 자리잡고 있다. 나는 1년에 한두 번 중국으로 돌아가고는 한다. 하지만 그곳은 내가 긴장을 풀고 쉴 수 있는 집이 아니다. 나는 기진맥진한 느낌으로 런던으로 돌아오곤 한다. 감정의 고양과 흥분이 나를 기진맥진하게 하는 것이다. 그곳에서는 내가 발걸음을 옮길 때마다 끈질기게 따라다니는 분노와 격분 또한 나를 지치게 한다. 그러면서도 내가 중독된 듯이 중국으로 되돌아가는 것은 마오쩌둥의 전기를 쓰기 위한 조사작업 때문이다. 존과 나는 지난 10년 동안 공동으로 이 전기를 집필해오고 있는데, 이 책은 2004년에 출간될 예정이다.

내가 마오쩌둥에 대한 책을 쓰기로 결심한 것은, 중국에서의 내 삶을 지배했고 또 세계 인구의 4분의 1이나 되는 나의 동포들의 삶을 황폐화시킨 이 인물에 매혹되었기 때문이다. 그는 히틀러나 스탈린 못지않게 사악했고, 그들 못지않은 폐해를 인류에게 끼쳤다. 그러나 세계는 놀라울 정도로 그에 대해서 잘 모르고 있다. 유럽의 두 폭군은 곧 전 세계에서 비난의 대상이 되었지만, 마오쩌둥은 죽은 지 근 30년이 되었지만 자기 이름에 약간의 오점 —— 그가 저지른 죄에 비해서 터무니없이 부족한 —— 만 남기는 믿을 수 없는 재주를 부렸다. 존과 나는 그에 관한 신화의 미로를 파헤치는 도전을 음미하고 있다.

중국 정권은 예상했던 대로 우리의 앞길에 많은 장애물을 설치해놓았다. 그러나 우리가 극복할 수 없는 것은 얼마 되지 않았고, 대다수는 우리 두 저자들을 마치 한 쌍의 탐정처럼 만듦으로써 재미를 더해주는 역할만 했을 뿐이다. 베이징에 있는 많은 중요한 인물들에게 나와 이야기하지 말라는 경고장이 날아들었다. 그러나 그 경고는 『대륙의 딸』에 대해서 쓰거나 그 책을 출판하지 못하도록 했던 것과 같은 엄격한 금지조치가 아니라 "말조심을 하라"는 정도의 경고인 듯하다. 그래서 어떤 사람들은 말썽을 피하기 위해서 나를 만나지 않기로 했지만, 대다수는 이야기하는 쪽을 택했다. 사람들은 가슴속에 묻어둔 하고 싶은 이야기가 많고, 또 중국인들은 가슴 깊은 곳에 역사에 대한 의무감을 간직하고 있다. 경고장이 오히려 도움이 되기도 했다. 그것은 우리가 쓰는 전기가 상당히 비중 있는 책이라는 일종의 광고가 되었고, 또 이 책이 당의 노선을 따르지 않을 것임을 알려주는 역할을 했다. 이것이 어떤 사람들에게는 자기가 간직하고 있는 이야기를 털어놓게 하는 커다란 유인이 되었다. 궁극적으로 내 일을 수월하게 해준 것은 『대륙의 딸』이다. 내가 만나는 대다수의 사람들은 이 책을 읽었거나 이 책에 대해서 들었고, 책에 담긴 내용이 정직하다는 데 동의하고 있는 듯하다. 그들은 우리가 쓰는 마오쩌둥 전기 또한 진실을 말할 것으로 믿고 있는 듯하다.

『대륙의 딸』은 또한 국제적인 정치가들과 세계 각지에 있는 새로운 취재원들에게 접근할 수 있는 문을 열어주었다. 이 조사작업을 통해서 나는 존을 공동 저자로 삼은 것이 내게 얼마나 큰 행운인가를 여러 차례 깨닫게 되었다. 존은 여러 언어를 구사할 뿐 아니라 마오쩌둥이 그 일부를 이루고 있는 국제정치의 걸어다니는 백과사전이기 때문이다. 지난 10년간은 존과 나에게 꿈같은 시간이었다. 우리는 마오쩌둥에 대한 정보를 찾아서 세계 곳곳을 여행했다. 우리는 지름길을 택하지 않고 필요한 시간을 모두 할애한다는 방침 아래 매일매일 꾸준히 일해왔다. 우리가 자랑거리로 삼을 수 있는 책을 쓰고 싶었기 때문이다.

런던 노팅힐의 집에 있을 때면 나는 매일 책상 앞에 앉아서 글을 쓴다. 존은 아래층에 있는 그의 서재에서 작업을 한다. 가끔 서재 문이 열릴 때가 있는데, 그것은 아마 존이 차를 한 잔 끓이기 위해서 자리에서 일어날 때일 것이다. 그 소리를 들으면 나는 잠시 일에서 손을 놓고 우리가 만나게 될 때를 즐거운 마음으로 생각한다. 우리가 만나는 시간은 점심 식사를 하면서 그동안 발견한 사실들을 서로 교환하는 시간, 또는 친구들과 함께 저녁 외식을 할 때이다. 내 책상의 오른쪽 창문 밖에는 폭포수처럼 가지를 아래로 내려뜨리고 있는 거대한 플라타너스 나무가 한 그루 있다. 비가 오락가락 하는 날 안개구름 뒤에서 태양이 미소를 지으며 그 미묘한 햇빛을 비출 때면 하늘이 정말 아름답다. 플라타너스 나무 밑에는 런던을 배경으로 한 영화에 반드시 나오는 검은 가로등 기둥이 있다. 그 너머 거리에는 똑같이 고풍스런 붉은색 2층 버스가 지나간다. 보행자들이 우산을 쓰고 걷는다. 가장 평범한 런던의 정경이다. 하지만 나는 그 광경을 아무리 보아도 싫증이 나지 않는다. 아무리 글을 써도 싫증이 나지 않는 것처럼. 몇 년 동안 힘든 작업을 하면서 좌절의 순간도 있었고, 나 자신과 친구들에게 "이제 신물이 난다"고 말한 적도 몇 번 있었다. 하지만 나는 지금 무척 행복하다.

2003년 5월 런던에서
장융

가계도

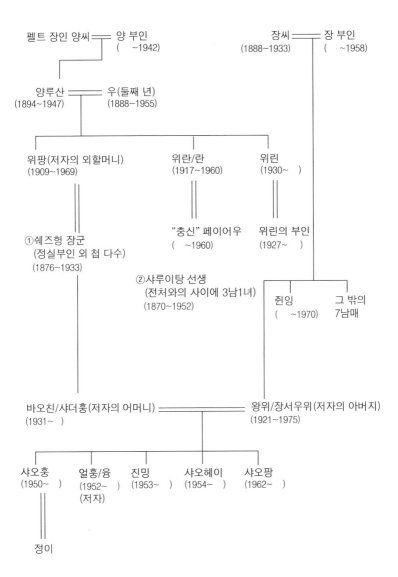

펠트 장인 양씨 ══ 양 부인
(~1942)

장씨 ══ 장 부인
(1888~1933) (~1958)

양루산 ══ 우(둘째 년)
(1894~1947) (1888~1955)

위팡(저자의 외할머니)
(1909~1969)

위란/란
(1917~1960)

위린
(1930~)

①쉐즈헝 장군
(정실부인 외 첩 다수)
(1876~1933)

"충신" 페이어우
(~1960)

위린의 부인
(1927~)

②샤루이탕 선생
(전처와의 사이에 3남1녀)
(1870~1952)

쥔잉
(~1970)

그 밖의
7남매

바오친/샤더훙(저자의 어머니)
(1931~)

왕위/장서우위(저자의 아버지)
(1921~1975)

샤오훙
(1950~)

얼훙/융
(1952~)
(저자)

진밍
(1953~)

샤오헤이
(1954~)

샤오팡
(1962~)

정이

연대표

연대	저자, 가족	일반 사항
1870	샤 선생 출생.	청(1644-1922)
1876	쉐즈헝 장군(저자의 외할아버지 출생).	
1909	저자의 외할머니 출생.	
1911		청왕조 멸망. 중화민국 성립. 군벌들의 각축.
1921	저자의 아버지 출생.	
1922-24	쉐즈헝 장군, 베이징 군벌 정부의 경찰총감이 됨.	
1924	외할머니, 쉐 장군의 첩이 됨. 쉐 장군의 실각.	
1927		장제스의 국민당 정권, 중국 대부분을 장악.
1931	저자의 어머니 출생.	일본의 만주 침략
1932	외할머니와 어머니 루룽으로.	일본군의 이셴, 진저우 점령. 만주국 성립(집정 푸이).
1933	쉐 장군 사망.	
1934-35		대장정, 중국 공산당 옌안으로.
1935	외할머니, 샤 선생과 재혼.	
1936	샤 선생, 외할머니, 어머니, 진저우로.	
1937		일본군의 중국 오지 진출. 국공합작 성립.
1938	아버지, 공산당에 입당.	
1940	아버지, 옌안 대장정 참가.	
1945	아버지, 차오양으로.	일본 항복. 소련군, 중국 공산당, 국민당에 의한 진저우 점령.

연대	저자, 가족	일반 사항
1946	아버지, 차오양 주변에서 게릴라 부대 지휘. 어머니, 학생운동 지도자가 됨. 공산당 지하활동에 참여.	국공 내전(1949-1950).
1948	어머니, 체포됨. 아버지와 어머니, 만남.	진저우 포위 공격.
1949	아버지와 어머니 결혼, 진저우를 떠나 난징으로. 어머니, 첫아이 유산. 아버지, 이빈 도착.	중화인민공화국 수립. 인민해방군, 쓰촨 성 장악. 장제스 정부, 타이완으로.
1950	어머니, 이빈 도착. 비적과 싸우면서 군량 조달. 샤오훙 출생.	토지개혁. 중국, 한국전쟁 참전.
1951	어머니, '팅' 여사 밑에서 이빈 공산당 청년단 부장이 됨. 정식 당원이 됨. 외할머니와 샤 선생 이빈으로.	삼반운동.
1952	저자 출생. 샤 선생 사망. 아버지, 이빈 지구 전원(專員)이 됨.	오반운동.
1953	진밍 탄생. 가족 청두로. 어머니, 청두 둥청 구 공무부장이 됨.	
1954	아버지, 쓰촨 성의 공무부 부부장이 됨. 샤오헤이 출생.	
1955	어머니, 격리심사를 위해서 구금됨. 아이들, 보육시설로.	숨어 있는 반혁명분자 진압운동(어머니의 진저우 친구들에게 반혁명분자 낙인). 상공업 국유화 정책.
1956	어머니, 석방됨.	백화제방 정책.
1957		반우파 투쟁.
1958	저자, 초등학교 입학.	대약진운동 시작(토법로에 의한 철강 생산). 인민공사 설립.
1959		대기근(-1961). 펑더화이 실각. 우경 기회주의분자 적발운동.

연대	저자, 가족	일반 사항
1962	샤오팡 출생.	
1963		"레이펑 동지에게 배우다" 운동. 마오쩌둥 숭배 본격화.
1966	아버지, 구금됨. 어머니, 베이징에 탄원하러 감. 아버지, 석방됨. 저자, 홍위병 입대. 베이징 순례. 저자, 홍위병 이탈.	문화혁명 시작.
1967	부모에 대한 박해 가중. 아버지, 마오쩌둥에게 편지. 체포. 정신이상이 됨. 어머니, 저우언라이를 찾아감. 부모, 청두 시내에서 구금생활(1969 년까지).	문화혁명 저지를 위한 장군들의 시도 실패(2월 역류). 얼팅, 쓰촨 성 정부의 실권 장악.
1968	가족, 성위대원(省委大院)에서 추방.	쓰촨 성 혁명위원회 성립.
1969	아버지, 미이의 간부 학교로. 저자, 닝난으로 하방됨. 외할머니 사망. 저자, 더양에서 농민생활. 어머니, 시창의 간부 학교로.	제9회 중국 공산당 전국인민대 표대회에서 문화혁명 승인.
1970	쥔잉 고모 사망. 저자, "맨발의 의사"가 됨.	얼팅, 파면됨.
1971	어머니, 병상 악화. 청두에서 입원. 어머니, 명예회복. 저자, 청두에서 주조공, 전기공이 됨.	린뱌오 비행기 추락사.
1972	아버지, 간부 학교에서 석방됨.	닉슨 중국 방문.
1973	저자, 쓰촨 대학교에 입학.	덩샤오핑 복권.
1975	아버지 사망. 저자, 외국인과 처음으로 대화함.	
1976		저우언라이 사망. 덩샤오핑 실각. 톈안먼 광장 시위. 마오쩌둥 사망. 4인방 체포.
1977	저자, 쓰촨 대학교 강사가 되었으나 농촌으로 하방됨.	
1978	저자, 장학금을 받고 영국 유학.	덩샤오핑 복권.

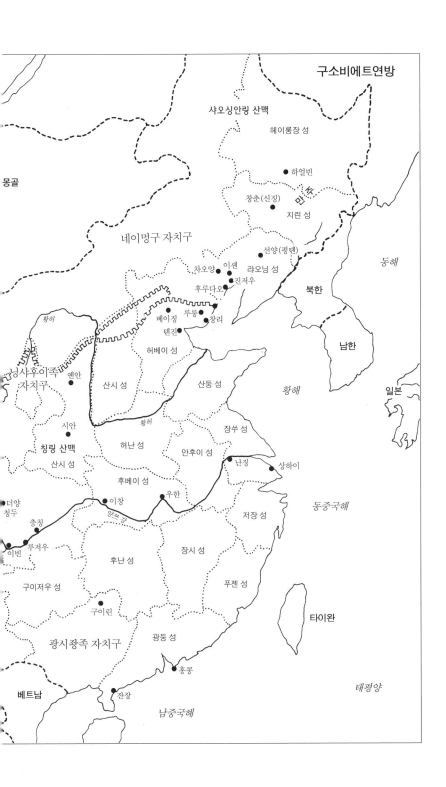

1. "세 치 황금 나리꽃"

군벌 장군의 첩
(1909-1933)

열다섯 살에 외할머니는 군벌 장군의 첩이 되었다. 그 장군은 허약한 중국 정부의 경찰총감이었다. 1924년 당시 중국은 혼돈에 빠져 있었다. 외할머니가 살던 만주를 포함하여 중국의 대부분이 군벌의 통치하에 있었다. 외할머니를 장군의 첩으로 들여보낸 사람은 만리장성에서 북쪽으로 약 160킬로미터, 베이징에서 북동쪽으로 400킬로미터 떨어진 만주 남서부의 지방 도시 이셴의 경찰관이었던 외증조할아버지였다.

중국의 대다수 도시들이 그렇듯이, 이셴은 요새화된 도시였다. 당나라 시대(618-907)에 축조된 높이 9미터, 두께 3.6미터의 성벽이 도시를 둘러싸고 있었다. 성벽에는 총안이 설치된 흉벽이 있었고, 성벽을 따라 16개의 성루가 일정한 간격으로 배치되어 있었으며, 성벽 위는 말이 아주 쉽사리 달릴 수 있을 만큼 넓었다. 성 안으로 들어가는 문이 동서남북으로 4개가 있었고, 각 성문에는 그 문을 지키는 외곽의 문이 있었다. 성곽은 또 깊은 해자로 둘러싸여 있었다.

이 도시의 가장 두드러진 건조물은 흑갈색 돌로 지어진 높은 종루였다. 다채롭게 장식된 이 종루는 불교가 이 지역에 전래된 6세기에 처음 건립된 것이었다. 종루에서는 매일 밤 종을 쳐서 시간을 알렸다. 이 종루는 화재 및 홍수 경보를 발하는 감시탑의 역할도 했다. 이셴은 번영하는 상업 도시였다. 주변의 들판에서는 면화, 옥수수, 수수, 콩, 깨, 배, 사과, 포도 등이 재배되었다. 초지와 서쪽 언덕에서는 농부들이 양과 소를 방목했다.

나의 외증조할아버지 양루산은 1894년에 태어났다. 당시는 중국 전체가 베이징에 기거하는 황제에 의해서 통치되던 시절이었다. 황실은 그들의 근거지였던 만주에서 중국으로 쳐들어와서 1644년 중국을 정복한 만주족이었다. 양씨 문중은 중국 본토의 종족인 한족이었지만, 기회를 찾아 만리장성 북쪽으로 진출한 것이었다.

나의 외증조할아버지는 외아들이었으므로 가문에서 무척 중요한 존재였다. 아들만이 가문을 이어갈 수 있으므로, 그가 없다면 대가 끊어지고, 대가 끊어진다는 것은 중국인들에게는 조상에 대한 가장 큰 불효였다. 외증조할아버지는 좋은 학교에 보내졌다. 시험에 합격해서 관리가 되는 것이 목표였다. 관리는 당시 대다수 중국 남성에게 선망의 대상이었다. 관리가 되면 권력이 따랐고, 권력이 있으면 돈을 벌 수 있었다. 권력이나 돈이 없으면, 중국인들은 관의 착취나 무작위로 행해지는 폭력으로부터 안전할 수 없었다. 중국에는 적절한 법률체계가 존재한 적이 없었다. 재판은 재판관의 재량으로 이루어졌고, 제도화된 잔인한 형벌이 언제 누구에게 떨어질지 모르는 판이었다. 권력을 가진 관리가 바로 법이었다. 관리가 되는 것이 귀족 가문 출신이 아닌 아이가 이 불의와 공포의 악순환에서 벗어날 수 있는 유일한 길이었다. 외증조할아버지의 아버지는 당신의 아들이 당신의 뒤를 이어 집안의 생업이었던 펠트 만드는 일에 종사하지 않도록 하겠다고 결심했다. 자신과 가족이 희생해서 아들의 교육비를 대기로 했던 것이다. 여자들은 근처에 있는 양복점이나 옷 만드는 집에서 바느질감을 맡아와서 밤늦도록 바느질을 했다. 돈을 아끼려고 그들은 등잔불을 최소한으로 줄였다. 이로 인해서 그들은 시력이 나빠졌다. 오랫동안 바느질을 한 탓으로 손가락 관절이 퉁퉁 부어올랐다.

당시의 관습에 따라 외증조할아버지는 열네 살이라는 어린 나이에 여섯 살 연상인 여자와 결혼했다. 남편을 양육하는 일을 돕는 것이 아내의 의무 가운데 하나로 생각되던 시절이었다.

외증조할머니는 그 시절 수백만 중국 여인들이 걸어온 길을 걸은 전형적인 중국 여인이었다. 외증조할머니는 우씨 성을 가진 무두장이 집안 출신이었다. 선비 집안도 아니고 관리 집안도 아닌데다 딸이었기 때문에 외증조할머니는 이름도 없었다. 둘째 딸이었기 때문에 외증조할머니는 그냥 "둘째 년"이라고 불렀다. 외증조할머니의 아버지는 외증조할머니가 젖먹이였을 때 돌아가셨고, 삼촌이 외증조할머니를 키웠다. 외증조할머니가 여섯 살이었던 어느 날, 외증조할머니의 삼촌이 어떤 친구와 식사를 하고 있었다. 그 친구의 아내는 임신 중이었다. 식사를 하면서 두 사람은 뱃속에 있는 아기가 사내아이라면 여섯 살짜리 여조카와 결혼시키기로 합의했다. 두 젊은이는 결혼식을 올리기 전까지 한번도 만난 적이 없었다. 사실 그 당시 남녀가 사랑에 빠진다는 것은 부끄러운 일이었고, 가문의 수치로 생각되었다. 남녀의 사랑이 금기시되었기 때문은 아니었다. 중국에는 낭만적 사랑의 훌륭한 전통이 있었다. 하지만 젊은이들이 그런 일(남녀간의 사랑)이 일어날 만한 상황에 노출되어 있지 않았기 때문에, 젊은 남녀가 만나는 것이 부도덕한 일로 생각되었기 때문에, 또 결혼이라는 것이 무엇보다도 두 집안 사이에 맺어지는 의무적인 일로 인식되고 있었기 때문에 젊은 남녀의 사랑이 거의 수치스러운 일로 간주되었다. 운이 좋은 사람은 결혼한 후 사랑에 빠질 수 있었다.

온실 속의 삶을 살아오다가 열네 살에 결혼한 외증조할아버지는 결혼은 했지만 소년에 불과했다. 첫날밤에 외증조할아버지는 신방에 들어가지 않으려고 했다. 외증조할아버지는 당신 어머니의 방 침대에 올라가 잠이 들었고, 잠든 신랑을 신부가 있는 방으로 옮겨야 했다. 이렇게 철이 없었고 옷도 혼자 입지 못했지만, 외증조할머니의 말을 빌린다면, 그래도 외증조할아버지는 "씨를 뿌리는" 방법은 알고 있었다고 한다. 나의 외할머니는 두 분이 결혼한 지 1년이 채 안 된 1909년 초여름, 음력으로 5월 초닷새에 태어나셨다. 외할머니의 처지는 그래도 외증조할머니보다는 나았다. 위팡(玉芳)이라는 이름을 받았기 때문이다. 위는 돌림자였고 팡은 "향기로운 꽃"이라는 뜻이었다.

외할머니가 태어난 세상은 한 치 앞을 내다볼 수 없을 정도로 불확실했다. 260년 넘게 중국을 통치해온 청제국이 비틀거리고 있었다. 1894–1895년에 일본이 만주를 침공했고 중국은 일방적으로 패했다. 그 결과 영토를 일본에 할양해야 했다. 1900년 민족주의 색채를 띤 의화단이 반란을 일으켰지만 8개국의 외국 군대에 의해서 진압되었다. 그러나 일부 세력은 만주와 만리장성을 따라 잔존해 있었다. 그 후 1904–1905년에 일본과 러시아가 만주 평원에서 본격적인 전쟁을 벌였다. 이 전쟁에서 승리함으로써 일본은 만주에서 주도권을 행사하는 외세가 되었다. 1911년 다섯 살의 황제 푸이가 황위에서 쫓겨나고 공화국이 선포되었으며, 쑨원이 짧은 기간 동안 이 공화국의 수반 노릇을 했다.

새 공화국 정부는 곧 붕괴되었고, 중국은 몇 조각으로 갈라졌다. 만주는 청왕조의 원발생지였기 때문에 공화국의 세력이 미치지 못했다. 외세, 특히 일본은 이 지역을 병탄하려는 기도를 강화했다. 이런 여러 압력하에서 옛 기관들은 붕괴되었고, 그 결과 권력과 도덕, 권위의 공백 상태가 초래되었다. 많은 사람들이 지방의 권력자에게 금이나 은, 보석 등을 뇌물로 바치면서 상층부로 진입하려고 했다. 나의 외증조할아버지는 큰 도시의 요직을 살 만큼 부유하지 못했다. 나이 서른에 외증조할아버지는 별 볼일 없는 지방의 소도시인 자신의 고향 이셴의 경찰관이 되었다. 하지만 외증조할아버지는 장래 계획을 짜놓고 있었다. 그리고 그에게는 아주 값진 자산이 있었다. 바로 자신의 딸이었다.

나의 외할머니는 미인이었다. 갸름한 얼굴에 뺨은 장밋빛이었고 피부는 윤기가 돌았다. 광택 있는 긴 검은 머리를 땋은 머리채가 허리까지 늘어졌다. 외할머니는 필요할 때는 —— 사실 그럴 때가 대부분이었다 —— 얌전을 뺄 수 있었다. 그러나 차분한 외모 밑에는 억눌린 에너지가 발산되기를 기다리고 있었다. 158센티미터 정도 키의 자그마한 체구에 날씬한 몸매였으며, 두 어깨는 앞으로 구부려져 있었다. 이것은 당시의 기준으로 이상적인 여성의 외모였다.

하지만 외할머니의 가장 큰 자산은 중국말로 "세 치 황금 나리꽃〔三寸金蓮〕"이라고 불리던 전족(纏足)이었다. 이런 작은 발을 가지고 있다는 것은 중국 여성 감식가들의 표현을 빌린다면, 외할머니가 "미풍에 흔들리는 연약한 어린 버드나무 가지처럼" 걷는다는 의미였다. 여인이 전족으로 비틀거리며 걷는 모습이 남자들을 성적으로 자극하는 효과가 있었다. 그녀의 무방비성이 보는 사람에게 보호본능을 유발하기 때문이라는 것이었다.

외할머니의 발은 두 살 때 천으로 단단히 묶여졌다. 자신도 전족을 한 외증조할머니가 엄지발가락을 제외한 모든 발가락을 안으로 구부려서 발바닥 밑으로 밀어넣은 채 6미터 정도의 하얀 천으로 발을 감았던 것이다. 그런 다음 아치형 뼈를 부수기 위해서 그 꼭대기에 커다란 돌을 올려놓았다. 외할머니는 아파서 비명을 지르며 어머니(외증조할머니)에게 제발 그만 하라고 애원했다. 외증조할머니는 외할머니가 고함을 지르지 못하도록 외할머니의 입에 천을 물렸다. 외할머니는 고통에 못 이겨 여러 차례 기절했다.

이런 과정은 몇 년 동안 지속되었다. 뼈가 다 부러진 후에도 밤낮없이 발을 두꺼운 천으로 단단히 묶고 있어야 했다. 풀어놓는 순간 발이 원상으로 회복될 것이기 때문이었다. 몇 해 동안 외할머니는 뼈를 깎는 고통 속에서 살았다. 외할머니가 발을 풀어달라고 애원할라치면 외증조할머니는 울면서 전족을 하지 않은 발이 네 일생을 망칠 거라고, 네 장래 행복을 위해서 이 짓을 하고 있는 거라고 말씀하시곤 했다.

그 시절에는 여자가 결혼할 때 신랑 집에서 맨 먼저 하는 일이 신부의 발 검사였다. 커다란 발, 그러니까 정상적인 발은 신랑 집안에 수치를 안겨주는 것으로 생각되었다. 시어머니가 신부의 긴 치맛자락을 들쳐보고는 신부의 발이 10센티미터 이상 되면 경멸과 책망의 몸짓으로 치맛자락을 털썩 내려놓고 자리를 떴다. 결혼식에 온 하객들은 힐책하는 눈초리로 신부의 발을 쏘아보면서 모욕적인 말을 주고받았다. 때로는 어머니가 딸을 동정해서 발을 묶은 천을 풀어주는 경우도 있었다. 하지만 그 딸이 나중에 장성해서 시댁의 경멸을 견뎌내야 하고 사회에서도 냉대를 받게 되면, 그 딸은 너무나 나약했던 어머니의 행동을 나무랐다.

전족의 관습은 약 1,000년 전에 처음 시작되었다. 황제의 첩이 처음 시작한 것으로 알려져 있다. 여자들이 작은 발로 뒤뚱뒤뚱 걷는 모습이 관능적으로 생각되었을 뿐 아니라, 남자들은 수를 놓은 비단 신발 속에 감추어져 있는 전족을 만지작거리며 흥분하고는 했다. 여자들은 어른이 되어서도 발을 묶은 천을 풀 수 없었다. 천을 풀면 발이 다시 자랄 것이기 때문이었다. 밤에 침대에서만 묶은 천을 조금 느슨하게 풀 수 있었다. 밤에는 바닥이 부드러운 신발을 신었다. 남자들은 천을 풀어낸 전족을 거의 볼 수 없었다. 천을 벗겨내면 전족은 대개 썩은 살로 덮여 있어 고약한 냄새가 났다. 내가 어렸을 때 외할머니가 늘 고통에 시달리시던 일이 지금도 생각난다. 시장에 갔다가 집으로 돌아오면, 외할머니가 맨 먼저 하는 일은 뜨거운 물이 담긴 대야에 두 발을 담그는 것이었다. 그렇게 발을 담그고 나서야 외할머니는 휴 하고 안도의 한숨을 내쉬었다. 다음에 외할머니는 죽은 피부조각을 잘라내고는 했다. 부러진 뼈뿐만 아니라, 발바닥의 둥그스름한 부분을 파고들어가는 발톱도 고통을 주었다.

사실 외할머니가 발을 묶은 것은 전족의 관습이 영원히 사라지려고 할 무렵이었다. 1917년 외할머니의 여동생이 태어날 무렵에는 이 관습이 사실상 폐지되었고, 작은 외할머니는 그 고통을 면할 수 있었다.

그러나 외할머니가 결혼할 무렵에도 이셴 같은 소도시에서는 아직 전족이 좋은 결혼을 할 수 있는 기본 조건이었다. 그러나 전족은 시작에 불과했다. 외증조할아버지는 외할머니를 완벽한 귀부인 또는 지체 높은 사람의 정부(情婦)로 만들 계획이었다. 하층 계급 여자는 무식한 것이 정상이라는 그 시절의 통념을 깨고 외증조할아버지는 외할머니를 1905년에 이셴에 세워진 여학교에 보냈다. 외할머니는 장기와 마작, 바둑을 배웠다. 또 그림 그리기와 수놓기도 익혔다. 외할머니가 즐겨 놓은 수는 원앙새였다(원앙은 늘 짝을 지어 헤엄치므로 사랑을 상징한다). 외할머니는 당신이 신으려고 손수 만드는 작은 신발에 원앙새를 수놓곤 했다. 마지막으로 외할머니에게 현악기인 금(琴)을 가르치기 위해서 가정교사를 고용했다. 금은 치터와 비슷한 악기였다.

외할머니는 그 소도시의 미녀로 통했다. 사람들은 외할머니가 군계일학(群鷄一鶴)처럼 두드러진다고 말했다. 1924년 외할머니는 열다섯 살이었다. 외증조할아버지는 당신의 유일한 진짜 자산 ── 외증조할아버지의 편안한 여생을 보장해줄 단 한 번의 기회 ── 이 때를 놓쳐버리는 것이 아닌가 걱정했다. 그러던 중 그해에 베이징 군벌 정부의 수도 경찰총감 쉐즈형 장군이 이셴을 방문했다.

쉐즈형은 1876년 베이징에서 북쪽으로 약 160킬로미터 떨어진 루룽 현에서 태어났다. 그곳은 광대한 북중국의 평원이 북쪽의 산지와 만나는 만리장성 바로 남쪽이었다. 그는 시골 교사의 네 아들 가운데 장남이었다.

쉐즈형은 미남인데다가 풍채가 당당해서 만나는 모든 사람에게 깊은 인상을 주었다. 그의 얼굴을 손으로 만져본 몇 명의 장님 점쟁이들은 그가 장차 높은 자리에 오를 거라고 예언했다. 그는 타고난

서예가였고, 뛰어난 재능으로 인해서 존경을 받았다. 1908년 루룽현을 방문한 왕화이칭이라는 군벌이 사당 문 현판의 훌륭한 글씨를 보고 그 글씨를 쓴 사람을 만나게 해달라고 청했다. 왕 장군은 서른두 살이었던 쉐즈형을 데리고 가서 자기의 부관이 되어달라고 요청했다.

쉐즈형은 두각을 나타내서, 곧 병참장교로 승진했다. 그는 병참장교 노릇을 하면서 여러 곳을 여행했고, 얼마 후 루룽 부근 및 만리장성 너머 만주에 자기의 식료품점을 차리기 시작했다. 왕 장군이 내몽골에서 일어난 반란을 진압하는 데 한몫함으로써 쉐즈형은 더욱 순탄한 출셋길을 달리게 되었다. 짧은 시간에 그는 큰 재산을 모았고, 루룽에 81칸짜리 저택을 설계해서 짓게 되었다.

청제국이 붕괴되고 처음 10년 동안, 중국의 많은 지역은 무정부 상태에 놓여 있었다. 힘 있는 군벌들이 곧 베이징의 중앙정부를 차지하기 위해서 싸우기 시작했다. 쉐즈형이 속한 군벌의 우두머리는 우페이푸 장군이었는데, 그가 1920년대 초에 베이징에 있던 명목상의 정부를 장악하고 있었다. 1922년 쉐즈형은 수도 경찰총감 겸 베이징에 있던 공공사업국의 공동 책임자가 되었다. 그는 만리장성 양쪽에 있는 20개 현을 다스렸고, 1만 명 이상의 기마경찰과 보병을 휘하에 거느리고 있었다. 경찰총감이라는 지위는 그에게 권력을 가져다주었고, 공공사업국 책임자라는 자리는 재산을 모을 기회를 주었다.

당시는 충성심이라는 것이 종잡을 수 없었다. 1923년 5월, 쉐 장군이 속한 군벌은 자기네들이 불과 1년 전에 그 자리에 앉힌 대총통 리위안흥을 제거하기로 결정했다. 소방 호스로 자신의 휘하 장병들에게 한꺼번에 세례를 주어 전설적인 인물이 된 기독교도 군벌 펑위샹과 연합한 쉐즈형은 자신의 휘하 병력 1만 명을 동원해서 베이징의 주요 정부청사들을 포위한 후, 파산한 정부가 그의 장병들에게 밀린 봉급을 지불하라고 요구했다. 그의 진정한 목적은 대총통 리위안흥을 모욕함으로써 그를 대총통 자리에서 물러나도록 하는 것이었다. 그러나 리위안훙은 사임을 거부했다. 그러자 쉐즈헝은 자신의 부하들에게 대총통 궁의 수도와 전기를 끊도록 했다. 며칠이 지나자 대총통 궁 안의 사정이 견딜 수 없게 되었고, 6월 13일 밤 리위안훙 대총통은 악취가 풍기는 대총통 궁을 포기하고 남동쪽으로 약 110 킬로미터 떨어진 항구도시 톈진으로 도망쳤다.

중국에서 어떤 직위의 권위는 그 직위를 가진 사람이 아니라 그 직위의 공식 인장에 있다. 어떤 서류도 그 인장이 찍혀 있지 않으면 효력이 없다. 대총통의 서명이 되어 있더라도 인장이 없으면 아무 소용이 없는 것이다. 대총통의 직인이 없으면 누구도 대총통직을 인수할 수 없으리라는 것을 알고 있던 리위안훙 대총통은 프랑스 선교사들이 운영하는 베이징의 한 병원에서 요양 중이던 자신의 첩 가운데 한 사람에게 그 인장을 맡겨놓았다.

리위안훙 대총통이 톈진에 거의 도착했을 무렵, 무장경찰이 그가 타고 있던 기차를 세우고 그에게 인장을 내놓으라고 했다. 처음에 그는 인장을 숨긴 곳을 가르쳐주지 않으려고 했다. 그러나 몇 시간 동안 닦달을 당한 끝에 결국 인장을 숨긴 곳을 말하고 말았다. 새벽 3시에 쉐 장군이 리위안훙의 첩에게서 인장을 회수하려고 프랑스 선교사들이 운영하는 병원으로 갔다. 그가 침대 옆에 나타나자, 첩은 처음에는 그를 쳐다보려고도 하지 않았다. "내가 경찰관 따위에게 어떻게 대총통의 인장을 내주겠어요?" 그녀가 거만하게 말했다. 하지만 으리으리한 제복을 차려입은 쉐 장군의 풍채가 너무도 당당했으므로 그녀는 곧 인장을 그의 손에 순순히 넘겨주었다.

다음 넉 달 동안, 쉐즈헝은 자신의 휘하 경찰력을 동원해서 그가 속한 군벌이 추대하는 인물인 차오쿤이 중국의 첫 번째 선거 가운데 하나로 기록된 선거에서 틀림없이 승리하도록 최선을 다했다. 그러자면 804명의 의원들에게 모두 뇌물을 주어야 했다. 쉐 장군과 펑 장군은 의사당 건물에 경비병을 배치하고 올바로 투표하는 의원에게는 상당한 배려가 있을 것이라는 이야기를 퍼뜨렸다. 이 소문이

퍼지자 지방에 있던 의원들이 속속 베이징으로 돌아왔다. 선거 준비가 마무리되었을 무렵에는 555명의 의원들이 베이징에 모였다. 선거 나흘 전, 긴 흥정 끝에 각 의원들에게 은화 5,000위안이 제공되었다. 이것은 적지 않은 돈이었다. 1923년 10월 5일, 차오쿤이 480표를 얻어 중국의 대총통으로 선출되었다. 쉐 장군은 그간의 공로를 인정받아 대장으로 승진했다. 17명의 "특별 자문관들" 역시 승진했는데, 이들은 모두 여러 군벌이나 장군들의 정부(情婦)나 첩들이었다. 이 사건은 선거 조작의 가장 악명 높은 사례로 중국 역사에 기록되었다. 중국 사람들이 중국에서는 민주주의가 제대로 자리잡지 못할 것이라는 주장을 펼 때면 아직도 이 선거를 예로 들고는 한다.

이듬해 초여름 쉐 장군이 이셴을 방문했다. 이셴은 비록 큰 도시는 아니었지만, 전략적으로 중요한 곳이었다. 이곳이 베이징 정부의 명령이 통하는 경계선이었던 것이다. 이곳을 넘어서면, 노원수(老元帥)라고 알려진 동북지방의 대군벌 장쭤린이 권력을 장악하고 있는 지역이었다. 쉐 장군은 공식적으로는 시찰을 하러 온 것이었지만, 사실 그는 이 지역에 얼마간의 개인적 이권을 가지고 있기도 했다. 이셴에는 그의 소유인 식료품점과 큰 상점들 외에 전당포도 하나 있었는데, 이 전당포가 은행의 역할도 했다. 이셴과 그 인근 지역에서는 이 전당포에서 발권한 돈이 유통되었기 때문이다.

나의 외증조할아버지에게 이것은 일생에 한 번밖에 없는 절호의 기회였다. 그가 진짜 권력자에게 가장 가까이 접근할 수 있는 기회였던 것이다. 외증조할아버지는 갖은 책략을 써서 쉐 장군을 호위하는 일을 맡았고, 아내(외증조할머니)에게 딸을 장군에게 시집보낼 작정이라고 말했다. 외증조할아버지는 외증조할머니의 동의를 구한 것이 아니라 그저 사실을 통고한 것이었다. 당시의 관습이 그렇기도 했지만, 외증조할아버지는 사실 당신의 아내를 경멸했다. 외증조할머니는 울었지만, 아무 말도 하지 못했다. 외증조할아버지는 외증조할머니에게 딸에게는 입도 뻥긋하지 말라고 일렀다. 딸과는 그런 문제를 상의할 필요가 전혀 없었다. 결혼은 감정의 문제가 아니라 일종의 거래였기 때문이다. 딸에게는 결혼이 성사된 다음에 알려주기만 하면 되는 것이었다.

외증조할아버지는 당신이 쉐 장군에게 너무 노골적으로 접근해서는 안 된다는 것을 알고 있었다. 딸을 주겠다고 노골적으로 말하면 딸의 가치를 떨어뜨리는 결과가 될 것이었다. 그의 제의가 거부될 가능성도 있었다. 하지만 쉐 장군에게는 처녀를 볼 기회가 주어져야 했다. 당시 점잖은 집안의 여자들은 낯선 남자들과 만날 수 없었다. 따라서 외증조할아버지는 쉐 장군이 자신의 딸을 볼 기회를 신경을 써서 만들어야만 했다. 두 남녀의 만남은 어디까지나 우연인 것처럼 보여야 했다.

이셴에는 좋은 목재로 지은 900년 된 장엄한 불교 사원이 있었다. 높이가 30미터나 되는 웅대한 건물이었다. 사방 1.5킬로미터쯤 되는 사원 경내에는 사이프러스 나무가 우거져 있어서 매우 아름다웠다. 절 안에는 밝게 채색된 9미터 높이의 목제 부처가 있었고, 사면 벽에는 부처의 일생을 나타내는 벽화들이 그려져 있었다. 이곳은 외증조할아버지가 이 지방을 찾아온 요인을 데려가기에 가장 적절한 곳이었다. 그리고 절은 좋은 가문의 여자들이 혼자서 갈 수 있는 몇 안 되는 장소 가운데 하나이기도 했다.

외할머니는 지정된 어떤 날에 그 절로 가라는 말을 들었다. 부처에 대한 존경심을 나타내기 위해서 외할머니는 향수를 뿌린 물에 목욕을 하고 부처를 모셔놓은 작은 방에서 향을 태우며 오랫동안 명상을 했다. 절에 가서 불공을 드리려면 마음을 최대한 안정시키고 모든 잡념을 떨쳐버려야 했기 때문이다. 외할머니는 하녀 한 사람을 데리고 세낸 마차를 타고 출발했다. 외할머니는 오리알처럼 푸른 색깔의 웃옷을 입었는데, 그 옷의 가장자리는 금실로 수를 놓았고 오른편 가슴께에는 나비 모양의 단추가 달려 있었다. 아래는 주름이 잡힌 분홍색 치마를 입었는데, 치마에는 온통 작은 꽃들이 수놓여 있었다. 긴 검은 머리는 한 가닥으로 땋았다. 땋은 머리 맨 위에는 비단으로 만든 검푸른색의 모란(이런 색깔의 모란은 매우 희귀한 종류이다)이 꽂혀 있었다. 외할머니는 절을 찾는 여자들이 으레 그러듯이 화장은 별로 하지 않았지만 향수를 진하게 뿌렸다. 절 안으로 들어간 외할머니는 거대한 부처 앞에 무릎을 꿇었다. 외할머니는 그 목제 부처에게 몇 번 절을 한 후, 두 손을 마주 잡고 무릎을 꿇은 채 앉아 있었다.

외할머니가 불공을 드리고 있을 때, 외증조할아버지가 쉐 장군과 함께 도착했다. 두 남자는 어두운 복도에서 외할머니를 지켜보았다. 외증조할아버지가 세심하게 계획한 대로였다. 외할머니가 무릎을 꿇고 앉아 있었기 때문에 웃옷과 마찬가지로 금으로 가장자리를 두른 외할머니의 비단 바지도 드러나보였고, 또 수놓은 공단 신발을 신은 외할머니의 작은 발도 잘 보였다.

기도를 끝낸 외할머니는 다시 부처에게 세 번 절했다. 외할머니는 일어서면서 전족을 한 여자들이 으레 그러듯이 균형을 잃고 약간 비틀거렸다. 외할머니는 넘어지지 않으려고 한 팔을 뻗쳐 하녀의 팔을 잡았다. 그때 외증조할아버지와 쉐 장군은 이미 자리를 뜨고 있었다. 외할머니는 낯을 붉히면서 머리를 숙여보이고는 돌아서서 발걸음을 떼기 시작했다. 외간 남자를 만난 양갓집 규수가 해야 할 행동이었다. 외증조할아버지가 앞으로 나서서 당신의 딸을 장군에게 소개했다. 외할머니는 무릎을 굽혀 절을 하고는 계속 머리를 숙이고 있었다.

지체 높은 사람이 으레 그러듯이, 장군은 지위가 낮은 외증조할아버지와 그 딸을 만난 일에 대해서 별말을 하지 않았다. 그러나 외증조할아버지는 그가 외할머니에게 매혹되었다는 것을 알 수 있었다. 다음 단계는 더욱 직접적인 해후를 주선하는 일이었다. 이틀 후 외증조할아버지는 파산의 위험을 무릅쓰고 그 도시에서 가장 좋은 극장을 세낸 다음, 이 지방의 가극을 공연하도록 하고, 그 자리에 쉐 장군을 주빈으로 초대했다. 대부분의 중국 극장이 그렇듯이, 이 극장도 장방형의 광장 사방을 건물로 둘러싸고 있었다. 삼면에 목제 구조물들이 있었고, 나머지 한 면은 무대였다. 무대는 텅 비어 있었다. 커튼도, 무대 장치도 없었다. 관객석은 서양의 극장보다는 카페에 더 가까웠다. 사람들은 개방된 광장에 놓인 테이블 앞에 앉아 먹고 마시면서 공연이 진행되는 동안 내내 큰 소리로 떠들어댔다. 한옆의 좀 높은 장소에 귀부인석이 있었다. 그곳에서는 귀부인들이 좀 더 작은 테이블 앞에 얌전하게 앉아 있었고, 그 뒤에 하녀들이 서 있었다. 외증조할아버지는 외할머니를 쉐 장군이 잘 볼 수 있는 자리에 앉도록 조치해놓았다.

이번에 외할머니는 절에 갔을 때보다 훨씬 더 잘 차려입고 있었다. 많은 수가 놓인 공단 드레스를 입고, 머리에는 보석 장신구를 꽂았다. 또 외할머니는 타고난 쾌활함과 에너지를 한껏 발산하고 있었다. 외할머니는 자신의 여자 친구들과 웃으며 잡담을 나누고 있었던 것이다. 쉐 장군은 무대를 거의 보지 않았다.

공연이 끝난 후, 등불 수수께끼라는 전통적인 중국의 게임이 진행되었다. 이 게임은 두 개의 서로 격리된 방에서 진행되었다. 한 방은 남자들의 방이었고, 다른 방은 여자들의 방이었다. 각 방에는 잘 만든 종이 등〔紙燈〕이 수십 개 있었고, 등마다 시(詩)로 쓴 수수께끼가 꽂혀 있었다. 답을 가장 많이 맞힌 사람이 상을 탔다. 남자들 가운데 답을 가장 많이 맞힌 사람은 말할 것도 없이 쉐 장군이었고, 여자들 가운데 답을 가장 많이 맞힌 사람은 외할머니였다.

외증조할아버지가 쉐 장군에게 당신의 딸의 아름다움과 지성을 감상할 기회를 제공한 것이었다. 마지막 자격 요건은 예술적 재능이었다. 이틀 밤이 지난 후 외증조할아버지는 저녁 식사를 대접하기 위해서 쉐 장군을 집으로 초대했다. 따뜻하고 청명한 밤이었고, 하늘에는 보름달이 떠 있었다. 금(琴) 연주를 듣기에 안성맞춤인 밤이었다. 저녁 식사를 마친 후, 남자들은 베란다에 자리를 잡고 앉았고,

외할머니는 불려나와 뜰에서 금을 연주하게 되었다. 덩굴식물이 지붕을 이룬 격자 시렁 밑에 앉아, 공중에 풍기는 개회나무 향내를 맡으면서 쉐 장군은 외할머니의 금 연주에 흠뻑 빠져들었다. 뒤에 쉐 장군은 외할머니에게 그날 저녁 달빛 아래서 외할머니의 금 연주가 자기의 마음을 사로잡았다며 털어놓았다고 한다. 어머니가 태어나자 장군은 어머니에게 바오친(宝琴)이라는 이름을 지어주었다.

그날 저녁에 쉐 장군은 청혼을 했다. 물론 외할머니에게 한 것이 아니라 외증조할아버지에게 했다. 정식 결혼을 하겠다는 것이 아니라 외할머니를 첩으로 삼겠다는 것이었다. 외증조할아버지가 바란 것도 바로 그것이었다. 쉐씨 가문은 사회적 신분에 기초해서 이미 오래 전에 장군의 결혼을 주선했다. 어쨌든 양씨 집안에서 정식 아내가 되기에는 너무나 비천했다. 하지만 쉐 장군 같은 지체 높은 사람은 첩을 두는 것이 관례였다. 정식 아내는 쾌락의 대상이 아니었다. 쾌락을 맛볼 상대는 첩이었다. 첩은 상당한 권력을 얻을 수도 있었다. 그러나 그들의 사회적 지위는 정식 아내의 그것과는 천양지차였다. 첩은 일종의 제도화된 정부, 그러니까 마음대로 얻기도 하고 버릴 수도 있는 존재였다.

외할머니가 임박한 결혼에 대해서 처음 알게 된 것은 결혼 며칠 전에 외증조할머니가 그 소식을 말해주었을 때였다. 외할머니는 고개를 떨구고 울었다. 외할머니는 첩이 되는 것이 싫었다. 하지만 외증조할아버지가 이미 결정을 내렸고, 부모의 뜻에 따르지 않는다는 것은 생각할 수도 없는 일이었다. 부모의 결정에 의문을 제기한다는 것은 "불효"였고, 불효는 불충에 버금하는 패륜이었다. 외할머니가 외증조할아버지의 뜻에 동의하기를 거부한다고 해도, 그녀의 그런 뜻이 진지하게 받아들여지지 않을 것이었다. 그런 행동은 외할머니가 부모와 함께 있고 싶어서 그러는 것이라고 해석될 터였다. "아니"라고 분명히 말하고 그것이 진지하게 받아들여질 수 있는 유일한 방법은 자살을 하는 길뿐이었다. 외할머니는 입술을 깨물고 아무 말도 하지 않았다. 사실 외할머니가 할 수 있는 말은 없었다. "좋다"고 말하는 것조차 여자답지 못한 처신이라고 생각될 것이었다. 그 말은 어서 부모 곁을 떠나고 싶어 한다는 것을 암시한다고 받아들여질 것이기 때문이었다.

딸이 달가워하지 않는 것을 안 외증조할머니는 외할머니에게 이 결혼이 가능한 최고의 결혼임을 역설하기 시작했다. 외증조할머니는 외증조할아버지가 쉐 장군의 권력에 대해서 하는 말을 들은 적이 있었다. "베이징에서 사람들은 이렇게 말한다구. '쉐 장군이 한 발을 구르면 베이징 시내 전체가 흔들린다.'" 사실 외할머니도 장군의 잘생기고 위엄 있는 처신에 약간 마음이 동한 참이었다. 또 그가 외할머니에 대해서 칭찬한 말을 외증조할아버지에게 전해듣고(그 말은 더욱 살이 붙고 과장되었다) 외할머니는 우쭐한 기분이 들기도 했다. 이셴의 그 어느 남자도 이 군벌 장군처럼 인상적이지 않았다. 열다섯 살의 소녀였던 외할머니는 사실 첩이 된다는 것이 정말로 무엇을 의미하는지 몰랐다. 외할머니는 자기가 쉐 장군의 사랑을 얻어 행복한 삶을 살 수 있을 거라고 생각했다.

쉐 장군은 외할머니가 이셴에 머무를 수 있을 것이라고 말했다. 외할머니를 위해서 이셴에 집을 한 채 사주겠다는 것이었다. 이것은 외할머니가 친정 가까이에서 살 수 있음을 뜻했다. 더욱 중요한 것은 외할머니가 쉐 장군의 집으로 들어가지 않아도 된다는 사실이었다. 그곳에 간다면 외할머니는 쉐 장군의 본처의 권위에 굴종해야 할 것이고, 또 먼저 들어온 다른 첩들도 외할머니를 지배하려고 할 것이기 때문이었다. 쉐 장군 같은 권력자의 집에 사는 여인들은 사실상 감옥살이나 다름없는 생활을 했다. 그들은 늘 말다툼을 하거나 싸우면서 살았는데, 그 싸움이나 말다툼은 대개 그들의 처지가 불안한 데 그 원인이 있었다. 그들이 기댈 수 있는 유일한 안전판은 남편의 총애였다. 혼자 살 집을 사주겠다는 쉐 장군의 제의는 외할머니에게 중요한 의미가 있었다. 쉐 장군은 또 성대한 결혼식까지 거행하겠다고 약속했다. 결혼식은 외할머니와 외할머니 가족들의 체면을 꽤 살려줄 것이었다. 이 외에 외할머니에게 매우 중요한 또다른 조건이 있었다. 외증조할아버지가 이 결혼에 만족한다는 것이었다. 외할머니는 외증조할아버지가 이 일을 계기로 외증조할머니에게 더 잘 대해주기를 바랐다.

외증조할머니는 간질 질환을 앓고 있었다. 그래서 그녀는 스스로 남편의 사랑을 받을 자격이 없다고 생각했다. 외증조할머니는 늘 남편에게 굴종적이었고, 그녀를 발의 때처럼 여기는 외증조할아버지는 그녀의 건강에 전혀 신경을 쓰지 않았다. 여러 해 전부터 외증조할아버지는 외증조할머니가 아들을 못 낳는다고 구박했다. 외증조할머니는 외할머니를 낳은 후 몇 차례 유산을 했고, 그러다가 1917년에야 겨우 아이를 다시 낳았는데 이번에도 역시 딸이었다.

외증조할아버지는 첩을 얻을 수 있을 만큼 부유해지기를 염원했다. 외할머니의 "결혼"이 외증조할아버지로 하여금 그 소원을 이룰 수 있게 해주었다. 쉐 장군이 양씨 집안에 푸짐하게 결혼 선물을 했고, 그 가장 큰 수혜자가 바로 외증조할아버지였기 때문이다. 선물은 장군의 지체에 걸맞은 엄청난 양이었다.

결혼식 날, 밝은 붉은색 수로 장식된 두툼한 비단과 공단이 드리워진 가마 한 대가 양씨 집 앞에 나타났다. 가마 앞에는 깃발과 현판, 그리고 귀부인의 상징인 황금색 불사조가 그려진 비단 등(燈)을 든 행렬이 늘어서 있었다. 결혼식은 전통에 따라 저녁 어스름에 붉은 등을 밝힌 가운데 거행되었다. 북과 징, 그리고 날카로운 소리를 내는 피리들로 이루어진 악대가 흥겨운 음악을 연주했다. 성대한 결혼식에서는 시끌벅적한 소음이 좋은 일로 간주되었다. 결혼식장이 조용하다는 것은 그 결혼에 무엇인가 부끄러운 구석이 있음을 암시할 수도 있기 때문이었다. 외할머니는 밝은 색 수를 놓은 옷을 차려입고, 얼굴과 머리는 붉은 비단 베일로 가렸다. 외할머니는 8명의 남자들이 운반하는 가마를 타고 자신의 새집으로 향했다. 가마 안은 통풍이 안 되어 답답했고 매우 더웠다. 그래서 외할머니는 커튼을 10센티미터가량 살짝 위로 올렸다. 외할머니는 사람들이 거리에서 자기의 결혼 행렬을 구경하는 것을 베일 밑으로 훔쳐보면서 기뻐했다. 이 행렬은 일반적인 첩을 들이는 결혼 행렬과는 완전히 달랐다. 보통 첩을 맞아들일 때는 멋대가리 없는 색깔인 남색으로 물들인 평범한 무명천이 드리워진 조그만 가마를 탔고, 가마를 운반하는 사람들도 2명, 기껏해야 4명이 고작이었다. 또 행렬이나 악대도 없었다. 성대한 결혼 행렬이 으레 그렇듯이 외할머니의 결혼 행렬은 4대 문을 두루 거치면서 도시를 한 바퀴 돌았다. 커다란 버들고리들에 담긴 값비싼 결혼 예물을 실은 수레들이 외할머니의 가마 뒤를 따랐다. 이렇게 온 도시에 구경시킨 다음, 외할머니는 새집에 당도했다. 크고 멋진 집이었다. 외할머니는 만족했다. 호화로운 의식이 외할머니로 하여금 당신의 위신이 높아지고 사람들의 존경을 받게 되었다는 느낌이 들게 했던 것이다. 이센에서 이런 성대한 결혼식을 본 적이 없다고 사람들은 입을 모았다.

외할머니가 새집에 도착하니 군복 정장을 차려입은 쉐 장군이 이 지역의 유력인사들에 둘러싸인 채 외할머니를 기다리고 있었다. 붉은 촛불과 눈부신 가스등이 집의 중심인 거실을 비추고 있었다. 거실에서 신랑과 신부는 천지신명을 모신 위패에 절을 올렸다. 다음에 두 사람은 맞절을 했고, 이어 외할머니는 관습에 따라 혼자 신방으로 들어갔으며, 쉐 장군은 호화판 피로연을 열기 위해서 남자들과 함께 밖으로 나갔다.

쉐 장군은 사흘 동안 그 집을 떠나지 않았다. 외할머니는 행복했다. 외할머니는 장군이 당신을 사랑한다고 생각했고, 장군은 외할머니에게 다소 투박해보이는 애정을 표했다. 그러나 장군은 진지한 문제에 대해서는 외할머니에게 거의 말을 하지 않았다. 중국에는 이런 말이 전해지고 있기 때문이었다. "여자는 머리는 길지만 지능은 짧다." 중국 남자는 자기 집안에서조차 말수가 적고 위엄을 갖추도록 되어 있었다. 그래서 외할머니는 말을 삼가고, 아침에 잠자리에서 일어나기 전에 장군의 발가락을 마사지했으며, 저녁에는 장군에게 금(琴)을 연주해주었다. 1주일 후 갑자기 장군이 떠나겠다고 말했다. 그는 어디로 가는지 말하지 않았고, 외할머니도 그것을 묻는 것은 현명한 일이 못 된다는 것을 알고 있었다. 그가 돌아올 때까지 기다리는 것이 외할머니의 의무였다. 외할머니는 6년을 기다려야 했다.

1924년 9월 북중국에서 두 큰 군벌 간에 전투가 벌어졌다. 쉐 장군은 베이징 수비대의 부사령관으로 승진했지만, 몇 주일도 지나기 전에 그의 오랜 동맹자인 기독교 군벌 펑 장군이 편을 바꾸었다. 11월 3일 그 전해에 쉐 장군과 펑 장군의 도움으로 대총통 자리에 앉은 차오쿤은 대총통직을 사임해야 했다. 같은 날 베이징 수비대가 해체되었고, 이틀 후 베이징 경찰국 역시 해체되었다. 쉐 장군은 서둘러 수도를 떠나야 했다. 그는 치외법권이 적용되는 톈진 프랑스 조계에 사두었던 집으로 피신했다. 그곳은 바로 그 전해에 쉐 장군이 리위안홍 대총통을 궁에서 밀어냈을 때 대총통이 도망쳤던 곳이기도 했다.

한편 외할머니 역시 새로 재개된 전투 한가운데에 끼이게 되었다. 군벌들 간의 전투에서 동북지방을 누가 차지하느냐는 매우 중요한 전략적 가치를 지녔다. 철로변에 있는 도시, 특히 이셴 같은 교통의 요지는 특별한 목표물이 되었다. 쉐 장군이 떠난 직후에 전투가 이 도시의 성벽 바로 앞까지 밀어닥쳤고, 대문 바로 바깥에서 치열한 전투가 벌어졌다. 도시에서는 약탈이 빈번하게 일어났다. 한 이탈리아의 무기상은 현금이 궁한 군벌들에게 "약탈이 가능한 마을들"을 담보로 받아들이겠다고 제의하기까지 했다. 강간도 밥 먹듯이 자행되었다. 다른 많은 여자들이 그랬듯이, 외할머니도 자신을 추하고 더러워보이도록 하기 위해서 얼굴에 검댕 칠을 해야만 했다. 다행히 이번에 이셴은 피해를 입지 않았다. 전투가 남쪽으로 이동했고, 사람들은 정상적인 생활로 복귀할 수 있었다.

외할머니에게 "정상적"이라는 것은 당신의 큰 집에서 시간을 죽일 방법을 찾아내는 것을 뜻했다. 외할머니의 집은 전형적인 북중국 양식으로 지은 집이었다. 건물을 사각형의 삼면 주위를 따라 짓고, 뜰의 남측은 2미터 높이의 담장이었으며, 그 담장에는 바깥뜰로 열리는 문이 있었다. 바깥뜰에는 이중 대문이 있었고, 그 대문에는 둥근 놋쇠 고리가 붙어 있었다.

이런 집들은 겨울에는 무섭게 춥고 여름에는 불가마처럼 더우며, 봄이나 가을은 거의 없는 혹심한 기후에 대처하도록 지어졌다. 여름이면 기온이 섭씨 35도까지 올라가지만 겨울에는 영하 29도까지 내려가고, 시베리아에서 평원을 가로질러 불어오는 세찬 바람이 밀어닥쳤다. 바람에 날리는 먼지 때문에 눈을 뜨기 어려웠고, 피부도 트기 쉬웠다. 사람들은 흔히 얼굴과 머리를 모두 가리는 두건을 착용했다. 집의 안뜰에 면한 모든 방들의 창문은 전부 남쪽으로 나 있어서 가능한 한 많은 햇볕을 받아들이고, 북쪽에 있는 담장이 사나운 바람과 먼지를 막아주도록 되어 있었다. 집의 북쪽에 거실과 외할머니의 방이 있었다. 양쪽으로는 하인들을 위한 방들과 다른 활동을 위한 공간이었다. 주요 방들의 바닥에는 타일이 깔려 있었고, 나무로 된 창문에는 종이가 붙여져 있었다. 피치를 바른 지붕은 반질반질한 검은 타일로 되어 있었다.

그 집은 그 지역의 기준으로 볼 때 사치스러웠고, 외증조할아버지와 외증조할머니가 사는 집보다 훨씬 더 좋았다. 하지만 외할머니는 외롭고 비참했다. 문지기, 요리사, 2명의 하녀 등 몇 명의 하인들이 있었다. 하인들은 외할머니의 시중을 들 뿐만 아니라 경호원 겸 스파이 노릇도 했다. 문지기는 어떤 경우에도 외할머니를 혼자 외출시키지 말라는 지시를 받았다. 떠나기 전에 쉐 장군은 외할머니에게 자기의 다른 첩에게 일어났던 일을 경고삼아 이야기했다. 그는 그 첩이 남자 하인 하나와 관계를 가지고 있다는 사실을 알아냈다는 것이었다. 그래서 그는 그녀를 침대에 묶어놓고 입에 재갈을 물렸다. 그리고는 재갈 물린 천에 독한 알코올을 한 방울씩 똑똑 떨어뜨려서 그녀가 숨이 막혀 서서히 죽게 했다는 것이었다. "물론 난 그녀에게 빨리 죽는 즐거움을 허락할 수 없었지. 여자가 자기 남편을 배반하는 것은 이 세상에서 가장 고약한 짓이니까." 그는 이렇게 말했다. 부정(不貞)에 관한 한, 쉐 장군 같은 남자는 부정에 관련된 남자보다 여자 쪽을 훨씬 더 미워했다. "그 하인놈은 그냥 총살시켜버렸지." 그는 지나가는 말로 이렇게 덧붙였다. 외할머니는 그런 일이 실제로 있었는지 확인할 수 없었다. 그러나 열다섯 살의 어린 나이에 그런 이야기를 듣고는 겁에 질릴 수밖에 없었다.

그 순간부터 외할머니는 줄곧 두려움 속에 살았다. 외출이 거의 불가능했기 때문에 외할머니는 네 벽으로 둘러싸인 공간 안에서 당신만의 세계를 창조해야 했다. 하지만 그곳에서조차도 외할머니는 진정한 여주인이 못 되었다. 외할머니는 하인들이 당신에 대한 불리한 이야기를 지어내지 못하도록 그들의 환심을 사는 일에 상당한 시간을 할애해야만 했다(사실 하인들이 여주인에 대한 나쁜 이야기를 꾸며내는 일은 흔히 일어났다). 외할머니는 하인들에게 많은 선물을 주었고, 또 마작 판을 자주 벌였다. 마작 판이 벌어질 경우, 돈을 딴 사람들은 으레 하인들에게 두둑한 팁을 주기 때문이었다.

외할머니에게는 돈의 부족함이 없었다. 쉐 장군이 규칙적으로 외할머니에게 용돈을 보내주었기 때문이다. 그 돈은 매달 장군 소유의 전당포 지배인에 의해서 전달되었다. 그는 또 마작 판에서 외할머니가 잃은 돈도 물어주었다.

마작 판을 벌이는 일은 중국 도처에 있는 첩들의 일상생활 가운데 일부였다. 아편을 피우는 일도 널리 퍼져 있었다. 아편은 구하기가 쉬웠고, 외할머니처럼 첩 노릇을 하는 여인들은 아편에 취해 시름을 잊는 것을 당연한 일로 생각했다. 많은 첩들이 외로움을 잊으려고 아편을 피우다가 중독자가 되었다. 쉐 장군은 외할머니에게 아편을 피우라고 권했지만, 외할머니는 그 권유를 무시해버렸다.

외할머니의 외출이 허용되는 유일한 경우는 경극을 구경하러 갈 때였다. 그 외에는 매일 온종일 집에 앉아 있어야 했다. 외할머니는 책을 많이 읽었다. 주로 희곡과 소설이었다. 또 외할머니가 좋아하는 꽃인 봉선화, 부용화, 그리고 흔한 분꽃을 가꾸었고, 화분에 담긴 무궁화를 뜰에서 길렀으며, 뜰에는 분재 화분도 여럿 있었다. 이 사치스런 새장에서 외할머니가 얻을 수 있는 또다른 위안은 고양이였다.

친정 부모님들을 찾아가는 일이 허용되었지만, 이것조차 달가워하지 않는 눈치였다. 또 친정에서 부모님들과 함께 밤을 보내는 것은 허용되지 않았다. 외할머니가 대화를 나눌 수 있는 유일한 상대인 부모님들을 찾아가는 일 역시 그리 유쾌하지 않았다. 외증조할아버지는 쉐 장군과의 연줄 덕분에 지방 경찰서의 부서장으로 승진했고, 토지와 재산도 얻었다. 외할머니가 자신의 처지가 얼마나 비참한지를 이야기할 때마다, 외증조할아버지는 덕성스런 여인은 자기의 감정을 억제하고 오직 남편에 대한 의무에만 충실해야 한다는 둥 장황한 설교를 시작하곤 했다. 남편을 그리워하는 것은 정숙한 여인으로서 당연한 일이었지만, 불평을 해서는 안 된다는 것이었다. 사실 정숙한 여인은 자기 견해를 가져서는 안 되었고, 또 설사 가지고 있다고 해도 낯 두껍게 그것을 겉으로 드러내서는 안 되는 것이었다. 외증조할아버지는 중국에서 전해져오는 말을 되뇌곤 했다. "닭과 결혼하면 닭에 순종하라. 개와 결혼하면 개에 순종하라."

6년이라는 세월이 흘렀다. 처음에는 편지가 몇 번 왔지만, 그 후로는 감감무소식이었다. 속에서 들끓는 에너지와 성적 좌절감을 발산할 수도 없고, 또 전족한 발 때문에 집에서조차 마음놓고 걸을 수 없었던 외할머니는 집 주위를 잔걸음으로 걷는 것이 고작이었다. 처음에 외할머니는 장군에게서 소식이 오기를 고대하며 장군과 함께 지냈던 짧은 생활을 머릿속으로 반복해서 되씹어보고는 했다. 자기의 육체적, 심리적 굴종까지도 돌아보면 그립게 여겨졌다. 외할머니는 장군이 무척 보고 싶었다. 그러나 외할머니는 자신이 아마도 중국 곳곳에 점을 찍듯이 산재해 있는 여러 첩들 가운데 한 명에 불과하다는 것을 알고 있었다. 외할머니는 여생을 장군과 함께 보낼 거라고는 꿈도 꾸지 않았다. 그래도 외할머니는 장군을 그리워했다. 그만이 외할머니에게 삶다운 삶을 살 수 있는 유일한 기회를 줄 수 있는 사람이기 때문이었다.

하지만 주일이 달로 바뀌고 달이 해로 바뀌면서, 장군에 대한 그리움은 무디어졌다. 외할머니는 장군에게는 당신이 한낱 노리개에 불과하다는 것, 언제나 편리할 때 다시 주워들 수 있는 노리갯감에 불과하다는 것을 깨달았다. 이제 외할머니의 불안정한 마음이 초점을 맞출 대상을 잃고 말았다. 그 마음은 꽉 끼는 옷 속에 억지로 눌려 있었다. 그 불안정한 마음이 가끔 사지를 뻗칠 때면, 외할머니는 너무 심란해서 어찌할 바를 몰랐다. 어떤 때는 바닥에 쓰러져 의식을 잃기도 했다. 외할머니는 여생 동안 이렇게 의식을 잃고 쓰러지는 증세를 지니고 사셨다.

그러던 어느 날, 그러니까 외할머니의 "남편"이 잠시 외출하듯이 대문 밖으로 걸어나간 때로부터 6년이 지난 후에 다시 나타났다. 두 사람의 만남은 외할머니가 두 사람이 헤어진 직후에 꿈꾸어왔던 것과는 완전히 달랐다. 헤어진 직후에 외할머니는 열정적으로 장군에게 달려가 자신을 내던지는 광경을 상상했었다. 그러나 이제 외할머니는 의무감에서 마지못해 그를 맞아들였다. 외할머니는 당신이 하인들 가운데 누군가의 비위를 건드리지 않았을까, 하인들이 장군의 환심을 사고 자신의 일생을 망치기 위해서 엉뚱한 이야기를 꾸며내지는 않을까 걱정되기도 했다. 하지만 만사가 순조롭게 진행되었다. 이제 쉰이 넘은 장군은 성질이 많이 누그러진 것 같았고, 전처럼 그렇게 위엄이 넘치는 것 같지도 않았다. 외할머니가 예상했던 대로 장군은 자기가 어디에 있었는지, 왜 그렇게 갑자기 떠났었는지, 또 왜 돌아왔는지에 대해서 한마디도 하지 않았고, 외할머니도 묻지 않았다. 따져 묻는다고 책망을 듣고 싶지도 않았지만, 별로 궁금하지도 않았다.

사실 그동안 장군은 그리 먼 곳에 있지 않았다. 그는 톈진에 있는 집과 루룽 부근의 시골 별장을 오가며 은퇴한 돈 많은 고관의 조용한 삶을 영위하고 있었다. 그가 한때 세력을 떨쳤던 세상은 이제 과거의 것이 되어가고 있었다. 군벌들이 영토를 나누어 가지던 시대는 지나가고, 이제 중국의 대부분이 장제스를 우두머리로 한 국민당의 통제하에 있었다. 혼란스러웠던 과거와 결별하고 안정된 새 시대가 왔음을 알리기 위해서 국민당은 수도를 베이징에서 난징으로 옮겼다. 1928년 만주의 통치자 노원수 장쭤린이 만주 지역에서 점차 세력을 확장하고 있던 일본인들에 의해서 암살되었다. 노원수의 아들인 "소원수" 장쉐량은 국민당과 연합했고, 그럼으로써 만주는 공식적으로 중국과 통합되었다. 그러나 국민당의 통치는 만주에서 실질적으로 시행되지 못했다.

　외할머니를 찾아온 쉐 장군은 그리 오래 머물지 않았다. 처음과 똑같이, 며칠 지낸 후 그는 갑자기 떠나겠다고 선언했다. 떠나기 전날 밤, 그는 외할머니에게 자기와 함께 루룽으로 가서 살자고 청했다. 외할머니는 심장이 멎는 것 같았다. 만약 그가 외할머니에게 같이 가자고 명령한다면, 외할머니로서는 장군의 정실부인 및 다른 첩들과 한지붕에서 평생 갇혀 사는 종신형을 선고받는 것이나 다름없었다. 외할머니는 겁에 질려 몸이 부들부들 떨릴 지경이었다. 장군의 발을 마사지하면서 외할머니는 이셴에 그냥 있게 해달라고 조용한 목소리로 간청했다. 외할머니는 그에게 장군이 친절하게도 당신의 부모님에게 딸을 다른 곳으로 데려가지 않겠다고 약속한 일을 상기시키고, 또 외증조할머니의 건강이 좋지 않다는 점도 은근히 알렸다. 외증조할머니는 그 무렵 세 번째 아이를 낳았다. 그토록 기다리던 아들이었다. 외할머니는 부모님에게 효도하고 싶다고 말했다. 물론 남편이며 주인인 장군이 이셴에 오기만 하면 언제나 그를 섬기겠다고 했다. 이튿날 외할머니는 장군의 짐을 꾸렸고, 장군은 혼자서 떠났다. 올 때도 그랬지만, 떠나면서도 장군은 외할머니에게 금, 은,

옥, 진주, 에메랄드 등 보석을 푸짐하게 선물로 주었다. 그와 같은 부류의 많은 남자들이 그렇듯이, 그는 이렇게 하는 것이 여자들의 마음을 사는 방법이라고 믿고 있었다. 외할머니 같은 여자들에게 보석은 보험과 같았다.

얼마 후 외할머니는 자신이 임신했다는 사실을 깨달았다. 1931년 봄, 음력 3월 17일에 외할머니는 딸을 낳았다. 나의 어머니였다. 외할머니는 쉐 장군에게 편지를 보내 그 소식을 알렸다. 장군은 외할머니에게 보낸 답장에서 아기의 이름을 바오친이라고 하고 모녀가 여행을 할 수 있을 만큼 튼튼해지면 즉시 그 애를 루룽으로 데리고 오라고 했다.

외할머니는 아기를 가진 것을 무척 기뻐했다. 외할머니는 이제 당신의 삶에 목적이 생겼다고 생각했다. 외할머니는 자신의 모든 사랑과 에너지를 어머니에게 쏟아부었다. 행복한 1년이 지났다. 쉐 장군은 외할머니에게 루룽으로 오라는 편지를 여러 차례 보냈다. 그러나 그럴 때마다 외할머니는 이런저런 핑계를 대고 뒤로 미루었다. 그러다가 1932년 여름의 어느 날, 쉐 장군이 위독하니 즉시 아이를 데리고 와서 장군에게 보이라는 전보가 왔다. 전보의 문투로 보아 이번만은 지시를 거역할 수 없을 것 같았다.

루룽은 약 320킬로미터 떨어진 곳에 있었다. 여행이라고는 해본 적이 없던 외할머니로서는 그곳까지 가는 것이 보통 일이 아니었다. 더욱이 전족한 발로 여행한다는 것은 지극히 어려운 일이었다. 특히 어린아이를 두 팔로 안고 짐가방을 든다는 것은 거의 불가능한 일이었다. 외할머니는 열네 살 된 동생 위란을 데리고 가기로 했다. 외할머니는 그 동생을 그냥 "란"이라고 불렀다.

그 여행은 모험이었다. 그 지역이 다시 전화에 휩싸였던 것이다. 만주 지역에서 세력을 착실하게 확장하고 있던 일본은 1931년 9월 만주에 대한 본격적인 침공을 개시했다. 일본군은 1932년 1월 6일 이셴을 점령했다. 두 달 후, 일본은 만주국이라는 새로운 국가의 창설을 선포했다. 만주국은 중국 동북부 대부분을 지배했다(프랑스와 독일의 영토를 합친 것과 같은 면적이었다). 일본은 만주국이 독립국이라고 주장했지만, 사실상 만주국은 일본의 괴뢰국가였다. 일본은 어린 나이에 중국 황제 자리에 올랐던 푸이를 만주국의 수반으로 앉혔다. 처음에 그는 행정수반으로 불리다가 1934년에는 만주국의 황제가 되었다. 이 같은 정세는 외부세계와 거의 접촉이 없었던 외할머니에게는 별 의미가 없었다. 일반 국민들은 누가 그들의 통치자가 되느냐에 대해서 체념하고 있었다. 그들에게는 그런 문제에 대한 선택권이 없었기 때문이다. 많은 사람들에게 푸이는 타고난 통치자였다. 청왕조의 황제였고 천자의 적자였기 때문이다. 공화혁명이 일어난 지 20년이 되었지만, 아직 황제의 통치를 대신할 통일국가가 없었고, 게다가 만주 사람들은 자기네들이 "중국"이라고 하는 나라의 국민이라는 의식을 별로 가지고 있지 않았다.

1932년 어느 더운 여름날, 외할머니와 여동생 란, 그리고 어머니는 이셴에서 남행 열차를 탔다. 그들은 산하이관이라는 도시를 지나면서 만주를 벗어났다. 산하이관은 만리장성이 산맥에서 내려와 바다와 맞닿는 곳이었다. 열차가 해안의 평원을 달려가면서 그들은 풍경이 변하는 것을 볼 수 있었다. 만주 평원의 맨땅이 드러난 갈색과 노란색의 토양 대신 이곳의 땅은 더 검었고 초목도 더 무성해서 동북지방에 비해 훨씬 더 싱싱해보였다. 열차가 만리장성을 지난 직후 열차는 내륙으로 들어갔고, 약 1시간 후 창리라는 소도시에서 멈추었다. 그들은 기차에서 내려 시베리아의 철도역처럼 초록색 지붕의 역사 안으로 들어갔다.

외할머니는 마차 한 대를 대절해서 타고 덜컹거리는 길을 북쪽으로 달렸다. 쉐 장군의 저택은 그곳에서 약 32킬로미터 떨어진 옌허잉이라는 소도시의 성벽 바로 바깥에 있었다. 이 소도시는 한때 중요한 군사기지가 자리하고 있어서 청나라 황제와 그 정신(廷臣)들이 자주 찾던 곳이었다. 그래서 그리로 가는 도로에는 "황로(皇路)"라는 거창한 이름이 붙어 있었다. 도로 양편에는 미루나무들이 늘어서 있었고, 그 연초록 잎사귀들이 햇빛을 받아 반짝였다. 그 너머로는 복숭아 과수원이 있어 모래땅에서 복숭아나무들이 무성하게 자라고 있었다. 그러나 외할머니는 이런 경치를 즐길 여유가 없었다. 먼지에 덮인 채 울퉁불퉁한 도로에서 심하게 흔들리고 있었기 때문이다. 무엇보다도 외할머니는 이 여행의 끝에서 당신이 맞이할 일을 걱정하고 있었다.

저택이 눈에 들어왔을 때, 외할머니는 그 장대함에 압도되었다. 거대한 앞대문을 무장한 경비원들이 지키고 있었다. 경비원들은 엎드려 있는 거대한 사자상 옆에 차려 자세로 서 있었다. 말을 매는 석상이 8개 있었는데, 4개는 코끼리상이었고 4개는 원숭이상이었다. 이 두 짐승이 선택된 것은 이들을 뜻하는 한자의 음 때문이었다. 코끼리를 뜻하는 상(象)은 "높은 관직"을 뜻하는 상(相)과 음이 같고, 원숭이 후(猴)도 "귀족"을 뜻하는 후(侯)와 음이 같다. 마차가 바깥문을 지나서 안마당으로 들어갔지만 외할머니에게는 거대한 빈 담벼락만이 보일 뿐이었다. 잠시 후 한쪽으로 두 번째 대문이 보였다. 이것이 고전적인 중국 저택의 구조였다. 담벼락을 둘러 낯선 사람들이 주인의 재산을 들여다볼 수 없게 하고, 또 공격자들이 앞대문에서 곧바로 공격해들어오거나 그 대문을 통해서 화살이나 총탄을 날릴 수 없도록 한 것이었다.

안대문을 통과하는 순간, 하인 하나가 외할머니 옆으로 다가와서 불문곡직하고 아이를 빼앗아갔다. 또다른 하인이 외할머니를 계단 위로 안내해서 쉐 장군의 정실부인이 기거하는 거실로 가도록 했다.

외할머니는 예법에 따라 방으로 들어가자마자 무릎을 꿇고 절을 하면서 이렇게 말했다. "마님, 인사 올립니다." 외할머니의 여동생은 방 안으로 들어가는 것이 허락되지 않아 하인처럼 바깥에 서 있어야 했다. 이것은 외할머니의 여동생을 특별히 박대해서가 아니었다. 첩의 친척은 가족의 일원으로 취급되지 않는 것이 상례였다. 외할머니가 공손하게 절을 마치자 장군의 부인은 외할머니에게 일어나도 좋다고 말했다. 정실부인의 어투는 외할머니가 이 집의 계층조직에서 차지하는 위치를 분명하게 나타내주었다. 여러 첩들 가운데 한 사람인 외할머니는 아내라기보다는 고급 하인에 더 가까운 존재였다.

장군의 부인은 외할머니에게 앉으라고 말했다. 외할머니는 순간적으로 결정을 내려야 했다. 전통적인 중국 가정에서는 어디에 앉느냐가 그 사람의 신분을 나타낸다. 쉐 장군의 정실부인은 그의 지체에 맞는 상석인 방의 북쪽 끝에 앉아 있었다. 그 바로 옆에 작은 탁자를 사이에 두고 역시 남쪽을 향한 의자가 하나 놓여 있었는데, 그것은 장군의 자리였다. 방의 측면을 따라 서로 다른 신분의 사람들이 앉는 의자들이 줄지어 놓여 있었다. 외할머니는 뒷걸음질로 물러선 후, 문에서 가장 가까이 있는 의자에 앉았다. 겸손한 자세를 보인 것이었다. 그러자 부인이 외할머니에게 좀더 앞으로 나오라고 했다. 윗사람으로서 얼마간의 관대함을 보여주어야 했던 것이다.

외할머니가 자리에 앉자 정실부인은 외할머니에게 이제부터 외할머니가 낳은 딸은 자기(정실부인)의 딸로 양육될 것이며, 따라서 그 애는 외할머니를 "엄마"라고 부르지 않을 것이라고 말했다. 외할머니는 그 애를 집안의 젊은 여주인으로 대해야 한다는 것이었다.

부인은 하녀를 부르더니 외할머니를 밖으로 데리고 나가라고 했다. 외할머니는 가슴이 찢어지는 것 같았지만, 억지로 울음을 참아야만 했다. 배정된 방에 들어가고 나서야 외할머니는 울음을 터뜨릴 수 있었다. 쉐 장군의 총애를 받는 두 번째 부인으로 집안 살림을 담당하고 있는 애첩에게 불려갔을 때에도 외할머니의 눈은 아직 붉었다. 그 애첩은 우아한 얼굴의 미인이었는데, 놀랍게도 아주 동정적이었다. 그러나 외할머니는 그 애첩 앞에서도 울음을 꾹 참았다. 이 낯선 환경에서 조심하는 것이 상책임을 외할머니는 본능적으로 느꼈던 것이다.

그날 늦게 외할머니는 "남편"을 보러 가도록 허락을 받았다. 그때 어머니를 데려가도록 허락받았다. 장군은 북중국에서 사용되는 침대인 캉(炕)에 누워 있었다. 캉은 약 70센티미터 높이의 크고 납작한 직사각형 모양으로 밑에 벽돌 난로가 있어 침대를 데우게 되어 있었다. 첩인지 하녀인지 모를 두 사람이 누워 있는 장군 주위에 무릎을 꿇고 앉아서 장군의 다리와 배를 마사지하고 있었다. 쉐 장군은 눈을 감고 있었고 얼굴이 무척 창백했다. 외할머니는 침대 가장자리 위로 몸을 숙이고 장군을 작은 목소리로 불렀다. 장군은 눈을 뜨고 억지로 미소를 지어보였다. 외할머니가 어머니를 침대 위에 내려놓고 말했다. "이 애가 바오친이에요." 매우 힘들어보이는 몸짓으로 쉐 장군은 힘없이 어머니의 머리를 쓰다듬으면서 말했다. "바오친이 당신을 닮았구려. 아주 예뻐." 그런 다음 그는 눈을 감았다.

외할머니가 그를 소리쳐 불렀지만, 그는 눈을 감은 채로 있었다. 외할머니는 장군이 몹시 위독하다는 것을 알 수 있었다. 어쩌면 죽어가고 있는지도 모른다고 생각했다. 외할머니는 침대에서 어머니를 들어올려 꼭 껴안았다. 그러나 외할머니는 당신의 딸을 오래 껴안아줄 수도 없었다. 근처에서 기다리고 있던 정실부인이 성급하게 외할머니의 소매를 잡아끌었기 때문이다. 방에서 나오자 정실부인은 외할머니에게 그 방에 자주 들어가서 장군의 심기를 어지럽히지 말라고 일렀다. 아예 들어가지 말라는 투였다. 외할머니는 누가 부르지 않는 한 자신의 방에 머물러야 했다.

외할머니는 겁이 났다. 첩으로서 외할머니의 장래와, 또 당신이 낳은 딸의 장래가 중대한 위기를 맞고 있었기 때문이다. 외할머니에게는 아무런 권리도 없었다. 만약 장군이 죽는다면, 외할머니는 외할머니의 생살여탈권을 가진 정실부인의 처분에 맡겨질 것이었다. 그녀는 자기가 원하는 일은 무슨 짓도 할 수 있었다. 외할머니를 돈 많은 남자, 심지어 사창가에 팔 수도 있었다. 그런 일은 흔히 일어났다. 그렇게 되면 외할머니는 자신의 딸을 영영 다시 보지 못할 것이

었다. 외할머니는 자신이 딸을 데리고 가능한 한 빨리 이곳을 빠져
나가야 한다는 것을 알고 있었다.

방으로 돌아온 외할머니는 마음을 진정시킨 다음, 도망칠 계획을
짜기 시작했다. 그러나 생각을 하려고 해도 외할머니는 자신의 머리
가 피로 가득 차 있는 듯한 느낌이 들었다. 외할머니의 다리는 너무
나 약해서 가구를 붙들지 않고는 걸음도 못 걸을 지경이었다. 낙심
한 외할머니는 다시 울었다. 이곳을 빠져나갈 방도가 없다는 생각에
화가 치밀기도 했다. 무엇보다도 걱정되는 것은 장군이 자기를 이런
덫에 걸리게 해놓고 언제 세상을 뜰지도 모른다는 사실이었다.

외할머니는 서서히 마음을 다잡고 맑은 정신으로 생각해보려고
애썼다. 외할머니는 저택 주위를 차분하게 둘러보기 시작했다. 전체
가 높은 담으로 둘러싸인 저택은 여러 개의 뜰로 나뉘어 있었다. 정
원까지도 심미적 목적보다는 보안에 중점을 두어 설계되었다. 정원
에는 사이프러스 나무와 자작나무, 겨울자두나무가 몇 그루 있었지
만, 담 가까이에는 나무가 한 그루도 없었다. 침입한 자객이 몸을 숨
길 장소를 만들지 않기 위해서 큰 관목조차 없었다. 정원에서 밖으
로 나가는 두 개의 문에는 자물쇠가 채워져 있었고, 앞대문은 24시
간 무장 경비원들이 지키고 있었다.

외할머니는 담장 밖으로 나가는 것이 허락되지 않았다. 다만 매일
장군을 찾아가는 것이 허락될 뿐이었다. 그것도 일종의 단체여행 형
식이었다. 외할머니는 다른 여자들과 함께 줄지어 장군의 침대 옆을
지나가면서 "장군께 인사 올립니다" 하고 말하는 것이 고작이었다.

그러는 동안 외할머니는 집안의 다른 사람들에 대해서도 더 분명
하게 알 수 있었다. 장군의 정실부인을 제외한다면, 가장 영향력이
있어 보이는 사람은 장군의 둘째 부인이었다. 외할머니는 둘째 부인
이 외할머니에게 잘 대해주라고 하인들한테 지시했다는 것을 알았
다. 그 지시가 있은 후로 외할머니의 처지는 더욱 편안해졌다. 이런
집에서는 주인들이 누구를 대접하느냐에 따라 하인들의 태도가 달

라진다. 하인들은 주인의 총애를 받는 사람들에게는 아양을 떨고 총애를 잃어버린 사람들은 괴롭힌다.

둘째 부인에게는 우리 어머니보다 약간 더 일찍 태어난 딸이 있었다. 이 사실이 두 여인 간의 유대를 더욱 굳건히 해주었다. 두 여인이 각기 딸을 두었다는 것은 쉐 장군의 총애를 받았다는 증거였다. 쉐 장군은 어머니와 둘째 부인이 낳은 딸 외에는 소생이 없었다.

한 달 후 두 여인이 아주 친해졌을 때, 외할머니는 장군의 정실부인을 찾아가서 고향 집에 가서 옷을 좀 가져와야겠다고 말했다. 정실부인은 갔다오라고 허락했지만, 외할머니가 딸을 데리고 가서 친정 부모(아이의 외조부모)에게 작별인사를 하도록 할 수 없겠느냐고 묻자 안 된다고 거절했다. 쉐씨 가문의 혈통을 가진 아이는 집 밖으로 데리고 나갈 수 없다는 것이었다.

그래서 외할머니는 혼자서 길을 나섰고, 창리로 가는 먼지 나는 도로를 달렸다. 마부가 철도역에 내려주자 외할머니는 역 주위를 서성이는 사람들에게 수소문해서 자신에게 필요한 교통수단을 제공해줄 용의가 있는 2명의 기수(騎手)를 찾아냈다. 외할머니는 해가 지기를 기다렸다가 그 2명의 기수와 그들의 두 마리 말과 함께 지름길을 택해서 루룽으로 되돌아갔다. 기수 중 한 사람이 외할머니를 안장에 앉히고 말고삐를 잡은 채 앞장서서 달렸다.

장군의 저택에 당도하자, 외할머니는 뒷문으로 가서 미리 약속해 놓은 신호를 보냈다. 한참(몇 시간이나 되는 것처럼 길게 느껴졌지만, 실상은 몇 분간이었다) 후 문이 열리면서 외할머니의 여동생이 어머니를 안고 달빛 속에 나타났다. 친절한 둘째 부인이 문을 잠그지 않았던 것이다. 외할머니가 동생과 딸을 데리고 떠난 후, 장군의 둘째 부인은 도끼로 문을 내리쳐서 대문을 억지로 연 것처럼 꾸며놓았다.

외할머니는 어머니를 안아볼 여유조차 없었다. 게다가 외할머니는 잠들어 있는 어머니를 깨우고 싶지 않았다. 잠에서 깬 아이가 울어대면 경비원들이 그 소리를 듣고 달려올지도 모르기 때문이었다. 외할머니와 외할머니의 여동생은 두 마리의 말에 올라탔고, 어머니는 한 기수의 등에 단단히 붙들어매졌다. 그런 다음 그들은 어둠 속으로 사라졌다. 기수들은 두둑한 보수를 받았으므로 빠르게 달렸다. 새벽에 그들은 창리에 도착했고, 경계령이 내리기 전에 북으로 향하는 기차를 탈 수 있었다. 해질 무렵 기차가 마침내 이셴으로 들어서자 외할머니는 땅에 쓰러졌고, 한동안 땅바닥에 누워 움직이지 못했다.

외할머니는 비교적 안전했다. 루룽은 320킬로미터나 떨어진 곳에 있었으므로 쉐씨 집안에서 이곳까지 외할머니를 쫓아오기는 사실상 불가능한 일이었기 때문이었다. 그러나 외할머니는 어머니를 당신의 집으로 데려갈 수 없었다. 하인들이 두려웠기 때문이었다. 외할머니는 옛날에 학교를 같이 다닌 친구에게 어머니를 감춰줄 수 없겠느냐고 물었다. 그 친구는 자기 시아버지의 집에서 살고 있었다. 그 친구의 시아버지는 샤 선생이라는 만주족 의사였는데, 누구라도 내치거나 배반하지 않을 친절한 사람으로 알려져 있었다.

쉐씨 집안은 여러 명의 첩 가운데 한 사람인 외할머니를 추적할 만큼 외할머니에게 관심을 가지고 있지 않았다. 문제는 쉐씨 집안의 핏줄인 어머니였다. 외할머니는 어머니가 기차에서 병이 나 죽었다는 내용의 전보를 루룽으로 보냈다. 그 후 괴로운 기다림의 시간이 이어졌다. 기다리는 동안 외할머니의 기분은 극과 극 사이를 심하게 오갔다. 어떤 때는 외할머니는 쉐씨 집안 사람들이 당신이 꾸며댄 이야기를 믿는 것이 틀림없다고 생각했다. 그러나 얼마 후에는 그렇지 않고 쉐씨 집안에서 외할머니 또는 자신의 딸을 잡아가려고 깡패들을 보냈을 거라는 생각으로 괴로워했다. 마침내 외할머니는 쉐씨 가족은 가장의 임박한 죽음에 정신이 팔려 외할머니에게 신경 쓸 겨를이 없을 거라는 생각으로 스스로를 위로했다. 어머니가 거기 없는 것이 그 집안의 여인들에게 유리하리라는 생각도 들었다.

쉐씨 집안에서 당신을 내버려둘 것임을 깨달은 외할머니는 어머니를 데려온 후 이셴에 있는 당신의 집에서 조용히 살았다. 외할머니는 당신의 "남편"이 오지 않으리라는 것을 알고 있었으므로 하인들에 대한 걱정도 하지 않았다. 1년 이상이 지나도록 루룽에서는 아무 소식도 없었다. 그러다가 1933년 어느 가을날, 쉐 장군이 세상을 떠났으니 속히 와서 장례식에 참석하라는 전보가 왔다.

장군은 9월에 톈진에서 사망했다. 그의 시체는 옻칠을 하고 수를 놓은 붉은 비단으로 덮인 관에 담겨 루룽으로 운반되었다. 다른 두 개의 관이 함께 운반되었는데, 하나는 장군의 관처럼 옻칠이 되고 붉은 비단으로 덮인 관이었고, 또다른 관은 평범한 목재로 만든 관으로 덮개도 없었다. 옻칠을 한 관에는 장군과 함께 죽으려고 아편을 삼킨 첩의 시체가 들어 있었다. 이런 행위는 여인의 정절을 지킨 최고의 행위로 간주되었다. 뒤에 이 첩의 정절을 기리기 위해서 유명한 군벌 우페이푸가 새긴 명판이 쉐 장군의 저택에 세워졌다. 또다른 관에는 2년 전에 장티푸스로 죽은 또다른 첩의 시체가 들어 있었다. 그녀의 시체는 관습에 따라 쉐 장군 옆에 재매장하기 위해서 파낸 것이었다. 그녀의 관이 평범한 나무로 된 것은 무서운 병으로 죽은 그녀가 불운(不運)의 상징으로 간주되었기 때문이었다. 각각의 관에는 시체의 부패를 방지하기 위해서 수은과 숯을 넣었고, 시체의 입에는 진주를 넣었다.

쉐 장군과 두 첩은 같은 무덤에 함께 묻혔다. 장군의 정실부인과 다른 첩들도 나중에 죽으면 그 옆에 묻힐 예정이었다. 장례식에서 사자의 영혼을 부르는 특별한 깃발을 드는 중요한 임무는 죽은 사람의 아들이 수행해야만 했다. 장군에게는 아들이 없었으므로, 그의 정실부인이 열 살 된 장군의 조카를 양자로 들여 그 임무를 수행하도록 했다. 그 소년은 관 옆에 무릎을 꿇고 "못을 피하라!"고 외치는 또다른 의식도 행했다. 이 의식을 행하지 않으면 죽은 사람이 못에 해를 당하게 된다는 이야기가 전해지고 있었다.

묏자리는 쉐 장군이 스스로 택한 명당자리였다. 멀리 북쪽에 있는 산맥을 등진 아름답고 조용한 곳으로, 앞쪽으로는 남쪽에 있는 유칼립투스 나무들 사이로 시내가 흐르는 것이 보였다. 뒤에는 기댈 든든한 것 —— 산맥 —— 이 있고 앞으로는 나날이 번성을 상징하는 밝은 햇빛을 받을 수 있기 때문에 좋은 자리라는 것이었다.

하지만 외할머니는 그 자리를 한번도 보지 못했다. 외할머니는 장례식에 참석하라는 초대를 무시해버렸던 것이다. 다음에 일어난 일은 외할머니의 용돈을 가지고 오던 전당포 지배인이 나타나지 않게 된 것이었다. 약 1주일 후, 외할머니의 부모는 쉐 장군의 정실부인이 보낸 편지를 받았다. 쉐 장군의 마지막 유언은 외할머니에게 자유를 주라는 말이었다고 한다. 그 당시 이것은 예외적으로 개화된 생각이었다. 외할머니는 당신에게 닥친 이 행운을 믿을 수 없을 정도였다.

스물네 살의 나이에 외할머니는 자유의 몸이 되었다.

2. "냉수도 달콤하답니다"

만주족 의사와 결혼한 외할머니
(1933-1938)

쉐즈형 장군의 정실부인이 보낸 그 편지에는 또한 외할머니의 부모에게 외할머니를 도로 데려가라고 쓰여 있었다. 표현은 매우 완곡했지만, 외할머니는 그 말이 지금 살고 있는 집에서 나가라는 명령임을 알았다.

외증조할아버지가 외할머니를 받아들였다. 그러나 별로 마음 내켜 하시는 것 같지는 않았다. 그때쯤 외증조할아버지는 가정과는 아주 멀어진 사람이었다. 쉐 장군과 연줄을 맺은 그 순간부터 외증조할아버지는 이른바 출세를 했던 것이다. 이셴 경찰서의 부서장으로 승진하고, 권력자들과 연줄이 닿은 사람들 사이에 끼면서 외증조할아버지는 꽤 부자가 되었고, 얼마간의 땅도 샀으며, 아편도 피우게 되었다.

부서장으로 승진하자마자 외증조할아버지는 첩을 하나 얻었다. 외증조할아버지의 직속상관이 준 몽골 여자였다. 장래가 촉망되는 동료에게 첩을 선사하는 것은 흔히 있는 일이었다. 지방 경찰서장은 쉐 장군의 앞잡이에게 선심을 베풀어두고 싶었을 것이다. 외증조할아버지는 곧 또다른 첩을 구할 궁리를 했다. 그만한 지위에 있는 사람이라면 첩은 많을수록 좋았다. 첩이 많으면 그만큼 그 사람의 지위가 돋보였기 때문이다. 외증조할아버지가 멀리서 찾을 필요도 없었다. 선사받은 첫 번째 첩에게 여동생이 있었던 것이다.

외할머니가 부모님의 집으로 돌아와보니, 집안 형편이 10년 전에 당신이 떠날 때와는 딴판이 되어 있었다. 전에는 괄시받는 불행한 어머니 혼자였는데, 이제 외증조할아버지에게는 3명의 배우자가 있었다. 외증조할아버지의 첩 가운데 한 사람은 딸을 낳았고, 그 딸은 어머니와 나이가 똑같았다. 외할머니의 여동생 란은 열여섯 살이라는 과년한 나이인데도 아직 미혼이어서 외증조할아버지의 골칫거리였다.

외할머니는 한 음모의 가마솥에서 또다른 음모의 가마솥으로 옮겨온 것이었다. 외증조할아버지는 외할머니와 외증조할머니를 못마땅하게 여겼다. 외증조할아버지는 아내가 거기 있다는 것 자체를 못마땅해했다. 이제 아내보다 더 총애하는 2명의 첩이 있었기 때문에 그는 아내가 더 보기 싫었다. 외증조할아버지는 식사도 첩들과 함께 하고 외증조할머니는 혼자서 식사를 하도록 했다. 외증조할아버지는 외할머니가 당신이 성공적으로 만들어놓은 세계로 돌아온 것을 못마땅하게 여겼다.

외증조할아버지는 당신의 딸을 화를 부르는 사람으로 생각했다. 외할머니가 남편을 잃었기 때문에 재수 없는 사람이라는 것이었다. 그 시절에는 남편이 죽으면 남편의 죽음이 아내 탓이라는 미신이 성행했다. 외증조할아버지는 당신의 딸을 재수 없는 사람, 행운을 위협하는 존재로 보았다. 그래서 딸이 집에서 나가주기를 바랐다.

2명의 첩들도 외증조할아버지를 부추겼다. 외할머니가 돌아오기 전에 그들은 집안일을 자기네들 멋대로 주무르고 있었다. 외증조할머니는 얌전하고 약하기까지 한 분이었다. 이론상으로는 외증조할머니가 첩들의 상전이었지만, 외증조할머니는 첩들에게 휘둘리며 살았다. 1930년에 외증조할머니가 아들 위린을 낳았다. 이렇게 되자 첩들의 장래가 불안해졌다. 외증조할아버지가 돌아가시면 모든 재산이 자동적으로 그 아들에게 돌아갈 것이기 때문이었다. 그들은 외증조할아버지가 아들을 조금이라도 귀여워하면 역정을 내곤 했다. 위린이 태어나는 순간부터 첩들은 외증조할머니를 상대로 한 심리전을 더욱 강화하기 시작했다. 그들은 똘똘 뭉쳐서 외증조할머니를 몰아댔다. 그들이 외증조할머니에게 말을 걸 때는 외증조할머니를 괴롭히거나 불평을 하기 위해서였다. 그들은 외증조할머니를 대할 때면 차갑고 무표정한 얼굴로 대했다. 외증조할머니는 남편의 지원도 받지 못했다. 아들을 낳아주었는데도 외증조할아버지는 여전히 외증조할머니를 경멸했다. 외증조할아버지는 새로운 트집을 찾아내서 외증조할머니를 괄시했다.

외할머니는 외증조할머니보다 성격이 더 강했고, 지난 10년 동안의 비참한 생활로 더욱 단련되어 있었다. 외증조할아버지까지도 외할머니에 대해서는 약간의 존경심 같은 것을 가지고 있었다. 외할머니는 이제 당신의 아버지에게 굴종하던 시대는 지나갔다고 생각했다. 외할머니는 당신 자신을 위해서, 그리고 당신의 어머니를 위해서 싸워야겠다고 생각했다. 외할머니가 집에 있는 동안은 첩들도 행동을 조심해야만 했다. 그들은 가끔 알랑거리는 미소를 짓기까지 했다.

어머니는 두 살에서 네 살까지 한참 감수성이 예민한 기간을 이런 집안 분위기 속에서 살았다. 어머니(외할머니)의 사랑이 방패가 되기는 했지만, 어머니는 집안에 만연된 긴장을 감지할 수 있었다.

외할머니는 이제 20대 중반의 아름다운 젊은 여인이었다. 또 훌륭한 기예도 갖추고 있었다. 몇 명의 남자들이 외증조할아버지에게 딸을 달라고 청혼을 했다. 하지만 외할머니가 첩 노릇을 했었기 때문에, 외할머니를 정실부인으로 맞겠다고 제의한 남자들은 모두 가난한 사람들이었고, 그들은 외증조할아버지의 눈에 차지 않았다.

외할머니는 악의와 음모가 판을 치는 첩들의 세계를 신물이 나도록 경험한 사람이었다. 그 세계는 자기가 희생자가 되거나 아니면 다른 사람들을 희생시켜야 하는 살벌한 세계였다. 도대체 중간이라는 것이 없는 곳이었다. 외할머니가 바라는 것은 딸을 조용히 기를 수 있도록 자신을 내버려두는 것이었다.

외증조할아버지는 외할머니에게 재혼하라고 계속 부추겼다. 때로는 노골적인 암시로 그런 뜻을 비치는가 하면, 어떤 때는 아주 대놓고 언제까지 아비의 등골을 빼먹을 셈이냐고 말하기도 했다. 하지만 외할머니에게는 갈 곳이 없었다. 나가 살 집도 없었고, 직장을 가질 수도 없는 형편이었다. 한동안 외증조할아버지의 압력에 시달리던 외할머니는 신경쇠약에 걸리고 말았다.

의사를 불러왔다. 불려온 사람은 3년 전 외할머니가 쉐 장군의 저택에서 탈출했을 때 어머니를 잠시 숨겨주었던 샤 선생이었다. 외할머니가 선생 며느리의 친구였지만, 선생은 외할머니를 한번도 본 적이 없었다. 당시는 남녀칠세부동석이라는 규범이 엄격하게 지켜지던 시절이었기 때문이다. 처음 외할머니의 방으로 걸어들어간 그는 외할머니의 아름다움에 매료된 나머지 정신을 가다듬을 수 없었다. 그는 다시 방에서 나와 하인에게 자신의 몸 상태가 좋지 않다고 말했다. 결국 침착성을 회복한 그는 외할머니 옆에 앉아서 한참 동안 이야기를 나누었다. 그는 외할머니가 속마음을 털어놓을 수 있었던 첫 번째 남자였다. 외할머니는 자신의 슬픔과 희망을 그에게 털어놓았다. 물론 남편이 아닌 남자에게 이야기할 때 여자가 지켜야 할 예의는 지켰다. 의사는 점잖고 따뜻했다. 외할머니는 자기의 처지를 이만큼이나마 이해해준 사람은 그 의사가 처음이라고 생각했다. 머지않아 두 사람은 사랑에 빠졌고 샤 선생이 청혼을 했다. 더욱이 샤 선생은 외할머니를 정실부인으로 삼겠다고 했고, 어머니를 자기의 딸로 받아들이겠다고 했다. 외할머니는 눈물을 흘리며 그의 청혼을 받아들였다. 외증조할아버지 역시 흡족해했다. 그러나 외증조할아버지는 샤 선생에게 지참금을 줄 수 없다는 말을 잊지 않았다. 샤 선생은 외증조할아버지에게 지참금은 한푼도 필요없다고 말했다.

샤 선생은 이셴에서 오랫동안 한방 치료를 해왔으므로 의사로서 명망이 매우 높았다. 그는 중국의 다수 종족인 한족이 아니라(외증조할아버지가 속한 양씨 집안은 한족이었다) 만주의 원주민 가운데 하나인 만주족이었다. 한때 그의 집안은 청나라 황실의 궁정 의사였으므로 명예를 누리기도 했었다.

샤 선생은 뛰어난 의사로서만이 아니라, 자주 가난한 사람들을 무료로 치료해주는 친절한 사람으로도 이름이 나 있었다. 그는 180센티미터가 넘는 키의 거인이었지만, 큰 체구에도 불구하고 움직임은 우아했다. 그는 늘 긴 두루마기를 입고 다녔다. 눈은 부드러운 갈색이었고 염소수염과 더부룩한 코밑수염을 기르고 있었다. 그의 얼굴과 몸가짐에는 침착함이 배어 있었다.

외할머니에게 청혼했을 때 이 의사는 이미 나이가 꽤 든 노인이었다. 예순다섯 살의 홀아비로 장성한 아들 셋과 딸 하나를 두었는데, 그들은 모두 결혼한 어른들이었다. 세 아들은 그와 같은 집에서 살고 있었다. 큰아들이 집안 살림을 돌보고, 또 집안의 농장을 관리했다. 둘째 아들은 아버지의 병원에서 일했으며, 외할머니의 동창과 결혼한 셋째 아들은 교사였다. 아들들이 낳은 자녀가 8명이었는데, 그중 하나는 결혼해서 아들 하나를 두었다.

샤 선생이 아들들을 서재로 부른 다음 자기의 결혼 계획을 말했다. 아들들은 굳은 표정으로 믿지 못하겠다는 시선을 몰래 서로 주고받았다. 방 안에 무거운 침묵이 흘렀다. 얼마 후 큰아들이 말했다. "아버지, 그분을 첩실로 삼으시겠다는 말씀이지요?" 샤 선생이 외할머니를 정실부인으로 맞아들일 생각이라고 말했다. 이것은 큰 의미를 가지는 말이었다. 외할머니가 그들의 계모가 될 것이며, 그렇게 되면 외할머니를 그들의 아버지와 동등한 지위를 가지는 어머니로 대해야 하는 것이었다. 보통의 중국 가정에서는 손아랫사람들은 손윗사람에게 복종해야 하며, 또 그 상대적 지위에 걸맞는 예의를 지켜야 했다. 그런데 샤 선생은 한층 더 까다로운 만주족의 예절을 고집했다. 만주족 가정에서는 매일 아침저녁으로 손아랫사람들이 손윗사람에게 문안을 드려야 하는데, 이때 남자는 무릎을 꿇고 여자는 무릎을 굽혀 절을 해야 한다. 명절 때면 남자들은 머리를 조아리며 절을 해야 했다. 외할머니가 첩의 신분이었다는 사실, 또 나이가 그들보다 더 어리다는 사실을 감안할 때, 그들은 장차 자기네들보다 신분이 낮고 훨씬 더 나이가 적은 사람에게 예를 올려야 할 판이었다. 이것은 선생의 아들들로서는 감당하기 힘든 일이었다.

그들은 나머지 가족들과 이 문제를 논의했다. 모두들 분통을 터뜨렸다. 외할머니의 동창생인 샤 선생의 며느리조차 심란해했다. 시아버지의 결혼으로 전에 같은 반 친구였던 사람과 전혀 새로운 관계를 맺어야 할 판이었기 때문이다. 그녀는 앞으로 옛 친구와 같은 상에서 식사를 할 수도 없을 것이고, 함께 앉을 수도 없게 될 판이었다. 친구의 손과 발을 부축하고, 심지어 친구에게 절을 올려야 할 판이었다.

모든 가족들 —— 아들, 며느리, 손자 손녀, 심지어 증손자까지 —— 이 차례로 샤 선생에게 가서 선생의 "혈육들이 느끼는 감정"을 고려해줄 것을 간청했다. 그들은 무릎을 꿇고 머리를 조아리면서 울부짖었다.

그들은 샤 선생에게 그가 만주족이라는 사실을 생각해달라고 간청했다. 예부터 전해오는 만주족의 관습에 따르면, 그만한 지위의 사람은 한족인 중국인과 결혼해서는 안 되는 것으로 되어 있었다. 샤 선생은 그런 규칙은 오래 전에 철폐되었다고 대답했다. 선생의 자녀들은 훌륭한 만주족이라면 그 관습을 지켜야 한다고 우겼다. 그들은 두 사람 간의 연령 차이가 너무 크다는 점을 거듭 언급했다. 샤 선생은 외할머니 나이의 갑절보다도 더 나이가 많았다. 가족 가운데 한 사람은 "늙은 남편을 가진 젊은 아내는 다른 남자를 애인으로 두기 마련"이라는 옛말을 들고 나오기까지 했다.

샤 선생의 마음을 더욱 아프게 한 것은 정서적 협박, 특히 다른 남자의 첩이었던 여자를 정실부인으로 맞아들이면 그의 자녀들의 사회적 지위에 영향을 미칠 것이라는 주장이었다. 그는 자녀들의 체면이 깎이리라는 것을 알고 있었고, 이 점에 대해서 죄의식을 느꼈다. 하지만 샤 선생은 외할머니의 행복을 가장 먼저 생각해야 한다고 느꼈다. 만약 자기가 외할머니를 첩으로 맞아들인다면, 외할머니의 체면이 깎일 뿐 아니라 외할머니는 전 가족의 노예가 될 것이었다. 외할머니가 정실부인이 되지 못한다면, 그의 사랑만으로는 외할머니를 보호하기에 충분치 못할 것이었다.

샤 선생은 가족들에게 늙은이의 소원을 들어달라고 간청했다. 그러나 가족들 —— 그리고 사회 —— 은 무책임한 소원에 탐닉해서는 안 된다는 태도를 견지했다. 그가 노망이 들었다고 암시하는 사람들까지 있었다. 또다른 사람들은 그에게 이렇게 말했다. "당신은 이미 아들, 손자, 증손자까지 있으며, 번성하는 가족을 거느리고 있소. 그런 당신이 뭘 더 원하는 거요? 왜 그 여자와 결혼해야 하는 거요?"

논쟁은 끝없이 계속되었다. 더 많은 친척들과 친구들이 논쟁에 끼어들었다. 모두 아들들의 권유에 의해서 끼어든 사람들이었다. 그들은 이구동성으로 그런 결혼을 하려고 들다니 정신 나간 짓이라고 말했다. 그들은 급기야 외할머니에게 독설을 퍼붓기 시작했다. "죽은 남편의 몸과 뼈가 채 식기도 전에 또 결혼을 하려고 들다니!" "모두 그 여자의 농간이오. 그 여자가 정실부인이 되려고 첩의 자리는 받아들일 수 없다고 거부하고 있는 거요. 그 여자가 당신을 정말로 사랑한다면, 첩이 되는 것으로 만족할 수 있지 않겠소?" 그들은 외할머니가 불순한 동기를 가지고 있다고 주장했다. 외할머니가 샤 선생을 꾀어 자기와 결혼하도록 획책하고 있다는 것이었다. 결혼한 다음 집안을 휘어잡고 선생의 자녀들과 손자 손녀들을 괄시할 생각이라는 것이었다.

그들은 또 외할머니가 샤 선생의 돈에 손을 대려고 음모를 꾸미고 있다며 억지를 부리기도 했다. 이 결혼이 부당하며 부도덕하고 또 샤 선생을 위해서도 좋지 않다고 역설하는 그들의 모든 주장의 밑바닥에는 샤 선생의 재산에 대한 계산이 자리잡고 있었다. 친척들은 외할머니가 샤 선생의 재산에 손을 댈까봐 두려워하고 있었다. 외할머니가 정실부인이 되면 자동적으로 집안을 관리하는 안주인이 될 것이기 때문이었다.

샤 선생은 부자였다. 그는 이셴 여기저기에 2,000에이커의 농토를 소유하고 있었고, 만리장성 남쪽에도 얼마간의 토지를 가지고 있었다. 이셴에 있는 규모가 큰 그의 저택은 회색 벽돌로 지은 멋진 집이었고, 겉에는 회색 페인트가 칠해져 있었다. 천장에도 하얀 벽토가 칠해져 있었고, 방은 도배가 되어 서까래나 기둥의 이음새가 겉으로 드러나지 않았다. 이것은 그 집의 주인이 부자라는 것을 나타내는 주요한 지표였다. 그의 의원과 약국도 성업 중이었다.

그들의 주장이 먹혀들지 않자, 가족들은 외할머니와 직접 담판을 하기로 했다. 어느 날 외할머니의 동창생인 그 집 며느리가 외할머니를 찾아왔다. 차를 마시며 잡담을 나눈 후, 그 친구는 본론으로 들어갔다. 외할머니는 눈물을 흘리면서 친구 사이에 흔히 그러듯이 그 친구의 한 손을 잡았다. 네가 내 입장이라면 넌 어떻게 하겠느냐고 외할머니는 물었다. 친구가 대답하지 않자, 외할머니는 몰아붙였다. "첩이 된다는 것이 어떤 것인지 너도 알지? 너도 아마 첩 노릇을 하고 싶지는 않을 거야. 그렇지? 공자님 말씀에 '장심비심(將心比心)'이라는 말이 있다는 걸 너도 알겠지? 내 마음이 네 마음이라고 생각하라는 말이지!" 때로는 현인의 말을 빌려서 누군가의 양심에 호소하는 것이 노골적으로 안 된다고 말하는 것보다 더 효과가 있는 법이다.

외할머니의 친구는 깊은 죄의식을 느끼면서 가족들에게로 돌아가 외할머니를 설득하는 데 실패했다고 보고했다. 그녀는 자기로서는 더 이상 외할머니를 몰아붙일 생각이 없다는 뜻을 비쳤다. 샤 선생의 둘째 아들 더구이가 거기에 동조했다. 둘째 아들은 아버지와 함께 병원 일을 하는 관계로 다른 형제들보다 아버지와 더 가까웠다. 그는 가족들이 이 결혼을 막지 말아야 한다는 게 자기 생각이라고 말했다. 셋째 아들도 자기 아내의 입을 통해서 외할머니의 딱한 사정을 전해듣고 약해지기 시작했다.

가장 분개한 사람들은 첫째 아들과 그의 아내였다. 첫째 며느리는 다른 두 형제들이 흔들리고 있다는 것을 알고는 자기 남편에게 이렇게 말했다. "물론 두 서방님들은 별로 신경을 쓰지 않겠지요. 그 양반들은 다른 직업을 가지고 있으니까요. 그 여자가 직업을 빼앗아갈 수는 없을 테니까요. 하지만 당신은 뭘 가지고 있지요? 당신은 노인의 토지 관리인일 뿐이에요. 그런데 그 토지가 장차 그 여자와 그 여자의 딸에게로 돌아갈 거예요! 나와 우리의 가엾은 아이들은 어떻게 되겠어요? 우리는 기댈 것이 아무것도 없게 될 거예요. 우린 모두 죽어야 할지도 몰라요. 당신의 아버지가 진정으로 원하는 게 그것일지도 몰라요. 그 사람들을 즐겁게 해주기 위해서 내가 목숨을 끊어야 할지도 모르겠어요!" 그녀는 이렇게 넋두리를 늘어놓으면서 눈물을 흘리며 통곡했다. 그녀의 남편은 어쩔 줄을 모르며 이렇게 대꾸했다. "내게 내일까지 시간을 달라구."

이튿날 아침 잠에서 깬 샤 선생은 둘째 아들을 제외한 전 가족 15명이 모두 그의 침실 밖에 무릎을 꿇고 있는 것을 발견했다. 샤 선생이 방에서 나오는 순간, 첫째 아들이 "고두(叩頭)!" 하고 소리치자 그들은 일제히 부복했다. 첫째 아들이 감정이 북받친 목소리로 말했다. "아버님, 우리 아들들과 온 가족은 아버님이 우리 가족과, 무엇보다도 연만하신 아버님 자신에 대해서 다시 생각하실 때까지 여기 이렇게 부복해서 죽을 때까지 일어나지 않겠습니다."

샤 선생은 너무나 화가 난 나머지 몸을 부들부들 떨었다. 그는 가족들에게 일어나라고 말했다. 그러나 누가 미처 움직이기도 전에 첫째 아들이 다시 말했다. "못 일어납니다, 아버님. 아버님께서 결혼을 취소하시기 전에는 우리는 일어나지 않을 겁니다!" 샤 선생은 아들을 설득하려고 했다. 그러나 아들은 떨리는 목소리로 계속 그를 몰아붙였다. 마지막으로 샤 선생이 말했다. "난 너희들이 무슨 생각을 하고 있는지 안다. 나는 앞으로 그리 오래 살지 못할 것이다. 너희들의 미래의 계모가 어떤 처신을 할지 걱정된다면, 내 분명히 말하거니와 난 그 여자가 너희들에게 잘 대하리라는 걸 추호도 의심하지 않는다. 나는 그 여자가 좋은 사람이라는 걸 알고 있다. 그 여자의 성품 외에 내가 너희들을 안심시키기 위해서 줄 수 있는 것은 아무것도 없다……."

"성품"이라는 말이 나오는 순간, 첫째 아들은 크게 코웃음을 쳤다. "첩에 대해서 어떻게 '성품'이란 말을 쓰실 수 있습니까! 좋은 여자라면 애초에 첩이 되지 않았을 겁니다!" 이어서 그는 외할머니를 마구 욕하기 시작했다. 그 말을 들은 샤 선생은 더 이상 자신을 제어할 수 없었다. 그는 단장을 들어올리더니 아들을 내리치기 시작했다.

평생토록 샤 선생은 자제와 침착의 본보기 같은 사람이었다. 아직도 무릎을 꿇고 있던 온 가족은 큰 충격을 받았다. 증손자가 히스테리컬하게 고함을 치기 시작했다. 첫째 아들은 어안이 벙벙해서 잠자코 있었다. 그러나 잠시 동안 그랬을 뿐이다. 그는 더욱 목소리를 높였다. 육체적 고통뿐만이 아니라 가족들 앞에서 맞음으로써 상처를 입은 자존심 때문에 그의 목소리는 더욱 커졌다. 샤 선생이 때리던 동작을 멈추었다. 분노와 격렬한 동작으로 숨이 가빴기 때문이다. 그러자 아들은 곧 외할머니에 대한 욕을 뱉어내기 시작했다. 샤 선생이 그에게 입 닥치라고 고함을 지르면서 힘껏 단장을 내리쳤고, 그 바람에 단장이 두 동강 나고 말았다.

아들은 자기의 수치와 고통에 대해서 한동안 생각했다. 다음 순간 그는 권총을 꺼내들고 샤 선생을 똑바로 올려다보았다. "충신은 죽음으로 황제에게 간합니다. 효성스런 아들은 아버지에게도 그렇게 해야 합니다. 제가 아버님께 항의할 수 있는 방법은 죽음뿐입니다!" 총소리가 요란하게 울렸다. 아들은 바닥에 나동그러졌다. 그가 자기 복부에 탄환을 발사한 것이었다.

그는 마차에 실려 급히 인근 병원으로 이송되었고, 이튿날 숨을 거두었다. 아마 그는 자살할 생각은 아니었을 것이다. 다만 극적인 제스처로 아버지의 뜻을 꺾으려고 했을 것이다.

아들의 죽음으로 샤 선생은 비탄에 빠졌다. 겉으로는 평소와 마찬가지로 태연한 척했지만, 그를 아는 사람들은 깊은 슬픔으로 그의 마음의 평온이 상처받았다는 것을 알 수 있었다. 그때부터 그는 우울증에 시달리곤 했는데, 이것은 차분했던 이전의 성품과는 전혀 어울리지 않는 증세였다.

이센은 분노와 뜬소문, 그리고 비난하는 목소리로 들끓었다. 샤 선생과, 특히 외할머니가 그 아들의 죽음에 대해서 책임을 느낄 수밖에 없었다. 그러나 샤 선생은 그런 사건에도 불구하고 자기의 뜻을 굽힐 생각이 없음을 보여주고 싶었다. 아들의 장례가 끝난 직후, 그는 결혼 날짜를 잡았다. 그는 아들들에게 그들의 새어머니에게 응당한 존경을 표해야 한다고 경고했고, 도시의 유력인사들에게 초대장을 발송했다. 관습에 따라 초대를 받은 인사들은 결혼식에 참석해야 하고 선물도 보내야 했다. 그는 외할머니에게도 성대한 결혼식을 치를 준비를 하라고 일렀다. 외할머니는 여기저기서 들려오는 비난의 목소리와, 그런 비난이 샤 선생에게 가져올 예측할 수 없는 결과가 두려웠다. 외할머니는 당신에게는 아무 죄가 없다며 자신을 다잡으려고 무척 애를 썼다. 하지만 한편으로는 주위의 비난에 맞서보고 싶은 충동도 느꼈다. 그래서 외할머니는 성대한 결혼식을 올리자는 데 동의했다. 결혼식 날 외할머니는 악사의 행렬을 거느린 잘 꾸며진 마차를 타고 외증조할아버지의 집을 떠났다. 만주족의 관습은 신부 집에서 신랑 집으로 가는 길의 중간까지 마차를 세우고, 그 중간에서 신랑이 보낸 마차로 갈아타도록 되어 있었다. 마차를 갈아타는 지점에서 외할머니의 다섯 살 된 남동생 위린이 마차 문 옆에서 등을 잔뜩 구부린 채 기다리고 있었다. 자기가 누나를 등에 태워 샤 선생이 보낸 마차까지 데려가겠다는 뜻이었다. 위린은 외할머니가 샤 선생의 집에 도착했을 때도 같은 동작을 되풀이했다. 여자는 그냥 걸어서 남자의 집으로 들어갈 수 없었다. 그런 행위는 체면이 심하게 깎이는 행위였다. 여자는 누군가에 의해서 옮겨져야 했다. 그래야만 마지못해 들어간다는 뜻을 표할 수 있기 때문이었다.

2명의 신부 들러리가 외할머니를 결혼식이 거행될 방으로 인도했다. 샤 선생은 수놓인 붉은 비단이 두툼하게 덮인 테이블 앞에 서 있었다. 그 테이블에는 하늘과 땅, 황제, 조상, 스승을 상징하는 명판(銘板)이 놓여 있었다. 샤 선생은 뒤쪽이 새의 꼬리 같은 깃털로 장식된 왕관 같은 모자를 쓰고, 종 모양의 소매가 달린 길고 헐렁한 수놓인 가운을 입고 있었다. 이런 복장은 만주족이 유목민이었던 시절부터 이어져오는 전통 복장으로 말타기와 활쏘기에 편리하도록 되어 있었다. 그는 무릎을 꿇고 명판을 향해 다섯 번 고두를 한 후 혼자서 결혼식이 거행되는 방으로 걸어들어갔다.

그러자 아직도 2명의 들러리와 함께 있던 외할머니가 다섯 번 절을 했다. 외할머니는 매번 절을 할 때마다 오른손으로 머리를 만졌다. 무거운 머리장식 때문에 외할머니는 고두를 할 수 없었다. 그런 다음 외할머니는 샤 선생을 따라 결혼식이 거행되는 방으로 들어갔다. 거기서 외할머니는 얼굴을 가리고 있던 붉은 덮개를 벗었다. 신부 들러리들이 신랑과 신부에게 속이 빈 뒤웅박 모양의 화병을 하나씩 주자 신랑 신부는 서로 화병을 바꾸었다. 그러자 들러리들이 방에서 나갔고, 신랑과 신부는 한동안 단둘이 조용히 앉아 있었다. 그런 다음 샤 선생은 친척과 손님들을 맞으러 밖으로 나갔다. 외할머니는 몇 시간 동안 꼼짝 않고 혼자 캉에 앉아 있어야만 했다. 외할머니는 창문을 향해 앉아 있었는데, 거기에는 붉은 종이를 오려서 만든 거대한 희(囍)자가 걸려 있었다. 이것은 "좌복(坐福)"이라고 해서 여자가 번잡스럽게 왔다갔다하지 않는 것을 상징했다. 이렇게 가

녑게 움직이지 않고 자리를 지키는 것이 여자의 기본적인 덕목으로 간주되었다. 손님들이 모두 가고 난 후, 샤 선생의 젊은 남성 친척이 들어와서 외할머니의 소매를 세 번 잡아끌었다. 그제야 외할머니는 캉에서 내려오는 것이 허용되었다. 2명의 하녀의 도움을 받아가며 외할머니는 수로 장식된 무거운 겉옷을 벗고 간편한 붉은 가운과 붉은 바지로 갈아입었다. 외할머니는 보석이 주렁주렁 달린 거추장스러운 머리장식도 벗고 머리를 두 갈래로 귀 위로 말아올렸다.

이렇게 해서 1935년 당시 네 살이었던 나의 어머니와 스물여섯 살이었던 외할머니는 샤 선생의 편안한 집으로 이사했다. 샤 선생의 집은 병원과 약국을 겸하고 있었다. 안쪽에는 살림집이 있었고, 약국이 딸린 병원이 거리에 면해 있었다. 당시 성공적인 의사들은 자신의 약국을 가지고 있었다. 약국에서 샤 선생은 약초와 동물 추출물로 된 전통 한약을 팔았다. 이 약은 약제실에서 3명의 도제들이 가공했다.

집의 정면에는 황금색과 붉은색으로 호화롭게 장식된 처마가 올려져 있었다. 중앙에는 이곳이 샤 선생의 집임을 나타내는 도금된 글씨로 된 문패가 붙어 있었다. 약국 뒤에 작은 뜰이 있고, 하인들과 요리사들이 기거하는 많은 방들이 늘어서 있었다. 그 너머에 몇 개의 더 작은 뜰이 있었는데, 이곳이 바로 가족들이 사는 곳이었다. 더 뒤쪽에 사이프러스 나무와 자두나무가 있는 큰 정원이 있었다. 뜰에는 풀이 없었다. 기후가 너무 혹독하기 때문이었다. 딱딱한 갈색의 맨땅은 여름에는 먼지가 날렸고 눈이 녹는 짧은 봄철에는 진흙땅으로 변했다. 샤 선생은 새를 사랑했으므로 새 정원을 가지고 있었다. 그는 기후가 어떻든 간에 매일 아침 기공체조(흔히 태극권이라고 불리는 몸을 천천히 우아하게 움직이는 중국의 운동/역주)를 하면서 새들이 지저귀는 소리에 귀를 기울였다.

아들이 죽은 후에 샤 선생은 가족들의 끊임없는 침묵의 질책을 견며내야 했다. 그는 외할머니에게 그런 고통에 대해서 한마디도 하지 않았다. 중국 남자들은 언제나 입이 무거워야 했기 때문이다. 물론 외할머니는 샤 선생이 어떤 고통을 당하는지 알고 있었으므로 조용히 그와 함께 괴로워했다. 외할머니는 샤 선생을 매우 사랑했고, 온 정성을 다해서 그를 받들려고 했다.

외할머니는 늘 웃는 얼굴로 샤 선생의 가족들을 대했다. 그러나 그들은 겉으로는 마지못해 형식적인 존경을 표했지만, 속으로는 외할머니를 멸시하고 있었다. 외할머니와 학교 동창인 셋째 며느리조차 외할머니를 피하려고 했다. 첫째 아들의 죽음에 대한 책임이 일부 자신에게 있다는 사실이 외할머니를 짓눌렀다.

외할머니의 생활방식은 모조리 만주식으로 바꾸어야 했다. 외할머니는 어머니와 한방에서 잤고, 샤 선생은 따로 떨어진 방에서 잤다. 매일 아침 일찍 외할머니는 잠자리에서 일어나기 전에 가족들이 오는 소리가 들리지 않나 신경을 곤두세우곤 했다. 외할머니는 서둘러 세수를 하고 가족들과 차례차례 형식적인 인사를 주고받아야만 했다. 게다가 외할머니는 매우 복잡한 방식으로 머리 손질을 해야 했다. 즉 가발을 쓰고 그 위에 육중한 모자를 써야 했던 것이다. 외할머니가 들을 수 있는 말은 "안녕히 주무셨습니까?"라는 차가운 말이 전부였다. 사실 이 말은 가족들이 외할머니에게 하는 유일한 말이었다. 자신에게 절을 하고 마음에도 없는 인사말을 뱉는 그들을 지켜보면서 외할머니는 그들이 자기를 미워하고 있다는 것을 알 수 있었다. 이 형식적인 의식은 그 의식을 행하는 사람들의 속마음이 달랐기 때문에 더욱 껄끄러웠다.

명절 때나 중요한 행사가 있을 때면, 전 가족이 외할머니에게 머리를 조아리며 절을 해야 했다. 그러면 외할머니는 의자에서 벌떡 일어나 한옆에 비켜서서 자기가 의자를 비워놓았다는 것을 보여주어야 했다. 빈 의자는 죽은 부인을 상징했고, 의자를 비워놓고 일어난다는 것은 가족들의 절에 대한 답례였다. 만주의 관습은 외할머니와 샤 선생을 갈라놓으려고 음모라도 꾸민 것 같았다. 두 사람은 식사도 단둘이서 할 수 없었다. 항상 며느리 가운데 한 사람이 외할머니 뒤에 서서 시중을 들도록 되어 있었다. 하지만 시중을 드는 여자가 차가운 표정을 짓고 있었기 때문에 외할머니는 식사를 즐기기는 고사하고 제대로 끝내기조차 어려운 형편이었다.

외할머니와 어머니가 샤 선생의 집으로 들어간 직후에 언젠가 어머니가 캉 위의 편안하고 따뜻하고 좋아보이는 자리에 가서 앉았다. 그러자 샤 선생의 얼굴이 어두워지면서 달려들어 거칠게 어머니를 그 자리에서 끌어냈다. 어머니가 샤 선생만이 앉을 수 있는 특별한 자리에 앉았던 것이다. 샤 선생이 어머니를 때린 것은 단 한 번, 이때뿐이었다. 만주의 관습으로는 가장의 자리는 신성한 것이었다.

샤 선생의 집으로 들어가면서 외할머니는 난생처음으로 어느 정도의 자유를 누렸지만, 역시 갇혀 사는 신세를 완전히 면하지는 못했다. 어머니의 처지 역시 불안정하기는 마찬가지였다. 샤 선생은 어머니에게 아주 친절했고 자기가 낳은 딸처럼 양육했다. 어머니는 그를 아버지라고 불렀다. 그는 어머니에게 자기의 성(姓)인 샤를 주었고, 어머니는 오늘날까지도 그 성을 쓰고 있다. 샤 선생은 어머니에게 더훙(德鴻)이라는 이름도 지어주었다. 더는 돌림자였고 훙은 "야생 백조(기러기)"를 뜻했다.

샤 선생의 가족은 외할머니를 면전에서 감히 모욕하지는 못했다. 그렇게 한다면 그것은 자기 "어머니"에게 대드는 패역이었기 때문이다. 하지만 외할머니의 딸에게까지 그럴 필요는 없었다. 어머니의 첫 기억은 외할머니가 안아주던 기억을 제쳐놓는다면 샤 선생 가족의 나이 어린 구성원들에게 괴롭힘을 당한 기억이다. 어머니는 울지 않으려고 애썼고, 또 긁히거나 베인 상처를 외할머니에게 들키지 않으려고 했지만, 외할머니는 어떤 일이 일어나는지 훤히 알고 있었다. 그래도 외할머니는 샤 선생에게 한마디도 하지 않았다. 그의 마음을 어지럽히고 싶지 않았고, 그와 자녀들 사이에 또다른 문제가 생기는 것을 원치 않았기 때문이다. 그러나 어머니는 비참했다. 어머니는 외증조할아버지의 집이나 쉐 장군이 사주었던 집으로 돌아가자고 조르곤 했다. 그 집에서는 모두들 어머니를 공주처럼 대했기 때문이다. 그러나 어머니는 곧 "집으로 가자"고 외할머니에게 졸라서는 안 된다는 것을 깨달았다. 그런 말을 하면 금방 외할머니의 눈에 이슬이 맺혔기 때문이다.

　어머니의 가장 친한 친구들은 어머니가 기르던 애완동물들이었다. 어머니는 올빼미 한 마리, 몇 마디 간단한 말을 할 줄 아는 검은 찌르레기 한 마리, 매와 고양이 각각 한 마리씩, 흰 생쥐들, 유리병 속에 기르던 몇 마리의 메뚜기와 귀뚜라미를 가지고 있었다. 외할머니를 빼고 어머니의 유일한 인간 친구는 샤 선생의 마부 "거구의 리씨 노인"뿐이었다. 리씨 노인은 중국과 몽골, 소련의 국경이 만나는 싱안링 산맥 출신의 가죽 같은 피부를 가진 강인한 노인이었다. 피부는 가무잡잡했고 머리숱이 적었으며 입술은 두툼했고 들창코였다. 이런 용모는 중국인들에게서는 보기 드물었다. 사실 리씨 노인은 중국인과는 모습이 전혀 달랐다. 키가 컸고 홀쭉했으며 강단이 있었다. 그의 아버지는 그를 인삼 뿌리를 캐고 곰이나 여우, 사슴을 사냥하는 사냥꾼으로 길렀다. 한동안 부자는 짐승 가죽을 팔아서 재미를 보았었다. 그러나 그들은 결국 화적들의 등쌀 때문에 그 일을 할 수 없게 되었다. 화적들 가운데 가장 몹쓸 놈들은 노원수 장쭤린의 수하들이었다. 리씨 노인은 장쭤린을 "더러운 화적놈"이라고 불렀다. 뒤에 어머니는 노원수가 일본에 대항해 싸우는 믿을 만한 애국자라는 이야기를 들었을 때, 동북지방의 이 "영웅"을 조롱하던 리씨 노인의 말투를 떠올렸다.
　리씨 노인은 어머니의 애완동물들을 돌보아주었고, 어머니를 데리고 놀러 나가기도 했다. 그해 겨울 리씨 노인은 어머니에게 스케이트 타는 법을 가르쳐주었다. 봄이 되어 눈과 얼음이 녹자, 두 사람은 사람들이 조상들의 "무덤을 쓸고" 꽃을 가져다놓는 중요한 연례 의식을 올리는 것을 지켜보았다. 그들은 여름에는 낚시질을 하고 버섯을 땄으며, 가을에는 도시 외곽으로 마차를 타고 나가서 토끼 사냥을 했다.

사나운 바람이 들판을 가로질러 휘몰아치고 창문에 얼음이 어는 만주의 긴 겨울밤이면, 리씨 노인은 따뜻한 캉 위에서 어머니를 자기 무릎에 앉히고 북쪽의 산맥에 관한 동화 같은 이야기를 들려주었다. 그러면 어머니는 신비스러운 큰 나무며 이국적인 꽃, 아름답게 지저귀는 색깔이 찬란한 새들, 그리고 작은 소녀들 모양의 인삼 뿌리 등의 영상을 머릿속에 담은 채 잠자리에 들곤 했다. 인삼 뿌리는 캐낸 다음 붉은 줄로 묶어야지 그러지 않으면 달아나버린다고 리씨 노인은 주장했다.

리씨 노인은 또 동물에 얽힌 이야기도 들려주었다. 북만주의 산맥을 배회하는 호랑이들은 마음씨가 착해서 그들이 위험에 처했다고 느끼지 않는 한 절대로 사람을 해치지 않는다는 것이었다. 리씨 노인은 호랑이를 좋아했다. 하지만 곰들은 호랑이와는 딴판이라고 했다. 곰들은 사나우므로 무슨 수를 써서라도 피해야 한다는 것이었다. 어쩌다가 곰을 만나면, 곰이 머리를 숙일 때까지 꼼짝 않고 가만히 서 있어야 한다고 했다. 곰은 이마에 털이 많이 나 있어서 고개를 숙이면 그 털이 눈을 가려 잘 볼 수 없게 된다는 것이었다. 늑대를 만나면 돌아서서 달아나서는 안 된다고 했다. 아무리 빠르게 달려도 늑대보다 빨리 뛸 수는 없기 때문이라는 것이었다. 늑대를 만났을 때는 똑바로 서서 정면으로 마주 보아야 한다는 것이었다. 그렇게 해서 조금도 겁을 내지 않는 것처럼 보여야 한다고 했다. 그런 다음 아주 천천히 뒷걸음질로 물러나야 한다는 것이었다. 여러 해가 지난 다음, 리씨 노인의 이 충고 덕분에 어머니는 목숨을 구하게 된다.

어머니가 다섯 살이던 어느 날, 애완동물들에게 이야기를 하고 있을 때 샤 선생의 손자 손녀들이 어머니 주위로 떼지어 몰려들었다.

그들은 어머니를 밀치고 놀리기 시작하더니, 급기야는 때리고 한층 더 난폭하게 어머니를 떠밀기 시작했다. 그들은 어머니를 말라붙은 우물이 있는 정원 한 귀퉁이로 몰고 가더니 우물 안으로 밀어넣었다. 우물은 아주 깊었고, 어머니는 그 밑바닥에 있는 자갈 위로 쾅 하고 떨어졌다. 마침 누군가가 어머니의 비명 소리를 듣고 리씨 노인을 불러왔다. 리씨 노인이 사다리를 들고 달려왔고, 요리사가 사다리를 단단히 잡고 있는 동안 리씨 노인이 사다리를 타고 우물 안으로 내려갔다. 이때쯤에는 걱정으로 사색이 된 외할머니도 우물가에 당도했다. 몇 분 후 리씨 노인이 어머니를 안고 올라왔다. 어머니는 정신이 오락가락했고 온몸이 상처투성이였다. 어머니를 안으로 데려가서 샤 선생에게 보였다. 좌골 한 개가 부러졌다. 어머니는 여러 해가 지난 후에도 그 뼈가 가끔 탈골이 되고는 했다. 이 사고로 어머니는 영영 다리를 약간 절게 되었다.

샤 선생이 일의 자초지종을 묻자 어머니는 "여섯째(손자)"가 밀었다고 말했다. 샤 선생의 눈치를 살피고 있던 외할머니는 어머니의 입을 막으려고 했다. 여섯째는 샤 선생이 총애하는 손자였기 때문이다. 샤 선생이 방을 나가자 외할머니는 어머니에게 "여섯째"에 대해서 다시는 불평하지 말라고 일렀다. 샤 선생의 심기를 불편하지 않게 하기 위해서였다. 좌골이 골절된 어머니는 한동안 집에 갇혀 지냈다. 다른 아이들은 어머니를 완전히 따돌렸다.

이 일이 있은 직후 샤 선생이 며칠씩 집을 비우기 시작했다. 그는 남쪽으로 약 40킬로미터 떨어진 성도 진저우로 일자리를 찾으러 간 것이었다. 집안의 분위기가 더 참을 수 없는 지경에 이르렀다. 하마터면 어머니의 목숨을 빼앗을 뻔했던 우물 사건을 계기로 샤 선생은 이사가 불가피하다고 생각했던 것이다.

이것은 사소한 결정이 아니었다. 중국에서는 몇 세대의 가족이 한 지붕 아래에서 사는 것이 큰 영예로 간주되었다. 그런 가문을 기리기 위해서 거리에 "한 지붕 아래 5대"와 같은 이름이 붙기도 했다.

대가족이 흩어지는 것은 무슨 수를 써서라도 피해야 할 비극으로 생각되었다. 하지만 샤 선생은 무거운 책임을 덜게 되어 기쁘다면서 외할머니에게 웃는 낯으로 대하려고 애썼다.

외할머니는 크게 안심을 했다. 하지만 그런 내색을 겉으로 드러내지 않으려고 애썼다. 사실 외할머니는 부드러운 말로 샤 선생에게 이사하자고 졸라오던 참이었다. 어머니에게 그 일이 일어나고 난 후에는 더욱 그랬다. 외할머니는 자신을 차가운 눈으로 바라보는 대가족에게 이제 신물이 날 대로 나 있었다. 가족들이 우글대는 이런 집에서는 사생활도 보장받을 수 없었고, 그렇다고 가까이 지낼 친구도 없었다.

샤 선생은 재산을 가족들에게 고루 분배했다. 자기가 차지한 것은 청나라의 황제들이 그의 조상들에게 하사한 선물들뿐이었다. 미망인인 첫째 며느리에게는 자기의 토지를 모두 주었다. 둘째 아들에게는 약국을 물려주었고, 셋째 아들에게는 집을 주었다. 그는 리씨 노인과 다른 하인들에게도 골고루 배려를 했다. 샤 선생이 외할머니에게 가난해져도 괜찮겠느냐고 묻자, 외할머니는 딸과 남편인 샤 선생만 있으면 행복할 거라고 대답했다. "사랑만 있다면 냉수도 달콤하답니다."

1936년 12월의 추운 어느 날, 가족들이 대문 밖에 모여 그들을 배웅했다. 그들은 모두 눈물 한방울 흘리지 않았다. 외할머니와 샤 선생의 결혼을 지지했던 둘째 아들 더구이만이 눈물을 글썽이고 있을 뿐이었다. 리씨 노인이 그들을 마차로 역까지 실어다주었다. 역에서 어머니는 리씨 노인과 눈물을 흘리면서 작별을 고했다. 하지만 어머니는 기차에 타면서 흥분을 억누를 수 없었다. 한 살 적 갓난아이였을 때 이후로 어머니가 기차에 탄 것은 그때가 처음이었기 때문이다. 기차에 오른 어머니는 깡충깡충 뛰면서 창문 밖을 내다보았다.

진저우는 인구가 거의 10만 명이나 되는 대도시로 만주국 9개 지방을 통치하는 수도였다. 진저우는 만주와 만리장성이 접하는 해안에서 내륙으로 16킬로미터쯤 떨어진 곳에 위치해 있다. 이셴과 마찬가지로 진저우도 성으로 둘러싸인 도시였다. 그러나 이 도시는 빠르게 성장하고 있었으므로 이미 성벽 너머까지 퍼져 있었다. 이 도시에는 수많은 직물공장이 있었고, 정유소가 2개 있었으며, 중요한 철도 교차점이었고, 자체 비행장까지 갖추고 있었다.

일본군은 1932년 1월 초 치열한 전투 끝에 이 도시를 점령했다. 진저우는 전략 요충지였고, 일본의 만주 점령 과정에서 중요한 역할을 했다. 일본군의 진저우 점령은 일본과 미국 사이에 외교분쟁을 일으키는 계기가 되었고, 두 나라 간의 불화는 여러 사건을 거친 끝에 10년 후 결국 일본군의 진주만 기습으로 이어졌다.

1931년 9월 일본군이 만주를 공격하기 시작했을 때, 노원수의 아들인 소원수 장쉐량은 그의 근거지인 펑톈을 일본군에게 내줄 수밖에 없었다. 그는 약 20만 명의 병력을 이끌고 진저우로 퇴각해서 이곳에 사령부를 차렸다. 일본군은 공중에서 도시를 폭격했는데, 이런 공격은 역사상 첫 사례로 꼽히는 공격들 가운데 하나이다. 진저우에 진주한 일본군은 약탈과 파괴를 일삼았다.

바로 이 도시에서 예순여섯 살의 샤 선생이 맨주먹으로 새로운 삶을 시작한 것이었다. 그는 도시의 빈민가인 강가 제방 아래의 저지대에 있는 가로 3미터, 세로 2.5미터의 토담집을 세낼 여유밖에 없었다. 이 지역의 오두막집 주인들은 대부분 지붕을 기와로 얹을 여유조차 없어서 네 벽 위에 홈이 파인 양철 조각을 얹고 그 위에 무거운 돌을 얹어 자주 불어오는 강풍에 양철 조각이 날아가지 않도록 해놓았다. 그 지역은 도시의 맨 가장자리에 자리잡고 있었다. 강 건너에는 수수밭이 있었다. 그들이 12월에 처음 이곳에 도착했을 때는 갈색 땅이 얼어붙어 있었고, 폭이 30미터쯤 되는 강도 꽁꽁 얼어 있었다. 봄이 되어 얼음이 녹으면서 집 주위는 진창으로 변했다. 그리고 겨울에는 얼어버려 견딜 만했던 하수도의 악취가 코를 찔렀다. 여름이 되자 모기가 들끓었고, 걸핏하면 강물이 지붕 높이까지 불어나는데다 제방은 빈약했으므로 언제 강물이 범람할지 몰라 걱정이 끊이지 않았다.

어머니에게 가장 깊은 인상을 준 것은 견디기 어려운 혹독한 추위였다. 잠잘 때뿐만 아니라 모든 생활을 캉 위에서 해야 했다. 한구석에 있는 작은 난로를 제외하고는 캉이 오두막의 공간 거의 대부분을 차지하고 있었다. 세 식구는 캉 위에서 함께 잤다. 전기도, 수돗물도 없었다. 화장실은 가운데 구덩이가 파인 작은 토담 오두막이었다. 집 바로 맞은편에는 밝은색으로 칠한 사당이 있었다. 불의 신을 모신 사당이었다. 그곳에 치성을 드리기 위해서 오는 사람들이 타고 온 말을 샤 선생의 오두막 앞에 매놓곤 했다. 날씨가 더 따뜻해지자, 샤 선생은 저녁때 어머니를 데리고 강둑을 따라 산책을 하면서 장엄한 일몰을 배경으로 고전 시를 낭송해주곤 했다. 외할머니는 같이 동행하지 못했다. 당시의 관습상 남편과 아내는 함께 산책을 할 수 없었기 때문이다. 또 어차피 전족을 한 발로는 산책이 즐거울 리 없었다.

그들은 아사 직전의 지경에 놓여 있었다. 이셴에서 그들은 샤 선생 소유의 토지에서 나오는 식량으로 일본인들이 그들의 몫을 빼앗아간 후에도 얼마간의 식량을 확보할 수 있었다. 그러나 이제 그들의 소득은 확 줄어들었을 뿐만 아니라 일본인들에 의한 식량 징발이 점차 심해지고 있었다. 이 지방에서 생산되는 산물의 상당 부분을 강제로 일본에 수출하도록 되어 있는데다, 만주에 주둔하고 있던 많은 일본군의 식량으로 나머지 쌀과 밀을 확보해두었기 때문이다. 지역민들은 가끔 얼마간의 옥수수나 수수를 구할 수 있었지만, 이마저도 구하기가 쉽지 않았다. 주식이 도토리죽이었다. 도토리죽은 맛과 냄새가 고약했다.

외할머니는 전에 이런 가난을 경험한 적이 없었다. 그러나 외할머니에게는 이때가 평생 가장 행복했던 시절이었다. 샤 선생은 외할머니를 사랑했고, 외할머니는 딸과 늘 함께 지낼 수 있었다. 외할머니는 이제 그 지겨운 만주의 의식(儀式)을 억지로 견뎌낼 필요도 없었다. 그래서 이 작은 토담집에는 늘 웃음꽃이 피었다. 외할머니와 샤 선생은 가끔 긴 겨울밤을 카드놀이를 하면서 보내기도 했다. 규칙은 외할머니가 이기면 샤 선생을 세 번 때리고, 샤 선생이 이기면 외할머니에게 세 번 키스하는 것이었다.

외할머니는 이웃의 많은 여자 친구들을 사귀게 되었는데, 이것도 외할머니에게는 전에 없던 일이었다. 살림 형편이 풍족하지는 않았지만, 외할머니는 의사의 아내로서 존경을 받았다. 여러 해 동안 경멸을 받고 집안의 가재도구 같은 대우를 받아오다가 이제 외할머니는 진정한 자유를 만끽하게 된 것이었다.

가끔 외할머니는 친구들과 전통적인 만주의 가무를 실연하기도 했다. 그들은 작은북을 치면서 노래를 부르며 춤을 추었다. 그들이 연주하는 곡은 매우 단순한 곡조와 리듬이 반복되는 것으로, 여자들은 그때그때 생각나는 대로 가사를 붙여 노래를 불렀다. 결혼한 여자들은 그들의 성생활에 관해서 노래했고, 처녀들은 성에 대해서 묻는 가사로 노래했다. 대부분이 문맹자였던 여자들은 이런 가무를 세상물정을 배우는 수단으로 이용했다. 이런 노래를 통해서 그들은 그들의 삶과 남편에 대해서 서로 이야기했고 소문을 퍼뜨렸다.

외할머니는 이런 모임을 좋아했고, 모임에 대비하여 자주 연습을 했다. 외할머니는 캉 위에 앉아 작은북을 흔들면서 그 박자에 맞춰 노랫말을 지어 노래를 불렀다. 샤 선생이 적당한 가사를 불러주는 경우도 많았다. 어머니는 그런 모임에 가기에는 아직 나이가 너무 어렸지만, 외할머니가 노래와 춤을 연습하는 것을 지켜볼 수는 있었다. 어머니는 외할머니의 춤과 노래에 매혹되었고, 특히 샤 선생이 불러주는 노랫말을 알고 싶어 했다. 어머니는 그 가사가 아주 재미있다는 것만은 알 수 있었다. 샤 선생과 외할머니가 한바탕 웃곤 했기 때문이다. 하지만 외할머니가 그 가사를 다시 반복해주어도 어머니는 마치 "구름과 안개 속을 헤매는 것처럼" 그 뜻이 아리송했다.

그러나 생활은 고되었다. 매일매일이 살아남기 위한 싸움이었다. 쌀과 밀은 암시장에서만 구할 수 있었다. 그래서 외할머니는 전에 쉐 장군이 주었던 보석 장신구 가운데 일부를 팔기 시작했다. 외할머니는 이미 먹었다고 하거나, 아직 배고프지 않으니 이따가 먹겠다고 하면서 당신은 거의 먹지 않았다. 외할머니가 보석 장신구를 판다는 사실을 안 샤 선생이 그러지 말라고 말했다. 샤 선생은 이렇게 말했다. "난 늙은이야. 언젠가 죽을 거라구. 내가 죽고 난 후에 당신이 살아남으려면 그 장신구들이 필요할 거야."

샤 선생은 다른 사람의 약국에 고용되어 월급을 받으며 의사로 일했다. 그래서 자기의 의술을 발휘할 기회가 그리 많지 않았다. 하지만 그는 열심히 일했고, 차차 명성이 높아지기 시작했다. 곧 그는 처음으로 환자의 집으로 왕진을 오라는 초대를 받았다. 그날 저녁 그는 천으로 싼 꾸러미 하나를 들고 집으로 돌아왔다. 그는 어머니와 외할머니에게 눈을 찡긋해보이면서 두 사람에게 보자기 안에 무엇이 들었는지 알아맞혀보라고 했다. 어머니는 두 눈을 김이 나는 그 꾸러미에 붙이다시피 했다. 어머니는 "찐 만두!" 하고 외치기가 무섭게 꾸러미를 찢어 열어젖혔다. 어머니는 만두를 게걸스럽게 먹으면서 고개를 들어 반짝이는 샤 선생의 눈에 시선을 맞추었다. 50년 이상이 지난 지금도 어머니는 그때의 행복해하던 샤 선생의 표정을 잊지 못한다. 어머니는 요즘도 그때 먹었던 만두보다 더 맛있는 음식을 먹어본 적이 없다고 말하고는 한다.

가정으로의 왕진은 의사들에게 아주 중요했다. 왕진을 받은 집에서 왕진료를 고용주에게가 아니라 의사에게 직접 주기 때문이었다. 환자가 치료에 만족하거나 부자일 경우, 의사는 두둑한 보수를 받곤 했다. 치료를 고맙게 생각하는 환자들은 설날이나 그 밖의 명절 때 의사에게 값비싼 선물을 보내기도 했다. 여러 차례 왕진을 한 후, 샤 선생의 살림 형편은 나아지기 시작했다.

그가 용하다는 소문이 널리 퍼지기 시작했다. 어느 날 이 지방 지사의 아내가 의식을 잃고 쓰러졌다. 지사가 샤 선생을 불렀고, 샤 선생은 가까스로 지사 부인의 의식을 되찾아주었다. 당시 이것은 무덤에 들어간 사람을 되살린 것과 마찬가지로 생각되었다. 지사는 명판을 만들도록 명하고, 그 명판에 자기가 직접 쓴 다음과 같은 말을 새기도록 했다. "샤 선생, 사람들과 사회에 생명을 주는 명의." 그는 이 명판을 들고 시내를 행진하도록 명령했다.

그 직후에 지사는 또다른 도움을 청하려고 샤 선생을 찾아왔다. 그는 정실부인 외에 12명의 첩을 두었는데, 그중 누구도 아이를 낳지 못했다. 지사는 샤 선생이 아이를 낳게 해주는 데 특히 용하다는 소문을 듣고 찾아온 것이었다. 샤 선생이 지사가 먹을 약과 그의 13명의 배우자들이 먹을 약을 처방해주자 그들 가운데 몇 명이 임신을 했다. 실상 문제는 지사에게 있었지만, 샤 선생은 지사가 민망해할까봐 배우자들의 약도 함께 처방해준 것이었다. 지사는 너무나 기뻐서 샤 선생을 위해서 "관음보살의 화신"(관음보살은 생산을 관장하는 인자한 보살임)이라는 더욱 큰 명판을 새기도록 명했다. 새 명판이 먼젓번보다 더 큰 행렬을 이루며 샤 선생의 집으로 배달되었다. 그 이후 멀리 북쪽으로 640킬로미터나 떨어진 하얼빈에서도 샤 선생을 만나러 환자들이 찾아왔다. 샤 선생은 만주국의 4대 명의 가운데 한 사람으로 알려지게 되었다.

그들이 진저우로 이사온 지 1년이 되는 1937년 말쯤, 샤 선생은 도시의 오래된 북문 바로 밖에 있는 더 큰 집으로 이사할 수 있었다. 물론 강가에 있던 토담집보다 훨씬 더 좋은 집이었다. 진흙 대신 구워낸 붉은 벽돌로 지은 집이었다. 그전 집에는 방이 하나뿐이었지만, 새로 이사온 집에는 침실이 셋이나 되었다. 샤 선생은 자신의 약국을 차리고 거실을 진료실로 이용했다.

그 집은 커다란 뜰의 남쪽을 차지하고 있었는데, 남쪽에는 샤 선생의 집 말고도 다른 두 집이 있었다. 하지만 뜰로 직접 문이 난 집은 샤 선생의 집뿐이었다. 다른 두 집은 거리와 면했고, 뜰 쪽으로는 두툼한 담이 둘러쳐져 있는데다, 심지어 뜰을 내다볼 창문도 나 있지 않았다. 그 두 집 사람들은 뜰로 나가고 싶으면 거리로 난 문을 통해서 빙 돌아와야만 했다. 뜰의 북쪽에도 두툼한 담장이 있었다. 뜰에는 사이프러스 나무와 중국 털가시나무가 있었고, 세 집 사람들은 그 나무들에 빨랫줄을 매놓곤 했다. 혹독한 겨울을 견딜 만큼 강인한 무궁화나무도 몇 그루 있었다. 여름 동안 외할머니는 당신이 좋아하는 화초들을 내놓곤 했다. 가장자리에 하얀 테가 둘러진 나팔꽃, 국화, 달리아, 봉선화 등이었다.

샤 선생과 외할머니 사이에서는 어떤 아이도 태어나지 않았다. 샤 선생은 예순다섯 살이 넘은 남자는 사정을 해서는 안 된다는 이론을 믿고 있었다. 남자의 정기로 간주되는 정액을 보존해야 한다는 것이었다. 몇 년 후, 외할머니는 어머니에게 다소 신비스러운 말투로 샤 선생은 기공(氣功)을 통해서 사정을 않고도 오르가슴을 느낄 수 있는 기술을 개발했다고 말해주었다. 샤 선생은 그 나이의 사람치고는 남다른 건강을 누렸다. 그는 병이 나는 법이 없었고 매일 찬물로 샤워를 했다. 심지어 온도가 영하 23도까지 내려간 날에도 그는 찬물 샤워를 쉬지 않았다. 샤 선생은 또 자신이 속한 유사종교 단체인 재리회(在理會)의 계율에 따라 술과 담배를 입에 대지 않았다.

그 자신이 의사이면서도 샤 선생은 약을 먹는 것을 좋아하지 않았다. 그는 건강을 유지하는 비결은 건전한 몸을 유지하는 것이라고 믿었다. 그는 자신이 보기에 신체의 한 부분은 치료하면서도 신체의 다른 부분에는 해가 될 것 같은 치료는 절대로 하지 않았다. 또 부작용을 일으킬 염려가 있는 강한 약은 쓰지 않으려고 했다. 어머니와 외할머니는 병이 나면 샤 선생 몰래 약을 먹어야만 했다. 어머니나 외할머니가 병이 나면 샤 선생은 다른 의사를 불러오곤 했는데, 그 의사는 전통 한의사이면서 무당이었다. 그는 어떤 병은 악령에 의해서 생기며, 따라서 병을 고치기 위해서는 특별한 종교적 기술로 그 악령을 달래거나 쫓아내야 한다고 믿었다.

어머니는 행복했다. 어머니는 난생처음으로 주위의 모든 사람들이 다정하게 느껴졌다. 외증조할아버지의 집에서 살던 2년 동안 느꼈던 긴장감도 사라졌고, 또 지난 1년 동안 샤 선생의 손자 손녀들에게 당하던 괴롭힘도 이곳에는 없었다.

어머니는 특히 매달 돌아오다시피 하는 명절 때면 기뻐서 어쩔 줄을 몰랐다. 당시 보통 중국 사람들에게는 주말의 개념이 없었다. 정부 관서와 학교, 일본인들이 운영하는 공장들만이 일요일 하루를 쉬었다. 다른 사람들은 명절이 되어야 일상에서 벗어나 쉴 수 있었다.

음력 설 7일 전인 음력 12월 23일부터 겨울 축제가 시작되었다. 전설에 따르면, 이날 초상화의 형태로 아내와 함께 난로 위에서 살아오던 부엌신이 옥황상제에게 그 집 사람들의 처신을 보고하기 위해서 하늘로 올라간다는 것이었다. 부엌신이 좋게 보고하면 다음 해에는 부엌에 그 가족들이 먹을 음식이 풍성해진다고 했다. 그래서 사람들은 이날 부엌신 부부의 초상화를 향해 부지런히 머리를 조아리며 절을 했다. 그런 다음 그 초상화에 불을 붙였다. 초상화가 불에 타서 사라지는 것은 그들의 승천을 뜻했다. 외할머니는 늘 어머니에게 부엌신 부부의 초상화 입술에 꿀을 바르라고 일렀다. 또 당신이 수숫대로 손수 만든 말과 하인의 형상을 함께 태웠다. 그렇게 부엌신 부부를 지성으로 공경하면 그들의 기분이 좋아져서 옥황상제에게 샤씨 일가에 대해서 좋게 보고할 거라고 믿었기 때문이다.

다음 며칠 동안은 갖가지 음식을 준비하느라고 바빴다. 고기를 특별한 모양으로 썰었고, 쌀과 콩을 가루로 빻아서 떡과 경단을 만들었다. 만든 음식은 설날이 올 때까지 지하실에 저장했다. 기온이 영하 29도까지 내려가는 판이니 지하실은 천연 냉장고로 안성맞춤이었다.

섣달그믐날 자정이 되면 폭죽이 요란하게 터져 어머니를 기쁘게했다. 어머니는 외할머니와 샤 선생을 따라 밖으로 나가서 행운의 신이 오기로 되어 있는 쪽을 향해 절을 했다. 거리 이곳저곳에서 사람들이 똑같이 행운의 신을 향해 절을 했다. 그런 다음 그들은 "새해 복 많이 받으세요" 하고 서로 인사를 나누었다.

설날에 사람들은 서로에게 선물을 했다. 새벽이 와서 동쪽 창문에 바른 흰 종이가 밝아지면, 어머니는 침대에서 뛰어내려와 새 저고리, 새 바지, 새 양말, 새 구두 등의 설빔으로 갈아입었다. 그런 다음 어머니와 외할머니는 이웃과 친구들을 찾아가서 모든 어른들에게 절을 했다. 어머니의 머리가 바닥에 부딪칠 때마다 어머니는 안에 돈이 든 "빨간 주머니"를 받았다. 이렇게 받은 돈을 어머니는 1년 동안 용돈으로 쓰도록 되어 있었다.

다음 15일 동안 어른들은 서로 찾아다니면서 새해 복 많이 받으라는 인사를 나누었다. 복, 즉 돈은 대다수 중국 사람들이 무엇보다도 바라는 것이었다. 사람들은 가난했고, 샤 선생 집도 다른 많은 사람들과 마찬가지로 고기를 실컷 먹을 수 있는 때는 명절뿐이었다.

축제는 정월 대보름날 절정에 달했다. 이날은 호화로운 행렬이 줄지어 행진했고, 날이 저물면 등불 축제가 이어졌다. 행렬의 핵심은 불의 신의 시찰 방문이었다. 불의 신이 집집마다 찾아다니며 사람들에게 불의 위험을 경고했다. 대부분의 집들에는 부분적으로 목재가 사용되었고, 기후가 건조하고 바람이 심해서 항상 화재의 위험이 있었으므로 불은 공포의 대상이었다. 따라서 사당에 모신 불신의 상 앞에는 일년 내내 제물이 바쳐지곤 했다. 행렬은 샤 선생 일가가 처음 진저우에 왔을 때 살았던 토담집 앞에 있는 불의 신 사당에서 출발했다. 붉은 머리에 턱수염, 눈썹, 그리고 망토를 걸친 거인의 모습을 한 불의 신상의 모조품을 덮개가 없는 가마에 태워 8명의 젊은이들이 운반했다. 각기 몇 사람으로 이루어진 꿈틀거리는 용과 사자, 그리고 장식한 수레, 죽마를 탄 사람들, 허리에 두른 오색 비단 자락을 흔들어대는 양게 춤꾼들이 그 뒤를 따랐다. 폭죽과 북, 징이 천둥치는 소리를 냈다. 어머니는 깡충깡충 뛰며 행렬 뒤를 따라가곤 했다. 거의 모든 집에서 불의 신에게 드리는 제물로 풍성한 음식을 길가에 내놓았지만, 어머니가 보기에 불의 신은 그 음식에는 손도 대지 않고 빠르게 지나갔다. "신에게는 정성만 보이고 제물은 사람 배를 채우기 위해서 만드는 거지!" 외할머니는 어머니에게 이렇게 말하곤 했다. 모든 것이 부족했던 그 시절, 어머니는 명절이 오기를 손꼽아 기다렸다. 명절이 오면 배를 한껏 채울 수 있기 때문이었다. 어머니는 배를 채우는 일보다는 시적인 의미가 있는 행사에는 완전히 무관심했고, 등불 축제 때 사람들이 앞문에 내건 호화로운 등에 꽂아놓은 수수께끼를 외할머니가 풀어줄 때를 조바심하며 기다렸다. 어머니는 또 9월 9일에 외할머니가 다른 집의 정원을 돌며 국화를 구경할 때 따라다니는 것도 좋아했다.

어느 해 도시의 수호신을 모신 사당에서 수호신에게 제사를 올리는 동안, 외할머니는 어머니에게 진흙으로 만든 조각품들을 보여주었다. 제사를 위해서 모두 새로 장식되고 채색된 조각품들은 사람들이 그들이 지은 죄에 대한 벌을 받는 지옥의 모양을 표현한 것들이었다. 외할머니는 적어도 혀가 한 자가량 잡아늘여진 채 머리는 고슴도치의 털처럼 곤두서고 눈은 개구리처럼 튀어나온 두 악마에 의해서 몸이 찢겨지고 있는 한 진흙 조상(彫像)을 가리켰다. 외할머니는 고문을 당하고 있는 그 사람이 전생에 거짓말쟁이였다고 하면서, 거짓말을 하면 어머니도 장차 그렇게 될 것이라고 말했다.

웅성대는 군중들 사이, 그리고 군침이 도는 음식 판매대 사이에 10여 무더기의 조상들이 있었는데, 그 하나하나가 모두 도덕적 가르침을 담고 있었다. 외할머니는 기꺼이 어머니에게 그 무서운 장면들을 빠짐없이 보여주었지만, 한 무더기의 조상들 앞에 당도하자 아무 설명 없이 어머니를 이끌고 그냥 지나쳤다. 몇 년 후에야 어머니는 그 조상들이 한 여인을 두 남자가 톱으로 자르는 장면을 묘사한 것이라는 사실을 알았다. 그 여인은 남편과 사별하고 재혼을 했는데, 서로 자기 것이라고 생각하는 두 남편이 그녀를 반으로 자르고 있다는 것이었다. 당시에는 많은 과부들이 이렇게 될까봐 두려워서 생활이 아무리 어려워도 죽은 남편에게 정절을 지켰다. 가족들이 재혼을 강요하면 스스로 목숨을 끊는 과부들까지 있었다. 어머니는 샤 선생과 재혼하기로 한 외할머니의 결정이 쉬운 것이 아니었음을 알 수 있었다.

3. "모두 만주국이 지상천국이라고 하네"

일본 통치하의 생활
(1938-1945)

1938년 초 어머니는 거의 일곱 살이 되었다. 어머니는 매우 영리했고 향학열이 높았다. 샤 선생과 외할머니는 음력 설이 지난 직후 새 학기가 시작되면 어머니를 학교에 보내야겠다고 생각했다.

교육은 일본인들의 철저한 통제 아래 놓여 있었다. 특히 역사와 윤리 교육은 통제가 심했다. 중국어가 아니라 일본어가 학교에서 사용되는 공식 언어였다. 4학년 이상의 초등학교 수업은 오직 일본어만으로 이루어졌고, 교사들도 대부분 일본인들이었다.

어머니가 초등학교 2학년이던 1939년 9월 11일, 만주국 황제 푸이와 황후가 진저우를 공식 방문했다. 어머니는 진저우에 도착한 황후에게 꽃다발을 바치는 소녀로 선발되었다. 화려하게 장식한 단 위에 많은 사람들이 서 있었다. 그들은 모두 종이로 만든 만주국의 노란 국기를 들고 있었다. 어머니에게는 커다란 꽃다발이 주어졌다. 어머니는 악대와 정장 차림의 높은 사람들 옆에 서 있는 자신이 무척 자랑스러웠다. 어머니와 같은 나이 또래의 한 소년이 푸이 황제에게 바칠 꽃다발을 들고 어머니 근처에 서 있었다. 황제 부부가 나타나자, 악대가 만주국 국가를 연주하기 시작했다. 그러자 모두 차려 자세를 취했다. 어머니는 한 발 앞으로 나서서 꽃다발의 균형을 능숙하게 유지하면서 절을 했다. 황후는 하얀 드레스를 입고 손목까지 덮는 긴 하얀 장갑을 끼고 있었다. 어머니는 황후가 무척 아름답다고 생각했다. 어머니는 곁눈질로 푸이 황제를 흘끗 볼 수 있었다. 황제는 군복 차림이었다. 어머니는 두툼한 안경 뒤에 있는 황제의 눈이 "가느스름하다"고 생각했다.

어머니가 뛰어난 학생이라는 사실 외에 황후에게 꽃다발을 바치는 여학생으로 선발된 데에는 또다른 이유가 있었다. 어머니는 샤 선생과 마찬가지로 모든 서식에 있는 민족을 구분하는 난에 언제나 "만주족"이라고 기입했는데, 만주국은 만주족이 스스로 세운 독립국가라고 표방되고 있었기 때문에 어머니는 만주국 황후에게 꽃다발을 바치는 학생으로 선발되는 데 유리했던 것이다. 푸이는 일본인들에게 매우 유용한 존재였다. 아직도 많은 사람들이 만주족 황제의 통치 아래 있다고 생각하기 때문이다. 샤 선생은 자신을 충성스런 신하로 생각했고 외할머니 역시 마찬가지였다. 전통적으로 여인이 자기 남자에 대한 사랑을 표현하는 중요한 방법 가운데 하나는 모든 점에서 그 남자와 견해를 같이하는 것이었다. 외할머니에게는 샤 선생의 뜻을 따르는 것이 아주 자연스러운 일이었다. 외할머니는 샤 선생에게 매우 만족했기 때문에 추호도 샤 선생과 견해를 달리 할 생각이 없었다.

어머니는 학교에서 그녀의 조국이 만주국이라고 배웠다. 이웃 중국에는 두 공화국이 있는데, 하나는 만주국에 적대적인 장제스가 이끄는 공화국이었고 또다른 나라는 왕징웨이가 우두머리인 만주국에 우호적인 나라라고 배웠다(왕징웨이는 당시 중국의 일부를 통치하던 일본의 꼭두각시인 통치자였다). 그녀는 만주가 "중국"의 일부라는 사실은 배우지 않았다.

학생들은 만주국의 순종적인 신민이 되도록 교육받았다. 어머니가 가장 먼저 배운 노래는 이런 내용이었다.

붉은 소년과 푸른 소녀들이 거리를 활보하네.

그들은 모두 만주국이 지상천국이라고 하네.

너도 행복하고 나도 행복하네.

모두 아무 걱정 없이 평화롭게 살며 기쁘게 일하네.

紅男綠女踏街頭

人人都說好滿州

你快活來我快活

吃穿無愁腸, 來來來, 好滿州.

　교사들은 만주국이 지상낙원이라고 가르쳤다. 하지만 그 어린 나이에도 어머니는 이곳을 낙원이라고 한다면, 그것은 일본인들의 낙원일 뿐이라는 사실을 알 수 있었다. 일본인 아이들은 격리된 다른 학교에 다녔는데, 그 학교는 시설도 좋고 난방도 잘되었으며 바닥은 반짝반짝 빛났고 창문은 깨끗했다. 이곳 아이들이 다니는 학교들은 무너진 사원이나, 개인 후원자들이 기증한 무너져가는 집을 교사로 사용하고 있었다. 난방시설도 없었다. 겨울이면 추위를 이기기 위해서 반 학생 모두가 교사 주위를 뜀박질로 돌거나 발을 굴렀다.

　교사들 대다수가 일본인들일 뿐 아니라 그들의 교육방식도 일본식이었다. 그들은 학생들을 구타하는 것을 당연하게 여겼다. 여학생은 머리가 귓불 밑 1센티미터까지 내려와야 한다는 것 같은 사소한 규칙이나 예절을 어겨도 그 벌로 매질을 당했다. 여학생이나 남학생이나 세게 뺨을 맞기 일쑤였고, 남학생은 나무방망이로 머리를 맞는 경우도 많았다. 또다른 벌은 눈 속에 몇 시간씩 무릎을 꿇고 앉아 있는 것이었다.

　만주 아이들이 길에서 일본 아이를 만나면 일본 아이가 더 나이가 적어도 머리를 숙여 절을 하고 길을 비켜주어야 했다. 일본 아이들은 걸핏하면 지나가는 만주 아이들을 붙들어놓고 아무 이유도 없이 뺨을 때리곤 했다. 학생들은 교사들을 만날 때마다 공손하게 절을 해야 했다. 어머니는 당신의 친구들에게 일본인 교사가 지나가면 마치 풀밭에 회오리바람이 지나가는 것 같다고 농담을 하곤 했다. 바람이 불면 풀들이 고개를 숙이는 것을 빗댄 말이었다.

많은 어른들 역시 일본인을 만나면 그들의 감정을 상하게 할까봐 두려워서 절을 했다. 하지만 처음에는 일본인들의 존재가 샤 선생 일가의 생활에 큰 영향을 미치지는 않았다. 중하위 직책은 만주족과 한족인 현지인들이 차지했다. 나의 외증조할아버지 역시 이셴 경찰서 부서장직을 아직 유지하고 있었다. 1940년 진저우에는 약 1만 5,000명의 일본인들이 있었다. 샤 선생 바로 옆집에 살고 있는 사람들도 일본인들이었다. 외할머니는 그들과 친하게 지냈다. 그 집의 남편은 정부 관리였다. 매일 아침 그의 아내는 세 자녀들과 함께 문밖에 서 있다가 그가 직장에 가려고 인력거에 탈 때면 코가 땅에 닿도록 절을 했다. 그런 다음 그녀는 자기 일을 시작했다. 석탄가루를 반죽해서 동그랗게 뭉쳐 연료를 만드는 일이었다. 외할머니와 어머니는 그 이유를 알 수 없었지만, 그녀는 늘 흰 장갑을 끼고 있었다. 그 장갑은 곧 더러워졌다.

그 일본 여자는 자주 외할머니를 찾아왔다. 그녀가 작은 술병을 들고 오면 외할머니는 간장에 절인 채소 같은 간단한 안주를 준비했다. 외할머니는 일본말을 약간 했고, 그 일본 여자도 중국말을 약간 했다. 두 여자는 노래를 흥얼거렸고, 감정이 북받치면 눈물을 흘리기도 했다. 두 여자는 정원을 가꾸는 일을 서로 도와주기도 했다. 일본인의 집에는 아주 멋진 정원을 가꾸는 데 쓰는 연장들이 있었다. 외할머니는 그 연장들이 좋다고 입에 침이 마르도록 칭찬하곤 했다. 어머니는 그 일본집 정원에 와서 놀라고 자주 초대를 받았다.

하지만 샤 선생 가족들은 일본인들이 하고 있는 일에 대한 이야기를 듣지 않을 수 없었다. 북만주 여러 곳에서 마을들이 불타고 살아남은 주민들은 "전략촌"으로 강제로 이주시켜 살게 한다고 했다. 인구의 6분의 1가량 되는 500만 명 이상의 사람들이 살던 집을 잃었고, 수만 명이 죽었다는 것이었다. 노동자들은 일본인 경비원들의 감시 아래 광산에서 죽도록 일을 해서 일본에 수출할 광산품을 생산했다. 만주는 특히 자연자원이 풍부했기 때문이다. 많은 사람들이 소금을 빼앗겼고, 달아날 기력조차 없었다.

샤 선생은 오랫동안 황제 푸이는 일본인들이 행하는 이런 나쁜 짓을 모르고 있다고 주장했었다. 황제가 사실상 일본인들의 포로이기 때문이라는 것이었다. 그러나 푸이가 일본을 부르는 방식이 "우리의 친절한 이웃 나라"에서 "형님 나라"로 바뀌고 다시 "부모 나라"로 바뀌자 샤 선생은 주먹으로 테이블을 쾅 치면서 그를 "저 바보 같은 겁쟁이"라고 불렀다. 하지만 그때까지도 아직 샤 선생은 만주인들에게 가해지고 있는 잔혹행위의 책임을 황제가 어느 정도 져야 하느냐에 대해서 확신을 가지고 있지 못했다. 그러나 마침내 2건의 충격적인 사건이 샤 선생의 세계를 확 바꾸어놓고 말았다.

1941년 말의 어느 날, 샤 선생이 진료실에 있는데 그가 한번도 본 적이 없는 한 남자가 진료실 안으로 들어왔다. 그는 누더기를 걸쳤고, 야윈 몸은 심하게 구부러져 거의 포개지다시피 되어 있었다. 그 사람은 철도 노동자인데 심한 위장병에 시달려왔다고 했다. 그는 1년 365일 하루도 쉬지 않고 새벽부터 날이 어두워질 때까지 무거운 짐을 나른다고 말했다. 그는 자기가 어떻게 그 일을 계속할 수 있을지 모르겠다고 하면서도 그 일자리를 잃어버리면 자기는 아내와 갓 태어난 아기를 먹여살릴 수 없을 거라고 했다.

샤 선생은 그에게 약해진 위가 그가 먹어야 했던 거친 음식을 소화시키지 못한다고 설명했다. 1939년 6월 1일 정부는 이제부터 쌀은 일본인들과 소수의 부역자들을 위해서 남겨두어야 한다고 공포했다. 대다수의 현지인들은 도토리죽과 수수로 연명해야 했다. 이것은 소화가 잘 안 되는 음식이었다. 샤 선생은 그에게 얼마간의 약을 무료로 주고, 외할머니에게 암시장에서 불법으로 사온 쌀을 조금 주라고 했다.

그 후 얼마 안 되어 샤 선생은 그 사람이 강제노동 수용소에서 죽었다는 이야기를 들었다. 그때 진료실을 나선 그는 쌀밥을 먹고 다시 일터로 돌아갔지만 역 광장에서 먹은 것을 토하고 말았다. 일본인 경비원이 토사물에서 쌀을 발견했고, 그는 "경제사범"으로 체포되어 강제노동 수용소로 끌려갔다는 것이었다. 쇠약해진 그는 그곳에서 며칠밖에 버티지 못했다. 그가 강제노동 수용소로 끌려가서 죽었다는 소식을 들은 그의 아내는 아기와 함께 물에 빠져 죽었다.

이 사건은 샤 선생과 외할머니를 깊은 슬픔에 빠뜨렸다. 두 사람은 그 남자의 죽음이 자기네들 책임이라고 느꼈다. 샤 선생은 여러 차례 이렇게 말했다. "쌀이 사람을 살리기도 하지만 죽이기도 하는군!" 그때부터 그는 푸이를 "저 폭군"이라고 부르기 시작했다.

그 일이 있는 직후, 이번에는 더욱 집 가까이에 비극이 찾아왔다. 샤 선생의 막내아들은 이셴에서 교사로 일하고 있었다. 만주국의 모든 학교가 그렇듯이, 일본인 교장의 방에는 푸이의 커다란 초상화가 걸려 있었고, 누구나 그 방에 들어갈 때면 초상화에 절을 해야 했다. 어느 날 샤 선생의 아들이 깜박 잊고 푸이에게 절을 하지 않았다. 그러자 교장은 절을 하라고 고함을 지르면서 비틀거릴 정도로 그의 얼굴을 세게 때렸다. 샤 선생의 아들은 화가 치밀었다. "난 매일 허리를 굽혀야 합니까? 잠시도 허리를 펴고 똑바로 설 수 없단 말입니까? 난 조금 전 아침 조회 때 황제에게 경례를 했고……" 교장은 또다시 그를 때리면서 고함을 질렀다. "이 사람은 당신네 황제야! 당신네 만주족은 기본 예절을 배워야 해!" 샤 선생의 아들도 마주 고함을 질렀다. "저까짓 것! 한 장의 종이에 불과하다구요!" 마침 그때 만주 사람들인 두 교사가 와서 샤 선생의 아들이 더 이상 불경한 말을 하지 못하도록 가까스로 막을 수 있었다. 그제야 자제력을 되찾은 그는 마지못해 초상화에 경례를 했다.

그날 저녁 한 친구가 와서 그가 "사상범"으로 낙인찍혔다는 소문이 나돌고 있다고 알려주었다. 사상범으로 몰리면 감옥에 가거나 심지어 사형을 당할 수도 있었다. 그는 달아났고, 그 후 그의 가족들은 그의 소식을 들을 수 없었다. 그는 붙잡혀서 감옥에서 죽었거나 강제노동 수용소로 끌려간 것 같았다. 샤 선생은 이 타격에서 회복하지 못했다. 이후로 그는 만주국과 푸이의 분명한 적이 되었다.

이야기는 여기서 끝나지 않았다. 동생의 "죄"를 이유로 지방의 불량배들이 샤 선생의 살아남은 단 한 명의 아들인 더구이를 괴롭히기 시작했다. 그들은 더구이에게 그를 보호해주는 대가를 내라고 요구하는가 하면, 그가 형으로서의 의무를 다하지 못했다고 나무랐다. 그가 돈을 주면 깡패들은 더 많은 돈을 요구했다. 결국 그는 약국을 팔고 펑톈으로 가서 거기서 새로 약국을 열 수밖에 없었다.

그 무렵 샤 선생의 약국은 번창 일로에 있었다. 그는 만주 사람들뿐 아니라 일본인들도 치료했다. 가끔 일본군 고급 장교나 부역자를 치료하고 나서 그는 "그자가 죽으면 좋겠다"고 말하곤 했다. 그러나 그가 개인적 견해 때문에 치료를 소홀히 하는 경우는 결코 없었다. "환자는 하나의 인간이야." 그는 이렇게 말했다. "의사는 그것만 생각하면 돼. 그가 어떤 인간이냐에 신경을 써선 안 돼."

한편 외할머니는 외증조할머니를 진저우로 데려왔다. 외할머니가 샤 선생과 결혼하려고 집을 떠나면서 외증조할머니는 자기를 멸시하는 외증조할아버지와 자신을 미워하는 두 명의 몽골 인 첩들과 함께 집에 남게 되었다. 외증조할머니는 첩들이 자신과 어린 아들 위린을 독살하고 싶어 한다고 의심하기 시작했다. 외증조할머니는 은젓가락만을 사용했다. 중국인들은 은에 독이 묻으면 검게 변한다고 믿기 때문이다. 외증조할머니는 또 음식을 개에게 먼저 먹여 시험해보기 전에는 음식을 입에 대지 않았고 위린도 입에 대지 못하도록 했다. 외할머니가 그 집을 떠나고 몇 달 후인 어느 날, 그 개가 죽었다. 외증조할머니는 생전 처음으로 남편에게 심하게 바가지를 긁었다. 외증조할머니는 시어머니인 양씨 부인(외고조할머니)의 도움을 받아 위린을 데리고 셋집으로 이사했다. 늙은 양씨 부인도 아들이 보기 싫어 며느리와 손자와 함께 집에서 나왔다. 그 후 양씨 부인은 임종할 때까지 당신의 아들을 다시는 보지 않았다.

처음 3년 동안 외증조할아버지는 마지못해 그들에게 매달 생활비를 보냈다. 그러나 1939년 초부터 생활비가 오지 않았고, 샤 선생과 외할머니가 이 세 식구를 부양해야 했다. 법체계가 제대로 갖추어져 있지 않던 그 시절에는 남편에게 아내를 부양할 법적 의무가 없었고, 따라서 아내는 남편의 처분만 기다리는 수밖에 없었다. 1942년에 늙은 양씨 부인이 세상을 떠나자, 외증조할머니와 위린은 진저우로 와서 샤 선생의 집에서 살게 되었다. 외증조할머니는 자신과 아들을 다른 사람의 동정심에 의지해서 살아가는 천덕꾸러기로 생각했다. 그래서 외증조할머니는 가족들의 옷을 빨고 지나칠 정도로 집 안을 깨끗이 청소하는 데 모든 시간을 바쳤으며, 딸과 샤 선생에게 보기 싫을 정도로 비굴하게 대했다. 독실한 불교신자였던 외증조할머니는 다시 여자로 환생하지 않게 해달라고 부처님에게 빌었다. "고양이나 개가 되게 해주십시오. 여자는 되지 않게 해주소서." 외증조할머니는 집안을 이리저리 왔다갔다하면서 늘 이렇게 중얼거렸다. 한 발짝 옮길 때마다 외증조할머니에게서는 사과의 말이 배어나왔다.

외할머니는 당신이 무척 좋아하는 여동생 란도 진저우로 데려왔다. 란은 이셴에서 한 남자와 결혼했었는데, 알고 보니 그는 동성애자였다. 그는 아내를 부자인 자기 삼촌에게 바쳤다. 그는 식물성 기름 공장을 소유하고 있던 삼촌 밑에서 일하고 있었다. 그 삼촌이란 사람은 어린 손녀 등 자기 가족인 여인들을 몇 명 강간한 전력이 있는 작자였다. 그가 가족들에게 엄청난 권력을 휘두르는 가장이었기 때문에 란은 감히 그에게 저항하지 못했다. 그러나 남편이 자기를 삼촌의 동업자에게 바치자, 란은 거부했다. 외할머니는 동생을 데려오기 위해서 동생의 남편에게 몸값을 지불해야 했다. 여자는 이혼을 요구할 수 없었기 때문이다. 외할머니는 란을 진저우로 데려왔고,

란은 진저우에서 페이어우라는 남자와 재혼했다.

페이어우는 감옥의 간수였다. 부부는 자주 외할머니를 찾아왔다. 페이어우의 이야기는 외할머니의 머리를 곤두서게 했다. 감옥은 정치범들로 붐비고 있었다. 페이어우는 그들이 매우 용감한 사람들이며, 고문을 받으면서도 일본인들을 저주한다고 말했다. 고문이 밥 먹듯이 자행되었고, 수감자들은 의사의 치료도 받지 못했다. 상처가 덧나 살이 썩어들어가기 일쑤였다.

샤 선생이 감옥에 가서 수감자들을 치료해주겠다고 자청했다. 치료차 감옥을 찾아간 샤 선생에게 페이어우가 자기 친구 둥을 소개해주었다. 둥은 교수형을 집행하는 사형집행인이었다. 사형당할 죄수를 의자에 붙들어맨 채 목에 줄을 감았다. 그런 다음 줄을 천천히 당겼다. 죄수는 고통스럽게 천천히 죽어갔다.

샤 선생은 동서 페이어우를 통해서 둥이 양심의 가책을 받고 있다는 사실을 알게 되었다. 그는 누군가를 교수형시켜야 할 때면, 그 전날 술을 진탕 마셔야 한다는 것이었다. 샤 선생이 둥을 집으로 초대했다. 샤 선생은 그에게 선물을 주고 그가 사형수들의 목에 걸린 줄을 계속 당기지 않을 수도 있지 않겠느냐고 운을 떼었다. 둥은 자기가 어떤 일을 할 수 있을지 생각해보겠다고 했다. 대개는 사형집행장에 일본인 경비병이나 일본인들의 신임을 받는 부역자가 입회하기 마련이지만, 가끔 사형수가 그리 중요한 인물이 아닐 경우에는 일본인이 나타나지 않기도 했다. 또 어떤 경우에는 사형수의 숨이 채 끊어지기 전에 입회자가 사형장을 뜰 때도 있었다. 그럴 경우 사형수가 죽기 전에 교수형을 중지할 수도 있을지 모른다고 둥은 암시했다.

사형이 집행된 후, 그 시체는 얇은 나무상자에 담겨 수레에 실린 다음, 도시 외곽에 있는 남산이라는 황량한 땅으로 운반되었다. 그곳에서 시체들은 얕은 구덩이에 던져졌다. 그곳에는 시체들을 먹고 사는 들개들이 우글거렸다. 가족들이 죽인 여자 아기들(당시에는 이런 일이 흔했다)의 시체도 이 구덩이에 버려졌다.

샤 선생은 시체를 운반하는 낡은 수레를 모는 마부와 은밀한 관계를 맺고 그에게 가끔 돈을 주었다. 그 마부는 가끔 샤 선생의 진료실에 찾아와서 인생살이에 대해서 횡설수설 이야기를 늘어놓았다. 그러다가 결국 그는 그 묘지 이야기를 시작했다. "난 그 죽은 사람들에게 그들이 그곳에 묻히게 된 것은 내 잘못이 아니라고 말한답니다. 난 그들이 잘되기를 바란다고 말하지요. '이 사람들아, 내년 제삿날에나 돌아오게. 하지만 환생할 더 좋은 몸을 찾아 날아가고 싶으면 머리가 가리키는 방향으로 가게나. 그 방향이 좋은 곳이니까.'" 둥과 그 마부는 그들이 하고 있는 일에 대해서 서로 한마디도 하지 않았고, 샤 선생도 그들이 몇 사람의 목숨을 구했는지 알지 못했다. 전쟁이 끝난 후, 구조된 "시체들"이 돈을 모금해서 둥에게 집 한 채와 얼마간의 토지를 사주었다. 수레를 몰던 마부는 이미 죽고 없었다.

그들이 구해준 사람 가운데 한 사람은 외할머니의 먼 친척으로 레지스탕스 운동의 거물이었던 한천이라는 사람이었다. 진저우는 만리장성 북쪽의 가장 중요한 철도 거점이었으므로, 1937년부터 시작된 일본군의 중국 본토 침공을 위해서 병력 집결지가 되었다. 보안 검색이 엄격하게 시행되었고, 한천의 조직에도 스파이가 침투해서 조직원들 모두가 체포되었다. 그들은 모두 고문을 받았다. 먼저 매운 고춧가루를 탄 물을 그들의 콧구멍 안으로 부었다. 다음에는 바닥에 날카로운 못이 비죽비죽 나온 구두짝으로 그들의 얼굴을 때렸다. 그 후 그들 대다수는 처형되었다. 오랫동안 샤 선생 가족들은 한천이 죽은 것으로 알고 있었다. 그런데 페이어우가 그는 아직 살아 있으며 곧 처형될 것임을 알려주었다. 샤 선생이 곧 둥과 연락을 취했다.

그가 처형된 날 밤, 샤 선생과 외할머니는 수레 한 대를 끌고 남산으로 갔다. 그들은 나무 그루터기 뒤에 수레를 세우고 기다렸다. 그들은 구덩이 주위를 샅샅이 뒤지고 다니는 들개들의 소리를 들을 수 있었다. 구덩이에서는 살이 썩는 악취가 풍겼다. 마침내 마차가 나타났다. 그들은 어둠 속에서 늙은 마부가 마차에서 내린 후 나무상자에서 몇 구의 시체를 꺼내 구덩이에 내려놓는 모습을 희미하게 볼 수 있었다. 그들은 그가 마차를 몰고 사라질 때까지 기다렸다가 구덩이를 향해 다가갔다. 몇 구의 시체를 더듬은 끝에 한천을 찾아냈지만, 그들은 그가 살아 있는지 죽었는지 분간할 수 없었다. 한참 후에야 그들은 한천이 아직 숨이 붙어 있음을 알 수 있었다. 그는 심한 고문을 당했기 때문에 걸을 수가 없었다. 그들은 가까스로 그를 수레에 실은 후 집으로 돌아왔다.

그들은 그를 집안의 가장 안쪽에 있는 작은 방에 숨겼다. 그 방의 문 하나는 어머니의 방으로 나 있었고, 어머니의 방은 샤 선생과 외할머니가 쓰는 침실을 통해서만 들어갈 수 있었다. 누군가가 그 방에 우연히 들어가게 될 가능성은 전무했다. 그리고 그 집만이 뜰로 직접 나갈 수 있었으므로, 누가 망을 보아주기만 하면 한천은 뜰에 나가 안전하게 운동도 할 수 있었다.

경찰이나 마을의 위원회가 급습할 위험은 있었다. 만주 점령 초기에 일본인들은 마을을 통제하는 체제를 구축했다. 일본인들은 지방의 유지들을 마을 조직의 우두머리로 삼고, 이 유지들이 세금 걷는 일을 돕고, "무법자들"을 24시간 감시하도록 했다. 그것은 "보호"와 밀고가 권력의 열쇠인 갱조직과 흡사했다. 일본인들은 또 수상한 사람들을 밀고하는 사람에게 후한 보상을 했다. 따라서 일반 시민들이 만주국 경찰보다 더 위협적인 존재였다. 사실 대부분의 경찰들은 반일의식이 강했다. 경찰이 하는 중요한 일 중 하나는 사람들의 등록 상태를 점검하는 일이었다. 주민등록이 되어 있지 않은 사람이 없는지 조사하려고 경찰이 자주 집집마다 수색을 하곤 했다. 하지만 그들은 "등록 조사! 등록 조사!" 하고 외침으로써 그들의 도착을 알렸으므로 숨고자 하는 사람에게 숨을 만한 충분한 시간을 주었다. 경찰의 외침을 들으면, 외할머니는 연료로 쓰려고 끝방에 쌓아놓은 마른 수숫대 더미에 한천을 숨겼다. 경찰은 어슬렁어슬렁 집 안으로 들어와서 자리를 잡고 앉아 차를 한잔 마시고는 미안해하는 듯한 말투로 외할머니에게 이렇게 말했다. "아주머니도 아시겠지만, 이건 모두 형식적으로 하는 겁니다."

당시 어머니는 열한 살이었다. 샤 선생과 외할머니가 어머니에게 집 안에서 일어나는 일에 대해서 이야기해주지는 않았지만, 어머니는 집에 한천이 있다는 말을 해서는 안 된다는 것을 알고 있었다. 어머니는 어렸지만 그만한 분별력은 있었다.

외할머니가 간호한 덕분에 한천은 서서히 건강을 되찾았다. 석 달이 지나자 그는 다른 곳으로 옮겨갈 수 있을 정도로 건강해졌다. 감정이 북받치는 작별이 있었다. "누님과 매형, 두 분이 제 생명을 구해주었다는 것을 결코 잊지 않겠습니다. 기회가 닿는 대로 두 분에게 진 빚을 갚겠습니다." 한천이 말했다. 3년 후 그는 돌아와서 자기가 한 말을 지켰다.

어머니와 반 친구들은 교육의 일부로 일본군이 혁혁한 승리를 거두는 장면을 찍은 뉴스 영화를 의무적으로 보아야 했다. 일본인들은 그들의 잔학성을 부끄러워하기는커녕 그런 행동이 두려움을 없애는 좋은 방법이라고 자랑했다. 영화는 일본군 병사들이 사람들을 두 토막으로 자르고 말뚝에 묶어놓은 죄수들을 개들이 뜯어먹는 장면을 보여주었다. 공격자들이 다가올 때 희생자들의 겁에 질린 눈을 일부러 클로즈업해서 보여주기도 했다. 일본인들은 열한 살에서 열두 살에 이르는 여학생들이 그런 장면에서 눈을 감거나 비명이 나오는 것을 막으려고 손수건을 입에 가져다 대지 않도록 감시했다. 어머니는 그 후 몇 해 동안 그 영화의 장면들이 나오는 악몽을 꾸었다.

1942년 그들의 군대가 중국과 동남 아시아, 태평양에 널리 분산되자 일본은 노동력이 달리게 되었다. 어머니와 반 학생들은 공부는 제쳐놓고 직물공장에 가서 일을 해야 했다. 일본인 아이들도 마찬가지로 징발되었다. 그렇지만 현지인 자녀들은 6킬로미터를 걸어간 반면, 일본인 아이들은 트럭을 타고 갔다. 현지인 소녀들은 곰팡이가 핀 옥수수로 쑨 묽은 죽을 먹었다. 죽은 벌레가 죽에 둥둥 떠 있기도 했다. 하지만 일본인 소녀들은 고기와 채소, 과일이 든 도시락을 싸가지고 왔다.

일본인 소녀들은 창문을 닦는 것 같은 쉬운 일을 맡았다. 반면에 현지인 소녀들은 복잡한 직조기를 다루는 어려운 일을 해야 했다. 그 일은 어른이 하기에도 매우 힘들고 위험한 일이었다. 그들이 주로 하는 일은 기계가 빠른 속도로 돌아가는 동안 끊어진 실을 다시 잇는 일이었다. 그들이 끊어진 실을 제때에 발견하지 못하거나 또 그것을 재빨리 잇지 못하면, 일본인 감독이 심하게 그들을 매질했다.

소녀들은 언제 매질을 당할지 몰라 늘 겁에 질려 있었다. 이렇게 늘 신경이 곤두서 있는데다 춥고 배도 고프고 또 피로한 탓으로 많은 사고가 일어났다. 어머니의 동료 학생들 중에서 절반 이상이 부상을 당했다. 어느 날 어머니는 기계에서 북이 튀어나와 어머니 바로 옆에서 일하던 소녀가 눈을 맞는 것을 보았다. 병원으로 가는 내내 일본인 감독은 주의를 게을리 했다고 그 소녀를 나무랐다.

공장에서 한동안 일을 하고 나서 어머니는 고등학교로 진학했다. 이제 외할머니가 젊었던 시절과는 시대가 변해 있었다. 이제는 젊은 여자들도 집 안에 갇혀 있지 않았다. 여자들이 고등학교에 진학하는 것도 사회적으로 용납되었다. 하지만 남자와 여자는 서로 다른 교육을 받았다. 여학교의 교훈이 흔히 그렇듯이, 여자들을 교육시키는 목적은 그들을 "현모양처"로 만드는 데 있었다. 그들은 일본인들이 말하는 소위 "부도(婦道)"를 익혔다. 즉 집안 살림, 요리와 바느질, 다도, 꽃꽂이, 자수, 그림, 그리고 미술 감상이 여자들이 배워야 할 덕목이었다. 여자들이 배우는 것 중에서 무엇보다도 중요한 일은 남편을 기쁘게 하는 방법이었다. 남편을 기쁘게 하는 방법에는 옷 입는 법, 머리 손질 법, 절하는 법, 그리고 무엇보다도 무조건 복종하는 법이 포함되어 있었다. 외할머니의 말처럼 어머니에게는 "반골 (反骨)" 기질이 있었던 것 같다. 어머니는 여자가 익혀야 할 이런 기술을 거의 아무것도 배우지 않았다. 어머니는 심지어 요리법도 익히지 않았다.

어떤 시험은 특별한 요리를 해오라든가 꽃꽂이를 해보라는 등 실습의 형태를 띠기도 했다. 시험관들은 그 지방의 관리들(일본인도 있고 중국인도 있었다)로 구성되었는데, 그들은 성적을 매기면서 시험을 치르는 소녀들의 외모도 평가했다. 직접 디자인한 예쁜 앞치마를 두른 소녀들의 사진이 그들의 과제물과 함께 게시판에 나붙었다. 일본인 관리들은 그 소녀들 중에서 결혼 상대를 골랐다. 일본인 남자와 현지인 여자 간의 결혼이 장려되었다. 어떤 소녀들은 발탁되어 그들이 만나본 적도 없는 남자와 결혼하기 위해서 일본으로 가기도 했다. 소녀들 —— 또는 당사자보다 그 가족들 —— 이 이런 결혼을 좋아하는 경우가 흔히 있었다. 일본의 점령 기간이 끝나갈 무렵, 어머니의 친구 가운데 하나가 일본으로 가는 신부로 발탁되었지만 그녀는 일본으로 가는 배를 놓쳤고, 일본이 항복했을 때 아직 진저우에 남아 있었다. 어머니는 그 친구를 탐탁지 않게 생각했다.

육체적 활동을 꺼렸던 옛 중국의 관리들과는 대조적으로 일본인들은 스포츠에 대한 열성이 대단했다. 어머니도 스포츠를 좋아했다. 어머니는 이제 좌골 골절이 완전히 치유되어 훌륭한 달리기 선수가 되었다. 언젠가 어머니는 중요한 시합에 선수로 출전했다. 어머니는 몇 주일 동안 훈련을 받았고 시합날에 맞춰 컨디션을 조절했다. 그런데 시합 며칠 전에 중국인 코치가 어머니를 부르더니 어머니에게 시합에 나가서 우승하지 말라고 말했다. 이유는 설명할 수 없다는 것이었다. 어머니는 어떤 일에서도 일본인들이 중국인들에게 지는 것을 좋아하지 않는다는 사실을 알고 있었다. 그 시합에 나가는 또한 명의 현지인 소녀가 있었는데, 코치는 그 소녀에게도 똑같은 충고를 전해달라고 어머니에게 부탁했다. 코치는 자기가 그런 충고를 했다는 말을 하지 말아달라고 했다. 시합날, 어머니는 6등 안에도 들지 못했다. 어머니의 친구들은 어머니가 제대로 힘을 내지 않았다는 것을 알 수 있었다. 하지만 다른 현지인 소녀는 일부러 뒤처지는 것을 참을 수 없었고, 1등으로 들어오고 말았다.

곧 일본인들이 복수를 했다. 매일 아침 교장 주재로 조회가 열렸다. 교장은 그의 이름(毛利)을 중국식으로 읽으면 발음이 당나귀(毛驢)를 뜻하는 중국어 단어와 똑같았기 때문에 당나귀라는 별명을 가지고 있었다. 조회 때면 그는 지정된 네 방향으로 코가 땅에 닿도록 절을 하라고 쇳소리로 짖어댔다. 먼저 "황도(皇都)", 즉 도쿄가 있는 방향으로 절을 해야 했다. 다음에 "국가의 수도에 대한 경배", 즉 만주국의 수도인 신징을 향해 절을 해야 했다. 다음은 "천황 폐하", 즉 일본 황제에게, 마지막으로 "황제의 초상화에 대한 경배", 즉 푸이의 초상화에 절을 해야 했다. 그런 다음 허리를 덜 굽혀서 교사들에게 절을 했다.

경기 다음 날 아침 절이 끝났을 때, 전날 경기에서 우승했던 소녀를 "당나귀"가 느닷없이 줄 밖으로 끌어냈다. 그 이유는 그 소녀의 푸이에 대한 경례가 90도에 못 미쳤다는 것이었다. 교장은 소녀의 뺨을 때리고 또 발길로 찬 후, 그 소녀를 퇴학시키겠다고 선언했다. 그 소녀와 그녀의 가족들에게는 청천벽력과도 같은 선언이었다.

그녀의 부모는 서둘러 그녀를 보잘것없는 정부의 관리와 결혼시켰다. 일본이 패망한 후 그녀의 남편은 부역자로 낙인찍혔고, 그 결과 그녀가 얻을 수 있었던 유일한 직장은 화학공장 노동자 자리였다. 그 공장에는 오염방지 시설 같은 것이 아예 없었고, 1984년 진저우로 돌아온 어머니가 수소문해서 그녀를 찾았을 때 그녀는 화학물질로 인해서 거의 눈이 멀어 있었다. 그녀는 자기의 얄궂은 운명을 한탄했다. 그녀는 육상경기에서 일본인들을 이겼기 때문에, 결국 일본 부역자 대우를 받게 된 것이었다. 그래도 그녀는 그 경기에서 일본인들을 이긴 행동에 대해서 후회하지 않는다고 말했다.

만주국 사람들이 세계 다른 곳에서 어떤 일이 일어나고 있는지, 또 일본이 전쟁에서 어떤 전과를 거두는지를 알기는 어려웠다. 전쟁은 아주 먼 곳에서 진행되었고, 뉴스는 엄격한 검열을 받았으며, 라디오에서는 선전 방송만이 흘러나왔기 때문이다. 하지만 그들은 일본이 점점 곤경에 빠져들고 있다는 여러 징후를 포착할 수 있었다. 무엇보다도 더욱 어려워진 식량 사정이 가장 뚜렷한 징후였다.

첫 번째 진짜 뉴스는 1943년 여름에 나왔다. 신문들이 일본의 동맹국 가운데 하나인 이탈리아가 항복했다고 보도했던 것이다. 1944년 중반에는 만주국 정부 관서에서 일하고 있던 일본 민간인 일부가 징집되었다. 이어 1944년 7월 29일, 미국의 B-29 폭격기들이 처음으로 진저우 상공에 나타났다. 하지만 그 비행기들이 진저우를 폭격하지는 않았다. 일본인들이 집집마다 방공호를 파라고 지시했고, 학교에서는 의무적으로 매일 방공 연습을 해야 했다. 어느 날 어머니와 같은 학급의 한 소녀가 소화기를 집어들고 자기가 특별히 미워하던 일본인 교사에게 소화액을 분무했다. 전 같으면 이런 행동은 심한 보복을 불러왔을 것이었다. 그러나 그 소녀는 별로 심한 벌을 받지 않았다. 세상이 변하고 있었던 것이다.

오래 전부터 파리와 쥐를 잡자는 운동이 전개되고 있었다. 학생들은 잡은 쥐의 꼬리를 잘라 봉투에 넣어가지고 와서 경찰에 제출해야 했다. 파리는 유리병에 담아왔다. 경찰이 쥐꼬리와 죽은 파리를 일일이 세었다. 1944년 어느 날, 어머니가 거의 파리로 가득 찬 유리병을 제출하자, 만주국 경찰관은 어머니에게 "한 끼 식사로는 좀 모자라겠는걸" 하고 말했다. 어머니의 얼굴에 놀라는 표정이 나타나는 것을 본 그 경찰관은 이렇게 말했다. "너 모르고 있니? 일본 사람들은 죽은 파리를 좋아한단다. 그들은 파리를 프라이해서 먹는단다!" 어머니는 그 경찰관의 얼굴에 나타난 빈정대는 표정을 보고 그가 더 이상 일본인들을 무서워하지 않는다는 것을 알 수 있었다.

어머니는 흥분했고 기대에 가득 차 있었다. 그러나 1944년 가을 검은 구름이 나타났다. 집이 전처럼 화목해보이지 않았다. 어머니는 부모님 사이에 불화가 싹텄음을 감지했다.

음력 8월 보름날은 가족들이 모여 잔치를 벌이는 중추절이었다. 그날 밤 외할머니는 풍습대로 참외와 둥그런 과자, 전병을 차린 상을 달빛이 비치는 바깥에 내다놓았다. 중추절이 특별히 가족들이 모이는 명절인 이유는 중국어로 "화합"을 뜻하는 원(圓)이 "둥글다" 또는 "온전하다"는 뜻도 가지고 있기 때문이었다. 가을 보름달이 특별히 둥글고 온전하다고 여겨졌기 때문에 이날을 가족들이 모여 화합을 다지는 명절로 삼은 것이었다. 그래서 그날 먹는 음식은 모두 둥근 것이어야 했다.

달빛이 하얗게 비치는 밤이면, 외할머니는 어머니에게 달에 관한 이야기를 들려주곤 했다. 달에 있는 가장 큰 그림자는 거대한 카시아나무인데, 우강이라는 사람이 그 나무를 자르려고 평생을 바쳤다고 했다. 하지만 그 나무는 마술에 걸려 있어 우강이 아무리 애를 써도 그 나무를 벨 수 없었다는 것이었다. 어머니는 하늘을 쳐다보며 홀린 듯이 그 이야기에 귀를 기울였다. 보름달은 너무나 아름다워 그녀를 홀리는 것 같았다. 하지만 그날 밤 어머니는 보름달에 대한 이야기를 할 수 없었다. 외할머니가 "둥글다"는 말을 하지 말라고 엄명을 내렸던 것이다. 샤 선생의 가족들이 풍비박산났기 때문이었다. 샤 선생은 그날 하루 종일, 그리고 중추절 전후 며칠 동안 줄곧 우울했다. 외할머니는 보름달이 뜨는 밤이면 으레 하던 이야기를 할 기분도 나지 않았다.

1944년 중추절 밤, 어머니와 외할머니는 동아와 콩 덩굴로 덮인 격자 시렁 밑에 앉아서 잎사귀들 사이의 틈으로 구름 한 점 없는 광대한 하늘을 올려다보았다. 어머니가 입을 열었다. "오늘 밤 달이 유난히 둥글군요." 그러나 외할머니가 얼른 그 말을 막았다. 그리고는 갑자기 울음을 터뜨렸다. 외할머니가 집 안으로 달려들어갔고, 어머니는 외할머니가 흐느끼면서 이렇게 소리치는 것을 들었다.

"아들과 손자들에게로 돌아가세요! 나와 내 딸을 남겨두고 당신 갈 길을 가세요!" 이어 외할머니가 흐느끼면서 떠듬떠듬 말하는 소리가 들렸다. "당신의 아들이 자살한 게 내 잘못 —— 아니면 당신의 잘못 —— 이었을까요? 우린 그 짐을 언제까지 지고 있어야 하는 거죠? 내가 당신의 자녀들을 보지 못하게 막고 있는 건가요? 당신을 만나러 오지 않겠다고 한 건 그 사람들인데……." 그들이 이셴을 떠나온 이후로 오직 샤 선생의 둘째 아들 더구이만이 그들을 찾아왔었다. 외할머니가 푸념을 늘어놓아도 샤 선생은 한마디도 대꾸하지 않았다.

그때부터 어머니는 뭔가 잘못되었음을 느끼기 시작했다. 샤 선생은 점점 말이 없어졌고, 어머니는 본능적으로 샤 선생을 피하게 되었다. 가끔 외할머니는 눈물을 글썽이며 당신과 샤 선생은 그들이 치른 무거운 사랑의 대가 때문에 결코 완전히 행복해질 수 없다고 혼자서 중얼거리곤 했다. 외할머니는 어머니를 꼭 껴안으면서 어머니가 자신의 인생에서 얻은 유일한 혈육이라고 말했다.

진저우에 겨울이 닥치면서 어머니는 왠지 모르게 우울한 기분에 빠져들었다. 맑고 차가운 12월의 하늘에 미국 B-29 편대가 두 번째로 나타났을 때도 어머니는 우울한 기분을 떨쳐버릴 수 없었다.

일본인들은 점점 더 신경이 날카로워졌다. 어느 날 어머니의 학교 친구 가운데 하나가 출판이 금지된 중국인 작가가 쓴 책을 한 권 입수했다. 그 책을 몰래 읽을 한적한 장소를 찾던 그녀는 시골로 가서 동굴 하나를 찾아냈다. 그녀는 그 동굴이 비어 있는 방공호라고 생각했다. 어둠 속을 더듬던 그녀의 손이 전기 스위치 같은 것을 건드렸다. 그러자 귀를 찢는 듯한 요란한 소리가 울렸다. 그녀가 건드린 것은 경보기였다. 그녀는 무기 저장고에 잘못 들어간 것이었다. 그녀의 두 다리는 얼어붙었다. 달아나려고 안간힘을 썼지만, 미처 200미터도 가기 전에 일본군 경비병들이 나타나서 그녀를 질질 끌고 갔다.

이틀 후 전교생이 샤오링허가 굽이쳐 흐르는 서문 밖 황량한 눈덮인 벌판으로 행진했다. 인근 지역 주민들 역시 촌장들의 인솔로 그곳으로 왔다. 아이들은 그들이 "대일본제국에 순종하지 않는 나쁜 사람을 벌하는 광경"을 목격하게 될 거라는 이야기를 들었다. 어머니는 문득 친구가 일본군 경비병들에게 끌려 바로 어머니 앞으로 오는 것을 보았다. 그녀는 쇠사슬에 묶여 있어 제대로 걷지도 못했다. 고문을 당한 그 소녀는 얼굴이 잔뜩 부어서 어머니도 잘 알아볼 수 없을 지경이었다. 일본군 병사들이 총을 들어 그녀를 겨냥했다. 그 소녀는 무엇인가 말을 하려는 것 같았지만, 입에서는 아무 말도 나오지 않았다. 총성이 들렸고 소녀는 눈에 선혈을 뿌리며 앞으로 푹 고꾸라졌다. 일본인 교장 "당나귀"가 학생들의 동정을 유심히 살피고 있었다. 어머니는 북받치는 감정을 숨기려고 안간힘을 썼다. 어머니는 이제 하얀 눈 위에 선명하게 그려진 빨간 핏자국 위에 누워 있는 친구의 시체를 억지로 바라보았다.

어머니는 누군가가 흐느낌을 억누르려고 애쓰는 소리를 들었다. 어머니가 좋아하는 젊은 일본인 여교사 다나카였다. 어느 틈에 다나카 선생에게로 다가간 "당나귀"가 그녀의 뺨을 때리고 발길로 걷어찼다. 땅에 쓰러진 다나카 선생은 몸을 굴려 교장의 발길질에서 벗어나려고 했지만, 교장은 계속 사정없이 발길질을 해댔다. 교장은 그녀가 일본 민족을 배신했다고 으르렁댔다. 마침내 "당나귀"가 발길질을 그치고 학생들을 올려다보며 학교로 향해 행진하라고 소리를 질렀다.

어머니는 구부러진 여선생의 몸과 친구의 시체를 마지막으로 다시 한 번 보고 억지로 증오심을 삼켰다.

4 "자기 나라가 없는 노예"

통치자가 몇 차례 바뀌다
(1945-1947)

1945년 5월 독일이 항복함으로써 유럽에서는 전쟁이 끝났다는 소식이 진저우에 퍼졌다. 미국 비행기들이 만주 지역에 더 자주 나타났다. 진저우가 공격을 당하지는 않았지만, 만주의 다른 도시들은 B-29의 폭격을 당했다. 일본이 곧 패망하리라는 느낌이 온 도시를 휩쓸었다.

8월 8일 어머니가 다니는 학교는 신사에 가서 일본의 승리를 기원하라는 지시를 받았다. 이튿날 소련과 몽골의 군대가 만주로 쳐들어왔다. 미국인들이 일본에 2개의 원자탄을 떨어뜨렸다는 소식이 흘러들어왔다. 현지인들은 이 소식을 듣고 기뻐했다. 그 후로 매일 공습경보가 울렸고, 학교는 휴교했다. 어머니는 집에 머물며 방공호를 파는 일을 도왔다.

8월 13일 샤 선생은 일본이 평화협상을 제의했다는 이야기를 들었다. 이틀 후 정부 관서에서 일하는 이웃의 중국인이 샤 선생의 집으로 달려와서 라디오에서 중요한 방송이 있을 예정이라고 알려주었다. 샤 선생은 하던 일을 멈추고 들어와서 외할머니와 함께 뜰에 자리를 잡고 앉았다. 아나운서가 일본 황제가 항복했다고 발표했다. 곧이어 푸이가 만주국 황제 자리에서 물러났다는 뉴스가 나왔다. 사람들은 흥분해서 거리로 몰려나왔다. 어머니는 학교에서 무슨 일이 일어나고 있는지 보려고 학교에 갔다. 학교 안은 쥐죽은 듯이 조용했다. 다만 한 사무실에서 희미한 소리가 새어나왔다. 사무실 안에 누가 있는지 보려고 어머니는 살금살금 다가갔다. 창문을 통해서 어머니는 일본인 교사들이 서로 얼싸안고 울고 있는 것을 볼 수 있었다.

어머니는 그날 밤 한숨도 자지 못했고, 이튿날 새벽 동이 트자마자 자리에서 일어났다. 어머니가 아침에 앞문을 열어보니 거리에 몇 사람이 모여 있는 것이 보였다. 일본 여자 하나와 두 아이가 도로에 누워 있었다. 일본인 장교가 할복을 했고, 그의 가족들이 린치를 당한 것이었다.

일본이 항복한 후 며칠이 지난 어느 날 아침, 샤 선생의 이웃에 살던 일본인들이 시체로 발견되었다. 어떤 사람들은 그들이 독을 마시고 자살했다고 말했다. 진저우 이곳저곳에서 일본인들이 자살을 하거나 린치를 당했고, 그들의 집이 약탈을 당했다. 어머니는 가난했던 이웃집에서 갑자기 아주 값나가는 물건들을 팔려고 내놓은 것을 보았다. 학교 학생들도 일본인 교사들에게 복수를 했다. 그들은 일본인 교사들을 사정없이 때렸다. 어떤 일본인들은 그들의 아기를 현지인들의 집 대문간에 놓아두기도 했다. 그 아기들이 현지인들의 도움으로 목숨을 구하기를 바라서였다. 수많은 일본 여자들이 강간을 당했다. 많은 일본 여자들이 남자로 행세하려고 머리를 밀어버렸다.

어머니는 다나카 선생이 걱정되었다. 그 여선생은 학생들의 뺨을 때린 적이 없고, 또 어머니의 학교 친구가 처형당할 때에 동정심을 보였던 단 한 사람의 일본인 교사였다. 어머니는 부모에게 그 여선생을 집에 숨겨줄 수 없겠느냐고 물었다. 외할머니는 걱정스런 표정이었지만 아무 말도 하지 않았고, 샤 선생은 그냥 고개를 끄덕였다.

어머니는 이모 란에게서 옷 한 벌을 빌려왔다. 이모의 체구가 다나카 선생의 체구와 비슷했기 때문이다. 그런 다음 다나카 선생을 찾아갔다. 다나카 선생은 자기 아파트에서 바리케이드를 쌓고 숨어 있었다. 가져간 옷은 다나카 선생에게 잘 맞았다. 그녀는 평균적인 일본인보다 키가 컸으므로 중국인과 용모가 비슷했다. 누가 물으면 그들은 그녀가 어머니의 사촌이라고 말하곤 했다. 중국인들은 사촌이 너무 많았기 때문에 일일이 그 출신을 따질 수 없을 정도였다. 다나카 선생은 끝방으로 들어갔다. 한때 한천이 숨어 있던 방이었다.

　일본이 항복하고 만주국 정권이 붕괴되면서 찾아온 정권 공백 상태의 희생자는 일본인들뿐만이 아니었다. 도시는 혼란에 빠졌다. 밤이면 총성이 울렸고, 도와달라는 비명 소리가 자주 들렸다. 열다섯 살 된 외할머니의 남동생 위린과 샤 선생의 도제들 등 집안의 남자들이 돌멩이와 도끼, 큰 식칼 등으로 무장하고 지붕에 올라가서 교대로 경계를 섰다. 외할머니와 달리 어머니는 전혀 겁을 내지 않았다. 외할머니는 놀라움을 금할 수 없었다. "넌 네 아버지의 피를 이어받았어." 외할머니는 어머니에게 이렇게 말하곤 했다.

　약탈과 강간, 살인이 일본이 항복하고 8일이 지날 때까지 계속되었다. 또다른 군대가 진주한다는 소식이 전해졌다. 소련군이었다. 8월 23일 동네 촌장들은 주민들에게 다음 날 철도역에 나가서 소련군을 환영하라고 일렀다. 샤 선생과 외할머니는 나가지 않고 집에 있었지만, 어머니는 역에 나갔다. 흥분에 들뜬 많은 젊은이들이 색깔이 요란한 삼각형 모양의 종이 깃발을 들고 모여 있었다. 기차가 와서 멎자, 군중들은 깃발을 흔들며 "울라(Wula)"("만세"라는 의미의 러시아 어 "우라[Hurrah]"에 가장 가까운 중국어 발음) 하고 외쳤다. 어머니는, 소련군 병사들은 멋지게 턱수염을 기르고 커다란 말을 탄 개선 영웅들일 거라고 상상했었다. 하지만 막상 나타난 것은 누더기 옷을 걸친 하얀 피부의 젊은이들이었다. 전에 지나가는 차에 탄 신비스런 인물을 흘끗 본 적이 있기는 했지만, 어머니가 제대로 백인들을 본 것은 이때가 처음이었다.

　약 1,000명의 소련군이 진저우에 주둔했다. 그들이 처음 도착했을 때, 주민들은 일본인들을 쫓아내는 데 도움을 준 그들에게 감사했다. 그러나 소련군은 새로운 문제를 일으키기 시작했다. 일본군이 항복하면서 학교는 폐쇄되었다. 그러나 어머니는 개인교습을 받았다. 어느 날, 어머니가 가정교사에게 수업을 받고 집으로 돌아오는데 도로 가에 주차된 트럭이 보였다. 몇 명의 러시아 군인들이 그 옆에 서서 직물을 내주고 있었다. 일본 통치하에서 직물은 엄격하게 배급되었다. 어머니는 무슨 일인지 보려고 가까이 갔다. 그 직물은 어머니가 초등학교 시절에 가서 일했던 공장에서 나온 것으로 판명되었다. 러시아 군인들은 그 직물을 손목시계, 괘종시계, 장신구 등과 교환하고 있었다. 어머니는 집 옷장 밑바닥에 낡은 시계가 들어있던 것을 기억하고 집으로 달려가서 그것을 찾아냈다. 그 시계가 고장났음을 알고 약간 실망했지만, 그래도 러시아 군인들은 그것을 보고 좋아하면서 섬세한 분홍 꽃무늬가 있는 피륙 한 필을 어머니에게 내주었다. 저녁을 먹으면서 가족들은 쓸모없고 낡은 고장난 시계와 겉만 번지르르한 싸구려 물건들을 탐내는 그 이상한 외국인들 이야기를 하면서 믿을 수 없다는 듯이 머리를 흔들었다.

소련인들은 공장의 물건들만 꺼내어 나누어주는 것이 아니라 공장 전체를 아예 뜯어내고 있었다. 그들은 진저우에 있던 2개의 정유소도 해체해서 그 장비들을 소련으로 실어갔다. 그들은 그것들이 "전쟁 보상금"이라고 했다. 그러나 현지인들에게 이것은 산업의 마비를 뜻했다.

러시아 병사들은 가정집에도 들어와서 그들의 마음에 드는 것은 무조건 가져갔다. 그들은 손목시계와 옷을 특히 좋아했다. 러시아 군인들이 현지의 여자들을 강간했다는 소문이 들불처럼 진저우 전역으로 퍼져나갔다. 많은 여자들이 그들의 "해방자들"이 무서워서 숨었다. 곧 도시 전체가 분노와 걱정으로 들끓었다.

샤 선생의 집은 도시의 성벽 밖에 있었으므로 치안 당국의 보호가 매우 허술했다. 어머니의 친구가 샤 선생 가족에게 높은 돌담으로 둘러쳐진 성문 안에 있는 집을 빌려주겠다고 제의했다. 가족들은 즉시 그 집으로 이사했다. 어머니가 숨겨주고 있던 다나카 선생도 함께 그 집으로 옮겼다. 집을 옮겨서 어머니는 개인교습을 받는 선생의 집까지 더 걸어가야 했다. 편도 약 30분의 거리였다. 샤 선생은 그곳까지 어머니를 데리고 가고 오후에는 다시 그곳까지 가서 어머니를 데려오겠다고 고집을 부렸다. 어머니는 샤 선생이 그렇게 먼 거리를 걷는 것을 원치 않았다. 그래서 돌아올 때 어머니는 오는 길의 일부를 혼자서 걸어왔고 길 중간에서 샤 선생과 만나곤 했다. 어느 날 지프차에 가득 탄 러시아 병사들이 웃으며 어머니 근처에 차를 세우더니 차에서 뛰어내려 어머니가 있는 쪽으로 달려오기 시작했다. 어머니는 있는 힘을 다해 뛰었고, 러시아 군인들은 달아나는 어머니를 뒤쫓았다. 몇백 미터 달렸을 때, 어머니는 멀리서 계부가 단장을 휘두르며 오는 것을 보았다. 러시아 군인들이 바짝 뒤쫓고 있었으므로 어머니는 당신이 잘 아는 버려진 유치원으로 뛰어들어갔다. 유치원 안은 미로처럼 되어 있었다. 어머니는 거기서 1시간 넘게 숨어 있다가 뒷문으로 살그머니 나와서 안전하게 집으로 돌아왔다. 샤 선생은 러시아 군인들이 어머니를 뒤쫓아 건물 안으로 들어가는 것을 보았지만, 잠시 후 그들이 건물의 복잡한 구조 때문에 어머니를 찾지 못한 듯이 다시 밖으로 나오는 것을 보고 마음을 놓았다.

소련군이 진주한 지 1주일이 넘었을 때, 어머니는 마을위원회의 위원장으로부터 이튿날 저녁에 열리는 모임에 참석하라는 이야기를 들었다. 어머니가 회의장에 가보니 허름한 옷을 입은 여러 명의 중국인들 —— 대부분이 남자였지만 여자도 몇 명 있었다 —— 이 연설을 하고 있었다. 그들은 자기네들이 일본군을 몰아내고 평민들이 주인이 될 수 있는 새로운 중국을 건설하기 위해서 8년 동안 싸워왔다고 말했다. 이들은 공산주의자들 —— 중국 공산당 당원들 —— 이었다. 그들은 그 전날 도시에 들어왔다고 했다. 그들은 대대적인 환영을 받지는 못했지만, 그렇다고 어떤 경고도 받지 않았다. 그 회의에 참석한 여자 공산당원들은 남자들과 똑같은 볼품없는 옷을 입고 있었다. 어머니는 혼자 생각했다. 당신네들이 일본인들을 물리쳤다고? 제대로 된 총도 없고 옷조차 없으면서. 어머니에게는 그 공산주의자들이 거지들보다 더 가난하고 더러워보였다.

공산주의자들은 체구가 크고 잘생긴 초인들이라고 상상했던 어머니는 그들을 보고 실망했다. 감옥의 간수였던 어머니의 이모부 페이어우와 사형집행인이었던 둥은 어머니에게 감옥에 갇힌 죄수들 가운데 공산주의자들이 가장 용감하다는 이야기를 해주었다. "그들은 통뼈야." 이모부는 자주 이렇게 말했다. "그들은 교수형을 당하는 바로 그 순간까지도 노래를 부르고, 슬로건을 외치고, 일본인들에게 저주를 퍼붓는단다." 둥은 이렇게 말하곤 했다.

공산주의자들은 시민들에게 질서를 지키라고 촉구하는 방을 내붙이고 부역자들과 일본 헌병의 첩자 노릇을 한 사람들을 잡아들이기 시작했다. 그때까지 이셴 경찰서의 부서장으로 있던 외증조할아버지 양씨도 체포되었다. 외증조할아버지는 당신이 부서장으로 있던 경찰서의 유치장에 갇혔고, 외증조할아버지의 상관인 서장은 처형되었다. 공산주의자들은 곧 질서를 회복시켰고, 경제도 다시 돌아가게 되었다. 절망적이었던 식량 사정은 눈에 띄게 호전되었다. 샤 선생은 다시 환자들을 돌보기 시작했고, 어머니가 다니던 학교도 다시 문을 열었다.

공산주의자들은 현지인들의 집에 숙소를 정했다. 그들은 정직하고 거만하지 않은 사람들 같았고, 현지인 가족들과 스스럼없이 잡담을 나누었다. "우리에겐 교육받은 사람들이 부족합니다." 그들은 어머니의 한 친구에게 이렇게 말하곤 했다. "우리 당에 입당하세요. 그러면 당신은 현의 책임자가 될 수 있어요."

그들에게는 새로 입당하는 당원들이 필요했다. 일본이 항복했을 때, 공산당과 국민당은 최대한 많은 영토를 차지하려고 서로 다투었다. 그러나 국민당이 군대의 수도 훨씬 더 많았고, 군인들의 장비도 훨씬 더 좋았다. 양측은 일본군과 싸우기 위해서 지난 8년 동안 부분적으로 중단되었던 내전을 본격적으로 재개하기에 앞서 유리한 위치를 차지하려고 애썼다. 사실상 공산주의자들과 국민당 간의 전투는 이미 시작되었다. 만주는 그 경제 자원 때문에 중요한 전쟁터가 되었다. 공산주의자들이 가까운 거리에 있었기 때문에 그들은 사실상 소련군의 도움 없이 그들의 군대를 먼저 만주로 진주시켰다. 그러나 미군이 국민당 군대가 북중국에 자리를 잡도록 장제스를 돕고 있었다. 한번은 미군이 진저우에서 약 48킬로미터 떨어진 후루다오의 포구에 국민당군을 상륙시키려고 하다가 중국 공산당군의 포격을 받고 철수한 적도 있었다. 국민당군은 만리장성 남쪽에 상륙해서 기차 편으로 북상해야 했다. 미군이 그들을 공중엄호했다. 통틀어 5만 명 이상의 미 해병대가 북중국에 상륙해서 베이징과 톈진을 점령했다.

소련도 공식적으로는 장제스의 국민당 정부를 중국의 정부로 인정했다. 11월 11일까지 소련의 붉은 군대는 진저우 지역을 떠나 북만주까지 물러났다. 승전 후 3개월 이내에 이 지역에서 철수하겠다고 한 스탈린의 약속을 지키기 위해서였다. 이렇게 되자 중국 공산주의자들이 단독으로 이 도시를 통제하게 되었다. 11월 하순의 어느 날 저녁, 학교에서 집으로 돌아오던 어머니는 많은 군인들이 서둘러 무기와 장비를 챙겨들고 남문 쪽으로 이동하는 것을 보았다. 도시 주변의 시골에서 치열한 전투가 벌어졌다는 것을 알고 있던 어머니는 공산주의자들이 도시를 떠나고 있는 거라고 짐작했다.

이 퇴각은 공산당 지도자 마오쩌둥의 전략에 따른 것이었다. 국민당군이 군사적 우위를 차지할 도시를 버리고 농촌지역으로 퇴각하라는 것이 마오쩌둥의 전략이었다. "농촌이 도시를 포위해서 궁극적으로 도시를 점령한다"는 것이 마오쩌둥이 새로 내린 지침이었다.

공산주의자들이 진저우에서 철수한 다음 날, 새로운 군대가 진주했다. 4개월 동안에 네 번째 군대가 들어온 것이었다. 이 군대는 깨끗한 제복을 입고 있었고, 번쩍이는 새 미제 무기를 가지고 있었다.

국민당 군대였다. 사람들은 집에서 뛰어나와 좁은 흙길 거리에 모여 박수를 치고 환호를 보냈다. 어머니는 흥분한 군중들을 헤치고 맨 앞줄로 나갔다. 문득 어머니는 자신이 두 팔을 내두르며 큰 소리로 환호를 보내고 있는 것을 발견했다. 이 군대야말로 일본군을 무찌른 군대 같아 보인다고 어머니는 혼자 생각했다. 어머니는 매우 흥분된 상태로 집으로 달려가서 부모에게 그 멋진 새로 진주한 군대에 대해서 이야기했다.

진저우는 축제 분위기에 휩싸였다. 사람들은 서로 다투어 군인들을 자기 집에 와서 묵으라고 초대했다. 한 장교가 샤 선생 집에서 살게 되었다. 그는 아주 점잖게 처신했으므로 가족들이 모두 그를 좋아했다. 외할머니와 샤 선생은 국민당이 법과 질서를 유지하고, 마침내 평화를 보장해줄 것이라고 생각했다.

하지만 사람들이 국민당에게 느꼈던 호감은 곧 심한 실망으로 바뀌었다. 대부분의 관리들은 중국의 다른 지방에서 온 사람들이었는데, 그들은 현지인들에게 반말을 했고, 현지인들을 망국노(亡國奴, 자기 나라가 없는 노예)라고 불렀다. 또 현지인들에게 일본의 압제에서 그들을 해방시켜준 국민당에 감사해야 한다고 설교를 늘어놓았다. 어느 날 저녁, 어머니가 다니는 학교에서 학생들과 국민당군 장교들이 참석하는 연회가 열렸다. 그 자리에서 한 관리의 세 살 된 딸이 다음과 같은 구절로 시작되는 연설을 낭송했다. "우리 국민당은 8년 동안 일본인들과 싸워왔고, 이제 일본의 노예였던 여러분을 해방시켰습니다……." 기분이 상한 어머니와 어머니의 친구들은 연회장에서 걸어나왔다.

어머니는 국민당원들이 서둘러 첩을 얻는 작태를 보고도 염증을 느꼈다. 1946년 초 진저우는 군인들로 넘쳐났다. 어머니가 다니는 학교는 진저우에 있는 유일한 여학교였는데, 장교와 관리들이 떼로 몰려와서 학교에서 첩이 될 여자, 또는 간혹 아내감을 골랐다. 여학생 중에는 자기 뜻으로 결혼하는 사람들도 있었지만, 가족들의 뜻을 거역하지 못하는 학생들도 많았다. 가족들은 장교와 결혼하면 그들의 살림이 훨씬 더 나아질 거라고 생각했던 것이다.

열다섯 살이 된 어머니는 좋은 신부감이었다. 어머니는 매우 매력 있고 인기 있는 젊은 여인으로 성장했고, 학교에서도 뛰어난 학생으로 이름을 날리고 있었기 때문이다. 몇 명의 장교가 이미 어머니에게 청혼을 했지만, 어머니는 부모에게 자기는 그들 중 누구도 원하지 않는다고 말했다. 그중에서 어느 장군의 참모장이었던 한 장교는 자기가 보낸 금괴가 거절당하자 어머니를 가마에 태워 데려가겠다고 위협했다. 그가 부모에게 이런 제의를 할 때, 어머니는 문 밖에서 엿듣고 있었다. 방문을 박차고 들어간 어머니가 그의 면전에서 만약 자기를 강제로 가마에 태운다면 자기는 가마 안에서 자살하겠다고 말했다. 다행히 그 후 얼마 안 되어 그의 부대는 도시 밖으로 이동하라는 명령을 받았다.

어머니는 당신의 남편을 스스로 선택하기로 마음먹었다. 어머니는 여성을 대하는 태도에 크게 실망했고, 특히 첩을 두는 제도를 증오했다. 어머니의 부모도 어머니의 그런 뜻을 지지했지만, 그들은 사방에서 들어오는 청혼을 거절하는 데 애를 먹었다. 들어온 청혼을 상대방의 감정을 상하게 하지 않고 거절하자면 미묘하고 복잡한 외교술이 필요했다.

어머니를 가르치는 선생 가운데 류 선생이라는 젊은 여교사가 있었는데, 그녀는 어머니를 무척 좋아했다. 중국 사람들은 흔히 자기가 좋아하는 사람을 자기의 의형제로 삼으려고 한다. 이 시절에는 외할머니가 자라던 시절처럼 남녀가 격리되어 있지는 않았지만, 소년과 소녀들이 서로 어울릴 기회는 그리 많지 않았다. 그래서 친구의 남동생이나 여동생을 소개받는 것이 중매결혼을 좋아하지 않는 젊은이들이 서로를 알게 되는 흔한 방식이었다. 류 선생은 어머니를 자기 남동생에게 소개했다. 하지만 두 사람이 서로 사귀기 위해서는 먼저 류 선생 부모의 허락을 받을 필요가 있었다.

1946년 초 어머니는 음력 설을 류 선생의 집에서 보내자는 초청 받았다. 류 선생의 집은 아주 컸다. 류 선생의 아버지는 진저우에서 가장 큰 가게 가운데 하나를 소유했다. 열아홉 살쯤 된 류 선생의 남동생은 세상물정에 아주 밝은 사람처럼 보였다. 그는 짙은 초록색 양복을 입고 가슴 주머니에 손수건을 꽂았는데, 이런 차림은 진저우 같은 지방 도시에서는 보기 드문 아주 세련되고 대담한 차림이었다. 베이징의 어느 대학교에 다니고 있던 그는 거기서 러시아 어와 러시아 문학을 공부하고 있었다. 어머니는 그에게 깊은 인상을 받았고, 그의 가족들도 어머니를 좋게 보았다. 얼마 후 류씨 댁에서는 어머니에게 청혼하기 위해서 샤 선생에게 매파를 보냈다. 물론 어머니에게는 한마디 말도 없이 그런 조치를 취한 것이었다.

당시 대부분의 남자들보다 더 개방적이었던 샤 선생은 어머니에게 이 문제를 어떻게 생각하느냐고 물었다. 어머니는 류 청년과 "친구"가 되는 데 동의했다. 그 당시에는 젊은 남녀가 공공장소에서 서로 이야기하는 것이 남의 눈에 띈다면, 그들은 최소한 약혼한 사이여야 했다. 어머니는 얼마간의 자유를 누리며 재미있게 지냈으면 하고 바랐다. 어머니는 결혼 약속 같은 것은 하지 않고 남자들과 친구로 사귈 수 있었으면 했다. 어머니의 이런 기질을 알고 있던 샤 선생과 외할머니는 류씨 댁 사람들을 아주 조심스럽게 대했고, 모든 관례적인 선물을 사양했다. 중국의 전통으로는 여자 집에서 상대방의 결혼 제의를 즉각 수락하지 않는 경우가 많았다. 너무 결혼에 열의를 보이는 것처럼 보이면 안 되기 때문이었다. 남자 집에서 여자 집으로 보낸 선물을 받으면 그것은 암묵적으로 결혼에 동의하는 것이었다. 샤 선생과 외할머니는 서로간에 오해가 생기지 않을까 걱정했다.

어머니는 한동안 류 청년과 데이트를 했다. 어머니는 류 청년의 세련된 매너에 다소 매혹되었고, 류 청년의 모든 친척들과 친구들, 그리고 이웃 사람들은 모두 어머니가 그와 잘 어울린다고 말했다. 샤 선생과 외할머니도 두 사람이 잘 어울리는 한 쌍이라고 생각하고 속으로는 류 청년을 사윗감으로 점찍어놓고 있었다. 하지만 어머니는 그가 경박하다고 느꼈다. 어머니가 보기에 그는 베이징에는 좀처럼 가지 않고 집에서 빈둥거리며 룸펜 생활을 즐기는 듯했다. 어느 날 어머니는 그가 책을 읽을 줄 아는 중국인이라면 거의 누구나 읽은 유명한 18세기의 중국 고전인 『홍루몽』조차 읽지 않았다는 사실을 알게 되었다. 어머니가 실망감을 겉으로 드러내자, 류 청년은 쾌활하게 중국 고전은 자기의 장기가 아니며 자기는 외국 문학을 좋아한다고 말했다. 자기의 우월성을 다시 강조하려고 그는 이렇게 덧붙였다. "『보바리 부인』 읽어보셨어요? 그 소설이 내가 가장 좋아하는 소설이죠. 난 이 소설이 모파상의 작품 가운데 최고라고 생각합니다."

어머니는 『보바리 부인』을 읽었고, 그 소설이 모파상이 아니라 플로베르의 작품이라는 것도 알고 있었다. 류 청년의 이 알맹이 없는 흰소리가 어머니로 하여금 그에게서 아주 멀어지게 하는 계기가 되었다. 하지만 어머니는 바로 그 자리에서 그의 말을 반박하지는 않았다. 그렇게 하면 "잔소리 많은" 여자로 여겨질 것이기 때문이었다.

류 청년은 도박, 특히 마작을 좋아했지만 어머니는 마작이 죽도록 지루하게만 느껴졌다. 『보바리 부인』 대화가 있은 직후의 어느 날 저녁, 게임 도중에 한 여자 하인이 들어와서 물었다. "어느 하녀에게 오늘 밤 침실 시중을 들게 할까요?" 별 이야기 아니라는 투로 류 청년은 "누구누구"라고 말했다. 어머니는 노여움으로 몸이 부들부들 떨렸지만, 류 청년은 어머니의 반응이 놀랍다는 듯이 눈썹을 치켜올렸다. 잠시 후 그는 거만한 말투로 이렇게 말했다. "이건 일본에서는 아주 일반화된 관습이지요. 누구나 그런 시중을 받는답니다. 사금(伺衾)이라고 하지요." 그는 어머니로 하여금 자신이 촌스럽고 질투심이 많다고 느끼게 하려고 애썼다. 질투는 중국에서 전통적으로 남편이 아내를 내치는 이유가 될 수 있는 여인의 가장 큰 악덕으로 간주되었다. 이번에도 어머니는 속에서 분노가 들끓었지만, 아무 말도 하지 않았다.

어머니는 외도와 혼외 정사를 "남자다움"의 기본적인 측면으로 간주하는 남편과는 도저히 행복할 수 없다고 결론을 내렸다. 어머니는 자신을 사랑하는 사람, 이런 일로 자신의 마음을 상하게 하지 않을 남자를 원했다. 그날 저녁 어머니는 류 청년과의 관계를 끝내기로 결심했다.

며칠 후, 류 청년의 아버지가 갑자기 세상을 떠났다. 그 시절에는 거창한 장례식이 매우 중요하게 생각되었다. 특히 죽은 사람이 가장일 경우에는 더욱 그랬다. 장례식이 친척들과 사회의 기대에 못 미칠 경우, 그 가족들은 손가락질을 당했다. 류씨네는 집에서 묘지까지의 장의 행렬은 물론이고 격식을 제대로 갖춘 장례식을 치르기로 했다. 스님들을 불러다가 온 가족이 참석한 가운데 「도두경(倒頭經)」을 낭송하도록 했다. 그런 다음 가족들은 큰 소리로 곡을 했다. 그때부터 죽은 지 49일째 되는 날 시신이 매장될 때까지, 이른 아침부터 자정까지 곡소리가 끊이지 않아야 했고, 또 망자가 저 세상에서 사용할 종이로 만든 가짜 돈을 계속 태워야 했다. 많은 가족들이 이 마라톤 같은 고역을 견딜 수 없었으므로 고용된 전문가들이 가족들을 대신해서 이 일을 했다. 류씨 일가는 너무나 효성이 지극해서 그 전문가들을 고용할 수 없었다. 그래서 그들은 많은 친척들의 도움을 받아가며 49일 동안의 곡을 자기네들이 직접 했다.

망자가 죽은 지 42일째 되는 날, 아름답게 조각된 백단나무 관에 들어 있는 시신이 뜰에 쳐진 차양 아래에 안치되었다. 매장되기 전 최후의 7일간, 망자가 매일 밤 다른 세상에서 높은 산에 올라가 전 가족을 내려다본다고 사람들은 믿었다. 가족들이 모두 모여서 잘 지내면 망자가 이를 보고 안심을 한다는 것이다. 그렇지 않으면 그는 결코 안식을 찾을 수 없다. 가족들은 며느릿감인 어머니가 그 자리에 참석하기를 바랐다.

어머니는 참석하기를 거절했다. 어머니는 자신을 친절히 대해주었던 류씨 노인의 죽음을 애석해했지만, 만약 어머니가 그 자리에 참석한다면 그의 아들과 결혼할 수밖에 없을 것이었다. 류씨 집에서 심부름꾼들이 연달아 샤 선생의 집으로 찾아왔다.

샤 선생은 어머니에게 이 순간에 류 청년과의 관계를 끊는 것은 류씨 노인을 실망시키는 것과 같으며, 그것은 불명예스러운 일이라고 말했다. 샤 선생은 어머니가 정상적으로 류 청년과의 관계를 끊는 데 반대하지 않았지만, 이 같은 상황에서 어머니의 감정보다 우선되어야 하는 일이 있다고 말했다. 외할머니 역시 어머니가 가야 한다고 생각했다. 외할머니는 이렇게 덧붙였다. "남자가 어떤 외국 작가의 이름을 잘못 알았다고, 또다른 여자와 관계를 했다고, 여자가 남자를 거절했다는 얘기를 난 들은 적이 없다. 돈 많은 집의 젊은 남자들은 모두 재미를 보고, 또다른 밭에 씨를 뿌리기를 좋아한단다. 더욱이 넌 첩이나 하녀들에 대해서 걱정할 필요가 없어. 넌 성격이 강하니까 네 남편을 꼭 잡을 수 있을 거야."

그것은 어머니가 생각하는 삶이 아니라고 어머니는 말했다. 마음속으로는 외할머니도 어머니의 생각에 동의했다. 하지만 외할머니는 국민당 장교들의 끈질긴 청혼 때문에 어머니를 집에 두는 것이 겁이 났다. "우린 한 사람의 청혼을 거절할 수는 있어. 하지만 그들 모두의 청혼을 거절할 수는 없단다." 외할머니는 어머니에게 이렇게 말했다. "네가 장씨와 결혼하지 않는다고 해도 리씨의 청혼은 받아들여야 할 거다. 잘 생각해봐라. 다른 남자들보다는 류 청년이 훨씬 더 낫지 않으냐? 네가 그와 결혼한다면, 어떤 장교도 널 더 이상 괴롭히지 못할 거다. 난 네게 무슨 일이 일어날까봐 밤낮으로 걱정이다. 네가 이 집을 떠날 때까지 난 편히 쉬지 못할 거다." 하지만 어머니는 자기에게 행복과 사랑을 줄 수 없는 사람과 결혼하느니 차라리 죽고 말겠다고 말했다.

류씨 가족들은 어머니에게 불같이 화를 냈고, 샤 선생과 외할머니 역시 마찬가지였다. 며칠 동안 샤 선생과 외할머니는 따지고 애걸하고 달래고 고함을 치고 울고⋯⋯ 갖은 수단을 다 써보았지만 어머니는 막무가내였다. 마침내 어머니가 어렸을 때 캉 위의 자기 자리에 앉았을 때 어머니를 때린 이후 처음으로 샤 선생이 어머니에게 불같이 화를 냈다. "네가 지금 하고 있는 행동은 우리 샤씨 집안의 수치다. 난 너 같은 딸을 원치 않는다!" 그러자 어머니가 일어나서 이렇게 되받았다. "그럼 좋습니다. 저 같은 딸을 원하지 않는다면 전 떠나겠습니다!" 어머니는 방에서 뛰쳐나가 짐을 꾸린 다음 집에서 나갔다.

외할머니가 자라던 시절에는 이런 식으로 집을 나간다는 것은 생각할 수도 없는 일이었다. 하녀 노릇을 하는 것 외에는 여자가 가질 만한 일자리도 없었고, 하녀 노릇을 하는 데도 신원보증인이 필요했다. 그러나 그동안 세상은 변했다. 1946년에 여자들은 자기 힘으로 살 수 있었고, 교사나 의사 같은 일을 찾을 수도 있었다. 하지만 대부분의 가정에서는 여자가 사회에 나가 일하는 것을 여전히 다른 방도가 없을 경우 어쩔 수 없이 택하는 최후의 수단으로 생각했다. 어머니가 다니는 학교에는 교사가 되도록 훈련시키는 사범과가 있었다. 3학년 과정을 마친 사람이 사범과에 지원할 경우 숙식과 수업료가 제공되었다. 시험성적 외에 유일한 입학 조건은 사범과를 졸업한 후에 교사가 되어야 한다는 것이었다. 사범과 학생 대다수는 학비를 부담할 여유가 없는 가난한 집 출신이거나 대학에 갈 처지가 못 된다고 생각하고 일반 고등학교에 가기를 원치 않는 사람들이었다. 여자들이 대학에 갈 수 있게 된 것은 1945년 이후부터였다. 일본 치하에서 여자는 고등학교 이상 진학할 수 없었다. 고등학교에서도 여자들은 주로 현모양처가 되는 법을 배웠다.

그때까지 어머니는 사범과에 가는 것을 고려해본 적이 없었다. 대체로 사범과는 차선으로 폄하되었기 때문이다. 어머니는 늘 자신은 대학에 갈 재목이라고 생각했다. 어머니가 응모하자 사범과에서는 다소 놀라는 기색이었다. 하지만 어머니는 교직에 투신하려는 열렬한 소망을 품고 있다고 그들을 설득했다. 어머니는 진학 조건인 3년간의 학업을 아직 마치지 않았지만 학교 안에서 최고 우등생으로 이름이 알려져 있었다. 사범과에서는 어머니에게 시험을 치르게 했고, 어머니가 별 어려움 없이 시험을 통과하자 기꺼이 어머니를 받아들였다. 어머니는 학교 기숙사로 들어갔다. 얼마 후 외할머니가 학교로 와서 어머니에게 집으로 돌아오라고 간청했다. 어머니는 기꺼이 외할머니와 화해하고 집에 자주 찾아가겠다고 약속했다. 하지만 어머니는 당신의 침대를 학교에 두겠다고 고집했다. 어머니는 부모가 아무리 자기를 사랑하더라도 그 누구에게도 의존하지 않기로 결심했던 것이다. 어머니에게는 사범과가 안성맞춤이었다. 사범과는 졸업 후에 직장을 보장해주었다. 반면에 대학 졸업자들은 흔히 직장을 구하지 못했다. 또 한 가지 이점은 사범과는 학비가 무료라는 점이었다. 샤 선생은 이미 경제불황의 타격을 받았다.

러시아 인들이 뜯어가지 않은 공장들을 책임맡은 국민당 간부들은 경제를 다시 돌아가도록 하는 데 완전히 실패했다. 그들은 몇 개의 공장을 일부나마 가동시켰지만, 거기서 나오는 수익의 대부분을 착복했다.

뜨내기 국민당원들이 일본인들이 비워놓은 좋은 집들을 차지했다. 일본인 관리가 살았던 샤 선생 집 바로 옆집에도 한 관리와 그가 새로 얻은 첩들 중 하나가 살고 있었다. 진저우 시장 한씨는 현지인으로 전에는 이름도 없던 사람이었다. 그는 일본인과 부역자들로부터 압수한 재산을 거래해서 부자가 되었다. 그는 몇 명의 첩을 두었고 현지인들은 시 정부를 "한씨 일족"이라고 부르기 시작했다. 시청이 그의 친척과 친구들로 넘쳐났기 때문이다.

이셴을 점령한 국민당은 외증조할아버지 양씨를 감옥에서 풀어주었다. 외증조할아버지가 뇌물을 바치고 풀려난 것인지도 몰랐다. 현지인들은 국민당 관리들이 전 부역자들로부터 거액의 돈을 뜯어내고 있다고 믿었는데, 그런 믿음에는 근거가 있었다. 양씨는 한 첩이 낳은 아직 결혼하지 않은 딸을 국민당 장교와 결혼시켜 자신을 보호하려고 했다. 하지만 그 장교는 계급이 대위에 불과해서 외증조할아버지를 보호해주기에는 권력이 충분하지 못했다. 외증조할아버지는 재산을 몰수당했고, 현지인들의 표현을 빌린다면 "개천가에 웅크리고 앉은" 거지로 살아가게 되었다. 그 같은 사실을 전해들은 그의 아내(외증조할머니)는 자기 자녀들에게 그에게 돈을 주거나 무슨 일이든 그를 도와주지 말라고 일렀다.

감옥에서 풀려나고 1년여가 지난 1947년, 외증조할아버지는 목에 악성 갑상선종이 생겼다. 당신이 죽어가고 있음을 깨달은 외증조할아버지는 자녀들이 보고 싶다고 진저우에 기별을 보냈다. 외증조할머니는 외증조할아버지를 만나지 않겠다고 거절했지만, 외증조할아버지는 자녀들에게 자기를 만나러 오라는 전갈을 계속 보냈다. 외할머니와 작은 외할머니 란, 위린이 기차 편으로 이셴을 향해 출발했다. 외할머니가 외증조할아버지 곁을 떠난 지 10년 만이었다. 외증조할아버지는 쭈글쭈글 늙어 예전의 모습을 찾아볼 수 없었다. 자녀들을 본 외증조할아버지의 뺨에 눈물이 흘러내렸다. 외할머니와 외할머니의 동생들은 외증조할아버지가 그들의 어머니, 그리고 자기네들에게 한 일을 용서하기 어려웠고, 그래서 그들이 아버지를 대하는 태도는 무뚝뚝할 수밖에 없었다. 외증조할아버지는 위린에게 자기를 아버지라고 불러달라고 했지만, 위린은 거절했다. 외증조할아버지의 얼굴은 절망으로 일그러졌다. 외할머니가 남동생에게 외증조할아버지를 단 한 번만이라도 아버지라고 불러주라고 간청했다. 마침내 위린이 이를 악물고 아버지라고 불렀다. 아버지가 위린의 한 손을 잡고 말했다. "학자가 되거나 조그만 사업을 하도록 하거라. 관리는 되려고 하지 말아라. 관리가 되면 인생을 망치고 만다. 나를 보면 알 것이다." 이 말이 그가 가족에게 남긴 마지막 유언이었다.

외증조할아버지의 첩들 가운데 한 사람만이 그의 임종을 지켰다. 외증조할아버지는 너무 가난해서 관을 살 돈조차 없었다. 그의 시체는 부서진 낡은 가방에 담겨 의식도 치르지 않은 채 매장되었다. 그의 가족 가운데 누구도 그 자리에 없었다.

부패가 만연하자 장제스는 부패를 퇴치하기 위한 특별기구를 만들었다. "타호대(打虎隊)"라는 기구였다. 사람들이 부패한 관리들을 무서운 호랑이에 비유했기 때문에 이런 이름이 붙었다. 이 기구는 시민들에게 그들의 불만을 신고하라고 권장했다. 그러나 이런 조치가 진짜 권력자들이 부자들로부터 돈을 우려내는 수단임이 곧 밝혀졌다. "호랑이 때려잡기"는 돈이 생기는 일이었던 것이다.

이보다 더 고약한 것은 뻔뻔스러운 약탈이었다. 샤 선생에게도 가끔 병사들이 찾아와 형식적인 인사를 하면서 지나치게 아첨하는 말투로 이렇게 말하곤 했다. "어르신, 우리 동료들 가운데 몇몇이 돈이 아주 궁합니다. 돈을 얼마쯤 빌려주실 수 있겠습니까?" 그런 청을 거절하는 것은 현명한 행동이 못 되었다. 국민당의 비위를 거스른 사람은 누구나 공산당으로 낙인찍힐 위험이 컸다. 그렇게 되면 대개 체포되었고, 흔히 고문을 당했다. 병사들은 또 거드름을 피우며 진료실로 들어와서 치료해달라고 요구하고 약을 받아갔다. 그들은 돈을 한푼도 내지 않았다. 샤 선생은 병사들을 무료로 치료해주는 것에는 괘념치 않았다. 그는 누구든 치료해주는 것을 의사의 의무로 생각했다. 그러나 병사들은 어떤 때는 아무 말도 없이 약을 가져다가 암시장에서 팔기도 했다. 약의 공급이 무척 달렸기 때문이다.

내전이 치열해지면서 진저우에 주둔한 병사들의 수가 늘어났다. 장제스가 직접 지휘하는 중앙사령부 소속의 군대는 비교적 기강이 잡혀 있는 편이었지만, 다른 부대들은 중앙정부로부터 급료를 받지 못했고, 따라서 "현지 조달"에 의존할 수밖에 없었다.

사범과에서 어머니는 바이라는 성을 가진 예쁘고 활발한 열일곱 살 소녀와 각별한 우정을 맺었다. 어머니는 그 소녀를 칭찬했고 우러러보았다. 어머니가 바이에게 국민당에 실망했다고 말하자, 바이는 "나무 하나하나를 보지 말고 숲을 보라"고 말했다. 어떤 군대도 얼마간의 약점은 있게 마련이라고 그녀는 말했다. 바이는 열렬하게 국민당을 지지했다. 그래서 그녀는 어느 정보기관의 정보원으로 들어갔다. 정보원이 되기 위한 훈련을 받으면서 그녀는 동료 학생들에 대해서도 보고해야 한다는 말을 들었다. 그러자 그녀는 그런 일은 못 하겠다고 거절했다. 며칠 후 그녀와 함께 정보원 훈련을 받던 동료들이 그녀의 침실에서 총소리를 들었다. 그들이 달려가서 방문을 열어보니 바이가 얼굴이 백짓장같이 하얘진 채 침대 위에 누워 숨을 헐떡이고 있었다. 베개에는 핏자국이 있었다. 그녀는 말 한마디 못 하고 죽었다. 신문들은 이 사건을 "도색(桃色) 사건"이라고 보도했다. 치정 살인이라는 뜻이었다. 그들은 바이가 질투심에 눈이 먼 연인에 의해서 살해되었다고 주장했다. 그러나 아무도 이 말을 믿지 않았다. 바이는 남자에 관한 한 매우 정숙하게 처신해왔기 때문이었다. 어머니는 바이가 정보기관에서 발을 빼려고 했기 때문에 살해되었다는 말을 들었다.

비극은 거기서 끝나지 않았다. 바이의 어머니는 조그만 금은방을 소유한 부잣집에서 입주 식모로 일하고 있었다. 그녀는 무남독녀의 죽음에 가슴이 찢어지는 것 같았다. 게다가 그녀의 딸에게 몇 명의 애인이 있었고, 그들이 그녀를 차지하려고 서로 싸우다가 결국 그녀를 살해했다고 암시하는 상스러운 신문의 추측기사를 보고 더욱 분통이 터졌다. 여자의 가장 소중한 자산은 순결이고, 여자는 죽음으로써 그 순결을 지켜야 했기 때문이다. 바이가 죽고 며칠 후, 그녀의 어머니가 목을 매어 죽었다. 그녀를 식모로 고용했던 금은방 주인에게 깡패들이 찾아와서 그녀의 죽음이 그의 책임이라고 윽박질렀다. 그것은 돈을 뜯어내는 좋은 구실이었고, 결국 그 사람은 금은방을 잃어버리고 말았다.

어느 날 샤 선생 집의 문을 두드리는 사람이 있었다. 30대 후반인 그 남자는 국민당 제복을 입고 있었는데, 그는 외할머니에게 절을 하면서 외할머니를 "누님"이라고 불렀고 샤 선생을 "매형"이라고 불렀다. 샤 선생과 외할머니는 곧 이 말쑥하게 차려입은 건강하고 영양 상태가 좋은 남자가 한천이라는 것을 알아보았다. 일본인들에게 고문을 당한 다음 교수대에서 사형을 당했지만 가까스로 목숨을 구했고, 그 후 석 달 동안 샤 선생 집에서 숨어 지내면서 두 사람의 극진한 간호로 건강을 회복했던 바로 그 사람이었다. 그와 함께 역시 제복을 입은 키가 크고 몸이 호리호리한 젊은이가 왔는데, 그는 군인이라기보다는 대학생 같아 보였다. 한천이 그를 자기 친구 주거라고 소개했다. 어머니는 곧 주거 청년을 좋아하게 되었다.

샤 선생 집에서 나간 이후 한천은 국민당 정보조직의 고위 관리가 되었고, 이제 그는 진저우 전역을 담당하는 정보조직 지부를 책임지고 있었다. 그가 샤 선생 집을 나가면서 말했다. "누님, 저는 누님 가족들 덕분에 목숨을 건졌습니다. 누님에게 뭐든지 필요한 것이 있으면 제게 말씀만 하십시오. 제가 무슨 수를 써서라도 그 일을 꼭 해드리겠습니다."

한천과 주거는 자주 외할머니를 찾아왔고, 한천은 곧 전에 자신의 목숨을 구해준 사형집행인 둥과 전에 감옥의 간수였던 외할머니의 제부 페이어우에게 정보조직 안에 일자리를 구해주었다.

주거는 샤씨 가족들을 매우 친절하게 대했다. 그는 톈진에 있는 대학교에서 과학을 공부하고 있었는데, 톈진이 일본인들의 손으로 들어가자 도망쳐서 국민당에 가담했다고 한다. 언젠가 그가 샤 선생 집에 찾아왔을 때, 어머니는 그때까지도 샤 선생 집에서 숨어 있던 다나카 선생을 그에게 소개했다. 두 사람은 곧 열렬히 사랑하게 되었고, 둘은 결혼해서 셋방을 얻어 살림을 차렸다. 어느 날 주거가 자기 총을 소제하다가 실수로 방아쇠를 건드려 총알이 발사되었다. 총알은 방바닥을 뚫고 아래층 침대에 누워 있던 집주인의 막내아들을 죽이고 말았다. 그러나 주인집 가족들은 감히 주거를 고발하지 못했다. 마음만 내키면 누구나 공산주의자로 잡아넣을 수 있는 정보원들을 두려워했기 때문이다. 정보원들의 말은 곧 법이었고, 정보원들은 일반 시민들의 생살여탈권을 가지고 있었다. 주거의 어머니가 집주인에게 보상금으로 거액의 돈을 주었다. 주거는 양심의 가책으로 미칠 지경이었지만, 집주인 가족들은 그에게 노여움을 드러낼 엄두조차 내지 못했다. 오히려 그들은 과장된 고마움을 표하곤 했다. 그들이 화를 낼지도 모른다고 지레짐작한 주거가 그들을 해칠지도 모른다는 두려움 때문이었다. 주거는 그들의 그런 태도가 건디기 어려웠으므로 곧 다른 집으로 이사했다.

어머니의 이모 란의 남편인 페이어우는 정보조직에 취직해서 일을 아주 잘했다. 그는 새로 모시게 된 상사들이 너무나 마음에 들어 자기 이름을 "샤오스"(장제스의 충신)라고 바꾸기까지 했다. 그는 주거 휘하의 3명으로 된 그룹의 일원이었는데, 처음에 그들이 맡은 일은 일본인들에게 협력했던 사람들을 숙청하는 일이었지만, 얼마 후 공산당에 호감을 보이는 학생들을 감시하는 일로 바뀌었다. 한동안 "충신" 페이어우는 자기에게 부과된 일을 했다. 그러나 곧 그는 양심의 가책을 느끼기 시작했다. 그는 사람들을 감옥에 보내거나 돈을 뜯어낼 대상자를 선택하는 책임을 맡고 싶지 않았다. 그는 다른 부서로의 전근을 청했고, 도시의 검문소 가운데 하나에서 감시하는 일을 맡았다. 공산주의자들은 진저우를 버리고 떠났지만 멀리 물러난 것은 아니었다. 그들은 도시 주위의 시골에서 계속 국민당군과 전투를 벌이고 있었다. 진저우 시 당국은 가장 중요한 생필품이 공산주의자들에게 들어가지 않게 하기 위해서 그런 품목들을 철저하게 통제하려고 했다.

정보조직에서 일하면서 페이어우는 권력을 가지게 되었고, 권력에는 돈이 따랐다. 그러자 그는 점차 변하기 시작했다. 아편을 피웠고, 폭음을 했으며, 노름도 하고, 사창가에도 자주 드나들었다. 그는 곧 성병에 감염되었다. 외할머니는 그에게 돈을 주면서 그의 방종한 행동을 바로잡아보려고 했지만, 그는 행동을 고치지 않았다. 그러나 그는 샤 선생 집에 먹을 것이 점점 부족해지는 것을 알고는 샤 선생 부부를 자주 자기 집에 초대해서 푸짐한 음식을 대접하곤 했다. 샤 선생은 외할머니가 그의 초대에 응하지 못하도록 막았다. "그건 정당하게 취득한 음식이 아니오. 우린 그런 음식에 손을 대서는 안 되오." 샤 선생은 이렇게 말했다. 하지만 가끔 외할머니는 맛있는 음식을 먹을 수 있다는 유혹을 이기지 못하고 남동생 위린과 어머니를 데리고 몰래 페이어우의 집으로 가서 푸짐한 식사를 즐기곤 했다.

국민당이 처음 진저우에 입성했을 때, 위린은 열다섯 살이었다. 그는 샤 선생 밑에서 의학을 공부하고 있었다. 샤 선생은 의사가 되면 그의 장래가 밝을 거라고 생각했던 것이다. 외할머니의 어머니, 여동생, 남동생이 모두 생계를 외할머니의 남편인 샤 선생에게 의존하고 있었기 때문에 샤 선생의 아내인 외할머니가 그 무렵 가족의 여주인이 되었다. 외할머니는 위린이 결혼할 때가 되었다고 생각했다. 외할머니는 곧 한 여자를 골랐는데, 그 여자는 위린보다 세 살 위였고 가난한 집 출신이었다. 가난한 집 출신이라는 것은 그녀가 일을 열심히 할 능력이 있음을 뜻했다. 어머니도 외할머니와 함께 그 신부감을 보러 갔다. 손님들이 있는 거실로 들어와서 절을 할 때 그녀는 행사를 위해서 빌려온 녹색 벨벳 두루마기를 입고 있었다. 두 사람은 1946년 등록소에서 결혼했다. 결혼할 때 신부는 서양식 하얀 비단 베일을 빌려 썼다. 그때 위린은 열여섯 살이었고, 그의 아내는 열아홉 살이었다.

외할머니가 위린의 일자리를 구해달라고 한천에게 부탁했다. 당시 가장 중요한 생필품 가운데 하나가 소금이었다. 당국은 소금을 시골로 내다 파는 것을 금하고 있었다. 물론 몰래 소금을 밀매하는 사람들이 있었다. 한천은 위린에게 소금 경비원 자리를 얻어주었다. 위린은 몇 차례 공산주의 게릴라들과 소금을 빼앗으려는 다른 국민당 부대와의 위험한 교전에 휩싸일 뻔했다. 많은 사람들이 전투에서 목숨을 잃었다. 위린은 그 직장이 위험하다는 것을 알았다. 그는 또 양심의 가책도 느꼈다. 몇 달 안 되어 그는 그 일을 그만두었다.

이 무렵 국민당은 서서히 농촌지역에 대한 통제를 잃어갔고, 신병 모집도 점차 어려워지고 있었다. 젊은이들이 점점 더 "포회(炮灰, 폭탄 재)"가 되고 싶어 하지 않았기 때문이었다. 내전은 한층 더 치열해져서 엄청난 사상자를 냈고, 군대로 징집되거나 그저 강제로 끌려가서 군대로 편성될 위험이 점점 더 높아지고 있었다. 위린이 군대에 끌려가지 않게 하려면 그에게 어떤 형태의 안전판을 확보해주어야 했다. 그래서 외할머니는 위린을 정보조직에 취직시켜달라고 한천에게 부탁했다. 그런데 한천은 놀랍게도 외할머니의 부탁을 거절했다. 정보조직은 괜찮은 젊은이가 들어갈 자리가 못 된다는 것이었다.

외할머니는 한천이 자기 일에 깊은 절망을 느끼고 있다는 것을 깨닫지 못했다. "충신" 페이어우처럼 그도 아편중독자가 되었고, 폭음을 했으며, 사창가를 드나들었다. 그는 눈에 띄게 허물어져갔다. 한천은 언제나 의지력과 도덕의식이 강한 사람이었다. 그런 그가 이렇게 자포자기하는 것은 참으로 이상한 일이었다. 외할머니는 결혼이라는 오래된 치료법이 그를 바로잡아줄지도 모른다고 생각하고 그에게 운을 떼어보았지만, 그는 자기가 살고 싶지 않기 때문에 아내를 맞아들일 수 없다고 말했다. 충격을 받은 외할머니가 이유를 말해달라고 윽박지르자 한천은 울기 시작했다. 그는 비참한 표정으로 자기에게는 그 이유를 외할머니에게 말할 자유가 없으며, 말해봤자 어차피 외할머니가 도울 수 없을 거라고 했다.

한천은 일본인들을 증오했기 때문에 국민당에 입당했다. 하지만 그가 꿈꾸었던 것과는 다르게 일이 전개되었다. 정보조직에 몸담는다는 것은 그가 자신의 손에 죄 없는 중국인 동포들의 피를 묻히는 일을 피할 수 없음을 뜻했다. 하지만 그는 발을 뺄 수 없었다. 어머니의 학교 친구 바이에게 일어났던 일은 정보기관에서 발을 빼려는 사람이라면 누구나 당하는 일이었다. 한천은 아마 자기가 정보조직에서 발을 빼는 유일한 방법은 자살하는 길뿐이라고 느꼈을 것이다. 그러나 자살은 전통적으로 항의의 표시였으므로 그의 가족들에게 해를 끼칠 수도 있었다. 한천은 자기가 할 수 있는 일은 단 하나 "자연사"를 하는 것뿐이라는 결론에 도달한 것 같았다. 그가 자기 몸을 함부로 굴리고 어떤 치료도 거부하는 이유가 바로 거기에 있는 듯했다.

1947년 음력 설 전날, 그는 명절을 동생과 나이 드신 아버지와 함께 보내려고 이셴의 고향집으로 돌아갔다. 이것이 가족과의 마지막 만남이 될 거라고 느꼈는지 그는 집에 계속 머물렀다. 그는 중병에 걸렸고, 그해 여름 세상을 떠났다. 그는 언젠가 외할머니에게, 죽어도 여한은 없으나 다만 자기 아버지에게 효도를 못 하고 아버지의 장례식을 성대하게 치러드리지 못하는 것이 마음에 걸린다고 말한 적이 있었다.

하지만 그가 외할머니와 그의 가족에 대한 의무를 다하지 못하고 죽은 것은 아니었다. 그는 비록 위린을 정보조직에 취직시키는 것을 거절했지만, 위린에게 그가 국민당 관리임을 증명하는 신분증명서를 만들어주었다. 위린은 정보조직을 위해서 일하지는 않았지만, 정보조직의 일원이라는 그 신분증 덕분에 징집되지 않고 샤 선생의 약국에서 조수로 계속 일할 수 있었다.

어머니가 다니는 학교의 교사들 가운데 중국 문학을 가르치는 캉이라는 성을 가진 젊은 남자 선생이 있었다. 그는 매우 머리가 좋고 박식해서 어머니는 그를 무척 존경했다. 그는 어머니와 다른 몇몇 여학생들에게 자기는 중국 남서부에 있는 쿤밍이라는 도시에서 반국민당 활동에 관여한 적이 있으며, 그의 여자 친구는 시위를 하다가 수류탄에 의해서 살해되었다는 이야기를 해주었다. 그의 강의는 분명히 친공산주의적이었고, 어머니에게 깊은 인상을 주었다.

1947년 초 어느 날 아침, 늙은 짐꾼이 교문에서 어머니를 불러세웠다. 그는 어머니에게 쪽지를 건네며 캉 선생이 가버렸다고 말했다. 어머니는 몰랐지만, 캉 선생은 신변이 위험하다는 귀띔을 받고 몰래 학교를 떠났던 것이다. 당시 국민당 정보요원들 가운데 은밀하게 공산주의자들을 위해서 일하는 사람들이 있었는데, 그런 사람들이 캉 선생에게 비밀 정보를 제공했다. 당시 어머니는 공산주의자들에 대해서 잘 몰랐고, 캉 선생이 공산주의자라는 사실도 알지 못했다. 어머니가 알고 있었던 것은 다만 당신이 가장 좋아하는 선생이 체포될 위험에 처해 도망칠 수밖에 없었다는 사실이었다.

그 쪽지는 캉 선생이 보낸 것이었는데, 단 한마디 "침묵"이라는 말이 적혀 있을 뿐이었다. 어머니는 이 말을 두 가지로 해석할 수 있다고 보았다. 그 단어가 캉 선생이 자기 여자 친구를 추모하며 쓴 시구 ── "침묵……그 속에서 우리의 힘이 모이고 있다" ── 를 상기시킨다고 볼 수도 있었다. 이렇게 해석하면 그 말은 겁먹지 말라는 뜻일 수도 있었다. 그러나 그 말은 또한 충동적인 행동을 하지 말라는 경고일 수도 있었다. 그 무렵 어머니는 겁 없는 여학생으로 상당한 명성을 얻었고, 학생들 사이에 꽤 많은 지지자들을 확보하고 있었다.

다음에 어머니가 알게 된 사실은 새 여교장이 부임했다는 것이었다. 이 여교장은 국민당 전국회의에 참가하는 대표였고, 정보조직과 연줄이 있는 것으로 소문나 있었다. 새로 온 여교장은 수많은 정보요원들을 함께 데리고 왔는데, 그중 한 사람인 야오한이라는 사람이 학생들의 동태를 감시하는 특별 임무를 띤 정치주임이 되었다. 교무주임은 국민당 지방지부의 서기가 맡았다.

이 무렵 어머니의 가장 친한 친구는 먼 친척인 후라는 청년이었다. 후 청년의 아버지는 진저우와 펑톈, 하얼빈에 백화점 체인을 소유했고, 정실부인 외에 2명의 첩을 두었다. 정실부인이 낳은 아들이 후 청년이었고, 첩들은 소생이 없었다. 그 결과 후 청년의 어머니는 첩들의 심한 질투의 대상이 되었다. 어느 날 밤, 남편이 외출했을 때 첩들이 후 청년의 어머니의 음식과 젊은 남자 하인의 음식에 약을 넣었고, 첩들은 약에 취한 그 두 사람을 같은 침대에 옮겨놓았다. 집으로 돌아온 가장 후씨는 자기 아내가 만취해서 하인과 침대에 함께 누워 있는 것을 보고는 대노했다. 그는 아내를 집안의 외진 구석에 있는 작은 방에 가두고 아들이 그녀를 만나는 것을 금했다. 후씨는 이 모든 일이 첩들의 음모일지도 모른다는 의심을 품었으므로 아내를 내치지는 않았다. 아내를 내친다는 것은 (아내에게는 물론이고 그 자신에게도) 씻을 수 없는 수치가 될 것이기 때문이었다. 그는 첩들이 아들을 해칠까봐 걱정되었다. 그래서 아들을 진저우에 있는 기숙학교에 보냈고, 그럼으로써 후 청년이 어머니와 만나게 된 것이었다. 두 사람이 처음 만났을 때, 어머니는 일곱 살, 그는 열두 살이었다. 독방에 감금되었던 그의 어머니는 곧 미치고 말았다.

후 청년은 사람들과 잘 사귀지 않는 민감한 소년으로 자라났다. 그는 어렸을 때 받은 충격에서 영영 벗어나지 못했고, 가끔 어머니에게 그 일을 이야기하곤 했다. 그 이야기를 들으면서 어머니는 우리 집안 여러 여인들의 비참한 삶, 수많은 어머니, 딸, 아내, 첩들에게 일어났던 헤아릴 수 없는 비극들을 생각했다. 여자들의 무력함, 그리고 "전통"과 심지어 "도덕"이라는 옷을 입은 예부터 전해오는 관습의 야만성에 어머니는 분노를 느꼈다. 그동안 많은 변화가 일어났지만, 아직도 심한 편견이 기승을 부렸다. 어머니는 뭔가 더 근본적인 변화가 있어야 한다고 생각했다.

학교에서 어머니는 한 정치세력이 공공연하게 변화를 표방하고 있음을 알게 되었다. 그들은 바로 공산주의자들이었다. 어머니는 수라는 친한 친구에게서 그 사실을 들어 알게 되었다. 열여덟 살 처녀인 수는 가족과 결별하고 학교 기숙사에서 살고 있었는데, 그녀가 집을 나온 것은 아버지가 그녀를 열두 살 소년과 강제로 결혼시키려고 했기 때문이었다. 어느 날 그녀가 어머니에게 작별을 고했다. 그녀가 몰래 사랑하고 있던 청년과 공산당에 입당하려고 달아나기 위해서였다. "공산당은 우리의 희망이야." 이것이 그녀가 작별하면서 남긴 말이었다.

어머니가 후 청년과 아주 가까워진 것은 이 무렵이었다. 그는 자기가 멋쟁이라고 생각하는 류에게 심한 질투를 느끼고 있음을 발견하고 어머니를 사랑하고 있다는 사실을 깨달은 것이었다. 그는 어머니가 류와 헤어진 것을 기뻐하며 거의 매일 어머니를 만나러 왔다.

1947년 3월 어느 날 저녁, 두 사람은 함께 영화를 보러 갔다. 입장권은 두 가지가 있었다. 하나는 좌석권이었고 다른 하나는 훨씬 더 싼 입석권이었다. 후 청년은 어머니에게는 좌석권을 사주고 자기 표는 입석권으로 샀다. 돈이 부족해서라고 했다. 어머니는 좀 이상하다고 생각하고 가끔 그가 서 있는 쪽을 훔쳐보았다. 영화가 반쯤 진행되었을 때, 어머니는 말쑥한 옷차림의 젊은 여자가 살금살금 그에게 다가오더니 잠시 동안 그들의 손이 서로 접촉하는 것을 보았다. 어머니는 즉시 일어나서 나가겠다고 고집을 부렸다. 두 사람이 밖으로 나왔을 때 어머니는 설명을 요구했다. 처음에 후 청년은 아무 일도 없었다고 딱 잡아떼더니, 어머니가 이대로 넘어가지 않겠다는 점을 분명히 하자 뒤에 설명해주겠다고 했다. 어머니가 아직 너무 어리기 때문에 세상에는 어머니가 이해할 수 없는 일이 있다고 그는 말했다. 그들이 어머니의 집에 이르렀을 때, 어머니는 그가 집에 들어오는 것을 허락하지 않았다. 다음 며칠 동안 그가 계속 찾아왔지만 어머니는 그를 만나지 않았다.

얼마 후 어머니는 그에게 사과하고 그와 화해하기로 마음먹었고, 그가 와 있나 보려고 계속 문 쪽을 살폈다. 눈이 심하게 내리던 어느 날 저녁, 어머니는 그가 어떤 남자와 함께 뜰로 들어오는 것을 보았다. 그는 어머니의 집 쪽으로 오지 않고 샤 선생의 집에 세들어 사는 위우라는 사람의 집으로 곧장 갔다. 잠시 후, 후 청년은 빠른 걸음걸이로 그녀의 방 쪽으로 왔다. 다급한 목소리로 그는 어머니에게 자기는 진저우를 즉시 떠나야 한다고 말했다. 경찰이 그를 뒤쫓고 있다는 것이었다. 어머니가 이유를 묻자, 그는 "난 공산주의자야"라고 말하고는 눈 내리는 어둠 속으로 사라졌다.

그제야 어머니는 영화관에서 있었던 사건이 후 청년의 비밀 임무와 관련된 것이었음을 짐작할 수 있었다. 어머니는 그와 화해할 시간이 없다는 것이 무엇보다 가슴아팠다. 어머니는 그들의 집에 세들어 사는 위우 역시 지하 공산당원이라는 것을 깨달았다. 위우가 후 청년을 자기 집으로 데려온 것은 그를 그곳에 숨기기 위해서였다. 후 청년과 위우는 그날 저녁까지 서로의 신분을 몰랐다. 두 사람은 후 청년이 그곳에 머무는 것은 위험한 일임을 깨달았다. 그와 어머니의 관계가 너무나 잘 알려져 있었기 때문이다. 국민당 요원들이 그를 찾기 위해서 그 집에 온다면, 위우마저 발견될 위험이 있었다. 그날 밤 후 청년은 도시경계에서 30킬로미터 이상 떨어진 공산당 통제지역까지 탈출하려고 했다. 얼마 후, 봄의 새싹이 돋아날 무렵, 위우는 후 청년이 도시를 떠나다가 체포되었다는 소식을 들었다. 그를 안내하던 사람은 총격으로 사망했다고 했다. 얼마 후 후 청년이 처형되었다는 보고가 전해졌다.

어머니는 국민당에 점점 더 강한 반감을 가지게 되었다. 어머니가 아는 유일한 대안은 공산당이었다. 어머니는 여성 차별을 없애겠다는 공산주의자들의 약속이 특히 마음에 들었다. 열다섯 살이었던 그때까지 어머니는 아직 본격적으로 공산주의에 투신할 준비가 되지 않았다고 느꼈다. 후 청년이 죽었다는 소식을 듣고 어머니는 공산당에 가담하기로 결심했다.

5. "쌀 한 말에 딸을 팝니다"

새 중국을 위한 싸움
(1947-1948)

위우가 샤 선생 집에 처음 나타난 것은 몇 개월 전이었다. 그는 샤 선생의 친구가 써준 소개장을 가지고 있었다. 샤 선생 일가가 세들어 살던 집에서 성벽 안 북문 근처에 있는 큰 집으로 막 이사했을 때였다. 샤 선생은 집세의 일부를 덜기 위해서 돈 많은 사람에게 집의 일부를 세놓으려고 사람을 물색하던 중이었다. 위우는 국민당 장교 복장을 하고, 아내라고 소개한 여자와 어린 아기를 동반하고 있었다. 사실 그 여자는 그의 아내가 아니라 조수였다. 아기는 그녀의 아기였고, 그녀의 진짜 남편은 공산당 정규군으로 멀리 떨어져 있었다. 서서히 이 "가족"은 진짜 가족이 되었다. 그들은 두 자녀를 두었고, 그들의 원래 배우자들은 재혼했다.

위우는 1938년에 공산당에 입당했다. 그는 일본이 항복한 직후에 공산당 전시사령부가 있던 옌안에서 진저우로 파견되었다. 그는 정보를 수집해서 도시 밖에 있는 공산군 부대에 전해주는 책임을 맡았다. 그는 진저우의 한 지구의 국민당 군사 지도자라는 신분을 가지고 활동했다. 그 신분은 공산당이 그에게 주려고 돈을 지불하고 산 것이었다. 당시 국민당의 직책은 심지어 정보조직 내의 자리까지도 가장 돈을 많이 내는 사람에게 사실상 판매되고 있었다. 어떤 사람들은 자기 가족이 군에 강제징집되는 것을 막기 위해서, 또 깡패들로부터 괴롭힘을 당하지 않기 위해서 국민당의 직책을 샀고, 또 어떤 사람들은 그 직책을 이용해서 돈을 뜯어내려고 샀다. 전략적 중요성 때문에 진저우에는 많은 장교들이 있었으므로 공산당이 침투하기도 그만큼 쉬웠다.

위우는 국민당 장교 역을 완벽하게 연기했다. 그는 많은 노름판과 만찬을 벌였다. 사람들과 사귀기 위해서, 또 자기 주위에 보호막을 만들기 위해서였다. 끊임없이 오고 가는 국민당 장교들과 정보요원들이 모두 그의 "친척"과 "친구들"이었다. 그들은 모두 다른 사람들이었지만, 아무도 그에 대해서 자세히 캐묻지 않았다.

위우는 자주 찾아오는 이 방문객들을 위한 또 한 겹의 보호막을 마련해놓았다. 샤 선생의 진료실은 항상 열려 있었고, 위우의 "친구들"은 사람들의 주의를 끌지 않고 거리에서 진료실로 들어온 다음, 진료실을 통과해서 안뜰로 들어갈 수 있었다. 샤 선생은 그가 속한 재리회(在理會)가 도박과 음주를 금하고 있었음에도 불구하고 위우의 소란스런 연회를 묵인해주었다. 어머니는 다소 의아하게 생각했지만, 그것을 외할아버지의 관대한 성격 탓으로 돌렸다. 몇 년 후 당시를 되돌아보면서 어머니는 비로소 샤 선생이 위우의 정체를 알고 있었거나 짐작했을 거라는 확신을 가지게 되었다.

어머니는 먼 친척인 후 청년이 국민당에 의해서 살해되었다는 이야기를 듣고 위우에게 접근해서 공산당을 위해서 일하는 문제를 상의했다. 그는 어머니가 너무 어리다는 이유로 이 제의를 거절했다.

어머니는 학교에서 매우 두드러진 인물이 되었고, 그래서 어머니는 공산당이 자신에게 접근하기를 기대하고 있었다. 어머니의 바람대로 공산당이 어머니에게 접근해왔다. 그들은 한동안 어머니의 됨됨이를 점검했다. 사실은 공산당이 지배하는 지역으로 떠나기 전에 어머니의 친구 수가 공산당 끄나풀에게 어머니에 대한 이야기를 했고, 또 그를 "친구"라며 어머니에게 소개한 적이 있었다. 어느 날 그 사람이 어머니에게 오더니 느닷없이 지정된 날에 진저우의 남역과 북역 사이 중간 지점의 철로굴로 가라고 말했다. 거기서 상하이 말씨를 쓰는 잘생긴 20대 중반의 남자가 어머니와 접촉할 거라고 했다. 이 사람이 어머니를 담당하게 되었다. 어머니는 뒤에 이 사람의 성이 량이라는 것을 알게 되었다.

어머니가 맡은 첫 임무는 마오쩌둥의 논문 「연합정부론」 같은 책자와 토지개혁 및 기타 공산당 정책을 선전하는 팸플릿을 배부하는 일이었다. 이 책자와 팸플릿은 대개 연료로 쓰이는 수숫대 묶음에 숨겨 몰래 도시로 들어와야 했다. 이렇게 들어온 팸플릿은 재포장되었는데, 이번에는 흔히 커다란 피망 속에 넣고 둘둘 말았다.

때로는 위린의 아내가 거리에서 피망을 사면서 어머니의 동료들이 팸플릿을 가지러 올 때 망을 보았다. 그녀는 또 팸플릿을 난로의 재, 한약 더미, 연료 더미 속에 감추는 것도 도왔다. 학생들은 이런 팸플릿을 몰래 읽어야 했다. 하지만 그들은 좌익 계통의 소설은 거의 공공연하게 읽을 수 있었다. 당시 그들이 애독하던 소설은 막심 고리키의 『어머니』였다.

어느 날 어머니가 배부한 팸플릿 가운데 하나인 마오쩌둥의 「신민주주의론」이 다소 멍청한 어머니의 친구 손에 들어갔다. 그녀는 팸플릿을 자기 가방에 넣고 그 사실을 까맣게 잊어버렸다. 그녀가 시장에 가서 돈을 꺼내려고 가방을 열자, 그 팸플릿이 땅에 떨어졌다. 마침 그 자리에 정보요원이 2명 있었다. 그들은 그 노란 종이를 알아보았고, 그녀는 끌려가서 심문을 받다가 고문으로 죽었다.

많은 사람들이 국민당 정보요원들의 손에 목숨을 잃었다. 어머니는 자신도 붙잡히면 고문을 당하리라는 것을 알고 있었다. 그러나 친구가 잡혀가서 죽은 이 사건은 어머니에게 겁을 주기는커녕 어머니를 더욱 도전적으로 만들었다. 그 사건을 계기로 어머니는 자신도 공산당 활동에 일익을 담당하고 있다고 느끼면서 사기가 더욱 높아졌다.

만주는 내전의 매우 중요한 전쟁터였다. 진저우에서 어떤 일이 벌어지느냐가 중국 전체의 향방에 점점 더 중요한 요소가 되어가고 있었다. 전선이 뚜렷하게 고정된 것은 아니었다. 공산당은 만주의 북부와 시골을 상당 부분 차지했다. 국민당은 북부의 하얼빈을 제외한 주요 도시와 항구, 그리고 철도의 대부분을 장악하고 있었다. 1947년 말 공산군이 처음으로 이 지역에서 수적으로 국민당군을 압도했다. 그 한 해 동안에 공산군은 30만 명 이상의 국민당군을 괴멸시켰다. 많은 농부들이 공산군에 입대하거나 공산당 지지로 돌아섰다. 그렇게 된 가장 큰 이유는 공산당이 토지를 경작자에게 주는 토지개혁을 했다는 것이었다. 농부들은 공산당을 지지해야 그들에게 돌아온 토지를 계속 유지할 수 있다고 생각했다.

그 무렵 공산군은 진저우 주변의 많은 지역을 장악하고 있었다. 농부들은 그들이 생산한 농산물을 팔기 위해서 도시에 들어가는 것을 꺼렸다. 도시에 들어가자면 국민당 검문소를 통과해야 하는데, 검문소에서 그들은 괴롭힘을 당했다. 엄청난 통과세를 물리거나, 아예 그들이 가져간 농산품을 압수했던 것이다. 도시의 곡물 값은 매일같이 하늘 높은 줄 모르고 치솟았다. 악덕 상인들의 매점매석과 부패한 관리들의 간섭으로 사태는 더욱 악화되었다.

국민당은 처음 들어와서 "법폐(法弊)"라는 새로운 통화를 발행했다. 그러나 그들은 인플레를 잡을 수 없었다. 샤 선생은 늘 자기가 죽은 다음에 외할머니와 어머니가 어떻게 될지 걱정했다. 이제 그의 나이는 여든에 가까웠다. 그는 정부를 신뢰했기 때문에 자기가 저축한 돈을 새 돈으로 바꿔놓았다. 얼마 후 법폐가 금원(金元)이라는 새 통화로 교체되었다. 그러나 금원은 곧 화폐가치가 떨어져서 어머니는 학교 수업료를 내려면 인력거꾼을 사서 지폐 더미를 싣고 가야 했다(장제스는 "체면을 지키기 위해서" 1만 위안 이상의 고액권을 발행하려고 하지 않았다). 샤 선생이 저축했던 돈은 화폐가치가 떨어지면서 모두 날아가버리고 말았다.

1947년 겨울부터 1948년 사이에 경제상황은 점점 더 악화되었다. 식량 부족과 물가 폭등에 대한 항의가 빈발했다. 진저우는 진저우 이북에 있는 국민당 군대에 대한 주요 보급기지였는데, 1947년 12월 중순 2만 명의 군중들이 2개의 곡물 창고를 습격했다.

잘되는 장사가 하나 있었다. 그것은 어린 소녀를 사창가에 팔거나 부자들에게 종으로 파는 장사였다. 도시는 거지들로 넘쳐났는데, 이 거지들은 자녀들을 식량과 교환하기 일쑤였다. 며칠 전부터 어머니는 학교 밖에 절망적인 표정의 야윈 여인이 누더기를 걸치고 언 땅에 앉아 있는 것을 보았다. 그 여자 바로 옆에 열 살쯤 되어보이는 소녀가 금방이라도 울음이 터질 것 같은 표정으로 서 있었다. 그 소녀의 목깃 뒤에 막대기가 하나 꽂혀 있고, 막대기 끝에 서툰 글씨로 쓴 다음과 같은 쪽지가 붙어 있었다. "쌀 한 말에 딸을 팝니다."

교사들 역시 생계를 이어가기가 어려웠다. 교사들은 봉급 인상을 요구해왔다. 그러자 정부는 수업료를 인상했다. 그러나 이것은 별 효과가 없었다. 학부형들이 오른 수업료를 낼 여유가 없었기 때문이다. 어머니가 다니던 학교의 한 교사는 거리에서 주워온 고기를 먹고 식중독으로 죽었다. 그는 고기가 상했다는 것을 알고 있었지만 하도 배가 고파서 위험을 무릅쓰고 그 고기를 먹은 것이었다.

그 무렵 어머니는 학생회장이 되었다. 어머니를 담당한 당 지도원 량씨가 어머니에게 학생들뿐 아니라 교사들까지도 포섭해보라는 지시를 내렸다. 그래서 어머니는 사람들로 하여금 교사들을 위해서 돈을 기부하도록 유도하는 운동을 벌이기 시작했다. 어머니와 몇몇 여학생들이 영화관이나 극장에 가서 공연이 시작되기 전에 돈을 기부해달라고 호소했다. 그들은 노래와 춤을 공연하기도 하고 바자회도 열었다. 그러나 들어오는 돈은 보잘것없었다. 사람들은 너무 가난하거나 인색했다.

어느 날 어머니는 국민당군 여단장(旅團長)의 손녀로 국민당 장교와 결혼한 친구를 우연히 만났다. 그 친구는 어머니에게 그날 저녁 시내의 멋진 식당에서 50명가량의 장교들과 그들의 아내를 위한 연회가 있을 예정이라고 알려주었다. 그 시절 국민당 관리들 사이에는 이런 연회가 자주 열리곤 했다. 어머니는 학교로 달려가서 가능한 한 많은 학생들과 연락을 취했다. 어머니는 학생들에게 오후 5시에 진저우에서 가장 찾기 쉬운 장소인 11세기에 세워진 18미터 높이의 돌탑 앞으로 모이라고 말했다. 어머니가 꽤 많은 학생들을 이끌고 거기 도착해보니 100명이 넘는 여학생들이 모여 어머니의 지시를 기다리고 있었다. 어머니는 그들에게 당신의 계획을 설명했다. 6시쯤 되자 많은 장교들이 마차와 인력거를 타고 도착하는 것이 보였다. 여자들은 비단옷과 공단옷을 입고 장신구를 주렁주렁 매달고 있었다.

연회에 참석한 사람들이 음식과 술을 실컷 먹었다고 생각되었을 때, 어머니와 몇몇 여학생들이 줄을 지어 식당 안으로 들어갔다. 국민당은 기강이 해이해질 대로 해이해져 믿을 수 없을 정도로 경비가 허술했다. 어머니가 의자 위에 올라섰다. 비단옷에 보석 장신구를 걸친 여자들 사이에서 소박한 남색 무명 두루마기를 입은 어머니의 차림은 내핍의 상징처럼 보였다. 어머니는 교사들의 생활이 얼마나 어려운가를 간단히 설명하고 다음과 같은 말로 연설을 끝냈다. "우리는 여러분들이 모두 관대한 분이라는 것을 알고 있습니다. 여러분들은 주머니를 열고 여러분의 관대함을 보여줄 이 같은 기회가 찾아온 것을 기뻐하실 줄로 믿습니다."

장교들은 난처했다. 그들 가운데 그 누구도 인색하게 보이기를 원치 않았다. 그들은 어느 정도의 성의를 표시할 수밖에 없었다. 그리고 또 그들은 이 불쾌한 불청객들을 한시바삐 내보내고 싶었다. 여학생들이 진수성찬이 차려진 테이블을 돌며 각 장교가 기부하겠다는 액수를 적었다. 그런 다음 그들은 이튿날 아침 장교들의 집을 찾아다니며 그들이 기부하겠다고 약속한 돈을 받아냈다. 그렇게 걷은 돈을 바로 교사들에게 가져다주자 교사들은 무척 고마워했다. 돈의 가치가 하루가 다르게 떨어지는 판이었으므로 걷은 돈은 몇 시간 이

내에 전달되고 쓰여져야 했다.

어머니에 대한 보복은 없었다. 그 이유는 아마도 연회 참석자들이 그렇게 여학생들에게 들킨 것이 부끄러운데다 그 일을 떠벌리면 더욱 창피할 것 같다고 생각했기 때문이었을 것이다. 하지만 그 일은 금방 소문이 퍼져서 진저우 시민이면 누구나 다 알게 되었다. 어머니는 국민당원들의 약점을 교묘히 이용해서 그들의 돈을 뜯어내는 데 성공했던 것이다. 어머니는 거리에서 사람들이 굶어죽어가는데 국민당 엘리트들이 그런 사치스런 생활을 하는 것을 보고 놀라지 않을 수 없었다. 이 사건을 계기로 어머니는 더욱 공산당 쪽으로 마음이 기울었다.

도시 안에서는 식량 부족이 가장 큰 문제였던 반면에, 도시 밖에서는 옷감 부족이 심각한 문제였다. 국민당이 시골에 직물을 파는 것을 금했기 때문이었다. 도시로 들어오는 관문의 경비원인 "충신" 페이어우의 주 업무가 직물이 몰래 도시 밖으로 빠져나가 공산당원들에게 팔리지 못하도록 막는 것이었다. 몰래 직물을 내가는 사람들 중에는 이익을 많이 남기려는 암거래 상인들도 있었지만, 국민당 관리들을 위해서 일하는 사람들과 지하 공산당원들도 섞여 있었다.

페이어우와 그의 동료들은 수레를 세우고 직물을 압수하고는 암거래 상인은 대개 놓아주었다. 그가 다시 직물을 가지고 나타나면 또 압수하려는 속셈에서였다. 때로는 이익의 일부를 나누어 가지기로 암거래 상인들과 거래를 하기도 했다. 암거래상과 거래를 하든 안 하든, 경비원들은 결국 그 직물을 공산당이 통제하는 지역에 팔았다. 페이어우와 그의 동료들은 이렇게 해서 배를 불렸다.

어느 날 밤, 지저분하고 보잘것없는 수레 한 대가 페이어우가 경비를 서고 있는 성문으로 다가왔다. 그는 늘 하던 대로 거드름을 피우며 마차 주위를 한바퀴 돌면서 직물 더미를 찔러보았다. 마부에게 겁을 주어 유리한 거래 조건을 이끌어내려는 수작이었다. 그는 싣고 있는 짐의 가치와 있을지도 모르는 마부의 저항을 가늠해보면서 한

편으로는 마부와 대화를 나누어보려고 했다. 그래야 그 마부를 고용한 사람이 누구인지 알아볼 수 있기 때문이었다. 페이어우는 서두르지 않았다. 마차에 실린 짐이 그가 동이 트기 전에 도시 밖에서 처분하기 어려울 정도로 많은 양이었기 때문이다.

페이어우는 마부 옆으로 올라탄 다음 그에게 마차를 돌려 짐을 다시 도시 안으로 가지고 가라고 지시했다. 늘 지시를 받는 데에만 익숙한 마부는 그가 시키는 대로 했다.

새벽 1시경 곤히 잠들어 있던 외할머니는 누가 문을 쾅쾅 두드리는 소리에 잠에서 깼다. 문을 열어보니 페이어우가 서 있었다. 그는 마차에 실린 짐을 날이 샐 때까지 집에 두었으면 한다고 말했다. 외할머니는 승낙할 수밖에 없었다. 중국의 전통으로 볼 때 친척의 청을 거절한다는 것은 거의 불가능한 일이었기 때문이다. 도덕적인 판단보다 가족과 친척들에 대한 의무가 더 중요했다. 외할머니는 잠들어 있던 샤 선생에게는 아무 말도 하지 않았다.

동이 트기 훨씬 전에 페이어우가 마차 2대를 끌고 다시 나타났다. 그는 맡겨놓았던 짐을 그 마차들에 옮겨실은 다음 먼동이 터오는 거리로 몰고 나갔다. 그 후 30분도 되지 않아 무장경찰이 나타나서 집을 포위했다. 또다른 정보조직을 위해서 일하고 있던 마부가 자기를 고용한 사람들에게 사실을 알린 것이었다. 말할 것도 없이 자신들은 그들의 물건을 돌려받으려고 했다.

샤 선생과 외할머니는 어안이 벙벙했다. 그러나 어쨌든 물건은 사라지고 없었다. 하지만 경찰의 습격이 하마터면 어머니에게 재난을 몰고 올 뻔했다. 어머니는 집 안에 공산주의 팸플릿을 감춰놓고 있었다. 경찰이 나타나자 어머니는 팸플릿을 집어들고 화장실로 달려가서 열을 보존하기 위해서 발목 부분을 단단히 묶은 솜바지 안에다 쑤셔넣고 그 위에 두툼한 외투를 걸쳤다. 그런 다음 어머니는 학교에 가는 척하며 아주 태연하게 걸어나왔다. 경찰관들이 어머니를 붙잡고 몸수색을 하겠다고 말했다. 어머니는 그들이 어머니에게 한 일을 주거 "아저씨"에게 말하겠다고 고함을 질렀다.

그 순간까지 경찰관들은 이 집과 정보조직 간의 관계를 전혀 알지 못했다. 그들은 누가 직물을 압수했는지도 몰랐다. 서로 다른 수많은 국민당 부대가 도시에 배치되어 있는 관계로 진저우의 행정은 극도로 혼란스러웠다. 총 한 자루와 어느 정도의 보호막만 있으면 누구나 제멋대로 권력을 행사하는 판이었다. 페이어우와 그의 동료들이 짐을 압수했을 때, 마부는 그들이 누구를 위해서 일하는지 묻지 않았다.

어머니가 주거라는 이름을 입에 담는 순간, 경찰간부의 태도가 돌변했다. 주거가 그의 상사의 친구였던 것이다. 그가 신호하자 그의 부하들은 총을 내렸고, 그때까지의 거만하고 적대적이었던 태도가 싹 바뀌었다. 경찰간부는 절도 있게 경례를 붙이고 점잖은 집안에 실례를 범했다고 사과를 늘어놓았다. 하급 경찰관들은 그들의 지휘자보다 한층 더 실망한 것 같았다. 압수한 물품이 없으면 돈도 못 받고, 돈을 못 받으면 식량도 구할 수 없기 때문이었다. 그들은 기분 잡쳤다는 듯이 발을 질질 끌며 물러갔다.

당시 진저우에는 동북망명대학교라는 새로 생긴 대학교가 있었다. 공산군이 점령한 북만주에서 도망나온 학생들과 교수들이 중심이 되어 세운 대학교였다. 북만주에서 공산당의 정책은 흔히 매우 거칠었다. 많은 지주들이 살해되었다. 도시에서는 작은 공장이나 가게의 소유자들도 비난을 받았고, 그들의 재산은 몰수되었다. 대다수의 지식인들은 비교적 유복한 집안 출신이었으므로 그들 대다수는 공산당 치하에서 그들의 가족이 고통당하는 것을 보았거나 그들 자신이 비난의 대상이 되었다.

망명대학교에 의학부가 있었는데, 어머니는 그 학부에 들어가기를 원했다. 어머니는 늘 의사가 되겠다는 야망을 품어왔다. 샤 선생의 영향도 있었지만, 의사라는 직업이 여자가 독립할 수 있는 최선의 기회를 주기 때문이기도 했다. 어머니를 담당한 당 지도원 량은 어머니의 이 같은 생각을 전폭적으로 지지했다. 당은 어머니를 위한 계획을 세워놓고 있었다. 어머니는 1948년 2월 망명대학교 의학부에 청강생으로 등록했다.

망명대학교는 국민당과 공산당이 영향력을 행사하려고 서로 경쟁하는 싸움터였다. 국민당은 만주에서 형세가 불리해지고 있었으므로 학생들과 지식인들에게 더욱 남쪽으로 피신하라고 부추겼다. 공산당은 이 교육받은 사람들을 잃고 싶지 않았다. 그들은 토지개혁 계획을 완화했고, 도시의 자본가들을 잘 대우하고, 유복한 집안 출신의 지식인들을 보호하라는 지시를 내렸다. 이처럼 더 온건한 정책으로 무장한 진저우의 지하 공산당원들은 학생들과 교수들에게 진저우에 머물도록 설득했다. 이런 설득을 하는 일이 어머니의 주된 활동이었다.

공산당의 정책 전환에도 불구하고, 일부 학생들과 교수들은 남쪽으로 도망치는 것이 더 안전하다고 생각했다. 6월 말에 학생들을 가득 태운 배 한 척이 진저우에서 서남쪽으로 400킬로미터 떨어진 톈진으로 출항했다. 톈진에 도착한 그들은 그곳에 그들이 먹을 식량도, 묵을 숙소도 없다는 것을 알았다. 국민당 톈진 지부는 그들에게 군에 입대하라고 촉구했다. 그들은 "너희들의 고향을 싸워서 되찾으라!"는 말을 들었다. 그러나 이것은 그들이 만주에서 도망나온 목적이 아니었다. 그들과 함께 배를 타고 온 지하 공산당원들이 저항하라고 부추겼고, 학생들은 7월 5일 톈진 중심가에서 식량과 숙소를 달라고 시위를 벌였다. 군대가 발포했고 수십 명의 학생들이 부상당했다. 중상을 입은 학생들도 있었고, 목숨을 잃은 사람들도 꽤 되었다.

그 소식이 진저우에 전해지자 어머니는 즉시 톈진으로 간 학생들을 돕기 위한 단체를 조직하기로 했다. 어머니는 7개 고등학교와 기술학교 학생회장의 모임을 소집했고, 이 모임에서 진저우 학생연합을 결성하기로 의결했다. 그들은 톈진의 학생들에게 연대감을 표시하는 전보를 보내고, 청원서를 제출하기 위해서 계엄사령관인 추 장군의 사령부로 행진하기로 결정했다.

어머니의 친구들은 학교에서 걱정에 싸여 지시를 기다리고 있었다. 비가 내리는 우중충한 날이었고, 땅은 진흙탕으로 변해 있었다. 날은 벌써 어두워졌지만, 어머니와 다른 6명의 학생 지도자들로부터는 아직 아무런 기별도 없었다. 그때 경찰이 회의장을 급습해서 그들을 연행해갔다는 소식이 전해졌다. 어머니 학교의 정치주임 야오한이 학생 지도자들의 회의가 열리고 있다는 것을 경찰에 알렸다.

학생 지도자들은 계엄사령부로 끌려갔다. 잠시 후, 추 장군이 방으로 들어왔다. 그는 테이블을 사이에 두고 학생 지도자들과 마주서서 타이르는 말투로 참을성 있게 말했다. 그는 화가 났다기보다는 슬픔에 잠긴 듯이 보였다. 그는 학생들이 젊기 때문에 성급한 짓을 저지르기 쉽다고 말했다. 하지만 너희들이 정치에 대해서 무엇을 아느냐? 너희들은 너희들이 공산당에 이용당하고 있다는 것을 아느냐? 학생들은 공부에 열중해야 한다. 그는 학생들이 그들의 잘못을 인정하고 그들의 배후에 공산당원이 있음을 시인하는 자술서에 서명한다면 그들을 석방하겠다고 말했다. 그렇게 말한 다음 그는 자기가 한 말의 반응을 살피기 위해서 잠시 말을 끊었다.

어머니는 그의 설교와 태도를 더 이상 참을 수 없었다. 어머니는 한 발짝 앞으로 나서서 큰 소리로 이렇게 말했다. "사령관님, 말씀해주십시오. 우리가 무슨 잘못을 저질렀죠?" 장군이 짜증스러운 말투로 말했다. "너희들은 공산비적들에게 이용당해 소동을 일으켰다. 그게 잘못이 아니란 말이냐?" 어머니가 되받았다. "공산비적들이라구요? 우리 친구들은 장군님의 충고대로 공산당을 피해 달아났기 때문이 톈진에서 죽었습니다. 그들이 총살당할 만한 잘못을 했습니까? 우리가 한 일이 부당한 일일까요?" 날카로운 논쟁이 얼마간 오간 후에, 장군이 주먹으로 테이블을 쾅 치면서 경비병들에게 고함을 질렀다. "이 학생에게 보여줘." 그런 다음 그는 어머니를 향해 이렇게 말했다. "넌 네가 지금 어디 있는지 알 필요가 있어!" 병사들이 미처 어머니를 붙잡기 전에 어머니는 앞으로 뛰어나와서 테이블을 주먹으로 쾅 쳤다. "제가 어디에 있건 간에 전 아무 잘못도 저지르지 않았습니다!"

다음 순간 어머니는 두 팔을 붙잡힌 채 질질 끌려나갔다. 병사들은 어머니를 끌고 복도를 지나 계단을 내려간 다음, 어두운 방으로 들어갔다. 방 저쪽에 누더기를 걸친 한 남자가 보였다. 그는 긴 의자에 앉은 채 기둥에 몸을 기대고 있는 것 같았다. 그의 머리가 한쪽으로 축 늘어져 있었다. 자세히 보니 그는 기둥에 매여 있었고, 그의 넓적다리는 긴 의자에 묶여 있었다. 두 남자가 그의 발바닥 밑으로 벽돌을 밀어넣었다. 벽돌을 한 장 더 밀어넣을 때마다 그는 숨이 끊어지는 듯한 신음 소리를 냈다. 어머니는 머리에 피가 가득 차는 듯한 느낌이었다. 어머니는 뼈가 부서지는 소리를 들었다고 생각했다. 어머니는 또다른 방으로 끌려갔다. 어머니를 안내하는 장교가 어머니의 주의를 그들 바로 옆에 있는 남자에게로 돌리게 했다. 그는 두 손목이 묶여 대들보에 매달려 있었고, 허리 위로는 옷이 벗겨져 있었다. 머리가 마구 뒤엉켜 아래로 늘어져 있어 어머니는 그의 얼굴을 볼 수 없었다. 바닥에는 화로가 있었고, 한 남자가 그 옆에 앉아서 아무 일 없다는 듯이 담배를 피웠다. 어머니가 지켜보고 있는 동안, 그는 불에서 쇠막대기를 들어올렸다. 어른 주먹만 한 쇠막대기의 끝은 새빨갛게 달구어져 있었다. 싱글싱글 웃으며 그는 그것을 대들보에 매달려 있는 사람의 가슴에 가져다 댔다. 어머니는 날카로운 비명 소리와 지지직하는 끔찍한 소리를 들었다. 또 상처에서 피어오르는 연기도 보았고, 살이 타는 역한 냄새도 맡았다. 하지만 어머니는 비명도 지르지 않았고 기절을 하지도 않았다. 그 공포가 어머니 안에 강력하고 격정적인 분노를 불러일으켰고, 그 분노가 어머니에게 엄청난 힘을 주어 어머니로 하여금 두려움을 극복할 수 있게 해주었던 것이다.

어머니를 안내하던 장교가 이제 자술서를 쓰겠느냐고 물었다. 어머니는 배후에 어떤 공산당원도 없다고 되풀이해 말하면서 자술서 쓰기를 거부했다. 어머니는 침대 하나와 깔개 몇 장이 있는 작은 방 안에 내던져졌다. 그 방에서 어머니는 옆방에서 고문당하는 사람들의 비명 소리를 들으면서 무척이나 길게 느껴지는 며칠을 보냈다. 그래도 어머니는 배후에서 조종한 사람들을 대라는 반복되는 요구를 거부했다.

그러던 어느 날, 어머니는 건물 뒤에 있는 마당으로 끌려갔다. 마당은 잡초와 잔돌로 덮여 있었다. 어머니는 높은 벽을 등지고 서 있으라는 명령을 받았다. 어머니 옆에는 한 남자가 있었는데, 그는 고문을 당한 것이 분명했다. 그는 제대로 서 있을 힘조차 없었다. 몇 명의 병사들이 늑장을 부리며 자리를 잡았다. 한 남자가 어머니의 눈을 가렸다. 어머니는 앞을 볼 수 없었지만, 그래도 눈을 감았다. 어머니는 죽을 각오가 되어 있었다. 어머니는 대의를 위해서 목숨을 바치는 것을 자랑스럽게 생각했다.

어머니는 총소리를 들었지만 아무 느낌도 없었다. 1분쯤 후에 눈을 가렸던 헝겊을 풀어주자, 어머니는 눈을 껌벅이면서 주위를 둘러보았다. 어머니 옆에 서 있던 남자가 땅에 쓰러져 있었다. 어머니를 고문실로 안내했던 장교가 싱글싱글 웃으면서 다가왔다. 그는 이 열일곱 살 소녀가 아직도 정신이 말짱한 것을 보고 놀라 한쪽 눈썹을 치켜올렸다. 어머니는 침착한 목소리로 그에게 자백할 것이 아무것도 없다고 말했다.

어머니는 감방으로 되돌아갔다. 아무도 어머니를 괴롭히지 않았다. 어머니는 고문도 받지 않았다. 며칠 후 어머니는 석방되었다. 지난 1주일 동안, 공산당 지하조직은 연줄을 동원하느라고 바빴다. 외할머니는 매일 계엄사령부를 찾아와서 울고 간청하고 또 자살하겠다고 위협했다. 샤 선생은 비싼 선물을 들고 그가 치료한 환자 가운데에서 권력이 있는 사람들을 찾아다녔다. 가족과 연줄이 닿는 정보조직원들도 동원되었다. 많은 사람들이 어머니는 공산주의자가 아니라 다만 젊고 충동적일 뿐이라는 내용의 편지를 보내 어머니의 신원을 보증했다.

그런 일을 당하고 나서도 어머니는 조금도 기가 죽지 않았다. 감옥에서 나오자마자, 어머니는 톈진에서 죽은 학생들의 추모행사를 준비했다. 당국은 추모행사를 허가했다. 진저우 시민들은 어쨌든 정부의 충고에 따라 진저우를 떠났던 젊은이들에게 그런 일이 일어난 데에 크게 분노했다. 한편 각 학교는 학생들이 집으로 돌아가면 모이지 않으리라는 희망에서 기말시험도 생략한 채 서둘러 학기를 끝냈다.

이 무렵 공산당 지하조직은 조직원들에게 공산당이 지배하는 지역으로 떠나라고 충고했다. 가기를 원치 않는 사람, 떠날 수 없는 사람은 비밀 공작을 중지하라는 지시를 내렸다. 국민당이 검색을 강화해서 너무나 많은 공작원들이 체포되어 처형당했기 때문이다. 량씨도 떠날 예정이었다. 그는 어머니에게 함께 가자고 했다. 그러나 외할머니는 어머니가 떠나는 것을 허락하지 않았다. 공산당원으로 의심받지 않는 어머니가 만약 공산당원들과 함께 떠난다면 정말로 의심을 받게 되리라는 것이 외할머니의 주장이었다. 그렇게 되면 어머니의 신원을 보증한 사람들은 어떻게 되겠는가? 지금 어머니가 떠난다면 그들이 모두 곤경에 처하게 될 것이라는 말이었다.

그래서 어머니는 진저우에 그대로 있기로 했다. 하지만 어머니는 행동하고 싶었다. 어머니는 위우에게 눈을 돌렸다. 어머니가 아는 공산당을 위해서 일하는 사람들 가운데 진저우에 남은 사람은 그 한 사람뿐이었다. 위우는 량을 몰랐고, 어머니가 접촉했던 다른 공작원들도 몰랐다. 그들은 서로 다른 지하조직에 속했고, 완전히 격리된 채 공작을 했다. 그래야 누가 붙잡혀서 고문을 당하다가 견딜 수 없을 때 제한된 숫자의 이름만을 불게 되기 때문이었다.

진저우는 북서지방에 있는 모든 국민당 군대를 위한 중요한 보급 및 병참 중심지였다. 중국 북서부에 배치된 국민당군은 50만 명이 넘었다. 그들은 공격에 취약한 철도를 따라 길게 배치되었고, 주요 도시들 주위의 점점 좁아지는 몇몇 지역에 집중되었다. 1948년 여름 진저우에는 약 20만 명의 국민당군이 주둔했는데, 그 지휘 계통이 몇 갈래로 나뉘어 있었다. 장제스는 그의 최고위 장성들과 티격태격하면서 곡예를 하듯이 지휘권을 유지했는데, 이것이 장병들의 심각한 사기 저하를 가져왔다. 서로 다른 부대 간에는 작전 조정이 잘 되지 않았고, 서로 불신하는 경우도 많았다. 미국 고위 군사 고문관들을 비롯한 많은 군사 전략가들은 장제스가 만주를 완전히 포기해야 한다고 생각했다. "자진 철수"든 적군에 밀리는 강제 철수든, 바다를 이용한 철수든 철도를 이용한 철수든, 철수가 원활하게 이루어지기 위해서는 진저우를 확보하는 것이 매우 중요했다. 진저우는 만리장성에서 북쪽으로 불과 160킬로미터밖에 떨어져 있지 않아 국민당의 형세가 아직 비교적 안정적인 중국 본토에서 아주 가까웠고, 바다로부터 쉽사리 병력을 보충받을 수 있었다. 후루다오가 남쪽으로 불과 48킬로미터밖에 떨어져 있지 않고 비교적 안전해보이는 철도로 연결되어 있기 때문이었다.

1948년 봄, 국민당은 진저우 주위에 강철 프레임으로 싼 시멘트 블록으로 새로운 방어벽을 구축하기 시작했다. 그들은 공산군에게는 탱크가 없고 포(砲)도 부실하며 단단하게 요새화된 진지를 공격한 경험도 없다고 생각했다. 도시를 자급자족할 수 있는 요새들로 둘러싸자는 생각이었다. 각 요새가 포위되더라도 독립 부대로 작전을 수행할 수 있도록 한다는 것이었다. 요새들은 너비 1.8미터, 깊이 1.8미터의 참호로 연결되도록 했고, 참호는 계속 이어진 철조망으로 보호되었다. 진저우를 시찰한 만주 지구 최고지휘관 웨이리황 장군은 이 방어체계가 난공불락이라고 선언했다.

그러나 이 계획은 결코 완성되지 못했다. 자재가 부족하고 계획이 치밀하지 못했던 탓도 있었지만, 가장 큰 이유는 부패였다. 건설작업 책임자는 자재를 빼내어 암시장에 팔아먹었다. 건설인부들은 먹고 살 만큼의 임금도 받지 못했다. 공산군이 도시를 포위하기 시작한 9월까지 방어체계는 3분의 1밖에 완성되지 못했다. 그나마도 대부분이 서로 연결되지 않은 작은 시멘트 보루에 불과했다. 다른 부분들은 옛 도시의 성벽을 허문 진흙으로 서둘러 조립한 벽돌담이었다.

공산군으로서는 이 방어체계와 국민당 군대의 배치에 대해서 아는 것이 아주 중요했다. 공산군은 진저우를 차지하기 위한 결전을 위해서 엄청난 병력 —— 약 25만 명 —— 을 집결시켰다. 공산군 총사령관 주더는 현지 사령관 린뱌오에게 다음과 같은 전문을 보냈다. "진저우를 점령하라……. 그러면 중국 전역의 상황이 우리에게 유리해질 것이다." 최종 공격을 앞두고 위우의 그룹에게 최신 정보를 제공하라는 지령이 떨어졌다. 위우는 긴급하게 더 많은 요원이 필요했다. 어머니가 그에게 접근해서 할 일을 달라고 하자, 그와 그의 상사들은 기뻐했다.

공산군은 도시 사정을 정탐하기 위해서 몇 명의 장교들을 민간인으로 변장시켜 도시로 들여보냈다. 하지만 남자 혼자 도시 외곽을 서성이다가는 금방 사람들의 주의를 끌 게 분명했다. 사랑에 빠진 남녀 한 쌍이라면 사람들의 의심을 덜 살 것이었다. 그 무렵 국민당 치하에서는 남녀가 공공연하게 함께 다니는 것이 아주 당연한 일로 받아들여졌다. 공산군의 정찰장교들이 남자들이었으므로 어머니는 그들의 "여자 친구"로 안성맞춤이었다.

위우는 어머니에게 지정된 시각에 지정된 장소에 가 있으라고 일렀다. 어머니는 연푸른색 두루마기를 입고 붉은 비단으로 만든 꽃 한 송이를 머리에 꽂고 있기로 했다. 공산군 장교는 국민당 기관지 「중앙일보」를 삼각형으로 접어들고, 왼쪽 얼굴을 세 번 문질러 땀을 닦고 다시 오른쪽을 세 번 문질러 땀을 닦음으로써 자기 신분을 밝히도록 되어 있었다.

지정된 날 어머니는 옛 북쪽 성벽 바로 밖이지만, 국민당이 구축한 방어벽 바로 안쪽에 있는 작은 절로 갔다. 삼각형으로 접은 신문을 든 한 남자가 어머니에게 다가와서 정확한 신호를 보냈다. 어머니는 오른손으로 그의 오른쪽 뺨을 세 번 쓰다듬었다. 그러자 그가 자신의 왼손으로 어머니의 왼쪽 뺨을 세 번 쓰다듬었다. 이어 어머니가 그의 한쪽 팔을 붙잡았고, 그들은 함께 그 자리를 떴다.

어머니는 그가 무슨 일을 하는지 잘 몰랐고 묻지도 않았다. 대부분의 시간을 그들은 조용히 걸었고, 다만 그들이 누군가의 옆을 지나칠 때만 서로 이야기를 했다. 방어벽을 정탐하는 임무는 별 사건 없이 순조롭게 수행되었다.

그러나 정찰할 곳이 더 있었다. 도시 외곽을 돌아보고 병참의 대동맥인 철도도 가봐야 했다.

정보를 수집하는 것과 수집된 정보를 도시 밖으로 내보내는 것은 전혀 별개의 일이었다. 7월 말 검문소의 문은 굳게 닫혔고, 도시로 들어오거나 도시 밖으로 나가려는 사람은 철저한 검색을 당했다. 위우는 어머니와 상의를 했다. 그동안의 일로 어머니의 능력과 용기를 신뢰했기 때문이었다. 고급 장교들의 차량은 검색을 당하지 않고 드나들 수 있었다. 어머니는 이용할 만한 한 사람을 생각해냈다. 어머니의 동급생 가운데 지역사령관 지 장군의 손녀가 있었다. 그 친구의 오빠는 그들의 할아버지가 지휘하는 여단 소속의 대령이었다.

지씨 일가는 상당한 영향력을 행사하는 진저우의 명문가였다. 그들은 "지씨 거리"라는 별명이 붙은 거리 전체를 차지했고 그곳에 잘 가꾸어진 정원이 딸린 대저택을 가지고 있었다. 어머니는 그 정원에서 그 친구와 자주 산책을 하곤 했으므로 친구의 오빠 후이거 대령과도 매우 친했다.

후이거 대령은 공학 학사학위를 가진 20대 중반의 미남 청년이었다. 부유하고 권력 있는 집안 출신의 많은 젊은이들과는 달리, 그는 멋을 내지 않았다. 어머니는 그를 좋아했고, 그 역시 어머니에게 호감을 가졌다. 그가 인사차 샤 선생 집을 방문하기 시작했고, 어머니를 다과 모임에 초대하기도 했다. 외할머니도 그를 무척 좋아했다. 그는 매우 예의발랐으므로 외할머니는 그를 훌륭한 청년이라고 생각했다.

얼마 후 후이거 대령이 어머니를 혼자 불러내어 데이트를 하자고 청하기 시작했다. 처음에는 그의 누이동생이 샤프롱 행세를 하면서 그와 동반했지만, 곧 그 친구는 핑계를 대고 사라졌다. 그 친구는 어머니에게 오빠의 칭찬을 늘어놓으면서 오빠가 자기 할아버지의 총애를 받고 있다고 덧붙였다. 그 친구는 자기 오빠에게도 어머니 이야기를 많이 한 모양이었다. 어머니는 그가 자신에 대해서 많이 알고 있음을 깨닫게 되었다. 그는 어머니가 급진적인 행동으로 체포된 적이 있다는 사실도 알고 있었다. 두 사람은 서로 공통점이 많음을 알게 되었다. 후이거 대령은 국민당에 대해서 매우 솔직했다. 한두 번 그는 자신의 군복 자락을 잡아당기면서 전쟁이 어서 끝나서 자기가 공학도로 다시 돌아갈 수 있기를 바란다고 말하며 한숨을 쉬었다. 그는 어머니에게 국민당이 득세하는 날이 얼마 남지 않은 것으로 생각한다고 말했다. 그 말을 들으면서 어머니는 그가 자기의 깊은 속마음을 털어놓고 있다고 느꼈다.

어머니는 그가 자신을 좋아한다고 확신했다. 그러나 그의 행동 배후에 어떤 정치적 동기가 숨어 있지 않을까 의심했다. 어머니는 그가 어머니에게, 그리고 어머니를 통해서 공산당에게 어떤 메시지를 건네고 있음이 틀림없다고 결론지었다. 그 메시지는 이런 것임이 분명했다. 나는 국민당을 좋아하지 않는다. 나는 당신네들을 도울 용의가 있다.

그들은 무언의 공모자가 되었다. 어느 날 어머니가 얼마간의 병사들을 이끌고 공산군에게 투항하면 어떻겠느냐고 그의 생각을 떠보았다(그 무렵 그런 일이 자주 일어났다). 그는 자기는 참모장교에 불과하기 때문에 장병들을 지휘하지 않는다고 말했다. 어머니는 그에게 할아버지를 설득해서 공산군에게 넘어가게 해보면 어떻겠느냐고 말했다. 그러자 그는 슬픈 얼굴로 그런 뜻을 비치기만 해도 노인은 아마 자기를 총살해버릴 거라고 했다.

　어머니는 위우에게 후이거 대령과 오간 대화를 모두 알렸고, 위우는 어머니에게 후이거 대령을 계속 설득하라고 지시했다. 얼마 후 위우는 어머니에게 후이거 대령에게 어머니를 지프차에 태워 도시 밖으로 데려가달라고 청해보라고 말했다. 그들은 지프차를 타고 도시 밖으로 서너 차례 나들이를 했다. 매번 그들이 어느 토담집 화장실에 이르렀을 때, 어머니는 용변을 보아야겠다고 말했다. 어머니는 차에서 내렸고, 그가 지프차에서 기다리는 동안 화장실 벽에 난 구멍에 메시지를 감추었다. 그는 아무것도 묻지 않았다. 그는 점점 더 자주 그의 가족과 자신에 대한 걱정을 털어놓았다. 간접적인 방식으로 그는 공산당이 자기를 처형할지도 모른다고 암시했다. "내가 머지않아 서문 밖을 떠도는 유령이 될지도 모르겠어!"(서천〔西天〕은 사자들이 가는 곳으로 생각되었다. 그곳이 영원한 안식의 장소이기 때문이었다. 그래서 중국의 대부분 지역이나 마찬가지로 진저우의 처형장도 서문 밖에 자리잡고 있었다.) 이 말을 하면서 그는 질문을 하듯이 어머니의 눈을 들여다보았다. 어머니가 그 말에 반박해주기를 바라는 것이 분명했다.

　어머니는 그가 공산당을 위해서 한 일 때문에 공산당이 그를 죽이지 않을 거라고 굳게 믿었다. 모든 것을 드러내놓고 말할 수는 없었지만, 어머니는 자신 있게 이렇게 말하곤 했다. "그런 우울한 생각은 말아요!" 또는 "난 그런 일이 당신에게 일어나지 않을 거라고 확신해요!"

　국민당의 형편은 늦여름 내내 계속 악화되었다. 비단 군사작전 때문만이 아니었다. 부패가 더 큰 피해를 내고 있었다. 인플레가 기승을 부려 1947년 말까지 물가가 1,000배 이상 올랐다. 국민당 지역에서 1948년 말 물가는 2만8,700배로 치솟게 된다. 이용할 수 있는 주식 곡물인 수수 값이 진저우에서 하룻밤 사이에 70배나 치솟았다. 더 많은 식량이 군인들에게 공급되기 때문에 일반 시민들의 형편은 나날이 악화되었다. 지역사령관들은 군인들에게 공급된 식량의 상당 부분을 암시장에 내다팔았다.

국민당 최고지휘부는 전략을 놓고 분열되어 있었다. 장제스는 만주에서 가장 큰 도시인 펑톈을 포기하고 진저우를 지키는 데 군사력을 집중할 것을 요구했다. 그러나 그는 일사불란한 전략을 따르도록 그의 휘하 최고위 장성들을 통제할 능력이 없었다. 그는 미국이 더욱 적극적으로 개입해줄 것이라는 기대에 모든 희망을 걸고 있는 듯했다. 그의 최고참모들 사이에는 패배주의가 팽배해 있었다.

9월쯤에 국민당군은 만주에 단 3개의 거점 —— 펑톈, 창춘(만주국의 옛 수도 신징), 진저우 —— 과 그 도시들을 잇는 철도 480킬로미터만을 확보하고 있었다. 공산군은 그 3개 도시를 동시에 포위했다. 국민당군은 주공격이 어디에 가해질지 알 수가 없었다. 사실 주공격 대상은 3개 도시 가운데 가장 남쪽에 위치한 전략적 요충지인 진저우였다. 일단 진저우가 떨어지면, 다른 두 도시는 보급이 끊길 것이기 때문이었다. 공산군은 탐지당하지 않고 많은 병력을 이리저리 이동할 수 있었지만, 국민당군은 병력 이동을 끊임없이 공격을 당하는 철도에 의존했고, 그 외에는 소수의 병력을 항공기로 수송하는 것이 고작이었다.

진저우에 대한 공격은 1948년 9월 12일에 시작되었다. 항공 편으로 펑톈에 들어갔던 미국의 외교관 존 F. 멜비는 9월 23일자 일기에 이렇게 기록했다. "만주로 오는 항공기에서 내려다보니 공산군의 포격이 진저우 비행장을 쑥대밭으로 만들고 있었다." 이튿날인 9월 24일, 공산군은 도시에 더욱 가까이 다가왔다. 24시간 후 장제스는 웨이리황 장군에게 15개 사단을 이끌고 펑톈의 포위를 풀고 나와 진저우를 구원하라고 지시했다. 웨이리황 장군은 우물쭈물했다. 9월 26일경 공산군은 진저우를 사실상 고립시켰다.

10월 1일쯤 진저우는 완전히 포위되었다. 북쪽으로 40킬로미터 떨어진 외할머니의 고향 도시 이셴이 그날 함락되었다. 장제스가 펑톈으로 날아와서 직접 지휘를 맡았다. 그는 7개 사단을 더 진저우 전투에 투입하라고 명령했다. 그러나 그는 명령을 내린 지 2주일 만인 10월 9일에야 비로소 웨이리황 장군을 펑톈에서 내보낼 수 있었다. 그때도 웨이리황 장군이 거느리고 나간 사단은 15개 사단이 아니라 11개 사단뿐이었다. 10월 6일 장제스는 후루다오로 날아가서 그곳에 주둔하고 있던 부대에게 진저우를 구원하기 위해서 출동하라고 명령했다. 일부 병력이 출동했다. 그러나 한꺼번에 출동하지 않고 찔끔찔끔 출발했다. 그들은 곧 격리되어 괴멸되고 말았다.

공산군은 진저우에 대한 포위 공격을 개시할 준비를 하고 있었다. 위우가 어머니에게 접근해서 폭약을 병기 창고 중 하나로 몰래 들여가는 중대한 임무를 맡아달라고 부탁했다. 그 병기 창고는 후이거 대령이 속한 사단에 무기를 대주는 곳이었다. 탄약은 커다란 뜰에 저장되어 있었고, 그 뜰을 둘러싼 담장 꼭대기에는 철조망이 쳐져 있었고, 그 철조망에는 전류가 흐른다고 알려져 있었다. 들어가거나 나가는 사람은 누구나 검색을 받았다. 병기 창고에서 기거하는 병사들은 노름과 음주로 시간의 대부분을 보냈다. 가끔 창녀들이 불려들어가기도 했고, 장교들은 임시로 만든 클럽에서 춤을 추기도 했다. 어머니가 후이거 대령에게 거기 가서 무도회를 구경하고 싶다고 하자, 대령은 아무 질문도 하지 않고 어머니의 청을 들어주었다.

이튿날 한번도 본 적이 없는 남자가 어머니에게 폭약을 가져다주었다. 어머니는 그 폭약을 가방에 넣고 후이거 대령과 함께 지프차를 타고 병기 창고 안으로 들어갔다. 그들은 검색을 당하지 않았다. 안으로 들어간 다음 어머니는 후이거 대령에게 병기 창고 안을 구경시켜달라고 했다. 어머니는 지시받은 대로 폭약을 차 안에 그대로 놓아두었다. 그들이 보이지 않게 되면, 지하공작원들이 폭약을 가져가기로 되어 있었다. 그 사람들에게 시간을 더 주기 위해서 어머니는 일부러 느린 걸음으로 걸었다. 후이거 대령은 기꺼이 어머니가 하자는 대로 했다.

그날 밤 도시는 엄청난 폭발음으로 뒤흔들렸다. 폭발은 연쇄적으로 일어났고, 다이너마이트와 포탄이 마치 거대한 불꽃놀이를 하듯이 하늘을 밝혔다. 병기 창고가 있던 거리는 불길에 휩싸였다. 반경 50미터 안에 있는 창문들이 모두 박살났다. 이튿날 아침 후이거 대령이 어머니를 자기네 저택으로 초대했다. 그의 두 눈은 쾡하니 들어가 있었고 면도도 하지 않은 상태였다. 간밤에 한숨도 자지 못한 게 분명했다. 그는 평소보다 약간 더 경계하는 태도로 어머니를 맞았다.

무거운 침묵이 흐른 후, 그는 어머니에게 그 소식을 들었느냐고 물었다. 어머니의 표정이 그의 최악의 두려움, 즉 자기가 자신의 사단을 마비시키는 것을 도왔다는 사실을 확인시켜준 게 틀림없었다. 곧 조사가 있을 예정이라고 그는 말했다. "그 폭발이 내 어깨에서 내 머리를 날려보낼지도 모르겠군." 그가 한숨을 쉬며 말했다. "아니면 장차 내 앞길을 열어줄까?" 그에게 미안해하던 어머니는 자신 있는 어조로 이렇게 말했다. "당신은 의심받지 않을 거예요. 장차 틀림없이 보상을 받을 거예요." 이 말에 그는 일어서서 정식으로 어머니에게 경례를 붙였다. "당신의 약속 감사하오!" 그가 말했다.

그때쯤 공산군의 포탄이 도시 안으로 날아들어왔다. 포탄이 머리 위로 날아가는 쌩 하는 소리를 처음 들었을 때, 어머니는 약간 겁이 났다. 그러나 뒤에 포격이 더욱 심해지자, 어머니는 그 소리에 익숙해졌다. 그 소리가 마치 계속 울려대는 천둥소리처럼 느껴졌다. 될 대로 되라는 무관심이 대다수 사람들의 두려움을 무디게 했다. 포위 공격은 엄격히 지켜오던 샤 선생의 만주족 의식도 중단시켰다. 처음으로 전 가족이 함께 식사를 했다. 남자와 여자, 주인과 하인들이 모두 한자리에서 음식을 먹었다. 전에 그들은 8개 그룹 이상으로 나뉘어 식사를 했고, 먹는 음식이 그룹마다 모두 달랐다. 어느 날 그들이 식탁 주위에 앉아서 식사할 준비를 하고 있을 때, 포탄 한 발이 위린의 한 살 된 아들이 놀고 있던 캉 위에 난 창문을 뚫고 들어와서 바로 식탁 밑에 떨어졌다. 다행히도 그 포탄은 다른 많은 포탄이 그렇듯이 불발탄이었다.

일단 포위 공격이 시작되자 암시장에서조차도 식량을 구할 수 없었다. 국민당 지폐 1억 달러를 주어야 수수 500그램을 겨우 살 수 있었다. 여유가 있는 집들이 대개 그랬듯이 외할머니는 약간의 수수와 콩을 저장해두었다. 외할머니의 여동생 남편인 "충신" 페이어우가 그의 연줄을 이용해서 약간의 식량을 더 구해왔다. 포위 공격이 계속되는 동안 집에서 기르던 당나귀가 파편에 맞아 죽자 그들은 그 고기를 먹었다.

10월 8일 공산군은 근 25만 명에 달하는 병력을 공격 지점으로 이동시켰다. 포격은 더욱 격렬해졌고 매우 정확해졌다. 국민당군의 최고사령관 판한제 장군은 자기가 어디를 가든 포탄이 자기를 따라다니는 것 같다고 말했다. 많은 포대들이 파괴되었다. 도로와 철도 거점들을 비롯해서 미완성 방어체제의 요새들도 심한 포격을 받았다. 전화선과 전신선이 절단되었고, 전기 공급도 중단되었다.

10월 13일 외곽 방어선이 무너졌다. 10만 명 이상의 국민당군이 도시 중심부로 황급히 퇴각했다. 그날 밤 남루한 차림의 병사 10여 명이 샤 선생의 집으로 난입해서 먹을 것을 달라고 요구했다. 그들은 이틀 동안 아무것도 먹지 못했다고 했다. 샤 선생이 그들을 정중하게 맞아들였고, 위린의 아내가 즉시 커다란 냄비에다 수수 국수를 끓이기 시작했다. 국수 요리가 다 되었으므로 그녀는 국수를 식탁 위에 올려놓고 병사들에게 와서 먹으라고 말하려고 옆방으로 들어갔다. 그녀가 막 돌아섰을 때 포탄 한 발이 냄비에 떨어져 폭발하는 바람에 국수가 주방 이곳저곳으로 흩어졌다. 그녀는 캉 앞에 있는 작은 테이블 밑으로 몸을 던졌다. 한 병사가 자기보다 먼저 테이블 밑으로 들어가자 그녀는 그의 한쪽 다리를 잡고 그를 끌어냈다. 외할머니는 겁에 질렸다. "그 군인이 돌아서서 방아쇠를 당겼으면 어쩔 뻔했어?" 그 병사가 그들이 하는 말을 알아들을 수 없을 만큼 멀어졌을 때 외할머니가 위린의 아내를 나무랐다.

포위 공격이 최종 단계에 다다를 때까지 포격은 놀랄 만큼 정확했다. 일반 민가는 거의 포탄에 맞지 않았다. 그러나 사람들은 포탄이 터지면서 일어난 끔찍한 화재 때문에 고통을 받았다. 불길을 잡을 물이 없었다. 하늘이 검은 연기로 완전히 덮여 있기 때문에 대낮에도 몇 미터 앞을 볼 수가 없었다. 대포 소리로 귀가 멍멍했다. 어머니는 사람들이 울부짖는 소리를 들을 수 있었지만, 그들이 어디에 있는지 또 무슨 일이 일어나고 있는지는 알 수 없었다.

10월 14일 막판 공세가 시작되었다. 900문의 대포가 쉬지 않고 도시에 포탄을 퍼부었다. 대부분의 가족들은 그들이 전에 파놓은 임시 대피소에 숨었지만, 샤 선생은 집을 떠나기를 거부했다. 그는 자기 방 한쪽 구석 창가의 캉에 조용히 앉아서 속으로 부처님께 기도했다. 그가 기도를 올리고 있을 때, 새끼 고양이 14마리가 방 안으로 뛰어들어왔다. 그는 고양이들을 보고 기뻐했다. "고양이가 숨으려고 하는 장소는 운이 좋은 곳이지." 그는 이렇게 말했다. 그의 방으로는 단 한 발의 탄환도 들어오지 않았고, 새끼 고양이들은 모두 살아남았다. 대피소로 내려가기를 거부한 또 한 사람은 나의 외증조할머니였다. 외증조할머니는 그분의 방 캉 옆에 놓인 참나무 테이블 밑에 웅크리고 있었다. 전투가 끝났을 때, 테이블을 덮고 있던 두꺼운 누비이불과 담요는 체처럼 많은 구멍이 뚫려 있었다.

포격이 한창일 때, 대피소에 내려가 있던 위린의 어린 아들이 쉬를 하고 싶어 했다. 그 애의 엄마가 그 애를 데리고 밖으로 나갔다. 몇 초 후, 그녀가 앉아 있던 대피소의 귀퉁이가 주저앉았다. 어머니와 외할머니도 대피소에서 나와 집 안 다른 곳으로 대피해야 했다. 어머니는 주방 캉 바로 옆에 웅크리고 앉았다. 그러나 곧 벽돌로 된 캉의 측면을 파편이 때리기 시작했고, 집이 흔들렸다. 어머니는 뒷

정원으로 달려나갔다. 하늘은 시꺼먼 연기로 덮여 있었다. 탄환이 핑핑 날아가고 있었고, 이곳저곳을 탄환이 스치고 지나갔으며, 후두둑하며 벽에 탄환이 부딪치는 소리도 들렸다. 마치 굵은 빗방울이 쏟아지는 것 같은 그 소리가 비명 소리, 고함 소리와 뒤섞였다.

이튿날 이른 새벽에 일단의 국민당군 병사들이 겁에 질린 20명가량의 민간인들을 끌고 집 안으로 들이닥쳤다. 민간인들은 이웃한 세 집에 사는 주민들이었다. 군인들은 제정신이 아니었다. 그들은 길 건너에 있는 절에 자리잡고 있던 포대에서 온 군인들이었다. 그들의 포대가 방금 아주 정확한 포격에 의해서 파괴되었다. 그들은 민간인들 가운데 한 사람이 그들의 위치를 알려준 게 틀림없다고 고함을 질렀다. 그들은 누가 신호를 보냈는지 알아야겠다고 계속 소리를 질러댔다. 아무도 말하지 않자, 그들은 어머니를 휘어잡고 벽으로 밀어붙이며 네가 위치를 알려주지 않았느냐고 족쳤다. 외할머니는 겁에 질렸다. 외할머니는 서둘러 몇 개의 작은 금붙이들을 꺼내다가 병사들의 손에 쥐어주었다. 그런 다음 외할머니와 샤 선생이 무릎을 꿇고 병사들에게 어머니를 놓아달라고 애원했다. 위린의 아내는 샤 선생이 정말로 겁에 질린 것을 본 것은 그때 단 한 번뿐이었다고 뒤에 말했다. 그는 군인들에게 이렇게 간청했다. "그 앤 제 딸입니다. 제발 제 말을 믿어주십시오. 그 애는 아무 일도 하지 않았습니다……."

군인들은 금을 받고 어머니를 놓아주었다. 하지만 그들은 총검으로 위협해서 모든 주민들을 두 방으로 밀어넣고, 그 안에 그들을 가두었다. 그래야 또 신호를 보내지 못하기 때문이라는 것이었다. 방 안은 칠흑같이 어두웠으므로 아주 무서웠다. 그러나 어머니는 곧 포격이 뜸해지는 것을 알아챘다. 밖에서 들려오는 소음도 바뀌었다. 핑 하고 날아가는 탄환 소리에 수류탄이 터지는 소리, 총검이 부딪치는 소리가 뒤섞였다. 이렇게 외치는 소리가 들렸다. "가진 무기를 내려놓아라. 그러면 목숨만은 살려주겠다!" 소름끼치는 고함, 분노와 고통의 비명 소리도 들렸다. 잠시 후 총성과 고함 소리가 점점 더 가까워졌다. 어머니는 돌이 박힌 도로에 울리는 구둣발 소리를 들었다. 국민당 병사들이 거리를 달려 도망치는 소리였다.

얼마 후 소동이 약간 잦아들었고 샤 선생 가족들은 누군가 그 집의 옆문을 두드리는 소리를 들을 수 있었다. 샤 선생이 조심스럽게 방문께로 가서 살짝 문을 열었다. 국민당 병사들은 보이지 않았다. 다음에 그는 옆문으로 가서 누구냐고 물었다. 한 목소리가 대답했다. "우리는 인민의 군대입니다. 우리는 여러분들을 해방시키러 왔습니다." 샤 선생이 문을 열자 헐렁한 제복을 입은 몇 사람이 재빨리 안으로 들어왔다. 어둠 속에서 어머니는 그들이 하얀 타월을 마치 완장처럼 왼쪽 소매에 두르고, 총검을 꽂은 총을 언제든지 발사할 수 있는 자세로 들고 있는 것을 보았다. "두려워하지 마십시오." 그들이 말했다. "우리는 여러분들을 해치지 않습니다. 우리는 여러분들의 군대, 인민의 군대입니다." 그들은 국민당 군인들이 있는지 집 안을 둘러보고 싶다고 말했다. 말씨는 정중했지만, 그것은 부탁이 아니었다. 병사들은 집 안을 뒤죽박죽으로 만들지 않았고, 먹을 것을 달라고 하지도 않았으며, 물건을 훔치지도 않았다. 집 안을 수색한 후에 그들은 정중하게 인사를 하고 집에서 나갔다.

그 군인들이 집에 들어오고 나서야 사람들은 공산군이 정말로 도시를 점령했다는 것을 확신할 수 있었다. 어머니는 너무나 기뻤다. 이번에 어머니는 공산군 병사들의 먼지투성이에다가 찢어진 제복을 보고도 기가 죽지 않았다.

샤 선생의 집에서 피신하고 있던 사람들은 모두 어서 자기네 집으로 가서 집이 부서지거나 약탈되지 않았는지 보고 싶어 했다. 한 채의 집은 정말로 완전히 부서져 있었다. 그 안에 남아 있던 임신부는 목숨을 잃었다.

이웃 사람들이 떠난 후에, 누군가 또 옆문을 두드렸다. 어머니가 그 문을 열었다. 6명의 겁에 질린 국민당 군인들이 서 있었다. 그들은 가련한 몰골이었고, 그들의 눈에는 두려움이 서려 있었다. 그들은 샤 선생과 외할머니에게 머리를 조아리며 민간인 옷을 달라고 간청했다. 샤 선생 가족들은 그들이 불쌍해서 헌 옷가지를 내주었다. 그들은 부랴부랴 그 헌 옷을 군복 위에 껴입고 어디론가 사라졌다.

먼동이 트자 위린의 아내가 앞문을 열었다. 몇 구의 시체들이 밖에 널브러져 있었다. 그녀는 겁에 질려 비명을 지르면서 안으로 뛰어들어왔다. 어머니가 그녀의 비명 소리를 듣고 무슨 일인가 보려고 밖으로 나갔다. 시체들이 거리 이곳저곳에 널브러져 있었다. 시체들 가운데는 머리나 사지가 떨어져나간 것도 많았고, 창자가 비어져나온 시체들도 있었다. 어떤 시체는 피범벅이 되어 사람의 시체인지 짐승의 시체인지 알아보기 어려울 정도였다. 살 조각과 팔, 다리들이 전봇대에 걸려 있었다. 개천은 피가 섞인 물, 인간의 살, 쓰레기로 뒤범벅이 되어 있었다.

진저우 공방전은 치열한 전투였다. 최종 공격은 31시간 동안 계속되었는데, 여러 가지 점에서 그것은 중국 내전의 전환점이 되었다. 2만 명의 국민당 장병들이 죽었고, 8만 명 이상이 포로가 되었다. 18명의 장성이 포로가 되었는데, 그중에는 민간인으로 변장하고 도망치려다가 붙잡힌 진저우 지구 국민당군 최고사령관 판한제 장군도 끼어 있었다. 포로들이 거리를 메우며 임시 수용소를 향해 행진해가고 있을 때, 어머니는 친구가 국민당군 장교 남편과 함께 포로들 가운데 끼어 있는 것을 보았다. 두 사람은 아침의 한기를 막기 위해서 담요로 몸을 감싸고 있었다.

무기를 내려놓고 항복한 사람은 누구나 처형하지 않고 모든 포로들에게 좋은 대우를 해주는 것이 공산당의 방침이었다. 이런 방침이 대개 가난한 농부 출신의 일반 병사들의 인심을 얻는 데 도움이 되었다. 공산군은 포로수용소를 운영하지 않았다. 그들은 중간 및 고급 장교들만을 가두고 나머지 장병들은 금방 놓아주었다. 공산군은 포로로 잡힌 병사들이 "고충을 털어놓는" 모임을 개최하곤 했다. 그 모임에서 병사들은 토지 없는 농부로서 그들이 해온 어려운 생활에 대해서 이야기하라는 권유를 받았다. 혁명은 그들에게 토지를 주는 데 주목적이 있다고 공산당원들은 말했다. 병사들에게 선택권이 주어졌다. 즉 집으로 돌아갈 수도 있고(이 경우 여비가 지급되었다), 아니면 공산군에 남아 국민당을 쓸어버리는 일을 도울 수도 있었다. 국민당을 쓸어버려야 아무도 다시는 그들의 토지를 빼앗아가지 않을 거라는 이야기였다. 대다수는 기꺼이 그곳에 남아 공산군에 합류했다. 물론 그중에는 전쟁이 계속되고 있는 한 고향으로 돌아가는 것이 현실적으로 불가능한 사람들도 있었다. 마오쩌둥은 옛 중국의 전사(戰史)를 보고 사람들을 정복하는 가장 효과적인 방법은 사람들의 가슴과 마음을 정복하는 것임을 배웠던 것이다. 포로들을 대하는 이 방침은 엄청난 효과를 내는 것으로 판명되었다. 특히 진저우 전투 이후로 점점 더 많은 국민당군 병사들이 자진해서 공산군의 포로가 되었다. 내전이 진행되는 동안, 175만 명 이상의 국민당군 장병들이 공산군으로 투항했다. 내전 마지막 해에 전투 중 사상자는 국민당군이 잃은 총병력의 20퍼센트도 되지 않았다.

포로가 된 최고위 사령관 하나는 그의 딸과 함께 붙잡혔다. 그 딸은 만삭의 몸이었다. 포로가 된 국민당군사령관은 공산군 지휘관에게 자기도 딸과 함께 진저우에 머물 수 없겠느냐고 물었다. 공산군 지휘관은 아버지가 딸의 해산을 돕기는 불편할 테니 자기가 "여성 동지" 한 명을 보내주겠다고 말했다. 그는 공산군 지휘관이 자기를 다른 곳으로 이송시키려고 그런 말을 한다고 생각했다. 뒤에 그는 자기 딸이 매우 좋은 대우를 받았을 뿐 아니라, 보내주겠다던 그 "여성 동지"가 그 공산군 장교의 아내라는 것도 알게 되었다. 포로들에 대한 이 같은 정책은 정치적 계산과 인류애적 배려가 미묘하게 합성된 것으로 공산군의 승리를 가져온 중요한 요인 가운데 하나가 되었다. 그들의 목표는 적군을 공격해서 괴멸시키는 것이 아니라, 가능하면 적군이 와해되도록 하는 것이었다. 국민당은 화력에 의해서라기보다는 스스로 사기가 저하됨으로써 패배했다.

전투가 끝난 후 가장 먼저 해야 할 일은 거리 청소였다. 그 일의 대부분을 공산군 장병들이 해냈다. 주민들도 도우려고 나섰다. 집 주변에 널려 있는 시체와 잡동사니들을 하루빨리 치우고 싶었기 때문이다. 며칠 동안 시체를 실은 마차와 바구니를 어깨에 얹은 사람들의 행렬이 도시 밖으로 나가는 것을 볼 수 있었다. 이렇게 해서 다시 거리를 돌아다닐 수 있게 되었다. 어머니는 당신이 알고 지내던 많은 사람들이 죽었다는 것을 알게 되었다. 총탄에 직접 맞은 사람들도 있었지만, 무너진 집 더미에 깔려 죽은 사람들도 많았다.

포위 공격이 끝난 날 아침, 공산당원들은 시민들에게 가능한 한 빨리 정상적인 생활을 시작해달라고 부탁하는 공고문을 내다붙였다. 샤 선생은 의원이 문을 열었다는 것을 알리기 위해서 화려하게 장식된 간판을 내걸었다. 뒤에 그는 공산당 행정 당국으로부터 그가 진저우에서 맨 먼저 병원 문을 연 의사라는 말을 들었다. 10월 20일, 대부분의 상점들이 다시 문을 열었다. 그러나 거리의 시체들이 완전히 치워진 것은 아니었다. 이틀 후 학교가 개학했고, 여러 사무실들도 정상적으로 업무를 보기 시작했다.

가장 절박한 문제는 식량이었다. 새 정부는 농민들이 도시로 와서 곡물을 팔도록 권장했다. 그들은 곡물 가격을 농민들이 시골에서 받는 가격의 두 배로 책정함으로써 농민들이 도시로 와서 곡물을 팔도록 부추겼다. 수수 값이 급속하게 떨어졌다. 500그램에 1억 국민당 달러 하던 것이 2,200달러로 떨어진 것이었다. 보통 노동자가 하루에 번 돈으로 2킬로그램의 수수를 살 수 있었다. 굶어죽을지도 모른다는 두려움은 줄어들었다. 공산당은 가난한 사람들에게 구호용 곡물과 소금, 석탄을 배급해주었다. 국민당은 이런 일을 한 적이 없었으므로 사람들은 무척 고마워했다.

주민들의 인심을 얻은 또다른 요인은 공산군 장병들의 엄격한 군기였다. 약탈이나 강간이 없었을 뿐만 아니라, 많은 장병들이 모범적인 처신을 하기 위해서 수고를 아끼지 않았다. 이것은 국민당 군대와 좋은 대조를 이루었다.

그러나 진저우는 아직 비상경계 태세하에 있었다. 미국 항공기들이 위협적으로 상공을 비행했다. 10월 23일에는 꽤 많은 국민당 병력이 진저우를 되찾으려고 후루다오와 북서부에서 협공을 해왔지만 성공하지 못했다. 진저우가 함락되면서 펑톈과 창춘 부근에 있던 많은 부대들이 빠른 속도로 붕괴되거나 항복했고, 그 결과 11월 2일쯤에는 만주 전체가 공산당의 수중에 들어갔다.

공산주의자들은 자기네들이 질서를 회복하고 경제를 다시 돌아가게 하는 데 굉장히 효율적임을 입증했다. 진저우의 은행들이 12월 3일 다시 문을 열었고, 그다음 날 전기 공급도 재개되었다. 12월 29일, 옛날의 마을위원회를 주민위원회로 대치하는 새로운 하부 행정 체제를 발족시킨다는 공고문이 발표되었다. 이 주민위원회가 뒤에 주민들을 통제하는 중요한 행정체제가 되었다. 이튿날 수돗물이 나오기 시작했고, 31일에는 철도 교통이 재개되었다.

공산당은 인플레를 잡는 데도 성공했다. 그들은 주민들에게 유리한 환율로 휴지쪽 같은 국민당 지폐를 공산당의 "만리장성" 지폐로 교환해주었다.

공산군이 진주하는 순간부터 어머니는 혁명을 위해서 몸을 내던지려고 별러왔다. 어머니는 자신이 공산당 대의의 중요한 일부라고 느꼈다. 며칠 동안 조바심을 하며 기다린 후, 어머니는 한 당의 대의원에게 접근했고, 그는 어머니에게 진저우의 청소년 업무를 담당한 책임자인 왕위 동지를 만나보도록 주선해주었다.

6. "담연애"

혁명적인 결혼생활
(1948-1949)

어머니는 어느 온화한 가을날 아침에 왕위 동지를 만나려고 집을 나섰다. 그 무렵이 진저우에서는 1년 중 가장 좋은 때였다. 여름의 더위가 물러갔고 공기는 점점 서늘해졌지만, 아직 여름옷을 입어도 괜찮을 만큼 따뜻했다. 연중 대부분 시민들을 괴롭히는 바람과 먼지도 이때만은 별로 없었다.

어머니는 연푸른색 두루마기를 입고 역시 연푸른색 실크 스카프를 매고 있었다. 새로 유행하는 혁명 헤어스타일에 맞추어 머리는 짧게 잘려 있었다. 어머니는 새로 구성된 지방정부 청사의 뜰로 걸어들어가면서 한 남자가 나무 밑에 서 있는 것을 보았다. 그는 어머니에게 등을 돌린 채 화단가에서 칫솔질을 하고 있었다. 어머니는 그가 칫솔질을 마칠 때까지 기다렸다. 머리를 들 때 보니 그는 20대 후반의 청년이었다. 얼굴이 매우 검었고, 생각에 잠긴 듯한 큰 눈을 가지고 있었다. 헐렁한 제복을 입고 있었지만 어머니는 그의 몸이 홀쭉하다는 것을 알 수 있었다. 어머니는 그 남자가 당신보다 키가 약간 더 작다고 생각했다. 그에게는 어딘지 몽상적인 데가 있었다. 어머니는 그가 시인처럼 보인다고 생각했다. "왕 동지, 저는 학생연합의 샤더훙입니다." 어머니가 말했다. "우리 일에 대해서 보고하러 왔습니다."

왕위는 장차 내 아버지가 된 분의 가명이었다. 그는 공산군 부대와 함께 며칠 전에 진저우로 들어왔다. 1945년 후반부터 그는 이 지역의 게릴라 지휘관이었다. 그는 이제 서기국장 겸 진저우를 다스리는 공산당위원회의 위원이었으며, 곧 진저우 공산당 지부의 공무부장으로 임명될 예정이었다. 공무부는 교육, 문맹퇴치 운동, 건강, 언론, 오락, 스포츠, 청소년, 그리고 여론을 담당하는 부서였으므로 공무부장은 매우 중요한 자리였다.

그는 1921년 진저우에서 약 1,900킬로미터 떨어진 중국 남서부 쓰촨 성에 있는 이빈에서 태어났다. 이빈은 민장 강이 진사 강과 합류해서 중국에서 가장 긴 강인 양쯔 강을 이루는 지점에 자리잡고 있는데, 당시 인구가 3만 명쯤 되었다. 이빈 부근 지역은 쓰촨 성에서 가장 땅이 비옥한 지역으로 "하늘의 곡창"으로 알려져 있다. 안개가 많이 끼고 온화한 이빈의 기후는 차를 경작하기에 이상적이다. 오늘날 영국에서 마시는 검은 홍차의 대부분은 이곳에서 나온다.

아버지는 9남매 가운데 일곱째였다. 할아버지는 열두 살 때부터 직물공장의 도제로 일했다. 어른이 되자 그와 같은 공장에서 일해온 그의 동생이 힘을 합쳐 자기네들의 사업을 시작하기로 했다. 몇 년 안 되어 그들의 사업은 번창했고, 그들은 큰 집을 살 수 있었다.

하지만 전에 일하던 공장의 사장이 그들의 성공을 시샘해서 그들이 자기의 돈을 훔쳐서 사업을 시작했다며 소송을 제기했다. 재판은 7년 동안 계속되었고, 형제는 억울한 누명을 벗기 위해서 그들이 가진 자산을 모두 써야 했다. 재판소와 관련 있는 모든 사람들이 그들에게 돈을 우려냈고, 관리들의 탐욕은 채워질 줄을 몰랐다. 할아버지는 결국 감옥에 갇혔다. 작은할아버지가 할아버지를 감옥에서 빼내는 유일한 길은 전 사장으로 하여금 소송을 취하하도록 하는 길뿐이었다. 소송을 취하시키기 위해서 그는 은전 1,000냥을 마련해야 했다. 이로 말미암아 두 형제는 파산하고 말았다. 작은할아버지는 그 직후에 걱정과 과로로 서른네 살의 젊은 나이에 세상을 떠났다.

할아버지는 딸린 식구가 15명이나 되는 두 가족을 보살펴야 했다. 할아버지는 다시 사업을 시작했다. 사업은 1920년대 후반에 접어들면서 본 궤도에 올랐다. 하지만 그때는 전국 각지에서 군벌들 간의 전투가 벌어지던 시절이었다. 군벌들은 모두 무거운 세금을 부과했다. 과중한 세금에 대공황의 여파까지 겹쳐 직물공장을 운영하기가 매우 어려워졌다. 1933년 할아버지는 과로와 긴장으로 마흔다섯 살에 돌아가셨다. 빚을 갚기 위해서 사업체를 팔았고, 가족들은 뿔뿔이 흩어졌다. 몇몇은 군인이 되었다. 당시는 모두들 군인이 되기를 몹시 꺼리던 시절이었다. 전투가 도처에서 계속되었으므로 군인들은 언제 죽을지 모르는 판이었다. 다른 형제들과 사촌들은 하찮은 각종 일자리를 잡았고, 여자들은 가능한 최선의 혼처를 찾아 결혼했다. 아버지가 몹시 따르던 사촌누나는 당시 열다섯 살이었는데, 자기보다 몇십 년 연상인 아편중독자와 결혼해야 했다. 가마가 그 누나를 데리러 오자 아버지는 막 뛰어서 누나를 뒤쫓아갔다. 아버지는 언제 누나를 다시 만나게 될지 알 수 없었다.

아버지는 책을 좋아했고, 세 살 때부터 중국 고전을 읽는 법을 배웠다. 이것은 매우 예외적인 일이었다. 할아버지가 돌아가시고 그다음 해에 아버지는 학교를 중퇴해야 했다. 당시 열세 살이었던 아버지는 공부를 포기하는 것이 싫었지만 일자리를 찾아야 했다. 그래서 이듬해인 1935년 아버지는 이빈을 떠나서 양쯔 강을 타고 내려가 더 큰 도시인 충칭으로 갔다. 아버지는 식품가게의 점원으로 취직해서 하루 12시간씩 일했다. 아버지가 하는 일 가운데 하나는 사장이 두 남자가 어깨에 메고 운반하는 대나무 의자에 기대앉은 채 도시 이곳저곳을 돌아다닐 때, 그의 거대한 물담뱃대를 운반하는 것이었다. 아버지로 하여금 물담뱃대를 운반토록 하는 목적은 단 하나, 자기가 물담뱃대를 운반하는 하인을 부릴 수 있다는 사실을 자랑하기 위해서였다. 사실 그 담뱃대를 자기가 타고 있는 의자에 놓아도 상관없었기 때문이다. 아버지는 봉급도 받지 못했다. 잠자리와 하루 두 차례의 보잘것없는 식사가 아버지가 받는 보수의 전부였다. 아버지는 저녁을 먹지 못했다. 아버지는 매일 밤 주린 배를 움켜쥔 채 잠자리에 들었다. 아버지는 배고픔만 면할 수 있다면 무슨 짓이라도 할 수 있을 것 같았다.

큰고모 역시 충청에 살고 있었다. 그녀는 교사와 결혼했고, 할아버지가 돌아가신 뒤 할머니가 이 집에 와서 딸 내외와 함께 살고 있었다. 어느 날 아버지는 너무 배가 고파서 누나의 집 주방에 들어가 날고구마 한 개를 먹었다. 고모가 그 사실을 알고는 아버지에게 이렇게 소리쳤다. "난 어머니 한 분을 부양하기도 벅차다. 동생까지 먹일 여유는 없다." 그 말을 듣고 너무 깊은 상처를 받은 아버지는 고모 집에서 나와 다시는 돌아가지 않았다.

아버지는 사장에게 저녁을 달라고 요구했다. 사장은 아버지의 요구를 들어주지 않았을 뿐만 아니라 아버지를 학대하기 시작했다. 화가 난 아버지는 그 가게를 나와서 이빈으로 돌아간 다음, 이 가게 저 가게의 점원 노릇을 하면서 살았다. 아버지도 고통스런 생활을 했지만, 아버지가 주위에서 매일 접하는 사람들의 삶 또한 비참했다. 아버지는 매일 직장으로 갈 때, 롤빵을 구워 파는 노인 옆을 지나갔다. 그 노인은 몸이 겹쳐지다시피 허리가 굽었고, 발을 끌며 가까스로 걸었으며, 게다가 장님이었다. 노인은 지나가는 사람의 주의를 끌기 위해서 애간장을 녹이는 노래를 불렀다. 아버지는 그 노래를 들을 때마다 사회가 변해야 한다고 생각했다.

아버지는 돌파구를 찾기 시작했다. 아버지는 당신이 "공산주의"라는 말을 처음 들은 때를 결코 잊지 못했다. 그것은 1928년, 아버지가 일곱 살 때였다. 집 근처에서 놀고 있던 아버지는 가까운 네거리에 많은 사람들이 모여 있는 것을 보았다. 아버지는 사람들 틈을 헤치고 앞으로 나가보았다. 땅바닥에 책상다리를 하고 앉아 있는 한 청년이 눈에 들어왔다. 그의 두 손은 등 뒤로 묶여 있었다. 옆에 엄청나게 크고 날이 넓은 칼을 든 뚱뚱한 남자가 서 있었다. 이상하게도 젊은이가 한동안 자기의 이상과 공산주의라고 불리는 것에 대해서 이야기하는 것이 허락되었다. 그런 다음 사형집행인은 그 칼로 젊은이의 목 뒤를 내리쳤다. 아버지는 비명을 지르며 두 눈을 가렸다. 아버지는 온몸이 후들후들 떨렸다. 하지만 아버지는 그 청년의 용기와, 죽음을 앞두고도 침착했던 그의 태도에 깊은 인상을 받았다.

1930년대 후반에 접어들면서, 이빈 같은 궁벽한 시골에서도 공산주의자들이 꽤 규모가 큰 지하조직을 만들기 시작했다. 대일 항전이 그들이 가장 먼저 내세운 강령이었다. 만주를 차지한 일본이 중국 본토까지 점점 잠식해가는데도 장제스는 일본에 저항하지 않는다는 정책을 채택했다. 그는 오직 공산주의자들을 말살하는 데 온 힘을 경주하고 있었다. 공산당은 "중국인이 중국인과 싸워서는 안 된다"는 슬로건을 내걸고 일본과 싸우는 데 초점을 맞추도록 장제스에게 압력을 가했다. 1936년 12월, 장제스는 자기 휘하의 두 장군에게 납치되었는데, 그를 납치한 장군 가운데 한 사람은 만주에서 쫓겨온 소원수 장쉐량이었다. 장제스의 목숨을 구하는 데 공산주의자들도 한몫을 했다. 장제스가 대일 통일전선을 결성하는 데 동의하는 조건으로 공산주의자들이 그의 석방을 도왔던 것이다. 장제스는 별로 마음이 내키지 않았지만 통일전선 형성에 동의할 수밖에 없었다. 그가 대일 통일전선 형성을 달가워하지 않은 것은, 그렇게 되면 공산당이 살아남아서 세력을 키우게 되리라는 것을 알고 있었기 때문이었다. 그는 이렇게 말하곤 했었다. "일본은 피부병이지만, 공산당은 심장병이다." 공산당과 국민당은 연합하기로 했지만, 공산주의자들은 대부분의 지역에서 여전히 지하에서 활동해야 했다.

1937년 7월, 일본이 중국 본토에 대한 본격적인 침공을 시작했다. 아버지는 다른 많은 사람들이 그랬듯이, 자신의 조국에서 일어나는 일에 대해서 두렵고 절망적인 느낌이 들었다. 이 무렵 아버지는 좌경 출판물을 파는 서점에서 일했다. 아버지는 밤이면 그 서점의 경비원 비슷한 역할을 하면서 거기 있는 책들을 게걸스럽게 읽었다.

아버지는 서점에서 버는 돈 외에, 저녁에 영화관에서 "변사" 노릇을 하여 가외의 수입을 올렸다. 영화관에서 상영되는 영화 중 다수가 미국 무성영화였다. 아버지가 하는 일은 스크린 옆에 서서 영화의 장면을 설명하는 것이었다. 중국어로 된 대사도 없었고 자막도 없었기 때문이다. 아버지는 또 반일 극단에도 참여했다. 곱상한 얼굴에 몸매가 호리호리했던 아버지는 주로 여자 역을 맡았다.

아버지는 그 극단을 아주 좋아했으며, 극단에서 사귄 친구를 통해서 공산당 지하조직과 처음으로 접했다. 일본과 싸우고 또 정의로운 사회를 건설하자는 공산당의 입장이 아버지의 상상력에 불을 붙였다. 아버지는 열일곱 살 때인 1938년에 공산당에 입당했다. 당시는 쓰촨 성에서 공산당 활동에 대한 국민당의 경계가 아주 삼엄하던 시절이었다. 1937년 12월, 당시 중국의 수도였던 난징이 일본군에 함락되었고, 장제스 정부는 충칭으로 옮겨갔다. 이로 인해서 쓰촨 성에서의 경찰 활동이 더욱 활발해졌고, 이 무렵 아버지가 속했던 극단도 강제로 해산되었다. 아버지 친구 몇 사람이 체포되었다. 다른 사람들은 도망쳐야 했다. 아버지는 자신이 조국을 위해서 아무 일도 할 수 없다는 좌절감을 느꼈다.

몇 년 전, 공산군이 중국 북서부의 소도시 옌안으로 향하는 1만 킬로미터의 대장정 길에 쓰촨 성의 궁벽한 지방을 통과한 적이 있었다. 아버지가 속했던 극단의 단원들은 옌안에 대해서 많은 이야기를 나누었다. 그곳은 부패가 없고 모든 일이 효율적으로 수행되는 동지애의 고장이라고 했다. 그런 곳에 가보는 것이 아버지의 꿈이었다. 1940년 초 아버지는 옌안으로 가는 자신의 대장정에 나섰다. 아버지는 먼저 충칭으로 갔다. 충칭에서 장제스 군대의 장교로 있는 아버지의 매형 가운데 한 사람이 편지 한 장을 써주었다. 아버지가 국민당이 점령한 지역을 지나서 장제스가 옌안 주위에 구축해놓은 봉쇄망을 통과하자면 이 편지가 도움이 될 것이었다. 아버지가 옌안까지 가는 데는 근 4개월이 걸렸다. 아버지가 옌안에 도착한 것은 1940년 4월이었다.

옌안은 궁벽하고 황량한 중국 북서부 지방의 황투 고원에 자리잡고 있었다. 중앙에 9층 탑이 우뚝 서 있는 이 도시의 대부분은 황토 절벽에 줄줄이 판 동굴로 이루어졌다. 아버지는 5년 이상 이 동굴에서 살아야 했다. 마오쩌둥과 얼마 남지 않은 그의 군대는 1935년에서 1936년에 걸쳐 서로 다른 날짜에 대장정을 끝내고 이곳에 도착해서 이 도시를 그들의 공화국 수도로 삼았다. 옌안은 장제스가 지배하는 지역으로 둘러싸여 있었다. 옌안의 주된 이점은 이 도시가 궁벽한 곳에 자리잡고 있어 적군이 공격하기 어렵다는 점이었다.

당의 학교에서 단기간 교육을 받은 후에 아버지는 당의 가장 중요한 기관 가운데 하나인 마르크스–레닌주의 연구 아카데미에 들어가겠다고 신청했다. 입소 시험은 매우 어려웠지만, 아버지는 이빈에서 서점 경비원 노릇을 하면서 밤늦도록 책을 읽은 덕분에 1등으로 합격했다. 함께 응시했던 후보자들은 놀라움을 금치 못했다. 그들 대다수는 상하이 같은 대도시 출신이었고, 아버지를 촌뜨기라고 얕보았기 때문이다. 아버지는 아카데미의 가장 젊은 연구원이 되었다.

아버지는 옌안이 좋았다. 아버지는 그곳 사람들이 열정과 낙관주의, 그리고 목적의식으로 가득 차 있음을 알게 되었다. 당 지도자들도 다른 사람들과 똑같이 검소한 생활을 했다. 이것은 국민당 관리들과 좋은 대조를 이루었다. 옌안은 민주주의는 아니었지만, 아버지가 전에 살던 곳과 비교할 때 공평함의 천국처럼 보였다.

1942년 마오쩌둥은 "정풍운동(整風運動)"을 시작했다. 그는 옌안에서 일이 처리되는 방식에 대한 비판을 환영한다고 말했다. 왕스웨이를 우두머리로 한, 아버지 등 아카데미의 젊은 연구원들이 그들의 지도자들을 비판하고 개인의 표현의 자유를 더욱 신장해줄 것을 요구하는 대자보를 내붙였다. 그들의 행동이 폭풍을 불러일으켰다. 마오쩌둥 자신도 그 대자보를 읽게 되었다.

마오쩌둥은 그 대자보의 내용이 마음에 들지 않았다. 그는 정풍운동을 마녀사냥으로 바꿔버렸다. 왕스웨이는 트로츠키주의자요 스파이라고 고발되었다. 중국 내 마르크스주의의 최고 권위자요 아카데미의 지도자 가운데 한 사람이었던 아이쓰치는 아카데미의 가장 젊은 연구원인 아버지가 "매우 순진한 실수를 저질렀다"고 말했다. 그전에 아이쓰치는 "명석하고 날카로운 지능을 가졌다"고 아버지를 자주 칭찬했었다. 아버지와 친구들은 가차없는 비난을 받았고, 그 후 몇 달 동안 회의에 나가 강도 높은 자아비판을 해야 했다. 그들이 옌안에 혼란을 일으켰고, 당의 단결과 기강을 약화시켰다고 했다. 당의 단결과 기강이 약화되면 일본의 침공과 가난과 불의로부터 조국을 구한다는 대의에 해를 끼칠 수도 있다는 것이었다. 몇 번이고 반복해서 당 지도자들은 대의의 완수를 위해서 당에 무조건 복종해야 하는 절대적 필요성을 그들에게 주입시켰다.

　　아카데미는 폐쇄되었고, 아버지는 중앙당학교에 파견되어 글자도 잘 모르는 농민 출신의 관리들에게 중국 고대사를 가르치게 되었다. 그러나 아버지는 이 시련을 통해서 완전한 공산주의자로 다시 태어났다. 많은 다른 젊은이들과 마찬가지로 아버지는 당신의 삶과 믿음을 옌안에 투자했다. 따라서 쉽사리 옌안에 실망할 수 없는 처지였다. 아버지는 당신에 대한 거친 대우가 정당할 뿐 아니라 당신에게 좋은 경험이 된다고까지 생각했다. 중국을 구하라는 사명에 전념하기 위해서 영혼을 정화하는 기회가 되었다고 여겼다. 아버지는 중국을 구하기 위해서는 기강이 엄한, 너무 지나치다고까지 할 수 있는 조치를 취하는 수밖에 없다고 생각했다. 따라서 자신을 당에 완전히 종속시키는 엄청난 개인적 희생이 불가피하다고 믿었다.

　　좀더 수월한 활동도 있었다. 아버지는 인근 지역을 순회하며 민요를 수집했다. 서양식 무도장에서 우아하고 멋있게 춤을 추는 법도 배웠다. 당시 옌안에서는 서양 춤이 대유행이었다. 미래의 총리 저우언라이 등 많은 공산당 지도자들이 이 서양 춤을 즐겼다. 먼지가 많은 건조한 언덕 밑에는 황토가 많이 녹아 있는 황갈색의 옌허 강이 꾸불 꾸불 흐르고 있었다. 옌허 강은 거대한 황허 강의 수많은 지류 가운데 하나였다. 아버지는 옌허 강에서 자주 수영을 했다. 아버지는 배영을 하며 소박하고 튼튼한 모양의 탑을 올려다보기를 좋아했다.

옌안에서의 생활은 고되면서도 다른 한편으로는 신이 났다. 1942년 장제스가 봉쇄를 한층 더 강화했다. 식량과 의류, 그리고 기타 생필품의 공급이 더욱 부족하게 되었다. 마오쩌둥은 모두 괭이를 들고 땅을 파고, 물레질로 실을 뽑아 기본적 물품을 직접 생산하라고 촉구했다. 아버지는 실잣기의 명수가 되었다.

아버지는 전쟁이 계속되는 동안 줄곧 옌안에 머물렀다. 장제스의 봉쇄에도 불구하고 공산당은 일본군 후방의 넓은 지역, 특히 중국 북부지방에 대한 지배력을 강화해나갔다. 마오쩌둥의 계산은 들어맞았다. 공산당은 숨쉴 공간을 확보한 것이다. 전쟁이 끝날 무렵, 공산군은 18개 "근거지"에 사는 9,500만 명에 대한 지배권을 행사했다. 이것은 중국 인구의 약 20퍼센트에 해당하는 숫자였다. 그에 못지않게 중요한 것은 공산당이 어려운 상황에서 정부와 경제를 운영하는 경험을 쌓았다는 것이었다. 이것이 공산당에게 큰 도움이 되었다. 공산당의 조직능력과 지배체제는 늘 괄목할 만한 성과를 거두었다.

1945년 8월 9일, 소련군이 중국 북동부로 밀고 들어왔다. 이틀 후 중국 공산당은 소련군에게 그들과 군사적으로 협력해서 일본군에 대항하겠다고 제의했지만, 소련군은 이를 거부했다. 스탈린은 장제스를 지지했던 것이다. 같은 날 공산당은 그 군부대와 정치고문들에게 만주로 이동하라는 지시를 내렸다. 그 무렵 만주의 전략적 중요성이 높아지리라는 것은 누구나 예상하고 있었다.

일본이 항복하고 한 달 후, 아버지는 옌안을 떠나 만주 남서부에 있는 차오양으로 가라는 명령을 받았다. 차오양은 옌안에서 동쪽으로 약 1,100킬로미터 떨어진 곳으로 내몽골과의 경계 부근이었다.

아버지와 몇 명의 동행자들은 2개월 동안 걸은 끝에 11월 차오양에 도착했다. 차오양은 대부분의 땅이 황량한 언덕과 산으로 이루어진 곳으로 옌안 못지않게 가난한 고장이었다. 그곳은 불과 3개월 전까지도 만주국의 일부였다. 일본 치하에서 소수의 그 지역 출신 공산당원들이 그들의 "정부"를 선포해놓았다. 국민당 지하조직도 역시 그들의 "정부"를 선포해놓았다. 약 80킬로미터 떨어진 진저우에서 빠른 속도로 진주해온 공산군은 국민당이 임명한 현장(縣長)을 체포해서 "공산정부를 전복하려고 음모를 꾸민" 죄로 처형했다.

아버지 일행이 옌안의 권위를 내세워 정부를 인수했고, 그로부터 한 달 이내에 인구가 약 10만 명인 차오양 전역에서 제대로 된 행정이 시행되기 시작했다. 아버지는 차오양의 부현장이 되었다. 새 정부가 맨 먼저 한 일 가운데 하나는 모든 수감자들을 석방하고, 모든 전당포를 폐쇄한다는 등의 정책을 알리는 포스터를 붙이는 일이었다. 전당포에 잡혔던 물건들은 빌려간 돈을 받지 않고 되돌려주기로 했고, 사창가도 폐쇄하기로 했다. 창녀들에게는 포주들이 6개월간의 생활수당을 지급하도록 했다. 모든 곡물 창고의 문을 열고 거기에 저장된 곡물은 그것을 가장 필요로 하는 사람들에게 나누어주기로 했다. 일본인들과 일본 부역자들의 재산은 몰수하고, 중국인 소유의 산업체와 가게들은 보호하기로 했다.

이런 정책은 매우 인기가 높았다. 인구의 대다수를 점하는 가난한 사람들에게 혜택이 돌아갔기 때문이었다. 차오양 사람들은 그런대로 괜찮은 정부조차 가져본 경험이 없었다. 군벌 시대에는 서로 다른 여러 군부대에 의해서 분탕질을 당했고, 그 후에는 일본에 점령당해 10년 넘게 착취를 당해온 고장이 바로 차오양이었다.

아버지가 새 정부의 일을 시작하고 몇 주일이 지났을 때, 마오쩌둥은 공산군에게 취약한 모든 도시와 주요 병참로를 버리고 농촌으로 철수하라는 명령을 내렸다. "간선도로를 버리고 그 양편의 땅을 점령하고" "농촌으로부터 도시를 포위한다"는 전략이었다. 아버지 일행은 차오양에서 철수해서 산속으로 들어갔다. 야생 풀과 간간이 보이는 개암나무와 야생 과일 외에 식생이라곤 찾아볼 수 없는 황량한 지역이었다. 밤이 되면 살을 에는 강풍이 휘몰아쳐 온도가 영하 34도까지 내려갔다. 밤에 제대로 된 덮개 없이 밖에 나갔다가는 얼어죽기 십상이었다. 식량은 거의 없었다. 일본이 패망하고 그들의 지배지역이 단숨에 북동부의 넓은 땅으로 확대되자 기쁨에 들떴던 공산당원들은 눈앞에 다가온 것 같았던 승리가 몇 주일 만에 흔적도 없이 사라지자 깊이 상심했다. 동굴 속, 또는 가난한 농민의 오두막 안에 웅크리고 있던 아버지와 동료들은 울적한 기분에 빠져 있었다.

공산당과 국민당은 전면적인 내전을 준비하면서 서로 유리한 위치를 차지하려고 안간힘을 썼다. 수도를 다시 난징으로 옮긴 장제스는 미국의 도움을 받아 다수의 병력을 북중국으로 이동시킨 다음, 그 부대들에 가능한 한 신속하게 모든 전략 거점들을 점령하라는 비밀 명령을 하달했다. 미국은 조지 마셜 장군을 대통령 특사로 중국에 파견해서 공산당을 소수 제휴 세력으로 하는 연립정부를 구성하라고 장제스를 설득하려고 했다. 1946년 1월 10일 휴전이 조인되었다. 휴전은 1월 13일부터 발효될 예정이었다. 14일 국민당은 차오양으로 들어와서 즉시 대규모 무장경찰을 편성하고 정보망을 형성했으며, 현지 지주들을 무장시키기 시작했다. 그 지역의 공산당원들을 말살하기 위해서 그들은 통틀어 4,000명이 넘는 병력을 그러모았다. 2월에 아버지와 그 일행은 쫓기고 있었다. 그들은 더욱 사람이 살기 어려운 지역으로 점점 더 깊이 들어갔다. 대부분의 시간을 그들은 가장 가난한 농부들의 집에 숨어 있어야 했다. 4월쯤에는 더 도망칠 곳이 없었다. 그들은 더욱 작은 소부대로 나눌 수밖에 없었다. 게릴라전만이 살아남을 수 있는 길이었다. 마침내 아버지는 루자춘이라는 곳에 기지를 마련했다. 루자춘은 샤오링허가 발원하는 산지에 자리잡고 있었는데, 그곳은 진저우에서 서쪽으로 약 100킬로미터 떨어진 곳이었다.

게릴라들은 무기가 별로 없었다. 그들은 총을 지역 경찰로부터 얻거나 무장 지주들로부터 "빌려서" 써야 했다. 무기를 구할 수 있는 또다른 중요한 출처는 전에 만주국의 군대나 경찰에 속했던 사람들이었다. 공산 게릴라들은 이들 만주국의 군인이나 경찰을 특히 높이 평가했는데, 그 이유는 그들이 무기를 가지고 있을 뿐만 아니라 전투 경험까지 있기 때문이었다. 아버지가 있던 지역에서 공산당이 특히 중점을 두었던 정책은 농민들이 지주들에게 바쳐야 하는 지대와 이자를 낮추는 것이었다. 공산 게릴라들은 지주들로부터 곡물과 옷가지를 빼앗아서 가난한 농민들에게 나누어주었다.

처음에는 게릴라들의 활동이 지지부진했다. 그러나 수수가 완전히 자라 수확을 기다리고, 또 높이 자란 수숫대가 게릴라들을 숨겨주는 7월이 되자 서로 다른 게릴라 부대들이 루자춘에 모여 회합을 가질 수 있게 되었다. 그들은 마을의 사당 옆에 있는 커다란 나무 밑에서 회의를 열었다. 아버지는 중국판 로빈 후드 이야기인 『수호지』에 나오는 말을 인용함으로써 개회사를 대신했다. "이곳이 우리의 '취의당(聚義堂)'입니다. 우리는 어떻게 하면 '인민을 악에서 구하고 하늘을 대신해서 정의를 구현할 수 있을까' 토론하기 위해서 여기 모인 것입니다."

그 무렵 아버지가 거느린 게릴라들은 주로 서쪽 방향으로 전투지역을 넓혀가고 있었다. 그들이 점령한 지역에는 몽골 인들이 사는 마을도 많았다. 1946년 11월 겨울이 다가올 무렵, 국민당이 공세를 강화했다. 어느 날 아버지는 매복에 걸려 하마터면 붙잡힐 뻔했다. 아버지는 치열한 총격전 끝에 겨우 빠져나올 수 있었다. 옷은 갈기갈기 찢겨졌고, 생식기가 바지 밖으로 나와 있었다. 그 모습을 보고 동지들은 웃음을 참을 수 없었다.

그들은 이틀 밤을 한 장소에서 자는 경우가 드물었고, 하룻밤 사이에도 몇 차례나 이동해야 하는 경우도 많았다. 그들은 하룻밤도 옷을 벗고 잘 수 없었고, 하루하루가 매복과 포위, 그리고 포위망 돌파가 끊임없이 이어지는 아슬아슬한 삶의 연속이었다. 게릴라 부대에는 다수의 여자들이 있었다. 아버지는 여자들과 부상자, 그리고 전투에 적합하지 않은 그 밖의 사람들을 보다 안전한 남쪽, 즉 만리장성 근처로 이동시키기로 결정했다. 그곳까지 가려면 먼 길을 가야 하는데다가 국민당이 지배하는 지역을 통과해야 했으므로 위험하기도 했다. 소리를 내면 목숨을 잃을 수도 있었으므로, 아버지는 아기들을 모두 그 지역의 농민들에게 맡겨놓고 가라고 지시했다. 한 여인이 차마 아기를 남겨두고 갈 수 없다고 떼를 썼다. 아버지는 그 여자에게 아기를 남겨두고 가든지, 아니면 군법회의 재판을 받든지 둘 중 하나를 택하라고 했다. 결국 그 여자는 아기를 맡기고 길을 떠났다.

다음 몇 달 동안 아버지의 부대는 동쪽 진저우 쪽으로 이동했다. 그곳은 만주와 중국 본토를 이어주는 간선철도가 있는 곳이었다. 그들은 정규 공산군이 도착하기 전에 진저우 서쪽의 산지에서 싸웠다. 국민당은 아버지의 부대를 상대로 여러 차례 "섬멸 작전"을 벌였지만 성공하지 못했다. 아버지가 지휘하는 부대의 활동이 효과를 발휘하기 시작했다. 당시 스물다섯 살이었던 아버지는 너무나 잘 알려져 있었기 때문에 아버지의 머리에 현상금이 붙었고, 수배 전단지가 진저우 전역에 나붙었다. 어머니도 그 광고를 보았고, 또 국민당 정보원인 친척들로부터 아버지와 아버지가 거느린 게릴라들에 대해서 많은 이야기를 들었다.

아버지의 부대가 힘에 밀려 철수하면, 국민당군이 돌아와서 공산 게릴라들이 지주들로부터 몰수해서 나누어주었던 식량과 옷가지를 농민들로부터 빼앗았다. 농민들은 흔히 고문을 당했고 살해당하기도 했다. 특히 게릴라들이 나누어준 식량을 먹었기 때문에 되돌려줄 수 없는 사람들이 살해당하는 경우가 많았다. 농민들은 굶어죽어가는 판이었으므로 흔히 게릴라들이 나누어준 식량을 먹었다.

루자춘에서 가장 많은 토지를 가진 사람은 진팅취안이었는데, 그는 또한 이 지역의 경찰서장이었고, 많은 현지 여인들을 난폭하게 강간한 장본인이기도 했다. 그는 국민당과 함께 달아났다. 아버지는 그의 집과 곡간을 여는 모임을 주재했다. 진팅취안이 국민당과 함께 되돌아오자 농민들은 그 앞에 엎드려야 했고, 또 공산 게릴라들이 그들에게 준 물품을 모두 반환해야 했다. 식량을 먹은 사람들은 고문을 당했고, 그들의 집은 박살이 났다. 그 앞에 엎드리지도 않고 식량도 반납하지 않은 한 사람은 천천히 태워 죽였다.

1947년 봄 전세가 바뀌기 시작했다. 3월에 아버지가 지휘하는 부대는 차오양 시를 되찾을 수 있었다. 곧 인근 지역 전체가 그들의 차지가 되었다. 승리를 축하하는 축제가 벌어졌고, 뒤이어 오락회도 개최되었다. 아버지는 사람들의 이름으로 재미있는 수수께끼를 만드는 데 능해 동지들 사이에서 인기가 높았다.

공산당은 그때까지 소수의 지주들이 소유하고 있던 토지를 몰수해서 농민들에게 똑같이 재분배하는 토지개혁을 실시했다. 루자춘의 농민들은 처음에는 그가 이미 체포되었는데도 진팅취안의 토지를 받으려고 하지 않았다. 그가 갇혀 있는데도 그들은 그에게 절을 했고, 그 앞에서 쩔쩔맸다. 아버지는 여러 농가를 방문했고, 비로소 진팅취안에 관한 끔찍한 진실을 알게 되었다. 차오양 정부는 진팅취안에게 총살형을 선고했지만, 태워 죽임을 당한 사람의 가족과 다른 희생자들의 가족들이 그를 똑같은 방식으로 죽이겠다고 고집했다. 불길이 그의 몸 주위로 타오를 때 진팅취안은 이를 악물었고, 불길이 그의 심장을 감싸는 순간까지 한번도 신음 소리를 내지 않았다. 그의 처형을 집행하기 위해서 파견된 공산당 관리들은 마을 주민들이 그를 불에 태워 죽이는 것을 막지 않았다. 공산주의자들은 이론과 원칙상으로는 고문에 반대했지만, 관리들은 농민들이 격렬한 복수극으로 그들의 분노를 발산하고 싶어 할 경우 간섭하지 말라는 지시를 받았다.

진팅취안 같은 사람들은 부유한 지주였을 뿐 아니라, 절대적 권력을 멋대로 휘두르며 지역 주민들의 삶을 좌지우지했던 악질이었다.

그들은 이른바 악패(惡覇, 흉악한 군주)였다.

어떤 지역에서는 일반 지주들까지 살해되는 사태가 벌어졌다. 일반 지주들은 "돌"이라고 불렀는데, 그것은 혁명의 장애물이라는 뜻이었다. "돌"에 대한 공산당의 방침은 "의심이 가면 죽이라"는 것이었다. 아버지는 이 방침이 잘못되었다고 생각했으므로, 자신의 하급자들이나 공개 모임에 참석한 사람들에게 자기 손에 피를 묻힌 것이 분명한 사람들에게만 사형선고를 내려야 한다고 말했다. 상부에 보내는 보고서에서 아버지는 당이 인간의 생명에 신중해야 한다는 것, 지나친 처형이 혁명을 해칠 수도 있다는 것을 거듭 역설했다. 1948년 2월에 공산당 지도부가 폭력적 보복행위를 중지하라는 긴급 지시를 하달한 것은 부분적으로 아버지 같은 사람들이 그런 폭력의 폐해를 많이 지적했기 때문이었다.

그러는 동안 공산군 주력부대가 점점 다가오고 있었다. 1948년 초 아버지가 지휘하는 게릴라 부대가 정규군과 합류했다. 아버지는 진저우–후루다오 지역을 담당하는 정보수집 시스템의 책임자가 되었다. 아버지가 하는 일은 국민당군의 배치 상태를 염탐하고, 그들의 식량 사정을 알아내는 것이었다. 아버지가 입수하는 정보의 대부분은 위우 등 국민당 내부에 잠복해 있는 요원들이 보내주는 것이었다. 이 정보원들이 보내온 보고서를 통해서 아버지는 처음으로 어머니에 대해서 듣게 되었다.

그 10월의 어느 날 아침, 어머니가 뜰에서 본 이를 닦고 있는 몽상가처럼 보이는 호리호리한 몸매의 그 남자는 동료 게릴라들 사이에 성미가 까다로운 사람으로 알려져 있었다. 그는 매일 이를 닦았는데, 이것이 다른 게릴라들과 그의 전투 장소였던 농촌 마을의 농민들에게는 이상하게 보였다. 마음 내키는 대로 땅에다 코를 풀어버리는 다른 사람들과 달리 그는 손수건을 사용했고, 또 시간이 있을 때면 언제나 그 손수건을 빨았다. 그는 다른 병사들처럼 얼굴을 닦는 수건을 공동으로 사용하는 세면대에 절대로 담그지 않았다. 눈병이 만연하고 있었기 때문이었다. 그는 또 학구열이 강하고 책을 좋아하는 사람으로 알려져 있었고, 심지어 전투에 참가할 때도 언제나 고전 시집 몇 권을 몸에 지니고 다녔다.

"수배" 전단을 처음 보고 또 친척들로부터 이 위험한 "비적"에 대한 이야기를 처음 들었을 때, 어머니는 사람들이 그를 두려워하면서도 한편으로는 찬양하고 있다는 느낌을 받았다. 이제 어머니는 그 전설적인 게릴라가 전혀 전사(戰士)같이 보이지 않는다는 사실에 조금도 실망하지 않았다.

아버지도 어머니의 용감성을 익히 들어 알고 있었다. 무엇보다도 특이한 것은 열일곱 살 소녀인 그녀가 남자들에게 지시를 내린다는 점이었다. 아버지는 어머니를 해방된 대단한 여자라고 생각했었다. 한편으로는 어머니를 사나운 괴물로 상상하기도 했다. 아버지는 어머니가 예쁘고 여성적이며, 심지어 애교까지 있다는 것을 발견하고 기뻐했다. 어머니는 말씨가 부드럽고 설득력이 있었으며, 또 정확하기까지 했다. 이것은 중국에서는 찾아보기 힘든 특징이었다. 아버지는 정확성을 매우 중요하게 생각했다. 아버지는 겉만 번드르르하고 무책임하며 모호한 중국의 전통적인 화법을 싫어했다.

어머니는 아버지가 잘 웃는다는 것을 알아차렸다. 또 대개 누렇거나 썩은 대다수의 다른 게릴라들과는 달리 아버지는 반짝이는 하얀 치아를 가지고 있었다. 어머니는 그의 화법에도 이끌렸다. 아버지는 어머니에게 박식하고 아는 게 많다는 인상을 주었다. 플로베르를 모파상과 혼동하는 남자와는 질적으로 다른 사람이라는 생각이 들었다.

어머니가 자신이 이끄는 학생연합의 업무를 보고하러 왔다고 하자, 아버지는 어머니에게 학생들이 무슨 책을 읽고 있느냐고 물었다. 어머니는 아버지에게 책의 목록을 넘겨주면서 아버지가 학생들에게 와서 마르크스 철학과 역사에 대한 강의를 해줄 수 없겠느냐고 물었다. 아버지는 찬성했고 어머니 학교의 학생수가 몇 명이나 되느냐고 물었다. 어머니는 즉시 정확한 숫자를 알려주었다. 그러자 아버지는 공산당을 지지하는 학생의 비율이 어느 정도냐고 물었다. 어머니는 이번에도 즉시 자신이 짐작하고 있던 비율을 알려주었다.

며칠 후 아버지가 그의 첫 강의를 하기 위해서 학교에 나타났다. 아버지는 마오쩌둥의 저서도 소개하고 마오쩌둥의 기본적 이론 몇 가지도 설명했다. 아버지는 탁월한 연사였다. 어머니를 비롯한 여학생들은 그의 말솜씨에 홀딱 반했다.

어느 날 아버지는 학생들에게 당이 북만주에 있는 공산정부의 임시 수도 하얼빈으로의 여행을 조직하고 있다고 말했다. 하얼빈은 대체로 러시아 인들이 건설한 도시로 넓은 거리와 지나치게 장식적인 건물, 깨끗한 상점, 유럽 양식의 카페들 때문에 "동양의 파리"로 알려져 있었다. 이 여행은 관광여행으로 알려졌지만, 당이 이 여행을 주선한 진짜 이유는 국민당이 진저우를 되찾으려고 시도할지 모른다는 당의 우려에 있었다. 당은 도시가 국민당군에 재점령당할 때를 대비해서 친공 성향의 교사와 학생, 그리고 의사 같은 전문 인력을 미리 빼돌리려고 했다. 하지만 그들은 공공연히 그런 말을 함으로써 시민들에게 공포감을 주고 싶지는 않았던 것이다. 어머니와 어머니의 친구 몇 명이 하얼빈에 가도록 선택된 170명 가운데 끼었다.

11월 하순, 어머니는 매우 흥분한 상태로 북행 열차를 타고 출발했다. 부모님이 사랑에 빠진 것은 낭만적인 낡은 건물들에, 생각에 잠긴 듯한 러시아의 시적 분위기가 감도는 눈 덮인 하얼빈에서였다. 아버지는 거기서 어머니를 위해서 몇 편의 아름다운 시를 썼다. 그 시들은 완성도가 꽤 높은 매우 우아한 고전 양식의 시였다. 어머니는 아버지가 서예에도 능하다는 것을 알게 되었다. 그래서 아버지에 대한 어머니의 존경심은 한층 더 높아졌다.

섣달그믐 날 아버지는 어머니와 어머니의 친구 하나를 그의 숙소로 초대했다. 아버지는 러시아풍의 오래된 호텔에서 묵고 있었다. 밝은 색깔의 지붕과 화려하게 장식된 박공이 있고, 창문 주위와 베란다에 석회를 발라 예쁘게 꾸민 그 호텔은 동화에 나오는 집 같았다. 어머니가 들어가보니 화려하게 장식된 테이블 위에 병이 하나 놓여 있었다. 병에는 외국 글씨가 인쇄된 딱지가 붙어 있었다. 샴페인이었다. 아버지는 그때까지 샴페인을 마셔본 적이 없었다. 외국 책에서 샴페인에 대해서 읽어본 적이 있을 뿐이었다.

이때쯤에는 두 사람이 사랑에 빠졌다는 사실이 어머니의 동급생들 사이에 잘 알려져 있었다. 학생 지도자인 어머니가 자주 긴 보고서를 가지고 아버지에게 가서 자정이 넘도록 돌아오지 않는 경우가 종종 있다는 것을 학생들이 알아차렸기 때문이다. 아버지에게는 그날 밤 어머니와 함께 호텔에 간 그 친구 등 따르는 여자들이 몇 명 더 있었다. 하지만 그 친구는 아버지가 어머니를 보는 눈길, 놀리는 듯한 그의 말투, 그리고 기회만 되면 서로 가까이 있으려고 하는 것을 보고 두 사람이 서로 사랑하고 있음을 알아차릴 수 있었다. 그 친구는 자정쯤 호텔을 떠나면서 어머니가 그대로 호텔에 남아 있으리라는 것을 알았다. 아버지가 빈 샴페인 병 밑에서 쪽지를 발견했다. "아하! 저는 앞으로 샴페인을 마실 이유가 더 이상 없겠군요! 샴페인 병이 두 분을 위해서 항상 넘치기를 바랍니다!"

그날 밤 아버지는 어머니에게 장래를 약속한 다른 사람이 있느냐고 물었다. 어머니는 아버지에게 자신이 전에 사귀었던 남자들에 대해서 말해주었다. 어머니는 자신이 진정으로 사랑했던 사람은 후 청년뿐이었는데, 그는 국민당에 의해서 처형되었다고 말했다. 그러자 과거의 인습을 깨고 남녀평등을 규정한 공산당의 새로운 윤리강령에 따라 아버지가 어머니에게 전에 사귀었던 여자들에 대해서 이야기했다. 아버지는 당신이 이빈에서 한 여인을 사랑했었다고 말했다. 그러나 두 사람의 관계는 아버지가 옌안을 향해 떠나면서 끝났다고 했다. 아버지는 옌안에 있을 때, 그리고 게릴라 시절에도 여자 친구들이 몇 명 있었지만, 전쟁 때문에 결혼 생각 같은 것은 할 겨를이 없었다고 했다. 아버지의 여자 친구 가운데 한 사람은 옌안의 마르크스—레닌주의 아카데미의 아버지가 속했던 부서의 책임자인 천보다와 결혼했는데, 천보다는 뒤에 마오쩌둥의 비서라는 요직에 오른 사람이다.

서로 상대방의 과거에 대해서 솔직한 이야기를 들은 후, 아버지는 진저우 시 당위원회에 결혼을 염두에 둔 어머니와의 "담연애(談戀愛, 사랑에 대해서 이야기하는 것)"를 허락해달라고 요청했다. 이것은 의무적인 과정이었다. 어머니는 그것이 가장에게 결혼 허락을 받는 것과 비슷하다고 생각했고 사실이 그랬다. 공산당은 새로 등장한 족장이었다. 그날 밤 이야기를 끝낸 후, 어머니는 아버지로부터 첫 선물을 받았다. 『오직 사랑뿐』이라는 러시아의 낭만적인 소설이었다.

이튿날 어머니는 아주 좋아하는 남자를 만났다는 내용의 편지를 집으로 보냈다. 외할머니와 샤 선생의 즉각적인 반응은 환영이 아니라 걱정이었다. 아버지가 관리였기 때문이었다. 관리들은 언제나 보통 중국 사람들 사이에 평판이 좋지 않았다. 다른 비행은 제쳐놓더라도, 마음대로 권력을 휘두르는 데 익숙해진 그들이 여자를 잘 대해줄 것으로 생각되지 않았기 때문이다. 외할머니에게 퍼뜩 떠오른 생각은 아버지가 이미 결혼한 몸으로 어머니를 첩으로 얻으려고 한다는 것이었다. 그도 그럴 것이 아버지는 만주 남자들의 기준으로 보면 결혼 적령기가 훨씬 지난 나이였다.

한 달쯤 후에 하얼빈으로 떠났던 사람들이 진저우로 돌아와도 안전하다는 판정이 내려졌다. 당은 아버지에게 어머니와의 "담연애"를 허락한다고 통보했다. 다른 두 남자 역시 어머니와의 "담연애"를 신청했지만, 그들은 한 발 늦었다. 그중 한 사람은 어머니를 담당했던 당 책임자 량이었는데, 그는 실망한 나머지 진저우가 아닌 다른 곳으로의 전근을 요청했다. 량이나 또다른 남자는 전에 어머니에게 그들이 그런 생각을 가지고 있다는 말은 단 한마디도 한 적이 없었다.

진저우로 돌아온 아버지는 진저우 공무부 책임자로 임명되었다.

며칠 후 어머니가 아버지를 집으로 데려와서 가족들에게 소개시켰다. 아버지가 문으로 들어오는 순간, 외할머니는 등을 돌렸고, 아버지가 인사를 하려고 해도 받으려고 하지 않았다. 아버지는 피부가 검었고 아주 호리호리했다. 게릴라 시절에 심하게 고생을 했기 때문이었다. 아버지의 용모를 보고 외할머니는 아버지가 마흔이 넘었다고 확신했고, 따라서 그 나이까지 결혼하지 않았을 리가 없다고 생각했다. 샤 선생은 비록 겉으로나마 아버지를 정중하게 대했다.

아버지는 오래 머물지 않았다. 아버지가 떠날 때, 외할머니는 눈물을 펑펑 쏟았다. 그러나 샤 선생은 아버지와의 대면과 어머니의 설명을 통해서 공산당이 당원들을 철저히 통제하기 때문에 아버지 같은 관리가 여자를 속이고 결혼할 수는 없으리라는 것을 깨달았다. 샤 선생이 그렇게 말해도 외할머니는 아직도 긴가민가했다. "하지만 그 사람은 쓰촨 성 출신이잖아요? 공산당이 그렇게 먼 곳에서 온 그의 내력을 어떻게 알겠어요?"

외할머니는 의심과 비판을 계속해서 늘어놓았지만, 다른 가족들은 모두 아버지 편이었다. 샤 선생은 아버지와 사이가 좋았고, 그래서 두 사람은 몇 시간 동안 함께 이야기를 나누곤 했다. 위린과 그의 아내도 아버지를 매우 좋아했다. 위린의 아내는 매우 가난한 집 출신이었다. 그녀의 어머니는 그녀의 외할아버지가 딸을 노름판에서 판돈으로 걸었다가 잃는 바람에 불행한 결혼을 했다. 그녀의 오빠는 일본군에 붙잡혀서 3년간 강제노동을 했고, 결국 몸을 망치고 말았다.

위린과 결혼한 날부터 그녀는 매일 아침 3시에 일어나서 만주족의 복잡한 전통이 요구하는 서로 다른 식사를 준비해야 했다. 외할머니가 집안 살림을 맡고 있었다. 그녀와 외할머니는 이론상으로는 같은 항렬이었지만, 위린의 아내는 자기가 외할머니보다 신분이 낮다고 느꼈다. 그녀와 그녀의 남편이 샤 선생 부부에게 얹혀살고 있었기 때문이다. 아버지는 맨 처음 그녀를 동등한 지위를 가진 사람으로 대우해주었는데, 중국에서 그것은 과거와의 상당한 단절을 뜻했다. 아버지는 또 위린 부부에게 영화관 입장권을 몇 차례 주었는데, 그것은 그들에게 대단한 횡재였다. 아버지는 그들이 만난 관리 가운데 거드름을 피우지 않은 첫 번째 관리였다. 위린의 아내는 공산당은 참 좋은 거구나 하고 생각했다.

하얼빈에서 돌아온 후 두 달이 채 못 되어 어머니와 아버지는 결혼 신청서를 제출했다. 전통적으로 결혼은 가족 간의 계약으로 원래 관청에 등록하거나 결혼 허가서를 받는 일 따위는 필요 없었다. 그러나 이제 "혁명에 가담한" 사람들에 대해서는 당이 가장 노릇을 했다. 당의 기준은 "28-7-연대-1"이었다. 남자는 최소한 나이가 스물여덟은 되어야 하고, 당원 경력이 최소한 7년은 되어야 하며, 연대장과 맞먹는 직위를 가져야 한다는 것이었다. "1"은 여자가 갖춰야 할 단 한 가지 조건을 나타내는 것으로 최소한 1년 이상 당을 위해서 일한 경력이 있어야 한다는 것이었다. 아버지는 중국식 나이 계산법(태어나면 한 살이 된다)으로는 스물여덟 살이었고 당원 경력이 10년이 넘었으며, 부사단장에 해당하는 직위를 가지고 있었다. 어머니는 당원은 아니었지만, 지하조직을 위해서 일한 경력이 "1"의 기준에 부합되는 것으로 인정되었다. 하얼빈에서 돌아온 후 어머니는 여자에 관련된 업무를 취급하는 여성연맹이라는 기관을 위해서 풀타임으로 일해오고 있었다. 여성연맹은 첩들의 해방, 매음굴의 폐쇄 등을 감독했고, 또 여자들을 동원해서 군인들이 신을 구두를 만드는 일을 하도록 했으며, 여자들의 교육과 고용을 촉진하고, 여자들에게 그들의 권리를 알려주는 일과, 또 여자들이 그들의 뜻에 반해 결혼하는 일이 없도록 막는 일 등을 하고 있었다.

여성연맹은 어머니가 속한 "단위(單位)"였다. 단위는 전적으로 당의 통제를 받는 기관으로 도시 지역에 사는 사람은 누구나 어느 한 단위에 속해야 했다. 단위는 군부대가 그 부대원들의 생활을 통제하듯이 거기 속한 사람들의 생활을 일일이 감독하고 통제했다. 어머니는 연맹의 건물에서 기거해야 했고, 연맹의 결혼 허락도 받아야 했다. 여성연맹은 어머니의 결혼 허락을 아버지가 속한 단위로 넘겼다. 아버지가 더 직위가 높은 관리였기 때문이다. 진저우 시 당위원회는 신속하게 서면 허가를 내주었다. 그러나 아버지의 직위가 높았기 때문에 서(西)랴오닝 성 당위원회의 추인이 있어야 했다. 별문제가 없을 것으로 생각한 부모는 결혼 날짜를 어머니의 18번째 생일인 5월 4일로 잡았다.

그날 어머니는 당신의 이불과 옷가지를 싸는 등 아버지의 숙소로 이사갈 준비를 했다. 어머니는 당신이 가장 좋아하는 연푸른색 두루마기를 입고 연푸른색 실크 스카프를 맸다. 외할머니는 깜짝 놀랐다. 신부가 걸어서 신랑 집으로 간다는 이야기는 살아생전에 들어본 적이 없었기 때문이다. 외할머니는 당연히 신랑이 신부를 태우고 갈 가마를 준비해야 한다고 생각했다. 여자가 걸어간다는 것은 그녀가 하찮은 여자이며, 남자가 진정으로 그녀를 원치 않는다는 징표였다. "요즘 누가 그런 걸 따져요?" 어머니가 침구를 싸면서 말했다. 하지만 외할머니는 당신의 딸이 성대한 전통 결혼식을 올리려고 하지 않는다는 말을 듣고 더욱 놀랐다. 중국에서는 딸이 태어나는 순간부터 어머니는 딸의 혼수를 준비하기 시작한다. 관습에 따라 어머니의 혼수에는 공단으로 겉을 싼 12채의 누비이불과 원앙새를 수놓은 베개, 그리고 침대 사방을 가리는 장식된 커튼 등이 들어 있었다. 하지만 어머니는 전통 의식을 번잡하고 시대에 뒤진 허례허식이라고 생각했다. 어머니와 아버지는 두 분 다 그런 전통 의식을 생략하고 싶어했다. 그런 의식이 당신들의 감정과는 맞지 않는다고 생각했던 것이다. 이들 두 혁명가들에게 문제가 되는 것은 오직 사랑뿐이었다.

어머니는 당신의 이불 보따리를 들고 걸어서 아버지의 숙소로 갔다. 다른 관리들과 마찬가지로 아버지도 당신이 일하는 건물, 즉 시 당위원회 건물에서 살고 있었다. 직원들은 커다란 뜰 주위에 줄지어 늘어서 있는 방갈로들에 살고 있었다. 방갈로에 달려 있는 미닫이문으로 드나들었다. 밤이 되어 두 사람이 막 잠자리에 들려고 할 때였다. 어머니가 무릎을 꿇고 앉아서 아버지의 슬리퍼를 벗기려고 하는 순간, 누군가가 문을 두드렸다. 문 밖에 한 남자가 서 있었다. 그가 아버지에게 성(省) 당위원회의 전갈을 건네주었다. 그들은 아직 결혼할 수 없다는 내용이었다. 굳게 다문 어머니의 입술만이 어머니가 얼마나 섭섭해하는가를 나타냈다. 어머니는 머리를 숙인 채 조용히 이부자리를 주섬주섬 모은 후, "다음에 만나요" 하는 한마디를 남기고는 그곳을 떠났다. 눈물도 흘리지 않았고, 소동도 벌이지 않았으며, 화난 표정조차 짓지 않았다. 그 순간이 아버지의 머릿속에 또렷하게 각인되었다. 내가 어렸을 적에 아버지는 이렇게 말하곤 했다. "네 어머니는 정말 얌전했단다." 그리고는 농담조로 이렇게 말을 이었다. "세월이 많이 변했지! 넌 어머니와 달라! 넌 무릎을 꿇고 남자의 구두를 벗겨주려고 하지 않을걸!"

결혼이 지연된 것은 성 당위원회가 어머니의 가정 배경 때문에 어머니를 의심했기 때문이었다. 그들은 어머니의 가족이 어떻게 해서 국민당 정보요원과 연줄을 맺게 되었는지에 대해서 어머니를 세밀하게 심문했다. 그들은 어머니에게 조금도 감추는 것이 있어서는 안 된다고 말했다. 마치 법정에서 증언을 하는 것 같았다.

어머니는 또 국민당 장교들이 어머니에게 청혼했던 경위, 그리고 어머니가 왜 그렇게 많은 국민당청년연맹 회원들과 친분을 맺었는지도 설명해야 했다. 어머니는 자신의 친구들은 가장 반일적이고 가장 사회의식이 강한 사람들이었으며, 국민당이 1945년 진저우에 왔을 때 국민당 정부를 중국 정부로 생각했었다고 말했다. 어머니 자신도 국민당에 입당했을 텐데 나이가 열네 살밖에 되지 않았기 때문에 입당이 허락되지 않았다고도 설명했다. 사실 어머니의 친구들은 그 후 얼마 안 되어 대개 공산당으로 넘어갔다.

당의 의견은 두 갈래로 갈렸다. 시위원회는 어머니의 친구들이 애국적인 동기에서 행동했다는 견해를 취했다. 그러나 성(省)의 지도자들 가운데는 그들에 대한 의심을 완전히 떨쳐버리지 못하는 사람들이 더러 있었다. 어머니는 당신과 당신의 친구들 사이에 "선을 그으라"는 요청을 받았다. "선 긋기"는 공산당이 "안"에 있는 사람들과 "밖"에 있는 사람들 사이의 간극을 넓히기 위해서 도입한 주요 메커니즘이었다. 어느 것, 심지어 개인적 관계까지도 우연에 맡기거나 유동적으로 놓아두는 것이 허용되지 않았다. 어머니가 결혼을 원한다면, 친구들을 만나지 않아야 했다.

그러나 어머니에게 가장 고통스러운 일은 젊은 국민당군 대령 후이거에게 일어나는 일이었다. 포위 공격이 끝나고 공산군이 이겼다는 기쁨을 만끽한 후에 어머니가 느꼈던 가장 강한 충동은 후이거 대령이 잘 있나 알아보아야겠다는 것이었다. 어머니는 여기저기 피가 고여 있는 거리를 달려 지씨의 저택으로 갔다. 그러나 거기에는 아무것도 없었다. 거리도, 집들도 흔적 없이 사라지고, 다만 거대한 쓰레기 더미만이 있을 뿐이었다. 후이거 대령의 모습도 보이지 않았다.

봄이 되어 결혼 준비를 하고 있을 때, 어머니는 그가 살아 있고 진저우에 죄수로 갇혀 있다는 것을 알았다. 포위 공격이 진행될 때, 그는 남쪽으로 탈출해서 톈진까지 갔다. 그러나 1949년 1월 공산군이 톈진을 점령할 때, 그는 붙잡혀서 진저우로 끌려온 것이었다.

후이거 대령은 보통 포로들과는 달리 취급되었다. 그의 가문이 진저우에서 워낙 이름난 명문가였으므로 그는 "깊은 굴속의 뱀"으로 분류되었다. "깊은 굴속의 뱀"이란 영향력과 권력이 강했던 지방 유지들을 가리키는 말이었다. 그들은 공산당에게는 특별히 위험한 존재였으며, 현지 주민들의 신망이 두터웠기 때문에 그들의 반공성향이 새 정권에 위협이 되었다.

어머니는 그가 한 일이 알려지면 후이거 대령은 공정한 대우를 받을 거라고 확신했다. 그래서 어머니는 곧 그에 대한 선처를 호소하기 시작했다. 절차에 따라 어머니는 자신이 속한 단위, 즉 여성연맹의 직속 상관에게 먼저 이야기했고, 그러면 그가 그 호소를 상부에 전하도록 되어 있었다. 어머니는 누가 마지막 결정권을 가지고 있는

지 몰랐다. 어머니는 어머니와 후이거 대령의 관계를 알고 있는 위우를 찾아갔다. 위우는 사실 어머니에게 후이거 대령과 접촉해보라고 지시했던 사람이었다. 어머니는 그에게 후이거 대령의 신원을 보증해달라고 요구했다. 위우는 후이거 대령이 한 일을 서술하는 보고서를 썼다. 그러나 그는 후이거 대령이 어머니에 대한 사랑 때문에 그런 행동을 했을지도 모른다고 덧붙였다. 그는 후이거 대령이 사랑에 눈이 멀어 있었기 때문에 자기가 공산당을 돕고 있다는 사실을 몰랐을 수도 있다고 썼다.

어머니는 후이거 대령이 한 일을 알고 있는 또다른 지하조직 지도자를 찾아갔다. 그 역시 후이거 대령이 공산당을 도왔다고 말해주기를 거부했다. 사실 그는 공산군을 위해서 정보를 빼내는 데 후이거 대령이 한 역할을 언급하고 싶어 하지 않았다. 자기가 그 공을 모두 차지하고 싶었기 때문이었다. 어머니는 당신과 후이거 대령이 사랑에 빠져 있지 않았다고 말했다. 그러나 어머니는 그것을 입증할 수 없었다. 어머니는 그들 사이에 오갔던 은근한 부탁과 약속에 대해서 이야기했지만, 그것은 대령이 자기 장래를 "보장받으려고 했다"는 증거로 간주될 뿐이었다. 장래를 보장받으려는 그런 행동에 당은 특별히 신중한 태도를 취하고 있었다.

이 모든 일이 어머니와 아버지가 결혼을 준비하고 있을 때 진행되었다. 후이거 대령의 일은 두 사람의 관계에 그림자를 드리웠다. 그러나 아버지는 어머니가 처한 난처한 입장을 동정했고, 후이거 대령이 공정한 대우를 받아야 한다고 생각했다. 아버지는 외할머니가 후이거 대령을 사윗감으로 점찍었었다는 사실이 자기의 판단에 영향을 끼치지 않도록 노력했다.

5월 하순에 마침내 결혼을 해도 좋다는 허락이 떨어졌다. 어머니가 여성연맹 회의에 참석하고 있을 때, 누군가가 들어와서 어머니의 손에 쪽지를 쥐어주었다. 그 쪽지는 시 당위원장 린샤오샤가 보낸 것이었다. 린샤오샤는 만주에서 공산군을 이끈 최고지휘관 린뱌오의 조카였다. 그것은 간단한 시로 되어 있었는데, 이런 내용이었다. "성 당국은 결혼해도 좋다고 허가했다. 동지는 아마 회의를 계속하고 싶지 않을 것이다. 어서 와서 결혼하라!"

어머니는 침착한 표정을 보이려고 애쓰면서 걸어나가 그 쪽지를 회의를 주재하고 있던 여자에게 내밀었다. 그 여자는 고개를 끄덕여 회의장에서 나가도 좋다고 허락했다. 어머니는 아버지의 숙소까지 줄곧 달려갔다. 어머니는 아직도 정부에 고용된 사람들의 제복인 "레닌복"을 입고 있었다. 그것은 단추가 두 줄로 달린 웃옷을 헐렁한 바지 속으로 찔러넣은 차림이었다. 어머니가 문을 열자, 방금 도착한 린샤오샤와 다른 당 지도자들, 그리고 그들의 경호원들이 보였다. 아버지는 샤 선생을 태워올 마차를 보냈다고 말했다. "자네 장모는 어떻게 할 참인가?" 린샤오샤가 물었다. 아버지는 아무 말도 하지 않았다. "그건 옳지 않아." 린샤오샤는 이렇게 말하고는 외할머니가 타고 올 마차를 보내라고 지시했다. 어머니는 기분이 몹시 언짢았지만, 아버지가 외할머니와 국민당 정보기관원들과의 연줄 때문에 그런 행동을 했을 거라고 생각했다. 하지만 그게 어디 어머니의 잘못인가 하고, 어머니는 생각했다. 어머니에게는 아버지의 그런 행동이 외할머니가 아버지를 대하는 태도에 대한 반응일지도 모른다는 생각은 떠오르지 않았다.

결혼식 같은 것은 없었다. 다만 작은 모임이 있었을 뿐이었다. 샤 선생이 마차를 타고 와서 신혼부부를 축하해주었다. 모두들 식탁 주위에 둘러앉아 시 당위원회가 특식으로 준비한 신선한 게 요리를 먹었다. 공산당은 사람들의 형편에 비해서 지나치게 낭비가 심한 결혼식을 간소하게 바꾸려고 노력하고 있었다. 전에는 호화로운 결혼식 때문에 집안이 파산하는 경우도 흔했다. 부모는 옌안 시절의 결혼식 때 먹었던 대추야자와 땅콩, 그리고 전통적으로 행복한 결혼과 아들을 상징하는 "용안(龍眼)"이라고 하는 말린 과일을 먹었다. 잠시 후 샤 선생과 대부분의 손님들이 떠났다. 여성연맹 사람들은 회의를 끝

202

내고 좀 늦게 나타났다.

　샤 선생과 외할머니는 결혼식에 대해서 몰랐고, 처음 샤 선생 댁으로 간 마차의 마부도 결혼식이 거행된다는 이야기를 두 사람에게 하지 않았다. 외할머니는 두 번째 마차가 왔을 때 비로소 당신의 딸이 결혼한다는 말을 들었다. 외할머니가 서둘러 가서 아버지의 숙소에 이르렀다. 창문을 통해서 외할머니의 모습이 보이자, 여성연맹의 여자들이 수군거리기 시작하더니 뒷문으로 허둥지둥 빠져나갔다. 아버지 역시 자리를 떴다. 어머니는 울고 싶은 심정이었다. 어머니는 여성연맹 사람들이 외할머니를 경멸한다는 것을 알고 있었다. 외할머니가 국민당원들을 많이 알고 있다는 것도 그 이유였지만, 외할머니가 첩이었다는 사실도 그들이 외할머니를 못마땅해하는 이유였다. 농민 출신의 교육을 받지 못한 대다수의 여성 공산당원들은 이런 문제에서 해방되지 못하고 전통적인 관념에 지배되고 있었다. 공산당이 첩도 정실부인과 똑같은 지위를 누릴 수 있고, 또 일방적으로 "결혼"을 파기할 수 있다고 선언했음에도 불구하고, 그들은 괜찮은 여자라면 첩이 되지는 않았을 거라는 생각을 가지고 있었다. 당의 정책을 시행해야 할 여성연맹의 회원들이 이런 낡은 관념을 가지고 있었던 것이다.

　어머니는 외할머니에게 신랑이 직장으로 돌아가야 했다면서 얼버무렸다. "사람들에게 결혼 휴가를 주지 않는 것이 공산당의 관습이에요. 사실 나도 곧 일하러 가야 해요." 외할머니는 결혼 같은 중대사를 소홀하게 취급하는 공산당의 방식이 너무나 특이하다고 생각했지만, 전통적 가치와 관련된 규칙을 너무나 많이 깨버린 그들이고 보면 그럴 수도 있겠구나 하고 생각했다.

　당시 어머니가 하는 일 가운데 하나는 어머니가 일제 치하의 학생 시절에 끌려가서 일한 적이 있는 직물공장에 가서 여공들에게 읽기와 쓰기를 가르치고, 또 그들에게 남녀평등에 대해서 알려주는 것이었다. 그 공장은 아직 개인 소유였는데, 그곳의 십장 중 한 사람은 아직도 마음 내키면 언제나 여공들을 구타했다. 어머니는 그를 쫓아 내고 여공들이 스스로 그들의 십장을 뽑는 일을 도왔다. 하지만 어머니가 이 일을 성취한 공로는 또다른 문제에 대한 여성연맹의 불만으로 인해서 빛을 잃었다.

여성연맹의 중요한 과업 가운데 하나는 군인들이 신을 무명 신발을 만드는 것이었다. 어머니는 신발을 만들 줄 몰랐다. 그래서 외할머니와 작은 외할머니에게 그 일을 대신 하도록 시켰다. 외할머니들은 수놓은 예쁜 신발을 만들면서 자란 사람들이었다. 어머니는 우쭐한 기분으로 할당된 양보다 더 많은 예쁜 신발들을 여성연맹에 제출했다. 그러나 놀랍게도 어머니는 칭찬을 받기는커녕 어린아이처럼 야단을 맞았다. 여성연맹의 농민 출신 여인들은 이 세상에 신발을 만들 줄 모르는 여자가 있을 수 있다는 것을 꿈에도 생각할 수 없다. 어머니는 여성연맹 회의에서 "부르주아적 퇴폐"의 표본이라고 비판을 받았다.

어머니는 여성연맹의 일부 상사들과 사이가 좋지 못했다. 그들은 여러 해 동안 게릴라들과 어려운 생활을 했던, 나이가 더 많고 보수적인 농민 출신 여자들로서 금방 공산당 남자들을 매혹시키는, 어머니같이 예쁘고 교육받은 도시의 젊은 여자들에게 분노를 느꼈다. 어머니는 당원이 되겠다고 신청했지만, 그들은 어머니가 당원이 될 자격이 없다고 물리쳤다.

어머니는 집에 갈 적마다 "가족에게 너무 애착을 가진다"고 비판을 받았다. 가족에 대한 애착은 "부르주아적 습관"이라고 했다. 따라서 자기 어머니도 자주 만나서는 안 된다는 것이었다.

당시 혁명가는 토요일 외에는 자신의 사무실을 떠나서 밤을 보내서는 안 된다는 불문율이 있었다. 어머니에게 할당된 숙소는 여성연맹 안에 있었다. 그 숙소는 아버지의 숙소와 낮은 토담으로 격리되어 있었다. 밤에 어머니는 그 담을 넘어서 작은 정원을 가로질러 아버지의 방으로 갔다가 이튿날 날이 새기 전에 당신 방으로 돌아오곤 했다. 어머니의 그런 행동은 곧 발각되었고, 어머니와 아버지는 당 모임에서 비판을 받았다. 공산당은 제도의 급진적 개편에 그치지 않고 사람들의 생활, 특히 "혁명에 가담한" 사람들의 생활까지 개편하는 작업을 시작했다. 그들은 개인적인 일도 모두 정치적인 일이라고 생각했다. 사실 그때부터 "개인적" 또는 사적(私的)인 것은 없어지고 말았다. 하찮은 일에도 "정치적"이라는 거창한 딱지가 붙곤 했다. 회의는 온갖 종류의 개인적 적의(敵意)를 토로하는 토론장이 되었다.

아버지는 말로 자아비판을 해야 했고, 어머니는 서면으로 자아비판을 해야 했다. 어머니는 혁명에 우선순위가 주어져야 하는 판에 "사랑에 최우선순위를 두었다"고 비판받았다. 어머니는 그 비난이 부당하다고 생각했다. 남편과 밤을 보냈다고 그것이 혁명에 무슨 해를 끼칠 수 있단 말인가? 어머니는 게릴라 시절에는 그런 규칙이 필요했을 거라고 이해할 수 있었다. 그러나 지금은 다르다고 생각했다. 어머니는 자아비판서를 쓰고 싶지 않았다. 그래서 아버지에게 당신의 생각을 말했다. 그러자 놀랍게도 아버지는 어머니를 책망했다. "혁명은 아직 완수되지 않았소. 전쟁이 아직 계속되고 있단 말이오. 우린 규칙을 어겼소. 그러니 과오를 인정해야 하오. 혁명은 강철 같은 기강을 필요로 하오. 당의 방침을 이해하지 못하거나 당의 방침에 동의하지 않는다고 해도 당신은 당에 복종해야 하오."

이 일이 있은 직후, 청천하늘에 날벼락 같은 일이 일어났다. 하얼빈에 가 있던 시절에 어머니와 친하게 지냈던 벤이라는 시인이 자살을 기도한 것이었다. 벤은 "신월파(新月派)"에 속한 시인이었다. 신월파는 국민당 정부의 주미 대사가 된 후스가 속한 유파였다. 신월파는 영국의 낭만파 시인 키츠의 영향을 많이 받은 유파로 미학과 형식을 중요시했다. 벤은 전쟁 중에 공산당에 가담했지만, 그 후 자기 시가 자기 표현이 아니라 선전을 요구하는 혁명과 조화되지 않는 것으로 간주되고 있음을 알게 되었다. 그도 그 점을 어느 정도 인정했지만, 그는 이럴 수도 저럴 수도 없어 늘 우울했다. 그는 다시는 시를 쓸 수 없을 것 같다고 느꼈다. 그러나 그가 말하기를 자기는 시가 없이는 살 수 없는 사람이라고 했다.

그의 자살기도는 당에 충격을 주었다. 누군가가 해방에 환멸을 느낀 나머지 스스로 목숨을 끊으려고 했다는 것은 당의 이미지에 손상을 줄 수 있었다. 벤은 대다수가 문맹자인 당 관리들을 가르치는 학교에서 교사로 일하고 있었다. 그 학교의 당조직은 이 사건을 조사한 후 벤이 어머니를 짝사랑했기 때문에 자살을 기도한 것이라는 결론을 내렸다. 비판 모임에서 여성연맹은 어머니가 벤을 유혹했다가 더 좋은 상대, 즉 아버지가 나타나자 그를 버렸다고 암시했다. 어머니는 분을 참을 수 없어서 그런 비난의 증거를 대라고 요구했다. 물론 비판자들은 아무런 증거도 댈 수 없었다.

이 문제에서는 아버지도 어머니 편을 들었다. 아버지는 어머니가 벤과 밀회를 했던 것으로 추측되는 하얼빈 여행 중에 실은 그 시인이 아니라 당신과 사랑에 빠졌다는 것을 알고 있었기 때문이었다. 아버지도 벤이 어머니에게 자신의 시를 읽어주는 것을 본 적이 있었고, 또 어머니가 그를 찬양한다는 것도 알았다. 그러나 그것이 잘못이라고는 생각하지 않았다. 하지만 어머니도 아버지도 끊임없이 떠도는 쑥덕공론을 막을 수는 없었다. 여성연맹의 여자들이 특히 심하게 입을 놀려댔다.

이런 입방아질이 한창일 때, 어머니는 후이거 대령에 대한 선처호소가 각하되었다는 소식을 들었다. 어머니는 괴로움을 견디기 어려웠다. 어머니는 후이거 대령에게 약속을 했었고, 이제 당신이 그를 잘못 인도한 것이 아닌가 하는 생각이 들었다. 그동안 어머니는 감옥으로 자주 찾아가서 그에게 그를 재심에 회부하기 위한 자신의 노력을 말해주었다. 어머니는 공산당이 그를 구제해주지 않는다는 것은 있을 수 없는 일이라고 생각했다. 어머니는 정말로 낙관적이었고, 그의 기분을 돋우어주려고 애썼다. 그러나 이번에 찾아갔을 때,

후이거 대령은 눈이 벌겋게 충혈되고 절망감을 감추려는 노력으로 일그러진 어머니의 얼굴을 보고 자기가 구제될 희망이 없음을 알게 되었다. 그들은 경비원들이 다 지켜보는 가운데 함께 울었다. 그들은 테이블을 사이에 두고 앉아 있었는데, 규칙에 따라 두 손을 테이블 위에 얹어놓고 있어야 했다. 후이거 대령이 어머니의 손을 감싸 잡았다. 어머니는 잡힌 손을 빼내지 않았다.

아버지는 어머니가 감옥에 찾아간다는 이야기를 전해들었다. 처음에 아버지는 아무 말도 하지 않았다. 아버지도 어머니가 처한 곤경에 공감했기 때문이다. 하지만 차츰 아버지는 화가 나기 시작했다. 벤 시인의 자살기도와 관련된 스캔들이 아직 잦아들지도 않았는데, 이번에는 어머니가 국민당 대령과 관계가 있었다는 말이 나돌았던 것이다. 신혼으로 깨가 쏟아져야 할 시기에 두 건의 스캔들에 휩싸이다니! 아버지는 화가 머리끝까지 났다. 그러나 아버지의 개인적 감정이 후이거 대령에 대한 당의 태도를 아버지가 수긍하게 된 결정적 요인은 아니었다. 아버지는 어머니에게 만약 국민당이 되돌아온다면, 후이거 대령 같은 사람들은 그들의 권위를 이용해서 가장 먼저 국민당이 그 힘을 회복하도록 도울 사람들이라고 말했다. 공산당은 그런 위험을 무릅쓸 여유가 없다는 것이 아버지의 생각이었다. "우리 혁명은 생사의 문제요." 어머니가 후이거 대령이 어떻게 공산군을 도왔는지를 설명하려고 하자, 아버지는 어머니가 감옥에 드나든 것, 특히 두 사람이 손을 잡은 것이 후이거 대령에게 도움이 되지 않았다고 응수했다. 공자의 시대 이후로, 사람들이 보는 장소에서 남녀가 서로 신체 접촉을 하기 위해서는 결혼한 부부이거나 최소한 연인 사이여야 했다. 아무리 절박한 상황에 처했더라도 남녀가 서로 손을 잡는 일은 지극히 드물었다. 어머니와 후이거 대령이 서로 손을 잡고 있는 광경이 목격되었다는 사실이 후이거 대령의 공산당에 대한 봉사가 "정당한" 이유에 의해서 유발된 것이 아님을 입증하는 증거로 채택되었다고 아버지는 주장했다. 어머니는 아버지의 주장을 반박하기가 어려웠다. 그러나 그렇다고 어머니의 비참한 기분이 조금이라도 나아진 것은 아니었다.

헤어날 수 없는 수렁에 빠졌다는 어머니의 느낌은 몇몇 친척들과, 어머니와 가까운 많은 사람들에게 일어나는 일로 인해서 더욱 깊어졌다. 공산당은 들어오자마자 국민당 정보조직에서 일한 적이 있는 사람은 누구나 즉시 자수하라고 선포했다. 어머니의 외삼촌 위린은 정보기관에서 일한 적은 없지만, 정보원 신분증을 가지고 있었다. 그래서 그는 당국에 자수해야 한다고 생각했다. 그의 아내와 외할머니가 말렸지만, 그는 사실을 알리는 것이 좋겠다고 생각했다. 그러나 그는 곤경에 빠졌다. 만약 그가 자수하지 않고 공산당이 그에 관한 사실을 알아냈더라면(공산당의 무시무시한 조직력을 감안할 때 그렇게 되었을 가능성이 매우 높았다) 그는 더욱 어려운 처지에 빠졌을 것이다. 하지만 자수함으로써 그는 스스로 당국에 자기를 의심할 근거를 제공했다.

당의 판결은 "그에게는 정치적 오점이 있다. 처벌은 하지 않는다. 그러나 그는 통제하에서만 고용될 수 있다"는 것이었다. 대다수의 다른 판결이 그렇듯이, 이 판결 역시 법정이 아니라 당기구에서 내린 것이었다. 판결의 내용은 모호했지만, 이 판결 때문에 그 후 30년 동안 위린의 삶은 정치 풍토와 당의 상급자들에 의해서 좌지우지되었다. 그 당시 진저우 시 당위원회는 비교적 온건했으므로 위린은 샤 선생의 약국에서 샤 선생을 돕는 일을 계속할 수 있었다.

외할머니의 제부 "충신" 페이어우는 시골로 추방되어 육체노동을 하게 되었다. 그는 손에 피를 묻힌 적이 없기 때문에 "감시하에 둔다"는 판결을 받았다. 감옥에 가두지는 않지만 사회에서 철저하게 감시한다는 것이었다. 그의 가족은 그와 함께 시골로 가기로 했다. 그러나 그들이 떠나기 전에 "충신"은 병원에 먼저 입원해야 했다. 그가 성병에 걸려 있었던 것이다. 공산당은 성병을 퇴치하기 위해서 대대적인 캠페인을 시작했고, 따라서 성병에 걸린 사람은 누구나 치료를 받아야 했다.

페이어우의 "감시하" 노동은 3년간 지속되었다. 마치 보석을 얻어 감시를 받으며 강제노동을 하는 것과 같은 생활이었다. 감시를 받는 사람들은 어느 정도의 자유는 누렸지만, 일정한 간격으로 경찰에 출두해서 지난번에 출두했던 때 이후로 그들이 한 모든 일, 심지어 품었던 생각까지도 자세하게 빼놓지 않고 보고해야 했다. 그리고 그들은 공공연하게 경찰의 감시를 받았다.

위린처럼 공식적인 감시 기간을 끝낸 사람들은 보다 느슨한 "조용한" 감시하에 놓이게 된다. 이 조용한 감시의 일반적인 형태는 "샌드위치"였다. 특별히 감시 임무를 할당받은 두 이웃이 가까이서 그를 계속 감시하는 방식이었다. 이른바 "두 홍(紅)이 하나의 흑(黑)을 감싸는" 방식이었다. 물론 다른 이웃들도 주민위원회를 통해서 이 믿을 수 없는 "흑색 분자"의 잘못을 보고하고 고자질할 자격을 가지고 있었고, 또 그렇게 하도록 권장되었다. "인민재판"은 만능이었고 공산당의 중요한 통치도구였다. 인민재판을 통해서 수많은 사람들을 국가와 능동적으로 공모하도록 동원할 수 있기 때문이었다.

어머니의 일본인 은사 다나카 선생과 결혼한 학자풍의 정보장교 주거는 종신 강제노동형을 선고받고 변경지역으로 추방되었다(다른 많은 전 국민당 관리들과 함께 그는 1959년 사면조치로 풀려났다). 그의 아내는 일본으로 송환되었다. 소련에서도 그랬지만, 금고형을 받은 사람들의 대다수는 감옥으로 가지 않고 강제노동 수용소에 들어갔다. 그들은 흔히 위험한 작업장이나 오염이 매우 심한 지역에서 일했다.

중요한 국민당 인사들 가운데 몇몇(그중에는 정보요원도 있었다)은 처벌을 받지 않았다. 어머니가 다니던 학교의 교무주임은 국민당의 지역당 서기였는데도 그가 어머니를 비롯한 많은 공산당원들과 공산당 동조자들의 목숨을 구하는 데 도움을 준 증거가 있었으므로 처벌되지 않았다. 여교장과 국민당 정보조직을 위해서 일한 2명의 교사는 피신하는 데 성공했고, 뒤에 타이완으로 도망쳤다. 어머니가 체포되도록 했던 학교의 정치주임 역시 타이완으로 피신했다.

공산당은 또한 "마지막 황제" 푸이 같은 거물과 최고위 장성들도 처벌하지 않았다. 그들이 "쓸모가 있기" 때문이었다. 마오쩌둥이 공언한 정책은 "작은 장제스는 죽이지만 큰 장제스는 죽이지 않는다"는 것이었다. 푸이 같은 사람들을 살려둔다면 "외국에 좋은 인상을 줄 것"이라고 마오쩌둥은 주장했다. 누구도 공개적으로는 이 정책에 불평할 수 없었지만, 속으로 불만을 품은 사람들은 많았다.

어머니의 가족들에게는 걱정이 많던 시기였다. 외삼촌 위린, 그리고 어쩔 수 없이 남편 "충신"과 같은 배를 탈 수밖에 없었던 이모 란은 장래가 매우 불확실한 상태였고, 또 사람들로부터 따돌림을 당했다. 어머니는 여성연맹으로부터 계속 자아비판서를 쓰라는 지시를 받았다. 어머니가 슬퍼하는 것은 어머니의 마음 한구석에 "국민당에 대한 동정심"이 자리잡고 있기 때문이라는 것이었다.

어머니는 먼저 연맹의 허락을 받지 않고 감옥에 갇힌 후이거 대령을 찾아간 행위도 심한 질책을 받았다. 아무도 전에 미리 허락을 받으라고 말한 적이 없었다. 연맹의 간부들은 그들이 전에 어머니가 감옥에 찾아가는 것을 말리지 않은 것은 "새로 혁명에 가담한" 사람에게는 얼마 동안의 유예 기간을 주기 때문이라고 말했다. 그들은 어머니가 당의 규율을 익히고 스스로 당에 지시를 요청하기까지 얼마나 시간이 걸리는지 지켜보았다는 것이었다. "하지만 내가 당의 지시를 요구할 일들이 어떤 것이지요?" 어머니가 물었다. "무슨 일이나 다"가 그들의 대답이었다. 이 애매한 "무슨 일이나 다"에 대해서 허락을 얻어야 한다는 것이 중국 공산당 통치의 기본적 요소가 되었다. 그것은 또한 사람들이 어떤 행동도 자기 마음대로 해서는 안 된다는 점을 알아야 한다는 뜻이었다.

어머니는 자신의 전 세계였던 여성연맹에서 따돌림을 당했다. 어머니가 후이거 대령에게 이용당해 그의 재기를 도왔다는 쑥덕공론이 여기저기서 들렸다. "자기 스스로 함정을 판 거라구." 여자들은 한탄조로 말했다. "모두 처신이 '바르지 못한' 탓이지. 어울린 남자들이 한두 명이 아니라니까! 그것도 각양각색의 남자들과!" 어머니는 당신을 비난하는 손가락질에 둘러싸인 느낌이었다. 영광된 새 해방운동에서 동지가 되어야 할 사람들이 어머니의 성품과 또 어머니가 생명의 위험을 무릅쓰며 했던 헌신에 의심을 제기하고 있는 것 같았다. 어머니는 심지어 회의를 하다 말고 자리를 떠서 결혼한 행동에 대해서도 "사랑을 최우선시 하는" 죄를 범했다고 비판을 받았다. 어머니는 시 당위원장이 그렇게 하라고 말했다고 항변했다. 그러자 여성연맹 위원장은 이렇게 쏘아붙였다. "하지만 회의를 최우선시 하는 올바른 태도를 보이는 쪽을 당신이 택할 수도 있었어요."

갓 결혼한 방년 열여덟 살의 여인으로 새 생활에 대한 희망에 부풀어 있던 어머니는 도무지 뭐가 뭔지 갈피를 잡을 수 없었고, 또 외톨이가 된 기분이었다. 어머니는 늘 옳고 그름에 대한 당신의 판별력을 신뢰해왔다. 그러나 이제 그 판별력이 어머니의 "대의", 즉 당의 견해, 특히 어머니가 사랑하는 남편의 판단과 상치되는 것처럼 보였다. 어머니는 난생처음으로 자신을 의심하기 시작했다.

어머니는 당이나 혁명을 탓하지 않았다. 여성연맹의 여자들을 탓할 수도 없었다. 그들은 동지들이었고, 당의 목소리를 대변한다고 생각했기 때문이다. 어머니의 분노는 아버지에게로 향했다. 어머니는 아버지가 당신에게 충실하지 않고 항상 당신과 대립하는 자기 동지들 편을 드는 것 같다고 느꼈다. 어머니는 아버지가 공개적으로 어머니에 대한 지지를 표현하기 어려울 거라는 것을 이해했다. 그러나 어머니는 은밀한 자리에서나마 아버지가 지지해주기를 원했다. 그런데 어머니는 아버지의 그런 지지도 얻지 못했던 것이다. 결혼 초기부터 두 분 사이에는 근본적인 차이점이 있었다. 공산주의에 대한 아버지의 헌신은 절대적이었다. 아버지는 은밀한 자리에서도, 심지어 자기 아내에게도, 당신이 공적으로 말한 것과 똑같은 말을 해야 한다고 생각했다. 어머니는 훨씬 더 융통성이 있었다. 공산주의에 대한 어머니의 헌신은 이성과 감정에 의해서 조절되었다. 어머니는 사적인 공간을 두었지만 아버지에게는 그런 공간이 없었다.

어머니는 진저우에서는 더 이상 견디기 어렵다고 느꼈다. 어머니는 아버지에게 당장 진저우를 떠나고 싶다고 말했다. 아버지는 곧 승진을 앞두고 있었음에도 불구하고 어머니의 뜻에 동의했다. 아버지는 당신의 고향인 이빈으로 돌아가고 싶다는 이유를 들어 시 당위원회에 전근을 신청했다. 당 위원회 위원들은 아버지의 전근 신청을 의외라고 생각했다. 얼마 전까지 아버지는 위원들에게 자기는 고향으로 돌아가고 싶지 않다고 말했기 때문이었다. 중국 역사를 통틀어, 관리들은 자기 고향을 피해 배치되는 것이 규칙이었다. 연고로 인한 문제를 피하기 위해서였다.

1949년 공산군은 파죽지세로 남진하고 있었다. 그들은 장제스 정권의 수도 난징을 점령했고, 곧 쓰촨에 진주할 것이 확실시되었다. 만주에서의 경험을 통해서 공산당은 현지 출신의 충성스런 행정가들이 절실하게 필요하다는 것을 알게 되었다.

당은 아버지의 전근을 승인했다. 결혼 두 달 후, 그리고 해방된 지 한 해가 채 안 되어, 두 사람은 쑥덕공론과 악의에 의해서 어머니의 고향에서 쫓겨나는 꼴이 되었다. 해방을 맞았던 어머니의 기쁨은 걱정에 싸인 우울로 변했다. 국민당 치하에서 어머니는 행동으로 긴장을 풀 수 있었다. 그때는 당신이 옳은 일을 하고 있다고 느낄 수 있었고, 그런 느낌이 어머니에게 용기를 주었다. 이제 어머니는 늘 뭔가 잘못되었다는 느낌을 떨쳐버릴 수 없었다. 어머니가 그런 느낌을 아버지에게 이야기하려고 하면 아버지는 공산당원이 되는 데는 고뇌가 따른다고 대답하곤 했다. 그것은 어쩔 수 없는 일이라는 것이었다.

7. "다섯 개의 산마루를 넘다"

어머니의 장정
(1949-1950)

부모님이 함께 진저우를 떠나기 직전에 어머니는 여성연맹의 고문직을 맡고 있는 부시장의 도움으로 공산당 임시 당원 자격을 얻을 수 있었다. 그분은 어머니가 낯선 곳으로 가기 때문에 당원 자격이 필요하다는 점을 역설했다. 임시 당원이 되었다는 것은 당원이 될 자질을 갖추었다고 인정될 경우 1년 이내에 정식 당원이 될 수 있음을 의미했다.

부모님은 남서쪽으로 여행하는 100명이 넘는 한 무리의 당원들과 합류할 예정이었으며, 그들 대부분은 쓰촨 성으로 가는 사람들이었다. 대다수의 남성들은 남서지방 출신의 공산당 간부들이었다. 여성들도 몇 명 섞여 있었는데, 그들은 쓰촨 성 출신 남성들과 결혼한 만주 여성들이었다. 출발 전에 일행은 몇 개의 조로 편성된 다음 푸른색 군복을 지급받았다. 그들이 통과할 지역에서 중국의 내전은 여전히 계속되고 있었다.

1949년 7월 27일에 외할머니와 샤 선생, 그리고 대부분 공산당으로부터 의심의 눈초리를 받고 있는 어머니의 가까운 친구분들이 길을 떠나는 부모님을 배웅하려고 역으로 나왔다. 승강장에서 작별인사를 나누는 동안 어머니는 상반된 감정이 교차하여 가슴이 아팠다.

어머니의 마음속 한편으로는 이제 갇혀 있던 새장에서 해방되어 푸른 하늘로 날아가는 새와 같은 심정이었다. 그러나 다른 한편으로는 자신이 사랑하는 이 사람들을, 그중에서도 특히 친정어머니를 언제, 또 과연 다시 만날 수 있을지를 생각하니 마음이 무거워졌다. 여행길에는 많은 위험이 도사리고 있었으며, 쓰촨 성은 아직도 국민당의 수중에 있었다. 또한 목적지까지는 1,600킬로미터에 달하는 상상조차 할 수 없는 머나먼 길이었기 때문에, 어머니는 자신이 언젠가 진저우에 돌아올 수 있으리라는 생각이 도무지 들지 않았다. 어머니는 울음이 터져나오려고 했으나 외할머니의 가슴을 더욱 아프게 하고 싶지 않아 억지로 눈물을 참았다. 승강장이 시야에서 사라지자 아버지는 어머니를 위로하려고 애썼다. 아버지는 어머니가 강인해져야만 하며, "혁명에 참가하는" 젊은 학도로서 "다섯 개의 산마루를 넘어 전진하는 것"이 필요하다고 말했다. 다시 말해서 온갖 어려움을 마다하지 않음으로써 가족, 직업, 사랑, 생활자세 및 육체노동을 포함하는 다섯 가지에 대한 완전히 새로운 자세가 필요하다는 점을 강조했다. 당의 이론에 따르면 어머니와 같이 교육받은 사람들은 "부르주아적" 사고에서 탈피하여 중국 인구의 80퍼센트를 차지하고 있는 농민들과 보다 가까워지는 것이 필요하다고 했다. 어머니는 이런 식의 이론들을 귀에 못이 박히도록 들어왔다. 어머니는 신생 중국을 위해서 개개인들이 자기 자신을 개조할 필요가 있음을 인정했다. 사실 어머니는 자신의 앞날에 기다리고 있을 "모진 폭풍"에 과감히 맞서겠다는 결의를 드러내는 시 한 수를 쓰기도 했다. 그러면서도 동시에 어머니는 아버지로부터 자신에 대한 좀더 많은 애정과 오롯한 배려가 있기를 바랐으나, 이런 것들을 기대할 수 없다는 점을 알고는 아버지를 몹시 원망했다.

기차는 남서쪽으로 약 400킬로미터 아래에 있는 톈진에 도착하더니 더 이상 달리지 못했다. 톈진이 노선의 종착역이었던 것이다. 아버지는 어머니에게 톈진 시내를 안내해주겠다고 했다. 톈진은 거대한 항구도시로서 최근까지도 미국, 일본 및 다수의 유럽 국가들이 치외법권 지역인 "조계(租界)"를 보유하고 있었다(어머니는 알지 못했지만 쉐 장군은 톈진 시내의 프랑스 조계에서 사망했다). 톈진 시내에는 크고 멋진 이국풍의 건물들이 밀집해 있었다. 최신 유행의 우아한 프랑스식 대저택들과 경쾌한 느낌의 이탈리아식 저택들, 오스트리아─헝가리 제국풍의 압도하듯이 큰 후기 로코코식 저택들이 눈길을 끌었다. 이런 시내 풍경을 바라보고 있노라면 마치 8개국의 특징을 지닌 여러 건물들이 서로 타국의 건물과 중국인들을 압도하기 위해서 경쟁을 벌이고 있는 것 같은 느낌을 주었다. 뿐만 아니라 만주 지역에서 흔히 볼 수 있는 높지 않으면서도 중후한 분위기를 풍기는 회색의 일본 은행 건물들과 초록색 지붕을 얹고 날아갈 듯한 분홍과 노란색으로 벽을 칠한 러시아 은행 건물들까지 가세한 다채로운 톈진 시내의 모습은 어머니로서는 생전 처음 보는 광경이었다. 많은 외국 문학작품들을 읽은 아버지에게 작품 속에서 유럽식 건물들을 묘사하는 내용은 언제나 상상을 자극하는 것이었다. 아버지도 책을 통해서 머릿속으로 그려보기만 했던 그런 건물들을 직접 두 눈으로 목격하는 것은 이번이 처음이었다. 어머니는 톈진 시내 풍경을 처음 본 아버지가 자신의 상기되었던 감정을 나중에 어머니에게 설명하느라 애를 먹을 것임을 짐작할 수 있었다. 그러나 짙은 향기를 내뿜는 회화나무들이 늘어선 가로를 아버지와 함께 걸어가면서도 어머니의 마음은 무겁고 우울하기만 했다. 어머니는 진저우에 남겨두고 온 친정어머니 생각에 진즉 가슴이 쓰린 속에서도 자신에게 따뜻한 위로의 말 한마디 해주지 않고 살가운 데 없이 뻣뻣하기만 한 아버지에 대한 화를 풀 수가 없었다. 물론 남편이 자신의 기분을 풀어주려고 어설프게 애쓰고 있다는 것을 알면서도 그녀는 남편에 대한 야속한 심정을 금할 수가 없었다.

단절된 철로는 고난의 시작일 뿐이었다. 그들은 도보로 여행을 계속해야만 했는데, 그들이 가야 할 길에는 지방 지주들의 용병, 비적

(匪賊), 공산군이 진격함에 따라 뒤처진 국민당군의 잔당들이 준동하고 있었다. 그들 일행 전체가 보유하고 있는 무기라고는 소총 3정이 고작이었으며, 그중 하나는 아버지가 소지하고 있었다. 그러나 다행히도 여행길의 각 구간에서 공산당 당국은 통상적으로 기관총 2정을 갖춘 1개 분대의 호위부대를 보내주었다.

그들은 매일같이 침낭을 비롯한 개인 소지품들을 등에 짊어진 채 먼 길을 걸어야 했으며, 종종 험한 산길을 지나야 하는 경우도 있었다. 게릴라전 경험이 있는 사람들은 이런 행군에 익숙했으나, 어머니는 행군을 시작한 지 하루 만에 발바닥에 온통 물집이 잡혔다. 어머니가 행군을 멈추고 휴식을 취할 수 있는 방법은 없었다. 일행들은 어머니에게 하루의 행군이 끝난 다음 더운물에 발을 담글 것과, 바늘과 머리카락으로 물집을 터뜨려서 내부의 체액을 빼낼 것을 권했다. 그러나 이런 방법은 잠시 동안의 완화책에 불과할 뿐, 다음 날 다시 행군을 시작하면 잡아찢는 듯한 통증을 안겨주었다. 매일 아침 어머니는 이를 악물고 발바닥의 고통을 참아가면서 행군을 시작해야 했다.

대부분 길이 나 있지 않았기 때문에 행군은 말할 수 없는 고난의 연속이었다. 특히 비가 오는 날이면 더욱 힘들었다. 땅이 미끄러운 진흙탕으로 변했기 때문에 어머니는 셀 수도 없을 정도로 바닥에 나뒹굴었다. 하루의 행군이 끝날 때쯤이면 어머니의 온몸은 진흙투성이가 되었다. 일행이 밤을 보내기 위해서 그날의 목적지에 도착했을 때, 어머니는 체력이 소진되어 땅바닥에 쓰러져서는 꼼짝을 못한 채 누워만 있었다.

어느 날 그들은 호우 속에서 약 50킬로미터를 걸어야 했다. 당시 기온은 섭씨 35도에 달하여 어머니는 온몸이 비와 땀으로 목욕을 한 듯했다. 일행은 높이가 900미터에 불과한 별로 높지 않은 산을 넘어야 했으나 어머니는 완전히 기진맥진한 상태였다. 어머니에게는 자신의 침낭이 천근만근의 돌덩이처럼 무겁게만 느껴졌다. 어머니는 이마에서 비 오듯이 쏟아지는 땀방울 때문에 눈을 뜨기조차 힘들었다. 어머니가 가쁜 숨을 몰아쉬려고 입을 열면 숨을 쉬기에 충분한 양의 공기가 자신의 폐 속으로 들어가지 못하는 것 같은 느낌을 받았다. 어머니의 눈앞에서는 수천 개의 별들이 어른거렸으며, 발걸음을 내딛기가 무척 힘들었다. 산 정상에 도착하자 이제 힘든 고비는 넘겼다고 생각했다. 그러나 산비탈을 내려가는 일도 힘들기는 마찬가지였다. 어머니의 장딴지 근육은 너무나 혹사당한 나머지 마치 젤리처럼 흐느적거렸다. 행군하는 지역은 지형이 험하고 가파르며 좁은 길이 수백 미터에 달하는 절벽 가장자리를 타고 뻗어 있었다. 벌벌 떨리는 두 발 때문에 자신이 천길만길 낭떠러지 아래로 추락하고 말 것이라는 느낌이 들기도 했다. 어머니는 여러 번 나무를 붙잡고서야 절벽 아래로 떨어지는 것을 피할 수 있었다.

일행이 산을 통과하자, 그들 앞에는 여러 개의 깊고 물살이 빠른 강들이 기다리고 있었다. 강물의 수위가 허리까지 이르렀기 때문에 어머니는 제대로 몸을 가눌 수가 없었다. 어느 강을 건너던 중 강물 한복판에서 넘어지는 바람에 어머니는 한 남자가 재빨리 잡아주지 않았더라면 빠른 물살에 휩쓸려 떠내려갈 뻔하기도 했다. 어머니는 자신의 친구 남편이 친구의 손을 잡고 강을 건너는 광경을 목격하고는 주저앉아 울음을 터뜨릴 뻔했다. 그 친구의 남편은 공산당 고위 간부로서 자동차를 이용할 수 있는 권한이 있었음에도 불구하고 부인과 함께 걷기 위해서 자신의 특권을 포기했다는 것이었다.

아버지는 어머니의 행군을 도와주지 않았다. 아버지는 경호원과 함께 지프차를 타고 이동했다. 아버지의 지위상 지프차건 말이건, 어느 것이든 가능한 교통수단을 이용할 수 있는 자격이 있었다. 어머니는 종종 아버지가 자신을 차에 태워주거나, 아니면 적어도 자신의 침낭만이라도 지프차에 실어주기를 기대했으나, 아버지는 그런 생각을 전혀 하지 않았다. 혼자서 강을 건너느라 온몸이 흠뻑 젖은 날 저녁에 어머니는 자신의 그런 바람을 남편에게 말하기로 결심했다. 그날은 유달리 힘든 하루였다. 더구나 어머니는 하루 종일 구토에 시달렸다. "가끔씩 내가 당신의 지프차를 탈 수는 없겠어요?" 그러나 남편으로부터 돌아온 대답은 승차 자격이 없는 어머니를 태우는 것은 편파적인 처사라는 것이었다. 아버지는 중국에서 오랫동안 이어져내려온 족벌주의 악습을 타파해야 한다고 생각하는 사람이었다. 게다가 어머니는 힘든 상황을 경험할 필요가 있다는 것이었다. 어머니가 자신의 친구는 남편이 손을 잡아주면서 도강을 도와주었다고 말하자, 아버지는 그것은 경우가 완전히 다르다고 대답했다. 어머니의 친구는 고참 공산당원이었기 때문에 도움을 받을 자격이 있다는 것이었다. 그 친구는 1930년대에 만주 지역의 극한 상황 속에서 일본군을 상대로 싸우면서 훗날 북한의 주석이 된 김일성과 함께 게릴라 부대를 지휘했었다. 공산혁명가인 그녀가 겪어야 했던 수많은 고통 중에는 그녀의 첫 번째 남편을 잃은 일도 포함되었다. 그 남편은 스탈린의 지시에 따라 처형당했다. 그 친구가 혁명전사로 활동하던 시기에 어머니는 단지 젊은 여학생에 지나지 않았으므로, 어머니와 그 친구를 비교하는 것은 가당치 않다는 것이 아버지의 생각이었다. 만약 어머니가 편파적인 우대를 받는다고 다른 사람들이 생각할 경우에는 어머니가 곤란한 입장에 처할 것이라고도 했다. 아버지는 정식 당원이 되기 위한 어머니의 신청서가 계류 중임을 상기시키면서 "당신을 위해서 내가 모른 척하고 있는 것"이라는 말도 덧붙였다. "내가 타고 가는 지프차에 승차하든지, 또는 고난을 극복하고 정식 당원이 되든지 선택은 당신 몫이오. 두 가지 모두를 취할 수는 없소."

아버지의 설명은 핵심을 찌르는 것이었다. 중국의 혁명은 기본적으로 농민혁명이었다. 그리고 농민들은 가혹할 정도로 힘겨운 생활을 해오고 있었다. 농민들은 안락한 생활을 즐기거나 편안함을 추구하는 사람들에 대해서 극히 예민한 반응을 보였다. 혁명에 참가한 사람이라면 누구나 온갖 역경에 이골이 날 정도로 자신을 단련시키는 것을 당연하게 여겼다. 아버지는 옌안에서 게릴라 전사로서 이런 과정을 거쳤다.

어머니는 아버지의 이런 논리적인 설명을 이해하면서도 자신이 행군 내내 몹시 지친 상태에서 침낭을 메고, 비지땀을 흘리고, 납처럼 무거운 발걸음을 옮기면서 헐떡거려도 아버지는 자신에게 어떤 동정심도 표시하지 않았다는 것에 대해서 야속한 생각을 지울 수가 없었다.

어느 날 밤 더 이상 참을 수가 없었던, 어머니는 마침내 여행길에 오른 이래 처음으로 울음을 터뜨리고 말았다. 일행은 일반적으로 빈 창고나 교실 같은 곳에서 밤을 보내기 일쑤였다. 그날 밤 일행은 한 사찰 마당의 땅바닥에서 서로의 몸에 의지한 채 잠을 자고 있었다. 아버지는 어머니 옆에 누워 있었다. 어머니는 울음이 터져나오자 남편을 등지고는 옷소매 속에 얼굴을 파묻은 채 울음소리를 죽이려고 애썼다. 아버지는 즉시 잠에서 깨어나 황급히 어머니의 입을 손으로 막았다. 자신의 울음소리 속에서도 그녀는 남편이 귓속말로 속삭이는 것을 들었다. "큰 소리로 울지 말아요! 다른 사람들이 듣게 되는 날이면 당신은 비판을 받게 될 것이오." 비판을 받는다는 것은 중대한 일이었다. 그것은 곧 동지들로부터 자신이 "혁명 참가자"가 될 자격이 없다는 말을 듣거나, 심지어 비겁한 사람이라는 낙인이 찍힐 수도 있었다. 아버지는 재빨리 어머니의 손에 손수건을 건네주어 그것으로 입을 막아 울음소리가 새어나오지 않도록 했다.

다음 날 부대장이 어머니를 호출했다. 그는 언젠가 어머니가 강물 속에서 물살에 휩쓸려 떠내려갈 뻔했을 때 구해주었던 사람이었다. 그는 어머니를 한쪽으로 데려가더니 간밤에 어머니가 우는 소리를 들었다는 진정이 접수되었다고 말했다. 사람들은 그녀가 마치 "착취계급 출신의 귀부인"처럼 행동했다고 말한다는 것이었다. 부대장은 어머니를 동정하지만 다른 사람들의 의견을 전하지 않을 수 없다고 말했다. 그는 몇 걸음 걷고 나서 울음을 터뜨리는 것은 수치스런 일이라고 했다. 어머니의 태도는 올바른 혁명가의 행동이 아니라고도 했다. 그런 일이 있은 후, 어머니는 종종 울고 싶을 때가 있었지만 한번도 울지 않았다.

어머니는 고통을 참아가면서 행군을 계속했다. 그들이 통과해야 했던 가장 위험한 지역은 불과 2개월 전에 공산군의 수중에 들어온 산둥 성이었다. 한번은 일행이 깊은 골짜기를 따라 행군하고 있을 때, 머리 위에서 총알이 쏟아져내렸다. 어머니는 바위 뒤에 몸을 숨겼다. 총격은 약 10분간 계속되었다. 총격이 멈춘 다음 그들은 일행 중의 한 사람이 공격해온 적들의 배후로 돌아가려다가 총에 맞아 사망했음을 발견했다. 일행을 공격한 자들은 비적으로 판명되었다. 몇 사람은 부상을 당했다. 일행은 죽은 사람을 길가에 묻어주었다. 아버지와 몇몇 간부들은 자신들이 타고 오던 말을 부상자들에게 양보했다.

몇 차례의 총격전까지 치르면서 40일간을 행군한 끝에 일행은 난징에 도착했다. 난징은 한때 국민당 정부의 수도였으며 진저우로부터 정남쪽으로 약 1,100킬로미터 떨어져 있었다. 난징은 "중국의 화로"라고 불리는 곳이었는데, 소문에 걸맞게 9월 중순이었음에도 날씨는 마치 한증막 속에 있는 것처럼 찌는 듯이 무더웠다. 일행은 한 막사에서 밤을 지냈다. 어머니에게 배정된 침상의 대나무 매트리스에는 앞서 침상을 사용했던 사람들이 자면서 흘렸던 땀으로 인해서 신체 형상이 짙게 찍혀 있었다. 일행은 폭염 속에서도 군사훈련을 받아야 했다. 훈련 내용은 재빨리 침낭, 각반 및 배낭을 꾸리는 방법, 각종 장비를 갖추고 속보로 행군하는 연습 등이었다. 군대에 준하는 집단으로서 그들은 엄격한 기율을 준수해야 했다. 그들은 카키색 군복, 거친 면 셔츠와 내의를 입었다. 군복은 턱 아래까지 모든 단추를 채워야 했으며, 칼라의 단추를 풀어헤치는 것은 허용되지 않았다. 이런 군복을 입은 어머니는 숨쉬기가 답답했을 뿐만 아니라, 다른 사람들과 마찬가지로 목둘레에는 흐르는 땀으로 인해서 검고 굵은 띠가 생겼다. 게다가 머리에는 두 겹의 무명으로 만든 모자를 머리카락이 보이지 않을 정도로 푹 눌러써야만 했다. 이런 모자 때문에 어머니는 땀을 무척 많이 흘렸으며, 모자 둘레는 항상 땀에 젖어 있었다.

그들에게는 간혹 외출이 허용되었다. 그럴 경우에 어머니가 제일 먼저 하는 일은 아이스케이크를 여러 개 사서 게걸스럽게 먹는 것이었다. 일행 중 대다수는 행군 중에 톈진에 잠시 머물렀던 것 외에는 대도시를 본 적이 없었다. 그들은 외출 길에 맛본 아이스케이크에 흥분한 나머지 막사에 있는 동료들에게 선물하려고 몇 개를 사가지고 흰 손수건으로 정성스럽게 싼 다음 가방에 넣었다. 막사에 돌아와 가방을 열어본 그들은 물로 변한 아이스케이크를 발견하고 크게 실망했다.

난징에서 그들은 정치 강의를 받았다. 강사로는 훗날 중국의 지도자가 된 덩샤오핑과, 훗날 외교부장이 된 천이 같은 인사들이 나왔다. 어머니와 동료들이 난징 중앙대학교의 그늘진 잔디밭에 앉아서 강의를 듣는 동안 강사들은 폭염 속에서 두세 시간을 서서 연속해서 강의를 했다. 일행은 무더위도 잊은 채 강사들의 강의를 열심히 경청했다.

어느 날 일행은 모든 장비를 갖춘 채 공화국 건국의 아버지인 쑨원의 묘까지 5-6킬로미터에 달하는 거리를 구보로 왕복하는 훈련을 받았다. 구보를 마친 어머니는 아랫배에 통증을 느꼈다. 그날 밤 시내에서는 중국에서 최고의 인기를 누리는 한 스타가 주연으로 출연하는 경극 공연이 있었다. 외할머니와 마찬가지로 경극을 무척 좋아하는 어머니는 그 공연이 몹시 보고 싶었다.

그날 저녁 어머니는 동료들과 함께 이열종대로 열을 맞추어 약 8킬로미터 떨어져 있는 경극 공연장으로 걸어갔다. 아버지는 차를 타고 갔다. 가던 도중에 배에 더 심한 통증을 느낀 어머니는 잠시 동안 막사로 되돌아가야 하는 것이 아닌가 생각하기도 했으나 경극을 보기로 마음을 고쳐먹었다. 경극이 반쯤 진행되었을 때 어머니는 더 이상 통증을 참을 수 없었다. 어머니는 아버지가 앉아 있는 곳으로 가서 그의 차로 막사까지 데려다줄 것을 요청했다. 그러면서도 어머니는 아버지에게 자신의 복부 통증에 관해서는 말하지 않았다. 아버지는 운전병이 앉아 있는 곳을 둘러보았다. 운전병은 입을 헤벌린 채 경극 구경에 빠져 있었다. 아버지는 어머니에게 이렇게 말했다. "저렇게 경극 구경에 빠져 있는 사람에게 어찌 당신을 태워다주라고 말할 수 있겠소?" 아버지의 이런 말에 정나미가 떨어진 어머니는 자신의 심한 통증을 알리지도 않은 채 획 돌아서서 공연장을 나오고 말았다.

어머니는 극심한 통증을 참아가며 걸어서 막사로 되돌아왔다. 눈 앞에 있는 모든 것들이 빙빙 돌아가는 것처럼 보였다. 또한 캄캄한 속에서 별들이 날카롭게 난무하는 것이 보이면서, 마치 목화솜으로 이루어진 바다 위를 걷는 듯한 느낌이 들었다. 길이 눈에 들어오지 않아 자신이 얼마나 걸어왔는지조차 알 수가 없었다. 걸어오는 길이 마치 한평생처럼 길게만 느껴졌다. 어머니가 막사에 도착했을 때, 그곳에는 아무도 없었다. 막사의 보초를 제외한 모든 사람들이 경극 공연장에 갔던 것이었다. 어머니는 간신히 몸을 이끌고 자신의 침대로 다가갔다. 램프 가까이 다가선 어머니는 그때에야 비로소 자신의 바지가 온통 피로 물들어 있는 것을 발견했다. 어머니는 침대에 눕는 순간 정신을 잃었다. 어머니는 첫아기를 유산한 적이 있었다. 그리고 또다시 그녀 주위에는 아무도 없었다.

얼마 후 아버지가 막사로 돌아왔다. 그는 차를 타고 왔기 때문에 다른 사람들보다 먼저 막사에 도착했다. 어머니가 침대 위에 큰 대자로 쓰러져 있는 것을 발견한 아버지는 처음에는 어머니가 단지 피곤해서 누워 자는 것이라고 생각했으나, 피로 물든 바지를 보고는 의식을 잃었음을 알아챘다. 아버지는 의사를 부르러 달려나갔다. 의사는 어머니가 유산한 것이라고 진단했으나 군의관이었기 때문에 유산을 처치해본 경험이 없었다. 의사는 시내의 한 병원에 전화를 걸어 구급차를 보내줄 것을 요청했다. 병원 측에서는 구급차 출동비용과 긴급 수술비용을 은화로 지불하겠다고 약속할 경우에만 요청에 응할 수 있다고 했다. 아버지는 수중에 돈이 한푼도 없으면서 즉석에서 병원 측의 요구조건을 수락했다. 아버지는 "혁명 참가자"였으므로 당으로부터 자동적으로 의료 혜택을 받을 수 있었던 것이다.

어머니는 거의 죽을 뻔했다. 수혈을 받고 자궁의 내용물을 적출해야 했다. 수술이 끝난 후 눈을 뜬 어머니가 침대 옆에 앉아 있는 아버지를 발견하고 내뱉은 첫마디는 "이혼합시다"였다. 아버지는 어머니에게 빌고 또 빌었다. 아버지는 어머니가 임신 중이었다는 사실을 전혀 알지 못했을 뿐만 아니라, 사실 어머니 자신도 모르고 있었다. 어머니는 생리가 없다는 것을 알았지만 아마도 지독한 행군 때문일 거라고 여겼다. 아버지는 유산이 무엇인지를 몰랐노라고 말했다. 아버지는 앞으로는 훨씬 더 많이 어머니를 배려하겠다고 약속하면서, 자신은 어머니를 사랑하며 지금까지의 태도도 고치겠다는 말을 수없이 되풀이했다.

어머니가 혼수상태에 빠져 있는 동안 아버지는 피범벅이 된 어머니의 옷들을 세탁했다. 아버지의 이런 행동은 중국 남성에게서는 찾아보기 힘든 이례적인 것이었다. 마침내 어머니는 이혼하겠다는 말을 거두어들인 대신 만주로 돌아가 의학 공부를 다시 시작하고 싶다고 했다. 어머니는 아무리 열심히 노력해도 자신은 혁명에 적합한 사람이 될 수 없으며 공산당을 비판하게만 된다고 아버지에게 말했다. "나는 떠나는 것이 좋겠어요." 어머니가 내린 결론이었다. "안 돼!" 아버지가 단호하게 말했다. "당신의 그런 생각은 당신이 역경을 회피하려는 사람이라고 해석될 뿐이오. 낙오자라는 낙인이 찍히는 날에는 어떤 미래도 없소. 설사 대학에서 당신을 받아주더라도 당신은 결코 좋은 자리를 얻지 못할 거요. 일생 동안 차별을 받게 된단 말이오." 조직을 이탈하는 것은 엄격하게 금지되어 있다는 사실을 어머니는 알지 못했던 것이다. 한마디로 그것은 불문율이었다.

어머니는 아버지의 어조(語調)에서 극도의 절박감을 느낄 수 있었다. 한번 혁명대열에 투신했으면 절대로 중도에 그만둘 수 없다는 것이었다.

어머니가 입원 중이던 10월 1일에 일행은 특별방송이 있을 것이라는 연락을 받았다. 병원 내에는 여러 곳에 확성기가 설치되어 있었다. 그들은 다 함께 베이징 톈안먼 위에서 중화인민공화국이 수립되었음을 선언하는 마오쩌둥의 연설에 귀를 기울였다. 어머니는 감정이 북받쳐올라 어린아이처럼 울었다. 자신이 꿈꾸어왔던 중국, 건국을 위해서 몸 바쳐서 투쟁해왔던 중국이 바야흐로 수립되는 순간에 어머니는 열성을 다 바쳐 국가에 봉사할 수 있을 것이라고 생각했다. "중국 인민들은 마침내 일어섰습니다"라고 선언하는 마오쩌둥의 연설을 들으면서 어머니는 지금까지 마음을 잡지 못하고 흔들렸던 자신을 꾸짖었다. 중국을 구하자는 위대한 대의와 비교할 때 자신의 고생은 하찮은 것이었다. 어머니는 조국에 대한 커다란 자부심과 함께 뿌듯한 민족주의적 감정을 느끼면서, 영원히 혁명대열에 동참하겠다고 다짐했다. 마오쩌둥의 짧은 선언문 낭독이 끝난 후 어머니는 동료들과 함께 환성을 지르면서 모자를 벗어 공중으로 던졌다. 이런 행동은 중국 공산당이 소련인들로부터 배운 것이었다. 그들은 환희의 눈물을 닦은 다음 조촐한 축하연을 가졌다.

어머니가 유산을 하기 2, 3일 전에 부모님은 처음으로 함께 사진관을 찾아가서 사진을 찍었다. 사진 속에서 두 분은 군복 차림으로 우수에 젖은 채 무엇인가를 생각하는 듯한 시선으로 카메라를 응시하고 있다. 그것은 두 분이 국민당 정부의 수도였던 난징에 입성한 것을 기념하여 찍은 사진이었다. 어머니는 사진 한 장을 곧 진저우에 계신 친정어머니에게 보냈다.

10월 3일에 아버지의 부대는 난징을 떠났다. 공산군은 쓰촨 성을 압박하고 있었다. 어머니는 병원에서 한 달 더 요양을 해야 했다. 퇴원 후 체력을 회복하기 위해서 어머니는 장제스의 동서이자 국민당

외할아버지 쉐즈헝 장군, 베이징 전시 정부에서 경찰총감을 지냄. 1922-1924년.

나의 어머니(왼쪽)와 외할머니 그리고 샤 선생. 진저우에서, 1939년. 가운데에 서 있는 사람이 샤 선생의 둘째 아들 더구이다. 그는 샤 선생과 외할머니의 결혼을 찬성한 유일한 가족이었다. 샤 선생의 장남은 아버지의 뜻에 저항하기 위해서 권총으로 자신을 쏘았다. 맨 오른쪽은 더구이의 아들이다.

샤 선생.

열세 살 여학생이었던 나의 어머니. 만주
에서, 1944년.

후 청년은 어머니의 첫 남자 친구이다.
그는 사진 뒷면에 시를 적었다.

　바람과 먼지는 나의 동반자이니 세상
끝이 나의 집이다.

－「유랑자」

후 청년은 1947년에 투옥되었으나, 부친
이 돈을 내서 풀려났다. 후 청년은 자신
의 생존을 나의 어머니에게 알리기 위해
서 이 사진을 친구에게 주었다. 그러나
당시 진저우는 포위 공격을 받고 있었으
므로, 그 친구가 어머니를 만난 것은 공
산당이 진저우를 점령한 후였다. 어머니
가 아버지와 사랑에 빠진 것을 본 친구
는 사진을 건네지 않기로 결심했다.
1985년 어머니가 우연히 그 친구를 만났
을 때, 이 사진은 결국 어머니에게 전해
졌다. 이때 처음으로, 어머니는 후 청년
이 내전에서 살아남아 문화혁명 중에 죽
었다는 사실을 알았다.

외할머니의 여동생 란과 그녀의 남편 "충신" 페이어우 그리고 그들의 어린 자식. "충신"
이 국민당의 정보조직에 들어간 직후의 사진. 진저우에서, 1946년.

진저우 포위 공격에 부서지지 않고 남은 성문을 빠져나가는 인민해방군 병사들.
성문에는 국민당의 슬로건이 보인다. 1948년.

"해방혜(解放鞋)"의 바닥에 쓴 슬로건. 내전 당시의 사진. "고향을 지키자", "장제스를 타도하자"라고 쓰여 있다.

진저우에 총공격을 하는 인민해방군. 1948년 10월.

만주에서 쓰촨 성으로 향하는 도중, 국민당 정부의 수도였던 난징에서 사진을 찍은 아버지와 어머니. 1949년 9월. 모두 인민해방군 제복을 입고 있다. 이로부터 며칠 후 어머니는 첫아이를 유산했다.

부모님(뒷줄), 외할머니가 안고 있는 샤오홍(왼쪽), 유모가 안고 있는 저자(오른쪽). 청두로 이사한 직후. 1953년 가을.

이빈을 떠나는 어머니의 송별회에서. 1953년 6월. 뒷줄 왼쪽부터 막내 고모, 어머니. 앞줄 왼쪽부터 친할머니, 저자, 외할머니, 샤오홍, 진밍, 쥔잉 고모.

외할머니가 안고 있는 사람은 진밍과 저자(두 살, 머리에 리본을 달았다). 어머니 품에 안긴 사람은 샤오헤이. 서 있는 사람은 샤오훙. 청두에서, 1954년 말경.

아버지. 이 사진은 아버지의 분위기를 잘 보여준다. 만주에서 쓰촨 성으로 향하던 도중의 사진. 1949년 말경.

연설하고 있는 어머니. 청두에서,
1958년.

여섯 살 때의 저자.

어머니와 아이들. 왼쪽부터 샤오훙, 진밍, 샤오헤이, 저자. 청두에서, 1958년 초. 병이 악화
된 친할머니를 병문안하러 이빈으로 가는 아버지를 위해서 급히 찍은 사진. 빗을 시간이 없
었던 어머니의 머리, 진밍의 세라복에 달린 손수건(당시의 아이들은 모두 이렇게 했다)에서
황급함이 엿보인다.

정부의 금융을 장악하고 있던 쿵샹시가 소유한 호화 저택에서 요양할 수 있는 허락을 받았다. 어느 날 어머니의 부대는 난징 해방을 알리는 다큐멘터리 영화에 엑스트라로 동원된다는 연락을 받았다. 부대원들에게는 민간인 복장이 지급되어 공산군의 입성을 환영하는 일반 시민들의 역할을 연출했다. 사실에 가까운 이런 재현은 중국 전역에서 "다큐멘터리"로 상영되었다. 이런 현상은 당시 중국에서는 일반적이었다.

어머니는 난징에 거의 두 달간 더 머물면서 요양을 했다. 이런 중에도 아버지는 어머니에게 전보나 여러 통의 편지를 보내곤 했다. 아버지는 매일같이 어머니에게 보내는 편지를 써두었다가 정상적으로 운영되고 있는 우체국을 발견하기만 하면 한꺼번에 편지를 우체통에 넣었다. 아버지는 매번 편지에서 어머니를 무척 사랑한다고 말했고, 앞으로 좋은 남편이 되겠다고 약속했으며, 또한 어머니가 진저우로 돌아감으로써 "혁명대열에서 이탈"해서는 안 된다는 점을 강조했다.

12월 말경에 어머니는 요양을 위해서 난징에 잔류했던 다른 사람들과 함께 기선(汽船)에 승선하라는 연락을 받았다. 국민당 정부군의 폭격이 심해서 낮에 기선을 이용하는 것은 위험했기 때문에 그들은 밤에 선착장에 집합할 예정이었다. 부두에는 차가운 안개가 끼어 있었다. 공습에 대비하여 전등은 소등상태에 있었다. 눈과 함께 매서운 북풍이 강을 건너 휘몰아쳤다. 어머니는 부두에서 몇 시간을 기다려야 했기 때문에 꽁꽁 얼어 감각이 무뎌진 발을 동동 굴렀다. 당시 어머니는 "해방혜(解放鞋)"(혜〔鞋〕는 단화를 의미함/역주)라고 알려진 일반 부대에 지급되는 무명으로 만든 신발만을 신고 있었으며, 이런 신발의 바닥에는 "장제스를 타도하자〔打老蔣〕", "고향을 지키자〔保家鄉〕"와 같은 슬로건이 적혀 있었다.

어머니 일행이 탄 기선은 양쯔 강 서부지역에 도착했다. 기선은 멀리 떨어진 안칭이라는 마을에 도착하기까지의 약 320킬로미터에 달하는 첫 구간을 낮에는 국민당군의 폭격기를 피해 강북 제방 옆 갈대숲 속에 정박해 있다가 밤에만 항해했다. 기선에는 일단의 병사들이 타고 있었으며, 갑판에는 그들이 설치한 기관총이 있었고, 또한 대량의 무기와 탄약도 수송하고 있었다. 때로는 항해 도중에 국민당 정부군이나 지방 지주들의 용병과 소규모 전투가 벌어지기도 했다. 한번은 기선이 주간에 정박할 장소를 찾아 갈대숲 속으로 들어가던 중 갑자기 집중포화를 받으면서 일부 국민당 병사들이 선박에 승선하려고 시도했다. 호위병들이 응사하여 그들을 격퇴하는 동안 어머니를 비롯한 여성들은 선실 안으로 피신했다. 선박은 갈대숲을 빠져나와 멀리 떨어진 상류에 정박해야 했다.

그들은 쓰촨 성이 시작되면서 양쯔 강의 강폭이 급격히 좁아지는 삼협(三峽)에 도착하여 충칭에서 온 2척의 소형 선박에 나누어 승선했다. 한 배에는 군수물자를 싣고 호위병들이 승선했으며, 어머니 일행은 다른 배에 승선했다.

양쯔 강의 삼협은 지옥의 문이라는 뜻의 "귀문관(鬼門關)"이라는 별명을 가지고 있었다. 항해 중이던 어느 날 오후, 갑자기 밝은 겨울 햇빛이 사라져버렸다. 어머니는 무슨 영문인지 알아보기 위해서 갑판으로 달려나갔다. 높고 깎아지른 듯한 절벽이 강안 양쪽에서 마치 선박 위로 당장이라도 무너져내릴 듯이 굽어보고 있었다. 표면이 무성한 식물들로 덮여 있는 절벽은 어찌나 높은지 하늘을 가릴 지경이었다. 선박이 항해를 계속할수록 절벽은 더욱 가파르게 보여 마치 하늘로부터 거대한 칼이 내려쳐서 지면을 갈라놓은 듯했다.

소형 선박은 여러 날 동안 급류, 와류, 물살이 센 여울 및 암초와 싸우면서 힘겹게 항진했다. 때로는 빠른 물살이 선박을 밀치는 바람에 곧 전복될 것 같은 느낌이 들기도 했다. 어머니는 종종 선박이 절벽과 충돌할지도 모른다고 생각했으나, 그때마다 선박의 키잡이는 용케도 빠져나갔다.

인민해방군은 한 달이 채 안 되어 쓰촨 성의 대부분을 점령했다.

장제스가 본토에서 저항을 포기하고 타이완으로 도망가자 오도 가도 못 하게 된 국민당군의 잔당들이 들끓고 있었다. 어느 날 이들 잔당들이 무기와 탄약을 싣고 앞서가던 선박을 포격했다. 포탄 한 발이 명중했다. 그 선박이 약 100미터 전방에서 폭발했을 때 어머니는 갑판에 서 있었다. 그 순간에는 마치 강물 전체가 불바다로 변하는 것 같았다. 불붙은 커다란 나뭇조각들이 어머니의 배를 향해 날아드는 순간에는 폭발한 선박의 잔해와의 충돌을 피할 방법이 없는 것처럼 보였다. 그러나 피격된 선박의 잔해는 불과 10여 센티미터의 간격을 두고 어머니가 타고 있는 선박을 아슬아슬하게 빗겨갔다. 사람들의 얼굴에서는 공포나 환희의 기색을 찾아볼 수 없었다. 모두들 죽음에 직면하여 감각이 마비된 것처럼 보였다. 선두 선박에 승선했던 호위병들은 대부분 사망했다.

어머니가 승선한 선박은 기후와 풍경이 완전히 다른 세계로 접어들고 있었다. 삼협을 따라 전개되는 양쪽 절벽에는 커다란 등나무 덩굴들이 덮여 있어 섬뜩한 분위기와 함께 이국적인 느낌마저 주었다. 무성한 나뭇잎들 사이로는 원숭이들이 이 가지에서 저 가지로 뛰어다녔다. 진저우 지방의 넓은 평야만 보아오던 사람들에게는 끝없이 펼쳐지는 거대하고 깎아지른 듯한 산들은 놀랍고 신기한 세계였다.

때때로 선박은 검은 돌로 만들어진 폭이 좁은 계단 아래에 정박하곤 했다. 돌계단은 산 표면을 타고 올라갔고, 봉우리는 구름에 감추어져 보이지 않았다. 종종 산 정상에는 작은 마을이 있었다. 항상 짙은 안개가 마을을 감싸고 있기 때문에 마을 사람들은 낮에도 유채기름을 넣은 램프를 켜놓아야 했다. 산과 강에서 불어오는 습기를 머금은 바람 때문에 공기는 차가웠다. 어머니의 눈에는 그곳 농민들이 피부는 지독히 검고 깡마른데다 체구가 작았기 때문에, 그녀가 보아온 만주인들보다 얼굴의 윤곽이 훨씬 더 날카롭고 눈은 더 크고 둥글게 보였다. 그들은 이마 주위에 긴 흰색 천으로 만든 일종의 터번을 두르고 있었다. 중국에서는 흰색이 슬픔을 상징하는 색깔이었으므로 어머니는 처음에 그들이 상복을 입고 있는 것으로 여겼다.

일행은 1월 중순에 충칭에 도착했다. 충칭은 대일전쟁 기간 중 국민당 정부의 수도였다. 어머니는 충칭으로부터 약 160킬로미터 떨어진 상류에 있는 루저우라는 마을로 가기 위해서 좀더 작은 배로 갈아타야 했다. 루저우에서는 아버지의 메시지가 어머니를 기다리고 있었다. 어머니를 수송하도록 삼판선(三板船)을 보냈으니 즉시 이빈으로 오라는 내용이었다. 이런 연락을 받고서야 어머니는 비로소 아버지가 살아서 목적지에 도착했다는 사실을 알게 되었다. 어머니가 아버지에게 품었던 섭섭한 감정은 이제 봄눈 녹듯이 사라졌다. 아버지를 마지막으로 본 지가 넉 달이나 되고 보니 어머니는 남편이 그리워졌다. 어머니는 아버지가 목적지까지 오는 동안에 옛 시인들이 시로 읊었던 수많은 절경들을 보면서 크게 흥분했을 모습을 상상해보았다. 아버지가 틀림없이 여행 중에 어머니를 위해서 시 몇 수를 지었을 것이라는 생각이 들자, 어머니의 가슴속에는 아버지에 대한 뜨거운 애정이 밀려왔다.

어머니는 루저우에 도착한 당일 저녁에 출발할 수 있었다. 다음 날 아침 잠에서 깨어난 어머니는 부드러운 안개를 뚫고 비쳐드는 따뜻한 햇볕을 느낄 수 있었다. 강을 따라 뻗은 산들은 부드러운 녹음으로 덮여 있었다. 어머니는 한가로운 마음으로 편히 누워 삼판선 뱃머리를 치는 물결소리를 들었다. 어머니는 그날 오후에 이빈 시에 도착했다. 그다음 날은 음력으로 새해 첫날인 중국의 춘절(春節)이었다. 어머니의 눈에 비친 이빈 시의 첫인상은 한마디로 불가사의했다. 구름 속에 떠 있는 마을처럼 섬세하고 미묘한 느낌을 주었다. 삼판선이 부교에 접근하는 동안 어머니는 아버지를 찾기 위해서 휘둘러보았다. 마침내 어머니는 안개 속에서 희미한 아버지의 모습을 발견할 수 있었다. 아버지는 군대의 큰 방한용 외투의 단추를 풀어헤친 채 서 있었고, 그 뒤에는 경호원이 있었다. 넓은 강둑 위에는 모래와 자갈이 덮여 있었고, 마을은 언덕을 따라 뻗어 있었다. 일부 주택들은 가늘고 긴 죽마(竹馬)를 받침대로 삼아서 세워졌기 때문에 바람이 세게 불 때마다 곧 무너져버릴 것만 같았다.

삼판선은 마을의 돌출 부분에 있는 곳의 도크에 묶여졌다. 뱃사람이 나무판을 뱃전에 걸쳐놓자 아버지의 경호원이 건너와서 어머니의 짐을 받았다. 어머니가 물결에 따라 흔들리는 나무판 위로 올라서자 아버지가 팔을 내밀어 어머니를 도왔다. 여러 사람들이 있는 장소에서 여자를 포옹하는 것은 적절한 행동이 아니었으므로 어머니는 아버지가 자신을 포옹해줄 것으로 기대하지는 않았지만, 오래간만에 어머니를 본 아버지가 자신만큼이나 상기되어 있음을 알아챈 어머니는 매우 행복했다.

8. "금의환향"

가족과 비적들이 기다리는 쓰촨 성으로
(1949-1951)

배를 타고 오는 동안 어머니는 시댁이 있는 이빈 시의 모습이 어떨지 궁금했다. 전기는 들어왔을까? 산은 양쯔 강을 따라 늘어서 있던 산들처럼 높을까? 영화관은 있을까? 아버지와 함께 언덕길을 오르면서 자신이 아름다운 곳에 왔다는 것을 깨달은 어머니는 가슴이 뛰었다. 이빈 시는 하나는 맑은 물이 흐르고, 다른 하나는 흙탕물이 흐르는 두 줄기의 강이 합류하는 곳을 굽어보는 언덕 위에 자리잡고 있었다. 어머니는 늘어선 민가에서 전등불이 반짝이는 것을 볼 수 있었다. 가옥의 벽은 대나무와 진흙으로 만들어져 있었다. 어머니가 보기에, 이곳 가옥 지붕의 얇고 휘어진 기와들은 강풍과 폭설에 견뎌야 하는 만주 지역 가옥의 투박한 기와와 비교하면 거의 레이스와도 같이 섬세한 듯했다. 녹나무, 메타세쿼이아, 차나무로 뒤덮인 짙은 녹색의 산들이 감싸고 있는 대나무와 흙으로 지어진 작은 집들이 안개 속에서 점점이 보였다. 어머니는 이제야 비로소 어깨를 짓누르는 무거운 짐에서 벗어난 가벼운 발걸음의 참맛을 느낄 수 있었는데, 그것은 바로 아버지가 경호원에게 어머니의 짐을 들고 가도록 지시했기 때문이었다. 그동안 전쟁으로 황폐된 수십 개의 마을과 촌락들을 지나온 끝에 이곳에서 전쟁의 참화를 전혀 입지 않은 평화로운 모습의 마을을 보게 되어 어머니의 마음은 무척이나 기뻤다. 7,000명에 달하는 국민당 수비대는 전투 한번 해보지도 않고 이빈 시를 포기했던 것이다.

아버지는 신정부가 사무실 겸 사택으로 접수한 우아한 저택에서 살고 있었으므로, 어머니는 아버지와 그곳에서 함께 살게 되었다. 그 저택의 정원에는 푸른 이끼가 덮인 땅 위에서 포이베 나무, 파파야, 바나나와 같은 어머니가 지금까지 본 적이 없었던 나무들이 우거져 있었다. 연못에서는 금붕어가 헤엄을 쳤고 거북이까지 있었다. 아버지의 침실에는 소파 겸용의 더블베드가 있었는데, 딱딱한 침대만을 알고 있었던 어머니에게 그 더블베드는 자신이 지금까지 잠을 자본 침대 중에서 가장 푹신했다. 이빈 지방에서는 겨울철에도 얇은 이불 하나만 덮고 자면 충분했다. 만주에서와 같은 살을 에는 듯한 매서운 바람이나 구석구석을 파고드는 흙먼지는 볼 수 없었다. 흙먼지를 막고 숨을 쉬기 위해서 얼굴 전체를 망사 스카프로 가릴 필요도 없었다. 우물에는 덮개도 없이 한쪽 끝에 물을 긷기 위한 바가지가 고정된 긴 대나무 막대가 꽂혀 있었다. 마을 사람들은 약간 기울게 고정되어 있는 표면이 매끄럽고 윤이 나는 빨랫돌 위에서 야자나무 섬유로 만든 솔로 의복을 문질러가며 빨래를 했다. 만주에서 이런 방식으로 빨래를 한다면 빨랫감이 금방 흙먼지로 덮이거나 돌처럼 꽁꽁 얼어버렸을 것이다. 어머니는 난생처음으로 매일 쌀밥과 신선한 야채를 먹을 수 있었다.

이런 생활이 계속되는 몇 주간은 부모님들에게 진정한 신혼이라고 할 수 있는 기간이었다. 어머니는 처음으로 아버지로부터 "연애를 우선시한다"는 질책을 듣지 않고 살 수 있었다. 이빈 시의 전체적인 분위기는 여유가 있었다. 공산군은 연이은 대승리로 고무되어 있었고 아버지의 동료들은 기혼자들은 토요일 밤만을 배우자와 함께 지낼 수 있다는 공산당의 불문율을 고집하지 않았다.

이빈 시가 공산군의 수중에 들어온 것은 2개월이 채 못 되는 1949

년 12월 11일의 일이었다. 이빈 시 함락일로부터 6일 후에 도착한 아버지는 이빈 현의 현장으로 임명되었다. 이빈 현의 인구는 100만 명이 넘었으며, 이빈 시에는 약 10만 명이 거주했다. 아버지는 난징에서 "혁명에 참가한" 100명이 넘는 한 무리의 학생들과 함께 양쯔 강을 거슬러오르는 배 편을 이용하여 이빈 시에 도착했다. 내전기간 중 공산당 지하활동의 근거지였던 이빈 시 건너편 강둑 위에 있는 이빈 발전소에 배가 도착하자 수백 명의 노동자들이 선착장에서 아버지 일행을 환영하기 위해서 다섯 개의 별이 인쇄된 작은 종이 깃발, 즉 공산 중국의 새로운 국기인 오성홍기(五星紅旗)를 흔들고 환영 구호를 외치면서 몰려나왔다. 그러나 깃발에 인쇄된 별들은 틀린 위치에 자리잡고 있었다. 지방 공산당은 다섯 개의 별이 있어야 할 정확한 위치를 몰랐던 것이다. 아버지는 노동자들에게 연설하기 위해서 다른 간부와 함께 뭍으로 올랐다. 노동자들은 아버지가 이빈 지방의 사투리를 사용해가면서 연설을 하자 모두들 기뻐했다. 누구나 할 것 없이 쓰고 다니는 군모 대신에 아버지는 공산군이 1920년대부터 1930년대 초에 사용했던 구식 팔각모를 쓰고 있었다. 아버지의 이런 모습이 현지인들에게는 특이하면서도 멋지게 보였다.

연설이 끝난 다음 아버지 일행은 다시 배를 타고 강을 건너 이빈 시로 갔다. 아버지는 그때까지 10년간 고향을 떠나 있었다. 아버지는 가족들을 매우 사랑하는 사람이었으며, 그중에서도 특히 막내 여동생을 귀여워했다. 옌안에서 새로운 생활을 시작했을 때에도 아버지는 여동생에게 열심히 편지를 보냈을 뿐만 아니라, 장차 그녀도 그곳에서 함께 살게 되기를 바란다는 말도 했었다. 국민당 군대가 봉쇄를 강화하자 열심히 보내던 아버지의 편지는 중단되었고, 그 후 난징에서 아버지가 어머니와 함께 찍은 사진을 보내온 것이 참으로 오래간만에 가족들이 아버지로부터 받아본 편지였다. 가족들은 실제로 지난 7년간 아버지의 생사조차 알지 못했다. 고향집의 가족들은 아버지를 그리워했고, 그를 생각할 때마다 눈물을 흘렸으며, 그의 무사귀환을 위해서 부처님께 빌었다. 아버지는 사진과 함께 가족들에게 보내온 편지에서 자신이 곧 이빈 시로 갈 예정이며 이름을 개명했다는 것을 알려왔다. 아버지는 옌안에 체류하는 동안 많은 다른 사람들과 마찬가지로 왕위(王愚)라는 가명을 사용했다. 위라는 이름은 "어리석다고 간주될 정도로 이기심이 없다"는 의미였다. 아버지는 이빈에 도착하자마자 자신의 본래 성인 장(張)씨로 성을 다시 바꾸었으나 이름만은 옌안 시절에 사용하던 가명을 넣어서 자신을 장서우위(張守愚)라고 불렀다. 아버지의 이름 서우위는 "이기심이 없는 자세를 견지한다"는 의미였다.

10년 전 고향을 떠날 당시에 아버지는 가난하고, 배고프고, 착취당하는 견습공 신분이었지만 이제 서른이 채 안 된 젊은 나이로 고향에 돌아오는 아버지는 막강한 권한을 가진 공산당 간부가 되어 있었다. 이것은 전통적인 중국인들의 꿈인 "출세하여 비단옷을 입고 고향에 돌아온다"는 금의환향(錦衣還鄕)을 뜻하는 것이었다. 가족들은 아버지를 무척이나 자랑스럽게 여겼으며, 공산당에 대해서 온갖 이상한 소문들을 들어오던 터라 모두들 10년 만에 귀향한 아버지의 변한 모습을 보고 싶어 했다. 특히 나의 친할머니는 당연히 처음 보는 며느리가 어떤 여자인지 무척 궁금해했다.

고향집에서 아버지는 흉금을 터놓고 큰 소리로 말하며 웃음을 터뜨렸다. 조금도 거리낌 없는 아버지의 태도는 마치 활기에 찬 청소년을 보는 것 같았다. 변하지 않은 아들의 모습을 본 할머니는 안도의 한숨을 쉬면서 행복감에 젖었다. 실로 오랜만에 아버지를 본 일가친척들은 오랜 전통의 관습대로 눈물을 글썽이며 재회의 기쁨을 표시했다. 누구보다도 생기가 도는 사람은 아버지의 막내 여동생이었다. 그녀는 길게 땋아 늘어뜨린 머리채를 매만지며 신이 난 표정으로 이야기했다. 종종 자신의 말을 강조하기 위해서 머리를 아래위로 흔들 때면 그녀는 앞으로 늘어진 머리채를 어깨 너머 등 뒤로 던지곤 했다. 전통적으로 쓰촨 성 여성들이 즐거울 때 드러내는 쾌활한 모습을 바라보는 아버지의 입가에는 웃음이 감돌았다. 아버지는 지난 10년 동안 북부지방에서 엄격한 혁명활동을 해오면서 그런 정다운 광경을 거의 잊고 지냈던 것이다.

가족들과의 대화 속에는 아버지가 귀담아들어야 할 것들이 많았다. 할머니는 아버지가 고향을 떠난 다음 일어났던 일들을 자세하게 설명했다. 할머니는 특히 한 가지 걱정거리가 있다고 했다. 그것은 충칭에서 자신을 돌봐주던 큰딸이 어떻게 지내는지 알 수가 없다는 것이었다. 사위가 딸에게 약간의 토지를 남기고 사망했으며 딸은 그 토지를 경작하기 위해서 사람들을 고용했다. 공산당의 토지개혁에 대해서 여러 가지 소문들이 횡행하고 있었으므로 가족들은 그녀가 지주로 분류되어 토지를 몰수당하지 않았을까 걱정했다. 여자들은 감정이 격해지면서 그녀에 대한 걱정이 차츰 비난으로 변해갔다. "걔가 어떻게 되는 거지? 앞으로 어떻게 살아가지? 공산당이 어떻게 그런 짓을 할 수 있지?"

아버지는 기분이 상하고 화가 치밀어올라 마침내 폭발하고 말았다. "나는 오늘날까지 공산당의 승리를 여러분들과 함께 축하할 수 있는 날이 오기를 고대하면서 살아왔습니다. 모든 부정은 과거의 일이 될 것입니다. 지금은 앞날에 대해서 긍정적으로 생각하고 공산당의 승리를 기뻐해야 할 때입니다. 그런데도 여러분들은 공산당을 의심하고 비난만 합니다. 그저 잘못된 점만을 찾아내려고 합니다……." 그 순간 아버지는 어린 소년처럼 눈물까지 보였다. 자리를 함께 했던 모든 여자들도 역시 눈물을 흘렸다. 아버지가 실망과 좌절감에서 눈물을 흘렸다면 여자들은 회의감과 불안감이 뒤섞인 보다 복잡한 감정 때문에 눈물을 흘린 것이었다.

할머니는 돌아가신 할아버지가 남겨주신 이빈 시 교외의 고향집에서 살고 있었다. 그 집은 시골집치고는 제법 크게 잘 지은 집이었다. 나무와 벽돌로 지은 단층 가옥으로서 길과는 담으로 구분되었다. 앞마당에는 큰 정원이 있었고, 후원에는 싱그러운 향기를 내뿜는 매화나무 밭과 매혹적인 정원 분위기를 더해주는 울창한 대나무 숲이 있었다. 아버지의 고향집은 티끌 하나 없이 깨끗했다. 모든 창문들은 말끔하게 닦여져 있었고, 어느 한군데에서도 얼룩을 찾아볼 수 없었다. 아름답게 반짝이는 자단나무로 만들어진 가구들은 검은색에 가까운 짙은 검붉은색을 띠고 있었다. 이빈에 도착한 다음 날 아버지와 함께 시댁을 처음으로 방문한 어머니는 시댁의 가옥이 마음에 들었다.

어머니가 며느리로서 시댁을 처음 방문하는 것은 중대한 행사였다. 중국의 전통에 따르면 한 집안에 시집온 며느리에게 절대적인 권력을 가진 사람은 언제나 시어머니였으며, 며느리는 그런 시어머니에게 절대복종을 해야 한다. 때로는 시어머니가 며느리를 학대하기도 했다. 이런 생활을 거쳤던 며느리가 시어머니가 되면 과거에 자신이 당한 것과 똑같이 며느리를 대했다. 그렇기 때문에 각 가정의 억압적인 분위기로부터 며느리들을 해방시키는 것은 공산당의 주요 정책이었으나, 한편으로는 공산당원 며느리가 이루 말할 수 없을 정도로 시건방지므로 시어머니의 머리 위에 앉으려고 한다는 소문이 자자했다. 그러므로 모두들 공산당원인 어머니가 시어머니 앞에서 며느리로서 어떻게 행동할지를 보고 싶어 안달했다.

아버지의 장씨 가문은 대가족이었는데, 어머니가 시댁에 도착하던 날에는 일가친척들이 모두 모였다. 어머니는 시댁의 대문 근처에서 사람들이 "저기 온다, 저기 와!"라고 수군거리는 소리를 들었다. 어른들은 머나먼 북쪽 지방 출신의 공산당원 며느리를 보려고 소란스럽게 뛰어다니는 어린아이들을 제지하느라 바빴다.

어머니가 아버지와 함께 거실에 들어갔을 때, 시어머니는 제일 안쪽에 있는 조각이 새겨진 커다란 자단나무 의자에 앉아 있었다. 거실의 양쪽에는 입구에서부터 안쪽에 이르기까지 역시 자단나무 의자들이 좌우대칭으로 나란히 놓여 있어 한층 더 엄숙한 분위기를 풍겼다. 두 의자 사이마다 꽃병이나 기타 장식품이 놓여진 작은 탁자들이 있었다. 그 사이를 걸어가는 어머니의 눈에 비친 시어머니는 매우 평온한 얼굴에 (아버지와 마찬가지로) 광대뼈가 발달했으며, 눈은 작고 턱은 뾰족했고 얇은 입술은 양끝에서 약간 아래로 처져 있었다. 시어머니의 체구는 작았고, 두 눈은 마치 명상이라도 하듯이 반쯤 감은 듯했다. 어머니는 아버지와 함께 천천히 다가가 시어머니 앞에 섰다. 그리고는 무릎을 꿇고 머리를 조아리는 고두절을 세 번 했다. 이런 식으로 절을 드리는 것은 전통적인 예의범절에 따른 것이었으나, 모두들 젊은 공산당원인 며느리가 과연 격식대로 절을 드릴지 궁금하게 생각하고 있었다. 방 안 여기저기에서 안도의 한숨이 새어나왔다. 아버지의 사촌들과 누이들은 즐거운 표정을 짓고 있는 시어머니에게 소곤거렸다. "참으로 사랑스러운 며느리네요! 아주 조신하고, 귀엽고, 참해요! 어머니, 정말로 좋은 며느리를 얻으셨습니다!"

어머니는 시어머니와의 첫 대면을 원만하게 치러내어 기분이 좋았다. 어머니는 이런 자리에서의 행동요령에 관해서 아버지와 상당 시간을 의논했다. 공산당은 중국의 전통적인 고두 절이 인간의 존엄성을 모욕하는 것이라고 간주하여 폐지할 예정이라고 발표한 바 있었다. 그러나 어머니는 이번 한 번만은 예외적으로 전통 격식을 따르고 싶어 했다. 아버지도 어머니의 이런 생각에 동의했다. 아버지로서는 어머니가 유산한 후에 어머니의 마음을 상하게 하고 싶지 않았던 것이다. 뿐만 아니라 이번의 고두 절은 그 의미가 일반적인 고두 절과는 달랐다. 그것은 공산당의 이미지를 제고하는 데 도움을 줄 수 있는 기회였다. 그러나 온 가족들이 기대하더라도 아버지 자신은 어머니에게 고두 절을 하지 않을 작정이었다.

장씨 가문의 모든 여자들은 불교신도들이었으며 아버지의 누이들 중 유일하게 결혼하지 않은 쥔잉은 유달리 독실한 신도였다. 그 고모는 어머니를 불상 앞으로 안내하여 고두 절을 올도록 했다. 뿐만 아니라 춘절에 설치한 가문의 조상들을 모신 제단 앞에서도 고두 절을 하도록 했고, 심지어 후원에 있는 매화나무 밭과 대나무 숲에도 절을 올리게 했다. 쥔잉 고모는 모든 꽃과 나무들에는 영혼이 깃들어 있다고 믿었다. 고모는 어머니에게 대나무에 고두 절을 12번 올리면서 그 꽃이 피지 않도록 빌 것을 요청하기도 했다. 중국인들은 대나무에 꽃이 피는 것은 재앙을 예고한다고 믿었다. 어머니는 이처럼 많은 절을 올리면서도 즐거웠다. 어머니는 그런 행동을 통해서 어린 시절의 추억을 떠올릴 수 있었으며, 또한 명랑한 기분에 젖어볼 수도 있었다. 아버지는 어머니의 그런 행동에 반대했으나, 어머니는 그것이 단지 공산당의 이미지를 좋게 하기 위한 연출된 행동일 뿐이라는 말로 아버지를 다독였다. 국민당은 공산당이 정권을 잡으면 모든 전통적인 관습들을 폐지할 것이라고 선전을 했었기 때문에 어머니는 인민들에게 그런 일이 일어나지 않는다는 것을 보여주는 것이 중요하다고 말했다.

장씨 가문의 사람들은 어머니를 매우 친절하게 대해주었다. 며느리를 처음 대면할 때는 격식을 차렸던 할머니도 알고 보면 상대하기가 참으로 편안한 분이었다. 이래라 저래라 명령을 내리는 일도 별로 없었고, 한번도 나무라는 일이 없었다. 쥔잉 고모는 둥근 얼굴에 마마 자국이 있었지만 눈이 인자해보여 누구나 그녀가 친절한 사람이라는 것을 알아챌 수 있었으며, 그녀와 함께 있으면 편안해지고 안정감을 느낄 수 있었다. 어머니는 자신도 모르게 시댁 식구들을 친정어머니와 비교하게 되었다. 시댁 식구들은 친정어머니와는 달리 자신에게 활력과 원기를 불어넣어주지는 않았지만, 대신에 그들의 편안하고 조용한 태도는 어머니가 완전히 자기 집에 있는 것 같은 느낌이 들도록 만들었다. 쥔잉 고모가 조리하는 쓰촨 요리는 만주 지방의 담백한 요리와는 달리 자극적인 갖가지 양념이 들어가서 맛이 있었다. "용과 호랑이의 싸움〔龍虎鬪〕", "양귀비의 닭〔貴妃鷄〕", "매운 맛 오리〔香酥鴨〕", "황금빛 병아리가 새벽을 알리다〔童子金鷄報曉〕"와 같이 각 요리마다 이름이 색다른 것도 어머니에게는 재미있었다. 어머니는 종종 시댁을 방문하여 시댁 식구들과 함께 식사를 했다. 또한 이른 봄에 시댁의 창문을 통해서 분홍색과 흰색의 꽃들이 흐드러지게 핀 매화나무, 아몬드 나무, 복숭아나무들을 바라보는 것도 재미있었다. 장씨 가문의 여자들이 언제나 자신을 따뜻이 맞이할 뿐만 아니라 아껴준다는 사실을 발견한 어머니는 큰 행복감을 느낄 수 있었다.

도착한 지 얼마 되지 않아 어머니는 이빈 현의 공무부에서 근무하라는 인사발령을 받았다. 그러나 어머니는 사무실에만 앉아 있을 수가 없었다. 무엇보다도 주민들을 먹여살려야 하는 일이 급선무였다. 식량 사정이 점점 악화되고 있었던 것이다.

중국 남서부지방은 국민당의 최후의 거점이었다. 1949년 12월 장제스가 쓰촨 성을 버리고 타이완으로 도망칠 당시, 그곳에는 25만명에 달하는 국민당 병사들이 잔류하고 있었다. 더구나 쓰촨 성은 공산군이 농촌을 점령한 다음에 도시를 공격한다는 그들의 전략원칙을 따르지 않았던 몇 군데 예외적인 지역들 중 하나였다. 국민당군의 조직은 와해되었지만 그들은 우수한 무기를 보유하고 있었기 때문에 쓰촨 성 남부의 광범위한 농촌지역을 지배하고 있었다. 따라서 식량은 친국민당 세력인 지주들이 장악하고 있는 실정이었다. 공산당으로서는 도시주민들뿐만 아니라 자신들의 병사들과 투항한 수많은 국민당 군대의 포로들을 먹여살리기 위해서라도 시급히 식량을 확보해야 했다.

초기에 공산당은 교외에 당원들을 파견하여 식량을 구매하려고 시도했다. 대부분의 대지주들은 전통적으로 용병을 두었으며, 이들은 이제 국민당의 잔당들과 결탁하여 큰 세력을 형성했다. 어머니가 이빈 시에 도착하고 나서 며칠 후에 이 세력들이 쓰촨 성 남부지역에서 일제히 봉기했다. 이에 따라서 이빈 현은 식량 부족으로 굶어죽을 위기에 처했다.

공산당 정부는 식량을 징발하기 위해서 당원들과 무장 호위병들로 조를 편성하여 그들을 농촌지역으로 파견하기 시작했다. 거의 모든 사람들이 식량 징발에 동원되었다. 그러다 보니 관공서는 텅 비게 되었다. 이빈 현 청사에는 단 2명의 여자만이 남았는데 한 명은 접수처 직원이었고, 다른 한 명은 갓 태어난 젖먹이가 딸린 직원이었다.

어머니도 여러 번 식량 징발활동에 참가했다. 교외로 나가 식량을 징발하는 일은 한 번에 여러 날이 소요되는 활동이었다. 어머니의 조는 모두 13명으로 당원 7명과 병사 6명으로 구성되었다. 식량 징발활동에 참가할 때면 어머니는 침낭, 쌀 한 봉지, 동유(桐油)를 바른 캔버스로 만든 투박한 우산 한 개를 등에 지고 길을 나섰다. 어머니의 조원들은 여러 날 동안 황야를 통과하고 좁고 험한 절벽과 협곡의 오솔길이 마치 양의 내장처럼 구불구불하여 중국인들이 "양장소도(羊腸小道)"라고 부르는 길을 지나야만 했다. 한 농촌 마을에 도착한 그들은 가장 누추한 오두막집을 찾아가서 가난한 농민들과 접촉을 시도하는데, 이때 공산당은 그들과 같은 가난한 사람들이 자신들의 토지를 가지고 행복하게 살 수 있도록 만들어줄 것이라고 설명한 다음, 어느 지주가 쌀을 쌓아두고 있는지를 물었다. 대부분의 농민들은 전통적으로 관리들을 두려워할 뿐만 아니라 불신해왔기 때문에 공산당의 질문에 쉽게 속내를 드러내지 않았다. 많은 농민들은 그동안 공산당에 관해서 피상적인 소문만을 들어왔으며, 더구나 그들이 들어온 모든 소문은 하나같이 나쁜 것들이었다. 그러나 만주지방의 사투리를 버리고 이빈 지방의 억양을 익힌 어머니는 조목조목 설득력 있게 설명할 수 있었다. 그러다 보니 공산당의 새로운 정책을 농민들이 알아듣기 쉽게 설명하는 것이 어머니의 특기가 되었다. 일행은 쌀을 많이 쌓아두고 있는 지주들이 누구인지를 알아낸 다음, 그들을 찾아가 지정된 집하시장에서 현찰지급을 조건으로 쌀을 팔도록 설득했다. 일부 지주들은 겁에 질린 나머지 별로 소란을 피우지 않고 쌀을 내놓았다. 그러나 일부 지주들은 어머니의 일행이 있는 곳을 무장 용병이나 국민당 잔당들에게 통보했다. 어머니 일행은 종종 총탄 세례를 받기도 하여 밤마다 경계를 서야 했으며, 때로는 습격을 피하기 위해서 이곳저곳으로 야영 장소를 옮겨다녀야 했다.

어머니 일행은 처음에는 가난한 농민들의 집에서 숙박했다. 그러나 비적들은 공산당을 도와준 농민을 발견하면 그 농민의 일가족을 몰살시켰다. 이런 사건이 몇 차례 발생한 후에 어머니의 조원들은 무고한 농민들의 생명을 위태롭게 할 수는 없다고 판단하여 벌판이나 버려진 절에서 잠을 잤다.

세 번째 식량 징발을 나선 길에 어머니는 구토와 함께 현기증을 느끼기 시작했다. 어머니는 다시 임신한 것이었다. 어머니는 기진맥진한 상태로 이빈으로 돌아와서 휴식을 취해야 했으나 어머니의 조는 곧 다시 출동해야 했다. 임신한 여성 당원에 대한 공산당의 복무 규정이 모호했기 때문에 어머니는 어떻게 행동해야 할지 갈피를 잡을 수가 없었다. 어머니는 출동에 나서기를 원했는데, 당시에는 자발적인 희생을 요구하는 분위기가 강했다. 당원이 불평불만을 늘어놓는 것은 수치스러운 행동으로 간주되었다. 그러나 불과 5개월 전에 유산을 경험했던 어머니로서는 두려울 수밖에 없었으며, 의사나 구급차를 기대할 수 없는 황야 한가운데에서 또다시 유산을 한다는 것은 생각만 해도 끔찍한 일이었다. 더구나 식량 징발활동은 거의 매일같이 비적들이나 국민당 잔당들과 총격전을 벌여야 했으므로 도망칠 수 있어야, 그것도 재빨리 도망칠 수 있어야 목숨을 구할 수 있었다. 그러나 어머니는 걷기만 해도 어지러웠다.

그럼에도 불구하고 어머니는 출동하기로 결심했다. 일행 중에는 임신 중인 여성이 또 한 명 있었다. 어느 날 오후에 일행은 한 빈 집의 앞마당에서 점심 식사 준비를 하고 있었다. 그들은 집주인이 아마도 자신들을 피해서 도망간 것으로 생각했다. 잡초가 무성한 마당 주위를 감싸고 있는 어깨 높이의 토담은 군데군데 무너져 내렸다. 나무 대문은 잠겨 있지 않았고, 봄바람이 불 때마다 삐걱거리는 소리를 냈다. 일행 중 조리사가 버려진 부엌에서 밥을 짓고 있을 때 한 중년 남자가 나타났다. 그 남자는 짚신에 헐렁한 바지를 입었으며 무명 허리띠 속 한쪽으로는 에프론 같은 넓은 천 조각을 쑤셔넣어 걸쳤고, 머리에는 때 묻은 흰색 터번을 두르고 있어 농민처럼 보였다. 그는 대도대(大刀隊)라는 이름의 악명 높은 비적단 소속의 비적들 한 무리가 일행을 향해서 다가오고 있으며, 그들은 특히 어머니와 또 한 명의 여자를 생포하려고 혈안이 되어 있는데, 그 이유는 여자들이 공산당 고위 간부들의 부인이라는 사실을 알고 있기 때문이라고 설명했다.

그러나 이 남자는 평범한 농민이 아니었다. 그는 국민당 시절에 어머니의 조원들이 살고 있는 마을을 비롯한 다수의 마을들이 속해 있는 하부 행정조직인 진(鎭, 현(縣) 아래의 조직)의 진장(鎭長)을 지낸 인물이었다. 옛날부터 국민당 병사들 및 지주들과 유대를 맺었던 것처럼 대도대 비적들은 당연히 그의 협조를 얻으려고 시도했다. 그는 비적들 무리와 손을 잡았으면서도 공산당에게 대도대의 내부 정보를 알려줌으로써 자신의 목숨을 보전할 방책을 마련해놓겠다는 생각에서 어머니 일행을 찾아왔던 것이다. 그는 일행에게 도망칠 가장 좋은 길을 알려주었다.

일행은 곧 짐을 꾸려서 줄행랑쳤다. 그러나 어머니와 또 한 명의 임신부는 신속하게 도망칠 수가 없었기 때문에 그 남자가 알려주는 대로 토담이 무너진 부분을 넘어 근처의 건초더미 속에 몸을 숨겼다. 조리사는 다 지은 밥을 담고 뜨거운 밥솥을 배낭에 넣기 전에 냉수를 부어 식히느라고 부엌에서 꾸물거렸다. 쌀밥과 밥솥은 너무나 귀중했기 때문에 도저히 버리고 갈 수가 없었던 것이다. 특히 밥솥은 내전 기간 중에는 구하기조차 힘들었다. 두 명의 병사는 부엌에서 조리사의 작업을 거들어주면서 빨리 출발할 것을 재촉하고 있었다. 마침내 조리사가 밥과 밥솥을 걸머쥐자 세 사람은 뒷문을 향해 줄달음쳤다. 그러나 그 순간 대문으로 들어서던 비적들은 불과 몇 미터 앞에서 도망치는 세 사람을 붙잡을 수 있었다. 세 사람을 쓰러뜨린 비적들은 그들을 칼로 살해했다. 비적들은 총이 부족한데다 탄환도 충분하지 못했기 때문에 그리 멀지 않은 전방에서 도망치고 있는 사람들을 보고도 총을 쏘지 못했다. 비적들은 다행히도 건초더미 속에 숨어 있는 어머니와 다른 임신부를 발견하지 못했다.

그런 일이 발생한 지 얼마 안 되어 어머니 일행을 습격했던 비적들과 국민당 시절에 진장을 지냈던 남자가 체포되었다. 그는 비적의 두목이었을 뿐만 아니라, 지하로 잠복한 국민당 잔당을 의미하는 "땅굴 속에 숨은 뱀들〔地頭蛇〕" 중의 하나였으므로 처형을 면할 길이 없었다. 그러나 그는 식량 징발을 위해서 출동한 어머니 일행에게 비적들의 습격 정보를 사전에 제공하여 두 여성 당원의 목숨을 구해준 적이 있었다. 또한 당시에 사형을 집행하려면 3명으로 구성된 심판위원회의 승인을 얻어야 했다. 그런데 우연히도 그 위원회의 위원장이 바로 아버지였고, 두 번째 위원은 다른 임신부의 남편이었으며, 세 번째 위원은 이빈 경찰서장이었다.

심판위원회는 심의 결과 의견이 2대 1로 갈라졌다. 구사일생으로 목숨을 건졌던 다른 임신부의 남편은 진장의 목숨을 살려주자는 쪽에 표를 던졌다. 아버지와 경찰서장은 사형집행을 지지하는 쪽에 투표했다. 어머니가 심판위원회에 그 남자를 살려줄 것을 탄원했으나 위원장인 아버지는 단호히 거절했다. 진장이 어머니에게 실토한 바에 따르면, 그는 어머니의 조에 두 간부 공산당원의 부인들이 소속되어 있다는 사실을 알고서 어머니의 조를 골라 정보를 흘렸으며, 그랬을 경우 그가 체포되더라도 목숨만은 부지할 수 있으리라고 믿었던 것이다. "진장은 다수의 사람들을 살해했기 때문에 사형이 마땅하다"는 것이 아버지의 의견이었다. 다른 여성 당원의 남편은 아버지의 의견에 격렬하게 반대했다. 아버지는 주먹으로 테이블을 치면서 "우리의 처들이 관련되었다고 해서 이 일을 관대하게 처리해서는 안 됩니다. 사적인 감정이 우리의 판단을 흐리게 한다면 신생 중국과 옛 중국 사이에 무슨 차이가 있단 말입니까?"라고 고함치듯이 내뱉었다. 결국 그 남자는 처형되고 말았다.

어머니는 아버지의 이런 처사를 결코 용서할 수 없었다. 어머니는 그 남자가 많은 사람들의 생명을 구해주었고, 더구나 아버지는 그에게 자기 부인의 생명을 "빚졌기" 때문에 그를 죽여서는 안 되는 일이었다고 생각했다. 중국인들 대부분의 사고방식과 같은 어머니의 생각에 따르면, 어머니 자신과 함께 목숨을 구했던 다른 여성의 남편과는 판이하게 다른 아버지의 행동은 바로 어머니를 소중하게 생각하지 않음을 의미하는 것이었다.

재판이 끝나자마자 어머니의 조는 다시 식량 징발을 위해서 교외로 출동했다. 어머니는 아직도 구토가 심하고 항상 피곤한 임신 증세로 몸이 매우 좋지 않았다. 어머니는 얼마 전에 자신의 목숨을 구하기 위해서 있는 힘을 다해 건초더미로 달려가 몸을 숨긴 이래로 계속해서 배에 통증을 느꼈다. 임신한 다른 여성 당원의 남편은 아내를 다시 출동시키지 않기로 결정했다. 그 남편은 "나는 임신한 내 아내는 물론이고 누구의 부인이라도 임신한 경우에는 보호할 것이다. 임신한 여성이 그토록 위험한 일을 해서는 안 된다"라고 말했다. 그러나 그 남편은 어머니의 상사인 미 여사의 완강한 반대에 부닥쳤다. 그녀는 농부의 아내로서 공산당 게릴라 출신이었다. 그녀의 생각으로는 임신 중이더라도 휴식을 취하는 것은 있을 수 없는 일이었다. 그녀 자신은 해산 직전의 순간까지 혁명활동을 했다. 그리고 중국 공산당에는 임신한 여성 당원들이 손수 갓 낳은 아기의 탯줄을 자르고 혁명사업을 계속했다는 일화들이 헤아릴 수 없이 많았다. 미 여사는 자신의 아기를 전쟁터에서 출산했으나 아기의 울음소리가 부대 전체를 위험에 빠뜨릴 수 있었기 때문에 출산 현장에서 아기를 포기했다고 한다. 그녀는 이렇게 자신의 아기를 잃은 다음부터는 다른 여성들이 자신과 같은 운명을 겪는 것을 당연하게 생각하는 듯했다. 그녀는 매우 신랄한 논리를 내세우면서 어머니를 다시 식량 징발활동에 내보낼 것을 강력하게 주장했다. 당시에 중국 공산당은

("28-7-단[團]-1"의 기준을 충족하는) 간부 당원들에게만 결혼을 허용했다. 그러므로 임신 중인 여성 당원은 사실상 엘리트 집단의 일원이라고 간주할 수 있었다. 그리고 그런 엘리트 당원들이 식량 징발활동에 참여하지 않는다면 당이 어떻게 다른 사람들에게 참여하라고 설득할 수 있겠느냐는 것이었다. 아버지는 그녀의 그런 논리에 찬동하고는 어머니에게 혁명활동에 나서야 한다고 말했다.

어머니는 또다시 유산할 수 있다는 두려움 속에서도 당의 요구를 받아들였다. 어머니는 죽을 각오가 되어 있으면서도 자신의 출동을 아버지가 반대할 것이며, 또한 그렇게 말할 것이라고 기대했다. 그러나 어머니는 아버지가 오직 공산혁명만을 생각하는 사람임을 확인하고는 아버지에게 크게 실망했다.

어머니는 몇 주 동안이나 고통 속에서 험한 산길을 강행군하느라 지칠 대로 지쳐버렸다. 전투는 점점 격화되었다. 거의 매일같이 다른 조의 사람들이 비적들에게 체포되어 고문당하고 살해되었다는 소식이 들려왔다. 비적들은 특히 여자들에게 잔혹하게 굴었다. 어느 날 이빈 시로 들어오는 성문 밖에는 아버지의 질녀들 중 한 사람의 시신이 버려져 있었다. 그녀는 강간당한 다음 칼로 난자질을 당했으며, 그녀의 질은 피투성이였다. 또다른 젊은 여성 당원은 전투 중에 대도대 비적들 손에 체포당했다. 당시에 비적들은 공산군의 포위망 속에 있었는데 그들은 그 여성을 결박하고는 자신의 동지들에게 포위망을 풀어 비적들이 도주할 수 있도록 할 것을 큰 소리로 외치라고 강요했다. 그러나 그녀는 비적들의 말을 듣는 대신에 "내 걱정은 하지 말고 작전을 계속하시오!"라고 외쳤다. 그녀가 소리칠 때마다 비적들 중 한 명이 칼로 그녀의 몸에서 살점을 도려냈다. 그녀는 육신을 처참하게 훼손당한 채 살해되었다. 이런 사건들이 연이어 발생하자 공산당은 여성들을 식량 징발활동에 더 이상 동행시키지 않기로 결정했다.

한편 진저우에 계신 외할머니는 자나깨나 딸 걱정뿐이었다. 외할머니는 어머니가 이빈 시에 도착했음을 알리는 편지를 받자마자 자신이 직접 이빈으로 가서 어머니가 과연 무사한지를 확인하기로 했다. 외할머니는 1950년 3월에 딸을 만나보기 위해서 혼자 중국을 가로지르는 장정 길에 올랐다.

외할머니는 광활한 중국의 다른 지방에 대해서 아무런 지식도 없는 상태에서 그저 쓰촨 성은 산이 많고 외진 곳일 뿐만 아니라 그곳에서는 일용품이 부족할 것이라고 상상했다. 따라서 길 떠날 채비를 하면서 외할머니는 일상생활에 필요한 물품들을 대량으로 가지고 가야겠다고 마음먹었다. 그러나 중국은 여전히 내전 상태에 있었으며 외할머니가 통과하려는 여행길에는 아직도 공산당과 국민당 사이에 전투가 계속되고 있었다. 외할머니는 짐 보따리를 자신이 손수 운반해야 할 것이며, 또한 아마도 상당한 거리를 걸어야 할 것이라는 결론에 도달했다. 그러나 외할머니의 전족으로 그처럼 먼 길을 도보로 여행한다는 것은 지극히 힘든 일이었다. 결국 외할머니는 자신이 직접 운반할 수 있는 정도의 자그마한 보따리를 준비하기로 결론을 내렸다.

전족으로 작아졌던 외할머니의 발은 샤 선생과 결혼한 이래로 많이 커졌다. 만주인들은 전통적으로 어린 딸들의 발을 억지로 묶어서 발의 성장을 억제하는 전족 풍습이 없었으므로 외할머니는 결혼하자마자 지금까지 발을 묶어왔던 헝겊을 풀 수 있었다. 그 이래로 외할머니의 발은 시간이 흐르면서 약간 커졌다. 그러나 이런 과정은 외할머니가 어린 아이 시절에 처음 발을 묶기 시작했을 때와 마찬가지로 고통이 따르는 일이었다. 물론 기형적으로 휘어진 뼈마디는 고쳐질 수가 없었기 때문에 발의 모양이 일반인들처럼 본래의 모습으로 되돌아오지는 못하고 여전히 기형적인 모양이었다. 외할머니는 자신의 발이 정상적으로 보이기를 원했기 때문에 외출할 때면 신발 속에 목화솜을 넣은 다음에 신발을 신었다.

부모님의 결혼식장에 외할머니를 모시고 온 적이 있었던 린샤오샤는 외할머니가 길을 떠나기 전에 그녀가 혁명 참가자의 모친임을 확인하는 증명서를 발급받아주었다. 이런 증명서를 소지한 사람들은 여행하는 동안에 당의 조직으로부터 음식과 숙소 및 여행 경비까지 지급받을 수 있었다. 외할머니는 거의 부모님의 여행 경로와 같은 길을 따라 여행했다. 일부 구간에서는 기차를 탔고 때로는 트럭을 타기도 했으며, 다른 교통수단이 없을 경우에는 걷기도 했다. 한번은 외할머니가 공산당원들의 처자식들과 함께 덮개가 없는 트럭을 탔다. 트럭은 일부 어린이들이 소변을 보도록 잠시 정차했다. 바로 그 순간 트럭의 짐칸 양옆에 붙어 있는 널빤지를 뚫고서 총알이 날아들었다. 외할머니는 뒤편에서 몸을 굽혀 머리 위를 지나가는 총알을 피할 수 있었다. 호위병들이 기관총으로 응사하여 국민당 패잔병들로 판명된 공격자들을 물리칠 수 있었다. 외할머니는 한군데도 다치지 않고 무사했으나 몇몇 어린이들과 호위병들은 희생되었다.

　　외할머니는 대략 여행 길의 3분의 2를 지난 지점에 있는 중부 중국의 대도시 우한에 도착했고, 양쯔 강을 거슬러올라가는 다음 여행 구간은 비적들이 출몰하여 위험하다는 말을 들었다. 외할머니는 사태가 조용해질 때까지 우한에서 한 달간 기다리는 수밖에 없었다. 그랬건만 다시 길을 떠난 외할머니가 탄 배는 수차례 강안으로부터 총격을 받았다. 조금은 낡아보이는 그 배는 갑판이 넓었다. 호위병들은 갑판 양쪽에 모래주머니로 1미터가량의 방어벽을 쌓아올리고 그 가운데에는 기관총을 발사할 수 있도록 총안(銃眼)을 만들었다. 이렇게 무장한 배의 모습은 마치 물에 떠 있는 요새처럼 보였다. 배가 총격을 당할 때마다 선장은 비 오듯이 날아드는 총알 속을 뚫고 배를 전속력으로 몰았다. 호위병들은 모래주머니 사이로 뚫린 총안을 통해서 응사했다. 이럴 때면 외할머니는 선실로 내려가 총격전이 끝나기를 기다렸다.

　　외할머니는 이창에서 보다 작은 배로 갈아타고는 양쯔 강의 삼협

협곡을 거쳐서 5월에는 이빈 가까이에 이르렀다. 종려나무 잎으로 덮인 배에 앉아 수정처럼 맑은 물이 찰랑거리는 강물을 가르고 조용히 항해하다 보면 오렌지 꽃향기가 바람결에 실려왔다.

외할머니가 탄 작은 배는 12명의 사공들이 노를 저어 강을 거슬러 올라갔다. 그들은 노를 저으면서 쓰촨 지방의 가무극인 천극(川劇)에 나오는 가곡을 합창했고, 때로는 배가 지나가는 마을 이름과 구릉지대에 얽힌 전설 및 대나무 숲에 산다는 정령의 이야기를 주제로 하여 즉흥적인 노래를 불렀다. 사공들은 자신들의 심기를 노래로 표현하기도 했다. 외할머니에게는 사공들이 한 여자 승객에게 윙크를 하면서 추파를 던지는 노래들이 가장 재미있었다. 사공들이 쓰촨 사투리를 사용했으므로 외할머니가 사공들의 노랫말을 제대로 이해할 수는 없었지만 승객들이 즐거우면서도 당황스런 표정으로 나지막하게 웃음을 터뜨리는 것으로 봐서 그것이 성(性)에 관한 것임을 알아챌 수 있었다. 외할머니는 쓰촨 성 사람들의 기질이 그들의 요리와 마찬가지로 화끈하다는 말을 들은 적이 있었다. 외할머니는 기분이 좋았다. 외할머니는 딸이 몇 차례 죽을 고비를 넘겼다는 것을 알지 못했으며, 또한 어머니는 외할머니에게 자신의 유산에 관해서는 한 마디도 한 적이 없었다.

외할머니는 장장 두 달 넘게 여행한 끝에 5월 중순에야 이빈 시에 도착했다. 건강이 매우 나빠진 상태에서 갑자기 나타난 친정어머니를 본 어머니는 너무나 기뻐 어쩔 줄을 몰랐다. 그러나 아버지의 표정은 별로였다. 아버지는 이곳 이빈 시에서 최초로 어느 정도 안정된 환경 속에서 어머니와 단둘이 지낼 수 있었다. 아버지는 불과 얼마 전에야 장모의 영향력으로부터 해방될 수 있었고, 그래서 장모가 계속해서 수천 리 밖에 있어주기를 바랐는데, 이제 여기에 장모가 다시 나타난 것이다. 아버지는 모녀지간의 단단한 유대를 자신은 도저히 당해낼 수 없음을 잘 알고 있었다.

어머니의 가슴속에서는 아버지에 대한 분노가 부글부글 끓어오르고 있었다. 비적들의 위협이 심각해진 이래로 반(半)군대식 기율이 부활했다. 그리고 부모님 모두가 집을 떠나 있는 경우가 많았기 때문에 어머니가 아버지와 함께 밤을 보내는 일은 매우 드물었다. 아버지는 농촌지역의 형편을 살피고 농민들의 불만을 듣고, 특히 식량 확보에 따른 여러 가지 문제를 처리하느라 대부분의 시간을 출장으로 보내야 했다. 이빈 시에 머무는 동안에도 아버지는 사무실에서 밤늦게까지 일하곤 했다. 따라서 부모님은 서로 얼굴을 마주하는 시간이 점점 줄어들었고 다시 사이가 벌어지기 시작했다.

외할머니의 방문은 해묵은 상처를 재현했다. 부모님은 외할머니에게 자신들이 사용하던 안마당에 있는 방을 내드렸다. 당시 모든 공산당원들에게는 공급제(供給制)라고 불리는 생활에 필요한 모든 물품들을 국가가 제공하는 제도가 적용되었다. 그들이 급여를 받지 않는 대신에 국가는 의식주는 물론이고 생활필수품에 이르기까지 모든 것을 제공했다. 또한 군대의 경우와 마찬가지로 약간의 용돈도 지급했다. 공산당원이면 누구나 공공식당에서 식사를 했다. 그런 식당의 음식은 조잡하고 맛도 없었다. 그러나 별도의 수입으로 현금이 있더라도 가정에서 개인적으로 조리를 하는 것은 금하고 있었다.

외할머니는 이빈 시장에서 식량을 구입하기 위해서 자신이 가지고 있던 보석들을 조금씩 팔기 시작했다. 외할머니는 특히 전통적으로 임산부는 잘 먹어야 한다는 생각에서 어머니에게 특별 요리를 만들어주려고 열성이었다. 그러자 곧 미 여사는 어머니를 비난하기 시작했다. 친정어머니로부터 특별 음식을 대접받고, 식량과 마찬가지로 교외에서 구해와야 하는 소중한 연료인 장작을 불법적으로 음식을 만드는 데 사용하는 것은 "부르주아적"이라는 것이었다. 어머니는 또한 "과보호"를 받고 있다는 비난을 받았다. 그리고 친정어머니가 와 계신 것이 어머니의 재교육에 방해가 된다는 것이었다. 아버지는 자신이 소속된 당 조직에 출두하여 자기비판을 하고 나서는 장모에게 집에서의 요리를 중단할 것을 요구했다. 어머니는 아버지의 이런 태도에 분개했고, 외할머니 역시 역정을 냈다. 어머니는 아버지에게 이렇게 쏘아붙였다. "나를 위해서 당신이 한번만이라도 당에 이의를 제기할 수는 없겠어요? 내 뱃속의 아기는 내 아기이자 당신의 아기이기도 해요. 아기에게는 영양분이 필요하단 말이에요!" 마침내 아버지가 한걸음 물러섰다. 외할머니가 1주일에 두 번은 집에서 요리를 할 수 있게 되었으나 그 이상은 절대로 안 되었다. 아버지는 이것도 당의 규칙을 위반한 것이라고 말했다.

외할머니는 더욱 중대한 규칙을 위반하고 있다는 사실이 밝혀졌다. 일정 계급 이상의 간부들만이 양친을 모시고 살 수 있는데 어머니는 그런 자격에 미달한다는 것이었다. 공산당원들에게는 봉급이 지급되지 않기 때문에 국가는 그들의 부양가족들을 돌볼 책임이 있었다. 따라서 당은 당연히 가능한 한 부양가족의 수를 제한하려고 들었다. 그렇기 때문에 아버지의 지위는 상당히 높았지만 아버지는 모친을 계속해서 쥔잉 고모가 부양하도록 해왔던 것이다. 어머니는 자신이 친정어머니를 모시고 있더라도 국가에 부담이 되지는 않을 것이라는 점을 지적했다. 왜냐하면 친정어머니는 스스로 먹고살기에 충분한 보석을 가지고 있으며, 또한 쥔잉 고모와 동거하도록 초청을 받고 온 것이지 결코 딸과 함께 동거하기 위해서 방문한 것이 아니라는 것이었다. 그러나 미 여사는 외할머니가 이빈에 체류해서는 안 되므로 만주로 돌아가야 한다고 말했다. 아버지도 그녀의 의견에 동조했다.

어머니는 아버지의 태도에 맹렬하게 반론을 제기했다. 그러나 아버지는 규칙은 규칙이며 자신은 규칙을 위반하기 위해서 다투지는 않겠다고 말했다. 권력을 장악한 자는 규칙을 무시하는 것이 옛 중국의 여러 병폐들 중의 하나였으나, 공산혁명의 중요한 목표는 당원들도 일반인들과 똑같이 규칙을 지키는 사회를 만드는 것이라고 아버지는 생각했다. 어머니는 눈물을 흘렸다. 어머니는 또다시 뱃속의 아기를 잃을까봐 두려웠다. 어쩌면 아버지도 어머니의 안전을 고려해서 외할머니가 어머니의 출산 때까지 머물도록 하겠지? 그러나 아버지는 여전히 반대했다. "부패는 항상 이런 작은 일에서 시작되는 법이오. 이런 일을 방치하면 우리의 혁명이 퇴색된단 말이오." 어머니는 논리에서는 도저히 아버지를 이길 수가 없었다. 어머니는 아버지를 감정이 메마른 인간이라고 생각했다. 남편은 나를 먼저 생각하지 않아. 그이는 나를 사랑하지 않는 거야.

외할머니는 만주로 되돌아가지 않을 수 없었다. 이번 일로 어머니는 아버지를 도저히 용서할 수 없었다. 두 달이 넘는 기간에 걸쳐 죽을 고비를 넘기면서 광대한 중국을 가로질러 오매불망 그리던 딸을 찾아왔던 외할머니는 불과 한 달 남짓한 기간을 딸과 함께 지낼 수 있었다. 외할머니는 딸이 또 유산을 할까봐 염려했다. 외할머니는 이빈의 의료 수준을 신뢰하지 않았기 때문에 그런 걱정을 했다. 외할머니는 길을 떠나기 전에 쥔잉 고모를 찾아가서 정중하게 고두 절을 하고는 어머니를 잘 돌봐달라는 부탁을 했다. 고모의 마음도 슬펐다. 고모도 어머니의 상태가 심려되어 외할머니가 어머니의 출산 때까지 머물러 있기를 바랐다. 고모는 오빠에게 사정도 해보았으나 오빠의 생각은 요지부동이었다.

외할머니는 천근만근 무거운 마음에 하염없이 눈물까지 흘리면서 만주까지 되돌아가는 길고도 위험한 여행이 시작되는 양쯔 강까지 자신을 실어다줄 작은 배를 타기 위해서 선착장까지 어머니와 함께 절뚝거리며 걸었다. 어머니는 강둑 위에서 안개 속으로 사라지는 배를 향해 손을 흔들면서 자신이 과연 친정어머니를 다시 볼 수 있을까 하는 불안감이 들었다.

1950년 7월이 되었다. 어머니에게 발급되었던 1년 기한의 임시 당원 자격의 만료일이 다가오고 있었다. 어머니가 속한 공산당 지부는 어머니를 집요하게 들볶고 있었다. 지부의 구성원은 어머니, 아버지의 경호원, 그리고 어머니의 상사인 미 여사 세 사람뿐이었다. 이빈 시의 경우에는 당원수가 적었기 때문에 오히려 의견의 일치를 보기가 어려웠다. 정식 당원인 다른 두 사람은 어머니의 당원 자격 부여 신청을 각하하는 방향으로 기울어져 있었다. 그러면서도 그들은 직설적으로 반대 의사를 표시하지는 않았다. 그들은 그저 계속해서 어머니를 괴롭히면서 끝없이 자기비판을 하도록 만들었다.

어머니가 자기비판을 할 때마다 그들은 그에 대해서 각가지 비판 의견을 쏟아냈다. 그들 두 사람은 어머니가 "부르주아적"으로 행동해왔다고 주장했다. 그들은 어머니가 식량 징발을 돕기 위해서 농촌 지역으로 출동하기를 원하지 않았다고 지적했다. 어머니가 자신은 당의 노선에 따라 출동을 나갔다고 반박하자, 그들은 다시 "흥, 그렇지만 그것은 진심이 아니었다"는 말로 응수했다. 그들은 또한 어머니가 친정어머니가 집에서 요리해주는 특별 음식을 즐겼으며, 대부분의 임신부보다 허약하다는 점까지 들춰가면서 비난했다. 미 여사는 또한 외할머니가 어머니의 출산에 대비하여 지어준 아기용 배내옷에 대해서도 비난했다. "갓난아기에게 누가 새옷을 입힌단 말입니까? 그것이 바로 부르주아적 낭비란 말예요! 다른 사람들처럼 아기를 낡은 옷에 감싸면 뭐가 잘못됩니까?"미 여사는 이런 말로 어머니를 욱질렀다. 친정어머니가 만주로 되돌아갔음을 밝히면서 어머니가 슬픈 표정을 보였다는 사실도 어머니가 "가족을 먼저 생각하는"명백한 증거로 지적되어 중대한 과오라는 비판을 받았다.

1950년 여름에는 유례 없이 더위가 기승을 부렸다. 습도가 놓은 데다 기온은 섭씨 30도를 넘었다. 어머니는 매일같이 목욕을 했는데, 이런 행동마저도 비난의 대상이 되었다. 미 여사가 태어나고 자란 북부의 농민들은 물이 부족하여 별로 자주 목욕을 하지 못했다. 공산당의 게릴라전 기간 중에는 남녀 병사들이 누가 옷 속에 "혁명충〔이〕"을 가장 많이 가지고 있는지를 놓고서 경쟁했다. 청결함은 프롤레타리아적이지 않은 것으로 간주되었다. 찌는 듯한 여름이 물러가고 서늘한 가을로 접어들자 아버지의 경호원은 새로운 비난거리를 가지고 압박해왔다. 아버지가 사용하고 남긴 더운 물을 어머니가 사용한 것을 놓고서 어머니를 "국민당 간부의 귀부인처럼 행동한다"고 비난했다. 당시에는 연료 절약을 위해서 일정 계급 이상의 간부들만이 더운물로 몸을 씻을 수 있다는 규칙이 있었다. 아버지는 더운물을 사용할 수 있는 계급에 속했으나 어머니는 그렇지 못했다. 어머니의 출산일이 다가오자 시댁의 여자들은 어머니에게 찬물에 손을 대지 말라고 강력하게 충고했었다. 경호원의 비판이 있은 다음부터 아버지는 자신의 더운물을 어머니가 사용하지 못하도록 했다. 자신의 가장 개인적인 사생활이 이처럼 일일이 끝없이 침해당하는데도 남편이 자신의 편이 되어주지 않는 데 대해서 어머니는 아버지를 향해 큰 소리로 절규하고 싶은 심정이었다.

인민들의 일상생활에 일일이 간섭하는 공산당의 방침은 바로 "사상 개조"로 알려진 개혁과정의 핵심이었다. 마오쩌둥 주석은 외적인 기율뿐만 아니라, 모든 생각과 크고 작은 일도 당의 지시에 완전히 따라줄 것을 원했다. "혁명 참가자들"은 매주 "사상 심사"를 위한 집회에 참가하여 누구나 자신의 잘못된 생각을 스스로 비판하고 동시에 자신에 대한 다른 사람들의 비판을 들어야 했다. 이런 집회는 대부분 독선적이고 아량이 없는 인간들에 의해서 지배당하기 마련이었다. 이런 유형의 인간들은 자신들의 시기심이나 좌절감을 집회를 이용하여 배출했다. 농민 출신의 인사들은 이런 자리에서 "부르주아적" 가정 출신의 사람들을 공격했다. 공산당 혁명은 본질적으로 농민의 혁명이므로 인민들은 더욱 농민과 같아지도록 개조되어야 한다는 것이 그들의 논리였다. 이런 자리에서는 교육받은 사람들의 죄의식을 유도했다. 교육받은 사람들은 농민들보다 윤택한 생활을 해왔다는 사실에서 자기비판이 시작되었다.

집회는 공산당의 인민 지배를 위한 강력한 수단이었다. 공산당은 인민들에게 자유로운 시간을 허용하지 않았으며 사적인 영역을 박탈했다. 일상생활의 세세한 부분까지 간섭하는 일은 사생활의 세부사항을 파악함으로써 영혼을 철저하게 정화할 수 있다는 논리로서 정당화되었다. 사실 세세한 부분까지 일일이 개입하는 자세는 간섭과 무지를 자랑하는 공산혁명의 기본적 성격을 여실히 보여주는 것이었으며, 이런 통제방식에 가난하고 억압받던 사람들의 한풀이가 포함된 것이었다. 어머니가 속한 지부는 한 주, 한 달도 거르는 일 없이 끝없는 자기비판을 강요하면서 어머니를 들볶았다.

마침내 어머니는 이런 괴롭힘을 감내하기로 결심했다. 혁명 참가자가 공산당 입당을 거절당했을 경우에는 마치 중세에 파문당한 가톨릭 교도의 경우와 같이 인생이 무의미해질 수밖에 없었다. 뿐만 아니라 그런 고통을 당하는 일은 정상적인 과정이었다. 아버지도 그런 과정을 거쳤으며, 아버지는 그것을 "혁명 참여"에 수반하는 고난의 일부로 알고 감수했다. 사실 어찌 보면 아버지는 지금까지도 그런 고난을 겪고 있었다. 당은 그것이 고통스러운 과정이라는 사실을 감추려고 하지 않았다. 아버지는 어머니에게 그런 고통을 당하는 것이 정상이라고 말했다.

이런 고통스러운 과정이 끝나자 지부의 두 동지는 어머니가 정식 당원으로 승격되는 것에 반대하는 투표를 했다. 어머니는 낙심천만이었다. 어머니는 지금까지 혁명에 열성적으로 참여해왔기 때문에 당이 자신을 필요로 하지 않는다는 결론을 수락할 수가 없었다. 더구나 자신이 생각해오던 공산당 이념과는 한참 뒤떨어진 낡은 사고방식을 지닌 것으로 여겨지는 두 사람이 혁명과는 무관한 사소한 이유로 자신의 입당을 거부했다고 생각하자 어머니는 더욱 참을 수가 없었다. 어머니는 낡은 사고방식을 가진 사람들이 자신을 진보적인 당 조직으로부터 배제하고 있는데도 공산당은 자신이 틀린 것이라고 말하고 있는 것처럼 느껴졌다. 어머니의 마음속 한구석에는 보다 현실적인 고려도 깔려 있었다. 무슨 수를 써서라도 공산당에 입당해야 했다. 그렇지 못하면 어머니는 낙인이 찍히고 추방당할 수밖에 없었다.

이런 생각이 자신의 머릿속에 맴돌면서 어머니는 온 세상이 자신에게 적의를 품고 있다는 느낌이 들었다. 사람들을 대하는 것이 무서워진 어머니는 대부분의 시간을 혼자서 눈물지으며 보냈다. 그러나 어머니는 혹시라도 다른 사람들이 자신의 이런 태도를 알게 되면 혁명에 대한 신념이 없기 때문이라고 비난할까봐 몸조심을 해야 했다. 당이 옳기 때문에 당을 비난해서는 안 된다는 결론에 도달한 어머니는 이번에는 자신을 임신하도록 만들었고 다음으로는 자신이 공격받고 배척당할 때 자신의 입장을 두둔해주지 않았던 아버지에 대해서 가슴속의 분노를 터뜨렸다. 어머니는 여러 차례 양쯔 강의 탁류를 바라보면서 선착장을 배회했다. 그러면서 어머니는 만약 자신이 강물에 뛰어들어 자살한다면 남편은 냉정했던 자신의 행동을 얼마나 후회할지를 상상하면서 자살까지도 생각해보았다.

지부의 견해는 공평한 식견을 가진 3인의 지식인으로 구성된 상급기관의 승인을 받아야만 효력이 발생했다. 지부의 보고를 접한 상급기관은 어머니에 대한 평가가 부당하다고 판단했다. 그러나 당의 규칙상 지부의 결정을 번복하기는 힘든 일이었다. 그리하여 3인은 심사를 지연시켰다. 3인이 동시에 한자리에 모이는 일이 쉽지 않았기 때문에 이처럼 자신들의 결정을 지연시키기는 비교적 쉬운 일이었다. 아버지나 다른 남성 당원들의 경우와 마찬가지로 그들도 식량을 징발하고 비적들과 싸우느라 이곳저곳을 돌아다니기 일쑤였다. 이빈 시가 거의 무방비 상태라는 것을 알고 있을 뿐만 아니라, 자신들이 타이완이나 또는 윈난을 경유하여 인도차이나와 버마로 도망칠 수 있는 두 갈래 패주로가 모두 봉쇄되었다는 사실로 인해서 절박한 위기감을 느낀 국민당 패잔병들은 지주계급 및 비적들과 손을 잡고 이빈 시를 포위했다. 얼마 동안은 이빈 시가 곧 함락될 듯이 보였다. 아버지는 패잔병들의 공격 소식을 듣고 출동나갔던 농촌지역으로부터 급히 달려왔다.

시의 성벽 외곽에는 농경지가 펼쳐져 있고, 성문 밖 수 미터 이내에는 나무들이 우거져 있었다. 적들은 이를 엄폐물로 이용하여 성벽 아래까지 접근해서는 커다란 해머로 북쪽 성문을 깨부수기 시작했다. 공격해오는 적들의 선봉은 자신들을 총알로부터 보호해준다고 믿는 "성수(聖水)"를 마신 비무장 농민들이 주축을 이룬 비적 단체인 대도대가 맡았고, 그 뒤를 국민당 패잔병들이 따랐다. 공산군사령관은 처음에는 농민들 배후에 있는 패잔병들을 저격하도록 지시했다. 그렇게 하면 농민들이 겁을 먹고 도망칠 것으로 생각했다.

어머니는 임신 7개월의 무거운 몸임에도 불구하고 다른 부녀자들과 함께 성벽 위에서 응전하는 방위군에게 음식과 물을 나르고 부상병을 후방으로 이송하는 작업에 참가했다. 어머니는 학교에서 받았던 훈련 덕분에 부상병들에게 능숙하게 응급처치를 할 수 있었다. 게다가 어머니는 용감하기까지 했다. 공격이 시작된 지 약 1주일이 지나 적들이 포위 공격을 포기하고 퇴각하자, 공산군은 반격에 나서 그 지역에 남아 있던 거의 모든 무장 반공세력들을 완전히 소탕했다.

이런 일이 있은 직후에 이빈 일대에서는 토지개혁이 시작되었다. 그해 여름에 공산당은 중국 사회의 개혁 프로그램에서 핵심이라고 할 토지개혁법을 공포했다. 당국이 토지를 본래의 주인에게 되돌려준다는 의미에서 "토지환가(土地還家)"라고 불렀던 토지개혁의 기본 이념은 모든 농지는 물론이고 가축과 가옥까지도 재분배하여 모든 농민들이 거의 동일한 면적의 토지를 가지도록 하는 것이었다. 지주들에게도 다른 모든 농민들과 같은 기준에 따른 토지소유가 허용되었다. 아버지는 이런 토지개혁 집행을 선두에서 지휘하는 사람들 중 한 사람이었다. 어머니는 임신 말기라는 점을 참작하여 농촌으로 나가서 일하는 것이 면제되었다.

이빈 지역은 토지가 기름진 곳이었다. 농민들이 1년 경작을 하면 2년간 편히 놀고 먹을 수 있다는 말이 있을 정도였다. 그러나 수십년간 계속된 전란으로 인해서 토지는 황폐되었다. 설상가상으로 비적들의 군자금과 8년간 계속된 대일전쟁의 전비 때문에 농민들은 무거운 세금을 내야 했다. 장제스가 국공내전 기간 중 수도를 쓰촨 성으로 옮기자 부패한 관리들과 정상모리배들은 쓰촨 성에서 농민을 상대로 약탈을 일삼았다. 1949년에 쓰촨 성을 내전을 치르기 위한 최후의 보루로 정한 국민당이 인민해방군이 당도하기 전에 터무니없이 과중한 세금을 부과하자, 농민들의 인내는 드디어 한계를 넘어섰다. 이런 수탈에 탐욕스런 지주들마저 가세함으로써 물산이 풍족한 쓰촨 성이었음에도 불구하고 농민들의 빈곤은 극에 달했다. 농민들의 80퍼센트가 가족들을 먹여살릴 수 있을 만한 식량을 가지지 못했다. 흉년이 드는 해에는 많은 사람들이 들풀과 돼지 사료로 쓰이는 고구마 잎을 먹고 연명했다. 기아가 만연하면서 평균수명은 40세로 떨어졌다. 아버지가 공산주의에 이끌리게 된 몇 가지 이유들 중 하나가 바로 쓰촨 성과 같은 기름진 곳에서 농민들이 수탈당하는 사회적 모순을 목격했기 때문이었다.

이빈에서는 토지개혁에 무력을 행사할 필요가 없었다. 그것은 부분적으로는 강경파 지주들이 공산당 정권이 들어선 첫 9개월 동안 빈발하는 반란에 가담하여 이미 그들 중 대다수가 전사했거나 처형당했기 때문이었다. 그러나 폭력 사태가 전혀 없었던 것은 아니었다. 한번은 공산당원이 지주 일가의 여성을 강간하고는 유방을 도려내는 사건이 발생했다. 아버지는 그 공산당원을 사형시킬 것을 지시했다.

대학을 졸업한 젊은 공산당원이 식량 징발을 위해서 농촌지역을 돌아다니던 중 한 비적의 무리에게 체포되어 목이 잘리는 사건이 발생했다. 얼마 후 그 비적 두목이 붙잡히자 살해된 당원의 친구였던 토지개혁부의 우두머리인 청년은 그 두목을 타살한 후, 복수심에서 여러 사람들이 보는 앞에서 사체의 심장을 도려내어 먹어치웠다. 아버지는 그 청년을 해직 처분했으나 총살시키지는 않았다. 그 청년이 그런 잔학행위를 자행하는 동안에 비적의 두목과 같이 극악무도한 살인자뿐만 아니라 무고한 사람까지도 살해할 수 있다는 것이 아버

256

지의 논리였다.

토지개혁을 완료하는 데는 1년 이상의 기간이 소요되었다. 대다수의 경우에 가장 큰 피해를 당한 지주들은 대부분의 토지와 가옥을 빼앗겼다. 무장봉기에 가담하지 않았거나 공산당의 지하활동에 협력한 소위 도량이 넓은 지주들은 좋은 대우를 받았다. 부모님의 친구들 중에는 지주 가문 출신이면서도 자신들의 드넓은 저택이 몰수되어 농민들에게 분배되기 전에 자신들의 집으로 부모님을 초대하여 저녁 식사를 함께하기도 했다.

아버지는 완전히 일에 파묻혀 지냈기 때문에 어머니가 11월 8일에 첫 아기로 딸을 출산했을 때에도 이빈 시에 없었다. 샤 선생이 어머니에게 집안의 돌림자 "더(德)"에 야생의 백조를 뜻하는 "홍(鴻)"자를 붙여서 "더홍"이라는 이름을 지어주었기 때문에 아버지는 새로 태어난 언니의 이름을 어머니를 "닮으라"는 의미로 "샤오홍(肖鴻)"이라고 지었다. 언니가 태어난 지 7일 만에 쥔잉 고모는 어머니를 병원에서 퇴원시켜 두 사람이 끄는 대나무 손수레에 태워서 장씨 가문의 종가인 어머니의 시댁으로 데려왔다. 며칠 후에 집으로 돌아온 아버지는 어머니에게 공산당원이면서 어찌 다른 사람들이 끄는 수레를 이용했느냐고 말했다. 어머니는 전통적으로 해산한 여자는 얼마 동안은 보행을 해서는 안 되기 때문에 그렇게 했노라고 대답했다. 이 말을 들은 아버지는 이렇게 반문했다고 한다. "그렇다면 출산한 후에도 쉬지 못하고 계속해서 농사일을 해야 하는 농촌 여성들은 어떻겠소?"

아직도 자신에게 정식 당원 자격을 부여하는 문제의 결론이 나지 않은 상태였기 때문에 어머니의 심정은 초조하기만 했다. 아버지에게나 당에 분노를 토로할 수도 없는 입장이고 보니 어머니는 그저 모든 것을 아기 탓으로 돌렸다. 어머니가 아기를 데리고 퇴원한 지 나흘 후에 아기는 잠도 자지 않고 밤새도록 울었다. 도저히 참을 수 없어진 어머니는 자신도 모르게 아기에게 소리를 지르고는 아주 세게 때렸다. 옆방에서 잠을 자고 있던 쥔잉 고모는 어머니의 비명 소리에 깜짝 놀라 달려와서는 "언니가 피곤해서 그래요. 아기는 내가 볼게요"라고 말했다. 그 이래로 계속해서 고모가 언니를 돌보았다. 몇 주일 후에 어머니가 직장으로 출근하자 언니는 쥔잉 고모와 함께 장씨 종갓집에서 지내게 되었다.

어머니는 오늘날까지도 자신이 갓난아기였던 언니를 때렸던 그날 밤 일을 두고두고 기억하면서 후회하고 있다. 어머니가 아기를 보러 가면 샤오훙은 장난삼아 몸을 숨기곤 했다. 그리고 어머니는 샤오훙이 자신을 "어머니"라고 부르지 못하게 했다. 이것은 어머니가 어렸을 적에 쉐 장군의 저택에서 자신에게 일어났던 상황이 비극적으로 되풀이된 것이었다.

고모는 언니의 유모를 구했다. 공급제에 따라서 국가는 당원의 가정에 신생아가 있을 경우에 국비로 유모를 제공했다. 국가 공무원 대우를 받는 유모는 건강진단도 무료로 받을 수 있었다. 유모는 하인이 아니었기 때문에 아기의 기저귀조차 빨지 않았다. "혁명 참가자"들에게 적용되는 규칙에 따라 간부들의 경우에만 결혼이 허용되었고, 또한 그들이 낳는 아기들의 수가 비교적 적었기 때문에 국가는 유모의 비용을 부담할 수 있었다.

언니를 맡은 유모는 자신의 아기를 최근에 사산한 스무 살이 채 안 된 앳된 여성이었다. 그녀는 지주 집안으로 시집을 갔는데, 시가는 토지개혁으로 이제 토지에서 들어오는 수입이 하나도 없었다. 그녀는 농사일을 하고 싶지는 않고 다만 이빈 시에서 교사생활을 하는 남편과 함께 지내기를 원하던 차에 친구를 통해서 유모를 구하던 고모와 연락이 닿아 남편과 함께 장씨 종가에 들어와 살게 되었다.

어머니는 차츰 우울증에서 벗어나기 시작했다. 출산 후에 어머니는 30일간의 출산휴가 기간을 시어머니와 쥔잉 고모와 함께 보냈다. 어머니는 직장에 복귀하면서 이빈 지방의 행정조직을 완전히 개혁

하는 작업과 관련하여 이빈 시의 공산주의 청년단에서 새로운 일을 맡게 되었다. 1만9,200제곱킬로미터(약 58억 평)의 면적에 인구가 200만 명이 넘는 이빈 지방은 9개의 현과 1개의 시(이빈)로 재편성되었다. 아버지는 이빈 지방 전역의 행정을 담당하는 4인제 지방위원회의 위원이자 그 지역 공무부 부장으로 선출되었다.

이런 행정조직 개편에 따라 미 여사는 다른 곳으로 전출되었고, 어머니의 상사로는 새로운 인물이 부임했다. 그녀는 공산주의 청년단을 관할하는 이빈 시의 공무부 부장이었다. 공산주의 중국에서는 표면상의 규칙에도 불구하고 직속 상사의 성격이 서양 여러 나라들의 경우보다도 훨씬 더 중요했다. 상사의 태도는 곧 당의 태도였다. 좋은 상사를 만나면 부하 직원의 운명이 바뀔 수도 있었다.

어머니의 새로운 상사는 장시팅이라는 여자였다. 그녀는 남편과 함께 1950년에 티베트 점령 작전에 동원되었던 한 인민해방군 부대에서 근무했었다. 쓰촨 성은 한족 중국인들이 세상의 끝이라고 생각했던 티베트를 침공할 때 항공기의 발진기지였다. 그 부부는 자신들이 원하여 군대에서 제대한 후 이빈 시로 전속되었다. 그녀 남편의 이름은 류제팅이었다. 그는 자신이 부인을 경애한다는 것을 보여주기 위해서 자신의 이름을 ("팅과 연결되어 있다"는 의미에서) 제팅(結挺)으로 바꾸었다. 그런 이유로 주위 사람들은 그들 부부를 "두 사람의 팅〔二挺〕"으로 불렀다.

봄이 되자 어머니는 청년단의 부장으로 승진했다. 그 자리는 아직 스무 살이 안 된 젊은 여성에게는 요직이었다. 어머니는 마음의 안정과 함께 과거와 같은 원기를 회복했다. 어머니는 이처럼 밝아진 분위기 속에서 1951년 6월에 나를 임신하게 되었다.

9. "주인이 출세하면 주인집 닭과 개도 우쭐대는 법이다"

청렴결백한 남자
(1951-1953)

어머니가 소속된 새로운 당 지부는 어머니, 팅 여사, 그리고 이빈에서 지하활동을 하던 여성, 이렇게 3명으로 구성되었다. 어머니는 이들과 좋은 관계를 유지하면서 지낼 수 있었다. 따라서 어머니를 상대로 끊임없이 계속되던 간섭과 자기비판 요구도 어느덧 사라졌다. 새로운 당 지부는 지체 없이 어머니를 정식 당원으로 승격시키기로 결의하여 7월에 어머니는 정식 당원 자격을 획득했다.

어머니의 새로운 상사인 팅 여사는 결코 미인은 아니었으나 날씬한 몸매에 매력적인 입과 주근깨가 많은 얼굴, 생동감이 도는 눈, 그리고 재치 있는 말재주까지 지니고 있어서 온몸에서 힘이 넘쳐나는 것처럼 보여 만만치 않은 여자임을 알 수 있었다. 어머니는 즉시 팅 여사에게 호감을 느꼈다.

어머니를 헐뜯기만 하던 과거의 상사 미 여사와는 달리 팅 여사는 예를 들면 소설을 읽는 따위와 같은 어머니의 행동을 제약하지 않았다. 전에는 어머니가 마르크시즘 이외의 책을 읽을라치면 부르주아 지식계급이라고 흠씬 비판을 당해야만 했었다. 팅 여사는 어머니 혼자 영화 구경을 가는 것도 허용했다. 이것은 굉장한 특권이었다. 그 시절에 "혁명 참가자"들은 소비에트 영화만을 그것도 단체로 관람

해야 했다. 한편 개인이 운영하는 시내의 영화관에서는 그때까지도 찰리 채플린이 출연하는 미국 영화를 상영하고 있었다. 또 한 가지 어머니를 기쁘게 만든 것은 이제는 이틀에 한 번은 목욕을 할 수 있게 된 것이었다.

어느 날 어머니는 팅 여사와 함께 시장에 가서 폴란드에서 수입한 분홍색 꽃무늬가 박힌 고운 옥양목 두 마를 구입했다. 어머니는 전에 그 옥양목을 처음 봤을 때부터 마음에 들었지만 천박하다는 비판을 받을까봐 두려워서 차마 구입하지는 못했다. 어머니는 이번 시에 도착한 직후에 군복을 반납하고 "레닌복"으로 갈아입어야 했었다. 어머니는 레닌복 속에 염색하지 않은 거친 무명으로 만든 볼품없는 셔츠를 입었다. 이런 복장을 입어야 한다는 규칙은 없었지만 여느 사람들과 다른 복장을 입은 사람은 누구나 비판을 받았다. 어머니는 색깔 있는 옷을 입기를 간절히 원했다. 어머니와 팅 여사는 시장에서 구입한 옥양목을 가지고 들뜬 마음으로 장씨 종가로 달려갔다. 이윽고 각자 2벌씩 4벌의 화사한 블라우스가 완성되었다. 다음 날 두 사람은 레닌복 속에 전날 만들었던 블라우스를 받쳐입었다. 어머니는 분홍색 블라우스의 칼라가 레닌복 칼라 위로 살짝 보이게 하고는 하루 종일 날아갈 듯이 흥분된 감정을 가눌 길이 없었다. 팅 여사는 더욱 대담했다. 그녀는 블라우스의 칼라를 레닌복 밖으로 완전히 드러내놓았을 뿐만 아니라, 소매를 걷어올려 속에 입은 블라우스의 넓은 옷소매를 완전히 드러냈다.

어머니는 팅 여사의 대담한 옷차림에 깜짝 놀라 거의 할 말을 잃었다. 예상했던 대로 주위 사람들의 못마땅하다는 시선이 쏟아졌다. 그러나 팅 여사는 오히려 턱을 꼿꼿이 쳐들었다. "웬 참견?" 그녀가 어머니에게 귓속말로 건넨 말이었다. 어머니는 크게 마음을 놓을 수 있었다. 상사가 놀라울 정도로 튀는 옷차림을 한 마당에 어머니도 자신의 복장에 대한 주위의 비판적인 말이나 시선을 무시할 수 있었다.

팅 여사가 규칙을 약간 위반하고서도 두려워하지 않는 한 가지 이유는 막강한 권력을 가진 남편이 있기 때문이었다. 그녀의 남편은 권력을 행사하는 데 별로 요모조모 꼼꼼히 재어보는 타입이 아니었다. 뾰족한 코와 가파른 턱이 인상적이며 등이 약간 굽은 팅씨는 아버지와 동갑이었으며, 이빈 지방의 공산당 조직부장이라는 요직을 맡고 있었다. 당원들의 승진, 강등 및 징벌을 담당하는 부서가 바로 조직부였으며, 그곳에는 당원들의 인사 파일이 보관되어 있었다. 또한 팅씨는 아버지의 경우와 마찬가지로 이빈 지방의 행정을 관장하는 지방위원회의 4명의 위원들 중 한 사람이었다.

공산주의 청년단에서 어머니는 동갑내기들과 함께 일했다. 어머니가 과거에 함께 일했던 사람들은 나이가 많고 독선적인 농민 출신 여성 당원들이었던 반면에, 지금의 동료들은 교육수준도 높고 발랄할 뿐만 아니라 사물을 보다 낙천적으로 보려는 자세를 가지고 있었다. 어머니의 새로운 동료들은 모두 댄스를 좋아했으며, 함께 소풍을 다녔고, 문학과 사상에 관해서 이야기하기를 즐겼다.

책임이 따르는 일을 맡았기 때문에 사람들은 어머니를 무시하지 못했다. 어머니가 매우 유능하고 추진력이 있음을 알고 난 후 사람들은 어머니의 권위를 인정했다. 어머니가 업무에 보다 자신감이 생기고 아버지에게 덜 의지하게 되면서 아버지에 대한 어머니의 실망감도 엷어져갔다. 게다가 어머니는 아버지의 태도에 익숙해지고 있었다. 어머니는 아버지가 항상 자신을 먼저 생각해주기를 바라지 않게 되었고, 주변 사람들과도 잘 융화했다.

승진 결과로 어머니가 얻게 된 또 하나의 보너스는 친정어머니를 이빈 시로 영구적으로 모셔올 자격이 생겼다는 점이었다. 1951년 8월 말에 외할머니와 샤 선생 두 분은 힘든 여행 끝에 이빈 시에 도착했다. 교통망이 정상적으로 복구되었기 때문에 두 분은 전체 여정에서 정기적으로 운행하는 기차와 선박을 이용할 수 있었다. 정부 직원의 부양가족인 두 사람에게는 정부의 초대소(招待所)에서 국비로

방 3개가 딸린 주택이 제공되었다. 쌀과 연료와 같은 생활필수품들은 무료로 배급되어 초대소 소장이 배달해주었다. 배급 이외의 식량을 구매할 수 있는 약간의 수당도 지급되었다. 언니 샤오훙과 유모도 외할머니 댁에서 함께 지냈다. 어머니는 잠시 시간이 날 때마다 양친이 계신 집에 들러 외할머니가 만들어주는 맛깔스런 요리를 즐겼다.

어머니는 친정어머니뿐만 아니라 자신이 사랑하는 샤 선생을 가까이 모시고 살 수 있게 되어 매우 기뻤다. 어머니는 최근에 만주와 접해 있는 한국에서 전쟁이 발발했기 때문에 두 분이 진저우를 벗어난 것을 특히 다행스럽게 생각했다. 1950년 말 한때는 미군들이 중국과 한국 사이의 국경선인 압록강 제방까지 진격한 적이 있었고, 미국 전폭기들이 만주까지 넘어와 폭탄을 떨어뜨리고 기총소사를 하기도 했었다.

외할머니를 다시 만나자마자 어머니는 우선 젊은 후이거 대령의 소식을 듣고 싶어 했다. 그가 진저우의 서문 밖 강변에서 총살형을 당했다는 말을 들은 어머니는 가슴이 아팠다.

중국인들에게는 죽은 후에 제대로 묻히지 못한다는 것이 가장 끔찍한 일들 중 하나였다. 그들은 망자의 시신을 잘 감싸서 땅속 깊이 묻어야만 망자의 영혼이 편히 잠든다고 믿었다. 이것은 종교적인 생각인 동시에 현실적으로도 필요한 조치였다. 시신을 매장하지 않을 경우에는 들개와 새들의 밥이 될 수 있었다. 과거에는 전통적으로 처형당한 사람들의 시신은 백성들에게 교훈을 주기 위해서 사흘간 현장에 방치했었다. 그런 다음에야 시신을 수습하여 매장할 수 있었다. 이제 공산당은 처형당한 사람의 친족들이 시신을 즉시 매장해야 한다는 명령을 내렸다. 친족들이 매장할 수 없는 경우에는 정부가 인부들을 고용하여 시신을 매장했다.

외할머니는 혼자서 처형장에 갔다. 벌집처럼 총알이 박힌 시신들이 열을 지어 있는 가운데 후이거의 시신이 땅바닥에 쓰러져 있었다. 그는 15명의 사형수들과 함께 처형당했다. 땅바닥의 눈이 그들의 피로 검붉게 물들어 있었다. 진저우에 남아 있는 후이거의 친족들이 없었으므로 외할머니는 그의 시신을 묶을 길고 붉은 비단 헝겊을 산 다음 장의사를 고용하여 잘 매장해주었다. 어머니는 그 현장에 외할머니가 알고 있는 다른 사람들은 없었느냐고 물었다. "물론 있었지." 외할머니가 대답했다. 외할머니는 한 아는 여자와 마주쳤는데, 그녀는 남편과 남동생의 시신을 거두고 있었다고 했다. 처형당한 두 남자 모두 진저우 지구의 국민당 간부였다고 했다.

외할머니가 진저우에서 남동생 위린의 처인 올케에 의해서 고발을 당해 비판을 받았다는 말을 듣고 어머니는 깜짝 놀랐다. 위린의 처는 한 가문의 안주인인 외할머니가 부리는 사람으로서 힘든 일을 해야만 했기 때문에 오랫동안 외할머니에게 원한을 품고 있었다. 공산당이 모든 사람들에게 "억압과 착취"의 사례를 고발하라고 종용하자, 위린의 처가 내뱉은 원한 맺힌 말은 정치적으로 각색되었다. 외할머니가 후이거의 시신을 수습하는 것을 본 위린의 처는 죄인을 호의적으로 취급한다고 비난했다. 이웃 사람들은 외할머니에게 자신의 "과오"를 깨닫도록 "도와준다"는 미명하에 "투쟁회"를 개최했다. 그 자리에 끌려나온 외할머니는 현명하게도 아무 말 하지 않기로 마음먹고는 그저 얌전히 자신에 대한 비판의 소리를 듣기만 했다. 외할머니의 마음속에서는 올케와 공산주의자들에 대한 분노가 끓어올랐다.

이런 사건으로 인해서 외할머니와 아버지 사이의 감정의 골은 더욱 깊어졌다. 아버지는 처형당한 사람의 장례까지 지내주었다는 외할머니의 말을 듣고 그렇다면 공산당보다도 국민당에 더 동정적이냐고 따지면서 화를 냈다. 그러나 아버지의 가슴속에 질투심이 자리하고 있었다는 것도 부인할 수 없었다. 아버지에게 말은 하지 않지만 외할머니는 후이거가 마음에 들어 그를 어머니의 신랑감으로 점찍어두고 있었던 것이다.

어머니는 친정어머니와 아버지 사이에서 어느 한쪽을 두둔할 수 없어 입장이 난처했을 뿐만 아니라, 자신의 마음속에서도 후이거의 죽음을 애도하는 마음, 공산당을 지지하는 자신의 정치적 신조 등이 어지럽게 얽혀 있었다.

공산당이 만주에서 후이거 대령을 처형한 것은 "반혁명 진압운동"의 일환이었다. 그 목표는 구체제 속에서 권력과 영향력을 행사하던 국민당 세력들을 말살하기 위한 것으로서, 1950년 6월에 발발한 한국전쟁을 계기로 본격화되었다. 미군이 만주의 국경선까지 진격해오자 마오쩌둥 주석은 미국이 중국을 침략하거나 또는 장제스 군대로 하여금 중국 본토를 공격하도록 하지 않을까 걱정했다. 그는 미군과 싸우고 있는 북한에 100만이 넘는 군인들을 파견했다.

결국 타이완의 장제스 군대가 본토를 공격해오지는 않았지만 미국은 국민당 군대가 버마를 통해서 중국 남서부지방으로 침공하도록 만들었고, 해안가 지방에서는 공습이 빈발했으며, 다수의 비밀공작원들이 잠입하여 많은 파괴활동을 벌였다. 다수의 국민당 병사들과 비적들이 여전히 도처에서 준동하고 있었고, 내륙 오지에서는 대규모의 반란도 빈발했다. 공산당은 자신들이 새로이 확립한 질서를 국민당 지지세력이 교란시키는 것과, 만약 장제스가 본토 탈환을 위해서 공격해온다면 그들이 이에 호응하고 일어나 후방을 교란시킬 것을 걱정했다. 따라서 공산당은 자신들의 권력기반이 확고하며 반대세력인 국민당의 잔존세력을 제거함으로써 전통적으로 정치적 안정을 희구하는 민중들에게 사회가 안정되었음을 실감하도록 만들고자 했다. 그러나 국민당 지지세력을 어느 정도로 철저하게 분쇄할 것인지를 놓고서는 의견들이 분분했다. 신정부는 강경자세를 취하기로 방침을 정했다. 당시의 한 공식문서에는 이런 구절이 적혀 있었다. "만약 우리가 그들을 죽이지 않으면 그들이 돌아와서 우리를 죽일 것이다."

어머니는 공산당의 그런 방침에는 찬성할 수 없었으나 그 문제를 놓고서 아버지와 이야기해보았자 소용이 없을 것이라는 결론에 도달했다. 우선 그 즈음에는 어머니가 아버지의 얼굴을 대하기가 어려웠다. 아버지는 거의 매일같이 농촌지역에 나가서 여러 가지 문제를 처리하느라 바빴다. 아버지가 이빈 시내에 있을 경우에도 얼굴 보기가 어려운 것은 마찬가지였다. 공산당원들은 토요일이나 일요일도 없이 아침 8시부터 밤 11시까지 일해야 했으므로 밤늦게 귀가한 부모님이 대화를 나눌 시간은 없었다. 아기를 외할머니 집에 맡겨두었으므로 부모님은 식사를 식당에서 했다. 따라서 두 분의 생활은 거의 가정생활이라고 부르기 어려운 상황이었다.

토지개혁이 완료되자 아버지는 이빈 지방을 가로지르는 도로건설을 감독하기 위해서 집을 비웠다. 과거에는 이빈과 외부세계를 연결하는 유일한 교통수단이 강이었다. 정부는 남쪽의 윈난 성과 이 지역을 연결하는 도로를 건설하기로 결정했다. 중장비를 전혀 사용하지 않은 채 단 1년이라는 짧은 기간 안에 험준하고 강이 많은 지역을 뚫고서 130킬로미터가 넘는 도로를 건설했다. 노동력은 임금 대신에 식량을 지급받는 농민들로 충당되었다.

도로공사가 진행되던 중에 농민들은 공룡의 뼈를 발견하기도 했다. 공룡 뼈를 출토하는 과정에서 일부가 약간 손상되어 아버지는 자기비판을 해야 했으나, 결국 조심스럽게 발굴작업을 마치고는 출토품을 베이징에 있는 한 박물관으로 보냈다. 또한 아버지는 농민들이 과거부터 자신들의 돼지우리를 보수할 때 벽돌을 가져다쓰던 옛 무덤들이 서기 200년경에 만들어진 고분이라는 사실을 알고 고분이 훼손되고 도굴되는 것을 방지하기 위해서 감시병을 파견했다.

어느 날 낙석 사고로 말미암아 농민 2명이 희생되었다. 아버지는 밤을 새워 산길을 걸어 사고 현장으로 갔다. 그 지역의 농민들이 아버지와 같은 고위 공산당원을 볼 수 있었던 것은 그때가 처음이었다. 그들은 아버지가 자신들의 복지를 위해서 신경을 쓴다는 것을 알고 감격했다. 농민들은 과거에 그들이 있는 현장을 방문하는 관리

266

들은 모두가 농민들을 수탈하여 자신들의 주머니를 채우려 한다고 생각했었다. 그러나 아버지의 사심 없는 행동을 목격한 현지 주민들은 공산당은 국민당과 다르다고 생각하게 되었다.

한편 어머니가 담당한 주요 임무 중의 하나는 공장 노동자들을 대상으로 신정부를 지지하도록 유도하는 것이었다. 1951년 초부터 어머니는 공장을 방문하여 노동자들에게 연설하고 그들의 불만을 청취한 다음 문제를 처리해왔다. 젊은 노동자들에게 공산주의 이념을 설명하고 그들에게 공산주의 청년단과 공산당에 가입을 권유하는 것도 어머니의 일이었다. 공산당원이라면 마땅히 아버지처럼 "노동자, 농민들과 함께 생활하고 일하면서" 그들의 요구사항을 파악하고 지도해야 하므로 어머니는 공장 두 곳에서 오랫동안 노동자들과 함께 생활했다.

이빈 시 외곽에는 절연전선을 생산하는 한 공장이 있었다. 그곳 노동자들의 노동조건은 여느 공장과 마찬가지로 열악하여 수십 명의 여성 노동자들이 대나무와 밀짚으로 엉성하게 지은 큰 오두막집에서 잠을 자는 실정이었다. 식사도 형편없어 힘든 노동에도 불구하고 고기는 한 달에 두 번만 지급되었다. 여성 노동자들의 대부분은 도기로 만든 애자(碍子)를 세척하느라 8시간을 차가운 물속에 서서 계속해서 일해야 했다. 영양부족과 위생관리 부재로 인해서 결핵이 만연했다. 밥공기와 젓가락을 제대로 씻지도 않았고, 결핵 환자의 식기와 건강한 사람의 식기가 뒤섞여 있었다.

3월이 되자 어머니의 가래 속에는 피가 섞여나오기 시작했다. 어머니는 즉시 자신이 결핵에 감염되었다는 것을 알았으나 계속 자신의 임무를 수행했다. 누구의 간섭도 받지 않고 일할 수 있었기 때문에 어머니는 행복했다. 어머니는 자신의 일에 확신을 가지고 있었고, 일의 성과를 보면서 의욕이 샘솟았다. 공장의 노동조건은 개선되었고, 젊은 노동자들은 이제 어머니를 따랐으며, 어머니가 열심히 일한 보람이 있어 많은 노동자들이 공산주의에 공감하게 되었다. 어머니는 공산혁명을 이룩하는 데는 자신의 노력과 헌신이 필요하다는 순수한 마음을 가지고 있었다. 따라서 어머니는 하루도 쉬는 날 없이 온종일 일했다. 몇 달간을 이렇게 쉬지도 않고 일하다보니 어머니의 건강은 극도로 나빠졌다. 결핵이 악화되어 어머니의 폐에는 4개의 공동(空洞)이 생겼다. 게다가 어머니는 그해 여름 나를 임신하기까지 했던 것이다.

11월 말의 어느 날, 어머니는 공장에서 의식을 잃고 쓰러졌다. 어머니는 급히 시내에 있는 작은 병원으로 실려갔다. 그 병원은 당초에 외국인 선교사들이 설립한 병원이었다. 그곳에서 어머니는 중국인 가톨릭 교도들의 간호를 받았다. 당시까지도 그 병원에는 서양인 신부 한 사람과 두세 명의 수녀들이 있었다. 팅 여사의 권유에 따라 외할머니가 음식을 만들어오자 어머니는 엄청난 양의 음식을 먹어치웠다. 때로는 하루에 통닭 한 마리, 계란 10개, 고기 450그램을 먹었다. 그 결과 나는 어머니의 자궁 속에서 거대한 태아로 자랐고, 어머니의 체중은 14킬로그램이나 불었다.

병원에는 결핵 치료를 위한 미국제 의약품이 소량밖에 없었다. 팅 여사가 손을 써서 병원에 있던 결핵 치료용 의약품 전량을 어머니용으로 확보해놓았다. 이런 사실을 안 아버지는 적어도 그 의약품의 절반은 병원에 돌려줄 것을 팅 여사에게 종용했으나 그녀는 아버지의 제의를 한마디로 거절했다. "그게 말이나 되는 소리예요? 절반으로 나누면 한 사람분이 안 돼요. 내 말이 미덥지 않으면 의사에게 물어보세요. 그리고 당신의 부인은 내 밑에서 일하기 때문에 그녀에 관한 결정은 내가 내립니다." 팅 여사가 아버지의 의견에 맞서자 어머니는 그녀에게 한없는 고마움을 느꼈다. 아버지는 더 이상 고집을 부리지 않았다. 아버지는 분명히 어머니의 건강에 대한 걱정과 자신의 원칙, 다시 말해서 자신의 아내가 일반인들보다 우대를 받아서는 안 되며 또한 적어도 그 의약품의 일부는 다른 환자들을 위해서 남겨두어야만 한다는 원칙 사이에서 갈등을 느꼈다.

어머니의 자궁 속에서 태아인 내가 하도 크게 자라는 바람에 어머니 폐 속의 공동이 압축되어 막히기 시작했다. 의사들은 이런 현상이 웃자란 태아 덕분이라고 말했으나 어머니는 아마도 팅 여사 덕분에 자신이 복용할 수 있었던 미국제 결핵 치료제 효과를 본 것이라고 생각했다. 어머니는 임신 9개월째가 되는 1952년 2월까지 3개월간 입원했다. 어느 날 갑자기 어머니는 "신변의 안전을 위해서" 퇴원해야 한다는 연락을 받았다. 직원의 말에 따르면, 베이징에 있는 외국인 신부의 집에서 권총이 발견되어 모든 외국인 신부와 수녀들이 중대한 혐의를 받고 있다는 것이었다.

그러나 어머니는 병원을 옮기고 싶지 않았다. 병원이 아름다운 수련을 포함하여 훌륭한 정원 속에 자리잡고 있어서 마음에 들었을 뿐만 아니라, 병원이 당시 중국에서는 찾아보기 힘든 청결한 환경과 충실한 의료체계를 갖추고 있었기 때문에 어머니는 크게 안심할 수 있었다. 그러나 어머니에게는 선택의 여지가 없었으므로 제일인민병원으로 옮기는 수밖에 없었다. 이 병원의 원장은 산부인과 경험이 전혀 없는 사람이었다. 그는 국민당의 군의관으로 복무하다가 소속 부대가 반란을 일으키는 바람에 공산당 지지로 전향한 인물이었다. 그는 만약 어머니가 출산 도중에 사망하는 경우 자신의 과거 경력과 공산당 간부의 처를 죽게 만들었다는 점 때문에 곤란한 입장에 처하게 될 것을 걱정했다.

어머니의 출산 예정일이 다가오자 원장은 어머니를 설비가 좋고 산부인과 전문의가 있는 대도시의 병원으로 옮길 것을 아버지에게 제의했다. 원장은 출산 도중에 갑자기 자궁 내의 압력이 없어지면서 어머니 폐 속의 동공이 다시 열려 출혈이 발생할 가능성을 걱정했다. 그러나 아버지는 원장의 제안을 거절했다. 아버지는 공산당원들이 특권을 행사하지 않기로 약속한 만큼 어머니는 여느 사람과 똑같은 취급을 받아야 한다고 말했다. 이 말을 들은 어머니는 아버지가 언제나 자신의 이익에 반하는 행동만 하는 듯이 보이고 자신이 죽건

말건 개의치 않는다는 생각이 들어 기분이 몹시 나빴다.

나는 1952년 3월 25일에 태어났다. 출산 당시 어머니의 상태가 위중하여 다른 병원에서 외과 의사를 별도로 불러왔다. 몇 명의 다른 의사들도 산소호흡기와 수혈 담당 의료진 및 팅 여사와 함께 대기했다. 전통적으로 중국 남자들은 여자가 출산할 때 입회하지 않지만 어머니의 경우는 특별했으므로 원장은 아버지에게 만일의 사태에 대비하여 분만실 밖에서 대기하도록 요청했다. 이런 요청은 또한 뭔가 잘못되었을 경우 원장 자신을 보호하기 위한 것이기도 했다. 한마디로 매우 힘든 출산이었다. 내 머리가 먼저 나온 다음 지나치게 넓은 어깨가 산도(産道)에 걸렸다. 내가 다른 신생아에 비해 너무나 컸던 것이다. 간호사들이 내 머리를 잡아당겼다. 좁은 산도를 무리하게 통과하느라 거의 질식 상태인 내 몸은 새파랗게 질려 있었다. 의사들은 나를 우선은 더운물 속에 담갔다가 다시 찬물에 넣은 후 발을 잡고 거꾸로 들어올려 등을 세차게 두드렸다. 마침내 나는 울음소리를 내기 시작했고 그것도 매우 큰 소리였다. 모두들 안도의 웃음을 터뜨렸다. 내 체중은 4.5킬로그램이 조금 넘었다. 어머니의 폐는 다행히 아무런 손상도 입지 않았다.

한 여의사가 분만실에서 나를 안고 나와 아버지에게 보여주었다. "이런, 튀어나온 눈 좀 봐!" 나를 처음 본 아버지의 첫마디였다. 이 말을 들은 어머니는 매우 화를 냈다. 쥔잉 고모는 아버지의 말을 부정했다. "아녜요, 오빠, 아기 눈이 예쁘기만 하네요!"

중국의 모든 가정에서는 출산 직후의 임산부에게 좋다고 해서 먹게 하는 특별한 음식이 있었다. 수란(水卵)을 물엿에 넣고 끓인 매우 단 음식이었다. 이 병원에도 다른 병원들과 마찬가지로 환자를 위해서 가족들이 요리할 수 있는 취사장이 있었기 때문에 외할머니는 이 음식을 미리 준비했다가 어머니가 출산 후에 식사를 할 수 있게 되자 즉시 먹었다.

내가 태어났다는 소식을 들은 샤 선생이 말했다. "또 하나의 야생 백조가 태어났군." 내 이름은 "두 번째 백조"라는 뜻으로 얼홍(二鴻)이라고 지어졌다.

내 이름을 지어준 것이 아마도 샤 선생의 오랜 인생에서 마지막 임무였을 것이다. 내가 태어난 지 나흘 후에 그분은 여든두 살의 나이로 돌아가셨다. 운명하실 당시에 그분은 침대에 상체를 기댄 채 우유 한 잔을 마시고 있었다. 외할머니가 잠시 밖으로 나갔다가 우유잔을 받으려고 돌아와보니 우유가 엎질러져 있고 유리잔은 방바닥에 떨어져 있었다. 그분은 고통 없이 조용히 숨을 거두었다.

중국인들에게는 장례가 제일 중요한 행사였다. 일반인들 중에는 장례를 성대하게 치르고 나서 파산하는 경우도 있었다. 샤 선생을 사랑했던 외할머니는 당연히 그분의 장례를 성대하게 치르고자 했다. 외할머니는 절대적으로 세 가지는 지켜야 한다고 강조했다. 첫째는 최상의 관을 사용해야 하며, 둘째는 관을 수레에 얹어 끌지 말고 반드시 운구인들이 직접 운반해야 하고, 셋째는 망자를 위해서 스님들이 독경하고 장례악사들이 '수오나'라고 하는 고음을 내는 장례용 목관악기를 연주해야 한다는 것이었다. 아버지는 외할머니의 첫 번째와 두 번째 요구사항에는 동의했지만 세 번째 것에는 반대했다. 사치스러운 의식은 낭비이자 "봉건적"이라는 것이 공산당의 견해였다. 전통적으로 사회의 최하층 사람들만이 장례를 조용하게 치러왔다. 장례를 치를 때는 큰 소리를 내어 주위 사람들에게 알리는 것을 중요하게 여겼다. 이렇게 장례를 치러야만 "체면"이 서고 또한 망자에 대한 예라고 생각했다. 아버지는 수오나 연주나 스님의 독경은 절대로 안 된다고 주장했다. 외할머니는 아버지에게 얼굴을 붉히며 고집을 부렸다. 외할머니에게는 그 세 가지 사항은 필수적인 것으로서 도저히 양보할 수 없었다. 두 분이 언쟁하던 도중에 외할머니는 화가 나고 낙담한 나머지 혼절하고 말았다. 외할머니는 자신의 인생에서 가장 슬픈 순간에 이처럼 고립무원의 상태가 되고 보니 흥분되었다. 외할머니는 어머니가 입원 중이었으므로 장례 문제에 관해서 아버지를 직접 상대하지 않을 수 없었을 뿐만 아니라, 또한 어머니를 화나게 만들고 싶지 않아 장례 절차를 놓고서 아버지와 다툰 내용을 어머니에게 말하지도 않았다. 우여곡절 끝에 장례를 치르고 나자 외할머니는 신경쇠약으로 쓰러져 거의 두 달간이나 입원을 해야만 했다.

샤 선생의 시신은 이빈 시 끝자락에 있는 양쯔 강을 굽어보는 언덕 위의 묘지에 안장되었다. 그의 무덤은 소나무, 편백나무, 녹나무 등이 에워싸고 있었다. 이빈 시에 머물렀던 짧은 기간 동안에도 샤 선생은 그를 아는 모든 지인들의 사랑과 존경을 받았다. 샤 선생이 사망하자 그분이 기거했던 초대소의 소장은 장례를 준비하는 외할머니를 도와 모든 일을 처리했으며, 부하 직원들과 함께 곡(哭) 소리를 내는 것이 금지된 조용한 장례 행렬에 참가했다.

샤 선생은 행복한 만년을 보냈다. 그는 이빈 지방을 사랑했으며, 만주와는 전혀 다른 아열대기후 속에서 무성하게 자라는 갖가지의 이국적인 꽃들을 보는 것을 크게 기뻐했다. 그는 사망하기 직전까지도 건강 상태가 아주 양호했다. 그는 국가에서 무료로 제공하는 정원이 딸린 자신의 집에서 살 수 있는 생활에 크게 만족했다. 외할머니와 샤 선생 두 분은 충분한 양의 식량이 집까지 배달되는 속에서 좋은 보살핌을 받으면서 생활했다. 사회보장제도가 없는 사회에서 모든 중국인들은 노후에 안락한 생활을 하는 것이 소망이었다. 샤 선생은 이런 생활을 즐길 수 있었으며, 그것은 커다란 혜택이었다.

샤 선생은 아버지를 포함한 모든 사람들과 매우 원만한 관계를 유지하며 살았다. 아버지는 원칙을 지킬 줄 아는 고결한 분이라며 샤 선생을 매우 존경했다. 샤 선생은 아버지를 교양이 풍부한 사람으로 생각했다. 그는 과거에 많은 공무원들을 보았지만 아버지 같은 사람은 보지 못했다고 말하곤 했다. 세간에서는 "타락하지 않은 공무원이 없다"고 말들 했지만 아버지는 한번도 자신의 지위를 남용하지 않았으며, 지위를 이용하여 자기 가족의 이익을 도모하지도 않았다.

종종 샤 선생과 아버지는 장시간 대화를 나누곤 했다. 두 분은 윤리적 가치관에서 많은 부분을 공유했다. 두 분 사이의 차이점이라면 아버지의 가치관은 이데올로기라는 옷을 입고 있는 반면에, 샤 선생의 가치관은 인도주의에 기초하고 있다는 것이었다. 한번은 샤 선생이 아버지에게 이렇게 말했다. "공산당이 좋은 일을 많이 했다고 생각하네. 하지만 너무나 많은 사람들을 죽였어. 사람들을 죽이지는 말았어야 했는데." "예를 들면 어떤 사람들을 말씀하시는 것입니까?" 아버지가 물었다. "재리회의 선생들 말일세." 재리회란 샤 선생이 회원으로 가입했던 종교단체에 가까운 조직이었다. 재리회 지도자들은 "반혁명 진압운동"에 의해서 처형당했다. 신정부는 공산당 이외에 인민의 충성 대상이 되는 모든 단체를 용납하지 않았다. 공산당은 인민의 충성이 분할되는 것을 바라지 않았던 것이다. "그들은 나쁜 사람들이 아니었네. 아무리 공산당이라도 재리회는 존속시켰어야 했네." 샤 선생이 쓸쓸히 내뱉는 말이었다. 두 분 사이에는 한동안 침묵이 흘렀다. 아버지는 공산당의 입장을 옹호하면서 국민당과의 투쟁은 사느냐 죽느냐의 문제였다고 말했다. 샤 선생은 아버지 자신도 공산당의 "반혁명 진압" 정책이 옳은 것이었다고 완전히 확신하지 못하고 있는 것으로 느꼈지만, 한편으로는 공산당의 입장을 대변해야 하는 아버지의 고충을 이해할 수 있었다.

외할머니는 퇴원하고 나서 부모님과 함께 살게 되었다. 언니 샤오훙과 언니의 유모도 외할머니와 함께 옮겨왔다. 나는 내 유모와 함께 한방을 썼다. 내 유모는 나보다 12일 먼저 태어난 갓난아기가 딸려 있었으며, 돈이 절실히 필요하여 유모로 나서게 된 여자였다. 육체노동자인 그녀의 남편은 도박과 아편 밀매로 형무소에 수감되었다. 공산당 시대에 도박과 아편 밀매는 법률로 금지되었다. 이빈 시는 아편 거래의 중심지였으며 추정되는 아편 중독자 수가 2만5,000명에 달했다. 과거에는 아편이 돈처럼 통용되기도 했다. 아편 밀매는 갱단과 밀접한 관계를 맺고 있었으며, 국민당의 주요 자금원이기도 했다. 공산당은 이빈을 해방시킨 지 2년도 안 되어 아편 흡연 관습을 근절시켰다.

내 유모의 경우에는 가족 중 사회보장제도나 실업급여의 혜택을 볼 수 있는 사람이 아무도 없었다. 그러나 그녀가 우리 집의 유모가 됨으로써 국가는 그녀에게 급여를 지급했고 그녀는 자신의 아기를 돌보고 있는 시어머니에게 그 급여를 보냈다. 체격이 작은 내 유모는 고운 피부에 유난히 크고 둥근 눈을 가졌으며, 길고 숱이 많은 머리카락을 뒤로 묶어 쪽을 찌고 있었다. 그녀는 매우 친절하여 나를 마치 자신의 친딸처럼 사랑해주었다.

중국에서는 예부터 여자의 어깨가 넓은 것을 좋지 않게 여겼으므로 유모는 원하는 예쁜 모양으로 자라도록 하려고 내 어깨를 헝겊으로 단단히 싸매었다. 나는 너무나 아파서 큰 소리로 울지 않을 수 없었다. 유모는 종종 우리 집을 방문하는 사람들에게 내가 손을 흔들 수 있도록 팔과 어깨를 묶었던 헝겊을 풀어주기도 했고, 두 손으로 어깨와 팔을 세게 주물러주기도 했다. 나는 어렸을 때부터 이렇게 주물러주는 것을 좋아했다. 어머니는 항상 나의 외향적인 성격이 자신이 행복했던 시기에 나를 임신했기 때문이라고 말했다.

당시 우리는 공산당이 지주로부터 접수한 큰 저택에서 살고 있었다. 아버지의 사무실이기도 한 이 집에는 중국 후추나무, 몇 그루의 바나나 나무, 감미로운 향기를 풍기는 꽃들과 아열대 화초들로 덮인 큰 정원도 있었다. 정원은 정부에서 제공한 정원사가 관리했다. 아버지는 토마토와 칠리 고추를 직접 재배했다. 아버지는 이런 일을 즐겼는데, 그것은 또한 공산당 간부는 육체노동을 해야 한다는 자신의 원칙을 망각하지 않기 위함이기도 했다. 그러나 예부터 중국의 고급 관리들은 육체노동을 멸시해왔다.

아버지는 나를 무척이나 귀여워했다. 내가 기어다니기 시작하자 아버지는 배를 깔고 엎드려 나의 "산"이 되어줌으로써 나는 아버지위로 기어서 오르내리곤 했다.

내가 태어난 직후에 아버지는 이빈 지구의 전원(專員, 지구의 행정장관)으로 승진했다. 이는 이빈 지구 당위원회 제1서기 바로 아래의 지위로서 이 지구의 제2인자였다(당과 정부는 형식상 별개였으나 실질적으로는 불가분한 관계였다).

아버지가 이빈 시로 처음 돌아왔을 때 집안의 친척들과 아버지의 옛 친구들은 한결같이 아버지가 자신들을 위해서 여러 가지 편의를 봐줄 것으로 기대했다. 중국에서는 높은 지위에 있는 사람이 친척들의 편의를 봐주는 것을 당연하게 생각해왔다. 그러기에 다음과 같은 유명한 속담도 생겨났다. "주인이 출세하면 주인집 닭과 개도 우쭐댄다〔一人得道, 鷄犬昇天〕." 그러나 아버지는 족벌주의와 정실주의는 부패로 이르는 길의 입구로서 옛 중국에서 횡행했던 모든 악의 근원이라고 생각했다. 아버지는 또한 이빈 지방 사람들이 공산당 대표인 자신의 일거수일투족을 주시하고 있으며, 자신의 행동이 공산당에 대한 그들의 평가를 좌우한다는 것을 알고 있었다.

아버지의 이런 엄격한 태도는 곧 집안 친척들의 불만을 샀다. 사촌들 중 한 사람이 아버지에게 그 지역 영화관 매표소에 취직할 수 있도록 추천장을 하나 써줄 것을 부탁했다. 아버지는 그에게 정식 절차를 밟으라고 말했다. 아버지의 이런 반응을 친척들 중 어느 누구도 예상하지 못했다. 이런 일이 있은 후에는 어느 누구도 아버지에게 청탁을 해오지 않았다. 아버지가 전원으로 임명된 직후에는 또 다른 일이 한 가지 벌어졌다. 아버지의 형님들 중 한 사람이 이빈 지구의 차〔茶〕 공급회사에서 근무하고 있었다. 1950년대 초에는 경기가 좋았고 차 생산량도 증가하여 이빈 지구의 차 판매부는 아버지의 형을 부장으로 승진시키려고 했다. 일정 계급 이상의 모든 승진은 아버지의 결재를 받아야 했다. 형을 승진시키기 위한 결재서류가 올라오자 아버지는 부결시켜버렸다. 형의 가족들뿐만 아니라 어머니까지도 격노했다. "그분을 승진시키는 것은 당신이 아니라 차 공급회사의 경영진입니다! 당신이 그분을 도와줄 필요도 없지만 그분의 길을 막아서도 안 되는 것입니다!" 어머니가 아버지에게 내뱉은 말이었다. 아버지는 그 형이 유능하지도 않으며, 만약 그가 전원의 형이 아니었더라면 그의 승진이 상신되지도 않았을 것이라고 말했다. 상관들의 의중을 미리 헤아려 부하들이 일을 처리하는 것이 예부터 내려오는 악습이라고 아버지는 지적했다. 차 공급회사가 상신했던 승진 결재서류를 부결시킨 아버지의 행동은 자신들의 상신에 어떤 저의가 숨어 있었음을 암시하는 것이었기 때문에 회사 측도 아버지의 결정에 분노했다. 결과적으로 아버지의 행동은 관계된 모든 사람들의 분노를 사고 만 꼴이 되었으며, 문제의 아버지 형님은 두 번 다시 아버지와는 말도 하지 않았다.

그러나 아버지의 의지는 완강했다. 아버지는 중국의 뿌리 깊은 악습을 상대로 성전을 벌이고 있었던 것이다. 아버지는 모든 인간을 동일한 기준에 따라 공평하게 취급할 것을 주장했다. 그러나 공평성에 대한 객관적인 기준이 없었으므로 아버지는 과거와는 판이하게 자신의 본능적인 판단에 따라 엄격하게 공평을 추구했다. 아버지는 형의 승진 문제와 관련하여 자신의 동료들과 상의하지 않았다. 부분적으로는 동료들 중 어느 누구도 자신에게 그 형이 자격이 없다는 말을 하지 않을 것임을 아버지가 잘 알고 있었기 때문이었다.

1953년 공무원의 직급제가 도입되자 정의실현을 위한 아버지의 성전은 정점에 달했다. 모든 당원들과 공무원들은 26개의 직급으로 구분되었다. 최하위 직급인 26급의 봉급은 최고위 직급의 20분의 1에 불과했다. 그러나 실제적인 차이는 봉급 이외의 수당과 특권에 있었다. 지급받는 코트가 비싼 모직물로 만들어진 것인지 또는 값싼 무명으로 만들어진 것인지로부터, 아파트의 크기와 아파트에 실내 화장실이 있는지 또는 공동 화장실을 이용해야 하는지에 이르기까지 거의 모든 것이 직급에 따라 결정되었다.

입수할 수 있는 정보의 범위도 직급에 따라 결정되었다. 모든 정보를 국가가 철저하게 통제하는 것은 물론이고 정보를 세세하게 구분하여 정보에 어두운 일반 대중에게뿐만 아니라 당 내부에서조차 직급에 따라 차별적으로 정보를 제공하는 것이 중국 공산주의 체제의 중요한 특징이었다.

비록 공무원 직급제가 궁극적으로 중요한 이유를 명확하게 알 수는 없었지만 공무원들은 당시에도 직급제가 자신들의 일상생활을 결정적으로 좌우할 것이라는 점만은 충분히 상상할 수 있었으며, 모두들 자신들이 받게 될 직급에 민감한 반응을 보였다. 아버지 자신의 등급은 상급기관에 의해서 이미 11급으로 정해져 있었다. 아버지는 각 부서들이 상신한 이빈 지구 공무원들에 대한 직급 부여 계획을 면밀히 심사하는 일을 맡고 있었다. 아버지가 심사하는 대상에는 자신이 제일 귀여워하는 막내 여동생의 남편도 포함되어 있었다. 아버지는 상신된 그의 등급을 2급 격하시켰다. 어머니의 부서는 어머니에게 15급을 부여하겠다고 상신했으나 아버지는 그것을 17급으로 격하시켰다.

공무원들의 지위는 이러한 등급제와 직접적으로 연동되어 있지는 않다. 반드시 급이 상승해야 개개인들이 승진할 수 있는 것은 아니었다. 거의 40년 동안에 어머니의 등급은 1962년과 1982년에 각각 한 번씩 불과 두 번 상승했으며, 매번 단지 1급 상승하는 데 그쳤다. 그리고 1990년까지도 어머니는 여전히 15급이었다. 1980년대에는 어머니와 같은 등급을 가지고는 비행기 탑승권이나 기차의 푹신한 좌석이라고 해서 "연석(軟席)"이라고 부르는 1등석을 구입할 자격이 없었다. 14급 이상의 공무원들만이 이런 특별석을 구입할 수 있는 특권을 누렸다. 그러므로 1953년에 아버지가 어머니의 등급을 격하시켰던 덕분에 어머니는 거의 40년 후에도 자신의 나라에서 쾌적하게 여행할 수 있는 신분에서 1급이 모자랐다. 뿐만 아니라 어머니는 욕실이 딸린 호텔방에 투숙할 수가 없었다. 13급 이상의 공무원들만이 그런 특권을 가지고 있었기 때문이다. 어머니가 아파트의 전기계량기를 용량이 큰 것으로 교체해줄 것을 신청하자 관리사무소에서는 13급 이상의 공무원들만이 대용량의 전기계량기를 달 수 있다고 말했다.

아버지의 행위에 친척들은 굉장히 화를 냈지만 이빈 지구의 민중들은 박수갈채를 보냈다. 오늘날까지도 이빈 지구 사람들은 아버지를 높게 평가한다. 1952년 어느 날 제1중학교 교장은 선생들의 숙소가 부족하여 어려움을 겪고 있다고 아버지에게 토로했다. 당시 나의 친할머니와 쥔잉 고모, 그리고 정신지체자인 삼촌 이렇게 세 사람은 자신들이 살고 있는 아름다운 정원이 딸린 주택에 큰 애착을 가지고 있었다. 그러나 교장의 말을 들은 아버지는 즉석에서 "그렇다면 내 가족들이 살고 있는 집을 쓰십시오. 세 사람이 살기에는 집이 너무 크답니다"라고 말했다. 학교 측은 대단히 기뻐했다. 아버지가 세 식구를 위해서 시내 한복판에 있는 작은 집을 얻어주었지만 그들로서는 입이 나오지 않을 수 없었다. 할머니도 옮겨간 새집이 마음에 들지 않았지만 워낙 마음이 너그럽고 이해심이 많은 분이라 아무 말도 하지 않았다.

모든 공무원들이 아버지와 같이 청렴결백한 것은 아니었다. 공산당은 실권을 잡은 직후부터 부패에 따른 위기에 봉착했다. 그들은 깨끗한 정부를 만들겠다는 약속으로 민중의 지지를 얻는데 승리했으나 일부 공무원들은 뇌물을 받거나, 친척이나 친구들에게 편의를 봐주기 시작했다. 뿐만 아니라 국가의 이름을 빙자하여 거의 병적이라고 할 수 있는 중국의 나쁜 전통에 따라서 국고로 호화판 연회를 열어 친지들을 접대하고 자신의 권력을 과시하는 공무원들도 있었다. 당시 중국은 국가예산의 절반을 한국전쟁에 투입하면서 동시에 궤멸된 국내 경제를 재건하는 어려움에 직면해 있었다.

정부는 대규모로 국고를 횡령하는 공무원들이 생기자 우려하지 않을 수 없었다. 공산당의 정권수립을 가능하게 만들어준 민중의 지지와, 공산당이 성공할 수 있는 원동력이 된 당원들의 기강과 열의가 시들어가고 있었다. 1951년 말 정부는 부패, 낭비, 관료주의 세 가지 현상을 추방하자는 "삼반운동(三反運動)"을 시작하기로 결정했다. 악질적으로 타락하고 부패한 직원들을 처형하고 상당수를 투옥했으며, 그 밖의 많은 사람들을 해고했다. 혁명 초기에 공산군에 참가했던 고참 당원일지라도 대규모의 뇌물이나 횡령사건에 연루된 사람들은 본보기로 처형되었다. 삼반운동을 계기로 부패한 공무원들이 엄한 처벌을 받았기 때문에 향후 20년 동안은 부패 공무원 수가 급격히 줄어들었다.

아버지는 이빈 지구의 삼반운동을 지도 감독하는 책임을 맡고 있었다. 아버지의 관할구역에는 부패한 간부들이 없었다. 그러나 깨끗한 정치를 실현하겠다는 공약에 대한 당의 열의를 보여줄 필요가 있다고 생각한 아버지는 전화를 개인 용도로 사용했거나, 직장의 용지를 개인적인 편지를 쓰는 데 사용한 것과 같은 사소한 위반을 한 직원들까지도 자기비판을 하도록 직원들을 엄격하게 지도했다. 직원들은 공사의 구별을 극단적으로 엄격하게 했다. 심지어 사무실의 잉크는 공문서를 작성하는 데만 사용했으며, 공적인 일을 보다가 개인적인 일을 할 때에는 펜을 바꾸어 사용할 정도였다.

아버지는 신앙과도 같은 열의를 가지고 삼반운동을 추진했다. 아버지는 이처럼 세세한 사항에 이르기까지 부패와 낭비를 추방하는 운동을 전개함으로써 중국인들의 새로운 생활자세를 창조할 수 있다고 믿었다. 오랜 중국 역사상 처음으로 공사를 엄격하게 구별하는 사회, 공무원들이 국민의 재산인 국고를 멋대로 사용하거나 권력을 남용하지 않는 사회가 실현될 수 있다고 믿었다. 아버지와 함께 근무하는 대부분의 직원들은 아버지의 방침에 동조했으며, 자신들의 이러한 피나는 노력이 신생 중국을 탄생시키는 숭고한 대의와 직결된다는 것을 믿어 의심치 않았다.

삼반운동의 대상은 당원들이었다. 그러나 뇌물사건은 항상 뇌물을 주는 측과 받는 측 두 사람이 있게 마련이다. 그리고 대부분의 경우 뇌물을 주는 사람은 당과 관계된 공장주나 상인과 같은 "자본가"였으며, 이들에게는 아직도 삼반운동의 영향이 미치지 않고 있었다. 이들 사이에서는 고질적인 악습이 건재했다. 삼반운동이 개시된 직후인 1952년 봄에는 삼반운동에 호응하여 "오반운동(五反運動)"이 시작되었다. 이 운동은 자본가들을 겨냥한 것이었다. 오반운동의 목적은 뇌물, 탈세, 사기, 국유재산 횡령, 국가경제 정보의 부정 입수와 같은 다섯 가지 악을 추방하자는 것이었다. 대부분의 자본가들은 이런 오악 중 한두 가지를 위반한 것으로 밝혀졌다. 이런 자본가들에 대한 처벌은 일반적으로 벌금 부과였다. 공산당은 오반운동을 계기로 자본가들을 설득하거나 (많은 경우에는) 위협하여 그들이 당의 방침에 따르도록 하는 한편으로 그들의 경제력을 최대한 활용하는 것도 잊지 않았다. 따라서 투옥된 자본가는 많지 않았다.

서로 관련이 있는 삼반운동과 오반운동은 혁명 초기에 구상되었던 중국 공산당 특유의 지배기구를 강화했다. 이런 운동에서 가장 중요한 것은 "공작조(工作組)"라고 알려진 조직의 지도 아래 전개되는 "군중운동"이었다.

공작조는 정치운동을 위해서 새로 만들어진 조직이었다. 공작조의 조원들 대부분은 지방정부의 직원들이었으며, 당 간부들이 이들을 지휘했다. 베이징의 중앙정부는 지방에 공작조를 파견하여 그 공작조가 지방에서 정부 직원과 당원들의 경력을 면밀히 조사하여 지방의 공작조를 만들었다. 이렇게 만들어진 지방의 공작조는 다시 자신들보다 하부조직의 정부 직원과 당원을 조사하여 공작조를 만들었다. 이런 절차가 하부로 내려가면서 되풀이되었다. 이런 운동과정에서 사전에 상세한 신원조사를 통과한 사람만이 공작조의 조원이 될 수 있었다.

공작조는 "대중을 동원하여" 운동을 일으킬 필요가 있다고 인정되는 모든 조직에 파견되었다. 이런 조직들은 거의 매일 저녁마다 모든 사람들이 강제적으로 참가해야 하는 집회를 열어 상부에서 하달된 지시사항을 학습시켰다. 공작조의 조원들은 집회 참가자들에게 운동의 취지를 설명하고 동참할 것을 설득하면서 문제가 있는 인물을 고발하도록 호소했다. 무기명 투서가 장려되었다. 공작조는 투서를 통해서 고발된 모든 사례를 조사했다. 조사결과 혐의가 사실로 확인될 경우, 공작조가 현장에서 내린 판결은 차(次)상급 공작조에 보고하여 승인을 얻었을 때 발효되었다.

혐의자는 자신에 대한 혐의를 증명할 수 있는 증거의 제시를 요구할 수 있었고, 또한 통상적으로 항변할 수 있는 기회가 주어지기도 했다. 그러나 정식으로 이의를 제기할 수 있는 제도는 없었다. 공작조는 다양한 판결을 내릴 수 있었다. 공개적인 비판, 직장으로부터의 추방, 다양한 형태의 감시와 같은 여러 가지 판결이 있었다. 공작조가 내릴 수 있는 가장 엄한 판결은 혐의자를 벽지로 추방하여 육체노동에 종사하도록 처분하는 것이었다. 정식 재판에 회부하는 것은 매우 중대한 경우로 한정되었다. 사법기관은 당에 종속되어 있었다. 각 운동에 대해서 당의 최고위층으로부터 일련의 방침이 하달되었으며, 공작조는 이런 방침을 엄격하게 준수해야 했다. 그러나 실제의 개별적인 사례를 놓고 보면 담당 공작조의 판단 기준과, 심지어 구성 조원들의 성격이 판결결과에 크게 작용했다.

각 운동에서는 베이징의 당 중앙에서 숙청 대상으로 정해진 범주에 속하는 사람은 누구나 신원조사를 받았다. 그러나 신원조사는 경찰보다는 직장 동료들이나 이웃 사람들이 하는 것이었다. 인민 전체를 통제체제 속으로 동원하는 이런 방식은 마오쩌둥 주석이 만든 교묘한 인민 통치술이었다. 정부가 제정한 숙청 대상의 범주에 따를 경우 중국인들의 국민성을 이용한 인민의 감시망을 피하기란 거의 불가능에 가깝다는 것이 정부의 계산이었다. 그러나 정부가 바라는 "효율적인" 지배에는 막대한 희생이 따랐다. 운동의 기준이 명확하지 않았을 뿐만 아니라 개인적인 원한이나 심지어 근거가 희박한 험담에 입각한 고발이 횡행하여 많은 무고한 사람들이 고통을 당했다.

쥔잉 고모는 어머니를 모시고 정신지체자인 남동생과 함께 살아가기 위해서 직조(織造) 일을 해오고 있었다. 어둠침침한 불빛 아래에서 매일 저녁 늦은 시간까지 일하다보니 그녀의 시력은 매우 나빠졌다. 1952년에 고모는 저축한 돈에다가 빌린 돈을 합쳐서 직조기를 2대 더 구입하고 친구 2명을 불러 함께 일하기로 했다. 직조 일을 해서 들어온 수입을 3인이 분배하는 방식이었으나 이론상으로 보자면 직조기가 고모의 소유였으므로 고모가 친구 2명에게 임금을 지불하는 형식이었다. 오반운동이 시작되자 다른 사람들을 고용한 사람은 누구나 한두 가지의 혐의를 받았다. 쥔잉 고모의 가내공업과 같이 아무리 작은 사업이라도 공동작업 방식에 의존하는 경우에는 조사 대상이 되었다. 따라서 고모는 일을 그만두라고 했지만 그들에게 해고당했다는 느낌을 주고 싶지는 않았다. 그러나 때마침 친구들은 자신들이 그만두는 것이 최선책이라고 생각한다는 말을 해왔다. 고모가 염려했던 것과는 달리 그녀의 친구들은 만약 누군가가 고모를 고발할 경우 자신들이 고발한 것으로 고모가 오해할까봐 걱정된다는 것이었다.

1953년 중반에 이르자 삼반운동과 오반운동은 종료되었다. 자본가들은 정부의 방침을 따르게 되었고, 국민당 세력은 근절되었다. 민중들로부터 나오는 정보의 대부분이 신뢰할 수 없는 것임을 공무원들이 알게 되자 군중집회도 더 이상 열리지 않았다. 정부는 고발된 내용을 사안별로 조사했다.

1953년 5월에 어머니는 세 번째 아기를 낳으려고 병원에 입원했다. 5월 23일에 태어난 아기는 아들이었으며 진밍이라는 이름을 지어주었다. 어머니가 나를 임신 중이었을 때 결핵 치료를 위해서 입원했던 병원은 가톨릭계였으나 중국 전역에서 발생했던 외국인 선교사 추방조치의 결과로 이제 그 병원에는 외국인 선교사가 한명도 없었다. 어머니는 그때 막 이빈 시 공무부장으로 승진한 직후였으며, 여전히 어머니의 상사인 팅 여사도 이빈 시 당 위원회 서기로 승진했다. 당시 외할머니도 천식이 심해서 입원해 있었다. 나도 배꼽에 염증이 생겨 입원해야 했기 때문에 내 유모도 나와 함께 병원에 머물고 있었다. 우리는 "혁명 참가자"의 가족이었기 때문에 병원에서 무료로 양질의 치료를 받을 수 있었다. 병원에 병상이 부족했음에도 불구하고 당원들과 그들의 가족은 우선적으로 입원을 시켜주었다. 당시에는 국민 대부분이 공공의료 서비스를 받을 수 없는 형편이어서, 예를 들면 가난한 농민들도 자신들의 병원비를 지불해야 했다.

샤오훙 언니와 쥔잉 고모는 교외에 있는 친구 집에 머물고 있었으므로 집에는 아버지 혼자 계셨다. 어느 날 팅 여사가 업무보고를 하기 위해서 집에 들렀다. 보고가 끝나자 그녀는 두통이 있다고 하면서 눕고 싶다고 했다. 아버지가 팅 여사를 침대로 안내하여 침대에 눕도록 부축하는 순간, 그녀는 아버지를 끌어당겨 껴안으며 키스하려고 했다. 즉시 그녀를 밀쳐낸 아버지는 "피로가 심한 것 같습니다"는 말을 남기고 방을 나가버렸다. 잠시 후 아버지는 매우 흥분한 상태로 다시 그녀가 누워 있는 침대로 돌아와서는 손에 들고 있던 물 한 잔을 침대 옆 보조 테이블 위에 내려놓았다. 아버지는 "내가 아내를 얼마나 사랑하는지는 당신도 잘 아시지 않습니까?"라고 말하고는 팅 여사가 미처 무슨 말을 하기도 전에 급히 밖으로 나가버렸다. 물잔 밑에는 아버지가 남겨놓은 "공산당원의 품행"이라고 적힌 종이 한 장이 놓여 있었다.

며칠 후에 어머니는 병원에서 퇴원했다. 어머니가 갓 태어난 남동생을 안고 집 안으로 들어서자마자 아버지는 어머니에게 "서둘러서 이빈 시를 아주 떠나도록 합시다"라고 말했다. 어머니는 아버지가 무슨 일로 그런 말을 하는지 짐작할 수가 없었다. 아버지는 팅 여사가 취했던 행동을 설명하고 최근 들어 그녀가 자신을 이상한 눈으로 보아왔었다는 말도 덧붙였다. 어머니는 화가 나기보다는 큰 충격을 받았다. "그렇더라도 서둘러 떠나야 하는 이유는 뭐예요?" "그녀는 집념이 강해서 그런 짓을 다시 하지 않을까 걱정이 되오. 게다가 그녀는 반드시 보복하고야 마는 여자란 말이오. 내가 가장 걱정하는 것은 그녀가 당신에게 해코지하는 것이오. 당신이 그녀의 부하 직원이기 때문에 그런 짓은 마음만 먹으면 아주 쉬운 일이란 말이오." "정말로 그렇게 못된 여자일까요? 나도 그녀가 국민당 시절 형무소에 들어가 있었을 때 간수를 유혹해서 재미를 봤다는 소문은 들었어요. 그러나 소문을 다 믿을 수 있나요? 어쨌거나 그녀가 당신을 좋아한다고 해도 놀랄 일은 아녜요. 그녀가 정말로 나를 괴롭힐 거라고 생각해요? 이곳에서는 그녀가 가장 좋은 친구란 말예요."

"당신이 몰라서 하는 말이오. '뇌수성로(腦羞成怒)'라는 수치를 당하면 화가 난다는 말이 있소. 지금 그녀의 심정이 그럴 것이오. 그녀에게 수치심을 주지 말았어야 하는데, 내가 너무 서투르게 처신한 것 같소. 미안하오. 그 순간 너무나 당황한 나머지 본능적으로 팅 여사를 밀쳐버리고 말았으니. 그녀는 반드시 보복을 하고 말 여자요."

어머니는 아버지가 순간적으로 팅 여사를 밀쳐버렸을 광경을 눈앞에 선하게 그려볼 수 있었다. 그러나 팅 여사가 그토록 악의적으로 행동하리라고는 쉽사리 상상이 되지 않았고, 또한 그녀가 자신과 남편에게 어떤 해코지를 가할 것인지 짐작이 가지도 않았다. 이런 어머니에게 아버지는 전임 이빈 지구 행정장관이었던 수씨의 경우를 설명해주었다.

수씨는 빈농 출신으로 홍군의 대장정에 참가한 당원이었다. 팅 여사를 탐탁지 않게 여겼던 그는 그녀의 경박한 행동을 비난했다. 또한 여러 가닥으로 가늘게 땋아내린 그녀의 머리도 그의 빈축을 샀다. 그런 식의 머리 모양은 당시로서는 엄청나게 파격적이었다. 그는 수차례에 걸쳐 그녀에게 머리를 단정하게 자를 것을 종용했다. 그녀가 남의 일에 참견하지 말라고 대꾸하면서 머리 자르기를 거부하자 그는 더욱 강력하게 그녀를 비난했고, 이에 따라 그녀는 수씨에게 더욱 적의를 품게 되었다. 그녀는 남편과 공모하여 그에게 앙갚음하기로 마음먹었다.

수씨의 사무실에는 한 부하 여직원이 있었는데, 그녀는 타이완에서 도망쳐나온 국민당 장교의 첩이었다. 그녀가 기혼자인 수씨에게 추파를 던지는 것이 목격되어 두 사람을 헐뜯는 소문이 돌기도 했다. 팅 여사는 그녀로 하여금 수씨가 치근거리며 강요하는 바람에 성관계를 맺었다는 내용의 진술서를 작성하게 했다. 자신의 상사인 수씨가 행정장관이었음에도 불구하고 그녀에게는 팅 부부가 더 무서운 존재로 여겨졌다. 수씨에게는 자신의 지위를 이용하여 국민당 장교의 첩과 성관계를 가졌다는 혐의가 씌워졌다. 예부터 공산당원의 이런 행위는 용납될 수 없는 죄였다.

중국에서 사람을 모함할 때는 흔히 한꺼번에 여러 가지 혐의를 씌워 사건을 더욱 그럴 듯하게 보이도록 하는 수법을 썼다. 팅 부부는 수씨에게 죄를 뒤집어씌우기 위한 다른 "혐의"도 만들어냈다. 그는 한때 베이징에서 하달된 정책에 반대하여 당의 지도자들에게 자신의 의견을 서면으로 제시한 적이 있었다. 공산당의 헌장에 따르면 그에게는 그런 행동을 할 수 있는 권한이 있었다. 더구나 대장정에 참가한 고참 당원인 수씨에게는 그처럼 자신의 의견을 개진할 수 있는 특권이 있었으므로, 그는 당당하게 자신의 반대 의견을 공개적으로 제시했던 것이다. 팅 부부는 수씨의 이와 같은 과거의 행동을 트집잡아 그가 당에 반대를 일삼는 인물이라고 주장했다.

이런 두 가지 주장을 한데 엮어 그녀의 남편 팅씨는 수씨를 공산당에서 제명시키고 행정장관직에서 해임해야 한다고 주장했다. 수씨는 팅 부부가 주장하는 혐의를 단호히 부인했다. 그는 첫 번째 혐의는 전혀 사실 무근의 모함이라고 말했다. 그는 부하 여직원에게 한번도 치근거린 적 없이 항상 예의를 지켜온 사람이었다. 두 번째 혐의와 관련해서도 그는 한번도 잘못한 적이 없었을 뿐만 아니라 당의 노선에 결코 반항적이 아니었음을 주장했다. 이빈 지구의 당 위원회는 수씨, 팅씨, 아버지, 그리고 당 제1서기 이렇게 4명으로 구성되어 있었다. 이제 수씨의 건은 수씨를 제외한 나머지 3인이 심리하게 되었다. 아버지는 수씨를 옹호하는 입장이었다. 아버지는 수씨가 결백하다고 확신했으며, 당 중앙에 의견서를 보낸 행동은 완전히 적법한 것이라고 생각했다.

그러나 투표결과 아버지가 졌다. 수씨는 행정장관직에서 해임되고 말았다. 당의 제1서기는 팅씨의 입장을 지지했다. 제1서기가 그런 입장을 취하게 된 한 가지 이유는 수씨가 소속해 있던 홍군 부대가 과거에 저지른 "오점"에 기인한 것이었다. 1930년대 초에 수씨는 쓰촨 성 제4방면군의 장교로 복무했다. 그의 부대는 1935년의 대장정에서 마오쩌둥이 이끄는 부대와 합류했다. 그 부대의 사령관은 장궈타오라는 다혈질의 인물이었다. 그는 마오쩌둥과 지휘권을 놓고 다투다가 지휘권을 빼앗겼다. 그러자 그는 자신의 부대를 이끌고 대장정에서 이탈했다. 그 후 제4방면군은 패주하다가 막대한 병력 손실을 입고 마오쩌둥의 부대에 다시 합류하지 않을 수 없었다. 그러나 장궈타오는 공산당이 1938년에 옌안에 도착한 후 국민당으로 넘어갔다. 이런 사건으로 인해서 제4방면군에 소속되었던 사람들은 누구나 변절자라는 낙인이 찍혔으며, 마오쩌둥에 대한 그들의 충성도 의심을 받았다. 제4방면군 병사들의 대다수가 쓰촨 성 출신이었기 때문에 이 문제는 더욱 민감할 수밖에 없었다.

마오쩌둥의 직접적인 지휘를 받지 않았던 혁명 참가자들에게는 공산당이 집권한 후 이런 유형의 무언의 낙인이 붙여졌다. 이런 현상은 지하공작원들도 마찬가지였다. 지하공작원으로 일했던 수많은 공산당원들 중에는 용감하고 헌신적이며 최고 수준의 교육을 받은 사람들이 많았는데 이들에게도 그런 낙인이 항상 따라다녔다. 이빈 지구에서는 과거에 지하공작원으로 활동했던 모든 사람들이 이런저런 압력을 받고 있었다. 지하공작원들 중 많은 사람들이 비교적 유복한 가정 출신이었으며 그들의 가족들이 공산당의 손에 의해서 고통을 받았다는 사실도 문제를 복잡하게 만드는 한 요인이었다. 더구나 지하공작원들은 일반적으로 교육수준이 높았기 때문에 그들은 대부분이 농민 출신으로 문맹자가 많았던 홍군 병사들로부터 질투의 대상이 되었다.

아버지는 게릴라 출신이었으므로 심정적으로 지하공작원 출신의 사람들과는 매우 가깝게 지냈다. 어떤 경우에도 아버지는 지하공작원 전력을 가진 사람들을 모함하는 음험한 행동에 반대했으며 그들의 입장을 두둔하는 발언도 주저하지 않았다. "공산당원들을 '지하공작원'과 '지상전투원'으로 구분하는 것은 참으로 웃기는 일입니다." 아버지는 종종 이렇게 말했다. 사실 아버지가 함께 일하기 위해서 선발한 대부분의 사람들은 지하공작원 출신이었는데 그 이유는 그들이 가장 유능했기 때문이었다.

아버지는 수씨와 같은 제4방면군 출신자를 의심의 눈으로 바라보는 것을 용납할 수 없기 때문에 수씨의 명예회복을 위해서 열심히 노력했다. 첫째로 아버지는 그에게 더 이상의 음모를 피하기 위해서 이빈 시를 떠나 있을 것을 권했다. 아버지의 권고를 받아들인 수씨는 이빈을 떠나기 전에 우리 가족들과 함께 마지막 식사를 했다. 그는 쓰촨 성의 성도인 청두로 자리를 옮겨 임업국의 사무원으로 근무하게 되었다. 수씨는 아버지를 보증인으로 내세워 베이징의 공산당 중앙위원회에 소장을 보냈다. 아버지는 수씨를 옹호하는 편지를 중앙위원회에 보냈다. 한참 후에 수씨는 "당에 반기를 들었다"는 혐의는 풀렸으나 그보다 훨씬 사소한 "간통" 혐의는 풀리지 않았다. 수씨를 모함하는 소를 제기한 첩 생활을 하던 여성은 분명히 자신이 주장했던 내용이 사실이 아니었음을 알리기 위한 의도에서 조사단에게 설득력이 없고 앞뒤가 안 맞는 진술을 하면서도 팅 부부가 두려운 나머지 감히 자신의 고발을 서면으로 취하하는 결정적인 행동은 하지 못했다. 결국 수씨는 베이징의 임업부에서 비교적 높은 자리를 얻었으나 자신의 옛 자리로 복직하지는 못했다.

아버지가 어머니에게 이해시키려고 했던 요점은 팅 부부가 어떤 수단을 동원해서라도 보복할 인간들이라는 것이었다. 아버지는 수 씨와 관련한 더 많은 사례를 설명하고는 어머니와 함께 조속히 이빈을 떠나는 것이 가장 좋은 방법이라고 설득했다. 바로 다음 날 아버지는 이빈에서 북쪽으로 하루 여행 길인 청두로 출장을 갔다. 청두에 도착한 아버지는 전부터 잘 아는 사이인 쓰촨 성장에게로 직행하여 자신의 고향에서 일하는 것이 너무나 힘들고 또한 많은 친척들의 청탁을 거절하는 일도 어렵다는 이유를 내세워 다른 곳으로 전근시켜줄 것을 요청했다. 아버지는 팅 부부에 관해서는 구체적인 증거가 없었으므로 아무런 이야기도 하지 않았다.

쓰촨 성장 리다장은 마오쩌둥의 부인 장칭이 공산당 입당을 신청했을 때 보증을 섰던 사람이었다. 그는 아버지의 입장에 동정을 표하고는 전근이 가능하도록 도와주겠지만 아버지가 당장 자리를 옮기는 것은 어렵다고 했다. 청두에는 적당한 빈자리가 하나도 없었던 것이다. 아버지는 기다릴 수가 없는 처지이므로 어떤 자리라도 좋다고 말했다. 아버지의 간절한 설득에 못 이긴 듯이 성장은 마침내 두 손을 들고는 문교대책실장의 자리는 어떻겠냐고 했다. 그러면서 그는 "당신 같은 유능한 사람이 이처럼 낮은 자리를 맡는다는 것은 아까운 일이다"라는 말도 덧붙였다. 아버지는 일자리가 있기만 하다면 개의치 않는다고 말했다.

아버지는 팅 부부의 복수가 우려된 나머지 이빈 시로 다시 돌아가지 않고 대신 어머니에게 가능한 한 속히 청두로 오라는 내용의 연락을 보냈다. 장씨 종가 여인네들은 어머니가 출산한 지 얼마 되지 않은 몸으로 여행하는 것은 말도 안 된다고 했다. 그러나 아버지는 팅 여사가 어머니에게 무슨 해코지를 할지 몰라 두려웠기 때문에 전통적인 산후 1개월간의 몸조리 기간이 끝나자마자 우리 가족들을 데려가기 위해서 자신의 경호원을 보내왔다.

남동생 진밍은 청두까지 먼 길을 여행하기에는 너무 어리다고 판단되어 유모와 함께 이빈에 남기로 했다. 샤오훙 언니의 유모도 자신의 가족들과 가까이에서 지내기 위해서 이빈에 남기를 원했다. 진밍의 유모는 진밍을 매우 귀여워해 자신이 그를 계속 돌봐도 좋은지를 물었다. 어머니는 그녀의 청을 받아주었다. 어머니는 남동생의 유모를 완전히 신뢰했다.

그리하여 어머니, 외할머니, 언니, 나, 그리고 내 유모와 경호원 이렇게 모두 6명은 6월 말 어느 날 동이 트기 전에 이빈을 떠났다. 우리 일행은 지프차 한 대에 비좁은 채로 탔다. 짐이라고는 여행가방 2개가 전부였다. 당시에는 부모님과 같은 당 직원들은 기본적인 의류 몇 점을 제외하고는 사물(私物)을 일절 소지하지 않았다. 우리는 아침에 네이젠이라는 마을에 도착할 때까지 패인 곳이 많은 비포장도로를 계속해서 달렸다. 찌는 듯이 무더운 날씨에도 불구하고 우리는 기차가 올 때까지 그 마을에서 여러 시간을 기다려야 했다.

마침내 기차가 정거장으로 들어오는 순간에 내가 급히 "오줌마려"라고 말하자 유모는 나를 안아들고는 플랫폼 끝으로 데리고 갔다. 어머니는 기차가 갑자기 출발할까 두려워 유모의 행동을 말리려고 했다. 그때까지 기차를 한번도 본 적이 없는데다가 발차시각이라는 개념이 전혀 없었던 유모는 어머니에게 "운전수보고 조금만 기다리라고 말씀하세요. 얼훙이 오줌을 누어야 하니까요"라고 말했다. 그녀는 자신과 마찬가지로 누구나 나의 요구를 당연히 제일 먼저 들어줄 것으로 생각했던 것이다.

우리 일행의 자격이 각기 달랐기 때문에 우리는 4종류의 객차에 나눠서 타야 했다. 어머니는 샤오훙 언니와 함께 2등 침대차량에 탔고, 외할머니는 다른 차량의 1등 좌석인 연좌(軟座)에 앉았으며 나와 유모는 유아용 침대와 어머니용 경좌(硬座)가 비치된 "모자차(母子車)"라고 불리는 차량에 탑승했다. 아버지 경호원은 경좌가 비치된 네 번째 차량에 탑승했다.

기차가 천천히 달려가는 동안 어머니는 창 밖의 논과 사탕수수밭을 내다보았다. 때때로 눈에 띄는 진흙 논두렁 위를 걸어가는 농부들은 챙이 넓은 밀짚모자를 쓰고 있어서 마치 반쯤 졸고 있는 사람들처럼 보였다. 남자들은 상반신을 드러내놓고 있었다. 그물처럼 짜여진 수로를 따라 조용히 흐르던 물은 작은 진흙 댐을 만나면 봇물을 이루어 수많은 크고 작은 논들 속으로 흘러들어갔다.

창 밖을 내다보는 어머니의 마음은 시름에 젖어 있었다. 지난 4년 동안에 벌써 두 번째로 부모님은 가족과 함께 자신들이 사랑하는 곳을 떠나 쫓기듯이 이사를 가야 했다. 첫 번째는 자신의 고향 진저우를 떠나야 했고 이제는 남편의 고향 이빈을 떠나야 하는 것이다. 혁명이 달성되었다고는 하지만 어머니에게는 자신의 가족들이 편안한 가정을 꾸릴 수 있는 날은 멀게만 느껴졌다. 오히려 혁명은 어머니에게 새로운 문제점들을 안겨주었다. 인간이 혁명을 만든 이상 혁명에는 인간의 약점이 없을 수 없으리라는 생각이 처음으로 어머니의 머릿속에 막연하게 떠올랐다. 그러나 어머니는 혁명이 그런 인간의 약점을 보완하려는 노력은 전혀 기울이지 않고 실제로는 그런 약점을 최대한 이용하여 성과를 달성하려고 한다는 생각은 하지 못했다.

그날 이른 오후에 기차는 청두에 도착했다. 어머니는 청두에서의 새로운 생활에 기대를 걸어보기로 했다. 어머니는 이미 청두에 관해서 많은 것을 들어왔던 터였다. 삼국시대에는 촉나라의 수도였으며 특산물이 비단이었기 때문에 "금성(錦城)"으로 이름났으며 또한 여름철에 태풍이 지나가고 나면 도시 전체가 부용(芙蓉) 꽃잎으로 뒤덮인다고 해서 "용성(蓉城)"이라고 불리기도 했었다. 어머니의 나이는 이제 스물두 살이었다. 약 20년 전에 자신의 친정어머니가 지금 자신의 나이와 같았을 때 친정어머니는 만주에서 집에 갇힌 채 하인들의 감시 속에서 군벌이었던 "남편"을 기다리면서 사실상 죄수와도 같은 생활을 하고 있었다. 당시 친정어머니는 남자의 노리개이자 소유물 같은 존재였었다. 그러나 지금의 어머니는 적어도 스스로 독립적인 인간이었다. 어머니는 자신이 겪어야 할 고통이 무엇이

건 간에 그것은 친정어머니가 옛 중국 사회 속에서 한 여인으로서 겪어야 했던 고통과 비교하면 아무것도 아니라고 확신하고 있었다. 어머니는 공산주의 혁명을 무척이나 감사하게 여겨야 한다고 스스로에게 다짐했다. 기차가 청두역에 접어들면서 어머니의 가슴속에는 위대한 혁명에 다시 자신을 바치겠다는 각오가 가득 차 있었다.

10. "당신은 고난을 통해서 진정한 공산당원이 될 것이다"

어머니가 혐의를 받다
(1953-1956)

아버지는 우리 일행을 역까지 마중나왔다. 공기는 무겁게 내리누르고 있었다. 어머니와 외할머니는 간밤에 심하게 흔들리는 기차 속에서 찌는 듯한 열기에 시달린 나머지 몹시 지쳐 있었다. 우리는 쓰촨 성 정부의 초대소에 도착했다. 이곳은 우리가 임시로 머무를 곳이었다. 너무나 급하게 이빈 시를 떠나오는 바람에 어머니는 새로운 근무처를 발령받을 틈이 없었고, 또한 우리가 살 곳을 마련할 시간적인 여유도 없었다.

청두는 쓰촨 성의 성도였다. 쓰촨 성은 중국에서 인구가 가장 많은 성으로서 당시 약 6,500만 명에 달하는 사람들이 살고 있었다. 청두는 인구가 50만 명이 넘는 대도시였으며, 기원전 5세기에 건설되었다. 13세기에 이 도시를 방문했던 마르코 폴로는 번성하는 도시의 모습을 보고 크게 놀랐다. 청두의 시가지는 베이징과 동일한 도시계획에 따라 건설되었다. 고대 궁전들과 주요 궁성문들은 도시를 동서로 양분하면서 남북을 이어주는 넓은 가로를 따라 놓여 있었다. 1953년까지 시가지가 당초의 도시계획을 초과하여 성장했기 때문에 청두는 동부지구, 서부지구, 교외의 3개의 행정구역으로 나뉘었다.

청두에 도착한 지 2, 3주 만에 어머니의 직장이 결정되었다. 당국은 어머니의 직장을 배치하는 문제를 옛 중국의 전통에 따라 아버지하고만 상의했을 뿐 정작 당사자인 어머니와는 한마디 상의도 하지 않았다. 아버지는 어머니가 바로 자신의 부하 직원으로 근무하지 않는 한 어떤 자리라도 상관없다고 말했다. 그 결과 어머니는 청두 동부지구의 공무부장으로 발령받았다. 직원이 소속된 직장에서 그 직원의 숙소를 마련해줄 책임을 지고 있었으므로 어머니에게는 공무부가 입주해 있는 건물의 방 몇 개가 배정되었다. 그 건물은 안마당을 둘러싸고 있는 전통적인 중국식 가옥이었다. 우리 일행은 모두가이 건물에 입주했으나, 아버지는 자신의 직장에 인접한 건물에서 기거했다.

우리의 숙소는 동부지구 사무실과 같은 부지 내에 있었다. 정부 사무실은 대부분 국민당 간부들이나 대지주들로부터 접수한 대저택을 개조해서 사용했다. 간부를 포함한 모든 공무원들은 직장과 인접한 건물 내에서 살았다. 자신의 집에서 요리하는 것은 허용되지 않았기 때문에 누구나 공동식당에서 식사를 했다. 공동식당에서는 더운물이 나왔으므로 사람들은 보온병에 더운물을 받아 집으로 가져갔다.

결혼한 남녀들은 토요일에만 함께 지낼 수 있었다. 따라서 직원들 사이에서는 "토요일 밤을 보낸다"는 말이 사랑을 나누는 행위의 완곡한 표현으로 사용되었다. 이런 군대식 기율이 점차 완화되어 부부들은 좀더 많은 시간을 함께 보낼 수 있었으나 모든 사람들은 여전히 먹고 자는 생활의 거의 대부분을 사무실에서 보냈다.

어머니가 배속된 공무부는 초등교육, 공중위생, 오락, 여론조사를 비롯한 매우 다양한 업무를 수행했다. 스물두 살 젊은 나이의 어머니는 약 25만 명의 주민들을 대상으로 이런 활동을 수행하는 부서의 책임자였다. 어머니가 어찌나 바빴던지 얼굴조차 보기 힘들 정도였다. 당시 정부는 곡물, 면화, 식용유, 육류와 같은 기본적인 생활물자에 대해서 (구매와 마케팅을 통합했다는 의미에서 "통구통소 〔統購統消〕"라고 부르는) 전매제도를 도입하고자 했다. 이런 구상은 정부가 기본적인 생활물자를 생산자인 농민들로부터 전량 구매하여 도시의 주민들과 물자가 부족한 지역에 배급한다는 것이었다.

중국공산당은 이런 새 정책을 도입하면서 정책의 내용을 주지시키기 위해서 선전활동을 전개했다. 새로운 정책이 좋은 것임을 인민에게 설명하는 것이 어머니가 담당하는 업무의 일부였다. 엄청난 수의 인구를 안고 있는 중국은 지금까지 인민을 먹이고 입히는 문제를 해결해본 적이 없었으나 신정부는 기본적인 생활물자를 공정하게 분배하여 일부 사람들이 곡물이나 기타 생활필수품을 매점매석하는 가운데 많은 사람들이 아사하는 불합리한 현상이 발생하지 않도록 할 것임을 알리는 일이 선전활동의 핵심이었다. 어머니는 자전거를 타고 동분서주하면서 매일같이 수많은 집회에서 정책의 내용을 설명하는 일을 신명나게 수행했다. 어머니는 심지어 넷째 아기의 출산 직전까지도 열성적으로 이런 일을 했다. 어머니는 자신의 일을 즐겼을 뿐만 아니라 정부의 새로운 정책을 신뢰하고 있었다.

어머니는 출산 직전에야 병원에 입원하여 1954년 9월 15일에 네 번째 아기이자 둘째 아들을 낳았다. 이번에도 매우 위험한 분만이었다. 어머니는 출혈이 심했기 때문에 뭔가 잘못되었음을 알 수 있었다. 어머니는 퇴근하려는 의사에게 부디 귀가하지 말고 자신의 상태를 점검해줄 것을 강력하게 호소했다. 태반의 일부가 자궁 내에 남아 있었다. 잔류 태반을 제거하는 것은 대수술이었다. 의사는 어머니를 전신마취시킨 후 자궁 내부를 다시 검사했다. 그 결과 자궁벽에 남아 있던 태반 조각을 발견했고 어머니는 생명을 구할 수 있었다.

아버지는 새로운 통구통소 정책의 원활한 시행을 위해서 농촌지역을 방문중이었다. 아버지는 최근에 10급으로 승격했고 쓰촨 성 당위원회의 공무부 부부장으로까지 승진했다. 아버지의 주요 업무 중 하나는 여론의 동향을 지속적으로 파악하는 것이었다. 인민들은 특정 정책에 대해서 어떻게 느끼고 있는가? 그들은 어떤 불만을 가지고 있는가? 농민들이 인구의 절대다수를 차지하고 있었으므로 아버지는 자주 농촌지역을 돌면서 그들의 견해와 느낌을 파악했다. 어머니와 마찬가지로 아버지도 당과 정부를 민중들과 연결시켜주는 일인 자신의 업무에 열성을 다했다.

어머니가 출산한 지 7일째 되는 날, 아버지의 동료 중 한 사람이 어머니를 집으로 모셔가기 위해서 병원으로 차를 보냈다. 남편이 출장으로 부재중일 때 당 조직이 직원의 부인을 돌봐주는 것은 용인되는 일이었다. 어머니는 "집"까지는 도보로 30분이나 걸리는 거리였으므로 감사한 마음으로 차를 타고 귀가했다. 며칠 후 출장에서 돌아와 이런 사실을 알게 된 아버지는 동료를 힐책했다. 규정대로라면 어머니는 아버지가 승차하고 있을 때에만 관용차를 탈 수 있었다. 따라서 자신이 타고 있지 않은 관용차를 사용하는 것은 가족 우대로 보일 수 있다는 것이 아버지의 견해였다. 아버지의 동료는 어머니가 대수술을 받은 직후 몸이 극도로 허약한 상태였기 때문에 자신이 관용차 사용을 승인했던 것이라고 말했다. 그러나 규칙은 규칙이라고 아버지는 반박했다. 어머니는 또 한 번 아버지의 이런 지나치게 엄격한 고집을 이해할 수 없었다. 힘든 분만을 한 직후에 남편이라는 사람이 자신에게 인정머리 없이 비판적인 언사를 퍼부은 것은 이번이 두 번째였다. 어머니는 자신이 퇴원하는 순간에 아버지가 옆에 있었더라면 동료들이 규칙을 위반하는 일도 없었을 것이 아니냐고 따지고 들었다. 아버지는 중요한 일 때문에 도저히 짬을 낼 수가 없었노라고 변명조로 말했다. 어머니는 아버지의 헌신적인 근무자세를 이해했다. 그러나 그렇게 헌신적으로 근무하기는 어머니도 마찬가지였다. 이번에도 어머니는 아버지에게 크게 실망감을 느꼈다.

태어난 지 이틀 만에 둘째 남동생 샤오헤이에게는 습진이 생겼다. 어머니는 그것을 자신이 여름철에 하도 바쁘게 일하는 통에 삶은 올리브를 한번도 먹지 못했기 때문이라고 생각했다. 중국인들은 올리브가 몸의 열을 없애주며, 그것을 먹지 않으면 체내의 열이 밖으로 나와 열꽃이 핀다고 믿는다. 샤오헤이의 손은 긁지 못하도록 몇 달 동안이나 침대의 난간에 묶여져 있었다. 동생은 생후 6개월이 되자 피부과 병원에 입원했다. 이때 외할머니는 외증조할머니가 위독하여 진저우로 급히 가야 했다.

샤오헤이의 유모는 이빈 출신으로서 숱이 많은 길고 검은 머리에 눈두덩이가 부은 듯한 눈매를 하고 있었다. 그녀는 누운 채로 자신의 아기에게 젖을 먹이다가 깜박 잠이 드는 바람에 그만 아기를 질식사시키고 말았다. 그녀는 가족의 소개로 쥔잉 고모를 찾아와서 청두에 있는 우리 가족에게 자신을 추천해줄 것을 간청했다. 그녀는 대도시에서 생활해보고 싶다고 했다. 일부 이웃 여인네들이 그녀는 단지 남편과 떨어져 있으려고 청두에 가려는 것이라고 말렸지만 고모는 그녀를 위해서 추천장을 써주었다. 쥔잉 고모는 비록 독신이었지만 다른 여자들이 결혼해서 잘사는 것을 보고 질투하는 노처녀 특유의 고약한 심보를 가진 여자는 결코 아니었다. 오히려 고모는 남들이 잘사는 것을 보고 항상 즐거워했다. 고모는 이해심이 많았고, 인간의 결점을 용인했으며, 누구를 비난할 줄도 몰랐다.

샤오헤이의 유모는 청두로 온 지 몇 달 안 되어 근처에 사는 장의사와 눈이 맞았다는 소문이 돌았다. 부모님은 그 일을 사적인 일로 간주하고는 개의치 않았다.

남동생이 피부과 병원에 입원하자 유모도 함께 병원에 체류하게 되었다. 공산당 정권은 성병을 거의 근절시켰지만 병원에는 아직도 성병 환자들이 입원한 병동이 있었다. 어느 날 샤오헤이의 유모는 그 병동에서 성병 환자와 함께 침대에 있다가 현장에서 발각되었다. 병원 측은 어머니에게 그런 사실을 통보하면서 유모가 샤오헤이에게 계속해서 젖을 먹이는 것은 위생상 문제가 있다는 말도 했다. 어머니는 그녀에게 떠나라고 말했다. 그 후 샤오헤이는 내 유모가 돌보았고, 첫째 남동생 진밍을 돌보던 유모가 진밍과 함께 이빈에서 옮겨와 우리와 함께 지냈다.

　이런 일이 있기 전인 1954년 말에 진밍의 유모는 어머니에게 술 주정뱅이 남편이 자신에게 폭력을 휘두르기까지 하므로 자신도 청두로 와서 우리와 함께 살고 싶다는 내용의 편지를 보내온 적이 있었다. 어머니는 진밍이 한 달 된 아기였을 때 마지막으로 보고는 그때까지 18개월간이나 진밍을 보지 못하고 지내왔었다. 그러나 첫아들 진밍이 어머니의 품으로 돌아왔지만 어머니는 참담한 심정이었다. 오랫동안 진밍은 어머니가 자신에게 손도 못 대게 하면서 유모만을 "엄마"라고 불렀다.

　아버지 또한 진밍과 가까워지기가 힘들었다. 그러나 아버지는 나와는 매우 친했다. 아버지는 나를 등에 태운 채 마루를 기어다니곤 했다. 아버지는 종종 내가 냄새를 맡을 수 있도록 칼라에 꽃을 꽂아놓곤 했다. 아버지가 꽃을 잊기라도 하면 나는 정원을 가리키면서 소리를 질러 빨리 꽃을 가져오도록 했다. 아버지는 자주 내 뺨에 뽀뽀를 해주었다. 한번은 아버지가 면도를 하지 않은 채 내게 키스를 하자 나는 얼굴을 찡그리면서 목청껏 "수염 영감"이라고 소리를 질렀다. 그때부터 나는 몇 달 동안이나 아버지를 수염 영감(라오 후쯔)이라고 불렀다. 그런 일이 있은 후로 아버지는 내게 좀더 조심스럽게 키스했다. 나는 아버지의 사무실을 아장아장 걸어다니며 직원들과 놀기를 좋아했다. 나는 직원들에게 내가 지어 붙인 특별한 이름을 부르면서 그들의 뒤를 쫓아다니고 그들에게 동요를 들려주곤 했다. 내가 세 살이 되기 전에 직원들은 나를 "꼬마 외교관"이라고 불렀다.

　당시 내가 사무실 내에서 인기가 있었던 것은 재잘거리며 돌아다니는 나를 직원들이 재미있어했을 뿐만 아니라, 그들이 잠시 휴식을 취할 수 있었기 때문이었으리라고 생각한다. 당시의 나는 매우 포동포동해서 직원들 모두가 나를 무릎 위에 앉혀놓고는 내 볼을 꼬집기를 좋아했다.

내가 세 살이 조금 넘었을 때 나와 형제들은 모두 다른 보육시설에 맡겨졌다. 나는 왜 집을 떠나야 하는지 이해할 수 없었기 때문에 발길질을 하고 내 머리의 리본을 쥐어뜯으면서 저항했다. 보육원에서 나는 선생님들에게 고의적으로 문제를 일으켰다. 나는 매일같이 책상 위에 우유를 붓거나 캡슐에 담긴 간유(肝油)를 흘리곤 했다. 우리는 매일 점심 식사 후에는 낮잠을 자야 했는데, 그럴 때면 나는 넓은 침실에서 다른 아이들에게 내가 지어낸 무서운 이야기를 들려주곤 했다. 나의 이런 나쁜 장난은 곧 적발되어 입구의 계단 위에 앉는 벌을 받아야 했다.

우리가 보육원에 보내진 것은 우리를 돌봐줄 사람이 없었기 때문이었다. 1955년 7월의 어느 날, 청두 시 동부지구의 800명 직원들에게는 별도 지시가 있을 때까지 전원 직장에서 대기하라는 지시가 내려졌다. 새로운 정치운동이 시작된 것이었다. 이번에는 그 목적이 "숨어 있는 반혁명분자"를 적발해내기 위함이었다. 직원들 전원이 철저한 신원조사를 받았다.

어머니와 동료들은 아무런 의심도 하지 않고 명령에 따랐다. 어쨌거나 그들은 기율이 엄한 군대식 생활이 몸에 배어 있었고, 게다가 새로운 사회의 안정성을 확인하기 위해서 당이 당원들을 조사하는 것을 당연하게 여겼다. 대부분의 동료들과 마찬가지로 공산주의에 헌신적인 어머니는 새로운 정치운동이 포함하고 있는 다소간의 엄격한 내용에 대해서는 불평하지 않았다.

1주일 후에 동료들 대부분은 신원조사를 통과하여 자유롭게 외출할 수 있었다. 그러나 어머니는 예외적인 몇 명 중 한 사람이었다. 어머니는 자신의 몇몇 과거 행적들이 아직 확인되지 않았다는 말을 들었다. 어머니는 자신의 사무실에서 나와 사무실 건물의 별동에 격리된 채로 심사를 받아야 했다. 어머니는 구속 기간이 길어질 수도 있다는 말과 함께 가족들을 만나 대비하라는 의미에서 며칠간 집을 다녀오라는 허가를 받았다.

이런 새로운 정치운동은 주로 저명한 작가 후펑과 같은 일부 공산주의 작가들의 언행을 마오쩌둥이 문제 삼음으로써 촉발되었다. 그들이 마오쩌둥과 사상적으로 대립한 것은 아니었지만 그들의 독자노선 추구가 마오쩌둥의 심기를 건드렸고, 또한 사상의 자유를 존중해야 한다고 주장함으로써 마오쩌둥은 이들을 방관할 수 없었던 것이다. 마오쩌둥은 그들의 자유로운 발언을 방치할 경우에는 자신의 절대적인 권위가 손상될 수 있다고 판단했다. 그는 신생 중국은 모두가 하나같이 행동하고 생각해야 하며 중국을 단결시키기 위해서는 엄격한 조치를 취해야 국가의 붕괴를 막을 수 있다고 주장했다. 마오쩌둥은 다수의 저명한 작가들을 "반혁명 혐의"로 투옥시켰다. "반혁명"은 최악의 경우 사형까지도 당할 수 있는 중대한 혐의였다.

 이런 조치는 중국에서 자유로운 언론의 종말이 시작되는 것을 의미했다. 공산당은 정권을 장악하는 과정에서 모든 언론기관을 당의 지배하에 놓았다. 이제부터 온 국민의 사상이 국가의 더욱 엄격한 통제하에 놓이게 된 것이다.

 마오쩌둥은 이번 운동의 표적은 "여러 제국주의 국가들과 국민당의 스파이, 트로츠키 신봉자, 과거 국민당의 장교, 공산당원들 중의 배반자들"이라고 주장했다. 그는 그런 자들이 국민당의 정권 탈환을 위해서 일하고 있으며, 또한 베이징 정부를 승인하지 않고 중국을 적대세력으로 포위하려는 미 제국주의자들의 앞잡이들이라고 주장했다. 한편 어머니의 옛 남자친구 후이거 대령이 처형당했던 지난번의 반혁명분자 진압운동은 실제로 국민당을 위한 활동에 가담한 적이 있었던 사람들을 표적으로 삼았으나, 이번 운동은 공산당원이나 공무원들 중 과거에 국민당과 관계가 있었던 사람들을 대상으로 한 것이었다.

 공산당은 정권을 장악하기 이전부터 당원들의 과거 경력에 대한 자세한 기록을 작성하여 이를 근거로 당원들을 지배해왔다. 당원들에 대한 이러한 인사기록은 당의 조직부가 보관했다. 공산당원이 아닌 공무원들의 인사기록은 직장의 상사들이 작성하여 인사부서에서 보관했다. 상사는 매년 자신의 모든 부하 직원에 대한 보고서를 작성했고, 이것은 그들의 인사기록철에 추가되었다. 어느 누구도 자신의 인사기록철은 읽어볼 수 없었으며, 단지 다른 사람들의 기록을 읽을 수 있는 특별 권한을 부여받은 사람들만이 인사기록철에 접근할 수 있었다.

새로운 정치운동에서 혐의의 표적이 된다는 것은 과거에 아무리 사소한 것이었다고 하더라도 어떤 형태로든 국민당과 관계가 있었음을 의미했다. 조사작업은 국민당과는 어떤 관련도 없는 것으로 밝혀진 공무원들로 구성된 공작조가 담당했다. 어머니는 우선적인 혐의 대상이었다. 우리 집의 유모들도 가족들과의 관계로 인해서 혐의 대상이 되었다.

별도로 지방정부의 공무원들과 고용된 운전기사, 정원사, 청소부, 조리사, 잡역부 등을 전문적으로 조사하는 공작조가 있었다. 내 유모의 남편은 도박과 아편 밀매로 형무소에서 복역 중이었으므로 유모는 "문제 인물"로 분류되었다. 진밍의 유모는 지주계급 집안으로 시집을 갔고, 그녀의 남편은 국민당의 하급 장교였다. 유모는 중요한 직종이 아니었으므로 당은 우리 가족의 두 유모에 대해서 집요하게 파고들지는 않았다. 그러나 당은 우리 가족을 위해서 유모를 파견해왔던 조치를 중단했다.

어머니는 격리심사 전에 잠시 집에 들를 수 있도록 허용받는 과정에서 지금까지 유모를 이용할 수 있었던 특권이 박탈된다는 통보를 받았다. 어머니로부터 당의 이런 결정을 전해들은 두 유모는 낙심천만이었다. 그들은 진밍과 나를 무척이나 사랑했다. 내 유모는 이빈으로 돌아가야 할 경우 수입이 없어질 것을 걱정했다. 어머니는 이빈 시의 행정장관에게 편지를 써서 유모에게 일자리를 주선해줄 것을 부탁했다. 다행히도 유모는 차 재배농장에서 일할 수 있었고, 또한 자신의 어린 딸과 함께 생활할 수 있었다.

진밍의 유모는 남편에게 돌아가고 싶은 마음이 없었다. 그녀는 청두에서 잡역부로 일하는 남자를 사귀게 되어 그와 결혼하기로 약속했다. 그녀는 엉엉 울면서 어머니에게 자신이 술주정뱅이 남편과 이혼하고 새 남자와 결혼할 수 있도록 도와달라고 애걸했다. 당시에는 이혼이 무척이나 힘들었지만 그녀는 내 부모님, 특히 아버지가 관계자에게 한마디만 해주면 이혼수속에 크게 도움이 되리라는 것을 알고 있었다. 어머니는 진밍의 유모를 매우 좋아했으므로 그녀를 돕고자 했다. 그녀가 이혼을 하고 잡역부와 결혼한다면 그녀의 출신 성분은 자동적으로 "지주계급"에서 벗어나 노동자계급으로 이동하게 되었다. 이렇게 되면 그녀는 우리 가족을 떠나지 않아도 되었다. 어머니가 이런 사정을 아버지에게 설명했으나 아버지는 반대였다. "당신이 어떻게 남의 이혼을 주선한단 말이오? 그러면 사람들은 공산당이 남의 가족 파탄을 조장한다고 말할 것 아니오." "그렇지만 우리 애들은 어떻게 하고요? 유모 두 사람이 모두 떠나고 나면 누가 우리 애들을 돌봐줍니까?" 아버지의 대답은 간단했다. "보육원에 보내면 될 것 아니오."

어머니가 진밍의 유모에게 아무래도 그냥 떠나는 수밖에 없다고 이야기하자, 그녀는 그 자리에서 눈물을 흘렸다. 그리하여 오늘날까지도 진밍의 머릿속에 남아 있는 최초의 기억은 유모가 떠나는 장면으로 각인되었다. 어느 날 저녁에 누군가가 진밍을 안고서 현관으로 갔다. 그의 눈앞에는 유모가 서 있었다. 그녀는 가슴 한쪽에 나비 모양의 단추가 여러 개 달려 있는 전형적인 시골 여인네들의 차림이었다. 손에는 보자기에 싼 보따리를 들고 있었다. 진밍은 자신을 안아주기를 바라면서 유모를 향해 두 손을 내밀었지만, 유모는 그를 안아주지 않고 눈물만 흘리면서 서 있었다. 유모는 마당 맞은편에 있는 대문을 향해 계단을 내려갔다. 웬 낯선 사람이 그녀와 함께 서 있었다. 그녀는 대문 밖으로 나가기 직전에 걸음을 멈추고는 뒤돌아섰다. 진밍은 비명을 지르고 발버둥을 쳤지만 자신을 유모에게 데려다주지는 않았다. 그녀는 한동안 진밍을 바라보면서 문가에 돌처럼 서 있었다. 그러더니 그녀는 몸을 돌려 갑자기 사라져버렸다. 이것이 진밍이 기억하고 있는 유모의 마지막 모습이었다.

외할머니는 여전히 만주에 계셨다. 외증조할머니가 그때 막 결핵으로 돌아가셨기 때문이었다. "막사에 구속당하기" 전에 어머니는 우리 남매 4명을 보육원으로 보내야 했다. 너무나 갑작스럽게 발생한 상황이라서 시립 보육원들 중 어느 곳도 우리 4남매를 모두 받아줄 수 있는 곳은 없었다. 그래서 우리는 4개의 보육원에 분산되어 위탁되는 수밖에 없었다.

격리심사를 받기 위해서 집을 떠나는 어머니를 향해 아버지는 이렇게 말했다. "당에 모든 것을 숨김없이 말하고 당을 100퍼센트 신뢰해야 하오. 당은 당신에게 올바른 평결을 내릴 것이오." 이렇게 정나미 없이 사무적으로 말하는 남편에 대해서 어머니의 가슴속에서는 분노가 치밀었다. 그녀는 남편으로부터 보다 따뜻하고 다정다감한 말을 듣고 싶었던 것이다. 아버지에 대한 분노가 가시지 않은 채 어머니는 어느 무더운 여름날 자신의 두 번째 구속과 대결하기 위해서 막사로 향했다. 그러나 이번에 자신을 구속하는 주체는 자신이 온몸을 바쳐 헌신적으로 일해왔던 공산당이었다.

심사를 받는 동안에는 죄인 취급을 당하지 않았다. 구속당했다는 것은 단지 과거의 경력 중 흑백을 가려야 할 일이 남아 있음을 의미했다. 그러나 자신이 그토록 헌신적으로 당을 위해서 일해왔고 공산주의에 충성을 서약했음에도 불구하고 자신이 이처럼 굴욕적인 과정을 거쳐야 하는 현실이 슬프게 여겨졌다. 그러나 어머니의 마음 한구석에는 거의 7년간이나 자신을 짓눌러오던 검은 구름과도 같은 혐의가 이번 심사를 통해서 영원히 벗겨질 것이라는 낙관적인 기대감도 생겨났다. 어머니는 부끄럽게 여길 것도, 감춰야 할 것도 없었다. 어머니는 자신이 열성적인 공산주의자라는 사실을 당이 인정해 줄 것이라고 확신했다.

어머니를 심사하기 위해서 3인의 특별 공작조가 구성되었다. 공작조의 대표는 청두 시의 공무부 책임자로 있는 쾅씨였다. 그의 지위는 아버지의 부하이자 어머니의 상사였다. 그의 가족은 우리 가족과 잘 아는 사이였다. 그는 어머니에게 여전히 친절하면서도 조사를 할 때는 다른 사람들을 심사할 때와 마찬가지로 사무적이었다.

　다른 격리심사 대상자들과 마찬가지로 어머니에게도 도와주는 동반자라는 의미에서 "배반(陪伴)"이라고 부르는 감시를 위한 다양한 여성들이 붙여졌다. 그들은 어머니가 가는 곳이면 어디라도 따라다녔다. 어머니가 화장실을 갈 때는 물론이고 취침 시에도 어머니와 한 침대를 사용했다. 어머니는 이런 조치가 어머니를 보호하기 위한 것이라는 말을 들었다. 어머니는 이것이 격리심사 대상자가 자살하거나 다른 사람과 공모하는 일로부터 "보호"하기 위한 것임을 은연중에 알게 되었다.

　어머니의 배반은 여러 명의 여성들이 돌아가면서 담당했다. 그들 중 한 명은 자신이 격리심사 대상자가 됨으로써 배반 업무에서 제외되기도 했다. 각 배반은 어머니의 언행에 관해서 매일 보고서를 썼다. 배반 업무를 담당하는 모든 여성들은 어머니가 맡고 있는 공무부는 아니더라도 청두 시의 동부지구에서 일하고 있었기 때문에 어머니가 아는 사람들이었다. 그들은 어머니에게 친절하게 대해주었으므로 행동의 자유가 없다는 것을 제외하고는 어머니에 대한 대우는 나쁘지 않았다.

　배반을 담당하는 여성들과 공작조의 세 사람이 심사를 할 때면, 어투는 부드러웠지만 그 내용은 극도로 불쾌한 것들이었다. 유죄라고 단정해놓고 심사하는 것은 아니었지만 그렇다고 결백을 믿어주는 분위기 또한 아니었다. 그리고 적절한 법적 절차도 확립되어 있지 않았기 때문에 혐의에 대한 반론을 제기할 만한 기회는 거의 없었다.

　어머니의 인사기록철에는 어머니의 인생 각 단계에 관한 자세한 보고가 담겨 있었다. 지하공작원으로 활동하던 학생 시절, 진저우에서의 여성연맹 시절, 이빈 시에서 담당했던 업무 등이 자세히 기록되어 있었다. 이 모든 내용들은 당시의 상사들이 기록해놓은 것이었다. 공작조가 제기한 최초의 문제는 1948년 국민당에 체포되었다가 무사히 석방된 일에 관한 것이었다. 어머니가 중범죄로 투옥되었는데, 가족들이 어떻게 어머니를 석방시킬 수 있었느냐는 것이 심문의 골자였다. 더구나 어머니는 당시에 고문도 당한 적이 없었다! 국민당이 어머니를 체포했던 것이 훗날 어머니를 공산당 내에서 국민당의 첩자로 활용하기 위한 사전공작이 아니었는가?

게다가 어머니의 옛 남자친구였던 후이거 대령도 거론되었다. 진저우 여성연맹의 상사들이 어머니와 후이거에 관해서 폄훼하는 의견을 인사기록철에 기록한 것이 분명했다. 후이거가 어머니를 통해서 훗날의 대비책으로 공산당에 줄을 대려고 노력했었기 때문에 어머니는 아마도 국민당이 승리했을 경우의 대비책으로 국민당에 줄을 대려고 노력할 필요가 없었을지도 모른다는 것이 어머니의 상사들이 기록철에 추정적으로 적어놓은 내용이었다.

이와 같은 질문은 어머니에게 구혼했던 국민당 장교들에 대해서도 쏟아졌다. 어머니 자신의 대비책으로 국민당 장교들을 유혹했던 것은 아닌가? 그리고 이런 중대한 혐의와 관련해서는 다시 이런 질문도 쏟아졌다. 국민당 장교들 중 어느 한 사람이라도 어머니에게 공산당 내부에 잠입하여 국민당을 위해서 일하라고 지시한 적은 없었는가?

구체적인 증거도 없이 마구 쏟아내는 이런 질문에 대해서 어머니의 결백을 증명하기란 불가능한 일이었다. 어머니와의 관계를 의심받는 모든 사람들은 이미 처형당했거나 타이완에 있거나, 아니면 소재지를 알 수 없는 사람들이었다. 어쨌거나 그들은 국민당 인사들이었기 때문에 설혹 그들이 어떤 증언을 한다고 해도 공산당은 그들의 말을 믿어줄 리 없었다. 어머니는 이런 사건들을 두고두고 생각할수록 때로는 분노와 함께 이런 마당에 내가 어떻게 당신들을 납득시킬 수 있겠느냐는 생각을 했다.

어머니는 또한 위린 할아버지의 국민당 관련 여부에 대해서도 추궁을 받았다. 공산군이 진저우를 점령하기 전인 여학생 시절에 국민당의 삼민주의 청년단에 가입했던 학교 친구들과 어머니의 관계에 대해서도 질문이 쏟아졌다. 이번 정치운동의 방침은 일본군의 항복 이후에 국민당 청년단의 분대장 이상의 지위에 있었던 사람은 누구나 "반혁명분자"로 분류했다. 어머니는 만주 지역은 특별한 경우였다고 반박했다. 다시 말해서 일본군의 점령이 종식된 후에 만주에서는 국민당 정권이 조국 중국을 대표하는 합법적인 정권으로 간주되었음을 설명한 것이다. 마오쩌둥 자신도 한때는 국민당 장교로 복무한 적이 있었지만 어머니는 이 점은 언급하지 않았다. 게다가 어머니의 친구들은 2년 이내에 공산당으로 전향했었다. 그러나 심사 담당자들은 어머니의 옛 친구들 모두가 반혁명분자로 판정되었다는 말을 들려주었다. 어머니는 반혁명분자에 상당하는 전력을 가지고 있지 않았지만 도저히 대답할 수 없는 다음과 질문을 받았다. "그렇다면 당신 주위에는 왜 국민당과 관련된 사람들이 그렇게 많았느냐?"

어머니에 대한 격리심사는 6개월간 계속되었다. 이 기간 중에 어머니는 수차례에 걸쳐 군중집회에 참가해야 했다. 이런 집회에서는 주먹을 휘두르며 구호를 외치는 수만 명의 군중들 앞에 "숨어 있는 계급의 적들"을 끌어내어서는 열을 지어 행진하도록 하면서 규탄하고 판결을 언도한 다음 수갑을 채워 형무소로 끌고 갔다. 한편 자신들의 죄를 "고백"했기 때문에 형무소 수감이 면제되는 "관대한 처벌"을 받은 "반혁명분자"들도 있었다. 이런 사람들 중에 어머니의 친구가 한 명 있었다. 그녀는 심문을 받을 때 자포자기로 거짓 자백을 했다는 이유로 군중집회에 끌려나갔다 온 후에 자살했다. 7년 후에야 당은 그녀의 결백을 인정했다.

어머니는 "교육을 받는다"는 미명하에 이런 집회에 끌려나갔다.

그러나 어머니는 정신적으로 강인했으므로 다른 많은 사람들처럼 겁을 먹고 위축되거나, 또는 심문자들의 기만적인 논리와 유도심문에 넘어가지 않았다. 어머니는 냉정을 잃지 않으면서 자신이 살아온 길을 사실적으로 설명하는 진술서를 작성했다.

어머니는 자신을 이처럼 무도하게 다루는 데 대해서 분노하면서 긴 밤을 뜬눈으로 새우기 일쑤였다. 바람 한 점 없이 무더운 여름밤에는 침대 위로 늘어뜨린 모기장 밖에서 앵앵거리는 모기 소리에 귀를 기울이고, 가을에는 창문을 두드리는 빗소리에, 겨울이면 음울한 밤의 정막에 귀를 기울이면서 어머니는 자신에게 내려진 부당한 혐의에 대해서 심사숙고했다. 그중에서도 어머니가 가장 이해할 수 없는 점은 자신이 국민당에 체포되었던 일을 공작조가 의심하는 것이었다. 어머니는 당시에 자신이 취했던 행동을 자랑스럽게 여겨왔으며, 그 사건이 자신과 혁명의 사이를 소원하게 만드는 사유가 되리라고는 꿈에도 생각하지 못했던 것이다.

그러나 그때 어머니는 불순분자를 배제하려는 당의 노력에 분노해서는 안 된다고 스스로를 타이르기 시작했다. 중국에서는 누구나 어느 정도의 불법행위에 익숙해져 있었다. 그리고 현재 자신이 겪고 있는 부당한 대우는 적어도 공산주의 혁명이라는 숭고한 목적을 달성하기 위한 것이었다. 어머니는 또한 공산당이 당원들에게 자기희생을 요구할 때 사용하는 "당신은 지금 시험을 치르고 있는 것이다. 당신은 고난을 통해서 진정한 공산당원이 될 것이다[磨難會使徐成爲眞正的共産黨員]"라는 구절을 가슴속으로 되뇌었다.

어머니는 자신이 "반혁명분자"로 분류되는 경우를 곰곰이 생각해보았다. 그런 일이 발생한다면 아이들도 오명을 뒤집어쓰게 되고 우리 가족 전체가 인생을 망치게 될 것이다. 이것을 피할 수 있는 유일한 방법은 어머니가 아버지와 "이혼"하고 자식들과 모자간의 인연을 끊는 것이었다. 밤에 이런 최악의 상황을 계산해보면서 어머니는 눈물을 흘리지 않고 우는 요령을 터득했다. 어머니는 자신의 "배반"이 같은 침대 위에서 잠을 자고 있기 때문에 몸을 뒤척이거나 돌릴 수조차 없었다. 그리고 아무리 배반이 친절하다고 해도 그들은 어머니의 일거수일투족을 보고해야 하는 입장이었다. 눈물을 보인다는 것은 어머니가 당에 의해서 상처를 받았다고 느끼거나, 또는 당에 대한 신뢰를 상실한 것으로 해석될 수 있었다. 어머니로서는 두 가지 모두 받아들일 수 없었다. 그리고 그런 두 가지 경우는 자신에 대한 최종 평결에 부정적인 영향을 줄 수도 있었다.

어머니는 이를 갈면서 당을 신뢰해야 한다고 자신에게 말했다. 그렇더라도 자신이 가족과 완전히 단절되어 살아가야 한다는 것은 도저히 참을 수 없는 일이었으며, 이런 생각을 하다보니 불현듯 자식들이 몹시 보고 싶어졌다. 아버지는 한번도 어머니에게 편지를 보내거나 면회를 오지 않았다. 그런 행동이 금지되어 있었던 것이다. 당시 어머니에게는 무엇보다도 안심하고 기댈 수 있는 남편의 넓은 가슴이나 자신을 위로해주는 따뜻하고 다정한 한마디 말이 필요한 상태였다.

이처럼 정신적으로 힘든 상황에 처해 있을 때 뜻밖에도 어머니에게 전화가 걸려왔다. 전화를 건 상대방은 농담과 함께 어머니의 용기를 북돋아주는 말을 해주었다. 어머니의 구속을 맡고 있는 부서 전체에 단 하나뿐인 전화는 비밀문서를 관리하는 여직원의 책상 위에 있었다. 어머니가 전화를 받는 동안 어머니의 "배반"들은 어머니의 등 뒤로 조금 떨어진 곳에 서 있었으나 어머니를 생각하는 마음에서 모두들 마치 통화 내용에 귀를 기울이지 않는 듯한 모습을 보여주었다. 비밀문서를 관리하는 여성은 어머니를 심사하는 공작조의 멤버가 아니었으므로, 그녀는 어머니의 통화 내용을 엿듣거나 언동을 보고할 권한이 없었다. 어머니의 배반들은 걸려온 전화로 인해서 어머니가 난처한 상황에 처하지는 않을 것이라고 확인해주었다. 그들은 다만 "창 부부장이 전화를 걸어왔다. 가족 문제를 협의했다"라고만 보고서에 적을 것이다. 사무실 내에서는 전화를 걸어준 아버지가 사려 깊은 남편으로서 어머니를 매우 사랑하며 걱정해주는 분이라는 소문이 돌았다. 어머니의 젊은 배반들 중 한 여성은 아버지와 같은 멋진 남편감을 만났으면 좋겠다고 어머니에게 말하기도 했다.

전화를 걸어온 사람이 사실은 아버지가 아니라 대일전쟁 기간 중에 국민당에서 공산당으로 전향한 전력을 가진 다른 고위 간부였다는 사실을 아는 사람은 한 사람도 없었다. 한때 국민당 장교였으므로 첩자 혐의를 받은 그는 1947년 공산당에 의해서 투옥된 적도 있었으나 마침내 그에 대한 혐의가 풀렸다. 그는 자신의 경험담을 들려주면서 어머니를 격려했으며, 그 후로 그는 어머니의 평생 친구가 되었다. 아버지는 어머니가 격리심사를 받는 6개월 동안 한번도 전화를 하지 않았다. 아버지는 오랜 공산당원 생활을 통해서 당은 조사를 받는 사람의 경우 배우자는 물론이고 어떤 외부 인사와도 접촉하지 않기를 바란다는 사실을 알고 있었다. 아버지는 어머니를 위로하는 것이 당에 대한 일종의 반감으로 보일 수도 있다고 생각했다. 어머니는 자신이 다른 어느 때보다도 사랑과 지지를 필요로 하는 시기에 자신을 방치하고 있는 아버지를 결코 용서할 수 없었다. 아버지는 다시 한 번 자신이 어머니보다는 당을 먼저 생각한다는 것을 어머니에게 증명해보인 셈이었다.

1월의 어느 날 아침에 어머니는 격자 시렁에 놓인 재스민의 무성한 잎사귀들 위로 떨어지는 을씨년스런 빗줄기를 바라보고 있었다. 그때 공작조의 쾅씨가 어머니를 호출한다는 연락이 왔다. 그는 어머니에게 직장에 복귀하도록 외출을 허가하되 매일 저녁 격리심사하는 장소로 돌아와야 한다는 말을 전했다. 당은 아직 어머니에 관해서 최종 결론을 내리지 않았던 것이다.

어머니는 조사가 수렁에 빠진 것처럼 꼼짝달싹 못하게 되었음을 알아챌 수 있었다. 혐의 내용 대부분을 증명도 부정도 할 수 없었던 것이다. 이런 상황이 자신에게 불만족스럽기는 했지만 어머니는 6개월 만에 처음으로 아이들을 볼 수 있다는 생각에 자신의 불만을 애써 억눌렀다.

　4개의 보육원에 흩어져 있던 우리 4남매들도 아버지 얼굴을 볼 기회가 별로 없었다. 아버지는 항상 농촌지역에 나가 살다시피 했다. 아버지가 오래간만에 청두로 돌아왔을 때에는 토요일에 경호원을 보내 언니와 나를 집으로 데려오도록 했다. 두 아들은 너무 어려서 감당할 수가 없었기 때문에 집으로 데려오지 않았다. "집"이라고 해봤자 아버지의 사무실이었다. 그러나 집에 가더라도 아버지는 언제나 회의 때문에 외출해야 했으므로 아버지의 경호원은 우리를 사무실에 가둬놓았다. 그곳에서 우리는 비눗방울을 부는 것 말고는 아무런 놀이거리가 없었다. 한번은 너무나 지루한 나머지 다량의 비눗물을 마신 나는 며칠간 앓은 적도 있었다.

　외출해도 좋다는 말을 듣자마자 어머니가 제일 먼저 한 일은 자전거에 올라타고 우리들이 있는 보육원으로 달려오는 것이었다. 이제는 두 살 반이 되었으나 지금껏 모자간에 친해질 수 있는 시간을 가져보지 못했던 큰아들 진밍을 어머니는 특히 걱정했다. 그러나 6개월 동안이나 사용하지 않은 채 방치했던 자전거의 두 바퀴에는 공기가 부족했고, 겨우 문을 통과한 어머니는 달리기를 멈추고 바퀴에 공기를 넣어야 했다. 자전거포를 찾아가서 그곳 주인이 마냥 꾸물거리면서 바퀴에 공기를 다 넣을 때까지 기다리는 동안이 마냥 길게만 느껴진 어머니는 평생 그토록 조바심을 내본 적이 없었다.

　어머니는 먼저 진밍을 보러 갔다. 어머니가 도착하자 보육원의 보모는 냉랭한 시선으로 어머니를 바라보았다. 보모는 주말에 보육원에 남겨지는 아이는 진밍뿐이라고 말했다. 아버지도 진밍을 보러 온 적이 없었고, 따라서 집으로 데려간 적이 한번도 없었다. 보모는 먼저 진밍이 "천 마마"를 찾았다고 말했다. "당신은 천 마마가 아니죠, 그렇죠?" 보모가 물었다. 어머니는 "천 마마"는 진밍의 유모였다고 설명했다. 잠시 후 다른 부모들이 자신들의 아이들을 데려가는 시간이 되자 진밍은 구석방으로 몸을 숨기는 것이었다. "당신은 계모인가 보군요." 보모가 어머니에게 힐책하듯이 던진 말이었다. 어머니는 자세한 사정을 설명할 수가 없었다.

집에 온 진밍은 방구석에만 앉아 있을 뿐 어머니 가까이에는 가지 않았다. 그는 말없이 구석에 서서는 화가 난 듯이 어머니를 쳐다보지도 않았다. 어머니는 복숭아를 꺼내 껍질을 벗기면서 진밍에게 와서 먹으라고 했다. 그러나 진밍은 꼼짝달싹도 하지 않았다. 어머니는 테이블 위에서 복숭아를 손수건에 얹어놓고는 진밍이 있는 쪽으로 밀었다. 그는 어머니가 손을 치울 때까지 기다렸다가 복숭아 하나를 얼른 집더니 게걸스럽게 먹었다. 그리고는 다른 하나를 또 집어들었다. 눈 깜짝할 사이에 복숭아 3개를 먹어치운 것이다. 이런 광경을 목격한 어머니는 격리심사를 받기 위해서 구속된 이래 처음으로 눈물을 쏟았다.

나는 어머니가 나를 보러 왔던 저녁을 지금까지도 기억하고 있다. 나는 거의 네 살이었으며, 새장처럼 나무막대로 둘러싸인 나무 침대 속에 있었다. 어머니는 침대의 한쪽 난간을 내려놓고 옆에 앉아서 내가 잠이 드는 동안 내 손을 잡고 있었다. 그러나 당시에 나는 그동안 내가 겪었던 모든 모험담과 장난에 관해서 어머니에게 알려주고 싶었다. 나는 잠이 들면 어머니가 다시 영영 사라져버릴까봐 걱정했다. 내가 잠이 든 줄 알고 어머니가 손을 뺄 때마다 나는 엄마 손을 꽉 잡고 울기 시작했다. 어머니는 거의 한밤중까지 내 곁에 머물렀다. 어머니가 떠나려고 하자 나는 울음을 터뜨렸지만 끝내 어머니는 돌아갔다. 그때 나는 어머니의 "가석방" 시간이 종료되었다는 사실을 알지 못했다.

11. "반우파 투쟁 이후 누구도 입을 열지 않는다"

침묵하는 중국
(1956-1958)

우리에게는 이제 유모가 없는데다가 "가석방" 중인 어머니는 매일 저녁 보고서를 제출하러 막사로 돌아가야 했으므로 우리들은 계속해서 보육원에 머물러 있어야 했다. 어머니가 우리를 돌봐주는 것은 불가능했다. 당시 어머니는 정책 선전노래의 가사처럼 중국 사회 전체와 함께 "사회주의를 향해 질주"하느라 매우 바빴다.

어머니가 격리심사로 구속 상태에 있는 동안 마오쩌둥은 중국 사회를 변혁시키기 위한 정책을 추진하는 데 열을 올리고 있었다. 1955년 7월에 그는 농업 집단화의 속도를 더욱 높일 것을 요구했고, 11월에는 그때까지 개인들이 운영해오던 모든 공업과 상업에 대한 국유화 방침을 갑자기 발표했다.

구금 상태에 있던 어머니는 돌연히 이 운동에 참여하도록 투입되었다. 이론상으로는 국유화된 기업의 구소유자가 국가와 공동으로 기업을 운영하는 형태였다. 대신에 정부는 구소유자에게 매년 기업가치의 5퍼센트씩을 20년간 지급한다는 것이었다. 공식적으로는 인플레이션이 존재하지 않으므로 구소유자는 이런 방식으로 기업가치 전액을 보상받을 수 있는 셈이었다. 구소유자들은 경영 책임자의 지위를 계속 유지하면서 비교적 높은 임금을 받을 수 있었다. 그러나 그들 위에는 당에서 파견한 상관이 있었다.

어머니는 동부지구의 100개가 넘는 식품공장, 빵공장, 식당들의 국유화 작업을 지도 감독하는 공작조의 책임자로 임명되었다. 그러나 어머니는 여전히 "가석방" 상태였으므로 매일 저녁 막사로 출두해야 했다. 또한 이처럼 중요한 임무를 맡았으면서도 어머니는 자신의 침대에서 혼자 잠을 잘 수 없었다.

당은 어머니에게 "감시를 받는 고용인"을 뜻하는 공제사용(控制使用, 쿵즈스융)이라는 불명예스런 딱지를 붙였다. 비록 이런 사실이 공표되지는 않았지만 본인인 어머니와 심사를 담당한 사람들은 모두 알고 있었다. 어머니가 맡은 공작조의 조원들은 어머니가 6개월간 구금되어 있었다는 사실은 알았지만 아직도 감시를 받는 상태라는 것은 알지 못했다.

구속 중일 때 어머니는 외할머니에게 당분간 만주에 머물러 계시라는 편지를 보냈다. 자신이 구속된 것을 친정어머니가 아시는 날에는 크게 걱정하실 것이므로 어머니는 편지에 적당히 핑계를 둘러댔다.

국유화 정책이 시작될 때 진저우에 계신 외할머니는 국유화 수속을 밟고 있었다. 1951년 외할머니가 샤 선생과 함께 진저우를 떠난 이후 그의 약국은 외할머니의 남동생 위린이 맡아서 경영하고 있었다. 그러다가 1952년에 샤 선생이 사망하자 약국의 소유권은 외할머니에게 상속되었다. 이제 국가는 그 약국을 매수하겠다고 했다. 모든 기업체마다 국가가 "적정가격"을 구소유자에게 지불할 수 있도록 하기 위해서 공작조와 고용자 대표 그리고 피고용자 대표 3자가 협의하여 기업의 가치를 정했다. 대부분 그들은 당국의 비위를 맞추기 위해서 매우 낮은 가격을 "적정가격"이라고 제시했다. 샤 선생의 약국에 제시된 가격은 터무니없이 낮았다. 하지만 이런 낮은 가격이 외할머니에게는 한 가지 유리한 점도 있었다. 낮은 가격 덕분에 외할머니는 "소자본가"로 분류됨으로써 당국의 주목을 받지 않아도 되었다. 약국을 거의 몰수당하다시피 낮은 가격에 빼앗기는 것은 마음 아팠지만 외할머니의 머릿속에는 나름대로의 계산이 있었다.

국유화 정책 추진의 일환으로 정부는 북과 징으로 구성된 악대 행렬을 조직하고 끝없는 집회를 개최했다. 이런 집회는 자본가를 대상으로 한 것이었다. 집회에 참석한 외할머니는 자본가들이 모두 정부가 기업을 매입하는 정책을 지지하는 발언을 하고 심지어 감사를 표하기까지 하는 것을 보았다. 많은 자본가들은 현실로 나타나고 있는 기업의 매입과정이 자신들이 생각했던 것보다는 훨씬 좋다고 말했다. 그들이 듣기로는 소련에서는 사기업을 무상으로 몰수했지만 이곳 중국에서는 구소유자들에게 보상을 해주고 있고, 더욱이 국가가 기업을 내놓으라고 명령하지도 않았다고 했다. 기업주의 자발성을 존중해주는 처사라는 것이었다. 물론 외형적으로는 자발적으로 자신의 기업을 국가에 매도하는 형식을 취하고 있었다.

외할머니는 자신의 입장이 혼란스러웠다. 약국을 잃었으므로 자신의 딸이 헌신적으로 참여하고 있는 공산주의에 대해서 분개해야 하는 것인지, 아니면 정부의 선전대로 약국을 매도하고 자신에게 돌아온 몫에 고맙게 생각해야 하는 것인지 판단이 서지 않았다. 약국 사업은 샤 선생이 피땀을 흘려 세운 것이었으며, 자신과 딸의 생계수단이었다. 그런 약국이 이처럼 허무하게 자신의 수중에서 빠져나가는 것이 외할머니에게는 섭섭하지 않을 수 없었다.

한국전쟁이 한창이던 4년 전에 정부는 전투기를 구매하기 위해서 귀중품을 국가에 기부하도록 인민들에게 호소했다. 외할머니는 쉐 장군과 샤 선생으로부터 받은 귀금속들을 내놓을 마음이 없었다. 외할머니에게는 종종 그것을 팔아서 들어오는 돈이 유일한 수입원이기도 했었다. 또한 외할머니에게는 그 귀금속이 소중한 추억거리이기도 했다. 그러나 어머니는 정부의 정책에 따라 외할머니를 설득했다. 어머니는 귀금속이란 이미 지나간 과거의 유물일 뿐이라고 생각했고, 또한 그것은 "인민 착취"의 결과물이므로 당연히 인민들에게 반환해야 한다는 정부의 견해를 지지했다. 어머니는 또한 "미 제국 주의자들"의 침략으로부터 중국을 지켜야 한다는 익히 들어온 논리도 폈으나 그런 말은 외할머니의 가슴에 별로 와닿지 않았다. 어머니가 외할머니에게 강력하게 내세운 주장은 다음과 같은 것이었다. "어머니, 이런 귀금속들을 어디에 쓸려고 그러세요? 요즈음 이런 식의 귀금속을 달고 다니는 사람은 아무도 없어요. 그리고 살아가기 위해서 이런 것들을 지니고 있어야 할 필요도 없어요. 이제 우리에게는 공산당이 있고 중국은 더 이상 가난하지 않을 거예요. 그런데 뭘 걱정하신단 말예요? 무엇보다도 어머니에게는 제가 있어요. 어머니는 제가 돌봐드려요. 다시는 그런 걱정하지 마세요. 저는 남들에게도 귀금속을 기증하라고 설득해야 해요. 저는 그런 일을 맡고 있어요. 어머니가 기증하지 않는데 제가 어떻게 남들에게 기증하라고 호소할 수 있겠어요?" 마침내 외할머니는 두 손을 들고 말았다. 외할머니는 딸을 위해서라면 무슨 일이든지 할 수 있었다. 외할머니는 샤 선생이 결혼예물로 주었던 팔찌 두 개, 금 귀걸이 한 쌍, 금반지 한 개를 제외한 모든 귀금속을 내놓고 말았다. 외할머니는 정부로부터 영수증과 함께 "애국 열정"에 대한 많은 찬사를 받았다.

그러나 속내를 드러내지 않았을 뿐이지 귀금속을 정부에 기부하고 난 외할머니의 마음은 결코 편치 않았다. 귀금속에 대한 외할머니의 생각에는 감정적인 애착 외에도 매우 현실적인 고려도 들어 있었다. 외할머니는 오랜 세월을 불안정한 정치 상황 속에서 살아왔다. 과연 공산당은 모든 사람이 편안하게 살도록 돌봐줄 것이라고 믿어도 될까? 그리고 그런 상황이 영구히 지속될 수 있을까?

그런 일이 있은 지 4년이 흐른 지금 외할머니는 또다시 자신이 계속해서 간직하고 싶은 것을, 그것도 자신이 지니고 있는 마지막 재산을 국가에 내놓아야 하는 상황에 처하게 되었다. 이번에는 외할머니에게 아무런 선택의 여지도 없었다. 그러나 외할머니는 적극적으로 국가의 정책에 협력했다. 외할머니는 딸에게 불이익이 가게 만들고 싶지 않았을 뿐만 아니라, 자신의 행동에 대해서 딸이 조금이라도 수치스럽게 여기지 않도록 해주고 싶었다.

약국의 국유화 수속은 오랜 시간이 걸리는 일이었으므로 외할머니는 일이 진행되는 동안 만주에 머물러야 했다. 어머니는 자신이 완전한 행동의 자유를 되찾고 자신의 집에서 살 수 있게 될 때까지는 외할머니가 쓰촨 성으로 되돌아오는 것을 원치 않았다. 어머니는 1956년 여름이 되어서야 행동의 자유를 되찾았고, "가석방"이라는 제약도 철회되었다. 그러나 그때까지도 어머니에 대한 최종 결론은 내려지지 않은 상태였다.

최종 결론은 그해 말에 내려졌다. 청두의 공산당 당국이 내린 평결은 어머니의 설명을 현실적으로 인정하며, 어머니는 국민당과 아무런 정치적 관련도 없다는 내용이었다. 이것은 명쾌한 평결로서 어머니에 대한 혐의를 완전히 벗겨주었다. 어머니는 자신의 경우가 다른 많은 유사한 사례와 같이 "증거 불충분"을 이유로 미해결 사례로 남겨질 가능성이 크다는 점을 잘 알고 있었기 때문에 이제야 크게 안심이 되었다. 게다가 미해결 사례로 남을 경우에는 자신에 대한 혐의가 낙인과도 같이 평생 동안 자신에게 붙어다닐 것이었다. 어머니는 이제야 완전히 해결되었다는 생각이 들었다. 어머니는 공작조의 대표인 쾅씨를 매우 고맙게 생각했다. 일반적으로 조사 담당자들은 자신들을 보호하기 위해서 조사에 과욕을 부리다가 잘못을 저지르는 경우가 많았다. 쾅씨의 입장에서 어머니의 진술 내용을 수용하기로 결정한 것은 큰 용기가 필요한 일이었다.

1년 반 동안 불안한 세월을 보낸 끝에 어머니의 신원은 다시금 깨끗해졌다. 어머니는 운이 좋았다. 정치운동의 결과 16만 명이 넘는 사람들에게 "반혁명분자"라는 낙인이 찍혔고, 그 후 그들은 30년간이나 쓰라린 운명을 겪어야 했다. 이런 사람들 중에는 진저우에서 국민당 청년단의 간부를 지냈던 어머니의 친구 몇몇도 포함되었다. 그들은 간단히 "반혁명분자"라는 낙인이 찍혀 직장에서 쫓겨나고 육체노동 현장으로 보내졌다.

이처럼 국민당 시절의 최후의 흔적을 말소하겠다는 운동은 가정적 배경과 혈연관계를 전면으로 드러내는 결과를 가져왔다. 중국 역사에서는 한 집안에서 죄인이 나오면 때로는 그 집안의 남녀노소를 불문한 모든 사람들이 처형당하는 것이 보통이었다. 이런 처형에 따라 주련구족(誅蓮九族, 주롄주쭈)이라는 고조(高祖)로부터 현손(玄孫)에 이르기까지 9족이 목숨을 잃을 수 있었다. 또한 죄인이 나타나면 근처의 모든 이웃들이 함께 처형을 당하기도 했다.

공산당은 지금까지는 "출신 불량"의 전력을 가진 사람들도 간부로 기용해왔다. 공산당 적대세력의 자녀들 중 상당수가 공산당에 입당하여 고위직에 오르는 경우도 있었다. 실제로 초기 공산당 지도자들의 대부분은 "출신 불량"인 사람들이었다. 그러나 1955년 이후로는 가정적 배경이 점차로 중요해졌다. 그 후 마오쩌둥은 해를 거듭하여 마녀사냥식의 인간 추방운동을 전개했고, 이에 따라 희생자들의 수는 눈덩이처럼 불어났다. 한 사람이 실각되면 가족은 물론이고 주위의 많은 사람들도 피해를 입었다.

이런 인적인 비극에도 불구하고, 또는 부분적으로는 냉혹한 통제 때문에 1956년 중국의 상황은 20세기의 그 어느 때보다도 안정적이었다. 외국 군대에 의한 점령, 내전, 기근으로 인한 대량 아사, 비적, 인플레이션과 같은 것들은 모두 과거의 일로 여겨졌다. 중국인들의 꿈인 정정(政情)의 안정이 실현되었다. 이것은 어머니와 같은 사람들이 역경 속에서도 공산주의에 대한 신뢰를 저버리지 않았기 때문이었다.

1956년 여름에 외할머니가 청두로 돌아왔다. 외할머니는 도착하자마자 제일 먼저 보육원으로 달려가서 우리 4남매를 어머니가 있는 곳으로 데려왔다. 외할머니는 체질적으로 보육원을 싫어했다. 어린이들을 집단으로 모아놓아서는 제대로 돌볼 수 없다는 것이 외할머니의 지론이었다. 샤오훙 언니와 나는 건강 상태가 양호했다. 우리는 외할머니를 보자마자 울면서 집으로 가자고 졸랐다. 그러나 남동생 둘은 사정이 달랐다. 보모의 말에 따르면, 내 바로 밑 남동생 진밍은 지나치게 수줍은 성격이어서 어른이 만지지도 못하게 한다고 했다. 외할머니를 본 진밍은 작은 목소리로 옛 유모를 찾았다. 외할머니는 막내 남동생 샤오헤이를 보고는 울음을 터뜨렸다. 샤오헤이는 마치 나무 인형처럼 보이는데다가 얼굴에는 무의미한 미소를 띠고 있었고, 어디에 데려다놓건 처음부터 앉거나 서 있는 자세를 조금도 바꾸지 않고 그대로였다. 동생은 화장실을 찾아갈 줄도 몰랐고, 울 줄도 모르는 것처럼 보였다. 외할머니가 불쌍한 샤오헤이를 양팔로 껴안는 순간부터 그는 외할머니의 귀염둥이가 되었다.

아파트로 돌아온 외할머니는 화를 내면서도 도대체 이해할 수 없다는 표정을 지었다. 불쌍한 외손자들을 쓰다듬으며 눈물을 흘리는 사이사이로 외할머니는 아버지와 어머니를 "매정한 부모"라고 비난했다. 어머니가 6개월간이나 격리심사를 받느라 자식들을 만날 수조차 없었다는 사실을 외할머니는 전혀 알지 못했던 것이다.

외할머니가 우리 넷을 모두 돌볼 수는 없었으므로, 나이가 좀더 많은 샤오훙 언니와 나는 주중에는 보육원에 가 있어야 했다. 월요일 아침마다 아버지와 경호원은 집을 떠나기 싫어서 울부짖으며 발버둥치는 우리 두 자매를 각자 하나씩 어깨 위에 무동을 태워서 보육원으로 데려갔다. 그럴 때마다 우리 자매는 아버지와 경호원의 머리카락을 쥐어뜯었다.

이런 상황이 상당 기간 계속되면서 나는 무의식적으로 저항하는 방법을 몸에 익히게 되었다. 나는 보육원에만 가면 고열과 함께 탈이 나서 의사들을 긴장시켰다. 그러나 집에 다시 돌아오기만 하면 내 병은 언제 그랬더냐 싶게 신기하게도 사라져버렸다. 마침내 우리 자매는 보육원에 가지 않고 집에 있게 되었다.

외할머니는 모든 꽃과 나무들, 구름과 비는 생명체여서 가슴과 눈물을 가지고 있고 선악을 구별할 줄도 안다고 믿었다. 우리 같은 어린이들이 청화(聽話, 선생님과 어른의 "말씀을 잘 듣는", 다시 말해서 순종적인 자세), 즉 옛 중국의 어린이 교육방법을 잘 따른다면 우리는 올바르게 자랄 것이고 그렇지 않으면 어린이들에게 온갖 나쁜 일들이 일어난다고 말씀하셨다. 우리가 오렌지를 먹을 때면 외할머니는 씨를 삼키지 말라고 타일렀다. "내 말 안 듣고 오렌지 씨를 삼켰다가는 언젠가는 집에 들어오지도 못하게 된다. 모든 오렌지 씨는 작은 오렌지 나무여서 너처럼 무럭무럭 커지고 싶어 한단다. 그래서 네가 삼킨 씨는 네 뱃속에서 조용히 자라다가 어느 날엔 어머나! 네 머리 위로 오렌지 나무가 솟아나오는 거야! 나무는 잎을 키우고 더 많은 오렌지 열매를 맺으면서 더욱 자라서 우리 집 문 높이보다 더 커진다……."

나는 오렌지 나무를 내 머리 위에 얹고 걸어다닌다는 생각에 도취된 나머지 한번은 일부러 오렌지 씨를 하나도 아닌 두 개나 삼킨 적이 있었다. 그러나 생각해보니 머리 위에 오렌지 과수원을 이고 다닌다면 굉장히 무겁겠다는 생각이 들자 왈칵 겁이 났다. 그날 하루 종일 나는 애를 태우며 머리에 아무 이상이 없는지 수시로 만져보았다. 나는 여러 번 외할머니에게 머리 위에 열린 오렌지를 먹어도 되는 거냐고 물어보고 싶었으나, 내가 말을 안 듣고 오렌지 씨를 삼켰다는 사실이 들통날까봐 억지로 참았다. 나는 외할머니가 머리 위의 오렌지 나무를 보게 된다면 그것은 내가 실수로 씨를 삼켰기 때문이라고 둘러대기로 마음먹었다. 그날 밤에는 마치 뭔가 내 머리를 뚫고 나올 것만 같아 잠을 이룰 수가 없었다.

그러나 대체적으로 나는 외할머니가 들려주는 이야기를 들으면서 행복한 마음으로 잠이 들었다. 외할머니는 중국의 고전희곡에 나오는 이야기를 참으로 많이 알고 있었다. 우리 집에는 동물과 새에 관한 책과, 신화와 동화가 담긴 책들이 많았다. 또한 한스 크리스티안 안데르센과 이솝우화를 포함한 외국 어린이용 이야기책들도 많았다. 『빨간 모자』, 『백설 공주와 일곱 난쟁이들』, 『신데렐라』와 같은 동화책들이 나의 어린 시절 친구들이었다.

나는 이야기뿐만 아니라 동요도 좋아했다. 내가 일찍이 시의 세계에 접할 수 있었던 것은 동요를 통해서였다. 중국어는 음(音)에 기초하고 있기 때문에 중국의 시는 특히 음악성이 풍부하다. 나는 외할머니가 낭송하는 고전 시의 뜻도 모르면서 그 운율에 매료되었다. 외할머니는 단조로운 소리를 길게 끄는가 하면 올라갔다가 떨어지는 억양을 넣어가면서 전통적인 음영(吟詠) 방식으로 고전시를 읽어주었다. 어느 날 외할머니가 기원전 500년경에 쓰인 시를 우리들에게 읊어주는 것을 들은 어머니는 그런 시가 우리들에게는 너무 어렵다고 하면서 그만두는 것이 좋겠다고 말했다. 그러나 외할머니는 우리들이 그 뜻을 이해할 필요는 없으며, 다만 음악적 운율을 느끼는 것만으로 충분하다고 우겼다. 외할머니는 종종 20년 전에 이셴을 떠나올 때 자신의 현악기를 두고 왔던 것이 아쉽다고 말했다.

남동생들은 잠들기 전에 듣는 이야기나 읽어주는 책에 별로 흥미가 없었다. 그러나 나와 같은 방을 쓰는 샤오훙 언니는 나와 마찬가지로 이야기를 무척이나 좋아했다. 그리고 언니는 기억력이 참으로 뛰어났다. 언니는 세 살 때 푸쉬킨의 긴 서사시 「어부와 금붕어」를 한 군데도 틀리지 않고 암송하여 모든 사람들을 놀라게 했다.

이즈음 우리 가족의 생활은 평온하고 사랑이 가득했다. 어머니는 아무리 아버지에게 화가 났더라도 좀처럼 아버지와 말다툼을 하지 않았으며, 우리들 앞에서는 더욱 그랬다. 아버지는 이제 좀더 자란 우리들에게 신체 접촉을 통해서 애정을 표시하는 법이 없다. 중국에서는 아버지가 손으로 아이를 잡아주거나 키스나 포옹으로 애정을 표시하는 관습이 없다. 우리 아버지는 종종 남동생들에게는 목말을 태워주거나 어깨를 두드려주거나 머리를 쓰다듬어주곤 했지만 우리 자매에게는 그런 식의 애정 표현을 하지 않았다. 우리 자매가 세 살이 넘자 아버지는 우리의 겨드랑이에 손을 넣어 조심스럽게 들어올려주기는 했지만, 그런 행동도 딸에게 지나친 친밀감을 가지는 것을 피하라는 중국의 관습에 철저하게 따른 나머지 부자연스럽게 보이는 것이 보통이었다. 아버지는 우리의 동의를 받지 않고는 우리 두 자매가 사용하는 방에 들어오지도 않았다.

그렇다고 어머니가 우리와 신체적 접촉을 많이 했던 것도 아니다. 이런 현상은 어머니가 또다른 규칙, 다시 말해서 공산당에서 요구하는 엄격한 생활자세를 준수했기 때문이었다. 1950년대 초에는 공산당원이라면 자신을 혁명과 인민에게 바쳐야 한다고 여겼기 때문에 자녀들에게 애정을 표시하는 것은 혁명에 대한 열의를 감소시키는 행동이라고 해서 기피했다. 식사하고 잠자는 시간을 제외한 나머지가 혁명을 위한 시간이었으며, 혁명과업을 수행하는 일에만 사용해야 한다고 생각했다. 자녀를 팔에 안고 다니는 것과 같은 혁명과 무관한 행동은 가급적 빨리 털어버려야 할 행동이었다.

처음에 어머니는 공산당의 이런 방침에 익숙해지는 것이 힘들었다. 당의 동료들은 언제나 어머니에게 "가족을 먼저 생각한다"고 비난했다. 마침내 어머니는 아침부터 저녁까지 쉬지 않고 일하는 것이 습관처럼 되었다. 어머니가 저녁에 귀가할 때쯤에는 우리들은 이미 꿈나라로 들어가 있었다. 이럴 때면 어머니는 우리의 침대 곁에 앉아서 잠자는 우리의 얼굴을 들여다보고 평화로운 숨소리에 귀를 기울였다. 이 시간이 어머니에게는 하루 중 가장 행복한 순간이었다.

아무 때고 시간이 나기만 하면 어머니는 우리를 꼭 껴안고서 살살 문질러주거나 간질여주었는데, 특히 우리의 팔꿈치를 살살 문질러줄 때는 참으로 기분이 좋았다. 나는 어머니가 내 머리를 자신의 무릎 위에 올려놓고 귓속을 후벼주는 것을 좋아했는데, 이럴 때면 천국이 따로 없었다. 중국인들은 전통적으로 귀 후비는 것을 매우 좋아한다. 어릴 때 나는 전문적으로 귀를 후벼주는 사람들이 한쪽 끝에는 대나무 의자가 붙어 있고 다른 한쪽에는 가늘고 솜털이 붙어 있는 귀이개가 수십 개 매달려 있는 스탠드를 들고 다니던 것을 본 기억이 있다.

1956년부터 당 직원들은 일요일에 쉬기 시작했다. 그런 날이면 부모님은 우리를 공원이나 유원지로 데리고 갔고, 우리는 그네와 회전목마를 타거나 잔디가 덮인 언덕을 데굴데굴 굴러내리면서 놀았다. 나는 부모님의 품속으로 뛰어들 요량으로 위험하면서도 스릴이 넘치는 공중제비를 하면서 언덕 아래로 달려내려왔으나 두 그루의 부용나무에 차례로 부딪쳤던 일을 기억한다.

외할머니는 부모님이 모두 자주 집을 비우는 것을 보고 고개를 절레절레 흔들면서 못마땅해했다. "부모가 돼가지고 어쩌면 저럴 수가 있어?" 외할머니가 한숨을 섞어가면서 한 말이다. 부모님의 이런 처사에 보상이라도 하듯이 외할머니는 우리들에게 온갖 정성과 사랑을 기울였다. 그러나 외할머니가 우리 4남매를 모두 감당하기에는 힘이 부쳤기 때문에, 어머니는 쥔잉 고모를 데려와서 우리와 함께 지내도록 했다. 고모와 외할머니는 매우 사이가 좋았다. 두 분 사이의 원만한 관계는 1957년 초에 가정부가 입주한 후에도 계속되었다. 이때 우리 가족은 전에 기독교 선교사가 사용하던 집으로 이사했다. 아버지도 우리와 함께 지낼 수 있게 되어 우리 가족은 생전 처음으로 한지붕 밑에서 함께 살게 되었다.

가정부의 나이는 열여덟 살이었다. 우리 집에 처음 오던 날 그녀는 꽃무늬 상의에 바지를 입고 있었다. 당시 청두의 주민들이 도시풍의 취향과 공산당의 금욕적인 정책을 적절히 조화시켜 수수한 색깔의 옷을 입었던 것에 비하면 그녀의 꽃무늬 의상은 상당히 야한 편이었다. 도시 여성들은 러시아 여성들의 스타일과 같은 옷을 입는 것이 보통이었으나 우리 가정부는 옆구리에 새로 보급된 플라스틱 단추가 아니라 헝겊으로 만든 단추가 달린 전통적인 농촌 여성 스타일의 옷을 입고 있었다. 그녀의 바지에는 벨트 대신에 헝겊으로 만든 끈이 묶어져 있었다. 도시로 나오는 대부분의 농촌 여성들은 시골뜨기로 보이지 않기 위해서 유행하는 양장으로 갈아입는 것이 보통이었다. 그러나 그녀는 자신의 옷에는 전혀 신경을 쓰지 않고 집에서 입던 옷차림 그대로 왔는데, 이는 그녀의 성격을 말해주는 것이었다. 그녀의 손은 크고 거칠었으며, 햇볕에 검게 탄 얼굴에는 수줍으면서도 가식 없는 미소가 감돌았고, 불그스레한 양쪽 뺨에는 보조개가 있었다. 우리 식구들 모두 곧 그녀를 좋아하게 되었다. 그녀는 우리와 같이 식사를 했고, 집안일은 외할머니와 고모와 함께 했다. 어머니가 낮에 집에 없었으므로 외할머니는 쥔잉 고모 외에 가정부까지 두 명의 가까운 친구이자 심복 부하가 생겨 기분이 좋았다.

지주계급 출신의 가정부는 우리 집으로 올 때까지 도시에 나가 살고 싶은 마음에다, 자신의 출신 성분에 따른 계속적인 차별을 피하고자 농촌을 탈출할 수 있게 되기를 간절히 원했다. 1955년 정치운동이 끝난 후에는 사회적인 분위기가 약간은 누그러져 1957년부터는 "출신 불량"의 사람도 고용할 수 있게 되었다.

공산당은 모든 국민들이 호구(戶口, 후커우)라는, 자신들의 거주지를 의무적으로 등록해야 하는 주민등록제도를 도입했다. 도시에서는 도시주민으로 등록된 사람들만이 식량배급을 받을 수 있었다. 우리 집 가정부는 농촌 고향집에 주민등록이 되어 있었기 때문에 우리와 함께 살면서도 식량배급을 받을 수가 없었다. 그러나 우리 가족들에게 배급되는 식량은 그녀와 함께 먹기에 충분한 양이었다. 어머니는 1년 후에 가정부가 자신의 주민등록을 청두로 옮기는 것을 도와주었다.

부모님은 가정부에게 급료를 지불했다. 공산당원이 집에서 고용한 사람들의 비용을 국가가 부담하는 공급제가 1956년 말에 폐지되면서, 아버지에게 지금까지 파견되었던 경호원은 사무실에서 공동으로 부리는 용원(傭員)으로 교체되었다. 용원은 사무실에서 차를 끓여 내오고 자동차를 수배하는 따위의 허드렛일을 했다. 부모님은 이제 공무원의 등급에 따라 결정되는 금액의 봉급을 받았다. 어머니는 17급의 봉급을 받았고, 아버지는 어머니 봉급의 두 배에 달하는

10급의 봉급을 받았다. 생활필수품의 가격이 저렴했고 소비자 사회라는 개념이 존재하지 않았기 때문에 부모님 두 분의 봉급을 합한 금액은 한 집안을 꾸려가기에는 쓰고도 남을 정도였다. 아버지는 13급 이상의 직원을 의미하는 "고급 간부(高幹, 가오간)"라는 특별 부류에 속하는 공무원이었으며, 쓰촨 성에는 이런 고급 간부가 200명가량 있었다. 그리고 이제는 인구가 7,200만 명에 달하는 쓰촨 성 전체에서 10급 이상의 고급 간부는 20명이 채 안 되었다.

1956년 봄에 마오쩌둥은 "백 가지 꽃들이 피게 하라"는 의미를 지니는 백화제방(百花齊放) 정책을 발표했다. 이론상 이 정책은 예술과 문학 및 과학 분야에서 보다 많은 자유를 허용하는 것이 골자였다. 중국이 "전후 부흥기"인 산업화 단계에 접어들고 있었으므로 공산당은 국가가 필요로 하는 지식인들의 힘을 동원하기 위해서 이런 정책을 고안하게 되었다.

중국 일반 대중의 교육수준은 어느 시대에나 매우 낮았다. 거대한 인구(당시에는 6억 명이 넘었다)의 대다수는 비참한 수준의 가난에 찌든 생활을 하고 있었다. 중국 역대의 황제들은 민중을 무지하게 만듦으로써 순종하도록 유도하는 통치를 펼쳤다. 게다가 중국어도 큰 문제였다. 한자는 지나치게 어려웠다. 중국어를 읽고 쓰기 위해서는 수만 개에 달하는 글자를 일일이 외워야 했다. 이들 글자들은 소리에 따라 만들어진 것도 아니었으며, 각 글자의 복잡한 획(劃)을 암기하는 것은 보통 어려운 일이 아니었다. 따라서 수억 명에 달하는 사람들은 완전한 문맹이었다.

조금이라도 교육을 받은 사람은 "지식인"이라고 불렸다. 계급 분류가 정책의 기본이었던 공산당의 통치하에서 "지식인" 집단은, 다소 경계가 모호한 점은 있지만 특별한 부류를 형성했다. 이들 집단에는 기사, 기능공, 작가, 교사, 의사, 과학자뿐만 아니라 간호사, 학생, 배우들도 포함되었다.

백화제방 정책에 따라 중국 사회는 약 1년간 정신적으로 여유 있는 분위기를 즐길 수 있었다. 그러나 1957년 봄에 당은 지식인들에게 하위직부터 고위직에 이르기까지 모든 당원들을 비판할 것을 촉구했다. 어머니는 이런 조치가 자유화를 촉진하는 자세일 것이라고 생각했다. 이런 비판을 촉구하는 마오쩌둥의 담화 내용이 어머니와 같은 중간계급의 당원들에게까지 전해지자 어머니는 너무나 감격하고 흥분한 나머지 잠이 오지 않았다. 어머니는 이제야말로 중국이 근대적이고 민주적인 정부, 자신을 활성화하기 위해서 비판을 환영하는 정부를 가질 것이라고 생각했다. 어머니는 자신이 공산당원임이 자랑스러웠다.

어머니를 포함한 중간계급의 간부들이 당원에 대한 비판을 촉구하는 마오쩌둥의 담화 내용을 들었을 때 그들은 마오쩌둥이 그런 담화를 발표한 때와 비슷한 시기에 "뱀 소굴로부터 뱀들을 유인해서 내듯이〔引蛇出洞〕" 자신과 공산정권에 반대하는 사람들을 색출해야 한다는 말도 했다는 사실은 통보받지 못했다. 1년 전에 소련 지도자 흐루시초프는 "비밀 연설"을 통해서 스탈린을 비판한 적이 있었는데, 당시 스탈린을 자신과 동일시하던 마오쩌둥은 이 연설 내용을 듣고 망연자실하지 않을 수 없었다. 설상가상으로 마오쩌둥은 그해 가을에 발생한 헝가리 폭동 소식을 듣고는 더욱 대경실색했다. 헝가리 폭동은 비록 단기간 내에 진압되었지만, 그것이 확립된 공산당 정권을 전복시키려고 기도한 최초의 민중봉기였다는 사실로 인해서 마오쩌둥은 큰 충격을 받았다. 마오쩌둥은 중국의 지식인들 중 상당수가 온건과 자유화 노선을 원한다는 것을 잘 알고 있었다. 마오쩌둥은 "중국판 헝가리 폭동"을 막아야 했다. 실제로 훗날 마오쩌둥은 자신이 공산당에 대한 비판을 촉구했던 것은 자신과 대립할 가능성이 있는 사람들을 색출해내기 위한 함정이었으며, 다른 지도자들이 백화제방 운동을 종료할 것을 제의했을 때도 자신은 반대파를 마지막 한 명까지라도 색출하기 위해서 의도적으로 그 운동을 연장했었노라고 헝가리 지도자들에게 자랑하듯이 말했다.

마오쩌둥은 노동자와 농민들은 걱정하지 않았다. 그들은 자신들이 배불리 먹고 안정된 생활을 하도록 만들어준 공산당에 감사하고 있다고 마오쩌둥은 확신했다. 그러면서도 그는 노동자와 농민들을 근본적으로 경시했다. 그들은 자신의 지배에 도전할 지적인 머리가 없다는 것이 마오쩌둥의 생각이었다. 한편 마오쩌둥은 항상 지식인들을 불신했다. 헝가리에서도 지식인들이 큰 역할을 했으며, 그들은 항상 다른 어떤 계급의 사람들보다 스스로 생각하는 경향이 있음을 마오쩌둥은 알고 있었던 것이다.

마오쩌둥의 숨은 의도를 모르는 당 직원들과 지식인들은 마음 놓고 비판적인 의견들을 쏟아냈다. 마오쩌둥은 그들에게 "마음속에 담고 있는 생각은 무엇이든지 마음껏 발언하도록 하라"고 했다. 어머니는 자신이 담당하고 있는 학교, 병원 및 연예단체의 많은 사람들에게 열성적으로 마오쩌둥의 말을 전했다. 그러자 조직된 연구회와 대자보를 통해서 온갖 의견들이 표출되었다. 저명한 지식인들은 신문에 당을 비판하는 칼럼을 썼다.

대부분의 당원들과 마찬가지로 어머니도 비판의 대상이 되었다. 여러 학교에서 제기된 어머니에 대한 비판들 중 대표적인 것은 어머니가 몇몇 "중점" 학교들을 편애하는 경향을 보인다는 것이었다. 당시 중국에는 국가가 한정된 자원을 중점적으로 지원하는 몇몇 소학교와 중학교, 대학교가 공식적으로 지정되어 있었다. 이렇게 지정된 학교들은 우수한 교사와 시설을 지원받았고, 성적이 우수한 학생들을 선발할 수 있었으므로 이들 학교의 학생들은 고등 교육기관, 특히 중점 대학교에 들어가는 진학률이 높았다. 그러므로 일반 학교의 교사들은 어머니가 일반 학교들을 희생시켜가면서 중점 학교들에 너무나 많은 관심을 기울인다고 불만을 토로했다.

교사들에 대한 근무평가도 문제였다. 우수하다고 인정되어 좋은 평가를 받은 교사들은 일반 교사들에 비해 훨씬 더 많은 봉급을 받았고, 식량배급이 부족할 때에는 특별 배급을 받을 수 있었으며, 보다 나은 주택이 제공될 뿐만 아니라 극장 초대권까지도 제공되었다. 어머니로부터 우수평가를 받은 교사들은 대부분 "출신 불량"의 사람들이었으므로, 우수평가를 받지 못한 교사들은 어머니가 교사들의 "출신 계급"을 경시하고 교사로서의 역량을 너무나 중시한다고 불만을 터뜨렸다. 어머니는 "중점" 학교와 관련해서는 자신이 공정하지 못했다는 점을 자기비판했으나, 교사들의 역량을 근무평가의 기준으로 삼은 것은 잘못된 점이 없었다고 주장했다.

어머니를 대상으로 한 여러 가지 비판 의견들 중에는 그 내용이 유치하여 어머니가 무시했던 것도 있었다. 한 소학교의 여교장은 자신이 어머니보다 먼저, 즉 1945년에 공산당에 입당했는데도 지금까지 어머니로부터 명령을 받아야 하는 직급에 있어 기분 나쁘다는 것이었다. 이 여성은 어머니가 남편의 후광에 힘입어 지금의 자리에 앉게 되었다고 공격했다.

다른 발언들도 쏟아졌다. 교장들은 교육 당국이 교직원 선발권을 자신들에게 위임해줄 것을 요구했다. 병원 감독자들은 국가가 지급하는 의약품이 부족하므로 약초와 기타 의약품을 자신들이 구매할 수 있도록 허용해주기를 원했다. 외과 의사들은 식량배급을 늘려주기를 원했다. 그들은 자신들의 일이 중국의 전통 경극에서 쿵푸 연기를 하는 배우에 필적하는 격무라고 생각하는데도 자신들의 식량배급량은 쿵푸 배우들보다 4분의 1이 적다고 불평했다. 한 하급 공무원은 "곰보 왕씨 상표가 새겨진 가위〔王麻子剪刀〕"와 "수염 난 노인 상표가 붙은 문구〔胡開文筆紙〕" 같은 유명한 전통적인 상품들이 청두 시장에서 자취를 감추는 대신에 그 자리를 대량생산된 조악한 대용품들이 차지했다고 유감을 표시했다. 어머니는 이런 다양한 의견들에 동감을 표시했으나, 그런 것들은 국가의 정책에 관한 문제이므로 어머니로서는 상사에게 보고하는 것 외에는 어떤 조치도 취할 수가 없었다.

1957년 초여름 약 한 달 동안 다양한 비판이 분출되었다. 그러나 비판 내용 중 대부분은 개인적인 불평불만이거나 정치와는 무관한 실무상의 개선안에 불과했다. 6월 초에 "뱀 소굴로부터 뱀들을 유인해내라"는 마오쩌둥의 발언이 구두로 어머니와 같은 등급의 중간간부들에게까지 하달되었다.

마오쩌둥은 이 담화에서 "우파분자들"이 공산당과 중국의 사회주의 체제를 방약무인으로 공격했다고 평했다. 그는 이런 우파분자들은 지식인 전체의 1퍼센트 내지 10퍼센트에 불과하며, 그런 자들은 분쇄되어야 한다고 강조했다. 간단히 말하자면 마오쩌둥이 제시한 숫자의 중간을 취하여 지식인의 5퍼센트가 체포해야 할 우파분자의 숫자로 정해졌다. 이렇게 할당된 숫자를 채우려면 어머니의 경우에는 자신의 감독하에 있는 조직들에서 100명이 넘는 우파들을 고발하지 않을 수 없었다.

어머니도 자신에게 제기되었던 비판으로 기분이 상했던 것은 사실이지만 그런 여러 가지 비판 중 "반공산주의"나 "반사회주의"로 규정할 수 있는 내용의 발언은 거의 없었다. 신문에서 읽었던 비판 기사들을 놓고 볼 때 공산당의 권력 독점과 사회주의 제도를 공격한 발언은 문제의 소지가 있었다. 그러나 어머니가 담당하는 학교와 병원에서는 그런 식의 거창한 요구는 없었다. 그렇다면 어머니는 도대체 어디서 우파분자들을 찾아내야 한다는 말인가?

어머니는 의견 제시를 권장하고 진정으로 촉구까지 해놓고 이제 와서 발언한 사람들에게 죄를 묻는다는 것은 공정한 처사가 아니라고 생각했다. 더구나 마오쩌둥은 발언에 대해서 보복하지 않을 것임을 분명하게 보증했었다. 이에 따라 어머니 자신도 많은 사람들에게 염려하지 말고 비판적인 의견을 제시해줄 것을 열심히 요구했었다.

어머니가 당면한 딜레마는 중국 전역에서 수백만 명의 당원들도 안고 있는 전형적인 고민거리였다. 청두의 반우파 투쟁은 개시 직후부터 고민에 싸여 있었다. 성 당국은 지지부진한 반우파 운동에 자극을 주기 위해서 하우라는 당 간부를 본보기로 처벌하기로 결정했다. 그는 쓰촨 성 출신의 우수한 과학자들이 모인 한 연구소를 맡고 있는 당 서기였다. 그는 상당수의 우파들을 색출해낼 것으로 기대되었으나 자신의 연구소에는 단 한 명의 우파도 없다는 보고서를 올렸다. "어떻게 이럴 수가 있단 말인가?" 그의 상사가 한 말이었다. 연구소에서 근무하는 과학자들 중 일부는 서양에서 유학한 사람들이었다. "그런 자들은 틀림없이 서양 사회의 독에 감염되었을 것이오. 그런 자들이 어떻게 공산당의 지배에 만족할 수 있겠소? 그런데도 과학자들 중에 우파가 한 사람도 없다고 말할 수 있겠소?" 이런 상사의 지적에 하우씨는 그들이 중국에서 과학자로 일하기로 선택했다는 사실은 곧 그들이 공산주의를 지지한다는 증거라고 반론을 제기했으며, 또한 자신의 명예를 걸고 그들의 결백을 보증한다는 말까지 했다. 당국은 그에게 그런 자세를 바꾸도록 수차례에 걸쳐 경고했으나 그는 자신의 주장을 굽히지 않았다. 결국 그 자신이 우파라는 낙인이 찍혔으며, 당에서 제명되고 직위해제를 당하고 말았다. 그는 공무원 등급이 강등되어 봉급이 대폭 삭감되었으며, 직책도 연구소 소장에서 실험실의 바닥을 청소하는 청소부로 바뀌었다.

하우씨는 어머니도 잘 아는 사람이었다. 어머니는 하우씨의 대쪽 같은 기질을 높이 사야 한다고 생각했다. 어머니와 하우씨 사이에는 오늘날까지도 돈독한 우정이 이어지고 있다. 어머니는 하우씨를 방문하여 흉금을 털어놓고 이야기를 나눈 적도 많았다. 비록 어머니가 하우씨와 같은 처벌을 받지는 않았지만 어머니는 자신과 동일한 사고방식을 가진 하우씨의 처지를 볼 때마다 마치 자신의 운명을 보는 듯한 생각이 들었다.

매일매일 판에 박은 듯한 길고 지루한 집회가 끝나고 나면 어머니는 시의 당위원회에 반우파 투쟁의 진척 상황을 보고해야 했다. 청두 시의 반우파 투쟁의 책임자는 인씨였다. 그는 깡마르고 키가 컸으며 약간 오만한 남자였다. 어머니는 자신이 적발한 우파분자들의 수를 보고해야 했다. 개개인의 이름을 보고할 필요는 없었다. 중요한 것은 적발한 우파분자들의 머릿수였다.

그러나 100명이 넘는 "반공, 반사회주의 우파분자들"을 어머니는 어디서 찾아낼 수 있단 말인가? 마침내 어머니의 부하 직원으로서 청두 동부지구의 교육 담당으로 있는 쿵씨가 두 학교의 여교장들이 우파 교사들을 색출했다는 보고를 해왔다. 한 명은 소학교 여교사였는데, 국민당 장교였던 그녀의 남편은 내전 중에 사망했다. 그 여교사는 "오늘의 중국은 과거보다도 더 가난하다"는 취지의 발언을 했다는 것이었다. 어느 날 그 여교사는 여교장으로부터 업무에 태만하다는 말을 듣고 말싸움까지 벌렸다. 여교사는 화가 난 나머지 여교장을 구타했다. 두 명의 동료 교사들이 여교사를 말렸고, 그중 한 명은 여교장이 임신 중이라는 사실까지 말해주었으나 그 여교사는 "저런 공산당 종자(여교장의 뱃속에 있는 아기)는 없애버려야 한다"고 고함을 질렀다고 한다.

또다른 여교사의 경우, 남편이 국민당과 함께 타이완으로 도주했다는 여교사가 젊은 동료 여교사들에게 과거에 남편으로부터 받았던 보석류를 자랑삼아 보여주면서 자신의 국민당 시절 생활을 자랑했다는 것이었다. 동료 여교사들은 또한 그녀가 미군이 한국전쟁에서 승리하여 중국으로 진격했더라면 좋을 것이라는 말까지 했다고 전했다.

쿵씨는 자신이 이미 사실관계를 확인했다고 보고했다. 그의 말이 옳은지 어떤지 어머니가 다시 나서서 조사하는 것은 곤란한 일이었다. 이런 경우에 신중한 자세는 자칫 우파분자들을 감싸고 자신의 부하를 의심하는 것으로 비칠 수도 있었다.

병원 원장들과 보건위생국의 책임자들은 우파분자를 한 사람도 지적해내지 못했으나 청두 시 당국은 이전에 당국의 주최로 열렸던 집회에서의 발언을 문제삼아 몇몇 의사들을 우파분자로 단정했다.

이런 식으로 고발된 우파분자들을 다 합쳐봐야 10명도 안 되어 할당된 색출 목표에 크게 미달했다. 상황이 이쯤 되자 인씨는 어머니와 동료들의 열성 부족을 문제삼고 나서면서 어머니가 우파분자들을 적발해내지 못하는 것은 자신이 "우경화"된 증거라고 몰아붙였다. 우파라는 낙인이 찍히는 것은 정치적 지위는 물론이고 직업까지도 잃게 되는 것을 의미했다. 그러나 이것보다 더 중요한 것은 자신의 자녀들과 친척들이 차별대우로 말미암아 미래가 암담해지는 일이었다. 자녀들은 학교와 살고 있는 동네에서 배척당할 것이다. 주민자치회는 우파분자의 집을 방문하는 사람들을 알아내기 위해서 감시할 것이다. 농촌으로 추방된 우파분자와 그 가족들에게는 가장 힘든 일이 떨어졌다. 그러나 어느 누구도 우파로 낙인찍힌 결과가 어떤 것인지 정확하게 알지 못했기 때문에 이런 막연한 불안감이 강력한 공포심을 자아냈다.

어머니는 이율배반의 궁지에 빠졌다. 어머니가 우파분자로 낙인찍히는 날에는 자녀들과의 인연을 끊어야 하든지, 또는 그들의 장래를 망치게 될 것이 뻔했다. 아마도 아버지는 어머니와 이혼하도록 강요당하거나, 또는 아버지 자신이 블랙리스트에 올라 일생 동안 의심을 받을 것이다. 어머니가 자신을 희생하여 이혼을 하더라도 온 가족이 영원히 혐의자로 남게 될 것이다. 그러나 자신과 가족을 지킨 대가는 100명 이상의 무고한 사람들과 그들의 가족을 불행에 빠뜨리는 것이었다.

어머니는 이 문제에 관해서 아버지에게 이야기하지 않았다. 이야기해봤자 아버지라고 무슨 뾰족한 수가 있겠는가? 지위가 높은 아버지의 경우에는 이런 구체적인 사례를 다룰 필요가 없다는 사실에 대해서 어머니는 괘씸한 생각이 들었다. 고민 속에서 우파분자들을 색출해야 할 책임을 지고 있는 사람들은 인씨, 어머니, 어머니의 부하 직원, 여교장, 병원장과 같은 중, 하급 당원들이었다.

어머니가 담당하고 있는 구역에는 청두 제2사범학교가 있었다. 사범학교의 학생들에게는 수업료와 생활비를 충당할 수 있는 장학금이 지급되었기 때문에 가난한 가정의 자녀들은 자연히 이런 학교로 몰려들었다. 당시에 중국의 곡창지대로 "천부지국(天府之國)"이라고 불렸던 쓰촨 성과 중국의 다른 지방들을 연결하는 최초의 철도가 막 개통되었다. 그 결과 갑자기 다량의 식량이 쓰촨 성에서 다른 성으로 기차 편으로 수송되자 많은 품목들의 가격이 하루아침에 두 배, 심지어 세 배까지도 뛰어올랐다. 이에 따라 장학금의 가치가 사실상 반감되어 생활이 어려워진 사범학교 학생들은 장학금의 증액을 요구하면서 시위를 벌였다. 인씨는 학생들의 이런 행동을 1956년 헝가리 폭동 당시 지식인들이 결성했던 페토피회와 비교하면서 학생들을 "헝가리 지식인 계급과 동일한 사고방식을 가진 자들"이라고 불렀다. 그는 시위에 참가했던 모든 학생들을 우파분자로 고발하도록 명령했다. 당시 사범학교의 학생수는 약 300명이었으며 그 중 130명이 시위에 참가했다. 인씨는 130명의 학생들 전원을 우파로 고발했다. 어머니는 소학교만을 담당했으므로 사범학교는 직접 관할이 아니었으나, 그 학교가 어머니의 담당구역 안에 있다는 이유로 시 당국은 130명의 학생들을 어머니에게 할당된 고발할 사람들의 머릿수로 자의적으로 계상했다.

어머니는 반우파 투쟁에서 열정이 부족하다는 힐책을 받았다. 인씨는 어머니를 우파 혐의자로 구분하고는 본격적인 심사 대상자 명단에 올리려고 마음먹었다. 그러나 그가 어머니에 대한 어떤 구체적인 조치를 취하기도 전에 그 자신에게 우파분자라는 낙인이 찍혔다.

1957년 3월에 인씨는 베이징에서 개최되는 전국의 성, 시 단위 공무부장회의에 참석했다. 그룹 토론장에서 참석자들은 자신들이 담당하는 지구에서의 활동과 관련한 불만을 제기하도록 종용받았다. 인씨는 모두들 외국의 장관급에 해당하는 정치위원 리라고 부르는 쓰촨 성 당위원회 제1서기 리징취안에 대해서 별로 악의는 없는 비판을 했다. 당시 아버지는 그 회의에 쓰촨 성 대표단을 이끌고 참석했으므로 베이징에서 돌아온 후에는 상사에게 올리는 일상적인 보고서에 회의 참석자들의 발언 내용을 기록했다. 반우파 투쟁이 시작되자 정치위원 리의 머릿속에는 몇 달 전 베이징에서 열렸던 공무부장회의에서 자신에 대해서 발언했던 인씨를 손보기로 마음먹었다. 그는 당시 회의에 참석했던 청두 시 대표단의 부단장에게 사실관계를 확인했으나 부단장은 인씨가 정치위원 리에 대한 비판을 시작할 때 화장실에 가느라 회의장에 없었기 때문에 비판 내용을 듣지 못했다는 말로 교묘히 둘러댔다. 반우파 투쟁이 종반에 들어설 무렵 정치위원 리는 인씨를 우파분자로 낙인찍었다. 이런 소식을 들은 아버지는 크게 당황해하면서 자신도 인씨의 실각에 일부 책임이 있다고 자책했다. 어머니는 "그건 당신 잘못이 아니에요!"라는 말로 아버지를 설득해보았으나 아버지의 자책감은 좀처럼 사라지지 않았다.

많은 당원들이 반우파 투쟁을 개인적으로 가슴속에 맺혀 있던 감정을 해소하는 기회로 활용했다. 일부 당원들은 자신에게 할당된 색출해야 할 우파의 숫자를 평소 자신의 경쟁 상대자들로 채웠다. 그런가 하면 순전히 개인적으로 원한관계에 있는 사람을 우파분자로 적어올리는 당원들도 있었다. 이빈에 있는 팅 부부는 자신들과 사이가 좋지 않거나 자신들이 질투심을 느끼고 있는 많은 유능한 사람들을 우파분자로 몰아세웠다. 아버지가 이빈에서 선발하고 승진시켰던 옛 부하 직원들 중 거의 모든 사람들이 우파분자로 낙인찍혔다. 아버지가 매우 좋아했던 한 옛 부하 직원은 "극우분자"로 낙인찍혔다. 그의 죄상은 중국이 소련에 "전면적"으로 의존해서는 안 된다는 내용의 말을 한마디 했다는 것이었다. 이런 발언은 당시 소련에 전면적으로 의존하는 것을 기본 정책으로 삼았던 당의 노선에 배치되는 것이었다. 그는 강제노동 수용소에서 3년간 중노동을 하라는 선고를 받은 후 험한 산악지대의 도로건설 현장에서 일했다. 이곳에서 일하던 그의 동료 죄수들 중 많은 사람들이 가혹한 수용소 생활 속에서 사망했다.

반우파 투쟁은 중국 사회 전체에 큰 영향을 미치지는 않았다. 농민과 노동자들은 매일매일의 일상적인 생활을 이어갔다. 반우파 투쟁은 학생, 교사, 작가, 예술가, 과학자 및 기타 전문직 종사자와 같은 55만 명에 달하는 지식인들을 우파분자로 낙인찍고 1년 만에 막을 내렸다. 그들 중 많은 사람들이 직장에서 추방되고, 공장이나 농촌의 육체노동자로 내몰렸다. 일부 지식인들은 강제노동 수용소에서 중노동을 해야 했다. 우파분자로 낙인찍힌 지식인들과 그들의 가족들은 사회의 하층민으로 전락했다. 반우파 투쟁이 남긴 교훈은 분명했다. 어떤 종류의 비판도 앞으로는 허용치 않겠다는 것이었다. 사람들은 이때부터 어떤 불평불만도 드러내지 않았다. 이때 사람들 사이에서 회자되는 다음과 같은 말이 사회 분위기를 반영하고 있었다. "삼반운동 이후에는 누구도 돈을 만지려고 하지 않고 반우파 투쟁 이후에는 누구도 입을 열지 않는다〔三反以後莫管錢, 反右以後莫發言〕."

그러나 1957년 중국 사회가 겪은 반우파 투쟁이라는 비극적 사태는 비단 국민들을 침묵하게 만든 데 그치지 않고 보다 심각한 타격을 안겨주었다. 언제, 누가, 어떤 죄목으로 하루아침에 우파로 몰릴지 예측할 수 없는 상황이 되었다. 고발할 우파들의 숫자를 할당하는 제도를 개인적인 복수의 기회로 이용함으로써 누구라도 아무런 이유 없이 지옥으로 떨어질 수 있게 되자 모두들 불안에 떨었다.

우파라는 용어도 세태를 반영하여 종류가 다양해졌다. 다음과 같은 여러 가지 부류의 우파가 만들어졌다. "추첨우파(抽籤右派)"는 할당된 우파의 숫자를 채우기 위해서 우파로 지목할 사람들을 선발하는 제비뽑기에서 재수없게도 우파가 된 사람들을 가리키는 말이었다. "측소우파(厠所右派)"는 매일 저녁 늦은 시간까지 열리는 수많은 집회에 참석했다가 하필이면 용변을 참지 못하고 잠시 화장실에 간 사이에 자신이 우파로 지명된 사람들을 의미했다. "유독불방(有毒不放)"은 어느 누구를 비판하는 말을 하지 않았는데도 우파로 지명된 사람들을 의미했다. 부하 직원이 마음에 안 드는 사람일 경우 그의 상사는 이렇게 말하기도 했다. "그 사람은 올바른 사람 같지가 않다"거나 또는 "그의 아버지가 공산당 손에 처형당했는데 그가 어찌 공산당에 적개심을 품지 않겠는가? 그는 다만 그런 내색을 하지 않을 뿐이다." 이렇게 해서 우파분자로 낙인찍힌 사람들이 "유독불방"의 부류에 속했다. 반대로 양심적인 상사는 "누구를 고발해야 한단 말인가? 어느 누구에게도 그런 몹쓸 짓을 할 수는 없다. 차라리 내가 우파의 누명을 쓰고 말지." 이런 사람은 자기 스스로 우파라고 인정했다고 하여 "자인우파(自認右派)"라고 불렀다.

1957년은 많은 사람들에게 전환기였다. 어머니는 여전히 공산주의를 신봉하면서 헌신적으로 일했으나 당의 공산주의 실천 방식에 대해서는 회의가 들기 시작했다. 어머니는 자신의 이런 심경을 연구소 소장을 지내다가 숙청당한 친구 하우씨에게는 털어놓았으나 아버지에게는 아무런 말도 하지 않았다. 그것은 아버지가 당의 방침에 전혀 의문을 가지지 않았기 때문이 아니라, 어머니가 품고 있는 회의에 관해서 대화를 나누려고 하지 않았기 때문이었다. 공산당의 당규는 군대의 명령과 같이 당원들 사이에서 당의 정책을 비판하는 것을 엄금하고 있었다. 당헌(黨憲)에 따르면, 모든 당원은 무조건 상부의 명령에 복종해야 하며, 하급 당원은 상급자에게 복종해야 했다. 납득이 되지 않는 상황에 직면할 경우에는 자신의 상사에게만 그런 취지를 설명할 수 있었다. 그러나 상사는 당을 대변하는 인물이었다. 옌안 시절과 그 이전부터 공산당이 고수해온 군대식 규율은 공산당이 성공할 수 있었던 관건이었다. 인간관계가 다른 어떤 규칙보다도 우선하는 중국 사회에서 당의 지배를 공고히 하기 위해서는 군대와 같은 규율이 필요했다. 아버지는 이런 당규를 철저히 준수했다. 혁명을 공공연히 비판하는 언동을 허용할 경우에는 혁명을 성취하고 유지할 수 없다는 것이 아버지의 생각이었다. 혁명으로 창조하려는 사회가 기존 사회보다 좋을 것이라고 믿는다면 비록 혁명이 완전무결하지 않더라도 혁명을 지키고자 사력을 다해서 싸워야 한다고 아버지는 굳게 믿고 있었다. 그러기 위해서는 무엇보다도 단결이 생명이었다.

아버지가 당을 생각하는 정도에 비하면 자신은 국외자에 불과하다고 어머니는 생각했다. 어느 날 어머니가 시국에 관해서 약간 비판적인 의견을 제시하자, 아버지는 아무런 대꾸도 하지 않았다. 그러나 어머니는 "당신이란 사람은 공산당원으로서는 최고일지 몰라도 남편으로서는 낙제감이야!"라고 쏘아붙였다. 아버지는 고개를 끄떡이며 자신도 그런 사실을 알고 있다고 말했다.

14년 후 아버지는 우리 4남매에게 1957년의 반우파 투쟁 과정에서 아버지에게 닥칠 뻔했던 위기의 순간을 설명해주었다. 아버지는 옌안에서 스무 살의 젊은 청년 당원이었던 시절에 딩링이라는 유명한 여류작가와 절친한 사이였다. 1957년 3월에 전국공무부장회의 쓰촨 성 대표단을 이끌고 베이징에 갔을 때 딩링은 아버지에게 메시지를 보내왔다. 베이징 근처에 있는 톈진으로 자신을 만나러 와달라는 내용이었다. 아버지는 딩링을 만나보고 싶었으나 급한 용무로 돌아가야 했기 때문에 단념하는 수밖에 없었다. 몇 달 후에 딩링에게는 일급 우파라는 낙인이 찍혔다. "만약 내가 그녀를 만나러 갔더라면 아마 내 운명도 그렇게 되었을 것이다."

12. "쌀 없이도 밥을 짓는다"

대기근
(1958-1962)

1958년 가을, 여섯 살이었던 나는 소학교에 다니기 시작했다. 집에서 학교까지는 도보로 약 20분이 걸렸으며, 통학로는 대부분이 진흙과 자갈투성이의 이면도로였다. 매일같이 학교를 오가면서 나는 자갈 사이의 흙속에 박혀 있는 구부러진 못, 녹슨 쇳조각, 기타 금속 물체를 줍기 위해서 길바닥을 샅샅이 살펴보면서 걸어야 했다. 이런 일을 해야 했던 것은 불과 여섯 살밖에 안 된 나에게 철강을 생산하는 용광로에 넣을 고철을 수집하는 일을 맡겼을 뿐만 아니라, 그런 일을 학교 친구들과 경쟁하도록 만들었기 때문이었다. 당시에는 전국적으로 추진하는 대약진운동을 고취하는 확성기의 음악 소리가 온 도시에서 귀를 때렸고, "대약진 만세!"나 "전 인민이 철강을 생산하자!"라고 적힌 깃발, 대자보, 플래카드가 온 도시에 넘쳐났다. 나는 왜 이런 운동을 하는지 자세히는 몰랐지만 마오쩌둥 주석이 온 인민들에게 강철을 많이 생산하라고 지시했다는 정도는 알고 있었다. 우리 학교 조리실의 대형 화덕 위에는 밥솥 대신에 도가니처럼 생긴 용광로가 자리잡고 있었다. 학생들이 수집해온 깨진 밥솥 따위의 모든 고철이 용광로 속으로 들어갔다. 화덕에는 고철이 녹아내릴 때까지 항상 불을 지피고 있었다. 선생들은 교대로 24시간 동안 화덕에 장작을 넣어주고 용광로 속의 고철을 대형 스푼으로 저어주었다. 학생들의 수업시간까지 빼앗아가면서 선생들은 제철 작업에 동원되었다. 선생들뿐만 아니라 10대의 상급생들도 제철 작업에 동원되었다. 나와 같은 어린 하급생들은 조를 짜서 교사들의 아파트를 청소하거나 그들의 아기들을 돌봐주어야 했다.

한번은 용광로에서 튀어나온 쇳물이 팔에 튀는 바람에 중화상을 입은 여선생을 동급생들과 함께 병원으로 문병 갔던 기억도 있다. 흰 가운을 입은 의사와 간호사들도 미친 듯이 병원 복도를 뛰어다니고 있었다. 병원 앞마당에도 용광로가 있었는데, 그들은 수술하던 도중이나 한밤중에도 계속해서 용광로에 장작을 집어넣느라 분주했던 것이다.

내가 학교에 들어가기 직전에 우리 가족은 지금까지 살아오던 옛 선교사의 집에서 다른 집으로 이사했다. 새로운 집은 쓰촨 성의 중앙정부가 들어선 단지에 있었다. 담장으로 둘러싸인 단지 내에는 몇 개의 도로가 나 있었으며 아파트와 사무실 건물들 외에 여러 채의 저택들도 있었다. 정문 안쪽에는 제2차 세계대전 중 미군들의 클럽하우스로 사용되었던 건물도 있었다. 1941년에는 어니스트 헤밍웨이가 그 클럽하우스에 머물기도 했었다고 한다. 중국의 전통 건축 양식에 따라 지어진 클럽하우스 건물은 황색 기와를 얹은 지붕의 양쪽이 위를 향해 솟아 있었고, 암적색 기둥들이 그 아래를 받치고 있었다. 그 건물을 이제 쓰촨 성 정부의 서기국이 사용하고 있었다.

운전기사들이 주차장으로 사용하는 곳에 거대한 용광로가 세워졌다. 밤이면 용광로가 내뿜는 화염으로 하늘이 붉게 물들었으며, 용광로 주위의 사람들로 인한 소음은 그곳에서 300미터 떨어진 내 방에까지 들려왔다. 우리 집의 주철로 만들어진 모든 조리기구들과 함께 밥솥도 고철로 간주되어 용광로 속으로 들어갔다. 당시에는 집에서 음식을 조리하는 것이 금지되어 모두들 식당에서 식사를 했으므로 조리기구들이 고철로 나갔다고 해도 문제될 것은 없었다. 용광로는 쇠를 먹어치운다는 점에서 불가사리와도 같은 존재였다. 우리 집의 조리기구들뿐만 아니라 부모님이 사용하던 철제 스프링이 들어 있어 푹신하고 편안한 침대도 용광로 속으로 들어갔다. 길거리 보도의 난간과 그밖의 쇠로 만들어진 것이라면 무엇이든지 닥치는 대로 용광로에 고철로 투입되었다. 나는 몇 달 동안 부모님의 얼굴을 볼 수가 없었다. 부모님은 직장에 설치된 용광로의 온도가 떨어지지 않도록 지켜보느라고 종종 집에 들어올 수 없었던 것이다.

이런 소동은 마오쩌둥이 중국을 최강의 현대 국가로 만들겠다는 꿈을 가지고 있었기 때문에 벌어진 일이었다. 마오쩌둥은 철이 산업의 "쌀"이라고 규정하고는 1957년에 연간 535만 톤이었던 철강 생산을 1년 후인 1958년에는 두 배인 1,070만 톤으로 증가시킬 것을 명령했다. 그러나 전문기술자와 노동자들을 데리고 본래의 철강업을 발전시키는 대신에 마오쩌둥은 철강 생산에 온 인민을 동원했다. 모든 직장에 철강 생산 목표량이 하달되자 모두들 몇 달씩 일상 업무를 중지하고는 목표량을 달성하는 일에 매달렸다. 경제발전의 지표는 몇 톤의 철을 생산했느냐 하는 단순한 목표에 집약되었으며, 모든 인민들이 이 작업에만 내몰렸다. 정부의 추계에 따르면, 식량 생산을 담당하던 거의 1억 명에 달하는 농민들이 농사일에서 손을 놓고 철강 생산에 매달렸다고 한다. 용광로에 투입할 장작을 마련하느라 산의 나무를 벌목하자, 수많은 산들이 민둥산이 되어버렸다. 그러나 야단법석을 피우면서 전 인민을 철강 생산에 내몬 결과는 아무짝에도 쓸모가 없어 사람들이 "쇠똥"이라고 부르는 무른 쇠를 만들어내는 데 그치고 말았다.

이런 한심한 결과는 마오쩌둥이 경제에 무지할 뿐만 아니라, 현실을 무시한 채 몽상에 빠져 있음을 증명하는 것이었다. 몽상에 빠진 시인은 멋진 시라도 지어내지만, 정치 지도자가 몽상에 빠져 있다면 그것은 매우 심각한 문제이다. 마오쩌둥이 이런 생각을 하게 된 밑바닥에는 인간의 생명에 대한 경시가 자리잡고 있었다. 이런 일이 있기 얼마 전에 마오쩌둥은 핀란드 대사에게 다음과 같이 말했다. "강력한 원자폭탄을 가진 미국이 그것을 중국에 사용하여 지구에 큰 구멍이 나거나 지구가 여러 조각으로 깨지더라도 그것은 태양계에는 매우 중요한 일이겠지만 우주 전체로 볼 때는 별로 중요하지 않다."

마오쩌둥의 이런 성향은 최근에 소련을 방문한 것이 기폭제가 되었다. 1956년에 스탈린을 비판한 흐루시초프에 대해서 점점 실망하고 있던 마오쩌둥은 1957년 말 모스크바에서 개최되는 세계 공산당 수뇌회의에 참석했다. 마오쩌둥은 소련과 그 동맹국들이 사회주의를 버리고 "수정주의"로 돌아서고 있다고 확신하게 되었다. 그는 중국만이 진정한 공산주의를 추구하고 있다고 생각했다. 따라서 중국은 공산주의의 올바른 길을 전 세계에 보여주어야 했다. 마오쩌둥의 머릿속에서는 과대망상적 생각이 자라나고 있었다.

마오쩌둥의 다른 집착과 마찬가지로 그가 왜 철강 생산에 그토록 집착했는지 의문을 던지는 사람은 별로 없었다. 마오쩌둥은 곡물을 먹어치우는 참새를 싫어했다. 그리하여 전 인민이 참새 퇴치운동에 동원되었다. 우리들도 이 운동에 참여했는데, 심벌즈는 물론이고 심지어 냄비까지 들고 들판에 나가서 맹렬하게 두들겨 나무에서 쫓겨난 참새들이 다른 곳에 앉아 쉬지 못하도록 함으로써, 결국에는 계속 도망쳐 날기만 하던 참새들이 지쳐 땅에 떨어져 죽게 만들었다. 형제들과 내가 정부 관리들과 함께 우리 집 앞마당에 있는 거대한 구기자나무 아래에서 냄비를 두들기면서 만들어내던 굉음이 지금까지도 내 귀에 생생하게 들리는 듯하다.

마오쩌둥의 이런 병적인 집착에는 그럴듯한 경제목표도 포함되어 있었다. 마오쩌둥은 중국의 공업 생산고가 앞으로 15년 내에 미국과 영국을 따라잡을 것이라고 호언했다. 중국인들에게는 이들 두 나라가 자본주의 세계를 대표하는 국가들이었다. 따라서 미국과 영국을 따라잡는 것을 자신들의 적에 대한 승리로 생각하는 중국인들은 마오쩌둥의 말에 중국인으로서 자긍심을 느끼면서 사기가 크게 올랐다. 중국인들은 미국을 비롯한 주요 서방 선진국들이 중국에 대한 외교적 승인을 거부한 것을 모욕으로 생각했으며, 자신들도 자력으로 강대국이 될 수 있음을 세계에 과시하고 싶어 했다. 마오쩌둥은 중국인들의 이런 심리 상태를 이용했다. 중국인들은 에너지를 방출할 수 있는 출구를 찾아야 했다. 그리고 그 출구를 마오쩌둥이 제공한 것이다. 무지가 이성을 압도하듯이 맹렬한 저돌성이 신중론을 압도했다.

모스크바에서 귀국한 직후인 1958년 초에 마오쩌둥은 약 한 달간 청두에 체류했다. 당시 마오쩌둥은 중국이 무슨 일이든지 해낼 수 있으며, 특히 소련이 차지하고 있는 사회주의 세계의 지도국 자리도 중국이 차지할 수 있을 것이라고 생각하면서 한껏 부풀어 있었다. 마오쩌둥은 이때 청두에서 "대약진운동"의 기본적인 구상을 굳혔다. 시 당국은 마오쩌둥의 청두 방문을 기념하여 대대적인 퍼레이드를 열었으나 참석한 군중들은 자신들 속에 마오쩌둥이 섞여 있으리라고는 전혀 생각하지 못했다. 마오쩌둥은 퍼레이드의 인파 속에서 함께 걷고 있었다. 이 퍼레이드에서 "재주 있는 여성은 쌀 없이도 밥을 짓는다〔巧婦能爲無米炊〕"라는 구호가 나타났다. 이것은 "재주 있는 여성이라도 쌀 없이는 밥을 지을 수 없다〔巧婦難爲無米炊〕"는 중국의 옛 속담을 역설적으로 전도(顚倒)시킨 것이었다. 말장난처럼 역설적으로 과장된 표현이 현실의 구체적인 요구사항으로 둔갑한 것이었다. 불가능한 판타지가 현실의 목표가 되었다.

그해 봄은 유난히도 화사하고 아름다웠다. 어느 날 마오쩌둥은 8세기의 당나라 시인 두보의 이름을 따서 두보 초당(草堂)이라고 부르는 공원으로 산책을 나갔다. 어머니가 일하는 청두 동부지구의 직원들이 공원의 일부 지역에 대한 경비를 책임지고 있었기 때문에 어머니의 동료인 그들은 관광객으로 가장하여 담당구역을 순찰했다. 마오쩌둥은 좀처럼 스케줄에 따라 행동하는 법이 없었으며, 또한 자신의 세부적인 행동에 관해서는 항상 주위 사람들에게도 비밀로 했다. 그날 어머니는 경비 현장에 있는 찻집에서 오랜 시간 동안 차를 마시면서 경비에 임하고 있었다. 마침내 지루해진 어머니는 동료들에게 산책을 다녀오겠다고 말했다. 어머니는 자신도 모르는 사이에 서부지구가 담당하고 있는 공원의 경비구역 안으로 들어서게 되었다. 그 구역을 경비하는 서부지구 직원들은 어머니를 몰랐기 때문에 어머니를 수상한 사람으로 생각하고는 즉시 미행하기 시작했다. "수상한 여성"을 발견했다는 직원들의 보고를 받은 서부지구 당서기가 어머니의 얼굴을 발견하고는 웃음을 터뜨렸다. "이거 동부지구의 샤 동지 아니오!" 후일 어머니의 상사인 동부지구 책임자 궈씨는 이 일을 놓고서 "규칙을 어기고 돌아다녔다"며 어머니를 비판했다.

마오쩌둥은 청두 평원의 여러 농장들도 시찰했다. 당시까지는 농업 합작사들이 소규모였다. 마오쩌둥은 이때 시찰 현장에서 합작사들을 통합하여 대조직으로 만들 것을 지시했고, 이 대조직이 후일에 인민공사(人民公社)로 불려졌다.

그해 여름에 중국 전역에서 인민공사가 조직되었다. 각 인민공사는 2,000세대에서 20,000세대까지를 포함하는 규모였다. 이 운동에서 가장 앞서나간 지역들 중 하나는 중국 북부의 허베이 성에 있는 쉬수이라는 지역이었는데, 마오쩌둥은 이 지역을 특히 좋아했다. 자신의 지역이 마오쩌둥의 관심을 받을 자격이 있음을 증명하겠다는 열의가 넘친 나머지 쉬수이 인민공사 책임자는 곡물 생산량을 과거에 비해서 10배 이상 증가시키겠다고 큰소리쳤다. 이 말을 들은 마오쩌둥은 환한 미소를 지으며 이렇게 대답했다. "그렇게 많은 곡물을 다 어디다 쓸 것이오? 그러나 가만히 생각해보니 식량이 많아서 나쁠 것은 없을 듯하오. 국가에서 그렇게 많은 식량을 원하지는 않소. 다른 지방들도 모두가 풍작이오. 그러니 이곳 농민들은 먹고 또 먹어야 할 것이오. 하루에 다섯 번 먹으면 되겠군!" 중국 농민의 영원한 꿈인 식량이 남아돈다는 말을 들은 마오쩌둥은 마치 꿈을 꾸는 듯한 기분이었다. 마오쩌둥의 말을 들은 마을 사람들은 자신들이 1무(畝, 약 200평) 면적의 밭에서 450톤을 초과하는 감자를 생산했고, 밀은 1무당 60톤이 넘게 생산했으며 개당 무게가 200킬로그램이나 나가는 양배추를 생산했노라고 주장하여 "위대한 영수(領袖)" 마오쩌둥의 욕망을 더욱 부추겼다.

조작된 이야기를 타인들에게 전하고 또 그것을 사실인 양 믿는 가식적인 행위가 전국적으로 믿을 수 없을 정도로 확산되는 시기였다. 당 직원들이 시찰을 오는 경우에 농민들은 여러 구획에서 작물을 모아다가 한 구획에 옮겨심어서 자신들이 기적적인 수확을 달성했다고 보여주었다. 러시아에서 극성을 부렸던 농작물 생산량을 조작하는 "포템킨식 밭"의 중국 버전이라고 할 수 있는 이런 밭들은 잘 속아넘어가거나 스스로 못 본 체하는 농업 전문가, 기자, 다른 지방의 시찰단, 외국인들에게 자랑거리로 과시되었다. 이렇게 급조된 밭의 작물들은 때 아닌 이식과 경작 이론을 무시한 밀식(密植)으로 인해서 심은 지 수일 내에 말라죽는 것이 보통이었으나 시찰단들은 그런 사실을 몰랐거나 또는 알려고 하지 않았다. 국민의 대다수가 이런 혼란스러운 광기의 세계 속으로 빨려들어갔다. 자신을 속이고 타인을 속인다는 의미의 자기기인(自欺欺人)이 전국을 휩쓸었다. 농업 전문가와 당 간부들을 포함한 많은 사람들이 자신들의 눈으로 기적을 직접 목격했노라고 말했다. 이런 기적을 일으키지 못한 농민들은 한편으로는 다른 농민들의 기적 같은 산출량을 수상쩍게 여기면서도 자책하기 시작했다. 정보를 통제하고 조작하는 마오쩌둥 시대의 독재 사회에서 일반 민중이 자신들의 체험과 지식에 확신을 가지기란 지극히 어려운 일이었다. 개개인의 냉철한 사고를 마비시키는 집단적인 열광이 온 나라를 집어삼켰다. 사람들은 현실을 무시하기 시작하면서 마오쩌둥을 맹신하는 길로 들어섰다. 집단적인 광기에 파묻혀 생활하는 것이 가장 편한 길이었다. 행동을 멈추고 신중하게 생각하는 자세는 곧 말썽을 불러일으키는 것을 의미했다.

당시의 풍자만화에는 이런 장면이 실리기도 했다. 생쥐처럼 생긴 한 과학자가 "당신의 작은 난로는 겨우 차〔茶〕 만들 물이나 끓이는 것이 고작이지"라고 툴툴거린다. 그러자 그 옆에 서 있던 덩치가 큰 노동자는 용광로의 커다란 주둥이를 열고는 녹은 쇳물을 쏟아내면서 "당신은 얼마나 마실 수 있겠소?"라고 대꾸한다. 이런 어처구니없는 내용의 만화를 본 사람들은 기가 질린 나머지 자신들의 속내를 드러내지 않았다. 이런 현상은 1957년의 반우파 투쟁 이후에 특히 심했다. 의문을 제기한 사람들은 즉각적으로 침묵하도록 압력을 받거나 직장에서 추방당했으며, 또한 이에 그치지 않고 온 가족이 차별대우를 받았고 자녀들의 장래는 암울해졌다.

도처에서 과대 증산목표를 밝히지 않는 사람들은 구타를 당함으로써 결국에는 하는 수 없이 달성하지도 못할 목표를 제시해야 했다. 이빈에서는 생산대의 지도자들 중 일부가 양팔을 등 뒤로 묶인 채 마을의 광장으로 끌려나와 심문을 당했다.

"당신은 밭 1무당 밀을 얼마나 생산할 수 있겠소?"

"400근이요." (약 200킬로그램으로 현실적인 숫자였다.)

그러자 그를 구타하면서 다시 묻는다. "1무당 밀을 얼마나 생산할 수 있겠소?"

"800근이요."

800근은 불가능한 목표였으나 이것마저도 부족했다. 이 불쌍한 남자는 "1만 근"이라고 대답을 하기 전까지는 계속 구타를 당하거나 또는 묶인 채로 공중에 매달려 있는 것이 보통이었다. 이런 사람은 때로는 생산목표를 과도하게 증가시키기를 끝까지 거부하다가 공중에 매달린 채 사망하거나 또는 체력이 약해 당국이 원하는 대로 허위 숫자를 약속하기 전에 숨이 끊어지기도 했다.

이런 일의 당사자들인 수많은 말단 관리들과 농민들은 우스꽝스러운 숫자를 믿지 않으면서도 자신들이 비판받을 일이 두려워 별수 없이 이와 같은 허구에 찬 상황을 그대로 밀고 나갔다. 관리들은 당의 명령을 실행하는 것일 뿐이었으며, 마오쩌둥의 명령에 따라서 행동하는 한 그들은 안전할 수 있었다. 관리들이 몸담고 있는 전체주의 체제는 그들의 책임감을 왜곡시켰다. 심지어 의사들까지도 불치병을 기적적으로 치료했다고 큰소리치는 세상이었다.

우리가 살고 있는 단지에는 종종 만면에 미소를 짓는 농부들을 태운 트럭들이 들어오곤 했다. 그들은 자신들이 이룩했다는 획기적인 농작물 생산량을 보고하러 오는 사람들이었다. 어느 날은 길이가 트럭의 절반이나 되는 괴물 같은 오이를 싣고 오기도 했다. 한번은 두 어린이가 들기에도 무거운 대형 토마토를 가져왔다. 또 한번은 트럭에 꽉 차는 초대형 돼지를 싣고 왔다. 농민들은 보통 돼지를 그토록 크게 길러냈다고 주장했다. 그 돼지는 종이로 만든 모형이었으나 어린 나는 그것을 진짜 돼지라고 생각했다. 아니면 주위의 어른들이 하도 진짜 돼지인 것처럼 행동했기 때문에 내가 착각했는지도 모르겠다. 사람들은 이성을 무시한 채 가면을 쓰고 연극 속에서 살아갔다.

온 국민이 앞뒤가 안 맞는 허튼 이야기만을 내뱉고 있었다. 사람들이 주고받는 말은 현실과 동떨어져 있었고, 책임의식과 본심이 결여되어 있었다. 말속에 진심이 담기지 않았기 때문에 사람들은 너무나도 쉽게 거짓말을 했으며, 어느 누구도 상대방의 말을 진지하게 받아들이지 않았다.

이런 풍조는 농민의 조직화와 함께 사회 전반에 침투했다. 인민공사를 처음으로 발족시킬 때 마오쩌둥은 농민 조직화의 최대 이점은 "지도하기가 편리하다"는 점이라고 말했다. 그는 당 지도부에 토지 경작 방법에 관해서 세세하게 지시를 내렸다. 마오쩌둥은 영농 방법을 "토지개량, 시비(施肥)증가, 수리관개(水利灌漑), 품종개량, 합리적 밀식, 작물보호, 농지관리, 공구개량"의 8개 항목으로 요약했다. 베이징의 당 중앙위원회는 전국의 농민들에게 지시문을 내려보냈다. 2쪽은 토지개량 방법, 한쪽은 시비 방법, 다른 한쪽은 밀식 요령을 각각 담고 있었다. 농민들은 중앙당이 내려보낸 간단한 지시

내용을 철저하게 준수해야 했다. 지역마다 운동이 전개되면서 농민들은 작물을 보다 촘촘하게 심으라는 지시를 받았다.

농민 조직화를 위한 또다른 수단으로써 마오쩌둥은 당시에 인민공사 안에 공공식당을 어떻게 설치할 것인지를 생각하고 있었다. 마오쩌둥은 특유의 경박한 표현으로 공산주의란 "무료급식이 가능한 공공식당"이라고 정의했다. 공공식당 스스로가 식량을 생산해내지 못한다는 점은 그에게 문제가 되지 않았다. 1958년에 정부는 농민들이 자택에서 식사하는 것을 사실상 금지했다. 농민들은 누구나 공공식당에서 식사해야 했다. 밥솥과 같은 조리도구를 소지하는 것조차 금지되었다. 지방에서는 돈을 소유하는 것을 금지하기도 했다. 국가와 인민공사가 모든 농민들을 보살펴준다는 것이었다. 농민들은 하루의 작업을 마치고 나서 열을 지어 함께 공공식당으로 가서 음식을 마음껏 배불리 먹을 수 있었다. 토지가 가장 비옥한 지역에 풍년이 들었을 때에도 농민들은 식사를 마음껏 해본 적이 없었다. 그 결과 농민들은 농촌지역에 비축되어 있던 모든 식량을 소비하거나 낭비했다. 그들은 경작하러 들판에 나갈 때도 열을 지어 행진했다. 그러나 생산량은 전량 국가에 귀속되고 작황이 좋든 나쁘든 자신들의 생활에 영향을 미치지 않았기 때문에 농민들은 작업능률에는 신경을 쓰지 않았다. 마오쩌둥은 물질적 재화를 공유한다는 의미에서 "중국이 공산주의 사회를 실현 중"이라고 발언했으나 농민들은 이 말을 자신들의 작업능률과는 관계없이 분배의 몫이 돌아오는 것으로 받아들였다. 작업할 동기가 부여되지 않았으므로 농민들은 열을 지어 밭으로 나가서는 낮잠을 즐겼다.

정부가 철강 생산을 강조하다 보니 자연히 농업부문은 소홀해질 수밖에 없었다. 농민들은 하루 종일 용광로에 연료로 사용할 장작과 고철 및 철광석을 구하느라 돌아다니고, 또한 용광로의 불이 꺼지지 않도록 지켜야 했으므로 지칠 수밖에 없었다. 그러다 보니 농사일은 자연히 여성과 아이들의 몫이 되었다. 게다가 소나 말같이 힘을 쓸 수 있는 가축들은 모두 철강 생산에 투입되었으므로 모든 농사일은 손으로 하는 수밖에 없었다. 1958년 가을, 추수철이 되자 농경지에는 일손이 극도로 부족했다.

정부의 공식통계는 농업 생산이 두 자릿수로 증가했음을 보여주었으나, 1958년 가을에 농작물을 제때에 거두어들이지 못한 것을 두고서 항간에는 식량부족 사태가 올 것이라는 위기감이 고조되었다. 그런데도 정부는 중국의 1958년 밀 생산량이 미국을 추월했다고 공식적으로 발표했다. 당 기관지「인민일보」는 "식량 과잉생산에 어떻게 대처할 것인가?"라는 기사를 연재했다.

쓰촨 성의 보도를 감독하는 아버지의 공무부는 다른 성들과 마찬가지로 현실과 동떨어진 보도를 했다. 보도는 당의 목소리였으므로 공무부의 책임자인 아버지를 비롯한 어느 누구도 당의 정책에 대해서는 어떤 언급도 할 수 없었다. 아버지는 다만 당이라는 거대한 조직 속에서 하나의 자그마한 부품에 불과했다. 아버지는 전개되는 사태에서 위기감을 느꼈다. 아버지가 유일하게 할 수 있는 일이라고는 당의 최고지도부에 직접 호소하는 것뿐이었다.

1958년 말 아버지는 베이징의 당 중앙위원회에 호소하는 편지를 보냈다. 편지의 내용은 이러했다. 이런 방식으로 철강을 생산하는 것은 비효율적이며 자원을 낭비하는 것이다. 농민들은 철강 생산으로 지쳤으며, 그들의 노동력은 낭비되고 있다. 게다가 식량까지 부족한 상황이다. 아버지는 결론적으로 당이 조속한 조치를 취할 것을 호소했다. 아버지는 그 편지를 쓰촨 성장 리다장에게 건네주고는 당 중앙위원회에 제출해줄 것을 부탁했다. 쓰촨 성의 두 번째 실력자인 리다장은 아버지가 이빈에서 청두로 왔을 때 첫 번째 일자리를 주선해주었던 사람으로서 아버지를 친구처럼 대해주었다.

리다장은 그 편지를 상부로 보내지 않겠다고 아버지에게 말했다. "편지 속에 새로운 내용은 하나도 없소. 당은 모든 것을 알고 있소. 그러니 당을 신뢰합시다." 마오쩌둥은 어떤 상황에서도 인민들의 사기를 떨어뜨려서는 안 된다고 말한 적이 있었다. 리다장은 대약진 운동이 중국인들의 심리 상태를 수동적인 자세로부터 "할 수 있다", "일어나서 해내자"는 적극적인 자세로 바꾸어놓았는데, 이런 정신을 위태롭게 해서는 안 된다고 아버지에게 말했다.

리다장은 또한 쓰촨 성의 수뇌부 사이에서는 아버지를 "반대파"라는 위험한 별명으로 부르고 있다고 알려주면서, 자신은 아버지를 그런 인물로 생각하지 않는다고 말했다. 이런 상황에서 아버지가 지금까지 무사할 수 있었던 것은 순전히 아버지가 당에 대해서 절대적인 충성을 보여주었고 또한 철저하게 청렴결백했기 때문이었다. 리다장은 "당신의 의견을 밝히는 것은 이쯤에서 끝내는 것이 좋겠소. 더 이상 발언을 계속했다가는 가족들과 '다른 사람들'에게까지 화가 미칠 것이오"라고 말했다. 그가 말한 "다른 사람들"이란 바로 아버지의 친구인 자기 자신을 의미하는 것이었다. 리다장의 이런 경고를 들은 아버지는 더 이상 고집을 부리지 않았다. 아버지는 그의 말처럼 위험한 상황이 올 수도 있다는 생각이 들었다. 아버지는 자신이 타협의 여지가 없는 단계에 이르렀음을 깨달았다.

그러나 아버지와 쓰촨 성 공무부 직원들은 업무의 일환으로 수많은 주민들로부터 불만을 수집하여 베이징에 보고했다. 당시의 상황에 대해서 주민들이 가지는 불만은 당원들 사이에서도 마찬가지였다. 사실 대약진운동은 10년 전 공산당이 정권을 장악한 이래 당내에서 가장 심각한 균열을 초래했다. 그 결과 마오쩌둥은 자신이 차지하고 있던 두 개의 주요 직책 중 영향력이 적은 국가주석의 자리를 류사오치에게 넘겨주어야 했다. 류사오치는 중국에서 제2인자가 되었으나 그의 영향력은 여전히 당 주석직을 차지하고 있는 마오쩌둥에 비하면 보잘것없었다.

당내의 의견 대립이 심각해지자 당은 1959년 6월 말에 양쯔 강 중류에 있는 피서지 루산에서 특별회의를 개최해야 했다. 이 회의에서 국방부장 펑더화이 원수는 대약진운동의 결과로 초래된 사태를 비판하고 현실적인 경제정책을 펼칠 것을 권고하는 편지를 마오쩌둥에게 보냈다. 펑더화이의 편지는 사실 온건한 문체로 작성되었으며, 마지막에 가서는 (중국이 4년 후에는 영국을 추월할 것으로 확신한다는 내용으로) 마오쩌둥의 지도력을 칭찬하는 구절도 포함되어 있었다. 그러나 펑더화이가 마오쩌둥의 옛 동지들 중 한 사람이자 또한 최측근들 중 한 사람이었음에도 불구하고 마오쩌둥은 펑더화이의 억제된 비판마저도 수용할 수 없었다. 그것은 마오쩌둥이 내심으로는 자신의 실패를 깨닫고 수세에 몰려 있었던 시기였으므로 펑더화이의 비판을 더더욱 수용할 수 없었던 것이다. 마오쩌둥은 자신이 즐겨 쓰는 과격한 언어로 펑더화이의 편지를 "루산을 날려버리려고 작정한 포격"이라고 불렀을 뿐만 아니라 자신의 정당성을 주장했고, 회의를 1개월 이상이나 계속하면서 펑더화이 원수를 맹렬하게 공격했다. 펑더화이와 그를 공개적으로 지지하던 일부 인사들은 "우경(右傾) 기회주의자들"이라는 낙인이 찍혔다. 펑더화이는 국방부장에서 해임된 후 가택연금에 처해졌다. 펑더화이는 그 후 중앙정계에서 일찍이 은퇴당한 후 쓰촨 성으로 쫓겨났으며 그곳에서 한직을 맡았다.

마오쩌둥은 자신의 권력을 지키려는 책략을 마련해야 했다. 그는 이런 방면에서는 대가였다. 마오쩌둥은 궁정정치와 권모술수의 요령을 기록한 수십 권으로 구성된 고전인 『자치통감』을 애독해왔으며, 당의 다른 지도자들에게도 이 책을 읽어볼 것을 권했다. 실제로 마오쩌둥의 통치방식은 중세 중국의 궁정 상황을 들여다보면 가장 잘 이해할 수 있었다. 마오쩌둥은 권력 핵심부에 있는 자신의 추종자에게 마법과도 같은 권력을 행사했다. 그는 또한 "분할통치"의 달인이었으며 위기에 처했을 때 다른 사람을 희생시키고 자신은 빠져나가려는 인간의 본성을 교묘하게 이용하는 데도 천재였다. 결국 마오쩌둥의 정책적 오류에 환멸을 느끼면서도 펑더화이 원수의 입장을 지지하고 나서는 간부들은 별로 없었다. 그러나 운 좋게도 루산

회의에 참석하는 것을 피할 수 있었던 사람이 한 명 있었다. 그는 루산 회의가 시작되기 전에 발에 골절상을 입었기 때문에 참석할 수 없었던 당 총서기 덩샤오핑이었다. 덩샤오핑 자신의 계모가 집에서 이렇게 불평하는 것을 들어왔다. "나는 한평생 농부로 살아왔지만 이렇게 말도 안 되는 방식으로 농사를 지어야 한다는 것은 금시초문이야!" 덩샤오핑이 당구를 치던 도중에 발에 골절상을 입었다는 설명을 들은 마오쩌둥은 이렇게 말했다. "참 편리한 구실이 되었군."

쓰촨 성의 당 제1서기 정치위원 리는 루산 회의에서 펑더화이가 행했던 발언 내용이 들어 있는 문서를 가지고 청두로 돌아왔다. 이 문서는 17급 이상의 당원들에게 배포되어 각자 펑더화이의 발언 내용에 대한 입장을 공식적으로 표명하도록 지시받았다.

쓰촨 성장으로부터 루산 회의에서 발생했던 일에 관해서 설명을 들었던 아버지는 "시험" 면접장에서 펑더화이의 편지에 대해서 조금은 막연한 의견을 피력했다. 아버지의 이런 행동은 과거에는 찾아볼 수 없었던 것이었다. 아버지는 어머니에게 이런 시험이 함정이라고 경고했다. 어머니는 아버지의 이런 행동에 크게 감동을 받았다. 아버지가 당의 규칙에 앞서서 어머니의 안전을 생각하기는 이번이 처음이었던 것이다.

어머니는 다른 많은 사람들도 자신과 마찬가지로 사전에 귀띔을 받았음을 알고 놀랐다. 어머니가 참석한 집단 "시험"에서 동료들 중 절반은 펑더화이의 편지에 불같은 분노를 표명했고, 또한 펑더화이의 비판을 "전적으로 사실이 아니다"라고 주장했다. 나머지 사람들은 할 말을 잃은 사람들처럼 보였으며, 약간의 회피적인 말만 중얼거렸다. 한 사람은 형세를 관망하는 자세를 취하면서 이렇게 말했다. "펑더화이 원수가 제시했다는 증거가 사실인지 아닌지를 알지 못하기 때문에 나는 찬성하는 입장도 아니고 그렇다고 반대하는 입장도 아닙니다. 만약 그 증거가 사실이라면 나는 펑더화이 원수를 지지합니다. 그러나 사실이 아니라면 물론 지지하지 않습니다."

청두 시의 식량국장과 우편국장 두 사람은 홍군 시대에 펑더화이 원수의 부대에서 싸우다가 퇴역한 군인들이었다. 그들은 옛 지휘관이자 매우 존경하는 분의 발언 내용을 지지한다고 말하면서 자신들이 실제로 농촌지역에서 체험한 것도 펑더화이 원수가 지적한 것과 일치한다는 말까지 덧붙였다. 어머니는 이 두 사람의 옛 홍군 병사들이 과연 지금의 "시험"이 덫이라는 사실을 알고 있을까 궁금했다. 만약 알면서도 그런 말을 했다면 그들의 행동은 영웅적이었다. 어머니는 자신에게도 그들과 같은 용기가 있기를 바랐다. 그러나 어머니는 우리들을 생각하면서 자신은 옛 홍군 병사들처럼 용기 있게 행동할 수 없음을 깨달았다. 어머니는 이미 옛 학생 시절과 같은 정의를 추구하는 용기 있는 사람이 아니었다. 자신이 의견을 피력할 순서가 되자 어머니는 이렇게 말했다. "그 편지에서 드러나는 견해는 지난 2년간 당이 취해온 정책들과 일치하지 않는다고 생각합니다."

어머니의 상사인 궈씨는 어머니의 발언이 자신의 생각을 설명하지 않았기 때문에 완전히 불만족스럽다고 말했다. 이런 말을 들은 어머니는 며칠간 불안에 떨어야 했다. 펑더화이 원수의 발언 내용을 지지했던 옛 홍군 병사 두 사람은 "우경 기회주의자"로 고발당한 후 직장에서 추방되었고, 육체노동을 하는 곳으로 보내졌다. 어머니는 집회에 불려나가 자신의 "우경"을 비판받았다. 이 집회에서 궈씨는 어머니의 또다른 "중대한 과오"를 지적했다. 1959년에 청두에서는 닭과 계란을 파는 일종의 암시장이 형성된 적이 있었다. 인민공사가 발족하여 개별 농가에서 기르던 닭들을 가져간 이후에는 어느 누구도 닭을 기를 수 없었기 때문에 닭과 계란은 국영 상점에서 자취를 감추고 말았다. 그러나 일부 농민들은 자신들의 침대 밑에 한두 마리의 닭을 감춰놓고는 뒷골목에서 은밀하게 닭이나 계란을 종전 가격의 거의 20배나 되는 가격으로 팔았다. 공산당은 이런 농민들을 붙잡으려고 매일 직원들이 시내를 순회하도록 했다. 한번은 궈씨가 어머니에게 이런 목적으로 시내를 순회하라고 지시하자 어머니는 이렇게 말했다. "인민들이 원하는 물건을 공급하는 것이 뭐가 잘못입니까? 수요가 있으면 공급이 있는 것은 당연합니다." 과거의 이 말 한마디 때문에 어머니는 "우경"이라는 경고를 받았다.

당원들의 대다수가 속으로 펑더화이 원수의 발언 내용에 동감하고 있었으므로 "우경 기회주의분자" 추방운동은 다시 한 번 당을 크게 흔들었다. 결국 마오쩌둥이 분명히 잘못했더라도 그의 위신을 손상시키는 발언은 허용되지 않는다는 것이 교훈이었던 셈이었다. 아무리 지위가 높더라도(펑더화이는 국방부장이었다) 그리고 아무리 특별한 입장에 있더라도(펑더화이는 마오쩌둥의 소문난 심복이었다) 마오쩌둥을 비판하는 자는 추방당하고 만다는 것을 당원들은 똑똑히 볼 수 있었다. 또한 당원들은 소신을 밝히고 사직하거나, 심지어 아무 말 없이 조용히 사직하는 것조차도 할 수 없었다. 사직은 용납할 수 없는 항의로 간주되었다. 요컨대 빠져나갈 수 있는 선택의 여지가 없었다. 인민과 당 간부들의 입은 철저하게 봉쇄되었다. 펑더화이 원수가 추방된 후 대약진운동은 광기의 도를 더해갔다. 상부로부터 더욱 실현 불가능한 경제목표들이 하달되었다. 더욱 많은 농민들이 철강 생산에 동원되었고, 생각이 모자라는 각종 명령들이 쏟아져내려오면서 가뜩이나 피폐된 농촌은 더욱 혼란에 빠져들었다.

1958년 말, 대약진운동이 절정에 달했을 때 대규모 건설 사업이 시작되었다. 1959년 10월 1일에 중화인민공화국 건국 10주년을 기념하기 위해서 앞으로 남은 10개월 내에 수도 베이징에 10개의 대형 건조물을 완성해야 하는 계획이었다.

그중 하나가 톈안먼 광장 서쪽에 건설되는 인민대회당이었다. 인민대회당은 전면에 높은 원주(圓柱)가 일렬로 늘어선 소련 스타일의 장대한 전당으로서 대리석으로 장식되는 전면은 길이만도 400미터에 달했으며, 대형 샹들리에 밑의 대연회장은 수천 명을 수용할 수 있었다. 이곳에서 중요한 회의가 열리고 중국의 지도자들이 외국 방문객들을 접견하게 되어 있었다. 드넓은 수많은 방에는 중국 각 성의 이름이 붙여졌다. 아버지는 쓰촨 실(室)의 실내장식 책임을 맡았으며, 공사가 끝나자 쓰촨 성과 관련이 있었던 당 지도자들을 초청하여 검사를 받았다. 쓰촨 성 출신인 덩샤오핑도 초대를 받았다. 덩샤오핑의 절친한 친구이자 유명한 로빈 후드와 같은 인물로서 홍군을 창설한 주역들 중의 한 사람인 허룽 원수도 참석했다.

실내 공사에 대한 거물급 인사들의 검사를 받던 도중에 아버지는 호출을 받아 덩샤오핑과 허룽, 그리고 그들의 또 한 사람의 옛 동료인 덩샤오핑의 동생 이렇게 세 사람이 대화를 나누는 동안에 잠시 자리를 비우게 되었다. 아버지는 쓰촨 실로 돌아온 순간 허룽 원수가 덩샤오핑을 손으로 가리키면서 그의 동생에게 "본래는 당신의 형이 주석 자리에 앉아야 하는 건데"라고 말하는 것을 우연히 듣게 되었다. 그들 세 사람은 아버지를 본 순간 즉시 말을 중단했다.

이런 일이 있고 나서 아버지는 몹시 불안했다. 그것은 정권의 최고지도부 내에 불협화음이 있음을 의미하는 대화였다. 그런 대화를 우연찮게 엿들은 이상 경우에 따라서는 아버지가 생사의 위기에 처할 수도 있는 일이었다. 그러나 다행히도 아버지에게는 아무 일도 일어나지 않았다. 이런 일이 있은 지 거의 10년 후에 아버지는 나에게 그때의 사건을 설명하면서 자신은 그 이래로 줄곧 자신에게 재앙이 닥칠지도 모른다는 두려움 속에서 살아왔다고 말했다. 아버지는 "참수형을 받게 되는 범죄행위"라는 구절을 인용해가면서 "그런 대화를 우연히 엿들은 것 자체가 반역죄와 같은 중죄에 해당한다"고 말했다.

아버지가 우연히 엿들은 내용은 단지 마오쩌둥의 지도력에 대한 불만의 목소리였다. 사실 당 간부들 중 많은 사람들이 마오쩌둥에게 실망했다. 새로 국가주석 자리에 앉은 류사오치도 예외가 아니었다.

1959년 가을에 류사오치 국가주석은 "홍광(紅光)"이라는 인민공사를 시찰하러 청두에 왔다. 홍광 인민공사는 그 전년에 천문학적인 쌀 생산을 기록하여 마오쩌둥의 극찬을 받았다. 류사오치가 도착하기 전에 홍광 인민공사 직원들은 자신들의 쌀 생산량 조작 사실을 폭로할 가능성이 있는 사람은 누구나 체포하여 한 절 속에 가두었다. 그러나 "정보원"을 통해서 이런 사실을 알았던 류사오치는 그 절 앞을 지나가다가 발걸음을 멈추고는 절 내부를 보여달라고 요청했다. 인민공사 직원들은 심지어 절이 곧 무너질지도 모른다는 말까지 하면서 갖은 핑계를 대고 위기를 모면하려고 했으나 류사오치는 이들의 말에 귀를 기울이지 않았다. 마침내 녹슨 커다란 자물쇠가 풀리고 문이 열리자 남루한 옷차림의 농민들 한 무리가 쏟아져나왔다. 당황한 인민공사 직원들은 류사오치에게 이들이 분쟁을 일으키는 말썽꾸러기들로서 귀한 손님에게 실례를 범할 수도 있다는 생각에서 절에 가두었던 것이라고 변명하기에 급급했다. 농민들은 침묵을 지키고 있었다. 인민공사 직원들은 비록 정치적으로는 아무런 힘도 없었지만 농민들에 대해서는 절대적인 권력을 쥐고 있었다. 그들은 마음에 들지 않는 사람에게는 가장 힘든 일을 시키고 최소량의 식량만을 배급하는 것도 모자라 구실을 만들어서 괴롭히고, 고발하고, 경찰로 하여금 체포하도록 했다.

류사오치 국가주석은 농민들에게 질문을 던졌으나 그들은 미소만 지은 채 뭐라고 중얼거렸다. 농민들의 관점에서 보자면 인민공사 직원들보다는 차라리 국가주석의 기분을 상하게 하는 편이 나았다. 국가주석은 잠시 머물다가 베이징으로 돌아갈 사람이지만 인민공사 직원들은 농민들이 평생을 함께 지내야 하는 사람들이었던 것이다.

이런 일이 있은 직후에 또다른 고위 지도자가 청두를 방문했다. 주더 원수가 마오쩌둥의 개인비서 한 사람을 대동하고 온 것이다. 주더는 쓰촨 성 출신으로서 홍군의 총사령관을 지냈으며, 인민해방군의 승리를 주도한 인물이었다. 1949년 이래로 그는 정치무대의 전면에 나서지 않고 있었다. 청두 인근의 몇몇 인민공사를 시찰한 다음 주더는 진장 강의 강변을 산책했다. 제방을 따라 펼쳐진 정자,

대나무 숲, 버드나무로 둘러싸인 찻집 등을 둘러보며 발걸음을 옮기던 주더는 주위의 멋진 풍경으로 감흥이 일었다. 그는 한시(漢詩)의 형식을 빌려서 "쓰촨은 참으로 천국이로군〔天府之國眞正好〕……" 이라는 말로 자신의 감정을 표현했다. 그러자 마오쩌둥의 비서도 고전시의 형식으로 "애석한지고, 공산주의를 잘못 이해한 광풍이 고향을 황폐하게 만들고 있구나〔可惜共産風刮糟了〕!"라고 한마디 거들었다. 당시 두 사람의 요인과 동행하던 어머니는 그들의 이런 대화를 듣고는 "나도 진정으로 동감이다"는 생각이 들었다.

주위의 동료들을 의심하는 성격인데다가 루산에서 자신이 비판받았던 일에 대해서 아직도 분이 풀리지 않은 마오쩌둥은 자신의 비현실적인 경제정책에 더욱 완강하게 집착했다. 사실 마오쩌둥도 자신이 추진하는 대약진운동으로 인해서 초래되고 있는 전국적인 파탄을 잘 알고 있었기 때문에 가장 실행 불가능한 정책들 중 일부의 수정을 조심스럽게 허용했다. 다만 "체면" 때문에 그는 대약진운동을 전면적으로 포기할 수는 없었다. 한편 1960년대에 접어들면서 중국 전역에 대기근이 확산되었다.

청두에서는 성인의 1개월분 식량 배급량이 쌀 9킬로그램, 식용유 100밀리리터, 육류 100그램으로 감소되었다. 이것도 배급할 식량이 있을 경우의 이야기였다. 그 밖의 먹을거리라고는 양배추조차도 구경하기가 힘들었다. 많은 사람들이 영양실조로 인해서 피부 밑에 수분이 축적되는 부종(浮腫)에 걸렸다. 부종에 걸리면 피부가 황색으로 변하면서 부어오른다. 가장 손쉬운 치료법은 단백질을 풍부하다고 알려진 클로렐라를 섭취하는 것이었다. 클로렐라는 인간의 오줌을 먹고 자라므로 사람들은 화장실에 가는 대신 가래침을 모으는 용기인 타구(唾具)에 소변을 보고 그 속에 클로렐라의 씨앗을 넣었다. 오줌 속에서 그 씨앗은 2일 이내에 녹색의 어란(魚卵) 모양으로 자라났다. 이것을 끄집어내어 세척한 다음 쌀과 함께 조리했다. 클로렐라는 역겨워서 먹기가 곤란했으나 부종을 가라앉히는 데는 효과가 있었다.

　일반인들과 마찬가지로 아버지의 식량 배급량도 제한되었다. 그러나 고급 간부였으므로 아버지에게는 약간의 혜택이 있었다. 우리가 살고 있는 단지 내에는 부장급 이상의 당원들과 그들의 처자식들이 이용하는 소식당과, 일반용 대식당이 있었다. 외할머니와 쥔잉 고모, 그리고 가정부는 대식당을 이용해야 했다. 우리 가족들은 식당에서 먹고 남은 음식을 모아서 집으로 가져왔다. 단지 내의 식당에서는 시내의 일반 식당들보다 음식이 충분히 나왔다. 성 정부가 직영하는 밭을 가지고 있는데다가, 현 정부가 지급하는 "선물"이라고 부르는 별도의 식량도 있었다. 이런 귀중한 식량이 각 식당으로 배분되는 과정에서 간부용 소식당은 우대를 받았다.

　공산당원인 부모님에게는 특별 식량 구입권도 나왔다. 나는 외할머니와 함께 단지 밖의 특별 상점으로 가서 이 구입권으로 식량을 사곤 했다. 어머니의 구입권은 청색이었으며, 이것으로 1개월에 계란 5개, 약 30그램의 콩, 같은 양의 설탕을 살 수 있었다. 어머니보다 지위가 높은 아버지의 구입권은 황색이었으며, 이것으로는 어머니의 구입권으로 살 수 있는 양의 두 배를 살 수 있었다. 우리 가족은 식당에서 남겨가지고 온 음식에다 다른 음식을 섞어서 다함께 먹었다. 어른들은 언제나 어린이들에게 음식을 더 주었기 때문에 나는 배고픈 줄을 몰랐다. 그러나 어른들은 모두 영양실조로 고생했으며, 외할머니는 부종에 걸렸다. 외할머니는 집에서 클로렐라를 길렀다. 어른들은 그것을 무엇에 쓰는지 알려주지 않았지만 나는 어른들이 그것을 먹는다는 것은 알고 있었다. 한번은 내가 클로렐라를 조금 시식해보았으나, 그 맛이 어찌나 역겨운지 금방 뱉어내고 말았다. 그 후로 나는 그것을 다시는 입에 대지 않았다.

　나는 내 주변에서 기근이 극심하다는 사실을 알지 못했다. 그러던 어느 날 나는 작은 만두를 먹으면서 학교로 가고 있었다. 그때 갑자기 누군가가 달려들더니 내가 손에 쥐고 있던 만두를 빼앗아 도망갔다. 정신을 차리고 보니 비쩍 마르고 등은 시꺼멓고 맨발인 소년이 입에 만두를 틀어넣으면서 골목길을 달려가는 것을 볼 수 있었다. 등굣길에 있었던 일을 부모님께 설명하자 아버지의 눈은 몹시 슬퍼 보였다. 아버지는 내 머리를 쓰다듬으면서 이렇게 말했다. "너는 다행인 줄 알아라. 네 또래의 다른 아이들은 굶어죽고 있단다."

당시 나는 종종 이를 치료하러 병원에 다녔다. 병원에 갈 때마다 수족이 술병만 하게 퉁퉁 부어오른데다가 피부는 윤이 나면서 속이 들여다보일 정도로 투명해진 처참한 몰골을 한 수십 명의 환자들을 볼 때면 속이 메스꺼워졌다. 병원에는 수레에 실려 도착하는 그런 환자들로 넘쳐났다. 내가 치과 여의사에게 그 사람들은 어디가 아프냐고 묻자, 그녀는 한숨을 쉬면서 "부종이라는 병이다"라고 말했다. 다시 그것이 무슨 병이냐고 묻자 그녀는 뭐라고 설명했지만, 나는 그것이 막연하게 음식과 관련된 병이라는 것만 알 수 있었다.

부종에 걸린 사람들은 대부분 농민이었다. 당시 농촌에는 도시와 같은 식량배급제도가 없었기 때문에 기근이 더욱 심각했다. 정부는 도시에 우선적으로 식량을 공급하는 정책을 시행했으므로 인민공사 직원들은 농민들로부터 억지로 곡물을 빼앗지 않을 수 없었다. 전국 각지에서 식량을 감추어두었던 농민들이 체포되거나 구타당했고, 심지어 고문까지 당했다. 굶주린 농민들을 동정하여 그들로부터 식량 빼앗기를 주저하는 인민공사 직원들은 해고당했고, 일부는 폭행을 당기도 했다. 그 결과 자신들의 손으로 농작물을 생산한 농민들 수백만 명이 중국 전역에서 굶어죽었다.

훗날 나는 쓰촨 성과 만주에 살던 친척들 중 몇 명이 이때의 기근으로 사망했다는 사실을 알게 되었다. 굶어죽은 친척들 중에는 내게는 숙부가 되는 아버지의 정신지체자인 동생도 포함되었다. 할머니가 1958년에 돌아가셨기 때문에 기근이 닥쳤을 때 자신의 어머니 외에는 어느 누구의 말도 듣지 않았던 숙부는 기근을 감당할 능력이 없었던 것이다. 1개월분으로 배급받은 식량을 한 달에 걸쳐 조금씩 나누어 먹지 않고 며칠 동안에 다 먹어치웠으므로 나머지 기간 동안 먹을 것이 하나도 없었던 숙부는 곧 굶어죽었다. 외할머니의 여동생 란과 그녀의 남편 페이어우도 역시 굶어죽었다. 페이어우가 옛날에 국민당 정보국을 위해서 일했었다는 이유로 두 분은 만주의 북쪽 끝자락에 있는 황량한 농촌 마을로 쫓겨갔었다. 식량이 부족해지자 그 마을의 유력자들은 자신들만의 암묵적인 우선순위에 따라 식량을 분배했다. 도시에서 쫓겨온 신분인 페이어우 내외는 당연히 제일 먼저 식량분배에서 제외당했다. 두 분이 자신들의 식량을 자식들에게 먹였기 때문에 그들은 아사를 면할 수 있었다. 외할머니의 남동생인 위린 할아버지의 장인도 역시 굶어죽었다. 식량이 완전히 떨어졌을 때 그는 베갯속과 마늘줄기까지 먹어야 했다.

내가 여덟 살쯤 되었던 어느 날 밤 체구가 작고 매우 늙어보이며 얼굴에는 온통 주름살투성이인 한 노파가 우리 집으로 걸어들어왔다. 그녀는 매우 마르고 허약해보여 바람만 불어도 쓰러질 것만 같았다. 노파는 어머니를 보더니 땅바닥에 쓰러져 이마를 땅에 부딪치면서 어머니를 "내 딸을 살려주신 은인"이라고 불렀다. 노파는 우리 집에서 일하는 가정부의 어머니였다. 노파는 어머니에게 "당신이 아니었더라면 내 딸은 살아남지 못했을 거예요……"라고 말했다. 나는 한 달 후에 가정부 앞으로 한 통의 편지가 오고 나서야 노파가 왜 어머니에게 그런 말을 했었는지 알 수 있었다. 편지의 내용은 그 노파가 우리 집을 찾아와 아버지와 남동생이 굶어죽었다는 것을 딸에게 알려주고 돌아가서는 곧 사망했다는 것이었다. 이런 사실을 알게 된 가정부가 테라스의 나무기둥에 몸을 기댄 채 손수건으로 자신의 울음소리를 막아가면서 가슴이 미어질 듯이 오열하던 광경을 나는 영원히 잊지 못할 것이다. 가정부가 불쌍한 마음에 외할머니도 침대 위에서 책상다리를 하고 앉아 눈물을 흘렸다. 그 순간 외할머니의 모기장 한쪽 구석에 몸을 숨기고 있었던 나는 외할머니가 울면서 "공산당도 좋지만 사람들을 이렇게 많이 죽게 만들다니……"라고 말하는 것을 들을 수 있었다. 여러 해가 지난 후 우리 가정부의 또다른 오빠와 올케도 그 편지를 보내고 나서 이내 죽었다는 소식을 들었다. 혁명 전에 지주였던 가정부 본가의 가족들은 식량배급 명단의 제일 끝에 들어 있었던 것이다.

1989년에 나는 대기근 당시 구제활동에 참여했던 한 당원으로부터 쓰촨 성 전체의 아사자 수가 700만 명에 달했다는 말을 들었다. 이 숫자는 중국의 곡창이라는 쓰촨 성 전체 인구의 10퍼센트에 달했다. 중국 전체의 아사자는 3,000만 명에 이를 것으로 추정된다.

1960년 어느 날, 쥔잉 고모가 이빈에 살았을 적에 이웃으로서 가깝게 지냈던 한 아주머니의 세 살 먹은 딸이 실종되었다. 그 아주머니는 몇 주 후에 자신의 딸이 입고 있었던 것과 같은 옷을 입은 어린 소녀가 길에서 놀고 있는 것을 목격했다. 아주머니는 그 소녀에게 다가가서 입고 있는 옷을 유심히 살펴보았다. 그 소녀가 입은 옷은 바로 자신의 딸의 옷이었다. 아주머니는 이런 사실을 경찰에 신고했다. 경찰의 조사결과, 그 어린 소녀의 부모는 바람에 말린 고기를 팔고 있었다. 그들은 다수의 어린이들을 유괴하여 살해하고는 시체에서 잘라낸 살점을 토끼고기라고 속여서 엄청난 가격으로 팔았던 것이다. 범인 부부는 처형당하고 그 사건은 쉬쉬하고 덮어졌지만, 당시에 어린이 유괴 살해 범죄가 횡행한다는 것은 널리 알려져 있었다.

대기근이 있었던 때로부터 여러 해가 흐른 후, 나는 아버지의 옛 동료 한 분으로부터 당시의 이야기를 들을 기회가 있었다. 그는 진정으로 매우 친절하고 유능한 사람이었다. 그는 대기근이 진행되는 동안 한 인민공사에서 목격했던 광경을 가슴 아파하면서 내게 들려주었다. 그가 일하던 지방에서는 농민의 35퍼센트가 아사했다. 많은 남성들이 대약진운동에 따른 철강 생산을 위해서 차출되어 농촌에 일손이 부족했었기 때문에, 그 지역은 수확량은 적었지만 결코 작황이 나쁜 것은 아니었다. 그런데 인민공사의 공공식당은 비축한 식량의 상당 부분을 낭비했다. 어느 날 한 농부가 그의 사무실로 뛰어들더니 바닥에 무릎을 꿇고 앉아 자신이 엄청난 죄를 범했으니 처벌해줄 것을 울면서 애원했다. 조사결과 그 농부는 자신의 아기를 살해하여 먹었던 것이다. 굶주림을 참을 수 없었던 그는 마침내 칼을 들고 끔찍한 범행을 저지른 것이다. 이런 사연을 들은 아버지의 동료도 눈물을 흘리면서 그 농부를 체포할 것을 명령했다. 후일 그 농부는 자식 살해에 대한 경고로 총살당했다.

중국 정부는 기근의 원인을 한국전쟁 중 북한을 지원하기 위한 전비로서 흐루시초프가 소련으로부터 빌렸던 많은 금액의 부채를 중국에 갑자기 상환하도록 요구함으로써 중국 국내에 식량이 부족해졌기 때문이라고 공식적으로 설명했다. 중국 정부의 이러한 설명은 중국인의 절대다수를 차지하고 있는 농민들이 혁명 전에는 소작할 땅이 없는 소작농이었으며, 그들은 피도 눈물도 없는 지주들이 지대(地代) 지불이나 대여금 상환을 요구할 경우의 고통을 기억하고 있을 것으로 판단하여 농민들의 쓰라렸던 과거의 기억에 호소함으로써 인민의 공감을 얻을 수 있었다. 특히 소련을 지목함으로써 인민의 불만을 외부의 적에게 향하도록 하고, 아울러 국내의 결속을 꾀할 수 있었던 것이다.

중국 정부가 지적한 또다른 기근의 원인은 "전대미문의 자연재해"였다. 광대한 중국에서는 매년 일부 지역에서 자연재해로 인한 식량 부족 현상이 발생한다. 나라 전체의 기상정보에 접할 수 있는 사람은 고위 지도자들뿐이었다. 사실 거의 모든 국민들이 거주지를 옮기지 않고 한곳에서 계속 살아간다는 사실을 고려할 때 이웃한 성(省)이나 심지어 이웃한 산 너머에 있는 마을에서 일어난 일을 아는 사람도 흔치 않았다. 당시 많은 사람들은 대기근이 자연재해로 인해서 발생했다고 생각했으며, 오늘날까지도 여전히 그렇게 믿고 있는 실정이다. 나는 비록 중국 전체의 기상 상황을 알아볼 수 있는 데이터는 가지고 있지 않지만, 내가 이야기를 나누어본 중국 여러 지방 출신의 인사들 중 자신들의 고향에 자연재해가 일어났다고 말하는 사람은 한사람도 없었다. 그들은 다만 대기근으로 많은 사람들이 죽었다는 이야기만 했다.

1962년 초에 공산당 간부 7,000명이 모인 회의에서 마오쩌둥은 대기근의 원인 중 70퍼센트는 자연재해였고, 나머지 30퍼센트는 인재(人災)였다고 발표했다. 그러나 류사오치 국가주석은 원인의 30퍼센트는 자연재해였고, 70퍼센트가 인재였다고 말했다. 류사오치의 이런 발언은 분명히 순간적인 충동에서 나왔던 것으로 보인다. 당시 회의에 참석했던 아버지는 집에 돌아와 어머니에게 "류사오치 동지가 무사하지 못할 것 같아"라고 말했다.

회의 석상에서의 발언 내용이 어머니와 같은 하위 당원들에게 전달될 때 류사오치의 발언은 삭제되었다. 대다수의 인민들에게는 마오쩌둥이 언급했던 숫자마저도 전달되지 않았다. 이런 정보 제한이 민중을 조용하게 만드는 데 효과적이었으며, 공산당에 대한 불만이나 비판도 전혀 들리지 않았다. 지난 수년간 공산당을 비판하는 사람들 대부분을 말살했거나 다른 방법으로 억압했다는 사실과는 관계없이 일반 민중이 대기근을 공산당의 탓이라고 비판할 가능성은 전혀 없었다. 당원이 곡물을 착복하는 부정행위도 없었다. 당원들도 일반인들과 마찬가지로 기근에 시달렸다. 사실 일부 마을에서는 당원들이 마을 사람들보다 먼저 굶주림으로 고통받다가 죽어갔다. 기근의 정도는 국민당 시절의 어떤 폭정(暴政)보다도 혹독했으나 기근의 양상은 국민당 시절과는 달라 보였다. 국민당이 지배하던 시절에는 먹을 것이 없어서 굶어죽는 사람이 발생하는 한편으로 호의호식하는 특권계급이 있었다. 그러나 공산당이 집권한 이후에는 당원과 일반인 구별 없이 모두가 굶주렸다.

기근이 발생하기 전에 지주계급 출신의 많은 당원들은 농촌에서 살고 있는 자신들의 부모를 도시로 불러왔었다. 기근이 발생하자 당은 이들 연로한 노인들을 고향으로 돌려보내 고향의 농민들과 굶주림을 의미하는 힘든 생활을 함께할 것을 명령했다. 이런 결정은 당원들이 특권을 이용하여 "계급의 적"인 자신들의 부모를 보호하는 것으로 보여서는 안 된다는 것이었다. 이에 따라 내 친구들의 몇몇 조부모들은 청두를 떠나 시골로 내려가서 굶어죽어야 했다.

대부분의 농민들은 자신들이 살고 있는 마을의 경계선 너머를 바라볼 필요가 없는 외부와 단절된 세상에서 살아왔기 때문에, 그들은 기근을 자신들에게 온갖 고통스러운 명령을 내리는 인민공사 직원들의 탓으로 돌렸다. 이에 따라 당의 지도부는 올바른데 인민공사의 말단 직원들이 틀려먹었다는 내용의 노래마저 나돌았다.

대약진운동의 실패와 말로 형언할 수 없는 기근은 공산당에 대한 부모님의 신뢰를 밑바닥부터 흔들어놓았다. 비록 부모님이 전체적인 상황을 알지는 못했지만 두 분 모두 "자연재해"가 기근의 원인이라는 정부의 설명을 믿지 않았다. 그러면서도 부모님은 자신들이 당원이었기 때문에 엄청난 죄의식에 시달렸다. 공무부에서 일하는 부모님은 바로 자신들이 인민에게 잘못된 정보를 제공하는 장본인이라는 죄의식이 들었던 것이다. 상처받은 자신의 양심을 달래고 정직하지 못했던 일상적인 업무에서 벗어나기 위해서 아버지는 인민공사의 기근대책을 돕겠다고 지원했다. 이것은 농민들과 함께 생활하며 그들과 같이 굶주리겠다는 것을 의미했다. 아버지의 행동은 "민중과 화복(禍福)을 함께하자"는 마오쩌둥의 가르침과 일치했으나 부하들은 극도로 싫어했다. 아버지와의 동행은 기근 체험을 의미했으므로 싫었던 것이다.

1959년 말부터 1961년까지 기근이 극심하던 시기에 나는 아버지의 얼굴을 보기가 힘들었다. 아버지는 농촌에 머물면서 농민들과 마찬가지로 고구마 잎, 들풀, 나무껍질을 먹었다. 어느 날 아버지는 논둑을 따라 걷다가 멀리서 몹시 힘들어하면서 매우 천천히 발걸음을 옮기고 있는 피골이 상접한 한 농부를 보았다. 그 순간 그 남자가 갑자기 아버지의 시야에서 사라졌다. 아버지가 그에게 달려갔을 때 그는 논바닥에 쓰러진 채 굶주림으로 죽어 있었다.

아버지는 농촌에서 생활하며 매일같이 자신이 목격하는 참상으로 인해서 망연자실한 상태였다. 왜냐하면 농촌에 머물기 전까지는 아버지가 어느 지역을 방문하든지 지역 당원들이 아버지를 둘러싸고 다녔기 때문에 아버지로서는 최악의 광경을 목격할 기회가 없었던 것이다. 농촌생활로 아버지는 간 비대증과 부종에 걸렸고, 심한 정신적 우울증에 빠졌다. 아버지는 몇 번이나 농촌시찰에서 돌아온 후에는 곧장 병원에 입원해야 했다. 1961년 여름에는 몇 달간을 입원했다. 아버지는 변했다. 이제 더 이상 공산주의를 확신하고 그 이상을 실현하기 위해서 매진하는 지난날의 아버지가 아니었다. 당이 변절한 아버지를 좋아할 턱이 없었다. 당은 아버지의 태도가 "혁명 의지 쇠퇴"라고 비판했고, 병원에서 퇴원할 것을 명령했다.

아버지는 많은 시간을 낚시로 소일했다. 병원 건너편에는 옥계(玉溪)라는 그림같이 아름다운 작은 개천이 있었다. 휘늘어진 버드나무 가지들이 개천의 수면을 찰랑찰랑 건드렸고, 하늘의 구름은 물 위에서 흩어졌다가 다시 뭉치면서 온갖 형상을 그려냈다. 나는 개천 둑의 경사면에 앉아 구름을 올려보다가 낚시하는 아버지의 모습을 바라보곤 했다. 바람이 불어올 때면 인분 냄새도 섞여왔다. 병원이 관리하는 개천의 둔치는 한때는 화단이었으나 지금은 병원 직원과 환자들에게 추가 음식을 제공하기 위한 채소밭으로 변했다. 나는 지금도 눈을 감으면 나비의 애벌레들이 양배추 잎을 갉아먹던 광경이 떠오른다. 남동생들은 그 애벌레들을 잡아서 아버지에게 낚시 미끼로 드렸다. 채소밭은 관리 상태가 형편없었다. 의사와 간호사들은 분명히 농사일에는 전문가가 아니었다.

중국에서는 예부터 황제의 통치에 환멸을 느낀 학자나 궁정의 관리들은 낚시로 세월을 보내는 것이 일반적이었다. 낚시는 일상의 정치에서 벗어나 자연으로 도피하려는 심정을 대변했다. 다시 말해서 낚시는 현실에 대한 실망과 비타협을 상징하는 행동이었다.

아버지가 낚시로 물고기를 잡는 경우는 별로 없었다. 아버지는 한

번은 다음과 같은 시를 지었다. "내가 낚시를 하러 가는 것은 물고기를 잡기 위함이 아니로다〔我自垂釣不爲魚 我得魚取不貪釣〕." 그러나 아버지의 옛 동료로서 공무부 부부장을 지냈으며 이제는 아버지와 함께 낚시를 즐기는 친구는 언제나 자신이 잡은 물고기의 일부를 아버지에게 주었다. 그것은 1961년 기근이 한창이던 때에 어머니가 다시 임신을 했기 때문이었다. 중국인들은 물고기를 먹으면 태아의 머리카락이 잘 자란다고 생각했다. 어머니는 더 이상 자식을 가지기를 원하지 않았다. 무엇보다도 국가가 이제는 유모와 가정부를 국비로 제공해주지 않았고, 당원의 봉급만으로 살아가야 했기 때문이었다. 우리 네 형제와 외할머니, 그리고 아버지 생가 식구들의 일부까지 부양해야 하므로 부모님들은 금전적인 여유가 없었다. 아버지 봉급의 상당 부분은 책 구입비로 지출되었다. 특히 수십 권으로 이루어진 고전 전집들을 구입하는 데 많은 돈이 들었는데, 그중 한 전집의 가격은 아버지 봉급 2개월분에 해당하는 금액이었다. 어머니는 때때로 아버지의 이런 처사에 잔소리를 했다. 그 정도의 지위에 있는 다른 사람들은 출판사에 암시를 주어 "업무용"이라는 구실로 책을 무상으로 구입한다는 것이었다. 그러나 아버지는 고집스럽게 대금을 지불하고 모든 책을 구입했다.

당시 중국에서는 불임수술이나 임신중절은 물론이고 심지어 피임마저도 쉽지 않았다. 1954년 공산당이 가족계획을 시행하자 어머니는 자신의 담당구역 주민들에게 가족계획을 보급하는 일을 맡고 있었다. 당시 어머니는 둘째 남동생 샤오헤이를 임신한 지 여러 달이 되었기 때문에 배가 많이 불렀으며, 가족계획 집회를 가질 때면 종종 서두에 기분 좋은 자기비판을 하여 청중들의 웃음을 유도했다. 그러나 마오쩌둥은 산아 제한에 반대했다. 그는 중국을 막대한 인구를 가진 강력한 대국으로 만들고자 했다. 만약 미국이 중국에 원자폭탄을 떨어뜨린다면 중국인들은 자식들을 출산하여 단기간 내에 인구수를 회복할 것이라고 말하기도 했다. 마오쩌둥은 "자식은 많을수록 좋다[多子多福]"는 중국 농민들의 전통적인 사고방식을 가지고 있었다. 1957년에 마오쩌둥은 산아 제한을 제창한 베이징 대학교의 저명한 교수를 우경분자라고 직접 지적하여 공격했다. 그 후로 가족계획이라는 말은 듣기가 어려워졌다.

어머니는 1959년에 임신했다. 그러나 이번에는 당에 임신중절 수술 허가 신청서를 제출했다. 당시에는 이것이 보통의 절차였다. 당의 허가가 필요한 이유는 당시까지만 해도 임신중절은 상당히 위험한 수술이기 때문이었다. 어머니는 중절 수술을 신청하는 이유를 자신이 매일 혁명을 수행하느라 바쁘고, 또한 더 이상 아기를 가지지 않음으로써 인민들에게 좀더 봉사할 수 있을 것이라고 적어냈다. 당의 허가를 얻은 어머니는 임신중절 수술을 받았는데, 당시의 수술 방법은 상당히 낙후되어서 어머니는 말할 수 없이 끔찍한 고통을 겪어야 했다. 1961년에 어머니는 다시 임신했으나 의사들은 또다시 임신중절 수술을 하는 것은 곤란하다는 의견을 제시했다. 어머니도 지난번의 수술에서 끔찍한 고통을 경험했던 터라 이번에는 중절 수술을 하지 않기로 했다. 당에서는 한번 중절 수술을 한 경우에는 최소한 3년이 경과하지 않은 한 재수술을 허가하지 않는다는 규정을 이유로 어머니의 이번 수술을 허가하지 않는다고 했다.

우리 집의 가정부도 임신을 했다. 그녀는 아버지 밑에서 잡역부로 일하던 남자와 결혼했는데, 그는 이제 공장에서 일하고 있었다. 외할머니는 부모님의 구입권으로 구해온 계란과 콩, 그리고 아버지와 동료 두 사람이 잡아온 물고기로 임산부를 위한 특별 요리를 만들어 어머니와 가정부에게 먹였다.

가정부는 1961년 말에 사내아이를 분만한 후 남편과 가정을 꾸리기 위해서 우리 집을 떠났다. 가정부가 우리 집에서 살았을 때 공동 식당에 가서 우리 식구들이 먹을 음식을 가져오는 것이 그녀의 일이었다. 어느 날 아버지는 가정부가 정원 오솔길을 걸어가면서 식당에서 지급받은 고기요리를 입에 틀어넣고 게걸스럽게 먹는 광경을 목격했다. 그녀가 자신을 보면 무안해할까봐 아버지는 발걸음을 돌려 그 자리를 피했다. 아버지는 오랜 세월 동안 이런 이야기를 누구에 게도 하지 않았다. 그러다가 중국에서 기근이 완전히 사라지기를 염원했던 것을 비롯하여 청년 공산주의자로서 가슴속에 품었던 여러 가지 꿈들이 실현되지 못하고 빗나가버린 현실을 돌이켜보면서, 나에게 가슴속의 소회를 밝히는 자리에서 가정부와 관련된 일화를 들려주었다.

가정부가 떠나간 후에 우리 가족은 식량 사정 때문에 별도의 사람을 고용할 수가 없었다. 농촌 출신 여성이 가정부로 취업할 경우 도시의 식량배급표를 받을 수가 없었다. 따라서 외할머니와 쥔잉 고모가 우리 다섯 남매를 보살펴야 했다.

막내 남동생 샤오팡은 1962년 1월 17일에 태어났다. 샤오팡은 우리 남매들 중 유일하게 어머니의 모유를 먹고 자랐다. 샤오팡이 태어나기 전에 어머니는 그를 얼마 동안 유모에게 맡길 생각이었으나 막상 동생이 태어나자 어머니는 그에게 애착을 느꼈고, 결국 동생은 어머니의 귀염둥이가 되었다. 우리 남매들은 막내 샤오팡이 마치 큰 장난감인 것처럼 그를 가지고 놀았다. 그는 온 식구들의 사랑을 받으며 자랐다. 샤오팡이 정신적인 여유와 자신감 있는 사람으로 자란 것도 온 식구의 사랑을 받았기 때문이라고 어머니는 믿었다. 아버지는 다른 자식들과는 달리 유독 샤오팡과는 많은 시간을 함께 보냈다. 샤오팡이 장난감을 가지고 놀 수 있는 나이가 되자 아버지는 매주 토요일마다 그를 거리 끝에 있는 백화점으로 데리고 가서 새로운 장난감을 사주었다. 샤오팡이 어떤 이유로던 울음을 터뜨리기라도 하면 아버지는 만사를 제쳐두고 달려와서 동생을 얼러주었다.

1961년 초까지 아사자가 수천만 명에 달하자 마오쩌둥은 마침내 자신의 경제정책을 포기하지 않을 수 없었다. 마오쩌둥은 마지못해 실용주의 노선을 추구하는 류사오치 국가주석과 덩샤오핑 당 총서기에게 국정운영에서 좀더 많은 권한을 허용했다. 마오쩌둥은 강요에 못 이겨 자기비판을 발표했으나 그것은 자기연민으로 가득 차 있었고, 시종일관 전국의 무능한 당원들이 지은 죄의 대가를 자신이 대신 치르기 위해서 무거운 십자가를 지는 것이라는 식으로 둘러댔다. 그러면서도 마오쩌둥은 이번의 파멸적 경험으로부터 "교훈을 얻어야 한다"고 관대한 척 당에 지시했으나 하급 당원들은 무슨 교훈을 얻어야 하는지 알 수가 없었다. 마오쩌둥은 당원들이 인민들로부터 멀어졌으며, 일반 인민들의 정서와 일치하지 않는 결정을 내렸다고 힐책했다. 마오쩌둥으로부터 시작해서 최하위 당원에 이르기까지 끝없는 자기비판이 이어졌으나 어느 한 사람도 책임을 추궁당하지 않았다.

그렇지만 사태는 호전되기 시작했다. 실용주의 지도자들은 일련의 주요 개혁조치를 단행했다. 이런 분위기 속에서 덩샤오핑은 "흰 고양이든 검은 고양이든 쥐를 잡기만 하면 좋은 고양이다"라는 자신의 실용주의 노선을 상징하는 유명한 흑묘백묘론(黑猫白猫論)을 제창했다. 인민을 동원한 철강 생산도 중지되었다. 광기의 경제정책 목표는 중단되었고, 현실성 있는 정책들이 도입되었다. 공공식당도 폐지되었고, 농민들의 수입은 자신들의 작업량에 비례하게 되었다. 인민공사가 몰수했던 가재도구와 농기구 및 가축들이 농민들에게 반환되었다. 또한 농민들이 작은 면적의 경작지에서 개인적으로 경작하는 것도 허용되었다. 일부 지역에서는 농민들에게 토지를 임대하기까지 했다. 공업과 상업 분야에서의 시장경제 원리 도입이 공식적으로 허가되자, 2년 내에 경제는 다시 활기를 띠었다.

경제정책의 완화와 병행하여 정치적인 자유화도 추진되었다. 많은 지주들에게 멍에처럼 붙어다녔던 "계급의 적"이라는 낙인도 제거되었다. 1955년의 숨은 반혁명분자 색출운동, 1957년의 반우파 투쟁, 1959년의 우경 기회주의자 색출운동과 같은 과거의 각종 정치운동 과정에서 숙청당했던 다수의 사람들이 명예를 회복했다.

1959년에 "우경"이라는 비판과 함께 경고를 받은 적이 있었던 어머니는 그 보상으로 1962년에 계급이 17급에서 16급으로 상승했다. 문학과 예술 분야에서도 자유로운 표현이 허용되었다. 이에 따라 사회의 전반적인 분위기가 긴장할 필요 없이 느슨해졌다. 부모님은 많은 당원들과 마찬가지로 정부가 자신이 저질렀던 과거의 과오를 인정하고, 그런 과오로부터 교훈을 얻겠다는 자세를 보여주는 것이라고 생각했다. 이에 따라 당에 대한 당원들의 신뢰도 회복되었다.

이런 변화가 진행되는 동안 나는 정부청사 단지의 높은 담장 속에서 마치 누에고치 속에 있는 존재와도 같이 사회적인 풍파를 모르고 생활했다. 나에게는 외부세계의 비극에 직접 접해볼 수 있는 기회가 없었다. 나의 10대 청소년기는 사회적 변화의 물결소리를 마치 멀리서 들려오는 "효과음"처럼 느끼면서 시작되었다.

13. "천금같이 귀한 소녀"

특권이라는 이름의 누에고치
(1958-1965)

1958년에 새 분홍색 코르덴 재킷에 초록색 플란넬 바지를 입고 머리에는 큼지막한 분홍색 리본을 단 나는 어머니와 함께 내가 입학할 소학교에 면접을 보러 갔다. 우리는 곧장 교장실로 들어갔다. 교장실에는 여교장과 교무주임, 그리고 한 교사가 대기하고 있었다. 만면에 웃음을 짓고 있는 세 사람은 어머니를 "샤 부장"이라고 부르면서 매우 정중하게 대했다. 나는 그 학교가 어머니가 맡고 있는 부서의 감독을 받게 되었다는 사실을 나중에 알았다.

소학교에 입학하기 위해서 면접을 보게 된 것은 내가 아직 여섯 살이었기 때문이었다. 당시에는 학교가 부족하여 일곱 살이 된 아동들만이 소학교에 들어갈 수 있었다. 그리고 이번에는 아버지도 나의 입학과 관련하여 규칙을 약간 어기는 것을 문제삼지 않았다. 부모님은 내가 일찍 입학해야 한다고 생각했다. 내가 고전시를 능숙하게 암송하고 한자를 멋지게 쓰자, 학교 측은 1년 일찍 입학하더라도 문제가 없다고 판단했다. 여교장과 동석했던 교사들 앞에서 통상의 입학 시험을 무난히 통과한 나는 특례입학 허가를 받았다. 이 학교가 동료 직원들 자녀의 대부분에게는 입학을 불허했기 때문에 부모님은 나를 매우 자랑스럽게 여겼다.

이 학교가 청두에서 가장 좋은 학교이자 쓰촨 성 전체에서도 최고의 "중점" 학교였기 때문에 모든 사람들이 자녀들을 이 학교에 입학시키기를 원했다. 중점 학교와 중점 대학교에 진학하기란 매우 힘든 일이었다. 입학 여부는 엄격하게 성적에 따라 결정되었으며, 당원의 자녀라고 해서 어떤 특혜가 주어지지는 않았다.

새로운 선생에게 소개될 때마다 나에게는 항상 "장 부장과 샤 부장의 딸"이라는 말이 따라다녔다. 어머니는 종종 업무와 관련하여 학교가 어떻게 운영되고 있는지 파악하기 위해서 자전거를 타고 내가 다니는 학교에 들렀다. 어느 날 갑자기 날씨가 추워지자, 어머니는 나를 위해서 앞가슴에 꽃무늬가 수놓아진 따뜻한 초록색 코르덴 재킷을 학교로 가져왔다. 그러자 여교장이 그 재킷을 나에게 전달하려고 직접 우리 교실로 찾아왔다. 같은 반 친구들이 모두 나를 바라보는 통에 나는 무척이나 부끄러웠다. 대부분의 어린이들과 마찬가지로 나는 그저 내 또래의 친구들과 같이 대해주기를 원했다.

학교에서는 매주 시험을 보고 성적을 게시판에 붙였다. 나는 항상 1등을 했기 때문에 나보다 성적이 나쁜 애들은 나를 시기하기도 했다. 그들은 나를 시기하여 내 책상서랍 속에 개구리를 넣어두거나 나의 땋아늘인 머리를 의자에 묶는 따위의 짓궂은 장난과 함께 나를 "천금같이 귀한 소녀"라는 의미의 천금소저(千金小姐)라고 불러댔다. 그들은 내가 "협동정신"이 없으며 다른 사람들을 깔본다고 말했다. 그러나 나는 다만 내 자신의 방식을 좋아할 뿐이었다.

대약진운동에 따라 모두들 철강 생산에 매달려야 했던 기간을 제외하고는 학교의 교육과정은 서양 학교와 같았다. 당시에는 정치교육이 없었던 대신에 스포츠 교육이 많았다. 필수 과목인 체조와 수영 외에도 달리기, 높이뛰기, 멀리뛰기를 해야 했다. 학생들 전원이 과외활동으로 방과 후에 한 종목의 운동을 했다. 나는 테니스 조에 선발되었다. 처음에 아버지는 내가 스포츠 선수가 되기 위한 훈련을 받는 것을 달가워하지 않았으나, 젊고 아름다운 여자 테니스 코치가 매력적인 반바지를 입고 아버지를 설득하러 찾아오자 사태는 달라졌다. 쓰촨 성의 스포츠 진흥도 아버지가 담당하는 업무 중의 일부였다. 여자 코치는 매력적인 웃음을 지으면서 가장 우아한 스포츠인 테니스가 당시 중국에는 별로 보급되지 않았는데, 만약 내가 본보기를 보인다면 좋은 일일 것이라고 아버지에게 말했다. 그녀는 특히 "중국을 위해서"라는 부분을 강조했다. 아버지는 반론을 제기하지 못하고 동의하는 수밖에 없었다.

나는 학교 선생들을 좋아했다. 그들은 실력이 있었으며, 학생들이 자신들의 담당 과목에 매혹되고 흥분하게 만드는 재주를 가졌다. 나는 과학 담당 다리 선생을 지금까지도 기억하고 있다. 그는 우리들에게 인공위성을 궤도에 진입시키는 원리와(당시 소련은 최초의 인공위성 스푸트니크를 쏘아올리는 데 성공했다) 다른 행성을 방문할 가능성을 가르쳐주었다. 그의 수업시간에는 가장 개구쟁이인 남학생들조차도 의자에 꼼짝 않고 앉아서 선생의 설명에 귀를 기울였다. 다리 선생이 한때 우파분자였다는 풍문을 들었으나 우리들 중 어느 누구도 그런 말의 의미를 몰랐으며, 설사 그렇더라도 우리와는 아무 상관이 없는 일이었다.

어머니는 다리 선생이 어린이들을 위한 공상과학소설 작가였다고 몇 년 후 나에게 말했다. 한 작품 속에서 식량을 훔친 생쥐가 뚱보가 된다는 이야기를 써서 당원들을 은밀하게 비판했다는 이유로 그는 1957년에 우파분자로 낙인찍혔다. 그는 집필활동을 금지당하고 농촌으로 보내지기 직전에 어머니가 교사로 채용하여 우리 학교에 부임했던 것이다. 어머니처럼 우파분자라고 낙인찍힌 사람을 채용할 정도로 대담한 공무원은 별로 없었을 것이다.

어머니는 그런 인물이었으며, 어머니가 우리 학교를 담당하게 된 것도 바로 그런 이유 때문이었다. 학교의 지리적 위치로 보자면 청두 시의 서부지구에 속해야 했다. 그러나 시 당국은 우리 학교를 어머니가 맡고 있는 동부지구에 편입시켰다. 시 당국이 그런 조치를 취한 것은 비록 "출신 불량" 배경을 가진 우파분자라고 하더라도 실력만 있다면 우리 학교에 배치하려는 의도와 함께 당시 서부지구의 공무부장은 어머니와 같이 우파분자 여부를 가리지 않고 실력 위주로 교사를 채용할 정도로 담대하지 못했기 때문이었다. 우리 학교 교무주임의 남편은 국민당 장교 출신으로 강제노동 수용소에 있었다. 일반적으로 그녀와 같은 배경의 사람들은 교사라는 직업을 가질 수가 없었다. 그러나 어머니는 그런 사람들을 전출시키기를 거부했고, 심지어 근무성적이 우수하다고 표창했다. 어머니의 상사들은 이런 어머니의 행동을 승인했지만 대신에 이런 예외적인 조치에 대해서 어머니가 모든 책임을 지도록 했다. 어머니는 상사들의 그런 태도에 개의치 않았다. 어머니의 뒤에는 아버지라는 고위 당원이 있었으므로 어머니는 동료들보다 담대해질 수 있었다.

1962년에 아버지는 우리 식구가 살고 있는 단지 바로 옆에 막 신설된 새 학교로 우리들을 전학시키라는 안내를 받았다. 이 학교는 길 양쪽에 나란히 늘어서 있는 가로수의 이름을 따서 "플라타너스 소학교"라고 불렀다. 이 학교는 서부지구 관내에 중점 학교가 하나도 없었기 때문에 서부지구가 중점 학교로 키우기 위해서 세운 것이었다. 따라서 서부지구 관내에 있는 다른 학교들로부터 유능한 선생들이 플라타너스 소학교로 전출되었다. 이 학교는 곧 쓰촨 성 정부 고급 간부들의 자녀들이 다니는 "귀족학교"로 알려졌다.

플라타너스 소학교가 설립되기 전에 청두에는 고위 군 간부들의 자녀들을 위한 기숙학교가 하나 있었다. 일부 고위 민간 관료의 자녀들도 이 학교에 다녔다. 그러나 이 학교의 교육수준이 낮았기 때문에 학생들 부모의 지위가 쟁쟁했음에도 불구하고 학교에 대한 평판은 형편없었다. 학생들 사이에서 이런 말도 들을 수 있었다. "우리 아버지는 사단장인데, 네 아버지는 겨우 준장이구나!" 주말이면 학교 앞에는 학생들을 데려가기 위해서 가정부, 경호원, 운전기사들이 타고 온 자동차들이 즐비했다. 이런 분위기가 자녀들을 망친다고 생각하는 사람들도 많았다. 부모님은 이 학교를 매우 싫어했다.

플라타너스 소학교는 고급 간부의 자녀들만이 입학할 수 있는 학교는 아니었다. 교장과 몇몇 교사들을 만나본 부모님은 도덕교육을 중시하는 학교의 방침에 호감을 느꼈다. 한 학년에 25명 전후의 학생들만이 있었다. 내가 전에 다니던 학교에는 한 학급의 학생수가 50명이었다. 플라타너스 소학교의 이런 교육 환경은 물론 학교 바로 옆 정부단지 내에 거주하고 있는 당의 고급 간부들을 의식한 것이라는 점을 부인할 수 없었다. 그러나 이제는 과거에 비해서 훨씬 더 사고방식이 부드러워진 아버지는 이런 점을 문제삼지 않았다.

새로운 학급 친구들의 태반은 쓰촨 성 정부 관리의 자녀들이었다. 일부 학생들은 나처럼 정부단지 내에서 살았다. 학교를 제외하면 단지가 내 세계의 전부였다. 단지 안의 정원에는 온갖 꽃들과 나무들로 우거져 있었다. 정원에는 야자, 용설란, 협죽도, 목련, 동백, 장미, 부용과 같은 나무들 외에도 두 그루의 희귀한 중국 미루나무가 있었는데, 서로 마주보고 자라면서 가지들이 얽혀 있는 모습은 마치 포옹하고 있는 연인들 같았다. 이 나무는 또한 매우 민감했다. 우리가 나무줄기를 약간 긁기라도 하면 두 그루의 나무가 함께 떨면서 잎사귀들을 흔들어댔다. 여름철 점심 식사 후 휴식 시간이면 나는 등나무 넝쿨이 우거져 있는 격자무늬 시렁 밑에서 북 모양의 돌 의자에 앉아 팔꿈치를 돌 테이블에 올려놓은 채 책을 읽거나 체스놀이를 했다. 이럴 때면 내 주위의 땅은 강렬한 태양빛을 반사했고, 부근에는 희귀한 코코넛 나무가 하늘 높은 줄 모르고 높은 키를 자랑하고 있었다. 그러나 내가 가장 좋아하는 나무는 역시 격자무늬 시렁을 타고 뻗어나가면서 짙은 향기를 내뿜고 있는 재스민이었다. 재스민 나무의 꽃이 필 때면 그 향기가 내 방에까지 진동했다. 이럴 때면 나는 창가에 앉아 재스민 나무를 바라보면서 그 매혹적인 향기를 가슴속 깊숙이 들이마셨다.

우리 가족이 처음 단지 내로 이사를 와서 살았던 집은 전용 마당이 딸린 아담한 단층 가옥이었다. 그 집은 전통 중국식으로 지어져 집 안에는 수도, 수세식 변기, 세라믹 욕조와 같은 현대적인 시설은 하나도 없었다. 1962년에 단지 내 한쪽 구석에 이런 모든 편의시설을 갖춘 서구풍의 현대적 아파트가 몇 동 세워졌고, 우리 가족은 그 아파트에 입주할 수 있었다. 우리 가족이 아파트로 들어가기 전에 나는 이 이상한 나라와도 같은 아파트에 들어가서 모든 새롭고 신기하기만 한 수도꼭지, 수세식 변기와 벽에 붙어 있는 거울이 달린 찬장 등을 시험해보았다. 나는 화장실 벽에 붙은 윤이 나는 흰색 타일을 손바닥으로 문질러보기도 했다. 차가우면서도 산뜻한 느낌이 좋았다.

단지에는 13동의 아파트 건물이 들어섰다. 4동은 부장급 간부들용이었고, 나머지 아파트는 처장급 간부들용이었다. 우리에게 배정된 아파트는 1개 층 전부를 차지한 반면에 처장급 간부용 아파트는 1개 층에 2세대가 들어 있었다. 우리 집의 방들은 상당히 넓었다. 아파트에는 내부 창문에 방충망이 붙어 있고 화장실이 2개였으나, 처장급 간부용의 경우에는 방충망도 없었고 화장실도 1개뿐이었다. 우리 아파트에는 1주일에 사흘간 온수가 나왔으나 그들의 집에는 온수가 전혀 나오지 않았다. 더욱 놀란 것은 우리 아파트에는 중국에서 매우 귀한 전화까지 가설되어 있었다는 점이다. 물론 처장급 간부용 아파트에는 전화가 없었다. 계급이 보다 낮은 직원들은 길 건너편에 있는 보다 작은 단지 내의 아파트에 입주했으며, 그 아파트의 편의시설은 우리 단지보다 한 등급 낮았다. 쓰촨 성 정부의 핵심을 이루는 6명의 당 서기들은 단지 내에 그들만의 단지를 별도로 구성하고 있었다. 이 내부의 특별 구역에 들어가기 위해서는 총을 휴대한 경비병들이 24시간 지키고 있는 문을 2개나 통과해야 했으며, 특별 허가를 받은 사람만이 출입할 수 있었다. 이 2개의 출입문 안쪽에는 당 서기 6명에게 배정된 2층짜리 단독 저택 6동이 있었다.

제1서기 리징취안의 저택 현관에는 또 한 명의 무장 경비병이 지키고 있었다. 나는 계급과 특권이 존재하는 것을 당연시 하면서 성장했다.

중앙단지 내에서 근무하는 모든 사람들은 정문을 드나들 때 자신들의 통행증을 제시해야 했다. 나 같은 어린이들은 통행증이 없었지만 경비병들은 우리를 쉽게 알아보았다. 우리를 찾아온 방문객이 있을 경우에는 절차가 복잡했다. 방문객들이 정해진 양식의 서류에 필요사항을 기입하고 나면 수위실에서 우리 아파트로 방문객이 왔음을 전화로 알려주었다. 그러면 누군가가 방문객을 안내하기 위해서 정문까지 나가야 했다. 단지를 관리하는 직원들은 다른 어린이들이 찾아오는 것을 반기지 않았다. 어린이들이 왔다가면 여기저기가 지저분하게 어질러진다는 것이었다. 이런 분위기 때문에 우리는 친구들을 집으로 데려올 수가 없었다. 내가 중점 소학교를 다니던 4년 동안에 친구들을 집으로 초대한 경우는 서너 번에 불과했다.

나는 학교에 가는 경우를 제외하고는 한번도 단지 밖으로 나가본 적이 없었다. 외할머니와 함께 백화점에는 몇 번 가보았으나 무엇이건 사고 싶은 생각이 든 적은 없었다. 내게 쇼핑은 너무나 낯선 개념이었고, 부모님도 특별한 때에만 용돈을 주셨다. 단지 내의 식당은 레스토랑 같았으며, 훌륭한 요리가 나왔다. 기근이 한창이던 기간을 제외하고 식당에서는 언제나 일고여덟 가지의 요리 중에서 선택할 수 있었다. 특별히 선발된 "1급" 또는 "특급"의 요리사들이 음식을 만들었으며, 수석 요리사의 등급은 교사와 동일했다. 우리 집에는 언제나 사탕과 과일이 있었다. 아이스캔디를 제외하고는 내가 먹고 싶은 것은 하나도 없었다. 6월 1일 어린이의 날에 용돈이 생긴 나는 외출해서 한번에 26개의 아이스캔디를 사먹은 적도 있었다.

단지 내에는 모든 것이 다 구비되어 있었기 때문에 불편함이 없었다. 상점, 미장원, 영화관, 댄스홀은 물론이고 배관공과 기술자들까지 모든 것이 갖추어져 있었다. 당시에는 댄스가 대유행이었다. 주

말이면 직원들은 계급별로 모여 댄스파티를 열었다. 옛날 미군들이 사용하던 클럽의 댄스홀에서 개최되는 댄스파티는 처장급 간부의 가족들로 한정되었다. 댄스홀에는 언제나 악단이 음악을 연주했으며, 쓰촨 성 가무단의 남녀 배우들도 출연하여 분위기를 북돋아주었다. 일부 여배우들은 우리 아파트에 와서 부모님과 대화를 나누곤 했다. 그들은 내 손을 잡고 단지 주위를 산책하기도 했다. 당시 중국에서는 남녀 배우들의 인기가 매우 높았기 때문에 내가 배우들과 산책하는 모습이 사람들의 눈에 띄는 것이 매우 자랑스럽게 느껴졌다. 특별 대우를 받는 남녀 배우들은 일반인들보다 화려한 의상을 입는 것이 허용되었으며, 자유로운 연애도 눈감아주었다. 가무단이 공무부 관할이었으므로 아버지가 그들의 상사였다. 그런데도 남녀 배우들은 일반인들처럼 아버지에게 존경하는 기색을 보이지 않았다. 그들은 아버지에게 장난을 치면서 아버지를 "스타 댄서"라고 불렀다. 그럴 때면 아버지는 미소만 지으면서 쑥스러워했다. 댄스는 일종의 일상적인 무도 댄스였다. 춤추는 쌍쌍의 남녀는 얌전을 피우면서 반짝반짝 윤이 나는 마루 위를 미끄러지듯이 휘돌았다. 아버지는 참으로 춤을 잘 추었으며, 또한 춤추기를 즐겼다. 그러나 어머니의 춤 실력은 별로였다. 어머니는 리듬 감각이 없었기 때문에 춤추기를 좋아하지 않았다. 댄스파티 중간에 휴식 시간이 되면 어린이들이 플로어에 나와 서로 손을 잡아끌면서 미끄럼질을 했다. 음악과 어우러진 분위기, 열기, 향수 냄새, 화려하게 차려입은 여성들, 훤칠한 신사들이 엮어내는 별세계의 광경은 어린 나에게는 꿈같은 마법의 세계로 느껴졌다.

매주 토요일 저녁이면 영화도 상영되었다. 사회 전반적으로 긴장이 완화된 1962년에는 러브스토리가 대부분인 홍콩 영화도 상영되었다. 그런 영화들은 어렴풋하게나마 외부세계를 엿볼 수 있는 기회였으므로 매우 인기가 높았다. 물론 인민의 사기를 진작시키기 위한 혁명영화도 상영되었다. 영화 관람객의 지위에 따라 영화는 두 곳에서 상영되었다. 엘리트용 영화관은 크고 안락한 의자가 설치된 넓은 홀이었고, 일반 직원용 영화관은 다른 단지 내에 있는 대강당이었는데 언제나 초만원이었다. 내가 보고 싶어 하는 영화를 상영한다고 해서 일반 영화관에 한번 가본 적이 있다. 영화가 시작되기 훨씬 전에 객석이 다 차버려 늦게 오는 사람들은 자신들이 앉을 등 없는 의자를 가져와야 했다. 선 채로 영화를 보는 사람들도 많았다. 뒷자리에 앉을 경우에는 앞에 앉은 사람들의 머리가 화면을 가려 의자에 올라서지 않고서는 영화를 볼 수가 없었다. 나는 그런 줄도 모르고 의자를 가지고 가지 않았다가 맨 뒤에 서는 바람에 화면을 볼 수가 없었다. 그때 나는 아는 요리사가 두 사람이 앉을 수 있는 작은 벤치 위에 서 있는 것을 발견했다. 내가 비집고 다가서는 것을 본 요리사는 자기와 같이 벤치 위에 서서 영화를 보자고 했다. 벤치가 너무나 작아서 나는 몹시 불안했다. 옆 사람들이 계속 밀쳐대던 중에 한 사람이 나를 쓰러뜨렸다. 나는 벤치에서 떨어지면서 의자 모서리에 눈썹 부위를 심하게 부딪쳤고, 그때의 상처가 지금까지도 남아 있다.

우리가 이용하는 엘리트용 영화관에서는 일반 직원용 영화관에서는 볼 수 없는 "참고용"이라고 부르는 영화도 상영되었다. "참고용" 영화는 서양 영화의 여러 장면들을 잘라내어 편집한 영화였는데, 내가 미니스커트나 비틀즈를 처음 본 것도 이런 영화를 통해서였다. 해변에서 여성의 몸매를 몰래 훔쳐보던 남성의 머리 위로 여성들이 물세례를 안겨주는 장면이 나오는 영화를 봤던 기억도 난다. 다큐멘터리에서 편집된 다른 "참고용" 영화에서는 추상 화가들이 침팬지를 이용하여 종이 위에 물감을 칠하는 장면과, 한 남자가 궁둥이로 피아노를 연주하는 장면을 보여주었다.

나는 이런 "참고용" 영화를 상영했던 목적이 서양은 퇴폐한 세계라는 것을 보여주기 위함이었다고 생각한다. "참고용" 영화를 볼 수 있는 사람들은 당 간부로 제한되었지만 그들마저도 서방세계의 실태는 알지 못했다. 간혹 서양 영화가 작은 영사실에서 연소자의 출입을 금지한 채 상영되기도 했다. 나는 그런 영화가 어찌나 보고 싶었던지 부모님에게 데리고 가달라고 졸랐다. 부모님은 이런 내 소원을 두 번 들어주었다. 이 시기에 아버지는 자녀들을 상당히 부드럽게 대해주었다. 영사실 앞에는 문지기가 있었지만, 그는 부모님과 함께 입장하는 나를 막지는 못했다. 영화의 내용은 내가 이해하기에는 너무 어려웠다. 한 영화는 일본에 원자폭탄을 투하했던 미국 조종사가 양심의 가책으로 미쳐간다는 스토리였던 것 같다. 다른 영화는 흑백 장편영화였다. 그 영화의 한 장면에서는 노조 지도자가 차 내에서 깡패 두 사람으로부터 폭행을 당했는데, 그의 입가에는 피가 흘러내리고 있었다. 그런 장면을 본 나는 무척이나 무서웠다. 맞아서 피가 흐르는 폭력 행사 장면을 본 것은 내 일생에서 그때가 처음이었다(당시 공산당은 이미 오래 전부터 학교에서의 체벌을 금지했다). 당시의 중국 영화는 감상적이거나, 아니면 사기를 고취하는 내용이 대부분이었다. 폭력을 연상시키는 장면이 나오더라도 그것은 고전극에서 볼 수 있는 스타일로 표현되었다.

영화에 나오는 서양 노동자들의 옷차림을 본 내 머릿속은 매우 혼란스러웠다. 그들의 복장은 해어져 기운 곳도 하나 없이 말쑥했기 때문에 자본주의 국가의 억압받는 노동자계급의 옷차림이라고는 도저히 생각할 수 없었다. 영화를 보고 나서 어머니에게 이런 점을 질문하자 어머니는 "상대적 생활수준"이라는 용어를 사용해가면서 뭐라고 설명했다. 그러나 나는 어머니의 말을 이해할 수 없었고, 궁금증은 해소되지 않은 채 남아 있었다.

당시 어린 내 머릿속에 들어 있는 서양에 대한 이미지는 한스 크리스티안 안데르센의 동화 속에 등장하는 집 없는 "성냥팔이 소녀"와 같이 빈곤과 고통으로 가득 찬 세계였다. 보육시설에 맡겨져 있었을 때 내가 음식물을 남기기라도 하면 보모는 "자본주의 세계의 굶어죽는 어린이들을 생각해야 한다!"는 말로 나를 나무랐다. 학교에서도 학생들에게 열심히 공부하라고 타이를 때에 교사들은 이렇게 말했다. "다닐 학교가 있고 공부할 책이 있는 너희들은 행복한 줄 알아야 한다. 자본주의 국가에서는 굶주리는 가족들을 부양하기 위해서 어린이들이 노동을 해야 한다." 어른들은 어린이들에게 뭔가 타이르는 말을 할 때면 "서양 사람들은 그런 것은 구경도 못 한다. 그러니 우리가 얼마나 다행인 줄을 알아야 한다"고 말하곤 했다. 나는 이런 식의 말을 당연하게 여겼다. 한번은 우리 반의 한 여자 아이가 내가 처음 보는 새로운 반투명 레인코트를 입고 학교에 왔다. 나는 그것을 내가 쓰던 밀랍을 먹인 종이우산과 바꿀 수 있으면 참 좋겠다는 생각이 들었다. 그러나 나는 즉각적으로 내 자신의 이런 "부르주아적" 성향을 나무라고는 일기에 이렇게 적었다. "자본주의 세계의 어린이들을 생각하라. 그들은 종이우산조차 가질 수 없다."

내 머릿속에서 외국인은 무서운 존재였다. 중국인들은 모두 검은 머리카락에 갈색 눈을 가졌기 때문에 머리카락과 눈 색깔이 다른 외국인들의 모습은 기이하게 여겨졌다. 내가 외국인들에 대해서 가지고 있는 이미지는 정부가 홍보하는 고정관념과 별로 다를 것이 없었다. 그것은 붉고 헝클어진 머리카락, 이상한 색깔의 눈, 매우 긴 코를 가진데다가 술에 취해 비틀거리고, 컵도 없이 병째로 코카콜라를 마셔대고, 아주 볼썽사납게 다리를 벌리고 앉아 있는 사람이었다. 외국인들은 항상 이상한 억양과 함께 "헬로"라고 말했다. "헬로"가 무슨 말인지 몰랐던 나는 그것이 욕지거리라고 생각했다. 사내아이들이 서양 영화에 나오는 카우보이와 인디언들의 중국 버전이라고 할 수 있는 "게릴라전" 놀이를 할 때면 악역을 맡은 아이들은 코에 뾰족한 것을 붙이고는 "헬로"를 연발했다.

내가 아홉 살인 소학교 3학년이었을 때 나는 학급 친구들과 함께 우리 교실을 꽃으로 장식하기로 결정했다. 그러자 한 여자 아이가 자기 아버지가 돌보고 있는 평안교(平安橋) 길에 있는 가톨릭 교회의 정원에서 진귀한 꽃들을 가져오겠다고 했다. 한때 그 교회에는 고아원이 있었으나 이제는 폐쇄되었다. 교회는 바티칸 교황청과는 인연을 끊고 중국의 "애국적" 조직에 편입하는 조건으로 정부의 감독을 받으면서 존속하고 있었다. 종교에 관한 정부의 선전공작으로 인해서 나에게 교회는 신비스러우면서도 한편으로는 무서운 장소였다. 내가 강간이라는 단어를 처음 접했던 것은 소설 속에서 한 외국인 신부가 강간하는 이야기를 읽은 때였다. 소설 속에 등장하는 신부들은 예외 없이 제국주의의 스파이이거나 고아원의 영아들을 인체실험에 사용하는 악마와도 같은 인간으로 묘사되었다.

매일같이 학교를 오가는 길에 나는 회화나무가 늘어서 있는 평안교 길을 지나면서 교회의 문을 쳐다보곤 했다. 중국인인 내 눈에는 교회의 기둥들이 매우 이질적으로 보였다. 중국식 기둥은 나무로 만들어져 도색이 되었으나, 흰색 대리석으로 만들어진 교회 건물의 기둥은 그리스풍의 세로 홈이 파여 있었다. 교회의 내부를 꼭 한번 보고 싶었던 나는 그 여자 아이에게 "너희 집에 놀러 가도 괜찮니?" 하고 물었다. 그러자 그 여자 아이는 아버지가 손님 데려오는 것을 좋아하지 않는다고 말했다. 이런 말을 들으니 교회 내부에 대한 궁금증이 더욱 커졌다. 이러던 차에 그 여자 아이가 교회에 딸려 있는 자기 집 정원에서 꽃을 가져오겠다고 제안한 것이므로, 나는 그 아이와 함께 꽃을 가져오겠노라고 적극적으로 자원하고 나섰다.

교회의 정문 가까이로 다가가자 나는 긴장감으로 심장이 멎는 듯했다. 교회의 정문은 내가 보았던 문들 중에서 가장 거창한 것 같았다. 내 친구는 정문 앞에서 발꿈치를 들고 손을 뻗어 문에 붙어 있는 금속 링을 잡고는 문에다 두드렸다. 그러자 정문의 한쪽에 있는 쪽문이 소리를 내면서 열리더니 허리가 몹시 굽은 한 주름살투성이의 노인이 나타났다. 그를 본 순간 내 머릿속에는 동화책 삽화에서 보던 마녀의 모습이 떠올랐다. 노인의 얼굴을 똑똑히 볼 수는 없었지만 나는 그가 긴 매부리코에 머리에는 뾰족한 모자를 쓰고 빗자루를 타고서 하늘로 날아오를 것이라고 상상했다. 그 노인이 이야기 속에 나오는 마녀와는 성별이 다르다는 사실은 전혀 생각할 겨를이 없었다. 그 노인을 똑바로 쳐다보지 않으면서 나는 서둘러 마당을 가로질러 걸어갔다. 곧 내 눈앞에는 작고 아담한 정원이 나타났다. 너무나 긴장한 탓에 나는 정원에 무엇이 있는지 눈에 들어오지 않았다. 내 눈에는 다만 갖가지 색깔과 모양의 꽃들과, 돌무더기 사이에서 물을 내뿜고 있는 분수만이 대충 들어왔다. 친구는 내 손을 잡고 정원 주위의 지붕이 덮인 통로로 이끌었다. 통로 끝에 이르자 친구는 문을 열고 그곳이 신부가 설교를 하는 곳이라고 일러주었다. "설교라니!" 내가 소설책에서 읽은 바로는 신부는 "설교"의 형식을 빌려 국가의 비밀을 다른 제국주의 스파이에게 넘겨준다고 했다. 홀처럼 보이는 넓고 컴컴한 방의 문지방을 넘는 순간, 나는 더욱 긴장했다. 갑자기 어두운 곳으로 들어왔기 때문에 잠시 동안 나는 아무것도 볼 수가 없었다. 이윽고 홀 끝에 있는 한 조각상이 눈에 들어왔다. 나는 이때 처음으로 그리스도가 못으로 박혀 있는 십자가를 보았다. 가까이 다가가자 십자가에 박혀 있는 인물이 나를 압도하면서 내 머리 위에서 공중을 떠다니는 것처럼 느껴졌다. 십자가의 핏자국, 자세, 그리고 고뇌하는 얼굴 표정이 한데 어울려 나를 완전히 겁먹게 만들었다. 나는 발길을 돌려 교회 밖으로 줄달음쳐 나왔다. 밖으로 나오는 순간, 나는 검은색 사제복을 입은 남자와 거의 부딪칠 뻔했다. 그는 손을 뻗어 나를 붙잡아주었다. 나는 그가 나를 잡으려고 한다는 생각에 몸을 피해 도망갔다. 어딘가 내 뒤에서 육중한 문이 삐걱거리는 소리를 냈다. 다음 순간 내 주위는 분수의 물 뿜는 소리를 제외하고는 무섭도록 조용해졌다. 나는 교회 정문 가운데 있는 쪽문을 열고는 교회와 연결되는 도로 끝까지 쉬지 않고 단숨에 내달렸다. 내 심장은 격렬하게 팔딱거렸고, 머릿속은 왱왱거리며 돌고 있었다.

나보다 1년 늦게 태어난 남동생 진밍은 나와는 달리 어릴 때부터 독립심이 강했다. 그는 과학을 좋아했고, 과학 잡지를 많이 읽었다.

다른 모든 간행물과 마찬가지로 과학 잡지에도 정부의 선전이 많이 들어 있기는 했지만, 그러면서도 발전된 서양의 과학기술을 설명해 주었다. 진밍은 이런 잡지를 읽고 감탄했다. 그는 "참고용" 영화를 보면서 어렴풋이 알게 된 서양세계 외에도 이런 잡지에 게재된 레이저 광선, 호버크래프트, 헬리콥터, 전자 및 자동차에 매료되었다. 그는 학교와 신문 및 라디오, 그리고 주변의 어른들로부터 듣는 "자본주의 세계는 지옥이고 중국은 천국"이라는 말을 믿을 수 없다고 느꼈다.

특히 미국은 과학기술이 가장 발전한 국가이기 때문에 진밍의 동경의 대상이었다. 진밍이 열한 살이었던 어느 날, 그는 저녁 식사를 하는 자리에서 미국의 새로운 레이저 기술 발전에 관해서 흥분한 어조로 설명하더니 자신은 미국을 좋아한다고 아버지에게 말했다. 아버지는 뭐라고 대답해야 좋을지 몰라 당황했으며, 진밍의 그런 자세에 크게 곤혹스러운 표정을 지었다. 마침내 아버지는 진밍의 머리를 쓰다듬으면서 어머니를 향해 말했다. "우리가 무엇을 할 수 있겠소? 진밍은 커서 우파분자가 될 것 같군!"

열두 살이 되기 전에 진밍은 어린이용 과학책에 실린 삽화를 참고해서 여러 가지 "발명품"을 만들었다. 그의 발명품 속에는 핼리 혜성을 관찰하기 위해서 제작한 망원경, 전구의 유리 조각을 이용해서 만든 현미경도 있었다. 어느 날 진밍은 작은 돌이나 주목의 열매를 탄환처럼 발사할 수 있는 연발식 고무 밴드 "총"을 개량하고 있었다. 제대로 된 소리 효과를 내기 위해서 진밍은 군 장교 아버지를 둔 한 학급 친구에게 탄피를 몇 개만 구해달라고 부탁했다. 그 친구는 실탄 몇 개 구해서는 탄두를 뽑아내고 내부의 화약을 제거한 다음 진밍에게 주었다. 그러나 그 친구는 실탄에서 화약을 제거했더라도 탄피의 내부에 뇌관이 남아 있다는 사실을 알지 못했다. 진밍은 탄피에 치약 튜브를 잘게 자른 조각들을 채운 다음, 이것을 뜨거운 불에 굽기 위해서 부젓가락으로 탄피를 잡고는 주방에 있는 석탄난로

위로 가까이 가져갔다. 난로에 얹혀 있는 석쇠 위에는 물주전자가
놓여 있었다. 진밍은 부젓가락으로 쥐고 있는 탄피를 주전자 밑에
바짝 댔다. 그때 갑자기 엄청난 폭발음이 나면서 주전자 밑바닥에는
커다란 구멍이 생겼다. 폭발음에 놀란 식구들이 모두 주방으로 달려
갔다. 진밍은 새파랗게 질려 있었다. 진밍이 겁에 질린 얼굴을 하고
있었던 것은 폭발 때문이 아니라 집안에서 제일 무서운 존재인 아버
지가 화를 낼 것이 두려웠기 때문이었다.

그러나 정작 아버지는 진밍을 때리지도 야단치지도 않았다. 아버
지는 단지 얼마 동안 진밍을 쏘아보더니 "더 놀랠 일도 없다"는 말
한마디를 남기고는 밖으로 산책을 나갔다. 안도의 한숨을 돌리게 된
진밍은 신이 나서 펄쩍 뛰었다. 아버지가 자신을 그토록 간단히 용
서하리라고는 생각지 못했던 것이었다. 산책에서 돌아온 아버지는
진밍에게 이제부터는 더 이상 어른의 감독을 받지 않은 채 실험해서
는 안 된다고 말했다. 그러나 아버지의 이런 명령은 오래가지 못했
다. 얼마 지나지 않아 진밍은 전처럼 갖가지 실험을 했다.

나도 진밍의 발명 작업을 두세 번 도와주었다. 한번은 우리 둘이
서 수돗물의 힘을 동력으로 사용하여 분필을 가루로 만들 수 있는
분쇄기를 만들었다. 물론 두뇌와 기술을 제공한 사람은 진밍이었다.
내가 진밍의 작업에 관심을 보인 것은 그때뿐이었다.

진밍도 나와 같은 중점 소학교에 다녔다. 과거에 우파분자라고 비
판받은 적이 있었던 과학 교사 다리씨가 역시 진밍을 가르쳤다. 그
는 또한 진밍에게 과학의 세계를 열어주는 데 결정적인 역할을 했
다. 진밍은 평생 동안 다리 선생에게 깊이 감사하고 있다.

1954년에 태어난 둘째 남동생 샤오헤이는 외할머니가 애지중지
하는 손자였다. 그러나 샤오헤이는 부모님으로부터 충분한 사랑을
받지 못했다. 그 이유 중의 하나는 샤오헤이가 외할머니로부터 충분
한 사랑을 받았다고 부모님이 생각했기 때문이었다. 자신이 부모님
의 귀여움을 받지 못한다고 느낀 샤오헤이는 부모님에게 방어적인

태도를 취하게 되었다. 부모님은 샤오헤이의 이런 점 때문에 기분이 상했다. 특히 아버지는 솔직하지 못하다고 생각하는 것은 참지 못하는 성격이기 때문에 더욱 기분이 상했을 것이다.

때로는 샤오헤이 때문에 너무나 화가 난 나머지 아버지는 그를 때리기까지 했다. 그러고 나면 아버지는 자신의 행동을 후회했다. 최초로 샤오헤이의 머리를 때렸을 때 아버지는 자신이 잠시 인내심을 잃었노라고 사과했다. 이럴 때면 외할머니는 눈물을 흘리면서 아버지를 꾸짖었고, 아버지는 외할머니가 샤오헤이를 버릇없게 만든다고 비난했다. 한마디로 샤오헤이의 존재가 외할머니와 아버지 사이의 관계에 항상 긴장감을 만드는 요인이 되었다. 그러다 보니 외할머니는 더욱더 샤오헤이를 감싸게 되었고, 그는 점점 더 버릇없는 아이가 되어갔다.

부모님은 아들들에게만 야단치고 때렸을 뿐 딸들에게는 그렇지 않았다. 샤오훙 언니가 두 번 매를 맞은 적이 있었는데, 그중 한 번은 다섯 살 때였다. 언니가 식사 전에 과자를 먹겠다고 떼를 썼고, 음식이 나온 후에도 과자가 아니면 먹지 않겠다고 투정을 부렸다. 아버지는 그것을 자업자득이라고 말했다. 그러자 화가 난 언니는 울부짖으면서 젓가락을 식탁으로 던졌다. 아버지가 언니를 때리자, 언니는 아버지를 때리기 위해서 깃털로 만든 먼지떨이를 잡고 나섰다. 아버지가 먼지떨이를 빼앗아버리자, 언니는 이번에는 빗자루를 들고 나왔다. 이런 소동 끝에 아버지는 언니를 우리들 침실에 가둬놓고는 계속해서 "못 됐어, 아주 못 됐어!"라고 말했다. 이날 언니는 점심을 굶어야 했다.

샤오훙 언니는 어린아이치고는 고집이 매우 셌다. 무슨 일만 생기면 언니는 영화나 연극을 보러 가는 것이나 여행가기를 단호하게 거부했다. 그리고 언니가 먹기 싫어하는 음식도 여러 가지 있었다. 언니는 우유와 소고기나 양고기를 싫어했는데, 이런 음식을 먹으라고 할 때면 머리를 내저으면서 울부짖었다. 내가 어렸을 적에 언니의 흉내를 냈다가 영화도 못 보고 맛있는 음식도 못 먹게 되어 후회했던 적이 여러 번 있었다.

내 성격은 언니와는 전혀 달랐다. 내가 열 살도 되기 전에 사람들은 내 성격이 재치 있고 민감하다고 말했다. 부모님은 한번도 나에게 손찌검을 하거나 심한 말을 한 적이 없었다. 간혹 야단을 칠 경우에도 부모님은 마치 내가 쉽게 마음의 상처를 입을 수 있는 성인인 것처럼 극도로 조심스러워했다. 부모님은 내게 많은 사랑을 베풀어주었다. 특히 아버지는 저녁 식사 후에는 항상 나를 데리고 산책을 했고, 친구를 방문할 때도 종종 나를 데리고 갔다. 아버지의 친한 친구들 중 대부분은 과거에 혁명동지였고 지적이며 유능했다. 그러나 당의 시각으로 보자면 그들은 과거 경력에 무엇인가 "오점"을 지니고 있는 것처럼 보였기 때문에 계급이 낮은 자리에만 임명되었다. 한 친구는 마오쩌둥과 대립했던 홍군사령관 장궈타오의 부대에서 복무했었다. 또 한 친구는 돈주안처럼 한량이었는데, 당원인 그의 부인이 어찌나 밉살스러울 정도로 매사에 엄격했던지 아버지는 항상 그녀를 피하려고 했다. 나는 아버지가 친구들과 어울리는 자리에 함께 있기를 좋아했지만 내가 더 좋아하는 것은 혼자서 책을 읽는 것이었다. 방학 중에는 하루 종일 앉아서 책을 읽었는데, 그럴 때면 땋아늘인 머리끝을 잘근잘근 씹는 버릇이 있었다. 비교적 간단한 고전시를 포함한 문학작품들 외에도 나는 공상과학소설과 모험소설을 좋아했다. 한 남자가 다른 행성에서 자신에게는 불과 며칠간으로 느껴지는 기간만 보낸 후에 21세기에 지구로 돌아와보니 모든 것이 변해 있었다는 내용의 책을 읽었던 기억도 있다. 이 책 속에서 사람들은 캡슐에 든 음식을 먹고, 호버크래프트를 타고 여행하며, 비디오 스크린이 달린 전화기를 사용했다. 당시 나는 이런 마법 같은 장치들을 사용할 수 있는 21세기에 살기를 간절히 바랐다.

나는 빨리 어른이 되고픈 마음에 미래를 생각하면서 어린 시절을 보냈고, 항상 내가 어른이 되면 무엇을 할까를 공상했다. 읽고 쓸 줄 알게 된 다음부터는 그림만 있는 책보다는 많은 글자가 함께 들어 있는 책을 좋아했다. 무슨 일에서나 나는 성미가 급한 편이었다. 사탕을 먹을 때도 빨아먹는 법 없이 깨물어서 즉시 씹어먹었다. 심지어는 감기 알약도 씹어먹었다.

나는 형제들과 이상할 정도로 사이좋게 지냈다. 전통적으로 남자아이들과 여자아이들은 좀처럼 함께 놀지 않지만 우리들은 사이좋게 함께 놀면서 서로를 배려했다. 형제들 사이에 질투심이나 경쟁심이 없었으며, 다투는 법도 없었다. 언니는 내가 우는 것을 볼 때마다 자신도 같이 울음을 터뜨렸다. 언니는 사람들이 나만을 칭찬해도 개의치 않았다. 사람들은 우리 자매간의 우애를 자주 입에 올렸으며, 다른 집 부모들은 우리 부모님에게 어쩌면 그럴 수 있냐고 물었다.

부모님과 외할머니는 함께 화목한 가정 분위기를 만들었다. 우리 형제는 부모님 두 분이 싸우는 모습을 본 적이 없었다. 어머니는 우리들 앞에서는 절대로 아버지에 대한 불만을 드러내지 않았다. 대기근 이후 부모님은 대부분의 당원들과 마찬가지로 1950년대에 그랬던 것처럼 자신들의 업무에 열성적으로 헌신하지 않았다. 가정생활을 보다 중요하게 생각했으며, 그런 자세가 당에 대한 충성심이 부족한 결과라고 여기지도 않았다. 이제는 쉰이 넘은 아버지는 성격이 한결 부드러워졌으며 어머니와의 금실도 더욱 돈독해졌다. 부모님이 함께 보내는 시간이 늘어났다. 자라는 동안 나는 아버지와 어머니가 서로 사랑한다는 증거를 자주 목격할 수 있었다.

어느 날 부인이 미인이라고 소문난 한 동료가 어머니를 칭찬한 것을 아버지가 어머니에게 전하는 이야기를 들은 적이 있다. "우리 두 사람은 그토록 훌륭한 아내를 만났으니 참으로 행운아라고 생각하네. 주변을 돌아보게나. 우리네 아내들 같은 여자가 어디 있겠나." 아버지는 친구로부터 어머니에 대한 찬사를 듣던 순간을 기억하면서 밝게 미소를 지었다. 그러면서 아버지는 이렇게 말했다. "물론 나는 그 자리에서는 점잖게 미소만 짓고 있었지만 마음속으로는

'당신의 아내를 어떻게 내 아내와 비교할 수 있느냐? 내 아내를 따라올 수 있는 여자는 아무도 없다'고 생각했소.”

한번은 아버지가 3주간의 관광여행을 떠나게 되었다. 전국의 성급(省級) 공무부장들이 모여 중국 각지를 여행했다. 그런 여행은 아버지의 재직 중 처음 있는 일이어서 특별 위로여행이라고 할 수 있었다. 일행은 여행 중에 최상급의 대우를 받았으며, 사진사까지 동행하여 여행 모습을 필름에 담았다. 그러나 여행 기간 중 아버지는 마음이 편치 않았다. 3주째가 시작될 때 일행은 상하이에 도착했다. 아버지는 집이 어찌나 그리웠던지 몸이 아프다는 핑계를 대고서 비행기 편으로 청두로 돌아왔다. 그런 일이 있은 다음부터 어머니는 아버지를 “못난 늙은이”라고 부른다. “집이 어디로 날아가는 것도 아니고, 내가 사라지는 것도 아니잖아요. 그래 남은 일주일을 못 참는단 말예요? 그렇게 재미있는 기회를 놓치다니!” 어머니가 아버지에게 던지는 핀잔이었다. 그러나 말은 이렇게 하면서도 어머니는 아버지의 “멍청한 향수병”으로 인해서 무척이나 기분이 좋았을 것이라고 나는 두고두고 생각한다.

부모님은 자식들에 대해서 무엇보다도 두 가지를 중시하는 것처럼 보였다. 하나는 우리 형제들의 공부였다. 아무리 직장일이 바쁘더라도 부모님은 항상 우리들의 숙제를 챙겨주었다. 뿐만 아니라 우리의 담임 선생들과 빈번히 연락을 취했으며, 우리의 머릿속에 인생의 목표는 공부를 잘하는 것이라는 생각을 굳게 심어주었다. 대기근 이후 부모님은 시간적 여유가 생겼기 때문에 우리의 공부를 챙겨주는 기회가 많아졌다. 거의 매일 저녁 부모님은 돌아가면서 우리들의 공부를 지도해주었다.

수학은 어머니가, 국어와 국문학은 아버지가 지도해주었다. 이런 저녁이면 우리는 바닥에서부터 천장까지 두꺼운 양장본과 실로 꿰맨 고전 서적들이 가득 찬 아버지의 서재에서 진지하게 여러 가지 책을 읽을 수 있었다. 책을 만지기 전에 우리는 반드시 손을 씻어야 했다. 우리는 중국의 근대 문학을 대표하는 루쉰의 저서와 어른들이 읽더라도 어려울 것으로 생각되는 당시(唐詩) 전성기의 시작품들을 읽었다.

부모님은 우리의 공부를 지도하는 열성 못지않게 우리에게 확고한 윤리관을 심어주었다. 아버지는 자식들이 성장하여 명예와 원칙을 중시하는 인간이 되기를 희망했다. 아버지는 공산주의 혁명이란 이런 인간들로 구성되는 사회를 만들고자 노력하는 것이라고 생각했다. 중국의 관습에 따라 아버지는 세 남동생에게 자신의 이상을 상징하는 별도의 이름〔자(字)〕을 하나씩 지어주었다. 큰아들 진밍에게는 정직을 의미하는 직(直)을, 둘째 아들 샤오헤이에게는 자만하지 말라는 의미로 박(朴)을, 막내아들 샤오팡에게는 부패하고 타락하지 말라는 의미로 방(方)을 지어주어 각자의 이름 앞에 붙여 사용할 수 있도록 한 것이다. 아버지는 세 아들에게 지어준 세 가지 자(字)가 과거에 중국에서 결여되어왔던 윤리 덕목이며, 또한 공산당이 회복시켜야 할 덕목이라고 믿었다. 아버지는 특히 부패가 중국 사회를 망친 원인이라고 생각했다. 한번은 공무부의 로고가 인쇄된 사무실 용지로 종이비행기를 만든 진밍을 아버지가 야단쳤다. 우리는 집에서 전화를 사용하려면 아버지의 허락을 받아야 했다. 아버지는 업무상 여러 가지 신문과 잡지를 받아보았다. 아버지는 우리들에게도 신문과 잡지를 읽도록 권했으나 서재 밖으로 가지고 나가지는 못하게 했다. 월말이 되면 아버지는 읽고 난 간행물을 모두 공무부로 가지고 갔다. 묵은 신문은 재활용을 위해서 업자에게 팔았다. 일요일이면 한 부라도 빠지는 일이 없도록 묵은 신문을 정리하는 아버지를 돕는 작업은 나에게는 지루한 일이기도 했다.

아버지는 항상 우리들에게 매우 엄격했는데, 이로 인해서 아버지와 외할머니 사이뿐만 아니라 아버지와 형제들 사이의 관계도 항상 긴장의 연속이었다. 1965년에 캄보디아 시아누크 국왕의 한 공주가 발레 공연을 위해서 청두로 왔다. 청두는 외진 농촌 사회였으므로 발레 공연은 그야말로 빅뉴스였다. 나는 발레가 몹시 보고 싶었다. 업무상 아버지에게는 모든 새로운 공연의 최상석 무료 초대권이 들어왔으며, 이런 공연에 나를 자주 데리고 다니셨다. 그러나 이번에는 무슨 사정이 생겨서 아버지가 공연에 갈 수 없었다. 아버지는 나에게 초대권을 주면서 최상석에 앉아 관람하지 말고 공연장 뒤편 좌석에 배정받은 사람의 입장권과 초대권을 교환하라고 지시했다.

그날 저녁 나는 손에 초대권을 들고 극장 출입구 옆에 서 있었다. 그런데 입장하는 관객들 모두가 자신들의 계급에 따라 좌석이 배정된 초대권을 가지고 있었다. 시간이 15분 이상이나 흘렀으나 나는 초대권을 교환할 적당한 사람을 찾지 못한 채 여전히 출입구 옆에 서 있었다. 누군가를 붙잡고 초대권을 교환하자고 말하는 것이 나에게는 너무나 창피한 일이었다. 마침내 극장 안으로 들어가는 사람들의 수가 크게 줄어들었다. 공연 시간이 임박했던 것이다. 아버지에 대한 야속한 생각이 들면서 울음이 터져나올 것만 같았다. 바로 그 순간 아버지의 공무부에서 근무하는 젊은 직원 한 사람을 발견했다. 나는 용기를 내어 그의 옷자락을 뒤에서 잡아당겼다. 그는 웃으면서 즉석에서 자기 좌석에 내가 앉을 수 있도록 초대권을 교환해주었다. 그의 좌석은 바로 아버지의 말대로 맨 뒤편에 있었다. 그는 나로부터 예상치 못했던 제안을 받았으면서도 조금도 놀라지 않았다. 아버지가 자녀들에게 엄격하다는 사실은 우리 단지 내에서는 모르는 사람이 없을 정도로 유명한 이야기였다.

1965년의 새해 첫날인 춘절을 축하하는 의미에서 학교 선생들의 특별 공연이 있었다. 아버지는 이번에는 나를 데리고 극장으로 갔다. 그러나 나를 옆에 앉히지 않고 아버지는 내 입장권을 맨 뒷좌석에 앉아 있는 사람의 입장권과 바꾸었다. 아버지는 내가 선생들 앞에 앉아 있는 것이 적절치 않다고 말했다. 나는 무대를 거의 볼 수가 없어 속이 상했다. 얼마 후 나는 극장에서 아버지가 취했던 행동에 대해서 선생들이 사려 깊은 처사였다고 칭찬하는 것을 들었다. 선생들은 다른 고위 관리의 자녀들이 극장 앞쪽의 최상석에서 이리저리 왔다갔다하는 것을 무례한 행동이라고 여겨 기분이 상했다고 했다.

중국 역사를 보면 전통적으로 관리의 자녀들은 건방지게 행동하고 자신들의 특권을 남용해왔다. 이런 현상은 많은 사람들의 분노를 자아냈다. 한번은 단지의 신임 경비병이 단지 내에 살고 있는 10대 소녀를 알아보지 못해 들여보내주지 않았다. 그러자 그 소녀는 큰 소리로 울부짖으면서 경비병을 책가방으로 때렸다. 일부 어린이들은 요리사, 운전기사 및 기타 관리인들에게 불손하고 오만한 태도로 말했다. 심지어는 이런 직종에 종사하는 사람들을 이름으로 불렀다. 중국에서는 나이어린 사람이 연장자를 이름으로 부르는 행위는 매우 불손한 행동으로 간주된다. 아버지와 같은 직장에서 근무하는 고급 간부의 아들이 식당에서 나온 요리를 갑자기 먹을 수 없다고 퇴짜놓으면서 요리사의 이름을 큰 소리로 불렀던 순간, 그 요리사의 얼굴에 스쳤던 일그러진 표정을 나는 지금까지도 잊을 수가 없다. 요리사는 기분이 몹시 상했으면서도 아무 말 하지 않았다. 그는 그 소년의 아버지의 심기를 건드리고 싶지 않았던 것이다. 일부 부모들은 자식들이 이처럼 무례한 행동을 하더라도 아무런 조치를 취하지 않았다. 그러나 아버지는 이런 광경을 목격하면 몹시 분개했다. 아버지는 종종 "저런 관리는 공산당원이 아니야"라고 말했다.

부모님은 자식들이 예의바르고 누구에게나 존경심을 가지는 인간으로 성장하는 것을 가장 중요하게 여겼다. 우리 형제들은 단지 내에서 일하는 관리인들을 아무개 아저씨 또는 아무개 아줌마라고 불렀다. 이것은 전통적으로 어린이가 어른에게 말할 때 사용하는 공손한 화법이었다. 식사를 끝낸 다음에 우리는 항상 식탁을 치우고 식기와 젓가락을 주방에 반납했다. 아버지는 그렇게 하는 것이 요리사들에 대한 예의이며, 그렇지 않으면 요리사들이 식탁을 치워야 한다고 말했다. 우리 형제들은 이런 작은 행동으로 말미암아 단지 관리인들로부터 굉장한 귀여움을 받았다. 요리사들은 혹시 우리가 식당에 늦게 가더라도 우리가 먹을 음식을 따뜻하게 보관했다가 내주었다. 정원사는 나에게 꽃이나 과일을 주곤 했다. 운전기사는 즐거운 마음으로 우회까지 하면서 나를 태워주거나 집에 데려다 주었다. 그러나 이런 일을 아버지는 전혀 알지 못했다. 왜냐하면 아버지는 자신과 동승할 때가 아니면 우리가 승용차를 사용하는 것을 허락하지 않았기 때문이다.

우리가 사는 최신식 아파트는 건물의 3층에 있었으며 발코니는 단지 담장 너머의 진흙과 자갈이 깔린 좁은 골목길을 굽어보고 있었다. 골목길의 한쪽에는 벽돌담이 둘러쳐진 정부의 단지가 있었고, 다른 한쪽에는 얇은 널빤지로 지은 남루한 집들이 줄을 지어 있었다. 이런 집에는 청두의 전형적인 빈민들이 살았다. 실내 바닥은 흙이었고, 화장실과 상수도도 없었다. 이런 집들의 전면에는 널빤지가 세워져 있었으며, 그중 두 개의 널빤지가 출입문 구실을 했다. 전면에 있는 방은 곧장 다음 방으로 이어졌으며, 이런 식으로 늘어선 몇 개의 방이 집 한 채를 이루었다. 뒷방을 나서면 곧장 뒤편 길거리였다. 이런 집들은 측면 벽을 옆집과 공유하고 있었기 때문에 집 안에는 창문이 하나도 없었다. 따라서 거주자들은 채광과 통풍을 위해서 출입문을 열어놓아야만 했다. 이런 집에 사는 사람들은 특히 더운 여름에는 좁은 포장길에 나와 앉아 책을 읽고, 옷을 꿰매고, 이야기를 나누었다. 그들은 도로에서 고개만 들면 반짝이는 유리창이 달려 있는 우리 아파트의 발코니를 볼 수 있었다. 아버지는 우리가 골목길 건너편에 살고 있는 사람들의 기분을 상하게 해서는 안 된다고 말하면서 발코니에서 놀지 못하게 했다.

여름철 저녁이면 골목 안 오두막집에 사는 소년들은 종종 길거리에서 모기향을 팔았다. 그들은 행인들의 관심을 끌기 위해서 특별히 지어낸 노래를 불렀다. 나는 저녁에 책을 읽다가 모기향을 파는 소년들이 부르는 느리고 구성진 가락의 노랫소리가 들려오기만 하면 책 읽기를 중단하곤 했다. 아버지가 계속적으로 주의를 주었기 때문에 나무마루가 깔려 있고, 방충망이 쳐진 창문을 열어놓아 시원하고 넓은 방에서 방해받지 않고 공부할 수 있다는 것이 엄청난 특권이라는 것을 나는 잘 알고 있었다. "네가 저 아이들보다 잘났다고 생각해서는 안 된다." 아버지가 우리들에게 늘 타이르는 말이었다. "너는 운이 좋아서 이런 집에 살고 있는 것이다. 우리에게 공산주의가 왜 필요한지 그 이유를 알겠느냐? 누구나 우리 집과 같이 좋은 집에서, 아니 더 좋은 집에서 살 수 있도록 만들기 위해서 공산주의가 필요한 것이다."

아버지가 너무나 자주 이렇게 말씀하셨기 때문에 나는 내가 누리고 있는 특권을 수치스럽게 느끼면서 성장했다. 단지 내의 소년들은 때때로 발코니에 서서 모기향을 파는 소년들의 노랫가락을 흉내내기도 했다. 다른 아이들이 그런 짓을 할 때면 나는 수치심을 느꼈다. 아버지와 함께 차를 타고 외출할 때 군중 속을 빠져나가느라고 차가 경적을 울릴 때면 나는 언제나 민망했다. 사람들이 차 속을 들여다보면 나는 앉은 채로 가능한 한 몸을 낮추면서 그들의 시선을 피하려고 애썼다.

10대 초반의 나는 매우 생각이 깊은 소녀였다. 나는 혼자서 생각하기를 좋아했으며, 머릿속을 떠나지 않는 인생의 도덕적인 문제를 놓고서 사색에 잠기곤 했다. 따라서 게임이나 장터 구경하기나 다른 애들과 함께 노는 것에는 흥미를 잃었으며, 다른 여자 애들과 수다를 떠는 일도 별로 없었다. 나는 사교적이었고 친구들 사이에서 인기도 있었지만, 나와 다른 애들 사이에는 항상 일정한 거리가 있는 것처럼 느껴졌다. 중국에서는, 특히 여성들은 서로 쉽게 친해진다. 그러나 나는 어렸을 때부터 항상 혼자 있고 싶어 했다.

아버지는 나의 이런 성격을 파악하고는 인정해주었다. 교사들은 항상 나에게 "협동정신"이 부족하다고 지적했지만, 아버지는 집단 내의 친밀성을 강조하고 서로 상대방보다 출세하려는 자세는 파멸을 부를 수 있다고 나에게 말했다. 아버지의 이런 격려에 힘입어 나는 내 사생활과 나만의 공간을 지킬 수 있었다. 중국어에는 이 두 가지 개념에 부합하는 정확한 단어가 없으면서도 많은 사람들이 본능적으로 이런 것들을 동경하고 있다. 나뿐만 아니라 내 형제들도 자신들만의 사생활과 공간을 가지기를 동경한다. 예를 들면 남동생 진밍은 자신의 방식대로 살 수 있기를 강력하게 주장했기 때문에 그를 모르는 사람들은 진밍이 사교적이지 않은 아이라고 생각했다. 그러나 실제로 진밍은 친구들과 어울리기를 좋아했고, 친구들 사이에서 매우 인기가 많았다.

"어머니가 너희들을 '자유방임' 방침으로 기르는 것은 정말로 잘하는 일이라고 생각한다"고 아버지는 우리들에게 종종 말했다. 부모님은 우리의 일에 참견하지 않으면서 우리의 독자적인 세계를 존중해주었다.